U0678301

Best Time

白 马 时 光

夏茗悠 ⟨著⟩

缺 席 者

The Absentee

⟨上⟩

百花洲文艺出版社
BAIHUAZHOU LITERATURE AND ART PRESS

图书在版编目（CIP）数据

缺席者 / 夏茗悠著 . — 南昌：百花洲文艺出版社，
2020.6
ISBN 978-7-5500-3733-5

Ⅰ . ①缺… Ⅱ . ①夏… Ⅲ . ①长篇小说－中国－当代
Ⅳ . ① I247.5

中国版本图书馆 CIP 数据核字（2020）第 078834 号

缺席者
QUEXI ZHE

夏茗悠　著

出 版 人	章华荣
出 品 人	李国靖
特约监制	何亚娟　夏　童
责任编辑	李　瑶　黄文尹
特约策划	何亚娟
特约编辑	夏　童　张　丝
封面绘图	Dola Sun
封面设计	安东尼奥尼
版式设计	赵梦菲
出版发行	百花洲文艺出版社
社　　址	南昌市红谷滩世贸路 898 号博能中心 Ⅰ 期 A 座 20 楼
邮　　编	330038
经　　销	全国新华书店
印　　刷	河北鹏润印刷有限公司
开　　本	880mm×1230mm　　1/32
印　　张	19.5
字　　数	597 千字
版　　次	2020 年 6 月第 1 版第 1 次印刷
书　　号	ISBN 978-7-5500-3733-5
定　　价	69.80 元（全二册）

赣版权登字：05-2020-50

版权所有，侵权必究

发行电话　0791-86895108　　　　　　　网　址　http://www.bhzwy.com
图书若有印装错误，影响阅读，可向承印厂联系调换。

目　录
contents

001　**楔子**

004　**第一章　首战**
妻子生死未卜，他却异常冷静地谈着债务，
条理清晰，逻辑严密，仿佛没有感情。

039　**第二章　陷阱**
世界上除了糟糕的部分，其他都很美，所以
要好好活下去。

074　**第三章　疑云**
爱情无非是走出自己的混沌，再走进对方的
秘密。

103　**第四章　回手**
如果人生从头就开始错了，要怎么计算哪里
才是命运的转折？

134　**第五章　失算**
唯独和宫恪的未来，她连一个句读都不敢写。

目 录
contents

181 第六章 卷肱

她的声音和晚风缠在一起，把他从迷失域拖
出来。

210 第七章 卸甲

深爱过的人如果没有反目成仇，就只能是依
然相爱，从来不会有中间地带。

231 第八章 裂帛

阵营、援军、后台已经全都不存在了，只能
破釜沉舟。

258 第九章 假道

这个劫后余生的微笑像雨后从云层里一寸寸
钻出来的阳光，他猛地把她拥进怀里。

286 第十章 反戈

想活下去。
——到最后所有的思绪只剩下这四个字。

楔 子

[1]

新娘那件典雅的婚纱吸引了全场的目光。

超深 V 桃心领的上半身遍布高级蕾丝与手工珠钉，极尽繁复与奢华，下半身的垂坠软纱则营造出飘逸的柔美，头纱隐约可见星芒状刺绣。

女宾们议论纷纷，猜测这婚纱是出自哪位名家的手笔，却无法给它的任何细节特色找到归属品牌。

这神秘的婚纱与神秘的新娘相得益彰。

宾客中男方亲友几乎占了全场，高朋满座。女方的父母亲友寥寥几桌，不过平庸之辈。

在场的适婚年龄小姐们暗自懊恼，怨自己未能捷足先登。像陈骁这样的黄金单身汉，女性们无不擦亮眼睛盯着，最终竟让个闻所未闻的"灰姑娘"捡了漏。

新娘眉清目秀，是个小有名气的陶瓷艺术家。文艺气质给她的小清新面容上了层光亮的釉，但到底在芸芸美女中算不上艳惊四座。

新郎却是富二代中少见的才貌俱佳。

两人相携并行，谁也不能否认是一对美眷。但其中贫富差距总让人浮想联翩，流言四起。

——在七年前，陈骁与夏秋举行婚礼的那天，虽然来宾中没几个是真心祝福的，但他们两人彼此眼中只有对方。

那是他们人生中最幸福的一天，此后万劫不复。

[2]

而七年后的这天，昂贵石材包围的豪宅大厅中空无一人，陶瓷碎片与玻璃台面碎片混杂，其中还掺着红酒杯的玻璃碴，喝剩的红酒像鲜血淌了一地。

电视中无声地循环着他们结婚当日的录像。

像一句嘲讽，定义了这段婚姻的结局。

也许此起彼落才是世界运转的终极规律。

唐韵从容地放下签字笔，微笑着起身与甲方代表握了握手。她中长发及肩，穿着灰色棉质衬衫和深灰色长裤，眉目温柔。

生意成败从不是谈判桌上决定的，近半年来，她长袖善舞，逐渐在业内争得一席之地，眼下签的这单不是意外收获，不至于喜形于色。

更何况她心有杂念。

她把反扣在桌上、设了静音的手机翻过来，四五个未接来电中没有一个是郑健的，心里不觉闪过莫名的慌张。

会议开始前她给郑健去过一个电话，等待音刚响了一声就被掐断。这种情况以前不是没有，多半是碰上郑健在谈事。这半年他忙于融资，掐断电话的频率也就越发频繁。可两小时过去了还没个回电，是第一次。

唐韵犹豫着是否再追加第二个电话，既怕打扰他，又怕这份焦躁显得小气。一直以来，唐韵和郑健的关系与其说是爱人，不如说更像是战友。比一般情侣多了几分志同道合，少了几分儿女情长。

[3]

郑健知道唐韵经历过的坎坷。

自高三那年唐韵父母离异，家庭破裂，她自己也高考失利，就再未能鼓足勇气重新踏入曾经的交际圈，甚至有点社交恐惧，在人多的聚会上无所适从。所以此前的十余年里，唐韵扮演着各种聚会的缺席者，最后交心过的高中同学中，只留下三五个朋友还偶尔联系，即使这三五人，她也有所保留。

唐韵不爱交际，郑健替她去赴饭局。她对生儿育女缺乏兴趣，郑健又正好是丁克。这样的伴侣，就像计算机系统按需求生成的，挑不出毛病。

郑健是她在上一家公司工作时的客户，在她辞职创业前，两人就已开始交往。唐韵在业内小有名气，除了能力过人，更多是因为桃色传闻。作为集团里最年轻的项目经理，又风姿绰约，少不了被议论，郑健却一句也没听进去，从不猜忌，只管在她做每个决定时义无反顾地追随。

创业之初，唐韵遭遇了不少意料之外的阻力。以前她是员工，但"背靠大树"，代表的是跨国知名企业，客户们自然不敢怠慢，即使生意不成，态度上也会留有余地。现在她成了老板，却失去了平台资源，从前不曾见过的荒唐嘴脸纷纷现形。客户们不再满足于等价交换了，总想要点额外赠品。

唐韵也是商人家庭出身，早知道生意场上不是加减法学得好就能解决问题的，她对社会的看法反倒没那么悲观，既然机械齿轮如此运转，抱怨也无济于事，该在哪里添加润滑剂才是应该思考的。

每当这时，唐韵就会庆幸郑健在自己身边。郑健虽然不能在业务上给她帮助，却足以成为保护她的一重屏障。

可越是担此重任，就越让人提心吊胆。寄予厚望，才更怕失望。

如今他们才刚回上海站稳脚跟，拿到第一笔大单，而唐韵已经三十三岁。她不知道自己还能不能经得起失败，事业和爱情都是如此。

她的预感有时准得出奇，忐忑不安了几个小时，果然接到了坏消息，却与郑健无关。

【4】

电话是赫连瑛打来的，大家平时只叫她的姓氏"赫连"，此时的她没头没脑抛出一大堆消息，每一条都让人难以消化。

"夏秋失踪了，可是她前几天刚问我借了两百万。夏秋十有八九是死了，嫌疑人是尹铭翔，我就知道他们住对门早晚要出事。你说这两百万我能问陈骁要回来吗？"

唐韵也知道这是出了大事，还是忍不住在心里吐槽赫连，到底是关心夏秋还是关心两百万，现在的重点是两百万吗？

隔着电话是没办法让赫连冷静下来了。

唐韵问："你现在在哪儿？"

赫连在那头呜哩哇啦描述前往警察局的路线，永远没重点，其实不过一个导航定位就能搞定的事。

唐韵打断她："我去找你。"

第一章

首 战

[1]

全公司上上下下为"筑建未来亚太展"忙了三个月，可谓万事俱备。但唐韵深知，最后这两天才是关键一役，打得漂不漂亮关系到公司未来三年的发展。

早上九点，人群准时蜂拥而入。

她正带着助理在展位前巡视，交代去跟每个展位做最后的确认，楣板上不要有贴纸或悬挂物、客户宣传手册和礼品在十点前全部发放出去、纸媒和网媒的车马费分开准备……

项目经理追上来反映二楼的展商把易拉宝放在楼梯口挡住了Ｂ区的四个展位，并递给唐韵一份场地图："我们和楼上的会展公司交涉，他们态度非常强硬，还派了两个人专门守着易拉宝不让移动。"

楼上那家会展公司竞标失败，摆明了是故意挑衅。唐韵懒得跟他们纠缠，布置项目经理去找几个模特在附近举牌引流就算了。

这位项目经理刚走，又来一位汇报日语翻译人员实际到位数量不够，临时联系了翻译公司替补，不过日薪比之前找的学生要价高三百元。

唐韵认可了价位，与助理继续巡视，经过门窗遮阳公司展位，见工作人员还在手忙脚乱地摆放铝合金材料，有些不满意，吩咐助理马上去把机动组调过来帮忙。

[2]

助理领了任务去办。唐韵驻足，环顾四周。

不远处公关总监正气急败坏地训斥负责拍摄展会视频的初级助理，码堆的资料倒了一地。

"……这里又没有霸道总裁，你傻白甜演给谁看！每一分一秒都是荷枪实弹，稍有差池就会影响上千万上亿的订单。看看现场哪还有第二个人像你这么松懈！"她翻看着手里的相机，"拍的都是些什么，"气得扔回助理怀中，"抖得我头都晕了！"

向她们走过去的过程中，唐韵已经注意到这小助理的脚被鞋磨破了，她一句也不顶嘴，反而让人有了好感。

唐韵把公关总监梁欢揽到一边，笑道："我对你说类似的话也仿佛就在昨天。"

梁欢想起自己曾经的菜鸟时期，怒火消了一半："已经七八年了。"

"别让人杵在展厅门口哭，记者该到了。"这话有两层意思，一是闹大了让记者看见影响不好，二是提醒梁欢去主持接待媒体，不要把时间浪费在为难小孩身上。

梁欢跟了她八年，自然会意，匆匆往门口走去。

唐韵转身问："你叫什么？"

小助理吓得缩了一下脖子："我？陈小希。"

"我喜欢你的沉默，这种场合任何解释听起来都是狡辩。但跟着我工作更重要的是解决问题的能力。"她递给陈小希一片创可贴，"去处理伤口，换双合脚的鞋，把这里收拾干净，借个斯坦尼康……"

陈小希感激地抬起头，擦了擦眼泪，目光这才和唐韵撞上。

她温柔的眼神里藏着严厉："补好妆。"

[3]

临近中午，郑健拿着一沓资料找遍了整个会馆也没看见唐韵，寻找的过程中还得知梁欢也一并神秘失踪，最后他才一拍脑袋，想到她们也许出了会馆。

果不其然，两人找了个安静的拐角，并肩靠着墙无声地抽着烟，忙了一上午，累得眼神都有点空洞。

站位更靠近门口的梁欢同时也看见了郑健，在垃圾箱顶灭了烟蒂，与他点头打了招呼，擦身而过，回了场馆。

唐韵看见他，站着没有动，也懒得开口，只是笑笑。

郑健走过去亲了一下她的额头，立刻把手里的展商资料递给她："东峪、大世、砺双，失去了这三家展商，我们就失去了整个主楼展区的业务。"

唐韵一手拿着资料，边看边继续抽烟："亲爱的，别这么紧张，我们才创业一年半。"

郑健心急火燎地打断她："我不是紧张，而是帮你找出问题的根源。"说着把和盛地产的资料页也塞给她，"这三家大型建材企业都是和盛地产的供应商，换句话说，也正因为是和盛地产的供应商才能入住主楼。"和盛地产的楼盘资料他也拿到了手，"和盛在杭州、海南、上海的楼盘……全是地王级项目。"

唐韵只觉得疲惫，慢吞吞地一张张接过资料："我不是没考虑过从和盛入手，但他们分管项目的副总职位两年四易……"

谁知郑健又已经等在这里，迅速递上一张人物资料页，人物照印在右上角。

"黄伟，和盛现在的项目副总，只要能搞定他，明年就能打个大胜仗。"

唐韵精神高度集中撑了一上午，现在正头昏脑涨，并不是最适合思考未来目标的时刻，被郑健推着思考，让她有点烦躁："我知道他，以前昌达置地的高管，和我的老东家关系很好。他看不上我们这种新公司。"

郑健却太沉迷于畅想未来，没注意到唐韵的抵触，反而故作神秘地俯下身来耳语："你这么有说服力，我对你有信心。"

唐韵蹙了蹙眉。

郑健不等她回答，紧接着塞过来最后一张影印页："或者说服他也行，和盛的董事会主席陈骁，不过以我们的层面可能很难接触到……"

[4]

八月的上海，十几天不下雨本就罕见，所有人都在盼着降温，反而因心情焦躁而更加酷热难耐。

这一刻的唐韵却突然冒了层冷汗。

她看着照片，猛吸了一口烟："这个人是我朋友夏秋的丈夫。"

"是吗？那太好了！"郑健声音里洋溢着喜悦。

直到他听见唐韵的下一句话："夏秋可能被他谋杀了。"

[5]

一年前那个下午发生的一切都还历历在目。

当警官引领着陈骁从问询室走出来，赫连瑛立刻迎了上去，唐韵却保持在远处旁观。

陈骁面对在妻子失踪当天就上门要钱的朋友有些不悦，但考虑到坏事总是在闺密间传得最快，两百万又不是小数目，态度还算和气，只问她要欠条。

赫连拿不出，因为是闺密，她又没心没肺，压根儿没想过让夏秋写欠条。

陈骁又提出要看转账记录。

赫连同样拿不出，夏秋要的是现金，她只有大额现金提款记录，但陈骁认不认是另一回事。

其间，对面问询室的问询也结束了。尹铭翔刚一出门就冲着陈骁嚷嚷："就是他！警官，就是他杀了夏秋再嫁祸给我！一定是他嫁祸给我的！"

如果非要让唐韵选阵营，她觉得尹铭翔没立场嚷这么大声，作为夏秋的初恋男友，非要搬到人家夫妻对面去住，乐此不疲地搅局，制造的荒唐事一件接一件。就算陈骁是凶手，他也有一半责任。

陈骁面无表情，不理会他，专心与赫连处理债务纠纷："问题是，就算你有欠条，也有转账记录，如果不能证明这是我知情的借款或者这钱用于我们共同的家庭生活，那也不在夫妻共同承担的债务范围内。更何况你现在空口无凭。一般像这样的情况，我的律师会建议你……"

赫连完全不是他的对手，只能焦急又心虚地不断回头看唐韵。

陈骁也就顺势注意到了唐韵，眼角余光朝那方向瞥了一眼。

一眼已让唐韵心寒。妻子生死未卜，他却异常冷静地谈着债务，条理清晰，逻辑严密，仿佛没有感情。

这是唐韵第一次见陈骁。当初夏秋结婚，她找借口缺席，因为婚宴上有自己不愿见的人。而早在夏秋婚前，赫连就强烈反对她和陈骁交往，也没少在唐韵面前碎碎念，唐韵没放在心上，总觉得再不济也总比尹铭翔好点吧。现在看来，实在难分高下了。

[6]

说曹操曹操到。

唐韵刚回到场馆内，带助理巡视到展区交界处，突然看见陈骁在砾双展区附近与人交谈。

郑健虽然说得不是时候，但他的话也在唐韵心里埋了颗种子。在商言商，她当然想抓住这个机会去和陈骁建立联系，却又不确定对方还记不记得自己，贸然上前会不会太唐突反而失去机会。

更何况陈骁这种级别的人物出现在会展上本身就引人注目，没有预告说他要来，反而引发更多猜想。圈子这么小，三五步一个熟人，陈骁在这里见了谁，消息一定会传得很快。唐韵只要一和他说上话，就暴露了自己的火力点，马上会成为和盛旗下公司现在合作方的直接对手。

迅速计算过利弊后，唐韵转身离开。

可是陈骁也看见了唐韵，喊了声"Nicole Tang"就向她走来。

唐韵有种不祥的预感。时隔一年，他竟然一眼就认出了自己。就算夏秋曾经经常对他提起自己，也不可能用英文名来介绍。

他对自己做过背调。

但她还不知道为什么。

这样的场合，他在众目睽睽之下走来，使唐韵成了一个靶子。

陈骁身边跟随的两位女士，一个高挑知性，刚才在和盛资料中扫过一眼，是集团董事会秘书金凌。另一个娇小貌美，来历不明，偏是这位貌美的让唐韵总觉得在哪里见过。唐韵一边走向他们，一边低声问助理是否有印象。助理想了想说没有。

距离近了，唐韵冲陈骁露出一个笑容，不是礼节性的，像听了什么段子的反应。

陈骁就免了跟她的客套："笑什么？"

唐韵说："我们的公关总监刚说这儿没有霸道总裁，我应该叫她过来看看。不过遗憾的是，您没有出现在我们承办的展区里。"

陈骁有点失望，似笑非笑："你真是百里挑一的工作狂，无时无刻不在努力招商。"

"在会展中心不努力招商才奇怪呢。"

唐韵总是公事公办地把人往外推，让陈骁不悦。

他索性把漂亮女人面前的位置让出来，做了个为两人介绍的手势："业务你就得自己和 Iris 谈了，我可做不了他们砥双的主。"

[7]

唐韵上前半步和对方握手，交换名片后低头看了看中文名，吴嘉玲。似乎又没什么印象。砥双实业总经理，以前也没打过交道。

吴嘉玲对唐韵就没什么兴趣，手机一响道着歉就接电话去了。

唐韵不放在心上，她知道砥双的生意做不做得成并不是这个年轻女人能决定的，得看和盛的头头脑脑表态。但她心里又没了底，陈骁对自己的称呼摆明是为了公事，却又在砥双的业务上使出太极推手，究竟想干吗呢？

她把话题引回到陈骁身上，故意用词暧昧起来："陈总居然有兴致调戏我。"

"你怎么知道是调戏不是婉拒？"

看来他吃这套，唐韵继续"顺杆爬"："毫无兴趣的公司，不值得您越界过来。"他们此刻正站在唐韵公司的展区里，而不是和盛旗下一众建材公司所在的展区，陈骁这个举动是一种信号，他不会不知道。当然，越界还有其他意思。

陈骁朗声笑起来，对摆姿态作秀失去了耐性："你错了，我对公司毫无兴趣，只对公司里个别人感兴趣。"

唐韵心里猛地一沉，虽然意外，但机会出现了，成败也许就在接下来五分钟的谈话里决定。

偏巧她手机这时响起，唐韵假装瞥一眼来电显示，立刻切断并静音，回头对助理低语："去看看梁总那边有什么需要帮忙的。"这一系列行动语言都没有过脑，只是在为自己争取思考的时间。她需要尽量拖延，拒绝陈骁的邀请又不得罪他，还得进一步引导他顺着自己的思路，接受自己的提议。

助理匆匆离开。唐韵抬起头重新面对陈骁。

她本来有八分把握，谁知无意间眼角余光瞥见金凌正紧紧盯着自己，不由得紧张起来。唐韵知道这应该是陈骁的心腹，自己的背调很有可能是她做的，她全程一言不发，不放过自己的任何神情，像一台精密准确的监视器。

陈骁开门见山："你考虑过成为甲方的甲方吗？和盛缺一个副总。"

唐韵以为他需要一个总监，没想到是一个总裁。为了满足他期待的戏剧化感受，她本就打算装作惊呆，现在不用装了。

过了半晌，她决定不管对方出什么怪招，都按自己预想的策略以不变应万变："陈总，您别拿我取笑了。和盛的副总哪里是我这种资历能胜任的。"

陈骁果然有些得意："曾经威展集团最年轻的项目经理，创业不到两年拿下亚太建材展三分之一展商，你很有魄力，也很有效率，我需要这样的人为我管理公司。"

"但是隔行如隔山，我对地产业几乎一无所知。"唐韵坦言。

"我可没说过这份工作会很轻松，这对你我都是一次挑战。"

他使用"你我"这样的字眼，而没有使用"我们"，让唐韵对胜算的估计瞬间减去两分。要么他身居高位，对这种文字上的拉拢技巧不屑一顾，要么他另有所图，挖走唐韵的愿望并不那么强烈。

[8]

今天的会面不会有一个结果了。

唐韵决定放弃原本的策略，这次先强调自己的筹码，以后再做其他打算："您应该知道这公司是我和我男友郑健共同创立的，目前是小了点，但贵在专业，我对发展前景很乐观。"

"恕我直言，夫妻店的发展前景用不上你十分之一的才能。拿到三亿注资又怎样？你来和盛，光一个项目就是几十亿的工程。"陈骁摊开双手，做出一个开放的姿势，"海阔凭鱼跃。"

唐韵神色稍变，但很快恢复镇定："任凭天高海阔，我还是更喜欢脚踏实地的感觉。"

陈骁停顿两秒，微笑起来：“哪里更踏实可不一定。齐心起家的夫妻，反目成仇的比比皆是，感情这东西，可信度远远低于利益。你信任郑健吗？”

“您信任夏秋吗？”唐韵脱口问出。

笑容从陈骁脸上消失了。

[9]

陈骁和金凌快步穿过会展中心主楼，向场馆外走去。一路上无数人与刚才的唐韵一样，想上前攀谈又犹豫不决。但陈骁和金凌的步速没有给他们任何机会。

“刚才我提到他们公司得到注资三亿，你注意她表情没有？”

金凌脚踩八厘米高的高跟鞋，却能和陈骁保持一样的速度：“看来她连自己公司的融资情况都不清楚。”

“你去查一查是怎么回事。”

吴嘉玲在砾双展区就看见他们要离开，一路小跑，快到门口才追上来：“陈总这就要走吗？”

金凌代为回答：“下午一点要开董事会。”

陈骁对她刚才的表现不满，忍不住追问一句：“你什么电话这么重要？”

吴嘉玲仿佛听不出陈骁语气中的不满，反而娇嗔起来：“哎呀，我男友打算明天和未婚妻登记结婚，幸好我阻止得及时。”

金凌不以为然：“他知道他是你男友吗？”

吴嘉玲笑笑：“Jennifer，你这什么话呀！”

陈骁绷着脸，一点也不想回应她的笑：“不管谁结婚，你这两天都不能离开现场，多拿一些和盛之外的订单。”

吴嘉玲耸耸肩：“我根本用不着离开好吗。”

陈骁坐进后排座位，司机为他关上车门。金凌坐进前座吩咐司机回公司。吴嘉玲在门口目送他们直到看不见才转身回会展去。

[10]

与此同时，唐韵正在休息室吃着工作餐。除了郑健与她坐在一起，其他员工都聚在远处。

唐韵说："黄伟离职，格局会有所变动。得在消息出来前打听一下他去的是哪个公司，万一是我们的合作方就要先下手巩固关系了。"

郑健不知是被饭噎住，还是被这个突如其来的消息噎住："你、你怎么知道他跳槽了？"

"刚才碰见陈骁。他想挖我去和盛做副总。"

"你？副总？"郑健一时不知道应该先质疑哪个点，"就算挖你……更可能是负责公关的副总吧？"

唐韵摇了摇头："他说漏嘴，忍不住用自己的项目盘有多大来吸引我，应该是管项目。"

"出招真够怪的啊！那你打算去吗？"

"当然不去。这职位两年内四个人辞职，摆明了水深。再说……"唐韵想起刚才自己和陈骁对话时露的破绽，有点心烦意乱，故意问，"你也不希望我去吧？"

郑健忙点头："我当然不希望你去。不过你要是去了，我们就能顺势拿下东峪、大世和砾双……"

唐韵平静地说："我不去也能办到。"

"能搞定陈骁？"

唐韵偏过头，想了想："我需要一张'欠条'。"

"欠条？"

"用来交易的筹码，现在还远远不够。"

"那你有头绪了吗？"

"有一种说法，只要让鲨鱼肚子朝上，它就会陷入昏睡。听上去简单吧？关键是要找到撬动它的点。"唐韵停顿许久，把手中剩下的半盒饭菜放下了，"赫连今天到上海，我待会儿去照个面。已经跟梁欢打过招呼让她负责收尾。"

郑健还继续吃着："行，有梁欢就行。"

唐韵停下动作，观察了一下郑健："你也要离开吗？"

"说不定，可能去洗个车。"

唐韵欲言又止，最终被手机铃声打断，一边起身一边接通电话："到上海了？尹铭翔接到你了吗？"

[11]

赫连瑛正背靠 ATM 机坐在超大行李箱上，全身 Gucci 当季新款加蝴蝶包，像一只大型锦鸡，导致好几个人一看这架势宁愿绕到另一个 ATM 机前去排队跨行取钱。

但赫连好像浑然不觉自己已成机场大厅里的路障，继续旁若无人地通电话："他说堵车，不管他。跟你说件特别奇怪的事，我一下飞机就收到短信，账上突然多了一笔巨款！"

"可能是延误补偿。"唐韵已经习惯了她一惊一乍。

"五十六万呢！"

"……你坐的哪家航空？"

"哎呀别打岔，我认真的，真的多了五十六万。所以我绞尽脑汁，突然想起来……我最后一次见夏秋，就是借钱那次。她跟我说不管发生什么，两百万一定会连本带利还给我，只是可能需要点时间，一年后先还我五十六万，两年后还我剩下的一百六十八万。今天正好到了一年！正好收到五十六万！"

冷静如唐韵，也有长长的几秒没接上话。

"服了你，这么重要的约定你要隔一年才能想起来。"

"唉，谁知道夏秋说的'不管发生什么'包括她死了这种可能性？我当然急了！死人还怎么还钱？"

"那你查了这笔钱的来源吗？"

"不管让客服怎么查，这笔钱没有来源。"

唐韵有点心累，和陈骁说话都没这么费劲："什么叫没有来源？"

"我就说奇怪吧！系统里没显示。"

唐韵沉思片刻："不如你打电话问问李禾多，她在银行工作，也许会知道系统不显示来源有……"话还没说完，赫连就急着把电话挂断了。

唐韵把"哪些可能性"几个字咽回肚子里，感觉饱了。

[12]

赫连瑛立刻拨通了李禾多的手机。

"我账户上多了来历不明的五十六万，是不是夏秋让你帮忙还钱给我？"

李禾多也是闺密圈一员，但和赫连一向关系不太融洽。工作日午餐时间，正在食堂窗口前抢菜，突然莫名其妙接到这种电话，从哪个角度考虑都无法和颜悦色："你是在炫富吗？五十六万不想要可以捐款，关我什么事。"

"怎么可能不是你，在银行工作的除了你还有谁？"

"全中国银行就我一个人？钱多钱少全怪我？"

赫连一时语塞，日常出卖唐韵："……唐韵说是你。"

好像甩出了唐韵的名字，她就更理直气壮似的。

李禾多为了接电话，单手拿餐盘从窗口离开，一转身，刚打好的汤被碰掉在地上，不仅汤全洒了，还溅了一裤腿，这笔账当然又得算在赫连账上了："唐韵让你吃屎你怎么不去吃屎？"

这话一出口，排在她身后的一队人都皱起了眉。

不过赫连好像缺这根神经，反而想深究下去："唐韵什么时候让我吃屎了？"

"高二运动会女子 4×100 米接力前，唐韵让你吃点屎冷静冷静！"不等她继续纠缠，李禾多迅速把电话挂断，总算出了口气。

重新打完汤再回想起来，李禾多才发现自己又被赫连带进什么幼稚阴沟里去了。

但也不是每个人都嫌弃赫连幼稚。

尹铭翔姗姗来迟，抱怨着高架路况太差，一低头发现赫连丧如瘟鸡："怎么啦？"

"高二运动会接力前我做了什么，唐韵让我吃屎？"

尹铭翔把她从行李箱上赶起来，认真想了想："咱俩一起吸气球玩变声，是那次吧，最后差点被麻醉了。"

赫连这才有了点残存记忆，但还是不服气："咱俩一起，为什么只骂我不骂你？"

"我又不用和她一起跑女子接力。"尹铭翔说。可见，赫连的不着调是从小到大一贯的，倒不算什么大毛病。她小时候成绩不错，进了职场也小有作为，除了说话做事容易偏离重点之外大概正常。

[13]

尹铭翔开了辆跑车。

赫连在副驾座上一口气拍了七十多张自拍，如果不是行李箱放在后备厢了，她可能还想拿出衣服来换装。

"所以说运动使人暴躁。当年接力四人组，李禾多脾气最差了，唐韵也不算温柔的，老凶我。"

"夏秋就一点不暴躁。"尹铭翔反驳。

"说到夏秋，我发现新证据表明夏秋没有死。"

赫连话音未落，尹铭翔急踩刹车，导致她手机直接拍在脸上。

尹铭翔把车靠边停下："你发现夏秋没有死，所以你先跟我聊了五公里的运动会？"

赫连不由得拔高音调，突发性暴躁："你喜欢夏秋也不能这样踩刹车啊！我乳贴都移位了！"

"是吗？我不介意。"尹铭翔波澜不惊地看着她。

赫连狠狠捶了对方三下，见对方面不改色，依然瞪着她催下文，才继续说下去："我收到一笔夏秋失踪前借走的钱，银行客服查不到来源，唐韵怀疑是李禾多搞的鬼，李禾多不承认。据我推理，她肯定知道夏秋的去向了。"

"可是李禾多知道夏秋的去向为什么不告诉我们？"

"因为……"赫连转转眼珠，"她很恶毒啊，我知道了！说不定是她杀了夏秋。"

"你刚说夏秋没有死。"

尹铭翔翻个白眼，重新发动了车。

[14]

骁盛公司这间会议室在走廊尽头，僻静又采光好，长条形的会议桌周围一圈大概能坐二十人，外围还有一圈，今天没有用上。

九名董事加监事两人，座席照例阵营分明，和中集团四人在一边，骁盛的人和其他股东在另一边。

金凌主持会议："黄伟副总的离职已成定局，现在他的大部分工作由上海项目副经理兼工程部经理顾峥代理，我们必须在这个月内尽快找到替任。"

和中集团占和盛股份的百分之三十六，是一家大国企，为首的高雷是和中集团执行副总裁，人如其名，雷厉风行，说话也直来直去："黄伟为什么非要辞职？有什么问题不能解决？"

"身体问题。"

"可我听说他已经找好下一份工作了，新生阳投资。难道他的病只在和盛发作？"

金凌将早已准备好的一本文件递过去："这是黄副总的体检报告，肝硬化中期症状，医生建议避免过度疲劳，他已经无法承受公司要职的工作压力。"

高雷只翻开第一页扫了眼结论，就把体检报告随手丢在了桌上。

和中集团的总工比高雷还要年长，说话更稳重一些："不管怎么说，和盛高层人事变动太频繁总会带来负面影响。"

骁盛的财务总是陈骁的舅舅，也比较年长，出面缓和气氛："当然。我们骁盛计划在年内上市，这对我们影响更大。我们会尽量避免这种情况再次发生。"

和中最年轻的董事接话道："所以下一任选谁就得慎重了。我们倒是想到个合适人选。"说着便将一份资料递给金凌。

高雷接着说："吴俊鹏，你们应该都认识，沪升置地的项目总，任期六月结束。"

和中的人继续介绍："他在任期间，沪升置地投资回报率屡创新高。"

"但他离任后沪升置地的审计结果疑云重重，直到现在都没有公布半年财报。"金凌自己是税务师出身，丈夫是知名审计事务所合伙人。和中的人通常不会无视她的意见。

高雷不以为然："那不过是继任者兴风作浪树立权威的手段。他不行，那郭飞呢？他经验丰富。"

"还是得罪人的经验。"陈骁的堂妹陈萱接了嘴。

"他怎么了？"

"就他那火暴脾气，还有酗酒的毛病。请的是高管还是弼马温？"

陈骁忍俊不禁，为了掩饰笑意，在座位上调整了一下姿势。高雷则咳嗽了一声。

在场的所有人中陈萱最年轻，但她伶牙俐齿，又是孕妇，大家场面上都有点对待小辈似的让着她、照顾她。

不过她这次的理由也不太站得住脚，和中的人还想争取。

"可是郭飞手下有不少得力干将啊。"

骁盛王副总摇了摇头："天花板太低，光有干将可不够。"

陈骁的舅舅补充道："这么大年纪还不稳定，恐怕能力和资源都不行。"

"你们想用谁？年轻的……顾峥？"

"顾峥工程部任务已经很繁重，他忙不过来。"

"那还有谁？"

金凌起身，一边分发传递文件，一边介绍："唐韵，交大工商管理硕士。KNE、威展工作经验，创立国内排名前四的民营会展公司……"

"才三十四岁？这也太年轻了吧！而且她操盘过大型工程吗？"和中其他董事小声质疑。

高雷瞥一眼资料，又扔在一边，马上毫不掩饰地大声吐槽："这人听都没听说过。"

"那就是你的遗憾了。你只要见过就会喜欢她。"陈骁面带淡淡微笑。

高雷又捡回资料，指着材料里唐韵的正装照："我见过了。难道现在我们要找个新闻播音员？"

"我们要找张讨人喜欢的脸，来抵消万恶资本家的企业形象嘛，"陈骁往椅背靠过去，半开玩笑地说，"在互联网时代，这挺重要的。"

"那找个代言人不就解决了？"高雷说。

"我们有了唐韵就有了代言人。"陈骁慢条斯理地用手指数着，"她是女性，漂亮，能干，独立。符合这个时代受大众欢迎的所有标准。从此以后，她就是和盛。这能让人们在抱怨房价时忘记我们的存在，而在谈论优质品牌时让我们脱颖而出。"

高雷一副还有反对意见的表情，又说不出反对的理由。

和中的总工倒是在陈骁说话时频频点头："你是怎么找到她的？"

陈骁指指陈萱："他是我妹妹的高中同学，从小看到大了。"

[15]

监事会主席许志杰在董事会上自始至终未发一言，送走和中集团的领导之后又匆匆返回了陈骁的办公室。

"和中集团的人肯定听到了风声，所以才会在董事会上发难。"这话听着仿佛他自己不是"和中集团的人"。他原本先后任职和中集团项目经理和采购部经理，富二代一个，现在受了委派常驻骁盛。人生没受过什么挫折，三十七岁了，遇到点事就急得像热锅上的蚂蚁。

陈骁坐在大班台后，高背椅上，懒懒地说："不用焦虑，黄伟不敢对我们不利。上过同一条船，做什么都得先考虑自己能不能顺利到岸。"

"你知道他对外说的离职理由是什么吗？"许志杰急切地凑到桌前。

"薪水少。"

"简直扯淡。这不是此地无银三百两吗？"他边说边在房间里转圈。

陈骁说："我会找机会警告他的。"

"问题是接下来怎么办？这个唐韵能找来吗？"

"会来的。"

"她在不在可控范围内？"

"会在的。"

"黄伟来之前你也这么说。"许志杰这话近似抱怨，完全忘了自己在对谁说话。

陈骁也懒得跟他计较："我低估了他的胃口。"

"那不也是你的失误吗？你让我怎么相信这次就万无一失？"

"你只能相信。"陈骁用眼神提示他的失态。

许志杰终于被吓得找回了理智："好吧，这次你可一定要看准人，我们已经没有退路了。"

"我们不需要退路。"陈骁对他换回关爱智障的眼神。

这时秘书来电通知董秘要进来。

金凌进门后与正要出去的许志杰打了个照面，点头微笑，径直走到陈骁面前，递上一个文件夹："所有融资合同上都只有郑健一个人的签名，原来的股东中只有唐韵的股份被严重稀释，她相当于已经出局。"

陈骁翻看着："怎么做到的？"

"她签了个让郑健全权代理的授权。"

陈骁摇头笑道："毫无戒心。"

金凌忍不住问："您看上她哪点了？"

在金凌看来，这个唐韵实在没什么出众之处，董事会上故意只提硕士院校而不提本科院校是因为本科院校根本拿不出手，退一步说，交大MBA在高管中也稀松平常，连顾峥都是清华硕士。要单纯凭本事做高管，这学历不够。不计较学历，论背景她就更没什么竞争力，排队等三年也轮不上她。

金凌对陈骁家里出的事略有耳闻，也无意干涉老板的私生活，陈骁要再娶十个女人她也只当看不见，可把女人放到项目总这么重要的职位上，不是儿戏吗？

陈骁合上文件夹，淡淡地说："拭目以待吧。"

金凌站着没动。

"我不得不说……这个人选我从一开始就有点疑虑，但既然是您的判断，我还是无条件支持。只不过想提醒一句，自负者容易操控也容易失控，盲目和莽撞总是共生共栖的。"

陈骁盯着反常的金凌看了几秒，点了点头："嗯。我心里有数。"

金凌有点失望，却保持了应有的职业水准，多余的话没再说，关上门出去了。

[16]

直到四周安静下来，陈骁才终于长吁了一口气。

他下意识地翻开桌上的文件夹，又看见唐韵那张正装照，想起和中集团的人对她的"新闻播音员"评价，不禁笑起来。他记忆中的唐韵可不是这样。

一年前在警察局见面的那天，唐韵穿着香槟色真丝衬衫和包臀短裙，领口解开两粒纽扣。

陈骁与赫连瑛说话时看过她一眼。

[17]

唐韵在尹铭翔家与赫连会合，一起吃了晚饭。赫连开始整理行李，因为不愿回父母家听催生小孩的唠叨，在找到房子之前先暂住尹铭翔家。

唐韵觉得难以理解，赫连好歹也结婚成家了。

"陈正卿知道吗？没意见吗？"指的是赫连的丈夫。

"他见第一面就以为尹铭翔是 gay。"

当事人从沙发上惊坐起："我哪里像 gay 了？"

"除了你，我其他男性朋友都出柜了。"

尹铭翔抗议："那你也不帮我澄清一下。"

"怎么澄清？说你只是恋爱脑的备胎王，心智未成年？"

尹铭翔无言以对。

唐韵端着马克杯站在窗边，看见对面别墅亮了灯，有感而发："我也挺佩服陈骁，出了这么多事居然还住在对面。"

"为什么不能住？"

"从某种程度上说，算是凶宅了吧。"

"整个房子里最凶的就是他自己，他怕什么？"赫连说。

唐韵笑起来："你那钱有下文吗？"

"我已经开始花了。"

轮到唐韵无言以对。

赫连抬头对上唐韵的眼神："怎么了？"转头向尹铭翔寻求支持，"到了我账户我还不能花吗？"

尹铭翔借机报"心智未成年"之仇："我看新闻，国外有个哥们利用银行漏洞花了一千多万，最后财产没收、按诈骗罪抓进去了。"

"你们不也都认为是夏秋还我的吗？"赫连急了，在唐韵和尹铭翔两人间来回看。

"但是夏秋在哪儿？"唐韵提醒她。

尹铭翔补充："也得把夏秋找到才能问个清楚吧。"

"把李禾多打一顿就能问清楚了。"赫连说。

唐韵笑："你们俩的战争怎么还没结束？"

尹铭翔抓紧机会告状："她今天又去骚扰人家，挨骂了。"

"你还好意思说我？你追夏秋的时候我可是坚定地站你这边的，李禾多支持的可是陈骁。要不是这样，和夏秋结婚的就是你了，也不会有这么多悲剧。"赫连愤愤不平。

"但李禾多也不是坏人，我不在场证明还是她提供的。"

赫连愣住了："什么不在场证明？"

[18]

去年夏秋出事前后，赫连丈夫的公司正好也出现危机，她被各种烦心事扰得四分五裂，只知道尹铭翔很快摆脱了嫌疑，而夏秋的案子陷入僵局。

尹铭翔确实不够成熟，缺点多多，但赫连从没见他对夏秋说话超过四十分贝。虽然搬到人家夫妻对面住是令人匪夷所思了点，但也就仅满足于对夏秋好、给陈骁添堵，甘当备胎并怡然自得，占有欲约等于零。怎么可能会是他杀了夏秋呢？

赫连从得知夏秋出事起连一秒也没怀疑过尹铭翔，自然也没深究过他是怎么脱身的，更何况她自己不久后又去了国外。

唐韵反倒比她多了解一些内情："夏秋失踪的那天早上，他被怀疑去抛尸，实际是去了银行，中午还和李禾多一起吃了饭。"

赫连一听就多了毛："居然一起吃饭？你们俩谁请谁的？"

"赫连你等等，"唐韵阻止她偏离重点，对尹铭翔确认道，"我们当时猜测夏秋不在人世主要是因为你后备厢的血迹和头发对吧？"

"对，肯定是陈骁家暴，失手杀了夏秋，再把尸体放进我后备厢嫁祸的。"

"尸体又去了哪儿？"

尹铭翔稍稍迟疑："……又被陈骁转移了吧。"

"但如果以银行转账与夏秋有关为前提，假设夏秋还活着，一切就完全不同了。"

赫连与尹铭翔两人面面相觑。

唐韵对赫连说："你也别跟禾多闹小孩子情绪了，我们得尽快去趟银行，一是找她核实转款来源，二是请她帮忙调取夏秋失踪那天上午银行的监控录像。"

尹铭翔接嘴："警察去年就调过监控，找到我了。"

"不是贵宾室监控，这次要外面的，找的是夏秋。"

[19]

晚上睡前，郑健还躲在地下室打游戏，唐韵去跟他打个招呼："我明天不去展览中心，你们应付得来吗？"

郑健按了暂停回过头："没问题，倒是你在忙什么？"

"陈骁的'欠条'。"

[20]

第二天唐韵开车刚上高架就接到赫连电话，让她别去银行，掉头去公安分局。

两人在门口会合。唐韵把车停好，赫连看见她，从台阶上下去迎她："李禾多今天翘班，也不肯接我电话。"

唐韵以为两人还在闹别扭，又上了两个台阶才突然停住："啊，看我这记性，她今天登记结婚。你也忘了？"

"……她根本没告诉我……天哪……她怎么能在今天结婚？太过分了……"

唐韵再次停住脚步："今天怎么了？"

"今天是我的离婚纪念日啊！"

"你哪次离婚？"

"第二次啊，去年这时候不是为了办离婚手续才回国的吗？"

唐韵一脸无奈："本来就是假离婚，还有什么纪念日？"

"假离婚也是挑了日子的啊！反正李禾多这个家伙就是恶毒。"

大楼门卫让她俩出示身份证进行登记。赫连原计划到银行办事，以防万一带了身份证，有备而来，之前还先进去一趟探了探情况。唐韵在包里一通乱翻才找到。

"现在她没上班，银行不肯随便把监控给我们看，要说服警方帮我们去调监控，我想还是等你来吧。"

门卫登记后给楼上打电话核实。

唐韵问："负责夏秋案件的警官还是去年那个吗？"

"换了个小年轻，看起来就靠不住，不过我还没跟他说上话。"

门卫挂断电话给她们放行，两人一起上了二楼。

[21]

唐韵在大办公室门口驻足，只看见四五个差不多年纪的青年聚着说话，听着像在商量分配工作，几个人都没穿制服，一时分不清哪位才是赫连说的"小年轻"。

警官们谈完事分散开，赫连有了唐韵跟在身后壮胆，马上屁颠颠地凑上前去："请问……是宫警官吗？原先负责我朋友夏秋案件的袁立明警官说把案件交接给您了。"

宫恪早注意到她在走廊里探头探脑，终于知道了来意："那起失踪案吗？"他一边说一边抬眼，目光扫过唐韵，停了一秒。

唐韵没说话，敬了支烟。

宫恪回过神，做了个推辞的手势："谢谢，我不抽烟。"

他风度文雅，和周围其他警官不是一个画风，但一直板着脸，不苟言笑，显得更威严。

他从桌面竖放的资料夹中找出夏秋的打开："我刚拿到这案子一个月，还没有进展，主要是时隔一年，也没再出现新线索。"

"我们就是来提供新线索的。"唐韵说。

宫恪疑惑地抬起头。

赫连非常狗腿地抢着发言："报告警官，我昨天收到五十六万转账，银行查不到来源，但这和夏秋失踪前许诺一年后还给我的金额正好一样，所以据我推理，夏秋肯定没有死。"

宫恪愣了愣，没忍住笑："你还是别推理了。"

这一笑太有感染力，让唐韵也跟着笑了起来，替赫连把逻辑理顺："去年大家都怀疑夏秋已经死亡，警方也基本是从谋杀案的出发点来调查，是因为在尹铭翔的汽车后备厢中发现了她的血迹和头发。任何一个有正常行为能力的成年人都不会任由他人把自己塞进后备厢，因此推断夏秋在进入后备厢前就已经失去意识甚至死亡。可是盘问过尹铭翔证实他没有抛尸时间，这条线索也就断了。"

宫恪点头："是这样。"

"但因为这笔转账，我们现在怀疑夏秋并没有死，而是主动进入后备厢，并在尹铭翔不知情的情况下从后备厢逃离，故意制造了自己的失踪。"

"有这种可能性。"他的表达很谨慎。

"马路上等红绿灯时就算时间许可，从后备厢里突然跳出一个人也很容易引起骚乱。夏秋不会这么冒险。所以，尹铭翔离开小区后第一次长时间停车的地点就变得重要了。"

宫恪翻看看手中的案卷："尹铭翔当天前往的第一站是世新银行真云路分行，证明人李禾多。"

"我们就是想要调取案发当天银行周边的监控录像，这需要警官您的帮助。"

"你们义务警员喧宾夺主了吧，"宫恪从抽屉里拿出警官证和车钥匙，边说边向外走，"交通部门就不用想了，道路监控保留时间没那么长，银行倒是可以走一趟，不过就不知道能不能拍到停车位置了。"

赫连紧跟在他身后："我们能跟着一起去吗？"

宫恪停下来睨着她："我说不能，你会放弃吗？"

赫连知道这就表示获得许可了，高兴地说："不会，我会藏在你的后备厢里。"

[22]

进展并没有想象中的顺利，见过银行值班经理，说明了情况，银行经理也只能摇头表示抱歉，几个监控都覆盖不到当时尹铭翔的停车位置。

既然来了一趟，他们还是想碰碰运气，沿街的商铺一间间访过去，店里就算有监控，覆盖范围也只有门前一小块，有可能拍到停车位置的三四家也早就清空了一年前的录像。

折腾了一上午，一无所获。

三个人又热又累，倚在警车前盖上喝矿泉水。

赫连嘟嘟囔囔地抱怨："过了一年多还上哪儿找监控去。要是一年前这案子是你负责的就好了，你比前任强多了，看着就一脸聪明相。"

官恪慢条斯理地问："你不是说我看起来就靠不住吗？"

赫连吓得站直了，一脸惊恐地盯着他，以为他有什么读心术。

官恪比画了一个接电话的手势："电话里听得见。"

"哎呀开玩笑的别当真嘛，现在才是真心话，看着超帅超聪明。"赫连为缓解尴尬岔开话题，拿着手机凑到他旁边，"来合照一个，我发朋友圈，怎么我也是和刑警拍过照的人了……咦，你怎么上班不穿……那个警服什么的？"她这才注意到。

"太热。"

赫连深感遗憾，马上又生一计："我得把这个车盖拍下来。"说着把官恪往旁边推了推，努力用取景框把车盖上"警察"两个字拍进去，姿势诡异。

唐韵在一旁看着笑，突然想到了什么，回身张望。

官恪注意到她，也跟着回过头："怎么了？"

"这后面是地标性建筑，如果在这儿拍照要把建筑全景拍进镜头，就必然会拍到尹铭翔停车的区域。"

"对，尹铭翔违章停车的区域。"官恪强调道。

唐韵打开手机上的微博开始翻找："所以我们在微博里定位这个地点，查找附近微博，找到去年这一天上午十点半到十二点的自拍照和风景照……"

另两人也跟着拿出手机翻找。但还是唐韵先有所发现："这张！这女生的身影像不像夏秋？"说着把手机递给赫连。

官恪看了眼："太模糊了。"

赫连也说："根本看不出啊……不过这包包倒像是夏秋的包包！"

"包包？"官恪眯了眯眼睛，预感话题进入了未知领域。

赫连却兴奋得头发根都竖了起来："对啊对啊！这个包包夏秋经常拎的。"

"可是同款包也可能有不计其数的人拎过。"

"不可能的，这是热门色、特殊皮，预定一年都不一定买得到。"

"有多特殊？全上海只有一个？"

赫连认真解释："全上海只一个是不可能，可是确实很难买很难买……"

"可以去跟商家要来顾客名单，核对顾客的当日行踪做排除吗？"

"……那工作量也太大了，全球很多专柜，而且好多代购。"

"可你又说很稀有……"

赫连完全无法自圆其说，双手抱头："哎呀跟你说不清，总之要在特定时间、相同地点撞这样一款包太不可能了，这只能是夏秋。"

而宫恪依然整张脸都写着"无法理解"。

赫连扭头向唐韵控诉："啊！直男烦死了，该怎么跟他解释？"

唐韵耸肩回应。

赫连只好对宫恪拍拍胸口："你信姐姐我就对了，不要问那么多为什么。"

"行，我信你。就算我信你，我能因为一张照片上有个模糊人影拎着你认为很难买的包重新开案吗？连报告都没法写啊。"宫恪把矿泉水瓶往车盖上一搁，歪着头反问，"开案理由——因为包很难买？"

[23]

"好不容易看到点找到夏秋的希望，他却只想着写报告！"回家的车上，赫连还在生气。

唐韵劝道："我能理解，毕竟他回去也得说服别人。你别着急，发这些照片的人我们可以一个个去联系，女人嘛，总是会拍很多张挑一张最好的发微博，剩下那些说不定还留着没删，说不定会有其他角度刚好拍到夏秋的脸……"

赫连转而又变得沮丧："希望太渺茫了，全是'说不定'，我怎么能不急。如果能找到夏秋，我就可以当面告诉她我等不到明年，现在就需要这两百万。"

"你要两百万干什么？"唐韵好奇地转过头。

"我也不知道该干什么，救急，或者开公司赚更多钱去救急。正卿那边情况那么复杂，我总得帮帮他吧。"

"可他和你假离婚的目的不就是为了让你免受风险吗？"

赫连一愣，冷静下来："哦，对哦。"

"换句话说，就是为了留这两百万生活费给你。你要去找夏秋，找回两百万，没问题。但不要急躁，他公司的危机不是你能解决的。他的家庭关系这么复杂，亲属间也不能同心，所以退市才拖了这么久，你这小小两百万贴进去只会打水漂，你不要帮倒忙就是帮到他了。"

"哦。"

两人沉默一阵。

唐韵还是忍不住问："你们确定是真的假离婚？"

"真的啦。"

"真离婚假离婚？"

"假的啦，"赫连笑起来，"什么绕口令。"

唐韵腾出一只手摸摸她的头："你确定就好，我怕你被骗。毕竟，世界上互相信任的夫妻也少得可怜。我昨天在会展上遇到陈骁，故意用话激他，问他信不信任夏秋。他回答不了。"

"我讨厌他。"赫连欲言又止，还是说了，"其实我以前一直觉得就是他杀了夏秋，而且夏秋不是死不见尸吗，你记不记得他为了让夏秋在家里做陶瓷，给她建了个窑……"

唐韵不禁打了个寒战："空调太冷了。"

"是太冷了。"赫连忙俯身调高车内温度，"不过，既然他就住在对面，我完全可以直接登门拜访啊！找个借口去检查一遍夏秋的包。如果那个包包不在，就可以证明夏秋带着包包主动逃走了吧。"

"理论上可以，但我不希望你去。"唐韵说。

"为什么？"

[24]

"因为陈骁是个大变态，这还用问为什么。"尹铭翔把点心盘放在赫连面前，言简意赅地总结道。

赫连吃了人家的并不嘴软："你爱着人家老婆，搬到人家对面住，还好意思说人家变态？"

"喂喂，搞清楚顺序好吗，人家老婆在结婚前首先是我的初恋女友。"

唐韵本来没认真听他俩对话，到这儿突然插了句嘴："对了，赵晋航有个初恋女友是不是姓吴？"

赫连抬起头："赵晋航是谁？"

"李禾多的未婚夫。"尹铭翔告诉她。

赫连立刻摆出一张泄气的脸："谁要关心他的初恋女友。"

"就是那个被骗婚又离婚的同妻……"唐韵连忙用手机翻找微信朋友圈，在陈萱的相册里找到一张合影，"喏，陈萱的大学同学。"

"噢——骗婚那个！吴嘉玲啊！"

唐韵终于把两人身份对上了号："果然是她。"

"你搞什么啊她才是骗婚的！"赫连急着纠正，"离婚分了一大笔钱回头又来撩赵晋航。怎么突然想起她啊？"

唐韵从包里名片夹中拿出吴嘉玲的名片："我昨天在会展上见过她，是陈骁公司的供应商。我说看着眼熟！"

"呵，蛇鼠一窝。"尹铭翔感慨。

唐韵拿起包又起身准备出门："我得去告诉禾多。"

"去哪儿啊！打电话说不行嘛！"赫连在身后抗议。

唐韵没理她，头也没回。

赫连嘟着嘴，认真问尹铭翔："你觉得唐韵是和我还是和李禾多更要好？"

[25]

吃过午饭，陈骁在办公室听分管战略投资的副总罗耀汇报。

"计划进展顺利，已经有四个中小股东愿意接受收购邀约提出的报价。除了陈正卿态度坚决，其他股东都有所动摇，公司管理层看重的是长远发展，谈判重点在重组方案和独创技术保护上。"

陈骁撑着脸，一边琢磨一边慢慢说："就按照这个方法继续给他们施压，转移注意力。这个双重赌，你不要掉以轻心，只有两部分都成功才有胜算。"

"银行的合作基础已经达成，我们正在争取更合理的价格。"

"保密工作要做好。外币贷款现在谈下来什么条件？"

"三个月美元 LIBOR（London InterBank Offered Rate，伦敦同业拆借利率）加五十基点。"

"还是太高。"

罗耀微微皱眉，面露难色："这么大额的贷款，行长也受到不少内部压力，让步空间有限。"

"如果我们追加增信措施，基点能降到多少？"

"抵押？恐怕……和中集团……"

"不不，当然是优先信用担保。"

"明白了。我们分析完汇率和利率风险再给您一个方案。"

"双管齐下，务必在上市前拿下生机科技。"

陈骁下达完任务，电话正巧响了，他按下免提。

秘书在电话里语气为难："上周离职的黄总……"

话还没说完，黄伟已经气势汹汹地闯了进来，秘书紧随其后："对不起陈总，他……"

陈骁平静地摆摆手："没事，你去忙吧。"

[26]

秘书出去后，罗耀见形势不妙，也迅速站起来跟着出去："那我先回去了。"

陈骁倒不惊慌，随意地对黄伟指指沙发："坐，"边说边转身来到酒柜前，"喝一杯吗？"

"别跟我来这套。"黄伟胡乱挥了挥手，"是不是你搞的鬼？让新生阳投资取消聘用？"

陈骁不理他，给自己倒了半杯，笑着坐下："我就是打了个电话，问了个问题——新生阳是不是要跟我对着干？"

黄伟没料到他这么痛快地承认，愣了愣："……为什么？我说要走的时候你不是很痛快吗？"

"但在那之后，你可是有点信口开河。"

"你指什么？"

"你知道我指什么。"陈骁慢慢地收敛笑容，"你说过什么不该说的，我可都一清二楚。"

"只不过发了点无关痛痒的牢骚，用得着做到这个地步？"

"是不是无关痛痒应该由我来判断。"

"陈骁，你可得掂量掂量，我还有更不该说的没说。"原先一直称呼"陈总"，如今直呼其名，黄伟这是连表面功夫也不想做了。

陈骁摇头笑："怎么年纪这么大还这么天真？你以为你愿意说，现在有人敢听？"

"你的敌人比你想象的要多。"

陈骁敲了敲茶几的桌面，提醒道："你连我都不敢合作，还敢跟我的敌人谈生意？"

黄伟冷笑："敌人你不怕，朋友你也不怕？和中集团的人早说过想要返聘我，我还没回话。"

"不要低估朋友和我的关系。你连和中哪些是我的人都没有谱，我劝你还是别去蹚浑水。有句话说，只看见叶相触在云里，哪知道根紧握在地下。"

"你也不要低估我。我黄伟从业三十多年，还没人敢拿我当个跑腿的。"

"我可不止当你是跑腿的。字都是你签的，还不够器重你？"陈骁话里有话。

黄伟的脸像万花筒一样迅速变了好几次色："字是我签的，可你脱不了干系。反正我已经这把年纪，提前退休也不算损失。但你就不一样了，你能失去的比我多。"

"谁失去得更多可不好说。"陈骁起身走到办公桌边，一边从活页夹里拿东西一边说，"你的确已经到了退休年纪，连外孙都上小学了。"

拿出的是一个小学生的近照。

陈骁把照片放在黄伟面前："挺可爱的。"

黄伟一下子呆住了，咬牙切齿："你离我家人远点！你也有家人！"

陈骁微笑："你听过狐狸用铜板骗狗熊的真金白银一起花的故事吗？"

他在这种气氛下突然讲故事卖关子，让黄伟感觉极度不适："什么意思？"

陈骁放松地朝沙发后背靠过去，以戏谑的语气说："家人在每个人心里分量都不一样。如果你平时喜欢看社会新闻，就会记得我还是杀妻嫌疑人。"

黄伟眯了眯眼睛，感觉到恐惧，没有接话。

陈骁的身体又前倾回来："我会一直关照好你家里人。你呢，就放心退休吧。"

[27]

黄伟离开后，陈骁马上让秘书把金凌找来："黄伟刚才来找过我。他一辈子没受过这种气，就算理智上能接受，感情上也过不去。我需要你去唱个红脸，给他台阶下。"

金凌不觉得意外，黄伟年纪大，平时工作中对同级别的同事也习惯倚老卖老，离职了跑来对老板叫嚣像是他能干出来的事。

金凌只问："我们要达到什么目的？"

陈骁说："'我想花更多时间陪伴儿孙、休养身体。'——要他自己把这句话说出来，无论谁再问他辞职的理由，只说这句。不要口无遮拦，不要兴风作浪，审时度势，保持清醒。明年这时候我会让他得到他想要的那种工作：高薪，安全。树敌是我最不喜欢做的事。"

"明白了。"金凌点点头，退了出去。

[28]

李禾多在市民中心大厅的等候区坐了一天，给赵晋航的电话也打了无数遍，微信也发了无数条，都没有任何回音。

这意味着什么，她早明白了，但还是不死心。既不想回家一个人待着，也不知道能去别的什么地方，就只在大厅里坐着，百无聊赖地低头玩着手机。

唐韵一眼就从人群中认出了她，在她面前拉开椅子坐下。

李禾多抬起头，见了唐韵有些意外，但人没精神，意外的神色也只是意思意思，从眉毛上轻轻掠了过去："你最好是代表赵晋航来跟我结婚的。"

唐韵笑笑，开门见山地把实情告诉她："吴嘉玲在国内。"

李禾多微怔，转而恍然大悟，叹口气："我就知道要节外生枝！"

唐韵拍拍她的肩："回去吧，这里快下班了。"

"可你说赵晋航到底是什么意思？"禾多指着自己手机上一个定位APP，"在公司待了一天没挪地方，电话又不接，我还以为他在犹豫呢！要不我也不会坐这儿等一天。"

唐韵接过手机看了眼："你去公司看看不就知道了。"

[29]

赵晋航的公司位处一个环境优美的产业园内，几十栋五六层的办公楼，左邻右舍都是世界五百强企业，他们这个小小的创业公司在其中占了六楼朝北的一百多平方米，租金几乎消耗了天使轮得到的三分之二投资。选址时李禾多曾有顾虑，觉得华而不实，没必要租在这里，但赵晋航听不进去，非说门面气派是吸引下一步融资的必要条件，如今门面气派是气派了，下一步融资还不见踪影。

一进公司，就能看见墙上贴满照片和简报，白板上写着互联网和医药等字眼，但已经落了些灰，也不知多久没更新过了。

外间办公间有八张桌子。办公室只有一个员工在工位上吃薯片，还有一个年轻女孩在电脑前打字。看见李禾多，两人脸上都显出惊讶的表情。

李禾多一直走向内间，手机中的定位APP，仍然一动不动。

赵晋航桌上放着一部手机，还连着桌下的充电器。

打字的女孩立刻站起来。

李禾多微笑着问她："其他人都哪儿去了？"

"出去谈业务了，老板……老板今天没来。"

李禾多扬了扬手中赵晋航的手机："他没来我知道，今天感冒了，手机落这儿我帮他带回去。你们也要注意身体啊，别每天加班到太晚。"

打字女孩追出来送她："禾多姐，好久没见你了。"

小型创业公司并没有那么明确的分工。眼前这个女孩就不仅仅只是程序员，因为长得还算清秀，经常跟在赵晋航身边做了半个助理的工作。李禾多觉得能从她这里问到点信息，却忘了她姓什么，只记得她名叫雨涵："小涵啊，最近工作上有没有什么困难？"

"没有没有，挺好的。"

"有什么难处就跟你晋航哥说，没你们出力，他一个人也撑不起一个公司。"

小涵连连摆手："真没有。"

李禾多关切地问："租房挺贵的吧？"

女孩点点头："所以我搬到宝山去了。"

"那上班很远吧。"李禾多拿出一张公交卡，"这里面还有五百块，你平时上下班用，不愿挤地铁的时候就打车。"

"禾多姐，这我不能要。"

李禾多硬塞给她："你一个小姑娘在上海打拼不容易。平时不要只顾着编程，有空多出去玩玩。小姑娘这么漂漂亮亮的，肯定有很多人追。"

女孩羞涩地笑笑："没有呢。"

"那肯定是你要求太高了，回头姐姐给你介绍几个。"

小涵替李禾多按下电梯按钮："谢谢姐。"

"我像你这么大的时候就跟着你晋航哥了，你晋航哥对我一直好得没话说。"

女孩尴尬地笑笑。

"瞧你这小丫头，一点心思都藏不住，不过姐姐就喜欢你这样的。是不是我好久没来，公司里有奇怪的传言了？"

女孩有点犹豫。

"小涵，你这是在做好事呀，我和你晋航哥就要结婚了，你在公司的发展我也能说上几句话的。不过你实在不想说，我也可以问别人，没关系的。"

"禾多姐，我也不是很清楚，他们都说……他们猜你和晋航哥已经分手了……"

李禾多愣住，旋即微笑起来，翻出微信相册给她看："你是不是很久没看晋航朋友圈了？你看我们这样像分手吗？"相册里都是李禾多和赵晋航的结婚照。

小涵惊呆了："老板大概把我分进工作组了，我看不到他的生活照。这样的话……那上次老板见投资人……"她说着又有点胆怯，"老板带了一个女人……"

"是叫吴嘉玲吗？"

小涵松了口气："原来禾多姐知道啊！"

李禾多爽朗地笑起来："她啊，我发小，关系铁着呢。有些场合需要她出面应酬，还是我求她过来帮忙的。"

女孩脸上终于露出了笑容："这我就放心了。"

电梯门开了。

[30]

唐韵从咖啡店柜台前端着两杯咖啡走到门口，递给李禾多一杯："又是因为吴嘉玲吗？"

"果然。这女人真是阴魂不散。你说她缠着晋航到底想干什么？她要是图钱，晋航也没几个钱啊！"

"外人谁知道。想当初夏秋和陈骁堪称天造地设，也会有风云突变的一天。"

李禾多没接嘴。

唐韵只好进一步追问："最近你有夏秋的消息吗？"

"没有，你别听赫连瑛神神道道。"

唐韵沉默。

李禾多叹口气："我现在更想不通的是，晋航平时手机不离身，怎么会扔在办公室一天没回来拿。"

"这还用想，有两个一模一样的手机。"

李禾多转过头看了唐韵几秒："你是遇到过多少渣男啊？"

唐韵笑起来："还记得你有一次在南京西路碰见我时我身边那个吗？"

也隔了将近十年，但李禾多还有印象，因为那是毕业后所有人失去唐韵消息的时期，禾多也是那次才又和唐韵建立了联系。唐韵挽着英俊男友有说有笑地在路上与她偶遇，过得并不像大家猜测的那么糟，让禾多非常意外。

"嗯……比郑健帅。"但禾多没有深究过了几年她身边又变成了郑健。

"他跟我说要去巴厘岛参加朋友婚礼，还给我在朋友圈发了一整天婚礼现场照。"

"结果人其实在上海没走吗？"

"结果我们 facebook 上共同好友发的婚礼照上，他是新郎。原来去参加的就是他自己的婚礼。"

李禾多笑得被咖啡呛着了："'我的朋友就是我'系列的最高境界！这男友你是从'剑三'找的吗？"

唐韵也笑："'剑三'找的反倒好了，至少能更潇洒地分手。"

李禾多走下台阶，回头："世界上从来没有双方都潇洒的分手。"她把咖啡杯扔进身边的垃圾桶，"你再送我一程吧。"

唐韵跟下来："去哪儿？"

"既然吴嘉玲这两天都在忙会展，妈宝男只能是躲回父母家了。"

[31]

门铃响得比平时急促一点。

陈骁打开家门，看见赫连端着一盆烤菜满脸堆笑地站在门口："我想你应该还没吃晚饭。我现在住在对面，过来打个招呼。"

陈骁倒是已经知道她住在尹铭翔家，只不过还搞不清两人是什么关系："所以你和尹铭翔……"

赫连迟疑了一会儿才反应过来他的意思："噢不不不，没有。我只是暂时借住在这儿，我需要一些时间才能找到合适的房子。要知道，两百万人间蒸发之后，挑选就需要更谨慎了。"

"深表同情。"陈骁面无表情。

赫连又忍不住再提借款："说到这笔借款，你可以不认账，但夏秋确实借走了，我们总会想办法来解决的。除此之外她还曾经借过我的一个包，所以我想看看，是不是还留在家。"

陈骁接过她手中的餐盘，从门口让开："请便。"

赫连走进家中，一时迷失了方向。

陈骁阴沉的声音从身后传来："衣帽间在三楼，外间是夏秋的。"

赫连道了谢，往楼上走去。

陈骁准备去餐厅放下餐盘，突然停住："你是不是经常和唐韵联系？"

"是啊。"赫连停在楼梯上。

陈骁露出一丝微笑。

[32]

与此同时，赵晋航打开门，看见李禾多后吓得脸色都变了。

李禾多手里拎着一个护肤品纸袋，注视着他，逐渐露出意味深长的微笑。

赵晋航母亲一边擦手一边从厨房走出来："谁来了啊？"

李禾多从木讷的赵晋航面前走进客厅："阿姨，是我。我估摸着上次给您买的精华和面霜快用完了，这几天专柜有折扣，我就又给您囤了点。"

赵母接过纸袋很高兴："哎呀，还是禾多最贴心，我这儿刚说就剩瓶底上一点儿了，也没时间上街，都舍不得用，你就给我买来了。"

赵父插着嘴，迎上来："你就知道让禾多给你买东西，人家在银行一个月工资才多少！"

"没关系的，叔叔。难得有阿姨喜欢的东西，您就给我个机会吧。"禾多说。

"哪儿的话呀。"

李禾多从纸袋里又掏出一件："我还用积分给您换了个护颈的枕头，看。听晋航说您经常颈椎不舒服，这枕头特好，平时一个要上千块呢。"

赵母喜上眉梢："看看，还是禾多会过日子，又细心又节省。来来来，正好准备开饭了，"她对赵晋航的语气则充满了不耐烦，"赶紧把门关上，要进蚊子的。"

李禾多换了拖鞋，跟着赵晋航母亲走进厨房洗过手，拿出碗筷，走到饭桌前摆放。

赵晋航跟过来，凑到李禾多身边唯唯诺诺："亲爱的……你不生我气啊？"

李禾多压低音量，避着他父母："我为什么要生气？你以为我是结婚狂，非你不嫁呀？我们都是成年人了，有话好好说，觉得太着急想缓一缓直接告诉我，我也是通情达理的，会给你更多时间和空间。但别像今天这样招呼都不打，一个人藏起来，这算什么？幼不幼稚？"

赵晋航笑起来，如释重负，揽着李禾多的腰："老婆我错了，我就知道你最能理解我。这段时间压力有点大，我实在没心思在这个节骨眼上结婚。我保证，等 A 轮融资成功了，公司稳定下来，马上就娶你。"

李禾多把他推开一点距离，和颜悦色道："我不要你的保证，我只要你心里想什么就告诉我什么，我还能帮你分担，别把我当外人。"

赵晋航深受感动，亲了她一下。

赵母和保姆一起从厨房里把菜端出来，赵父也把电视关了，一家人坐下，其乐融融地开始吃饭，仿佛今天是毫无意义的一天，什么也没有发生。

李禾多瞥了眼赵晋航放在桌上的手机。

[33]

唐韵跟着公司庆功唱歌时接到了赫连的电话，她走出包厢，在门口接听。赫连汇报夏秋的包包果然不在家里。

唐韵回答："知道了，你不要在他家久留。"

但赫连没有马上挂断电话："他还让我给你带句话，说是送你个人情。"

郑健从包厢里出来，看见唐韵在门口，有种做贼被抓的慌张，支支吾吾地说道："有个老朋友从北京过来，我去机场接他。"

唐韵点点头，继续讲电话："他说什么？"

"陈骁说，在分清普通股和特别股之前，全权代理合同不要随便签。"

唐韵目送郑健顺着长长的走廊越走越远。

[34]

赫连挂断电话，刚想离开，看见衣帽间内间又燃起了好奇心。她走到门口向下张望，陈骁现在人在楼下，便放大胆子走进内间开了灯。

里面都是男士衣物。赫连走到男士包前，警惕地翻找，发现一张 A4 大小的纸，是一张 B 超单，她读着 B 超单上的内容，眉头紧蹙。

陈骁的声音突然从身后响起："内间是我的衣帽间，夏秋平时不会把东西放进去。"

赫连被吓得以超音速把 B 超单塞回包里，转头看向陈骁：“也是哈，我就随便看一眼。”

“找到你的包了吗？”

“没、没有，真是奇怪。”

陈骁沉默着，紧盯赫连，仿佛已看透一切。

赫连哆哆嗦嗦地从他身边挤出门去：“那，我先回家了。”

[35]

逃出门外，赫连被风一吹，才感到一层冷汗贴在背上。回望陈骁和夏秋的家，她拍了拍胸口，马上又拿出了手机。

曾经亲密，又经历过四分五裂的朋友们在这个晚上再次被赫连拉进同一个微信群里。只不过这次，曾经连接她们的那个人缺席了。

此时的陈萱正疲于督促三个孩子做功课，还没看见放在桌上的手机里多了新消息提醒；而在赵晋航父母家沙发上闲聊的李禾多，瞥了眼群消息，但没有回复；唐韵从 KTV 门口走向自己的车，手心感受到收到群消息的振动。

一点手机屏幕光亮在夜色中。

“明天约下午茶吧，我发现了惊天大秘密！夏秋失踪的时候怀孕了！”

第二章

陷　阱

[1]

"什么？"

天台咖啡馆，闺密们再度重聚。声称发现了惊天大秘密的赫连反倒被其他人带来的消息震惊："夏秋出事前就已经流产了？"

唐韵不像她这么咋咋呼呼，但对此也颇感意外，她和赫连连夏秋什么时候怀孕过都不知道。

陈萱说："她还不是想等满三个月胎稳了才昭告天下吗，谁知没到三个月……"

赫连又愤愤不平地与禾多争起了宠："陈萱是她小姑，但你是怎么提前知道的？"

李禾多白了她一眼："我陪她买的验孕棒。谁让你在国外呢。"

赫连虽然不甘心，但也只好作罢。唐韵推了推时间，当时自己正被创业后第一个大单牵扯着，确实很少和夏秋联系。

陈萱笑："赫连，你啊，真是一惊一乍，我收到微信还以为她什么时候又怀孕了。"

李禾多闷闷地接话："人都不在了，怀什么孕。"

陈萱转而叹了口气："夏秋也是运势不好，飞来横祸一桩接一桩的。"

赫连和唐韵同时露出惊讶之色，对陈萱这句话产生了好奇："飞来横祸？"

禾多没眼色地把盘子往唐韵面前送了送："谁还要吃司康？"

"我够了。"唐韵摆摆手，接着问陈萱，"夏秋不是自然流产吗？"

李禾多一边吃着司康一边打岔："现在讨论流产还有意义吗？"

唐韵察觉到禾多明显想转移话题，而陈萱又一副事不关己的架势，决定先抛出个诱饵引陈萱上钩："我和赫连发现夏秋没有死。"

陈萱果然撑着椅子扶手坐直了："啊？不是都说尹铭翔杀了她吗？"

"尹铭翔怎么可能杀她！"赫连嚷道。

"警察在尹铭翔的车后备厢发现了她的头发和血迹啊。"

"尹铭翔说是你哥陷害他。"赫连反驳。

"哪个凶手不说自己无辜。"陈萱坚定地站在陈骁一边。

唐韵可不想让话题奔着小儿科拉锯战的方向发展，赶忙出面制止她俩："别争了。总之夏秋没死，是主动失踪的。"

"怎么回事？"陈萱的注意力再度回到案情上来。

"我们找到夏秋案发次日出现在马路上的照片了。"唐韵故意没有说找到的只是模糊身影，抛出的结论越肯定才越有说服力。

陈萱果然被圈进了八卦局，眼神炯炯："劲爆啊！为什么会主动失踪？那现在人在哪里？"

李禾多不咸不淡地劝道："你一个孕妇少操点心啦，情绪波动对胎儿不好。"

陈萱下意识地抚摸肚子，稍稍平复情绪："噢，夏秋这个人……都快成都市奇谈女主角了。"

"为什么这么说？"唐韵给她透露信息，要的就是她打开话匣透露出更多信息。

"当初她车祸流产，那个肇事司机到现在都没抓到呢。现在又来个主动失踪……"陈萱探过头反问唐韵，"你说，这两件事情有关联吗？"

这时，服务生端着蛋糕朝这边走来，李禾多像饿了好几天没吃饭似的，异常激动地起身张罗："咱们的蛋糕终于来了！"

她正好挡在唐韵和陈萱之间，让两人的讨论告一段落。

[2]

唐韵还在琢磨着肇事逃逸，其余三人分吃着蛋糕，没再聊夏秋。禾多看似不经意地向陈萱问起她是否还有吴嘉玲的消息。

陈萱矢口否认："没有啊，她不是回美国了吗？"

"回美国也不至于断了联系吧。"

"懒得联系。"陈萱反问，"你怎么会问起她，你和赵晋航之间又出什么问题了吗？"

禾多看了唐韵一眼，确定唐韵不想插话，便也否认："没有。我就是随便问问。"

"你这问得可不随便。"陈萱直视禾多的眼睛，有点虚张声势，想要唬住对方。

禾多假装吃了这套，笑着转移话题："对了，你在哪家医院产检，有推荐的医生吗？我和晋航也计划着该要宝宝了，想咨询一下备孕的事情。"

这话题是陈萱感兴趣的："我在红房子啊，回头把医生电话发给你。你们想要男孩还是女孩？"

"这还能挑？"

"去找我的医生，一句话的事。"

"骗人。"

"骗你干吗？我头两胎没找她，第三胎找了她，还有这次。喏，"陈萱习惯性地摸摸肚子，分外得意，"又是男孩。"

禾多知道她以此为傲，顺着问："这么神啊。"

"你就尽管说，喜欢男孩女孩？"

"晋航是比较喜欢女孩，我无所谓。"

陈萱一副过来人的腔调："你听他胡说，男人都是嘴上说喜欢女孩，心里谁不想要儿子。"

唐韵听着她们的谈话，有些坐立不安。

赫连从蛋糕上突然抬起头插问一句："那当初夏秋怀的是男孩还是女孩啊？"

"两个月还不分男女。"禾多用看傻子的眼神关怀她。

陈萱笑笑："赫连你看，没生活经验了吧！你打算什么时候要啊？"

"我自己还是个宝宝好吗。"

也不知陈萱还要主导多久关于生育的话题，唐韵坐不住，借口要上洗手间去走廊透气了。

[3]

慈善基金会捐赠现场，巨大的 LED 屏显示"慈善天下，大爱无疆"。台下上百名宾客分坐在圆形餐桌前，有商界人士也有家属，三十多名记者分布在会场两侧拍摄记录。

陈骁站在讲台中心装腔作势地做压轴讲话："……作为企业，更应该对社会履行应有的责任，所以对慈善事业的支持，一直是我们和盛坚持不变的理念。"说着他向舞台一侧伸手示意，礼仪举着捐款牌上台，上面写着"和盛地产"，捐款金额"壹仟万"。

站在他身后的主持人惊叹着上前宣布："和盛地产捐款一千万！"

台下掌声响起，陈骁等掌声渐小："另外，为了表达对慈善事业的支持，我将以个人名义再次捐款五百万。"

掌声又掀起一个高潮。

"谢谢。"他对台下和主持人微笑着点头，迅速退场。主持人继续留在台上收尾。

陈骁刚下台，金凌便跟上了他："陈总，有两件事。上海项目部说来了几个资深记者想进工地参观，我认为现阶段不适合宣传，您觉得呢？"

"你考虑得对，但是把他们请走要注意态度，得罪谁也不能得罪记者。"

"知道了。"

"另一件事呢？"陈骁问道。

不远处有人和他打招呼，陈骁笑着挥了挥手示意问好。

金凌拿出 iPad 给他展示："昨天罗耀上了新闻头条。"提到的人是和盛负责战略投资的那位副总，北大经济学士、哈佛 MBA，KNE 咨询和中国网通的工作经历，能力没话说，就是隔三岔五像脑子进水似的做些吸睛壮举。

屏幕上是一则新闻报道，标题醒目——和盛地产高管千万高价拍得先锋画作。

下面配着罗耀拿着一幅画笑得很灿烂的照片。

陈骁不禁蹙眉："又来了？"

连陈骁都用了"又"这个字眼，也知道他不是省油的灯。金凌是拿他没辙："确实应该和他谈谈，可是我的话他听不进。"

陈骁说："我来吧。"

两人缓步朝车走去。

[4]

郑健推门进来时，唐韵正倚在办公室窗口边抽烟，神情有点落寞，不过郑健太兴奋，没有留意。

他低头看着资料走到唐韵身边："这几天的会展项目总结，你看一下，"说着递给唐韵其中几份，"这几家客户已经迫不及待要跟我们签长约了。"

"长约又怎样，毁约还不是家常便饭。"唐韵反应冷淡。

郑健这才注意到："怎么了，亲爱的？"

"只是感慨花无百日红。"

郑健一头雾水："我们势头挺好的啊。"

"有多好？还能再谈几年恋爱？"

郑健愣了愣，发现唐韵和自己说的不是一件事，忙掉转方向："别说百日，百年以后我还是一样爱你。"

"也对，百日百年没区别，全凭一张嘴。"

唐韵和平时不太一样，郑健很快猜到原因："闺密聚会不愉快吗？"

"闺密预产期在十一月。"唐韵说。

郑健惊讶地挑眉，故意抖个机灵："所以你想让我马上求婚，然后你也赶紧去生孩子？"

"怎么可能。"唐韵瞥他一眼，"我是怕哪天你想要孩子，在孩子和我之间选择了孩子。"

"我有你就满足了。"

"谁能保证想法永远不变呢。"

郑健笑起来："拜托，我才是坚定的丁克主义，你只是讨厌小孩，要变也是你变。"

唐韵没跟着笑："我绝不会把一个生命带到世界上来，有一天又觉得他多余不知该送哪儿去。"

和唐韵交往时间不短，虽然唐韵对自己说过家事，但没见过她因此陷在忧郁情绪里，郑健感觉到这次有点反常，小心翼翼地宽慰道："过去的事就放下吧。就算你父母各自成了家，也还是至亲嘛，"他稍稍停顿，提议，"改天我们一起过去看看他们？"

唐韵摇头苦笑："不用了，免得大家难堪。"

郑健把唐韵推到座位上坐下："别多愁善感。你要这么想，我们已经有孩子了啊。公司就是我们的孩子。"

唐韵的办公室是半开放式的，落地玻璃隔墙外就是公共办公区域全景，繁忙的办公景象使她暂时忘了压在心上的那块大石头，找回一点欣慰："这孩子长得真迅猛。"

"哪天你不想要这孩子了，工商局注销多方便。"

"你能让我这么干？"

郑健在她身边蹲下，正色道："创立公司那天我怎么说的？这是你的公司，我只为你鞍前马后，你要往东我绝不往西。"

"还是创业那时候好。"唐韵感慨。

"进入红利期以后才是真好。"

红利期会怎么个好法呢？

唐韵从来没有过问过公司融资的具体情况，她把更多的时间精力放在经营上，一直认为自己和郑健各有分工配合默契。

却是一笔糊涂账。

唐韵心中有一千个关于融资细节的疑问，她知道陈骁不会捕风捉影，他既然阴阳怪气地传话提醒，一定是找到了什么能离间自己和郑健的证据。关键是……郑健是故意的吗？他会利用自己曾经签过的授权故意做有损于自己的事吗？

可话到嘴边，却又成了情感问题："以前我一直问自己，为什么总是遇到错的人，是不是我做错了什么，直到遇见你。"她盯着郑健的眼睛，想从中找些线索，"我可以相信你这份长约的，对吗？"

"当然。"郑健目光闪烁。

[5]

午饭过后，陈骁设法和罗耀同行回办公室，起初只想敲敲打打他，并不打算把气氛闹得不愉快。

"昨天的新闻看了吗？新生阳副总离职了。"

"性骚扰？"罗耀朗声笑起来，"都传闻是得罪了股东，否则这么点事⋯⋯显得小题大做。"

"媒体曝光后舆论倒逼。"

"真的只因为舆论？那公司未免太不近人情。"

"公司只能丢卒保车。"

罗耀还是笑："也怪他自己没有过河的本事。"

暗示根本不起作用，陈骁只好直表其意，把话题引到罗耀身上："听说你最近也成了新闻常客？"

"啊，是指拍卖会？"罗耀反应过来，"我这新闻性质可不一样⋯⋯"

"稳妥起见，还是应该尽量减少曝光率。"

"我既不违法也不悖德，何必草木皆兵呢。"罗耀嬉皮笑脸的，分明没当回事。

陈骁严肃地说："你无法保证舆论总是朝你期待的方向发酵。"

"拍了幅画而已，能怎么发酵啊，哈哈！"

"仇富是全民心态，都喜欢看有钱人捐钱，不喜欢看有钱人花钱。"

罗耀再次大笑："我无所谓，我甚至偏想做个让人恨得牙痒痒的有钱人。"

陈骁不得不再次对他挑明："但公司不想成为众矢之的。"

"我这是个人行为。"

"你是公司副总，个人行为还是公司行为，在别人眼里不可能泾渭分明。"

"我看就算对公司有影响，也只会是正面影响，证明我们收益丰厚、发薪慷慨啊。"罗耀自以为聪明地狡辩。

"只要有影响，无论正面负面，都是在聚光灯下冒险。"

罗耀停下来看了眼陈骁，收起笑容："难道公司有什么需要特别藏在暗处吗？"

"收购处于关键时期，你是负责人还要我提醒？"陈骁察觉到谈话的主动权发生了转变，又把矛头指回罗耀身上。

"光是收购，我认为不至于避人耳目。"罗耀最不喜欢"被人提点"，更重要的是，他也想借机搞清一些事。

"这由不得你认为。"

"是不是上海项目那边……"

"你想问什么？"陈骁打断他。

"我只是担心，从前两个季度公司盈利额来看，现金流不足以支撑收购。"

陈骁一笑而过："一期即将完工，工程回款肯定会远远超过前几个季度。"

罗耀并没有笑："工程回款虽然增加，但三亿美金的资金缺口……"

陈骁再度语气强硬地打断他："罗耀，你关注大局是好事，但现在首要任务是收购生机科技，你必须把全部精力都放在收购上。"

罗耀沉默几秒。

陈骁的态度已经不允许他再追问，如果继续坚持，自己讨不到什么好果子吃。而且罗耀的目的显然已经达到了。现在他明白了两件事，上海项目果然有见不得光之处，这不是自己有资格知道的内情。

他态度软下来，故作轻松："是是是，反正我也不懂工程。既然现金流没问题那我就放心了。"

"不要再上任何新闻。"陈骁不想再给他一次反驳的机会，明确下达了指令。

罗耀又恢复了乐呵呵的状态："放心吧，其实我一向很低调的。"

他一边说一边推开自己办公室的门，正门口的墙上挂满了巨幅照片，全是罗耀和各种政府要员、商界大佬的握手合照，仿佛他们全是他的粉丝后援会似的。

陈骁感到太阳穴跳着疼，深切体会到——猪队友比神对手还可怕。

[6]

赫连从闺密聚会回来一个人闲着无聊，出了门在小区里瞎逛，当然，主要还是绕着陈骁家的四周转，妄想从墙砖花草上看出端倪。

夏秋与陈骁结婚时是他资金相对短缺的阶段，为了建新会所，夏秋还曾把自己和朋友的钱借他用。当时置办的这处房产，并不是小区中心最大的楼王，而只是其中普通的一栋，与四周其他房子间距不远，还能算得上有左邻右舍。后来陈骁发迹，夏秋住惯了不愿搬家，便一直住了下来，没再搬去更大的豪宅。

赫连正在陈骁家后院探头探脑，突然一个四五岁的小女孩叫着"阿姨阿姨"跑过来抱住她的大腿，赫连吓了一跳。

小女孩的妈妈赶紧从旁边那户的院子里跑出来把孩子拖开："不好意思啊。她看见长得漂亮的人就热情过度。"

"没事没事，"赫连俯下身对小女孩笑眯眯的，"不要叫我阿姨，要叫仙女姐姐。"

小女孩不给面子："幼儿园老师说上学读书的才是姐姐，不上学的是阿姨。"

赫连摸摸她的头，借机与小孩妈妈搭讪："我是对面新搬来的，想过来跟左邻右舍打个招呼，"说着凑近小声，"不过听说这家有点可怕，家里出过事……"

小孩妈妈有些怀念地看着陈骁家的院子。小女孩绕在四周拍球，她也闲着，就对赫连打开了话匣："如果夏秋还在的话，一定会请你进去聊聊天。她也是好相处的人，以前宝宝还小的时候，她经常帮我照看孩子，对孩子是掏心掏肺没原则地好，有次我家宝宝闹着要她院子里的石榴，她马上就爬上去摘，那时候她刚怀孕，很危险的。事后我听了都吓出一身冷汗，把我们家阿姨骂了一顿，小孩胡闹，大人怎么能跟着没分寸。"

"难怪我听说她流产了，"赫连故意说，"平时大概都不注意。"

邻居皱眉瞥了她一眼，不太喜欢她了。

赫连紧接着解释："啊，是前两天晨练的时候东区那边一个阿姨告诉我的。"

邻居收起了敌意："别听她们瞎传。夏秋是因为车祸受伤才流产的，这种事怎么注意？车祸那事当时也是议论纷纷，从那之后，他们夫妻俩的关系好像也变紧张了。"

"男主人？是个什么样的人呢？"

"她丈夫我只见过几次，感觉怪怪的，夏秋很热心，他却冷冰冰的，不像一家人。"

赫连再次神秘兮兮地故意压低声音："听说家暴是吧？"

"没根据的话可不能乱传，我没亲眼见过，也没听夏秋说过。车祸后吵架是听见过，可天下哪有夫妻不吵架？吵架特别凶也只有夏秋出事那个晚上……唉，这么好的人，命却不太好。"

赫连还在琢磨她的话，对方却主动扔出了惊人消息："时间过得真快，一晃已经出事一年多了。我前两天在门口看见他带了一个女人回家。"

"一个女人？"赫连眼睛噌地亮起来。

"没看清长相，端着烤盘，两人有说有笑。"

那不是我本人吗？

赫连尴尬而不失礼貌地笑了笑。

[7]

尹铭翔下班刚进门，赫连就从沙发上跳起来："尹铭翔，我有重大发现！"

"你每天都有重大发现。"尹铭翔反应平平。

他边说边松开衬衣扣子，赫连跟在他身边在客厅来回转："刚刚我去小区里调查了一圈，没想到真让我发现了重要线索。我碰到一个邻居，她和夏秋很熟，通过她的描述，以及我缜密的分析推理……"

尹铭翔把公文包扔在沙发上，坐下："说重点。"

"我听说当时夏秋车祸流产后一直和陈骁关系紧张……"

"这我知道啊。"尹铭翔心想果然又是诈和。

"没发现吗？车祸是夏秋失踪事件的导火索啊！夏秋不就是在两人大吵一架之后失踪的吗？"

听赫连提起车祸，尹铭翔突然沉默，神色也黯淡下去。

"怎么了？"赫连察觉他不对劲。

"车祸那天晚上，我开车去市区，和救护车擦肩而过，还有印象。"

"是去救夏秋的救护车？"

尹铭翔点点头，陷入感伤："如果我早点出门……"他稍作停顿，叹了口气，"早点出门也没法阻止事故发生。"

"为什么？"

尹铭翔把她拉到书房电脑前，上网打开地图指给她看："夏秋走的这条路不是市区直通家里的，而是绕了好大一圈。我在主路上根本遇不到她。"

"干吗要绕路？"

尹铭翔耸耸肩："我哪知道。"

[8]

唐韵接到赫连的电话时正在开车，看她没有长话短说的迹象，只好开了蓝牙耳机听她喋喋不休述说自己刚刚获得的重大线索。

不过在唐韵听来，她的发现并不是毫无价值。

"如果像你说的，她走了反常的路线，没有监控，而且正好出了车祸。那巧合就太多了。"

"对吧！还是你聪明，懂我。"

"我们想想她当时为什么会走那条路。"

"迷路了吧？"赫连从自身经验出发猜测。

"陈骁的司机天天往返于市区和他家之间，不太可能。"

"那你觉得是什么？"赫连反问。

"特地去见某个人？"

"见什么人呢？"

"客户？朋友？"

"也没什么人重要到让个孕妇大晚上去见吧！"赫连道出了问题关键。

"你说得对，她根本没有理由去走那条路。"

"要不就是司机想走那条路？"赫连再开脑洞。

唐韵觉得继续乱猜也不会有结果："我们需要知道更多关于车祸的信息，最好是能找到交通事故报告。"

赫连问："你交警队有朋友吗？"

"没有，但是我们认识刑警队的人。"

赫连秒懂她想到了谁："宫恪？他一定有交警队的朋友，不过我不想跟他说话。"还在因对方嘲笑她的"包包难买"假说耿耿于怀。

[9]

罗耀是分管战略投资的副总,却突然跑到项目工地巡视。工程部经理顾峥有点意外,但也只能陪着他四处转。其间电话又响,顾峥接听了更加烦躁。

罗耀看出来,等他挂了电话:"什么情况?"

顾峥无奈地说:"抱歉了罗总,我得去一趟一期工地,昨天来了几个破记者要采访,送走后今天又来了……"

罗耀不解:"送走,什么意思?"

"公司下了通知,禁止采访拍照。"

"有什么不能接受采访的?"

"我哪知道,董秘亲自叮嘱的,我们只是执行。"

"重点项目应该重点宣传,怎么能把记者拒之门外?"罗耀的鞋尖敲了两下地面,他低头思索金凌这葫芦里卖的什么药。

顾峥想三言两语打发罗耀赶紧离开,一个女工程师又急匆匆地跑来:"顾经理……"

顾峥看她沉不住气的样子就有点恼火:"又怎么了?"

女工程师扶了扶歪掉的安全帽:"设计部的刘总和咱们工程部的人吵得不可开交,您还是过去看一下吧。"

顾峥转身就走:"那记者那边你去处理。"

"啊?我……"女工程师面露难色,顾峥却已走远。

罗耀的声音从她身后响起:"记者那边我来处理吧,你带我去。"

女工程师抓住这根救命稻草,分外高兴。

[10]

工地办公室内,顾峥、刘凯阳等二十多人挤在办公桌前,围着座机电话和图纸站了一圈。

顾峥对着电话大声抗议:"是这样的陈总,现在我们的问题是这个车库连桑塔纳都停不进去……"

刘凯阳打断他嚷道："谁说不能停进去！"说着转头语气缓和地对着电话，"陈总，我查过了，桑塔纳已经更新换代，原先四米六八确实有点够呛，但是现在新版都是四米四七，绝对可以停进去的。"

电话那头是陈骁。他听见顾峥用嘲讽的语气说道："刘凯阳，我们的豪宅售价上亿，你觉得业主会开桑塔纳吗？"

又听见刘凯阳甩锅争辩："是你先说的桑塔纳。"

陈骁有点痛苦地抚了抚额。分管项目的副总缺位，底下这几个中层没一个省心的，居然架都吵到他面前来了。但没办法，也只能他出面平息事端。

他忍着怒火问："刘工，车库设计是按什么比例计算的？"

"我们当时考虑了市面上多个车型，为了合理利用空间，最后按照两辆大车和两辆小车的车距计算。"

顾峥又插嘴："那如果业主有三辆大车一辆小车怎么办？"

刘凯阳立刻梗着脖子反驳："这都已施工完了你还能怎么办？"

顾峥将他一军："好，可以不改车库，那以后验收通不过、房子卖不出去，责任都你们设计部担。"

刘凯阳有点慌张，忙对电话解释："陈总，改车库的话，房间径深会受影响，变得又窄又长，很不美观啊。"

陈骁听着俩人的对话，没立刻回答。

顾峥话里有话："如果设计师水平高，没有解决不了的问题。"

刘凯阳争辩："但墙体里本来就有两根承重柱，把墙敲掉柱子也移不走。"

"那就把门敲掉往外拉。"

"可那就和入户门不在同一水平线……"

陈骁适时打断了他俩的扯皮拉锯战："好了，情况我已经知道了。"

顾峥、刘凯阳立刻沉默下来。

错出在设计上，刘凯阳纸上谈兵。但顾峥得理不饶人，也不该让他尾巴翘上天。

虽不精通工程，陈骁大致听明白了，他决定和和稀泥："我觉得现在的问题，已经不是车库设计，而是理论与实践。大多数人都忽略了一些实际性的细节，而这些细节恰恰是我们的弱点。"先表扬顾峥，"还好这次顾峥发现问题，现在还来得及补救。"

顾峥得意，刘凯阳受挫："是，陈总，是我们忽略了实际情况。"

再安抚刘凯阳："我知道，刘工你的出发点是为公司着想，这样吧，再给设计部几天时间解决车库问题。"

刘凯阳受到肯定，又恢复精神："好的，陈总，保证工期内完成。"

纷争解决了。但在陈骁照顾不到的视野外，又出了新漏洞。

[11]

正在建设的楼盘工地上，罗耀正带着记者们四处转，一边介绍，一边用手指了指远处正在建设的楼盘："多拍几张，选角度好的啊。你们可以援引我的话，这个项目在未来五年都不会被超越。"

记者们纷纷拍照，又拿小本子记录。

女工程师有点惊慌，小声劝道："罗总……这不行……"她准备上前阻止，却被罗耀笑着拦下。

罗耀压低声音教育她："做人是得低调，但做事要高调，这句话懂不懂？"

女工程师半是不解半是无奈。

罗耀转过身，笑着招呼记者往另一处楼盘走去："来来来，别只拍这一栋，那边还有私家别墅，我们过去看看。"

顾峥哪里知道，罗耀最喜欢的人就是记者。罗耀这人确实有才，但没什么背景，多亏了记者们把他捧成了精英领袖，他才能获得一份越来越光彩夺目的就职履历，"上镜率"关乎他下一次跳槽是否能再上一个台阶。让他去接待记者，岂不是给老虎送猪头吗？

[12]

赫连严正声明，拒绝和宫恪说话。去找他联系交警的任务自然落在了唐韵身上。她刚把车停好，就在停车场听见了熟悉的声音，庆幸不用在包里乱翻身份证去登记访客了。

"最多还有十分钟……"

"这都第几个十分钟了，我时间很宝贵的！去去去，我来。"

唐韵走过四五辆车的距离，正好看见宫恪脱了制服塞进身边警员小弟的手里，滑进车底下开始修理底盘。

警员小弟注意到唐韵在身边站定，兴奋地"噢"了一声，很快意识到对方不可能是来找自己的，赶紧俯下身："副队，美女失踪案的美女朋友来了。"

宫恪从车下狭窄的视野望出去，只看见一截嫩笋般的小腿在阳光直射下白得晃眼，缎面尖头高跟鞋，鞋跟内侧露一点裸色。视觉效果使温度升高半度，焦灼感让人不适，湿漉漉的汗水贴着脊背。

"宫警官。"是唐韵，声音从不远的高处沉下来。

"又有什么重大线索了？"宫恪故作不经意地调侃一句，又接着吩咐警员小弟，"扳手给我。"

扳手递到眼前，伸进来一段白臂如玉，纤长的手指涂着酒红色亚光甲油，它们在暗影里宛如落日下的鸟鸣，尖锐又缠绵。

车下的空气像是突然塌缩，四面都受力挤压。

一定是天气太热。

宫恪微曲起腿，调整姿势略略侧身，不小心膝盖撞上车底盘。

欲盖弥彰了。

这几秒漫长得像过了几个世纪。意识到自己停顿得太久，他伸手去接，有点吃不住力，险些让扳手从手里滑出去。

"谢谢。"生怕暴露了呼吸，他声音很轻。

唐韵毫无觉察："夏秋之所以失踪……"

"这就进入正题了？"宫恪闷闷地说道。

唐韵问："宫警官不是时间宝贵吗？"

宫恪干咳一声，太阳穴跳起来："接着说。"

"夏秋失踪是因为她的生命安全受到威胁。这个开案理由够充分了吗？"

"你是指她丈夫家暴吗？"

"不是她丈夫。"

宫恪停止拧动扳手，探出身体来看向唐韵。

距离近得令人意外，她逆着光，撑着一把遮阳伞侧蹲在车边，一条腿的膝盖比另一条略低一点，整个人就像从哪里吸收了光再平静缓慢地释放。

"案发前两个月，一场车祸导致夏秋流产，警方遗漏了这条线索。"

这话他不爱听，回过神，才发现唐韵一直主导了对话。

宫恪退回车底，假装继续修车，语气有点不友好："你凭什么认定我们没调查过这条线索。"

"那样的话，案件就不会在排除尹铭翔的嫌疑后陷入僵局。"

她有理有据，但宫恪还是不服气："也可能警方希望把时间用在更有意义的案子上。"

"一名出色的刑警，会重视别人觉得没有意义的案子。"唐韵笑眯眯地说道。

警员小弟马上频频点头。

宫恪骑虎难下了。这话的潜台词，好像他置之不理就不出色了似的。逼得他只好从车底下爬起来，别扭地讽道："希望这回不是在微博上找限量版跑车。"

"如果是限量版跑车倒轻松了。"唐韵收起笑容。

宫恪疑惑，等待下文。

"车祸发生时没有监控，肇事司机逃逸。"

"没有目击者吗？"

"也没有车辆线索。"

"那我能做什么？"

"交通事故报告。"

话到这里，宫恪有点较上劲了，她怎么能把有求于人说得这么顺理成章？还吊起了别人的胃口。这忙是举手之劳没错，但总得找回点场子。

宫恪漫不经心地打起了官腔："没有充分证据显示车祸和夏秋失踪有关，我确实可以利用私人关系拿到事故报告，但我预感不见得会有你想要的惊人内幕。"

谁知还没等唐韵回答，先在自己人那里破功了。

警员小弟胳膊肘往外拐："那你也没什么损失啊，不就是请交警队的人吃顿饭吗？"

宫恪被气出内伤，瞪他一眼。

唐韵想笑没笑，向右平移两步，把伞稍稍调整角度举高了，继续说："另外，我们核实过了，上次那个包像夏秋一样失踪了。"

官恪忽然心里一暖。她的伞替自己挡住了阳光，两个人站在同一片阴影里。

"你再详细说说包的事。"

[13]

和金凌谈话的间隙，已经接到第四个电话，秘书说："陈总，财经报和沪商网的记者问您什么时候能接受采访，他们想问工地的事情……"

"回掉吧。"陈骁忍住不耐烦，切断免提后直接把电话搁下了。

"这个新闻不到半小时，就已经有多家媒体转发，联系公司要求采访的也越来越多。"

金凌有苦难言："我跟顾峥通过气……"叹了口气，"我马上安排撤掉网上所有新闻。"

她正准备离开，顾峥拿着手机急匆匆地跑进来："我刚到就接到质检站的电话，他们问为什么材料还在待批就被使用。"

陈骁指示他："你马上去一趟质检站，不管用什么办法都要让他们相信和盛现在开工用的都是已审批的材料，同时，最好提醒他们尽快审核待批材料。"

顾峥点点头，却没有动身离开。

"还有什么问题？"陈骁问。

"陈总，你知道项目开工后，我就一直很忙，简直是分身乏术。"

"是的，这段时间辛苦你了。"

"这不算什么，现在的问题是供应商要求涨价，合同积压待签字，这些不是我这个副经理能够拍板决定的。"

陈骁思考着，点点头，没回答。

顾峥追问："项目经理什么时候能到位？"

"已经有人选了。"

顾峥笑："所以我们在等什么？智联招聘给我们空投简历？"

陈骁心情不佳，嘴角沉重得像绑了铅块。

顾峥讨了个没趣，耸耸肩。

陈骁懒得跟他一般见识："很快就会到位。"

"那我先去质检站了。"顾峥老老实实退了出去。

陈骁看向金凌："唐韵那边，你想办法刺激一下。"

金凌点点头。

"没时间让她犹豫了。"陈骁说。

[14]

奉陈骁之命，金凌约了吴嘉玲喝下午茶，这家餐厅最大的优点就是桌距遥远，适合密谈。

金凌开门见山："我需要你把郑健稀释股份的事情捅出来，让他们彻底翻脸。"

"捅出来是没问题，但我认为他们不会翻脸。"吴嘉玲边吃点心边说。

"至少是一个机会。"

吴嘉玲笑起来："我猜陈总要的是必然结果。稀释股份是我们唯一的底牌，但如果郑健及时修复了他与唐韵的关系呢？"

"自己一手创立的公司，却被最信任的人架空。在我看来这是不可修复的矛盾。"金凌说。

"以我对唐韵的了解，未必。"

金凌不解。

"唐韵只是表面强势，实际心很软。郑健这种人油嘴滑舌，能找出一万个理由把她哄回去，说到底情侣之间都是床头吵架床尾和。"

金凌问："看来你有更好的方案？"

吴嘉玲用小叉戳了一大块蛋糕："必须从根本上动摇他们的情侣关系。"

金凌微微蹙眉："这恐怕不是一朝一夕的功夫。"

"除非有人劈腿。"

"郑健？"

吴嘉玲笑："我虽然不熟悉郑健，但创投圈里多少还有些人脉，郑健那群狐朋狗友都不是正经人，他又能好到哪儿去。"

金凌琢磨着她的话，垂下眼睑："……事业和情感双重背叛，这倒是一场好戏。"

吴嘉玲笑得意味深长，喝了一口咖啡。

不远处，戴着棕色短发假发的李禾多坐在窗边的双人座上看着她们。这是她跟踪吴嘉玲的第二天，没想到就收获颇丰，金凌身为和盛地产的董秘，公开信息很多，真人比照片的气质好。

[15]

赫连下午去超市买日用品，顺便买了玩具望远镜，吃完晚饭就一直拿着望远镜站在窗边看对面陈骁家。

尹铭翔上楼洗澡前注意到她："你在干吗？"

"监视陈骁。"

玩具望远镜的滑稽造型和她郑重其事的语气完全不搭。

尹铭翔笑着站在一边揽着她的肩："看出点什么名堂了？"

"能看见他左右两边显示器的画面，好像是个房间内景……床头柜、懒人沙发什么的。中间屏幕被他挡住了看不见。"

"他在电脑上看这些干吗？"

"可能……研究家装？"赫连猛回头，"是不是要买房搬家了？"

要搬早搬了，尹铭翔笑："那怎么办，你以后没法监视他了。"

"当然是靠你了，继续搬到他对面去。"

尹铭翔笑着朝她摆摆手："我先去洗澡了，懒得听你扯淡。"

[16]

夜总会人头攒动，男男女女在闪烁的灯光和劲爆的音乐中喝酒聊天。吴嘉玲坐在吧台边的高脚椅上，对她找来的小姐掏出一沓钱，指了指坐在卡座的郑健。

郑健和几个朋友正注目一个路过美女的背影，一边互相推搡一边大笑。

"如果你能去他家待足三小时，我再给你三倍的钱。"

女孩自信地笑了笑，接过钱放进小包侧袋向郑健走去。

吴嘉玲向酒保要了杯软饮，一饮而尽。等她再看向郑健，那位小姐已经坐在郑健腿上了，好像还有点拘谨地挺着腰，这当然是种伪装。她和唐韵完全不同型，长发及腰，T恤配牛仔短裤，一副清纯女学生面貌，当然也是种伪装。

吴嘉玲的判断太准，她不屑地在心里冷笑，甚至有点同情唐韵，这渣男心里以为唐韵是什么人，喜欢找这样的补偿。

棕色短发李禾多就坐在吧台另一端，撑着脸冷眼旁观这一切，手指无意识地敲着桌面，心中迅速计算，这到底是个什么局？

[17]

陈骁只是坐在电脑前，并没有在用电脑。金凌来电，他也就没管电脑，起身走向另一个方向的窗边去接。

"我们查出郑健包养了个年轻女孩，现在已经怀孕……"

陈骁心里一沉："那不太方便。"

金凌接着说："好在他来者不拒，所以Iris给他找了个临时的。"

"要多长时间才能解决？"

"今晚。"

"很好。"陈骁松了口气。

"工地的报道也已经全部从网上撤下了。"金凌汇报。

"也是时候招个公关经理了吧，总让你对接公关公司你也忙。"

[18]

赫连用玩具望远镜看见陈骁离开，电脑主显示器上出现一个无人的卧室。望远镜质量太差，视野模模糊糊，她放下望远镜觑着眼睛看了看，也看不清。

好在她机灵，迅速从柜子里翻出单反相机，朝陈骁的电脑屏幕对上焦。屏幕上的房间里出现了一个人，居然是……

尹铭翔？？？

他裸露上身裹着浴巾刚从卫生间走出来。

虽然同住了一段时间，但赫连也没见过尹铭翔的卧室。

她吓得直接按下了连续拍照快门。

发呆五秒，眨了无数次眼睛，终于消化了这个事实，赫连一边大喊一边冲上三楼："尹铭翔！尹铭翔！不要脱浴巾！！"

可现在的关键是浴巾吗？

[19]

陈骁处理完公司的事，总算松了口气，就听见有人发疯一样猛按门铃。

九点多，还有什么人会招呼都不打就冲上门？陈骁预感是对面那两个烦人精，但这时他心情好，愿意陪他们玩玩。只是没料到，刚一开门尹铭翔就上前一把揪住他的衣领："陈骁，你什么意思？！"

赫连则直接把印有照片的A4纸拍在陈骁脸上："变态！"

陈骁先挡开尹铭翔的手，再看了眼照片，电脑屏幕上，尹铭翔刚洗完澡。

陈骁面无表情地抬眼："我不太明白你们的意思。"

尹铭翔愤怒："你在我家装了监控……"

赫连嫌他说话力度不够，抢白道："我都拍下来了，这就是证据！"

陈骁对尹铭翔说："你听见了，"指着赫连，"这照片是她拍的。"

赫连没想到他反戈一击："不是照片的问题。"

尹铭翔嫌她说不清前因后果："赫连用望远镜亲眼看见你在监视我家。"

"哦？望远镜？"陈骁看向赫连。

赫连急忙争辩："玩具望远镜，是为了看风景。"

陈骁挑挑眉："我房间的风景很好看？"

"不看怎么发现你在监视他？"赫连自觉理直气壮。

陈骁把打印纸塞回给赫连："我有没有监视他未经证实。你倒是刚亲口承认监视过我。如果我们要继续讨论，我希望我的律师在场。"

赫连一时语塞，与尹铭翔面面相觑。

陈骁淡淡一笑，把门关在他们面前。

赫连和尹铭翔石化数十秒，同时转身灰溜溜地往回走。真是想不通，明明占了全世界的理，为什么吵起架来却输得一干二净？

赫连想起什么，突然停住："我们不能回去，你还不知道他在哪里安装了摄像头。"

"明天我找朋友来排查一遍。"

"今晚怎么过?"

"住酒店?"

"我不敢一个人住。"

"那我陪你。"

赫连斜眼观察他两秒:"不行,你又不是真的 gay。"

尹铭翔拿她没辙:"要不你去唐韵家借住一晚?"

[20]

郑健搂着小姐的腰在别墅门口按大门密码。

不远处停着一辆黑色汽车,吴嘉玲坐在驾驶室看着他们。

黑色汽车后面斜对角的不远处还停着一辆暗红色汽车,李禾多趴在方向盘上。

吴嘉玲见他们进门,正准备打电话,突然一辆跑车极速插到她前面停下。她皱起眉前倾去看,又放下了手机。

赫连和尹铭翔两人向别墅内探头探脑张望着靠近。

"你是不是看错了?"尹铭翔问。

"不可能!我亲眼看见郑健带着一个女的进去,还搂着她的腰!不是唐韵!是个柴火精!"

"那你跟唐韵说你要住她这儿的时候,她没在家吗?"

"我没跟她说啊,我以为你说了!"

尹铭翔无言以对。

这时,别墅二楼卧室的灯亮了起来。

尹铭翔上前一步走到门口可视对讲机前,正要按,赫连赶紧用手挡住:"别按,万一郑健出轨,你这样不就打草惊蛇了?"

尹铭翔看着赫连,不知道她又有什么新招。

赫连神秘地压低声音:"我们再观察观察,看看他是不是真的出轨。"

"怎么观察?"

赫连将目光转向旁边的一棵大树。

一直坐在车里的吴嘉玲看见赫连和尹铭翔突然开始爬树，眉头紧蹙，神色困惑。

李禾多忍俊不禁，已经习以为常。既然这两个活宝已经到了这里，事情今天怎么也会有个结果了。她悄悄倒车离开。

尹铭翔两三下就爬到了树上。赫连穿着高跟鞋爬不上去，半途而废。

她仰着头眼巴巴地问："里面什么情况？"

"抱在一起……等等。"

赫连莫名紧张："怎么了？"

尹铭翔着急："亲上了。快快快！给我手机。"

赫连拿出手机直接开始拨唐韵的号码："我来打。"

"打什么打，快给我手机，我要拍照！保存证据！"

[21]

唐韵早上先去了趟公安局，下午回公司，事情还没处理完，会议拖到晚上八点多钟才结束，官恪又来了电话，说拿到了交通事故报告，顺路给她送过来。唐韵就在公司一边加班一边等他。也就在这时，三更半夜，接到了赫连的电话。

一接通，赫连就哇哇地嚷起来："唐韵唐韵，你快回家，我和尹铭翔就在你家门口，郑健出轨带了个柴火精回来，我们帮你堵着门了！"

唐韵从文件上抬起眼睛，神色逐渐变得严峻："我知道了。我收拾一下就回去。"

她挂断手机，双手掩面。

不知为什么，这一刻让她最难过的不是一而再、再而三地遭遇背叛，而是陪她经历过大部分变故的人已经不在身边了。那些温暖又潮湿的日子，像向日葵的热情烂漫的年轻的脸，总是迎着太阳一样仰望她，又回以她更加具体的沉甸甸的金色。

在最冷的冬天被寝室暖气熏得脸颊通红，两个人捂着脸跑上天台去透气，那个晚上，夏秋望着星星说："世界上除了糟糕的部分，其他都很美，所以要好好活下去。"

从此以后，生活就像被吹进瀑布的一片落叶，无论攀附什么都只是过眼云烟，永远不知道在哪里着陆。

原来所谓成长，就是让两个人彼此见证对方挣扎在谷底，得到一点，却失去更多，得到更多，却失去最珍视的东西……直到最后连彼此都失去，还能装作毫不在意。

[22]

宫恪坐在副驾座翻着手中的资料。

警员小弟一边开车一边好奇地偷瞄："副队大晚上亲自送案卷，看来是特级案件哦？"

宫恪头也没抬："就你话多。"

绿化带对面，有辆反向的车行驶成 S 型，后车急踩刹车发出尖厉的声响。

警员小弟侧目："什么车这么彪！酒驾吧？"

宫恪眯起眼睛："跟上去看看。"

警员小弟提速，在十字路口掉头，追上这辆车，却又很快被甩开距离。

宫恪觉出不对劲："怎么像是唐韵的车？让她停下。"

警员小弟拉起警报，追了两个路口才强行把前车逼停。宫恪下车后走过去敲敲车窗。

唐韵降下车窗，看见站在外面的人是宫恪，有点意外，却提不起精神惊讶。

宫恪不知自己怎么刚请交警队的人吃顿饭就变成代理交警了："驾驶证出示一下。"

唐韵把驾驶证找给他。

宫恪看了看驾驶证，又不是新手。再看看唐韵，眼睛有些红肿，眼妆微晕。

"你……没事吧？"

唐韵勉强挤出微笑，摇摇头。

宫恪往后退了半步，打开车门，把她从车里拉出来："你现在的状态不适合开车，我送你。"说着把她塞进警车副驾座，自己绕到驾驶座，拉开车门，对警员小弟说道："你出来。"

警员小弟下车让出驾驶座，走向后排，刚想拉开后车门，宫恪突然一脚油门把车开走了。

"喂喂，老大——"他追了几步，回头看向"美女朋友"扔在路边的车，也不知是开走好还是扔路边好，一筹莫展。

[23]

宫恪沉默地开车。唐韵在一旁接着电话："……李总您放心，场地已经帮您协调好了。您这就见外了，这点小忙应该的。"

她挂断手机，又拨号码："……去预定一个会场，面积五百平方米以上。"

刚挂断这个电话，下一个紧接着打进来，唐韵接听后一言不发。

车厢里过于安静，宫恪也能听见手机那头一个劲地吱哇乱叫。等那边终于停下来，唐韵只回了一句："快到了。"

宫恪眼角余光瞥她一眼，注意到她的手在微微颤抖。

唐韵挂断电话后，又点开了微信，收到一个女声语音："Nicole，明天媒体的座位安排表，你过目一下。"

唐韵继续点开座位表查看，过一会儿发过去一个"OK"。

宫恪终于受不了了，插嘴道："情绪不好其实也不适合工作。偶尔可以尝试关机。"

唐韵勉强地苦笑，把手机静音后扔回了包里，叹了口气："谢谢你不问为什么。"

等红灯的间隙，宫恪转身从后排拿文件递给唐韵："谢我这个吧。"

唐韵打开："这是什么？"

"你要的交通事故报告。"

宫恪的警车无声地驶入别墅区，保安也没敢拦下询问。

唐韵看看手表，掏出粉饼简单压了压眼圈，涂了点浅色唇膏。

[24]

唐韵连续输了三遍家门电子密码，系统音连续报错。按了门铃，也同样毫无动静。最后唐韵回头对赫连说："他从里面反锁了。"

尹铭翔上前用脚踹门："你还算个男人吗！"

赫连本来就觉得奇怪，盯着别墅好一会儿，郑健和小三突然匆匆出门打算离开，被赫连迎面举着手机一阵乱拍，吓得又缩回去了。他们从哪里听见了风声？

"你身边有郑健的人吗？"

唐韵在脑子里过了一遍今晚加班的十来个人，毫无头绪。她上前对着门禁说："郑健，开门说话。"

郑健终于通过对讲机发了声："唐韵，你现在太不冷静，有什么话明天再说。"

"那你让我今晚住哪儿？"

"住朋友家吧，我看你带的这两个朋友挺仗义。"

尹铭翔捡了块石头，不知该砸哪儿，最后砸了餐厅的窗："别尿你！"

小区里的狗此起彼伏地吠叫起来。

唐韵耐着性子交涉："这是我家，我要进门。"

"这房子是公司出钱租的，记得吗？合理避税。"郑健厚着脸皮。

"分手也要面谈吧？"

"已经没什么可谈的了。"

宫恪怕唐韵被气晕，挡在她身前对着门禁出示了警官证："刑警大队宫恪，正在盘查案发现场附近的目击证人，看见这里有纠纷，请你开门配合调查。"

[25]

郑健打开一条门缝，挂锁还拴着，探了个头："警察同志，这是我家，这些人想私闯民宅，我不太方便开门。"

宫恪公事公办地说："请出示你的身份证。"

郑健捣鼓一阵，把身份证递出来。

"再出示一下暂住证。"

"暂住证？"郑健是北京人，但也没办过暂住证，他想了想反问道，"你是刑警不是民警，对吧？"

"对，我是刑警。"宫恪一副"刑警查暂住证也理所当然"的语气，"外省市人员在本市暂住一个月以上，必须在落实暂住处后三日内到住地派出所申领暂住证。"

郑健支吾起来："……哦这个……我……不太了解有这种规定。"

赫连急中生智，滑动手机上的照片送到宫恪面前："警察叔叔我要举报，屋里还有个人，肯定也没有暂住证。"

宫恪拿过手机问郑健："照片上这女孩什么身份？"

"我……我女朋友。"

"她成年了吗？"

"当然！当然成年了。"郑健赔着笑脸。

"开门，我要核查她的身份。"宫恪一本正经，"要么你让她出来说话。"

郑健无奈地犹豫半晌，终于把门打开。

尹铭翔跟在宫恪身后进门，上去就狠狠给了郑健一拳。郑健捂着脸大声嚷嚷："警察同志，他！他使用暴力！"

宫恪装作听不见他说话，与躲在角落里的小姐交谈着，让她出示证件。

郑健只好狠狠地转向唐韵："就知道让你进门就要打人！"

唐韵在沙发上坐下，一如既往的女主人姿态："我说了，我只想面谈。"

"事已至此还能谈什么？"郑健讥讽道，"你会原谅我吗？你在乎过我吗？我之所以会做出这样的选择，还不都是因为你平时……"

唐韵打断他："我们是商人，我们来谈生意。"

屋子里静了两秒。

宫恪忍不住往唐韵的方向望了一眼。

郑健一愣，笑道："唐韵，我想你已经没有谈生意的筹码了。"

"我知道你背后的小动作，但我还有客户。"唐韵淡淡地说。

郑健失笑："客户？也许你可以带走那么几单生意，不过你应该也知道，更多的生意还是跟着资本走的。"

唐韵有点疲惫地看着他："你总说我善于说服，看来我是说服不了你了。"

"大局已定，唐韵。谢谢你为我打下基业，可是人的价值有涨有跌，这就是现实。"

唐韵起身。

高跟鞋直接踩过起居室的地毯后，她停下来转身站定。

"生意全给你，我一单也不会带走。但你对待合伙人的方式很快会传遍这个行业。客户、供应商和投资人都会打起十二万分精神来提防你，失去信任的路举步维艰，准备好了吗？"

郑健的脸色随着她的话变得苍白。

唐韵带着一种居高临下的神情："这是你自己打开的 Hard 模式，祝你玩得尽兴。"

从相识的第一天起，唐韵的能力就在郑健之上，但她从来没有一秒摆出过这种姿态，也许就是因为她眼睛里总有温柔的光，才让人误以为她毫无锋芒。

但这种眼神是赫连熟悉的，高中进校第一天她就紧紧盯着人群中最明艳英武的那个女孩，无法移开目光，那时的唐韵转头看她一眼，懒懒地告诉她"你站错位了"，声线像一只白颈红顶的鸟张开了比身躯长一倍的褐色双翅。赫连大踏步平移躲进了其他班的队列。

唐韵把话说完，头也没回地出了门，没有留恋这所房子里任何一件物品。

赫连回过神，拉着尹铭翔迅速跟上去。

宫恪手里拿着两人的身份证，一边慢慢往外走，一边对着手机说："嗯，对，你过来一趟，这里有人卖淫嫖娼，我帮你暂扣了两人的身份证。"

郑健又气又急地想要阻止宫恪，却不敢。

[26]
宫恪把车停在尹铭翔家门口，俯身帮副驾座的唐韵推开车门。

唐韵挤出微笑："今天太麻烦你了。"

"举手之劳。"

尹铭翔去地下车库停车后从屋内走出来，拉住唐韵身边的车门，探进头："宫警官，能不能帮我们家全面检查一下，有个变态在我家不知什么地方安了监控偷窥我。"

宫恪无情地摇摇头："太麻烦，不干。"

尹铭翔就算是个傻子也看出宫恪这"车接车送"的不是为了破案："你看，我是无所谓，但是她们两位女士今天都住这儿，不安全。"说着转向唐韵，"唐韵，对吧？"

宫恪看了唐韵一眼，开门下了车。

陈骁站在自家窗口半拉开的窗帘之后，对这辆出现在对面门口的警车产生了兴趣。

[27]

唐韵拿着手机趴在阳台上，失神地看着夜空，风吹乱她的头发。赫连调了两杯鸡尾酒端出来，递给她一杯："别再纠结了，你需要这个。"

唐韵接过喝一口："我不是纠结，我只是困惑。"

"因为你一直觉得郑健是百里挑一的好男人，对吧。"

"是的，从工作到生活。"唐韵把自己的手机展示给赫连，"看他的微信。全是些转发文章……八条管理金律……上海会展业发展环境……"

赫连接过手机自己翻看。

唐韵转过头："寥寥无几的生活状态，无非是'展会圆满，感谢合作'。"

赫连一笑。

唐韵说："他几乎是个工作狂啊！换成你能想象他会出轨吗？"

赫连把手机还给唐韵，又拿出自己的手机递给她："换成我，也许早就发现了他的双重生活。"

唐韵低下头认真翻看。

"别怪我八卦，刚才回来后翻了翻 instagram，从朋友的朋友的朋友的关注里找到这个 Danielzheng 的账号，里面有他的自拍，炫房炫车炫肌肉。当然，少不了各种各样和夜店辣妹的合影。你猜这里面谁才是他真正的劈腿对象？"

唐韵快速翻动照片，在翻到一张合影时停住动作。

照片中漂亮女孩亲昵地靠在郑健肩上，两人穿得很居家，女孩是个孕妇，看肚子至少五个月以上了。

唐韵无比震惊："这个孕妇？"

"我记得他在你面前是丁克吧。"赫连提醒道。

唐韵苦笑起来:"我真是……太迟钝了。"

"就算你再敏感也难防他刻意伪装。"赫连难得正经,"唐韵你绝对不傻,你只是善良。能够百分百信任你爱的人是一种能力,普通人求之不得的能力。所以千万不要怪自己,怎么也不会是你的错。"

唐韵抬起头望向远方,过半晌长叹一口气,又喝了一口酒。

[28]

宫恪手里没有比尹铭翔更多的工具,但好在比尹铭翔多点头脑,他拿着打印出来的 A4 纸在卧室里来回对比角度,尹铭翔只能袖手旁观。

面朝主卫,再往后转:"摄像头应该在这边。"

尹铭翔说:"但我找了一遍,什么也没找到。"

宫恪指着个黑盒子:"这是什么?"

"音箱。没有摄像头。"

宫恪想了想:"放点歌来听听。"

尹铭翔觉得古怪,还是照办,用手机调出音乐,然后架在音箱上。音箱和手机蓝牙连接,开功放。

宫恪又回头看看主卫方向:"你洗澡时在放音乐吗?"

尹铭翔点点头。

宫恪把手机从音箱上取下来,开始想办法关闭权限:"手机被入侵了,摄像头麦克风都能被远程控制。不过你最严重的问题是……"

尹铭翔略有点紧张地期待下文。

"选歌品位太差了。"宫恪不太喜欢尹铭翔。

他看过案卷,陈述中能发现尹铭翔和夏秋有过一些情感纠葛,那就应该和唐韵没什么关系。可是唐韵今晚没去处,第一反应是暂住他家,就让人十分不爽了。

宫恪一边暗自唏嘘"贵圈真乱",一边盘算着要好好去查一查这家伙的底细。

[29]

赫连和尹铭翔送宫恪出门时，两个人还在吵吵嚷嚷。赫连朝尹铭翔翻白眼："你怎么这么愚蠢？"

"手机要中病毒我有什么办法？"尹铭翔理直气壮地反驳。

赫连呛他："你少点击那些不可描述的链接啊。"

宫恪回到车里，从车窗递出唐韵落下的交通报告，想交给尹铭翔，又犹豫着递给赫连："这是唐韵的。"说完开车离开。

赫连正打算转身回家，突然看见陈骁从对面朝自己的方向走来，瞬间石化。

"他是在朝我们走过来吗？"

"看起来是。"尹铭翔也石化了。

"他、他想干什么？"经过刚才那一战，赫连已经意识到敌我双方实力悬殊，吵架完全不是对手。

陈骁走到他们面前并没有停下，只把他们当空气一样无视，继续往尹铭翔的家中走去。

尹铭翔赶紧抢在他身前拦住他："你要干什么？"

"不是来找你的。"语气傲慢。

"我家不欢迎你。"尹铭翔也跟着傲慢。

陈骁瞥他一眼："你每次去我家找夏秋，我也不欢迎你。"

赫连在他身后对尹铭翔做了个"看吧，又输了"的手势。

[30]

唐韵喝了些酒，本打算回房间休息了。陈骁一来，她又不得不打起精神下楼来招待。

"在对面看见你来了，就过来见见面。"陈骁从唐韵手里接过她泡的茶。

唐韵到沙发一侧坐下："陈总，我真不明白，您为什么这么执着于我？"

陈骁笑了笑："你又不是哲学家。机会出现的时候就抓住，而不是苦思冥想它为什么出现。"

"谁也不想错过机会，"唐韵观察着他的神色，"但得到机会是要付出代价的。"

"你不要看什么都抱着阴谋论,你我合作是双赢,并不是零和博弈。"

"您太高看我了。"唐韵实话实说,她确实想不通陈骁看中她什么能力。

陈骁说:"夏秋一直对你评价很高。"

唐韵突然收敛了笑容。

"你们是过命之交。"陈骁又补了一句。

唐韵眯起眼,脸色有点阴沉:"您怎么知道?"

陈骁摊了摊手:"我们夫妻无话不谈。"

唐韵带点讽刺地微笑,沉默片刻:"所以现在您是挟恩图报吗?"

"现在我在做和她当年同样的事,拯救你的职业生命。"

"但现在局面已经和我们上次见面截然不同了。"

唐韵刚想说自己公司出了些状况,陈骁就摆摆手打断了她。

"我已经回答了你上次的问题,我信任夏秋。"陈骁说,"这次轮到你回答我,你信任我吗?"

[31]

赫连和尹铭翔躲在开放式厨房不肯离开,偷听到起居室里唐韵和陈骁谈话的只言片语。

赫连情绪十分低落:"唐韵才失业两小时就有人上门送工作。我都已经失业三年了。"

尹铭翔提醒:"唐韵失业的时候也会自己创业。"

"有道理,我要用我现有的钱马上创业。"赫连灵光乍现。

"可是你准备做什么?"

"当然是开猎头公司了。你别忘了,我以前可是全上海头牌!"赫连激动起来,"……猎头。"

"都五百年前的往事了,还有几个客户记得你啊……"尹铭翔打击她,继而又灵机一动,"不过我倒是有个好主意。"

赫连用怀疑的目光睨着他:"说来听听。"

尹铭翔凑过来:"我们联手合作,这猎头公司的第一个客户可以是我爸的公司。"

倒并不是个馊主意，至少先把大客户确定了。

赫连高兴地和尹铭翔轻声击掌，又突然想到："等等，你不是跟你爸闹僵了吗？"

尹铭翔理所当然地说："我爸不需要知道这件事。"

[32]

好不容易挨到讨厌的陈骁离开了，尹铭翔立刻凑上前劝说唐韵："不能去！"

"附议！"赫连和他统一战线。

唐韵撑着头思考："我现在还有退路吗？"

赫连仔细一想："也对，你现在也跟我一样，没有客户了。"

尹铭翔继续劝唐韵："赫连也没客户，还不是准备创业。"

赫连立刻把唐韵揽过来："我们正好可以一起创业。"

"太累了，我短时间内从头再来不现实。"唐韵摇摇头。

赫连转念一想："和盛的副总，待遇不错，不像创业累成狗，在郑健那儿也争回一口气，倒也算个现实出路。"

尹铭翔立场坚定："陈骁没这么好心，这肯定是陷阱，他连我手机都敢黑，还有什么做不出来的？"

赫连又想了想："是啊，老板是变态，工作再轻松也不行啊，唐韵你还是别去了。"

唐韵说："我可以尽量待在项目点，避开他。"

尹铭翔提醒道："夏秋当时也觉得她有办法处理矛盾，现在人在哪儿呢？"

赫连突然又想到："哎？！如果唐韵去他公司上班，不就有机会调查夏秋失踪的线索了吗？"

尹铭翔注意到短短两分钟她已经做了四次墙头草："赫连，你到底站哪边！"

"我不管站哪边也是为了唐韵好。"赫连白他一眼。

"不过赫连说得对，这确实是个机会。"

尹铭翔急了："你又不是什么特工，不要接受这种危险挑战。"

唐韵点点头："我知道危险，我再想想。"

她一时也拿不定主意，但这在尹铭翔看来不是好现象，本来是根本用不着犹豫的事。所以，等她一上楼，尹铭翔马上用抱枕砸了赫连，怪她立场不坚定。赫连觉得不服气，两个人在午夜莫名其妙地展开了抱枕大战。

[33]

唐韵换了赫连的睡衣，却毫无睡意，靠在床头看了一会儿宫恪送来的交通事故报告。车祸现场的照片只是触目惊心，没看出什么线索。倒是书面分析报告中一行字引起了唐韵怀疑：逃逸方没有刹车痕迹。

她坐起来，想起留了宫恪电话，没注意时间已晚，直接拨了过去。直到听见对方接听电话时"嗯？"一声像是半梦半醒，唐韵才意识到不妥，可立刻挂断电话也不妥："不好意思，太晚了，打扰了。"

宫恪看一眼来电显示，立刻开灯坐起来："这么晚你还没睡吗？"

"我刚看了交通报告。"

电话那头没有回音。

唐韵怀疑他突然挂了："喂？"

"我以为你是想聊聊……晚上那场闹剧。"

唐韵一时语塞，他到底对自己有什么误解，半夜找警察咨询情感问题？

沉默片刻后，宫恪再发问时，听上去已经彻底清醒了："你有什么发现？"

唐韵回过神："交通报告上写着逃逸方没有刹车痕迹。"

"我也注意到了。"

唐韵起身拉上窗帘后坐回床上，压低声音："你觉得呢？正常人下意识都会刹车。"

"也许是酒驾，酒精会让人的反应速度变慢。"

"还有其他的可能吗？"

"车辆故障，刹车失灵。或者蓄意。"

"蓄意撞击夏秋的车？"唐韵觉得难以置信。

"有可能，但都是猜测。"

唐韵调暗床头灯："这条路没有道路监控，前后很多主干道应该有监控吧，看这报告并不像仔细排查过的样子。"

"可能是没有重大人员伤亡，没有足够重视。"

这话让唐韵不高兴，较上劲了："夏秋受伤了，她肚子里的孩子死亡了。"

宫恪叹口气："如果一年以前提出这些质疑，应该还会有不少线索，现在真是穷途末路。"

唐韵反倒心情平静了："没关系，很快我就会找到新线索。"

"你有什么办法？"

"我会去陈骁的公司工作。"唐韵下定决心。

"不行。"宫恪想都没想就接了话。

第三章

疑 云

[1]

原本计划一个月内到岗，但陈骁催得十万火急，唐韵只好短暂休了个周末，周一就去和盛报了到。

周一早上有一个高管例会。唐韵在人事部门办完入职手续，收到陈骁的短信，让她直接去会议室露个面。

陈骁放下手机，罗耀的汇报正好收了尾："……充分考虑了期限偏好和流动性偏好，我们认为，在未来三年内希腊值是相对稳定的。"

陈骁抬起头多问一句："有必要考虑未来三年的情况吗？"

"毕竟花了这么多精力去谈的贷款。"罗耀露出一个"只可意会不可言传"的笑，往座椅后背靠去。

带记者拍摄的事，陈骁并没有追究。为了提前使用待批材料去与他斤斤计较，难免会再引起他的怀疑。罗耀不是个笨人，他在工程上花的心思越多，就越容易看清其中的反常之处。最好的办法就是让他忙起来，眼睛只盯着案头工作。

陈骁不打压他的扬扬自得，只点点头："贷后管理阶段要和银行做好沟通。"

接着陈骁转向另一位副总王选："内控风控的工作进展如何？"

王选这个人中规中矩，学机械出身，和陈骁是多年的朋友，比他年长一岁，但作风像年长了五岁，为人处世都比较温和。他最初从集团客户关系中心经理做起，后来先后担任过董事会办公室主任和董事会秘书，如今是分管行政人事的副总。

"远洋证券上次给我们的参考组织框架，需要按照他们的要求组建新的内控风控部门。我看了看……"

郭永国打断道："这应该是我们财务的范畴，组建新部门的工作我可以主持。"

郭副总是陈骁的舅舅，也是董事之一。虽说是家里长辈，但陈骁没有给他过多权限，是个老会计师，一直担任的就是财务方面的负责人。比其他副总权力大一点，其实还得看陈骁的眼色行事。

王选与他相处，就自有分寸："但是，对接远洋证券一直是我们负责的。我们已经有这方面的思路……"他的话说得谨慎，态度表明"这是我的工作，但你非要抢去也行"。一般情况下，类似较量的结果都是郭永国接手，甚至谈不上较量，王选只是做个声明，以便划清界限。

但这次因为唐韵出现在会议室门口，情势起了小小的变化。

陈骁没急着表态，先起身对唐韵微笑："你来得正是时候。"接着对众人道，"我来介绍一下，这位是新来的唐副总。"

其他与会高层一齐起身，一一与唐韵握手，只有罗耀坐在座位上没动。

罗耀与唐韵对视的瞬间，两人眼神都有点复杂。

罗耀事先知道唐韵要来，并且计划好了要给她难堪。两人从前在 KNE 共过事，当然不是友好同事关系，这回可谓狭路相逢了。

而唐韵，也不是第一次了解罗耀心胸多么狭窄，她只是有点懊恼，没来得及对将来的同事做个大致了解。

唐韵在圈内的传闻除了花边八卦，还有一条更重要的——人人都说她是交际花。其实是个优点，到了同行嘴里就给安了这么个负面色彩的名号。

她心思缜密，记忆力又好，无论见什么人第一面，哪怕是八竿子打不着的领域，她也能立刻说出一堆在圈子里与这人关系紧密的角色，寻找话题，拉近关系，好像普天之下皆朋友，深究起来，她又和谁都不太熟。

所以对唐韵来说，走到会议室门口才发现里面坐着个前同事，已经算是重大失误了。

众人落座。

陈骁轻描淡写地发话："既然唐韵来了，内控风控工作就由唐韵牵头，郭总、王选还有金凌配合她的工作吧。"

王选面露意外之色，倒不是因为任务没有分给自己，而是惊讶这相当于从郭副总手里把权力分走，郭永国居然毫不在意。他注意到，金凌微微上扬的唇角隐藏着一丝不屑。

散会后，高层们走出会议室。陈骁与唐韵同行，简单说了两句："上午HR应该就会去找你配司机和助理。如果还有其他需要可以找金凌商量。"就分别走向走廊两侧的独立办公室去了。

罗耀跟金凌并肩走在后面，看着唐韵的背影酸溜溜地感慨一句："勤恳工作，比不上某些人花式上位。"

金凌懒得理他，且不谈公开议论是否是体面作为，"勤恳"这两个字也跟罗耀毫不搭界。

[2]

唐韵回办公室看了一些公司介绍，HR通过内线电话打过来："唐总，司机和助理的候选人简历已经发到您邮箱，您先挑选。"

"我知道了，谢谢。"

唐韵登录电脑打开司机资料，又按下内线："你能把已经配给其他高管的司机简历也发给我吗？我参考参考。"

她有个计划。

赫连声称自己见过几次陈骁以前的小车司机，还记得他的模样，唐韵用手机将司机照片一个个拍下来微信发送给赫连，希望她能辨认出其身份，找到那个司机的联系方式。

但赫连没个正经，一个劲地问："和盛怎么样？快给我看看你的工作环境。"

唐韵磨不过她，随便拍了两张办公室的照片发过去："说正事，认出是哪个司机了吗？"

"所有司机你都发我了吗？"

唐韵换左手拿手机，右手拿着鼠标前后翻页确认："对，都在这儿了。"

"但我见过的那个司机不在里面。"

"会不会时间太长你忘记了？"

"我对小帅哥一向过目不忘的。"在这一点上，赫连自信十足。

唐韵那边陷入困惑，而这边赫连又找不着重点了，她眼珠一转，急切地催唐韵挂了电话。

对她来说，还有什么比赶紧发朋友圈去气气郑健小贱人更重要的呢？

殊不知，郑健早就把她的朋友圈屏蔽了。

[3]

躺在 B 超室床上的李禾多倒是毫无例外地看见了朋友圈。

赫连一大早发照片并配以文字"和盛集团副总——霸道女总裁！"晒的是唐韵的办公室，办公室桌上的铭牌写着副总裁——唐韵。这就是赫连的特长了，她永远有本事让你注意到她嘚瑟的那个要点。平时她自己拍照就堪称摄影构图达人，现在受唐韵拍照的技能局限，但也难不倒她，只需加上虚焦滤镜就行，办公室里除这块铭牌之外的部分都不重要。

禾多看了只想笑。

"现在给你打一针，四十八小时内就会排卵。"医生的话把她拉回现实。

李禾多放下手机："我听说排卵前后也有讲究，能影响胎儿性别……"

医生拿起针筒试完针，笑着走向李禾多："你听陈萱说的吧。她对胎儿的性别都有点偏执了。其实和排卵时间没关系。"

李禾多笑："她认定了生男生女您都是有数的，自打她嫂子在您这儿做了产检，她就下决心以后产检都一定要找您。她嫂子您还记得吧？夏秋。"

医生一边给李禾多打针一边说："当然记得，你还别说，陈萱和他哥性格挺像的，都爱钻牛角尖。"

"她哥哥也重男轻女？"

"那倒没有，就是都很较真。"

李禾多佯装不经意地追问："除了男孩女孩还有什么可较真的？"

"预产期啊，受孕期啊，他都一个劲儿地追着问，还得精确到天。这哪能精确到天！看他那较真的架势，就好像算错了一天要拿我们是问似的。"

李禾多听着，转了转眼珠："是不是新手爸爸都这么紧张？"

医生笑："紧张的也有，但紧张成这样的少见。知道他们家条件好才放心，不知道还担心要医闹呢。"

因为这医生与陈家兄妹关系密切，再加上李禾多来之前请陈萱特地打招呼关照过，和她闲聊起来就更没什么戒心。但作为医生她还是自有尺度，禾多再想询问更多关于夏秋本人具体的妊娠情况，就被她打着哈哈绕了过去。

[4]

李禾多出了 B 超室，立刻给唐韵打电话："你去和盛了？"

唐韵有点意外她消息这么灵通，估计十有八九又是赫连漏出去的。她不避讳从根源说起："对，我和郑健分手了。"

李禾多也不跟她绕弯："我有一些你感兴趣的消息，当然你也有我感兴趣的。我们这算达成合作基础了吗？"

唐韵就知道她是打着算盘拨电话的："你想让我打听什么？"

"在和盛帮我留意吴嘉玲。"

唐韵心想自己还没见到吴嘉玲呢。

"砾双只是关联公司，吴嘉玲不会经常进出总公司。"

"砾双的消息我都想知道，不限于吴嘉玲。"禾多说。

唐韵强调道："只要不涉及商业机密，我可以帮你。"

这应该已经算基本达成了合作。

禾多自然不是对商业机密感兴趣，她在意的也就自己感情危机的那一亩三分地，一个情敌吴嘉玲大战了三百回合也不嫌累。

唐韵反问："你的消息呢？"

"产科医生记得陈骁陪夏秋来做过产检，陈骁好像怀疑孩子不是他的。"

怎么会产生这种怀疑？连唐韵都暗吃一惊："医生原话怎么说？"

李禾多压低了声音："陈骁反复追问夏秋受孕的准确日期。"

"问出什么值得怀疑的吗？"

"没有。"

"不过陈骁这个人，一旦起疑……"

"我就是这个意思。"

唐韵下定决心："好吧，我们统一战线，与你方便，与我方便。"

"你还得答应我一个附加条件，"禾多补充道，"夏秋的事，不管查出什么进展都要最先告诉我。"

"可是很多具体行动需要赫连帮忙。"说不定很多事情赫连比唐韵还先知道。

"我不管你怎么行动，但我要最先知道。"禾多在电话那头强调，好像非要与赫连一决高下，但她继续说下去，又不是那么个意思，"陈骁和尹铭翔这两个人我一个也不信任。"

这时 HR 带着司机笑吟吟地出现在办公室门口。唐韵一边听电话一边示意他们跟随自己出门。

[5]

唐韵结束了和李禾多的通话，回头问跟在身后的新司机："去项目点途中有没有商场？"

"唐总，您想买什么？"

"适合在工地走路的鞋。"

司机看了眼唐韵脚上将近十厘米的高跟鞋："项目点有工程部办公室的。别说您是副总，所有女职员都可以不用去工地，特殊照顾。"

唐韵温和一笑："但有工作要求我去工地。"

司机对这位新副总多了两分好感，抢在前面替她扶住了和盛大楼的旋转门。

[6]

司机就近找了个商场，唐韵买了双款式简单的平底鞋。

车往郊区工地开去。她抓紧时间翻阅刚拿到的项目点中层人事简介，间隙时抬眼扫视车内环境，无意间看见贴在遮光板上的司机的全家福。

她又想起赫连信誓旦旦地说见过公司档案里并没有的那个年轻司机。

同事之间，也许会了解更多纸面上没有体现的小道消息。

她向司机搭讪道："女儿几岁了？"

司机一愣，看了眼照片明白过来："六岁，我来和盛工作不久她就出生了。"

"你也算公司的元老。"

"谈不上元老,只是看着一个个项目起来,公司越做越大。"

"那公司上上下下你应该没有不认识的人。"

唐韵的恭维让司机很受用,有点飘飘然,又有余地摆出谦逊姿态。

"我们做司机的不就相当于老板的半个秘书嘛。"司机乐呵呵道。

所以啊,明天我就换司机,可不是你的错。

唐韵在心里盘算,表面上依然保持愉快的闲聊气氛,提出了疑问:"我去年曾经见过陈总的司机几面,是个挺帅气的小伙子,怎么今天简历里没看见他,跳槽了吗?"

"小邓?外借给何总开车去了。"

"哪个何总?"唐韵在脑海中迅速过了一遍刚才开会的几个高层。

"独立董事,"司机怕她不熟悉,特地补充描述外貌,"那个老太太……白头发……"

唐韵点头:"哦……"

入职前做过功课,了解到和盛有位五十岁出头的独立董事,有政府背景,五十多岁算不上老太太,但是为人低调衣着朴素,又留了白发没染,给人年纪很大的错觉。她和陈萱性质一样,只参与董事会意见,不是公司高管,平时也就不经常在公司露面。

司机继续感慨:"这小子别的本事没有,就是运气好。去年出了场事故,公司发了一大笔抚恤金,然后因祸得福……"

唐韵急忙打断:"什么事故?"

"具体什么事故不清楚,反正听说陈总不在车上,不幸中的万幸,否则还有钱拿?"

唐韵当然已经知道是什么事故了,但这难道不奇怪吗?

[7]

到了项目点,唐韵只能将疑惑暂搁一边。

因为来得太突然,整个项目部没想到分管副总上任第一天就会出现,措手不及。工程部经理顾峥头天晚上和分包商喝酒，宿醉到上午还没在工地露面，几位工程师只好一边帮他打掩护一边硬着头皮接待唐韵。

谁知这边"工程部经理缺勤"的窟窿还没填上，那边唐韵又提出了要巡视工地。

工程师们心里叫苦不迭，最近怎么这么多领导喜欢在工地乱逛？之前是罗耀，一个分管投资的副总，现在又是唐韵，虽然分管项目，可她不懂项目啊。一群理工男实在不知道巡视工地时应该给她汇报点什么，她听得懂什么。

更何况，有几个在建工地经得起巡视呢？工程在进行中，总会不断出现各种各样的问题。比如现在。

一个较年长的工程师正给唐韵解说："会所和酒店区的机电、装修还有景观施工都在有序推进……"

工地上没眼色的员工就跑过来"打脸"："王工，泳池铺装图没有考虑放坡，是不是可以通过减小室内外高度差调整？"

泳池铺装图出了 bug，还叫"有序推进"吗？

王工一时也不知该如何处理："……泳池放坡？"

他心里着急的却不是泳池，而是怎样赶紧把提问的人打发走。

那小子误以为王工是为了经费而僵在这里，补了一句："不会涉及费用问题。"

王工马上脱口而出："可以。"

等不识趣的走了，王工转过头见唐韵正笑盈盈地盯着自己等待解释，讪笑起来："一般这些事都要问过顾经理，我可做不了主。今天您过来也没提前打声招呼，顾经理正好去设备厂家考察了，我们生怕招待不周……"

唐韵微笑道："放松点，我又不是来接受招待的。"

王工擦擦汗，带着众人继续往前走，心里默默许愿唐韵什么都听不懂。没想到怕什么来什么，一抬头看见施工方正在砸毁车库门。这已经不是"听不懂"能解决的局面了。

唐韵蹙眉问："这好好的门怎么都敲了？"

王工焦头烂额地解释："是这样的……原先的车库面积太小，现在只好亡羊补牢把门往外移，前几天我们工程部顾经理和他们设计部刘经理还为此大吵了……"看见身后有其他工程师拼命使眼色，意识到自己话多，赶紧打住，把"一架"二字生生咽了回去。

"设计上的问题不是施工前就该解决吗？"

唐韵提问的语气，带着"请你重新定义'有序推进'"的嘲讽。

王工也知道绝不能在唐韵面前说顾峥一点不是，毕竟身后这么多双眼睛盯着，只好把责任推给已经离开的黄伟："那段时间更换项目经理，工地上事情太多太杂，有点混乱。"

唐韵不置可否，继续往前走，远远望见工地现场一堆材料杂乱摆放，又停下来。

"那这边又是怎么回事？我看安全生产没有落实到位吧。"

王工很后悔，今天出门前为什么没看皇历。

他支支吾吾道："这边，是暂时停工了。"

"工期这么紧，怎么还停工？"唐韵追问下去。

王工总算抓住了最后一根救命稻草："主要是供应商那边要求材料涨价，以停止后续供应相要挟，我们还没有把价格谈下来，所以就只能暂时搁置了。"

唐韵顺着继续问："是哪家供应商？"

"沐辛实业。"王工再次擦擦汗，终于在最后成功转移注意力，甩锅给合约部了。

"你去帮我通知一下合约部丁经理，"唐韵抬起手看了看表，"十点半和我在江安路的门口会合，去沐辛实业。"

[8]

合约部经理丁羽良和唐韵一起坐在车后排。

唐韵正翻看她带来的资料，而丁羽良没什么可看，闲在一旁更体会到气氛压抑。

丁羽良有点恼，顾峥怎么非挑今天宿醉掉链子，都知道"新官上任三把火"，这三把火他是成功避过了，却落到了自己头上；她还有点烦，副总兼项目经理这个职位一直是个巨坑，每次来了新人都有个适应期，摸清情况之前总要折腾点事，自己现在显然成了被折腾的。

她唯一判断失误的是，这次的新人没那么慢摸清情况。

唐韵从工程部一群理工直男的慌张表现上已经看出顾峥根本没有去考察，具体去干什么并不重要，总之不是正当因公外出。项目负责人不在项目点，这么嚣张，起码在这个工地上有自己一方空间，不是时刻被盯着会向高层告状的角色。或者说，告了状也没用。陈骁把他放在这么重要的位置已经三年有余，而项目经理却两年四易。

从公司拿到的人事资料上写的有：顾峥，三十三岁，清华土木工程学士、硕士，有大型地产公司多年工作经验。

人事资料上没写的是：顾峥，陈骁的嫡系。

没有几个工程项目的合约部不是总裁嫡系，这是他们控制项目的最直接途径。所以合约部经理无疑也是陈骁的人。

一群下属为自己的上司打掩护不稀奇，合约部经理丁羽良与工程部经理平级，一出现也持着同样的"外出考察"说辞，说明她和顾峥关系不差，平时配合得不错。陈骁这个团队内部很牢固。

有实权的中层都在陈骁控制范围内，项目经理很容易就被架空了。估计黄伟他们干不长这是第一层原因。

唐韵觉得自己假装看供应商背景的时间太久了，抬起头："关于材料涨价的事，之前跟沐辛实业接洽过吗？"

"谈过两次了，"丁羽良答道，"对方态度强硬。"

"那你们有什么打算？"

"准备换一家供应商，正在物色。"

这回答太模棱两可。

准备换，是换还是不换？物色，是骑驴找马还是使命必达？

"沐辛的材料质量怎么样？"唐韵追问。

"混凝土预制构件本来技术含量就没多高，都差不多吧。"丁羽良耸耸肩。

这么说这家供应商不"姓陈"，利润空间较小，前一轮是正常招标来的，质量应该过硬。

这就可以理解了，大部分企业为了应标都会夸张地标低价格，有时甚至亏本垫资去做，争取先投中，在续约时再涨价。

唐韵低头继续看资料，价格本身偏低，要求加到的价格有点偏高。她从前直接和展商打交道，对市场行情自然非常清楚。

丁羽良为了活跃气氛，多了几句嘴："所以啊唐总，您这一趟跑得实在没必要，顾峥在也会让您别去。本来芝麻绿豆点小事，您要是懂工程就不会把它当回事，不识相就让它滚蛋呗，给它面子了。"

对方露了个破绽，唐韵也不想错过。

她肯定会向陈骁汇报的，唐韵可不愿在看清全局前随便暴露自己的火力点。

这时候应该按照套路来吧？

装作摸不清状况对陈骁的嫡系乱锤一通好了。

唐韵抬起头："那你有合适的备选吗？"

"等招标吧，筛选筛选肯定能招到低价的。"

"算过停工的损失吗？"唐韵挑了一侧眉。

丁羽良心里咯噔一下，来了。

唐韵微笑着："我是不懂工程，但我懂金融。"

丁羽良这才意识到自己刚才的话出了个大漏洞，正好给对方机会生事。她当然不把唐韵放在眼里，但场面上的"下马威"她这个下属还是要接住的："唐总我不是这个意思。"

唐韵从她眼睛里看不到任何实质性的紧张，不禁想笑，彼此都演得费劲，也只能演下去："资金是有时间价值的，这个月的一百万和下个月的一百万不等值。"

"您说得对。"丁羽良抗压能力不行，立刻拿出手机，主动示好，"不如我提前跟厂长打个招呼，让他们……"

唐韵打断她："到门口再打。"

丁羽良把手机放下，烦这个年龄与自己相仿、职务却高了两级的女人装腔作势在这儿发号施令，心里默默咒骂。

唐韵继续认真翻页看字，猜丁羽良在骂自己什么。

车厢归于平静。

丁羽良在内心的小本本上偷偷记仇，将来只要陈骁给个指示，自己肯定跑在第一个把今天受的气双倍奉还。

许久，唐韵慢悠悠来了一句："工程部的顾峥和设计部的刘凯阳，是不是不太对付？"

丁羽良感觉气氛有所缓和，总算过了关，松了口气："啊，他们俩，其实没什么，都是工作矛盾。顾峥那个告状精，挑毛病他是一等一，动不动就吵到陈总跟前去。"

唐韵明白了。

丁羽良和顾峥没什么私交，大是大非前会打掩护，小毛小病也是要挑。丁羽良和陈骁关系更近些。刘凯阳就算是陈骁的人，也只是最外缘那圈的。他和顾峥经常有工作上的冲突，必要时可以利用，借力打力。

[9]

丁羽良到了工厂门口才和沐辛实业的老板通了电话，老板带着一行下属跑向等在办公楼门口的唐韵和丁羽良，慌张程度不亚于早上六神无主的工程师们。

丁羽良和他们打过交道，介绍道："这是我们新上任的唐副总。"

唐韵和老板握了握手。

沐辛实业老板一脸堆笑："怎么今天副总大驾光临啦？如果提前打个电话，"搓搓手，"我们也好准备准备接待。"

唐韵没接他的话茬："我们先去一下材料堆放场地，请款单上写占用场地九千九百平方米，仓储费七十万，对吧？"

老板脸色陡变。

[10]

唐韵双臂交叉在胸前，看着工作人员忙忙碌碌用激光仪器测量墙面距离，转头对身边的沐辛实业老板莞尔一笑："九千九百平方米？"

沐辛实业老板尴尬不已："啊，其实是这样的，我们的请款单是上个月递交的，那时候确实堆放在这里，因为项目经理离职，你们迟迟不给回话，我们就处理了一部分。"

唐韵问："这批预制板当时是什么原因没有直接进场？"

"工地现场道路没通，你们的人觉得人工搬进去太贵啊。"

唐韵又扭过脸问丁羽良："我们的哪部分人？是施工方还是工程部？"

丁羽良没明白唐韵的用意，如实回答："施工方。"

老板莫名着急，追加补充说："但当时项目经理和工程部经理都是点了头的，项目经理也同意暂时不送。"

"对谁点头？"

唐韵把老板问得一愣。

"……我们啊。"

"也就是说，"唐韵总结道，"因为施工单位不方便收货，你们提出申请把材料暂时放在厂里，等路修好了再进场，项目经理批准了这个申请？"

"是，是这样。"老板还是一头雾水。

但唐韵已经心知肚明，这么说，是施工单位和供应商勾结做局了。

四个月前砾双的石材进了场，沐辛的预制板却进不了场。施工方不收货，供应商趁机"善意"主动提出把材料留下。当时副总兼项目经理黄伟估计已经去意已决，在找下家了，也无暇顾及这些小事，答应了他们，产生了这笔额外费用。

唐韵转身走出仓库，对丁羽良交代道："堆场费加一千三百方材料，算上物价人工费上涨，明天给他们支付六万尾款。"又对老板一偏头，"到账后立刻运输材料进场，没问题吧？"

老板自知在堆场面积上已经理亏，但没想到只有这点数字："不，等一下……"

唐韵对他做了个"打住"的手势："我不管你和施工单位有什么交情，在我这儿，行不通。"

沐辛实业老板有点意外，虽然他也猜到唐韵看清了其中蹊跷，但没想到她会直接挑明，忙追上前："我们和施工单位能有什么交情啊！"

唐韵停住脚步，顺手给他递了根烟："二期、三期、其他项目，我们需要的材料多得是，施工方能给你什么？自己也不过就赚点蝇头小利。"

老板接了烟，眼珠转起来："您是说二期？"

"如果你觉得我在画饼，那是因为我确实在画饼。"唐韵淡淡地说着，点上自己的烟，"饼就在这里，要上吊要下跳的人多得很，主动权在你。"

唐韵什么也没有承诺，但是胡萝卜挂在眼前，驴子怎么可能不跑起来？

只不过沐辛实业的老板还是觉得不甘心，还想努力争取要一点实质性的东西："我当然一万个愿意跟和盛继续合作，但这批材料毕竟在我们厂堆了四个多月，六万实在是太狠了啊。"

唐韵回头看看仓库："实测堆场面积六百平方米，算你占用场地一千二百平方米，六万都太多。诚意我们已经拿出来了，能不能找到共同立场，也看你。"

沐辛实业老板不敢再讨价还价，无奈地叹了口气："行吧。"

唐韵测量堆场面积时顺便看过材料，质量不错。

她不打算换掉这家供应商，只想敲打敲打，免得他们与施工单位将来再动暗度陈仓的念头。

临走，老板挽留她们吃午饭，唐韵推了。

丁羽良跟在身边："回项目部吗？"

唐韵上了车，想想这里与和盛总部更近："回公司。"

[11]

唐韵潦草地吃了顿工作餐，甩掉丁羽良，穿过走廊，在无人的楼梯间停下，拨通了赫连的手机，和她聊起了早上去项目部前打听到的消息。

"……按照常理，作为司机出了交通事故，"赫连那边榨汁机声骤然响起，唐韵不得不等声音停止了再继续，"……导致孩子流产，造成这么严重的后果，就算不是全责，也难免被迁怒。"

"是不是被开除了？"

"恰恰相反，陈骁付了他一大笔抚恤金。"

赫连端着果汁的手停在半空："还给他钱？"她稍稍停顿，"陈骁看起来可不像心胸宽广的人。"

"说起来，李禾多今天透露了一些新情况。"

赫连倒完果汁，端去客厅坐下："她又兴什么风作什么浪？"

"她说陈骁怀疑夏秋怀的孩子不是他的。"

赫连感到荒谬得可笑："不是他的难道是宙斯的？"

唐韵依然严肃："关键不在于是谁的，而在于陈骁认为是谁的。"

"这两件事有什么联系？"

"被怀疑并非亲生的孩子流产，该被迁怒的司机却受到功臣待遇，你说呢？"

赫连思考着，逐渐也紧张起来，打了个寒战："有点……可怕。"

"但愿是我们以小人之心度君子之腹。"唐韵慢慢道。

赫连转眼又生一计："上次在陈骁衣帽间看见 B 超单时太震惊了，其实当时还有夏秋的病例本，还有很多乱七八糟的东西，唉，应该多看两眼的，说不定还能发现什么线索……要不，我再去看看？"

"不是和陈骁闹僵了吗？怎么看？"唐韵还记得赫连气呼呼地转述过她和尹铭翔与陈骁吵架战败的事迹。

"你在公司盯着他，我偷偷溜进去看。"

"疯了吗？"

"他都能监视我们，我为什么不能去他家？再说那也不只是他家，还是夏秋家呢。我这么远远地一感应，好像是夏秋想请我去她家。更何况我还是他们的债主，债主没事就上门讨个债也是情理之中的吧！"赫连一分钟能想出十万条歪理。

"别去，太危险了。"

赫连满不在乎地说："你帮我盯着他就不危险了。"

"我下午还得去工地，哪有机会盯着老板？"

"那我现在就去。我只要能进去十分钟就够了。"

"赫连！"不管唐韵叫多大声，赫连还是挂断了电话。

唐韵四下张望，回到走廊上拦住一个女员工："看见陈总了吗？"

"陈总好像和罗总在天台休息区聊天。"

光是盯着陈骁本来是小事一桩，罗耀在场恐怕就要节外生枝了。

[12]

罗耀这一上午过得很不顺，本来贷款已经到了走个过场就该放款的阶段，银行又临时变了卦，还是答应放款，但是今天推明天，这周推下周，原定于今天上午的会面也被临时取消了。

陈骁问起，他也不好交代，会议上当着这么多人信誓旦旦，实际进展却让人尴尬。

"银行那边就是死揪住还款能力这点不放，虽说最近各方都在唱空房价，可也不至于如此，是不是他们有我们不知道的政策消息？"

陈骁蹙眉思索："就算有，老谢也应该会告诉我。"老谢指的是陈萱的丈夫。

"这倒是。那到底是什么原因呢？谢行长工作没做到位？"

陈骁想了想："工作组已经在他们那儿查了半年，几方势力关系微妙，多少眼睛盯着，他也不方便强行拍板。"

罗耀叹口气："真是难办。"

"和中那边能不能出面？"

"也不够分量。他们认为和中本来就和我们是利益绑定的。"

"和中又不只是靠这一个项目盈利。"

"但这个项目吸引了所有人注意。"

陈骁不由分说："去做和中的工作，把贷款谈下来。"

"现在改变策略，那还得跟和中……"罗耀刚想开口就被陈骁打断。

"别想。我不可能再给你更多时间。收购这边的进展你又不是不知道。"陈骁转身，看见唐韵从旋转楼梯上了空中花园，"你实在谈不下来，可以考虑让唐韵接手。"

罗耀果然急了："那怎么行！"

唐韵注意到陈骁正看着自己，顺势走过来。

陈骁对唐韵笑道："听说今天旗开得胜。你一出马，就没人敢漫天要价了。"

唐韵心想，这丁羽良通风报信的速度真快，面上也是笑着："节省了一小笔开支而已，总得拿出点行动回报陈总的赏识。"

罗耀微扯嘴角，递烟给唐韵："小唐最大的优点就是知恩图报，贵人也就特别多。我和小唐是老相识了，记得吧？"

唐韵看他一眼，接过烟点燃："当然记得，罗总也是我的贵人之一，在KNE全靠罗总提携。"

"谈不上提携。反倒是我要向你学习，年纪轻轻就左右逢源，我怎么就从没遇到破格晋升的机会。"罗耀果然阴阳怪气地提起这事。

当初有个晋升机会，罗耀志在必得，没想到给隔壁部门一个年轻小丫头抢了，他咽不下这口气。

唐韵猜自己的一些桃色新闻在KNE上下传得沸沸扬扬，少不了罗耀的推波助澜。

她淡淡地回答："罗总名校出身，起点就比别人高，每一步晋升自然都在情理之中。"

罗耀最引以为豪的就是他北大经济学士、哈佛MBA的鲜亮履历，就算别人不提，他自己也会挂在嘴边。

"说到教育背景，"罗耀笑得露出白牙，"你本科是哪个学校来着？"

"金融学院。"唐韵称他心意答道。

罗耀故作惊讶，瞥了陈骁一眼："啊……上海金融学院，我记得KNE一向非名校不录，你这从录用就是破格，一定是鹤立鸡群。"

唐韵笑笑："罗总，我读过研。"

"哦对对，还有硕士学历，我想起来了，你应该也是我们哈佛校友吧？"罗耀继续明知故问。

唐韵一本正经地说："你记错了，我毕业于MIT。"

"MIT？"罗耀一瞬间怀疑自己记忆出了错。

唐韵轻轻地吐了个烟圈，眯着眼睛微笑着说："Minhang Institute of Technology."

罗耀自以为步步为营，哪想到唐韵玩笑心态，猛拳打在棉花包上使不上劲，自讨没趣了。

倚在一旁坐山观虎斗的陈骁终于忍不住朗声笑起来。

[13]

赫连在陈骁家周围转悠，本来考虑的 plan A 是爬排水管上楼，但凑巧看见地下室有个房间没关严，找到了更省力的办法。爬进去发现是保姆间，院子里有人声，她贴近窗户往外看了一眼，是几个工人在种树，保姆在一旁收拾杂物。

树怎么能种在这里呢？橘树这么高会把茶树挡住嘛，而且这个高度也太尴尬了，高也高不过院墙，有损运势。

天啊！居然还搬出了柳树？

正常人会在自己家种柳树吗？活着不好吗？

赫连虽不算迷信，但自从上大学后家里搬了别墅，奶奶有事没事就念一念这些风水禁忌，她也略知一二。陈骁好歹是个生意人，每一条禁忌都触犯，真让人怀疑他的脑子。

此时此刻，陈骁一边松着领带，一边走进办公室，经过门口秘书办公桌："帮我去家里取一套浅色西服。"

秘书刚起身，又被陈骁叫住："等等，下午的访谈几点开始？"

秘书翻看记录："四点。之前没有日程了。"

陈骁说："那帮我准备车，我回家一趟。"

[14]

赫连好不容易想起自己的使命，偷摸溜上楼去，开始翻找上次的男士包，抽出 B 超单和病历本。

病历本被撕去了好几页，留下锯齿状的撕痕，已经没什么信息了。她把病历本的锯齿处用手机拍照，发微信给唐韵。

接着继续翻包，被一个复古图腾雕花金属名片夹吸引了注意，实在太好看了，她当场拿出手机打开淘宝想搜同款，想想场合不太对，只拍了照片，等回去再找。

除此之外再没找到其他值得细看的东西。

赫连东看西看，有点无聊地起身，给唐韵打了个电话："病历本被撕了好几页，什么线索也没有。"

唐韵说："那你快回家吧，我没法总缠着他说话，我刚离开公司前看见陈骁也离开公司了。"

"既然来了就不能白来，我再找找。"

唐韵有点无奈："你想找什么？难不成油画背后、地板底下藏着一封写着'我有罪'的自白书吗？"

"哎呀，找找看起来可疑的东西嘛。"

"赫连我是认真的，你快出来……"

赫连听烦了唠叨，先把电话挂断了。环顾四周，随手拉开几个抽屉，都是衣物。

最后一个抽屉比其他几个空一点，赫连伸手进去随便摸两下，手不知被什么扎了，收回来一看，还出了点血。

她把抽屉拉开更大，从衣物中掏出一堆杂物。

扎破她手指的是碎纸团中的瓷器碎片，碎纸上印刷着一些字。

赫连刚想把纸团展开，听见楼下传来一阵动静，赶紧把纸团和碎片都塞进口袋，匆忙跑出衣帽间。

[15]

赫连刚跑到楼梯口，看见陈骁已在上楼便马上掉头退回衣帽间，情急之下藏进了衣柜里。

陈骁很快走进衣帽间，脱下外套，随手搭在柜子上。

赫连从衣柜门缝中看见他走向自己所在的衣柜，紧张得屏住呼吸。

陈骁拉开衣柜门，取下一个衣架，把外套挂起来，关上柜门，离开了衣帽间。

赫连从黑色的大衣袋后面露出半张脸，从门缝往外看，确定陈骁离开后才推门出去。

但危机还是没有彻底解决，出了衣帽间，想要下楼，必经之路是陈骁所在的书房。他坐在书桌前，房门大敞，正对着走廊。

赫连没有机会溜过去，在门外逡巡一阵，只好拿出手机发微信给唐韵求救。

[16]

工地上一辆辆卡车来回开过，扬起尘土。宿醉的顾峥终于匆匆赶到，唐韵听完他的汇报，没多跟他计较，只谈工作："上午从侧门出去，江源路沿路的外墙石材有很严重的质量问题。"

"啊，是，"顾峥挠挠头，"因为那边外墙做好挺长时间了。"

"没做好五十年吧。"唐韵这么说，是因为在建项目的产权是五十年。

顾峥一愣，笑起来："下午我就派人去修补。"

"外墙石材是哪家供应商的？"

"东峪。"

"刚才正在铺装的石材也是东峪的？"

"那是砾双。"

唐韵皱起眉："进场前有没有做过预铺装？我们的工程师检查过吗？"

"这倒没有，因为是关联企业嘛，质量也一直有保障，就省了这道程序。"

唐韵冷冷地说："东峪也是关联企业，刚做了两年的外墙就开裂了，我没看出质量有什么保障。"

顾峥感到唐韵这较真的劲儿有点难以应付了："这个……也不完全是材料的问题，不瞒你说，外墙施工的队伍是和中高副总的人，施工质量……也就那样吧。"

唐韵刚想说什么，手机突然在手中振动起来，拿起一看，是赫连的微信："救命呀，陈骁回来啦，就坐在书房里，我没法从他面前过去。"

早让她快点离开了！

得想办法故意发难，刺激一下顾峥……

唐韵无奈地长吁一口气，抬头环顾四周，转向顾峥："一路看过来，东峪的钢构件质量、石材质量、铝合金材料损坏，是不是都该算在施工单位账上？"

顾峥勉强笑着："我们以后注意。"

"怎么注意？"唐韵有点咄咄逼人。

顾峥面对她突如其来的强硬有点蒙了。

唐韵继续说道："明天起，东峪、大世、砾双三家的材料，必须你验收签字后才能进场。你们今天先把验收标准和内容定下来。"

"等等，唐总，这几家是我们主要的供应商，和我们合作已久，突然这么做，恐怕会弄得很尴尬。"顾峥慌张起来。

唐韵微微一笑："要么，把这三家换掉，就不尴尬了。"

顾峥早有心理准备唐韵初来乍到会有点不识趣，但没想到她竟然这么没眼色。

顾峥意味深长地说："唐总不过刚到公司，做事也要留余地啊。"

"你这是在威胁我吗？"唐韵决定把蛮横演到底。

顾峥见婉转表达无法使她明白，只好直接挑明："别说是你，就是陈总都不可能轻易换掉供应商。"

"是吗？"唐韵挑了挑眉，"陈总把项目交给我负责的时候，可没有提到这条禁忌。"

"你……等一下，"顾峥拿出手机拨通电话，"喂，陈总……"

唐韵在他身后眯了眯眼，果然像丁羽良说的，是个告状精。

[17]

赫连趁陈骁接听电话，注意力没放在门口的时候，俯身从书房门口蹭了过去，迅速溜下楼梯原路返回。

"……下午你还回公司吗？"陈骁通话中间唐韵，"那我访谈之后你等我一会儿，我们谈一谈。"

陈骁挂断电话，听见家里好像有什么动静，走出书房从楼梯上方看下去，大厅里空无一人。

他转向衣帽间，拉开柜门，拿出手提包看了一眼，病例和B超单都原封不动待在包里。但奇怪的是，衣柜深处有一块污迹，是泥土和灰尘。

陈骁把大衣推向一侧，仔细看着，分辨出似乎留有部分鞋印。

接着他切实地听见男声，往窗外一看，工人们正合力把一棵树推进坑里，不禁眉头紧蹙。

"谁让你们把柳树种我家了？"

一个工人仰起头："顾经理啊。"

陈骁愣了五秒，有点崩溃，不知该对民工说什么。

他回拨过去："顾峥，你昨天喝了几斤？"

[18]

陈骁直到接受完采访，只要一想起顾峥这时不时犯脑残的下属，心里就好像受到了重锤一样。偏偏这种脑残下属不止一个，有越来越多的趋势。唐韵是他自己找来的，他大致也知道唐韵并没有与职位匹配的能力，但没想到供应商关系这种事还需要特地提醒，真是烦不胜烦。

走到办公室门口，看见唐韵坐在桌后低头看文件，他换了副和善面孔，敲敲门走进去。

"还有工作没忙完？"

唐韵抬起头，放下文件，和他一起来到待客区："从工程部带回来的待签文本，快看完了。"

"今天和顾峥闹得不太愉快？"

"闹的是顾峥，不愉快的人也是他。"

"别跟他一般见识，"陈骁郁闷地摆了摆手，"你知道他今天又干了件什么事？把工地的绿化用树搬到我家，把院子里翻得乱七八糟。"

唐韵没理解他郁闷的点："冬青吗？"

"柳树。"

唐韵笑起来："您怎么跟他说的？"

"我让他给我找两棵树，没让他从工地上搬。"

"那您可要留意了，"唐韵别有深意地说道，"也许他从工地上往家搬东西搬习惯了。"

陈骁笑一笑，没顺着这个话题继续往下聊。

"工地上的事，你大方向控制一下就行了，老这样操心也够累的。"陈骁道明自己的来意，"像材料差异这些小事情，就交给顾峥他们去把关，这三年都干下来了也没出过大问题，你放一点权力给他们，他们会更有干劲。"

唐韵点点头："这样，是会轻松一些。"

"再说，我们上海项目的供应商很多是和中那边的关系。和中又是个大企业，内部也是错综复杂，要平衡好各种关系也不是一朝一夕的工作。你刚来，还不够熟悉，就尽量不要去制造变化。"

出问题的供应商明明都是骁盛自己的关联公司，陈骁却对这一点避而不谈，把责任都推到和中去。

而今天顾峥也说过，施工队伍才是和中领导指定的。这两股势力各立山头，互不干扰。

陈骁拉这么一面大旗做幌子，恐怕其中真有什么猫腻怕唐韵深究。

唐韵不动声色："我知道了。我会尽量避免与他们发生冲突。"

"在一些事情的处理上，有时，得圆通一些。你是个聪明通透的人，一定不难明白。"

唐韵笑笑："看来，我得接受陈总的这个友情建议了。"

说话间，敲门声传来，两人同时看向门口。

金凌靠着门探了个脑袋："陈总，罗耀来消息说谈判结束了，已经谈妥。"

陈骁的脸上终于出现一点喜色，他对唐韵点头示意，起身跟着金凌离开了。

[19]

赫连专心在淘宝上搜名片夹："只找到山寨的，但陈骁用的肯定不是山寨货啊，问这个店主他山寨的是什么牌子都不知道，还有没有职业理想了。"

艰巨任务则落在了尹铭翔身上。

他专心拼着赫连带回来的碎纸："你这样太危险了，以后可别再这么干了。"

"下次我一定多研究几条逃跑路线。"

"别开玩笑了大姐，你是惊险刺激了，不想想我们多提心吊胆。"

赫连放下手机抬起头："你和唐韵，对着我天天摆爹妈调调，这么爱操心，干吗不去领养一个熊孩子共同抚养。"

尹铭翔也抬头："目前还没找到比你熊的。"

赫连瞪他一眼。

尹铭翔从她面前把透明胶拿过来，一边拼一边贴："你自己的公司筹备得怎么样了？"

"别提了，"赫连立刻变得饱经风霜分外沮丧，"打了几百个电话找候选人，大部分一接就挂，真是人心不古。"

尹铭翔揶揄道："头牌猎头的名号不管用了？"

赫连百无聊赖地重新拿起手机："我给这店主猎个资深客服吧，无法沟通真愁人。"

尹铭翔放下手里的拼贴工作，转身从外套口袋里掏出一张名片放在赫连面前："你先过了我爸公司 CHO 这关再说。"

赫连扔下手机，拿起名片。

尹铭翔继续补充："我跟他打过招呼了，你直接去跟他谈。"

赫连发了两秒呆，脸上马上出现了灿烂的神采，开心得跳起来转圈圈："太好啦！还是你对我好！"

"自家熊孩子嘛，该罩还是应该罩的。来，"尹铭翔说着抖抖手里拼凑粘贴好的纸，"拼好了。"

赫连凑过来，两颗脑袋挤在一起看了好一会儿。

"看不懂。"还是赫连先出声。

"我也是。"

赫连松了口气，拿着纸回去坐下："那我就放心了，我还以为我智商掉线了。"

"每个字都认识，就是不知道什么意思。"

赫连拿起手机，一边打开浏览器搜索一边碎碎念："AOV 检测……物质检测……"

尹铭翔也拿起自己的手机搜索："奥……氮……平……上面说是抗抑郁药物。"

赫连转转眼珠："应该是，什么人把奥氮平送去了检测中心检测，实验室最后出具了这张检测结果。"

"谁送的？谁的药？"尹铭翔跟不上她的思路。

赫连眉头紧锁："在陈骁家，最可能是陈骁或者夏秋，抗抑郁……该不会是夏秋得了抑郁症吧？"

尹铭翔惊讶道："什么时候？"

赫连再一看检测单的时间："是她车祸之后失踪之前，流产后抑郁？"

"没听说过啊，不过车祸之后我也没怎么见过她，她好像一直待在家里不出门。"

赫连嫌弃地看着他，摇摇头："都说远亲不如近邻，你这近邻连小区路灯都不如，什么都不知道。"

"讲点道理好不好，陈骁请了四个保镖成天跟着她，五双眼睛盯着防我，小区路灯没这待遇吧？"尹铭翔为自己抱屈。

赫连撑着脸苦苦思索："夏秋如果真得过抑郁症，那有个人肯定会知道。"

"李禾多。"尹铭翔脱口而出。

虽然不愿承认这个事实，赫连还是点了点头。

她拿起手机，正想给李禾多打电话，突然进了来电，想都没想就接起来："喂？谁？什么功课？都说了我不需要你店里的山寨货！我就问一下你山寨的品牌，你不知道就算了呗！做功课损害你利益了吗？啊？"

[20]

唐韵应付完陈骁的谈话，天色已晚，索性在公司吃了晚饭。等下班走出大楼已经将近八点，司机已经把车从地库开上来停在门口。

她正向自己的车走去，手机突然响了。

唐韵听着电话，看向车后，后面有辆警车，宫恪在驾驶室一边打电话一边把手伸出窗外挥了挥。

唐韵挂断电话，附在副驾车窗边对司机说："你先回家吧，我有人接了。"

司机把车走后，宫恪把车开上前来。

而警车之后那辆车却停着没动，上面下来一个人，是吴嘉玲，她径直进了和盛大楼。

唐韵觉得有点奇怪，为什么这个时间到公司来？

[21]

上了车，唐韵把吴嘉玲的事暂搁一边，眼前有更直接的疑问："你怎么知道我在这儿？"

官恪看着车，轻描淡写地说："问赫连瑛的。我以为你车也没了，上下班可能会不方便。正好下午捣毁一个郊区制假窝点，我去现场顺路带你一程，谁知道你这么快就配了车。"

"我以前那辆车呢？你们怎么处理的？"

"违章停放，请青浦交警拖走了。"

青浦交警拖走的车，自然得去青浦交警大队领回了。一想到郑健还能被小小折腾一下，唐韵的心情就有点好。

"报复人你也算有一套。"唐韵这话是笑着说的。

但官恪很严肃："案子帮不上忙，只能做做力所能及的小事了。"

谈到案子，唐韵确实又难免沮丧："要是去年认识你就好了。"说着叹了口气。

官恪却反而笑起来："你这是诅咒我啊。"

"为什么？"唐韵纳闷。

官恪笑得更深一点："我是被经侦扔到刑侦来的。"

他态度这么不认真，仿佛说的是别人的事，唐韵却反倒好奇了，追问下去："你干什么了？打领导还是打嫌疑人了？"

"在你心里我就这种形象？"官恪笑着抽空看她一眼。

"年轻气盛嘛，不然是因为什么？"

"感情纠纷。"官恪煞有介事地说。

轮到唐韵忍俊不禁："看不出来啊。"

官恪也跟着笑："不是你想的那种。"

唐韵装作信服的样子点点头："好吧，"总结道，"我有感情纠纷，你也有感情纠纷，我被迫换了工作，你也被迫换了工作，同是天涯沦落人。"

"我没有沦落感，我挺喜欢刑侦的。你呢？新工作还顺利吗？"

"新工作还应付得来，"唐韵把陈骁、丁羽良、顾峥都在脑中过了一遍，最后还是觉得罗耀最恶心人，补了一句，"旧同事让人头疼。"

"郑健那边的人跟来了？"

唐韵摇摇头："更早的旧同事，刚毕业那会儿。"

遇到一个红灯，宫恪把车停住，正好能认真转过头跟她聊天："还有人能让你头疼，我倒是好奇了。要知道，你可是连捉奸斗渣男都四平八稳的。"

唐韵苦笑一下，却没再接话。

哪有什么天生的四平八稳，不过是习惯成自然。但她还没有把这种习惯当成谈资的洒脱。

在沉默中，红灯变了绿灯，宫恪重新启动车但没有成功，打了几次火都没打着。

宫恪打开双闪，对唐韵说："等我一下。"接着他下车打开车前引擎盖检查半晌，再绕到唐韵身边打开车门。

"实在不好意思，这车的发动机一直有点问题，换了火花塞都解决不了。要不我给你拦辆车你先回家。"

唐韵下了车，绕到车前看了两眼："可能是喷油头阻塞。"

宫恪一愣："喷油头也清洗过了。"

"还有进气门积碳，积碳不清理干净还是会吸附喷油造成进气异常。"她说着说着，一抬眼，见宫恪正用奇怪的眼神盯着自己，"怎么了？"

生机从她每一寸肌肤往外溢，琐碎的光流动在她的眼睛里。

你见过极光，极光比她还逊色一点。

灼灼其华，会有很多人为她释放情欲，但你只觉得可惜，这样一个人应该在别人的梦境里璀璨着，而不是在茫茫雾霭中披荆斩棘。

她本来就出现在一个梦境里，你却在梦里动了恻隐之心。

在所有童话故事中，从城堡去往她身边的路都大同小异，攀过藩篱，或者遁入密林，翻过高墙，或者远渡重洋。

爱情无非是走出自己的混沌，再走进对方的秘密。

"同情什么都会修的女人。"宫恪说。

[22]

手机上有一条微信：我看见吴嘉玲刚才进和盛大楼了。

来自唐韵。

李禾多看了但没回，放下手机，开始换上性感内衣，接着又半跪着拉开床头柜上面的抽屉，拿起避孕套，每个都用针扎几下。

床上的手机又响了，她以为还是唐韵，显示却是赫连。

烦不胜烦。

"你能不能别老骚扰我？"李禾多对她没好气。

"要不是有正事我才不愿意给你打电话好吗！我问你，你知不知道夏秋得过抑郁症？"

李禾多把扎过的避孕套放回抽屉，靠在床头柜前席地而坐："抑郁症？不可能。她没那么脆弱。陈萱倒是一直产后抑郁，近两年才好点。"

"陈萱？"赫连和陈萱联系不多，对陈萱的印象一直是她结婚后就过得很好。

"陈萱前两胎的时候和婆婆的关系处得不好，得了抑郁症，不过她心态还行，还调侃说每星期都去宛平南路报到。"禾多解释道。

赫连不关心陈萱，对夏秋仍不死心："夏秋流产后没得抑郁症吗？"

"得了我肯定会知道，说没有就没有，你就别想一出是一出了。"禾多又直接掐了电话，给赵晋航发了条微信：你今天几点回家？

[23]

吴嘉玲喜气洋洋，没等秘书通报就径直走进陈骁办公室，而陈骁的秘书已经习以为常了，连内线电话都没追加一个。

她一推门就问："听说贷款批下来了？"

监事会主席许志杰已在办公室里，他拿起两只倒了酒的酒杯，递给吴嘉玲一杯："等你喝一杯。"

陈骁转过身："先别忙着庆祝，你们那边跟得上进度吗？"

"没问题。"吴嘉玲嫣然一笑。

三人碰杯，各喝了一口酒。

吴嘉玲放下酒杯，又一笑，古灵精怪地改口："不出意外就没问题。"

陈骁脸色一沉："什么意思？"

"还不是你找来的那个唐韵！听说揪着我们砾双的材料不放呢。"她娇嗔着。

陈骁冷淡以对："这事我知道，已经翻篇了。"

"真翻篇了？"吴嘉玲不依不饶，以玩笑的语气说道，"我刚才在公司门口可是看见她上了一辆警车。"

许志杰皱眉紧张道："真是节外生枝，所以你干吗非要找这么个红颜祸水？"

"我了解她，知道该怎么利用她。同时，我也有兴趣做个见证人。"陈骁难得露出一点笑意。

吴嘉玲歪着头想不明白："见证什么？"

"美人迟暮，英雄末路，江郎才尽，盛极而衰，"陈骁呷了口红酒，"都是我最喜欢的戏码。"

第四章

回 手

[1]

宫恪把车停在尹铭翔家门口时已近深夜。

唐韵松开安全带:"今天谢谢你。"

"应该我谢谢你,还帮忙修了个车。"宫恪侧头看向她。

唐韵笑起来:"你还是赶紧送修吧,我这只能解个燃眉之急。"

宫恪点点头,迟疑了片刻,冷不丁问:"你近期一直会住在这里吗?"

"一直在朋友家毕竟不方便,我想尽快找到住处搬出去。"

"找到之后可以告诉我地址吗?"好像有点得寸进尺,宫恪顺势问了下去。

唐韵感觉到了突兀,不好意思地用一个玩笑来化解:"这是怎么了?我变成帮扶对象了吗?"

宫恪顺着她笑着说:"重点帮扶对象。"

但笑着笑着,两人又倏地同时沉默了,沉默很快引起连锁反应,车厢里气氛变得有点微妙。唐韵不禁微微眯起眼睛,眼前仿佛出现扭转流体的虫洞,时间从中莫名消失。

猛烈的敲击车窗声突然响起。

宫恪下意识地迅速移开视线,唐韵被吓了一跳,一回头,只见赫连拿着一张破纸在车外手舞足蹈。

"宫警官,我又有新线索啦!"她说着拉开车门,把拼接的检测单送到宫恪面前,"这是我从陈骁家好不容易偷来的。"

唐韵顺势下车让开。

宫恪皱了皱眉:"没见过你这么嚣张的犯罪分子。"话虽这么说,还是接过检测单，"这是什么？"

"我想让你帮我出面查一下这药品是谁送检的。说不定和夏秋的失踪有关，"赫连双手合十，使用拜佛式求人法，"拜托你，拜托拜托。"

官恪把检测单折起来放进驾驶座旁边的抽屉，看着唐韵说："查到了通知你。"

唐韵替他关上车门，又俯低身体在窗前嘱咐："注意安全。"

赫连和唐韵一起站在原地目送他把车开走，对着沉沉的夜幕感慨："警察弟弟看上你了。"

"管好你自己。"唐韵转身回家。

赫连小跑着跟上："刚才要是我没出来你们会 kiss goodbye 吗？"

"你想太多了。"

[2]

这天早晨，和盛大楼前，唐韵刚从车上下来，一个年轻小姑娘就迎了上来："唐总。"

唐韵疑惑地看着她，觉得她面熟，却又想不起在哪儿见过。

"是我，"女孩眼神炯炯地说，"陈小希，之前在会展中心，负责拍摄……"

唐韵想起来了，是那个初级助理："你有什么事？"

她边问边走进大门。

陈小希紧随其后："唐总，我想做您的助理，跟着您工作。"

唐韵停住脚步："你不知道我已经离开公司了吗？"

"我知道，所以我想跟着您到和盛，您到哪里我就跟您到哪里。"

唐韵觉得她天真，笑着问："为什么？"

"因为您有能力。"

"但你有什么能为我所用？"唐韵反问。

面对这个问题，陈小希像是有备而来："我对您百分之百忠心。您刚进和盛，肯定需要信得过的下属。"

唐韵微笑着说："光是表忠心还不够，我只和有实力的人合作。"

"我一定会努力学习，尽快提升自己的。"

陈小希热情洋溢的模样，却被唐韵泼了一盆冷水。

她淡淡地说："那就等提升了之后再开口，机会宝贵，不要像现在这样滥用。"看看时间该结束谈话了，"我赶时间，你回去吧。"

[3]

电梯门就快要关上，罗耀看见有人过来连忙伸手挡了一下，等人进了电梯，才发现是唐韵。

唐韵对他道了声谢。

罗耀可不想继续做好人，阴阳怪气地问："唐总怎么没用陈总的专用电梯？"

唐韵一愣，意识到他是误会自己和陈骁的关系了。

"罗总都没用，我就更没资格用了。"唐韵说。

谁知他还穷追不舍："怎么，和陈总的感情不如和 KNE 沈总的感情？"

看来不只是误会。

事实对他而言并不重要，重要的是他只是图个嘴上痛快。

见唐韵不予理睬，他更加露骨地喃喃自语道："我还以为空降副总要付出更大代价呢。"

电梯里几个女员工开始交头接耳。

唐韵觉得这对话太无聊，连澄清都多此一举，便装作没听见。

很快楼层到达，电梯门开了。

罗耀对唐韵展露出一个小人得志的笑容："回见。"

唐韵侧身让到一边，罗耀和一些员工走出电梯。

这时她才看见电梯的一角站着梁欢，两人对视后只是笑了笑，都没有立刻"认亲"。

楼层到达，唐韵照常出了电梯。

[4]

上午工作过半，唐韵正处理文件，HR 敲门进来问助理选得怎么样了。

她从桌上的文件夹中找出几张简历递给 HR："我在你约来面试的人里面又删除了一些，就这几个还行。其他的我就不用见了，你们人事部自己处理。"

HR 拿着简历离开。

手机响了，唐韵拿起一看，是宫恪："今天顺利吗？"

唐韵简单回复了一个"还行"。

门口又传来敲门声，梁欢果然抽空上楼来了，唐韵就知道凭她的能力，打听到自己的办公室方位用不了多少时间。

"方便吗？"

唐韵笑笑，把她迎进来："方便。来和盛谈订单吗？"

梁欢摇摇头："和盛在招公关经理，我过来了。"

这倒是让唐韵有点惊讶了。她呆了半晌，问出的第一个问题是："陈总知道你以前跟着我吗？"

梁欢坦言："不清楚，是金凌和王选招的我。"

接着才是关心郑健把公司折腾成什么样了："亚森那边现在怎么样？"

"你走了之后客户流失很严重，郑健到处搞融资，根本没把心思放在业务上，跳槽的骨干不少。"梁欢耸耸肩，也为之遗憾。

唐韵点着头："我就知道。"她走向茶水台，"要喝点什么？"

"咖啡吧。"

趁着唐韵调制咖啡，梁欢问："早上电梯里是什么情况？树敌了？"

唐韵苦笑："是以前在 KNE 的同事。"

"有什么过节？"

"竞争同一个职位，我赢了。"

梁欢笑起来："哦……心态不好，那他在和盛是什么职位？"

"也是副总，分管战略投资和收购。"

梁欢若有所思地歪着头："罗耀？"

唐韵把咖啡递给她："功课做得挺充分嘛。"

短信提示声音又响起，唐韵看了眼手机，还是宫恪，正好也问："让人头疼的旧同事今天没生事吧？"

唐韵回复"也算有"，就放下手机。

梁欢喝着咖啡环顾唐韵的办公室："你现在手头的工作，有什么我能帮上忙？"

唐韵想了想："就帮我留意一下罗耀最近在忙什么。"

梁欢点点头："有道理，知己知彼。"

陈小希说得没错，唐韵刚进和盛，需要信得过的下属，除了梁欢她还信得过谁呢？

[5]

唐韵和行政副总王选进入陈骁办公室时，金凌正好也候在一旁等待批示文件，几人点头示意。唐韵上前递上文件夹："陈总，内控方案我和王总已初步整理好。"

陈骁翻看文件，王选强调解释道："除了之前重组时没解决的部分问题，上海项目的财务流程还不合规范，得重新制定审批制度。"

"嗯，我同意。风控方面怎么样？"

王选看向唐韵。

唐韵说："还在进行中。"

陈骁抬头看她一眼，突然换上一副体恤关心的神情："你有点疲惫啊，是不是忙不过来了？"

唐韵微微一笑："没关系，我能处理。"

"你啊，女强人。不过，我还是建议你尽快选定助理，帮你处理一些琐事，这样工作效率会更高。你是副总，得尽快从琐事中抽身出来。"陈骁边说边在其中几份材料的右下角签字。

"好的，陈总。另外，成立专门的风控部门和监管部门也必须在月底前完成。"

"你们照规定办就行了。外部的风控，"陈骁看向金凌，"你协助一下他们对接。"

金凌说着"明白"，与唐韵对视一眼。

唐韵能分辨出，这眼神不太友好。究竟是罗耀的谣言战术起了作用让她产生了误会，还是已经决定好阵营上的对立，现在还未可知。

[6]

"我认为这份工作我志在必得，因为今天二十五号，二十五是我的幸运数字。你信这个吗老大？你是什么星座的？我会看星盘。"

唐韵表情呆滞地看着这位面试者，决定相信星座，今天自己水逆。

而下一位，也并没有正常到哪儿去。

"……虽然我现在应聘的只是助理，但我一定会在两年内进入公司核心团队，我有这个志向。"说话的语气和那个没心没肺的陈小希差不多。

唐韵面无表情地说："好的，你出去换下一个进来。"

下一个有点结巴，被问起前一份工作为什么离职时，回答："……我的……前任老板没有……梦想，不值得……我把青春浪费在他……身……上。"

唐韵用力揉着太阳穴，把她打发走后用内线将 HR 叫来。

HR 在门口露了个头："唐总，要不要重新筛选？"

"不用了，先把第一个喊进来，其他的让她们回去吧。"

木讷助理候选人很快跟了进来，不过这一次她面露喜色，应该正为自己从一群人中脱颖而出感到高兴，其实并没有什么可高兴的，门外的一群乌合之众根本毫无竞争力。

这无疑是陈骁的授意。

他本想把自己的人安排在唐韵身边，做个眼线。唐韵当然不会让他得逞，坚持要外招新人。人事便顺水推舟找来了这些明显不合格的面试者，好让唐韵知难而退，接受公司内部派遣的助理。

唐韵只能死马当活马医，逮住这个稍微正常点的姑娘："你先试试帮我找个酒店，谈长期住宿协议。"

"好的，还有别的事吗？"

"办好了这件再说。"唐韵有点心烦，挥了挥手。

见习助理亦步亦趋地跟着 HR 离开了。

唐韵长吁一口气，坐回办公桌后，听见了微信提示音，还是官恪。

"顶头上司有没有为难你？"

唐韵上滑手机界面，这才发现官恪给自己发了很多条微信，自己的回复寥寥无几，而且都是公文式的批复。这让她有点内疚了。

她回拨过去："你是在担心我吗？"

"有点。"宫恪的声音听不出多余的感情，"另外，也想告诉你上次赫连瑛让我调查的检验单有结果了，检验奥氮平的人是夏秋。"

唐韵眉头紧锁，怎么会是夏秋本人？难道有人给她吃了她自己不知道成分的药物吗？

沉默的时间有点久，她回过神才意识到还保持着通话："这次真的很感谢你。"

"怎么感谢？"宫恪可不跟她客气。

唐韵有点意外，笑起来："改天请你吃饭。"

谁知对方不依不饶："说'改天'好像就是没戏的意思。"

"那就明确一点，周五晚上七点，女青年会大楼见。"

宫恪却反而后退一步："最近'八项规定'查得紧，公职人员不能随便出去吃饭。不知道你这是什么性质的饭局？"

唐韵笑着问："公职人员可以约会吗？"

"约会当然没问题。"

"公职人员赴约可以准备礼物吗？"

轮到宫恪意外："你想要什么？"

"夏秋失踪当天，家里案发现场的照片。"

这话把宫恪噎得十来秒无言以对。

过了许久，他才略带幽怨地说："……你是不是重新定义了'约会'这个词？"

唐韵笑吟吟地问："所以你还来吗？"

"准时到。"

[7]

梁欢把资料放在陈骁面前，向他报告："本周四商业论坛的议题和提问方向已经发过来了，您看看有没有异议。"

陈骁边翻资料边问："流程是怎样的？"

"前面是恒大赵总、百鸣王总、至和金总、安昌安总，您第五个出场。"

"演讲稿定了吗？"

梁欢继续递出资料："这是初稿。"

陈骁点点头，对她的充分准备很满意："我先看看。"

"演讲结束后主持人会问到公司未来的发展方向。"

陈骁自有主张："我们可以在这个阶段再强调一下IPO（Initial Public Offerings，首次公开募股）上市计划。"

"是的，我已经和他们沟通过了。"梁欢说，"如果时间还有富余，他们会转到下一个话题。"

"收购吗？"

"收购生机科技。不过这涉及商业机密，他们不会问得太深。"

陈骁叮嘱道："你抓紧时间先放一轮收购消息，到时过渡会自然一点。"

"好的。"梁欢再次低头看手中资料，"基本就是这些，重点还是在主题分享上。您得花点时间在演讲稿上了。"

"嗯。"

"那您看好了叫我，我再做修改。"梁欢离开时带上了门。

入职以来，她对陈骁并无特别感想，不过是个正常老板。让她奇怪的是唐韵得知自己到和盛后第一句就是问陈骁是否知道，罗耀是她明面上的敌人，她却没问。这让梁欢也开始留意陈骁。

当然，第一件事还是找出罗耀的弱点。

梁欢可不是没头没脑地针对罗耀，也不是愚忠愚孝。

她很清楚，自己和唐韵是老交情即使现在还不为人所知，也很快会人尽皆知。就算四处澄清与唐韵关系没那么好也不会有人相信，公司这么大，自然会分阵营，梁欢和唐韵前后脚进公司，已经被不由分说贴上了唐韵阵营的标签。

那么唐韵的敌人也就成了她的敌人，自己不这么认为，对方也会先下手为强。

罗耀迟早会把自己一起圈进扫射范围里，唯一可以避免正面冲突的办法，就是让他自顾不暇。

工作上漏洞百出，忙得焦头烂额，也就没心思内斗了。

午休时，梁欢正准备去茶水间，里面一个她打过交道的战略部同事在和其他人聊天。她便站在门口认真听了一会儿。

战略部同事说："……贷款数额不小，谈下来可费了老鼻子劲。"

梁欢想起前几天经常听周围人谈到这笔贷款，似乎颇有点曲折，说不定可以在这上面再做做文章。

"罗总亲自出马，你们还有什么好操心的。"接话的是人事部一个同事。

"罗总自己压力大就抓着我们发火。"

"我们也不比你们轻松多少，云南又要开一个新项目，根本没人愿意往那边调。不跟你说了，我先去忙了。"人事部同事端着杯子走出茶水间，在门口差点撞上梁欢，赶紧打了声招呼："梁经理。"

战略部同事也看见了梁欢，对她点头微笑。

梁欢走到咖啡机前："战略部最近忙得要命吧？我都不好意思找你们罗总要公关素材了。"

战略部同事笑起来，吐槽道："罗总？再忙他也愿意提供素材。"

"听说贷款正式批了？"

"就等放款了。"

"不是一直有银行关系吗？怎么这次这么费劲？"

"银行内部自查，"战略部那位说道，"谢行长也比较慎重，这段时间所有贷款都放慢了。"

梁欢笑笑："好事多磨。"

姓谢的行长，很容易锁定目标了。

[8]

梁欢一晚上都穿着睡衣盘腿坐在床上用笔记本搜索世新银行官网，从高层人员名单里搜出三个姓谢的人，只有一个是分行长。

页面上出现谢有恒分行长的照片和简介，她有种预感，就是这个人。

她打开搜索引擎，对照手边打印的和盛集团董事会和高管名单，从陈骁开始依次交叉，"谢有恒和陈骁"没有搜索记录，"谢有恒和王选"没有搜索记录……直到"谢有恒和陈萱"，出现了一条婚讯。

原网页已经不存在，用百度快照还看得见当年的博客主页，其中有一句"没想到谢有恒这小子这么快就结婚了，陈萱今天真漂亮，两个人郎才女貌……"

当然，这都比不上下面配的那张谢有恒和陈萱的敬酒照来得有说服力。

梁欢兴奋地拿起电脑，跳下床冲出卧室。

她的朋友张欣桐横卧在沙发上翻阅一本财经杂志。梁欢抱着电脑急匆匆地跑过去坐在她身旁，张欣桐顺势把腿架在她的腿上。

梁欢将笔记本电脑送到她面前："知道这是谁吗？"

张欣桐放下杂志，瞥一眼，对着屏幕上的文字念道："世新银行上海分行行长，这上面不是写着吗？"

梁欢又切换到结婚照页面："知道他老婆是谁吗？"

张欣桐莫名其妙地摇摇头，她是财经记者，又不是娱记狗仔，梁欢怎么会对她有这种期待？

"我们公司的大股东陈萱。"

"那怎么了？"张欣桐不太明白这和自己有什么关系。

"我们公司大部分贷款都是在世新银行拿的。"

"那又怎么了？"张欣桐还是不明白。

"关联交易啊。"

但这也没能让对方兴奋起来。

张欣桐撑着沙发坐直了身体："我明白你的意思，按理是应该避嫌，但这种情况其实挺普遍的，说句现实的，现在没关系怎么拿贷款啊？关键还是看还贷能力，和盛没问题吧？"

"要较真的话，至少是违规的。"

"谁去较真？"张欣桐反问，"我要写这么一篇报道，主编肯定觉得我小题大做，不会采纳。"

梁欢立刻心生一计："在金融圈自媒体上爆料呢？以那种耸人听闻的八卦语气。虽然在业内是常态，但圈外看客是不明白的，普通网民肯定会觉得这是惊天内幕。"

张欣桐惊讶了："你想干什么啊？"

"让贷款泡汤。"

张欣桐明白过来，笑出声："和盛什么人得罪你了？"

梁欢没有笑，这是件有风险的事，但她也不想解释太多，只打感情牌："你帮不帮我？"

"行行，帮你写，但是碗归你洗。"

"你不能自己写，否则很容易从你查到我，会有麻烦。"

张欣桐想了想："给金融圈自媒体匿名投稿，再让我同事跟进报道一下。"

"周四之前能完成吗？"

张欣桐有点埋怨："这么急？"

"准确地说，我希望周三晚上爆出来。"

[9]

周四早上，唐韵并没有去和盛总公司，而是直接去了上海项目点。前任项目副总离职造成了一堆待签合同积压。丁羽良和她的下属抱了三箱文件到唐韵办公室。

不过看起来，她最关心的是东峪的合同，再次催问："唐总，东峪的续约还没签吗？"

唐韵没抬眼："东峪供应的材料还是有各种数据不达标，不是不能续约，但一定要要求他们整改材料的问题。"

丁羽良又从文件箱上层抽出十来份合同："这几家也和东峪一样，是长期合作的供应商的续约合同，我已经看过了，合同文本没有什么问题。"

唐韵依然埋头看文件："放这里吧。"

丁羽良有点着急，不小心就表露了出来："我已经仔细查看过相关的材料了。"

她一再的强调和催促引起了唐韵的注意。

但唐韵抬起头，还是不露声色："你费心了，我经手的合同我也要看一遍才放心。"

丁羽良也只有无奈："那您尽快，我先回去了。"

唐韵点头示意她可以离开。

丁羽良刚出门，顾峥就在门口探个头："唐总，听说您一早就来工地了。"

"有事吗？"

顾峥转身关上门："是有点事。"

唐韵放下笔，对他支支吾吾的状态有点纳闷："你说。"

"我是来道歉的。"顾峥腼腆地一笑，"之前供应商的事是我太冲动了，可我没有敌意的，我只是觉得换供应商对公司不好。"

"顾经理言重了，工作分歧用不着道歉。"

"怕您误会，其实我一直觉得没有比唐总更适合这个职位的人。"

唐韵不知他为什么忽然变得客气，也就跟着客气起来："项目上没有你们的支持，光靠我一个人也不行。"

"我们一定全力支持，还请唐总信任我们。"

"信任是互相的。"唐韵淡淡地说。

"既然陈总信任唐总，我肯定无条件信任唐总。您可能会有点想法，以为我觊觎您这位子已久，所以故意和您作对，其实我完全对这不感兴趣。"顾峥往窗外看一眼，压低了声音，"我呢，自己家也是有企业的，来和盛只是为了积累经验，对职位其实不太在意。"

唐韵先前也有点感觉，顾峥不是那种在职位上斤斤计较的职员，但他又不炫耀家境，算是聪明人，包括主动来道歉这件事，也做得聪明。

"看得出来你是个有能力又负责任的人，不用多虑，我什么想法也没有，一切从公司利益出发。"

"当然，我们都是一切以公司利益为重。"

唐韵主动伸出手："还请顾经理多多帮衬。"

"一定的，唐总。"顾峥与她握手言和。

[10]

与此同时，商业论坛现场，陈骁及四个知名企业老总已在弧形台上就座。

台下整齐排列着三百把系着蓝色丝带、罩着白色椅套的椅子，坐满了业界人士。约四十名记者、摄像围在台下拍摄记录。

梁欢与两男两女面对演播台站在左侧一角。

"……中国经济进入新的常态，商业地产发展环境也在剧烈变化。经过多年发展，骁盛集团的商业地产业务也获得快速发展。"陈骁按计划完成演说。

主持人提问："骁盛集团日益壮大，有消息称今年就要完成 IPO 上市？"

"是的，骁盛集团目前正在筹备上市，不久就能挂牌。"

主持人换了个正对陈骁的坐姿："四年前骁盛 IPO 曾经被否决一次，现在和当时比有什么优势呢？"

这个提问不在事先沟通的列表里，而且它带有一点负面色彩。

陈骁心下一沉，有种不好的预感。

"当时主要是盈利能力遭到质疑，我们主营地产的企业比较容易遇到这样的问题，因为在建工程多，回款慢。但是现在的情况比之前要好，从去年开始就已经有一些项目进入收尾结算阶段，我们如今的资金链运转良好。"

主持人按计划接着问："有消息称，骁盛集团一方面在加紧上市，另一方面也在实施收购计划？"

陈骁点头："确实。"

他等着对方继续询问收购计划细节，对方却没有如他所愿。

"说到收购，今天早上，我们论坛开始之前，财经报上有一则消息……"主持人拿起桌上的一份报纸，"内容大体说，以骁盛集团目前发展状况，所拥有的资金不足以支撑骁盛既进行挂牌上市，又进行公司收购……"

陈骁的脸色变得严肃，往台下梁欢的方向看了一眼。

这则消息他毫不知情，活动现场的变故也让他非常不悦。

"骁盛集团必须通过大笔的银行贷款，才能基本运转。"主持人说着将报纸递给陈骁。

陈骁低头看着报纸，笑了笑："这里援引的都是些江湖传闻。我们现在的新闻界已经习惯以夺人眼球的营销号为风向标了吗？"

主持人也跟着笑起来，但很快收起笑容，认真地问："那么骁盛集团资金运转有问题吗？"

"没有。这笔贷款主要用于收购，也只用于收购。"

"也就是说对生机科技的收购是否成功，这笔贷款起了关键性作用？"

"不，贷款只是收购资金的一部分。"

主持人稍作停顿，接着问："那骁盛为什么要为此违规呢？"

陈骁蹙起了眉。

主持人示意陈骁手中的报纸："这篇报道里同时还提到了骁盛股东陈萱与世新银行分行行长谢有恒是夫妻关系，这算是关联交易吗？"

陈骁低头仓促地瞥了两眼手中的报纸，没有立刻找到对方提及的部分，他只知道自己应该马上抬头回应，并且语气得不容反驳："骁盛在申请贷款过程中提交的资料和走的流程，每一步都严格遵守相关规定，还款能力也毋庸置疑。至于审批领导是谁，我认为不是重点。"

主持人不与他对话，依然揪住漏洞穷追不舍："但分行行长是不是在批准贷款中起决定性作用？"

陈骁用更加肯定的语气回答："骁盛的实力才是起决定性作用的，如果不是世新，也会是其他银行放这笔贷款。"

"这是当然。"主持人笑了笑，轻描淡写地结束了这个话题，继续讨论其他议题，仿佛刚才场上剑拔弩张的质问与回击是一场幻觉。

但所有人都知道，这不是幻觉。

台下业内人士已经开始交头接耳，窃窃私语。

围在台边的媒体记者使劲消耗着菲林，浑身洋溢着找到大新闻的兴奋感。

场边，梁欢的姿势已经变成了双臂交叉胸前。她愁容满面，如临大敌，内心却乐开了花。

[11]

活动的高潮已经呈现，尾声自然也很快结束。一大群现场记者们追着陈骁想要追访，陈骁在安保人员的协助下，迅速走下台，梁欢迎上去，两人快步离场。

"陈总，您刚才的回答实在有些大胆。其实没必要急于表态，大可表示不知情，把它推给我们公关部来处理。"梁欢边走边说。

"情势所迫，只要露出一丝犹豫就会被咬住不放，结果可能更糟。"

"赢的只是辩论，而输的却是利益。"梁欢一副为公司设身处地的调调。

陈骁已经很久没遇到这么憋气的事了，怒火写在脸上："你去查一查是谁在爆料，谁在推波助澜，究竟有什么目的。"

[12]

接下来的两天，骁盛如梁欢预料的那样深陷舆论危机。本地财经台仿佛进入了跨年狂欢，一档新闻节目是"骁盛集团利用裙带关系违规获取贷款"，连个"疑似"也不加，记者更是直言"世新银行分行行长在骁盛公司贷款事情上给予了一定的帮助"。

另一档晚间新闻，记者直接站在骁盛集团门口，对着镜头说："骁盛集团并不否认与该行行长的密切关系。这就意味着，骁盛集团以往的贷款都有可能存在违规行为。"

还有一档原本主题与骁盛无关的对话节目，主持人非把话题引向骁盛，请嘉宾对银行的放贷标准进行评论。

到了第二天，路边报刊亭又多了一堆提及骁盛的报纸。

在访谈节目中，一群专家对此议论纷纷，仿佛他们第一次听说世界上有企业找关系拿贷款。

而在收视率最高的早间新闻中，标题是"骁盛仍未给出正面回应"，端庄的女主播严肃地说："骁盛集团作为业界有影响力的公司之一，应该对纷纷质疑的违规贷款之事，给予明确的回复。我们还在等骁盛集团做出明确回应……"

陈骁气得关了办公室里的电视。

还要怎么回应？他觉得在论坛现场的一番辩论已经是非常正面而且有力的回应了。而此时，他最不想要的回应却来了。手机上的来电显示正是这次风波的主角，他的堂妹夫谢有恒。

"陈骁啊，"谢有恒开门见山，"骁盛的贷款，恐怕不行了。"

事态的发展在陈骁意料中，但他还有点不死心，追问道："已经批准的也放不了吗？"

"工作组本来就在我们分行查账，这下闹得满城风雨，他们自然是已经盯上了这笔贷款，昨天下午已经找我问过话，明里暗里提醒我做事要谨慎。你看，这种局面我也很为难，如果我再冒险，下一次可能就不是问话而是调查了。"

陈骁点点头:"理解。"

他很快听见了电话里传来忙音。

骁盛大楼的落地玻璃窗外,放眼望去是沉沉雾霾,这不是一个好天气。

[13]

助理已经找到了合适的酒店,唐韵晚上就已经开始整理行李。她本来就没带什么来,这些天只不过添了些衣物,很快就收拾好了。

早上她把洗漱用品和化妆品、护肤品放进行李包时,电视新闻正由骁盛的贷款风波引向收购生机科技。

唐韵一直知道罗耀在忙收购,没特别留意他在收购什么,今天才第一次听见"生机科技",她不禁停下手上的动作,抬头看向电视屏幕。

她在 KNE 虽然只工作过三年,但分明记得生机科技是 KNE 一个海外分公司。

唐韵盯着电视发呆三秒,跑下楼:"赫连,骁盛要收购 KNE 旗下的生机科技你知道吗?"

赫连没停止吃早饭,反应很平淡:"我知道啊,你不知道吗?"

"今天才知道。"唐韵见她早有准备,多少松了口气,慢慢走过去,"你觉得成功率有多高?"

赫连想了想:"零吧。他们不可能收购成功的。生机科技是 KNE 唯一盈利的海外公司了,正卿怎么可能放手。"

"其他股东的态度呢?"

"他后妈有点想卖股变现,但最主要的问题是陈骁出的价并不足以打动她。接触过两轮,好像这事已经没下文了。"

"陈骁为此拿贷款了。"

"贷款也不够。他后妈胃口可大了,人生幸福指数就指着赚这一票呢。"

"那为什么陈骁总是一副志在必得的样子?"回忆起陈骁每次提到收购时的神情,唐韵还是觉得古怪。

"你问他啊,我哪儿知道。他也就是看我去年着急讨债推测 KNE 资金链出现问题才开始发梦的吧,真是阴险小人。你在公司听到什么动向了吗?"

唐韵垂下眼，从赫连面前拿起一块饼："你知道我不能说，商业机密。"

"那你问我这么多干吗？"

"我不能说，但能帮的我一定会帮你。"

"但你会帮正卿吗？"赫连认真地问，她知道唐韵对 KNE 大部分人都没什么好印象，虽然那都是陈正卿接手家族企业之前的纠葛了。

唐韵没点头也没摇头，只是耸了耸肩。

"白说。"赫连丧得把剩下的半张松饼全塞进嘴里。

唐韵笑起来。

赫连问："检验单有消息了吗？"

"宫恪查到是夏秋拿去检验的。"

"夏秋本人？她为什么要这么做？"

"要么是别人给她喂了她自己都不知道成分的药，要么是看见陈萱吃药有点好奇。"唐韵随口说。

这答案赫连不买账："为什么会好奇？如果真好奇，干吗不直接问陈萱？"

"所以说，线索又断了，现在只能乱猜。"

正聊着天，尹铭翔推门走进来，催问："东西都收拾好了吗？我已经把车开上来了，给你们省几步路。"

"好了。"唐韵拿起背包准备跟他出门。

赫连抓起手边一张报纸追过去："你昨晚疯狂找来的报纸不要了吗？"

唐韵回过头，顿了一秒："哦，已经看完了。"

[14]

唐韵在酒店放下东西，没急着去项目点。她从包里拿出砾双续约合同附件的价目表，与自己笔记本电脑中搜集的材料价格一一对比。

砾双的普通钢材石材倒是在正常市场定价范围内，只是大量古木植物和地域特色装饰物价格高得出奇。特定乡镇具有地方特色的一个古井盖价格动辄几万，可说到底，它也只是个井盖。

问题就在于，你拿不出它违反市场定价的证明。

全世界只有这一个村有这种样式、这种年代的井盖，上面的雕花也是别处没有的，总共只有这么几十块，全被砾双收来了，别说它定价上万，就算定价上百万，只要买家认可这井盖的价值，就无懈可击。整个工程里所有装饰性材料全部是以类似艺术品的模式在交易。

陈骁真是聪明。

唐韵也一时没了主意，点支烟慢慢抽起来。

这个环状供给只是看起来无懈可击，但还是会有缝隙，首先是砾双与骁盛之间的关系。

骁盛先前为了上市进行过资产重组，剥离了这些材料公司，虽然业内没有人不知道砾双与骁盛千丝万缕的联系，但在账面上现在他们确实是两家公司，砾双也只是和盛集团上海项目的供应商。

比公司之间关系更需要搞清的，是吴嘉玲与陈骁的私人关系。

这时她想起了可以交换情报的李禾多，便给李禾多去了个电话。禾多果然对关于吴嘉玲的话题很感兴趣，一听吴嘉玲的名字立刻班也不上了，答应到酒店来与唐韵见面。

唐韵刚挂断电话，头顶的烟雾报警器突然尖锐地响起来，消防龙头开始洒水，还没等她反应过来，已经把合同和笔记本电脑里里外外淋了个遍。

这时她还不知道，这才是多灾多难的开始。

[15]

和李禾多约见的地点就在酒店二楼的咖啡厅。果不其然，禾多想办法查过吴嘉玲所有的银行账户，却没有发现与陈骁或骁盛的任何金钱往来。这让唐韵有点失望，但又觉得在意料之中，他们不会这么不谨慎的。

"但有件事是无疑的，"禾多说，"她和陈骁的密切关系并不需要用金钱证明。"

"怎么说？"

"你还记得在天台咖啡馆时我问陈萱有没有吴嘉玲的消息吗？"

"嗯，陈萱矢口否认。"

"如果没什么猫腻，干吗明明有联系却要否认？"

唐韵想想，摇了摇头："这还是说明不了什么。虽然吴嘉玲和陈骁有工作关系，但陈萱怀孕在家可能真没见过吴嘉玲。"

禾多笑起来："你可真是不撞南墙不回头。吴嘉玲可是会为了陈骁去设计让你捉郑健的奸呢。"

"设计？"唐韵蹙眉回忆，郑健出轨明明是赫连、尹铭翔意外发现的。

"我知道你在想活宝二人组，但他们只是误打误撞正巧碰上了。就算他们那天晚上没碰上，也会有别人通知你赶回家。"

"你是怎么知道的？"

"我跟了一阵吴嘉玲，亲眼看见她找的小姐有目的地去接近郑健。"

"她这么做有什么意图？"

"让你迅速和郑健决裂，离开公司，去和盛。"

"就为了让我去和盛？"唐韵感到难以置信，"你是说，就为了找我去担任副总，陈骁设了个宇宙大局？"

禾多耸耸肩："你不信算了。"

"不是我不信，而是我很清楚，我个人的能力也好，魅力也好，不足以让陈骁这样大费周折。"

"可现实是他已经为你大费周折了，你现在需要想清楚的是，你为什么值得他这么做。为什么这个位置非你不可？非此时不可？多等一阵都不行？"

唐韵陷入了无边的困惑。

——您可能会有点想法，以为我觊觎您这位子已久，所以故意和您作对，其实我完全对这不感兴趣。

——这几家也和东峪一样，是长期合作的供应商的续约合同，我已经看过了，合同文本没有什么问题。

——工地上的事，你大方向控制一下就行了。你刚来，还不够熟悉，就尽量不要去制造变化。

——隔行如隔山，我对地产业几乎一无所知。

就是这个原因。

他需要一个履历漂亮到能通过董事会，却被潜规则上位传闻笼罩疑似毫无能力，并且对地产业一无所知的人，来续签积压已久的供应商合同，多等一阵都不行。

唐韵突然感到血压下降，呼吸困难。

——夏秋一直对你评价很高。

——你们是过命之交。

——我信任夏秋。

原来这一切都不是心血来潮，陈骁很清楚夏秋和自己的关系，他嫉妒，并且睚眦必报。

唐韵这才意识到，云开雾散后直面万丈深渊却没有退路是什么境地。

禾多见她六神无主，半晌说不出一句话，便帮她倒了杯柠檬汁。

唐韵一饮而尽，才稍稍缓过神。

这反应把禾多也吓着了，她从小到大没见过这么恐慌的唐韵，连因为什么恐慌她都不敢问，东张西望着扯开话题："你就打算长期住酒店吗？"

"老住在尹铭翔家也不合适。"唐韵勉强回答。

"为什么不去租套房子？"

"租房子太麻烦，要选地段，要选房型格局，"唐韵摇摇头，"住得不称心，起码几个月都受罪。现在我工作忙，也没什么时间，还是算了。"

"你就算住酒店，也不要选这家啊。新装修的，有甲醛。"禾多说。

唐韵勉强苦笑一下。死到临头了还担心甲醛？

[16]

长形餐桌，陈萱与陈骁面对面坐着，谢有恒坐在主位上。

三人低头吃饭，一言不发。

陈骁至少有半年没登陈萱家门了，今天为什么来，彼此心里都有数，谢有恒也是特地为此从银行赶回来的。

总这么僵持也不是办法，陈骁先开口表示关心："产检怎么样？"

陈萱舀了一口浓汤喝："嗯，一切正常，宝宝很健康。"

又一阵沉默。

只剩刀叉碰击盘子的声音。

谢有恒长吁一口气，抬头问陈骁："公司的麻烦解决了吗？"

"舆论暂时压下去了，余波的冲击力倒也不小。"

"嗯。"谢有恒也不再说话了。

陈骁看向陈萱："有件事，还得和你商量商量。"

"不行。"陈萱连眼皮都没抬。

陈骁尴尬地笑笑："我还没说。"

"我还不知道你在打什么主意？"陈萱放下刀叉，看向陈骁，"股份质押，没猜错吧？"

"只是少量股份。现在公司面临难关，有恒批不了贷款，舆论对我们也非常不利，如果我们现在转向其他银行，信用贷款是办不下来的。"陈骁好声好气地对她解释。

"那你用固定资产抵押啊。"陈萱低下头继续吃，一副漠不关心的样子。

"我想你也很明白，一旦不能还款，固定资产处置周期很长，而股份质押更方便，证监会申请查封就可以公开拍卖，流通性更好。银行方面更容易被这个打动。"

陈萱冷笑道："所以你的贷款成功是建立在我的股份可以被拍卖的基础上？"

"我们不会走到那一步。"陈骁说。

"万一走到那一步，我岂不是唯一的输家？"

陈萱还是一如既往，对自己的利益寸步不让。陈骁很了解她，甚至能猜到她每句话会怎样反驳，他只是仍存有一丝幻想，兄妹间不用闹得那么僵，看来陈萱是铁了心要坚持到底。

陈骁提醒她："公司拿到贷款，收购成功，IPO成功，你才有溢价收入。"

"对你来说不也一样吗？为什么不用你的股份质押？"陈萱反问。

"因为这是在帮你。"

"我看不出帮我什么了。"

"我现在另寻其他银行只是为了保护有恒，在世新银行贷款对我来说没有任何风险，有风险的人是有恒。"

陈骁松了口气，他终于把最难听的话说了出来。

谢有恒听出陈骁的言外之意，也自知现在自己才是风口浪尖上的人，赶紧劝道："萱萱，公司面临难处，你确实也不好袖手旁观。"

道理她不是不懂，只是咽不下这口气。陈萱白了谢有恒一眼。

陈骁把餐巾抽出来扔在桌上："保持股份不变和零风险上市获利，这二者不能两全，你自己算，怎么选回报更高。"

谢有恒紧张地看着陈萱。

陈萱是牛津毕业的金融硕士，会算不清这笔账吗？

陈骁虽然达到了此行的目的，心里却没有丝毫愉悦。陈萱所有的一切都是自己给的，要她吐出来一点却这么难，人情是什么？道义又是什么？他创立骁盛至今已经十年，没想到经过这十年，情义全有了定价。

[17]

唐韵从来没经历过这么难熬的工作日，整个下午她没看进眼前资料上的任何一个字，脑子里像煮着粥，混沌又黏稠。HR 在门口叫她一声，把她吓了一跳。

HR 对此表示抱歉，继续问："之前的助理可以签试用期合同了吗？"

唐韵心情糟糕，说话都有点年少时的刻薄了："不用，工作能力还不如 siri 留她干吗？让她去跟酒店签个长期住宿协议，一下给我订了三年的无烟房！"

说到"siri"时 siri 就已经有了感应，等唐韵这边话音刚落，她就着急地表现起来："我找到了好几家酒店离你很近……"

HR 忍不住笑起来。

这场面确实有点滑稽，但唐韵笑不出来，只能无奈地摊摊手，把 siri 关了。

"那唐总有其他心仪的助理人选吗？我去安排。"

"没有，暂时别找了。"

"不找了？"HR 本来还打算再做两三轮斗争，居然有点失望。

"多个拖后腿的队友还不如多个对手。"唐韵没抬头，等 HR 自动撤退，她给梁欢发了条微信。

虽然今天她没有心思处理任何事情，但梁欢这件事已经刻不容缓了。

[18]

梁欢上了顶楼天台，看见唐韵靠在栏杆上抽烟，她预感唐韵找她是为了贷款的事，她也打定了主意不承认自己与贷款有什么联系。

"在想什么呢？"

唐韵转过头递给她一支烟："想我们一起工作多久了，一直配合默契，步调一致。"

梁欢点上烟，笑起来："你一说交代工作之外的话，我就心里发怵。"

唐韵于是不再拐弯抹角："你能力很强，但不应该把能力用在旁门左道上。"

梁欢知道她很了解自己，甚至和张欣桐一起吃过饭，唐韵猜到三五分并不让梁欢感到意外，但梁欢还是要装无辜："我不是很明白，你说的旁门左道是指……"

"对自己公司反戈一击。"

"你想多了。"

"一则匿名网络爆料竟然上了《财经报》。而你朋友张欣桐又正好是财经报资深记者……"

"这只是你根据对我的了解在瞎猜，欣桐又没有署自己的名，署名的记者也是确有其人，人家不想报道，欣桐还能强迫她不成？"

"你太天真了，你以为撇清署名就联系不到你身上？他们根本不会追究署名，他们追究的是你的好朋友在财经报却没有在出刊前把消息透露给你。"

梁欢的神情一滞。

"这不合理。"唐韵说。

梁欢张张嘴想反驳却说不出话，眼神有点慌乱。

"而你既然知道消息却没有尽公关经理的职，是为什么呢？"她接着逼问。

梁欢这才发现自己居然留了个这么大的 bug，满心懊恼："是我疏忽了。"

"我能想到的，他们也能想到。"

梁欢向唐韵递去讨饶的目光："有什么补救办法吗？"

"覆水难收。"

如果唐韵没有对策，那梁欢相信自己也不会有什么好主意了。

两人沉默片刻，唐韵又说："而且我想不通你为什么要这么做。"

"只是想转移罗耀的火力点。"

"个人恩怨不能影响公司利益，这么简单的道理你不懂？"

这话梁欢就不爱听了，木已成舟，唐韵居然还站在道德制高点说教。她信服唐韵的能力，但不认为唐韵就有立场指责自己玩一些灰色手段，大家都是成年人，谁比谁清白呢？

"我不认为他们在对付我们的时候会遵守这个规则。"

唐韵认真注视她的眼睛："在我这条船上就得遵守我的规则。"

"我以为使得出美人计上位的人百无禁忌。"梁欢反击道。

唐韵缓慢地眨了眨眼，有点遗憾地看了她一会儿，什么也没再说，转身离开。

[19]

罗耀给维业银行的李行长倒上酒，他已经有了点醉意，但任务还没完成，为了让李行长尽兴又不得不继续喝。酒桌文化并不是他所擅长的，可是现实就是这样，百分之九十的生意都是在酒桌上谈成的，不喝到神志不清就无法显示诚意。他知道今天自己依然没有退路。

李行长的话也多了起来："……上司和客户两头受气，这种日子不知道什么时候才是头。"

罗耀笑着附和："再认真赚几年钱，攒够老本提前退休，反正我是这么打算的。"

"我是比不上罗总了，我们领死工资的别说攒够老本，到退休能攒够房贷就不错。你说可不可笑，给别人放贷，自己天天还贷。"

"李行长这就是开玩笑了，你可是我们的衣食父母。"

"谁是你父母！"李行长一句话把罗耀吓一跳，接着说，"你我什么交情？你是我大哥！没有你就没有我！你永远是我大哥！"

罗耀虚惊一场，赶紧举杯："为了永远的交情喝一杯。"

李行长端起酒杯一饮而尽，又开始叙旧："当年要不是你给我拉来那些存款，也没有我今天……"

"不提了。老弟，我也不拿你当外人，这次和盛这个事要不是实在没出路我也不会来给你找麻烦。"

"和盛这个事，我不是不想帮，是真的不敢帮。你要第一时间来找我，我肯定二话不说给你办了，现在闹得满城风雨，无数双眼睛盯着，这和交警大队门前闯红灯有什么区别？"

"怎么会是闯红灯呢，我们绝对合规合法。就因为知道你难办，股东都把股份拿出来啦，这还不够对上上下下交代？"

李行长不作声，不表态，只低头看着桌子，像被按了暂停键。

罗耀趁这间隙拿出一个盒子推到李行长面前，李行长一看立刻炸毛："你这是干什么！拿回去！这不是打我耳光吗？"

罗耀笑嘻嘻地把盒子从包装里拿出来："给小侄子的点读机，不值钱，他明年就要考初中了，学习用得上。"

李行长脸上有点挂不住，讪笑着："点读机不错，不错。难为你还记得他，我平时太忙了完全顾不上，我都不知道他读几年级。"

"要会工作也要会生活嘛，我们工作是为了谁？你说，是吧？"罗耀压低声音说道，"我们徐汇滨江的楼盘快开盘了，李行长你看看亲朋好友有没有想买的？"

李行长脸上露出了有史以来最真诚的笑意："那个地段，新房开盘要摇号吧？"

"可不是嘛，"罗耀歪着头试探，"给你留两个名额？"

李行长立刻乐开了花。这名额他即使自己不买房用不上，一转手也稳赚百分之二至百分之五，和盛的江景房市场价早就上了两千万一套，说这是零本万利的买卖也不为过。

李行长主动端起酒杯："那我可要好好敬你一杯。"

罗耀知道，这事就算成了。

[20]

唐韵觉得包间太压抑，特地要了大厅临窗的位置，落地窗外是外滩夜景，晚上的灯光很美。宫恪却完全不为此注目，有点煞风景地拿出 U 盘隔着桌子递过去："案发现场的照片。"

"谢谢。"

宫恪为她倒上红酒，两人举杯碰杯。

"听说已经搬出来了？"

唐韵一愣，继而笑起来："赫连这嘴太快。"

"谁让你言而无信呢？说好会告诉我搬去哪儿。"宫恪的语气有点埋怨。

"昨天才搬的，不过估计也不会长住。"

"为什么？"

"助理订的酒店，无烟房，住进去第一天就触发烟雾报警，给笔记本电脑洗了个淋浴。"

宫恪忍俊不禁："这助理还能要吗？"

"不要了，目前不准备招助理，信不过。"

宫恪正色问："只是信不过助理，还是谁都信不过？"

唐韵明了他的意思，笑了笑："我想法没那么极端。"

"要求放低点，起码招个可以帮你处理一下生活琐事的助理。"

唐韵说："标准一旦降低了，紧跟着就是永无止境的将就。"

"是啊！唐总怎么能随随便便降低标准呢！"——头顶上突然落下的声音。

唐韵猛地抬头，见到罗耀涨红的脸，愣了两秒。

罗耀从隔壁空桌拉来一张椅子，莫名其妙坐下了。他满腹怨气，正愁没处发泄，走出包间一眼看见唐韵，差点脑溢血。自己在陪酒赔笑脸，这死女人居然还有闲情约小白脸，人世间未免也太不公平了！

他用眼角瞥一眼宫恪，并不放在眼里："不过这次好像有点低了？也是好事。"

唐韵紧蹙眉头，声音有点严厉："罗耀，你在公司疯言疯语也就算了，现在可是我的私人时间。"

宫恪不禁挑了挑眉，这是唐韵最凶的语气了，捉奸现场都与这相形见绌。想必这位不速之客就是唐韵上次说的"旧同事"，而唐韵既然这么发话，自然是不怕得罪他。

罗耀醉得不轻，说话声音也大："私人时间不留给陈总吗？还是KNE的沈总？和KNE的沈总还有联系吧？KNE出了这么大的事，沈总被查了吗？"

更远处的客人都被吸引往这边看过来。

唐韵翻了个白眼，并不想和他计较，刚想抬手招服务生买单，宫恪突然开了腔："这么想知道为什么不直接去问沈总？"

罗耀也觉得有点意外，又转而觉得这意外有意思，好像受到了某种鼓励，便更露骨地说下去："你不知道吗？ KNE 的沈总，和盛的陈总都和我们唐韵关系匪浅。"

"他们和唐韵什么关系我不感兴趣，我和唐韵关系匪浅你看不出来吗？年轻人谈情说爱呢，你来做电灯泡邀请函吗？"

罗耀半张着嘴，一时没反应过来。

"土埋半截的老年人了，心里还只有男盗女娼，真心疼你这么多年白吃的米。"

因为身居高位，罗耀有好几年没听人这么对自己说话，脑子彻底死机。

"KNE 出这么大的事你怎么没被查？是不是职位太低了？"宫恪没等他回答，用平淡的语气接着自答，"也是，职业特长是传领导八卦的人，职位能不低吗？"

罗耀懊恼自己不该喝太多，此时舌头有点不听使唤："这……可不只是……八卦……是真相！真相！"

宫恪打断道："执法部门查了沈昱三个月没发现唐韵这个'真相'，你倒是发现了，很了不起，消息来源是《知音》杂志吗？"

罗耀再度石化，再坐下去他怕自己真的脑溢血，便起身，晃了两下。

唐韵从憋笑的状态回过神，扶住罗耀，把服务生招过来："帮他叫个车，喝多了。"

罗耀有点神志不清，朦胧中瞥了唐韵一眼，在残存的微薄意识里，他完全不懂了，为什么这个时候她还想着帮自己叫车。

服务生点点头，一直扶着罗耀送他下楼。

唐韵坐回座位，想用打趣回归最初的气氛："谈情说爱？"

宫恪却虎着脸："遇到这种人，干吗不反驳回去？"

唐韵笑起来，觉得宫恪特别可爱，同时又有点懂了为什么他会被从经侦扔到刑侦来负责毫无线索的失踪案，即使他平时耍酷装深沉的本领高超，还是难掩热情纯粹。

唐韵像个姐姐般地告诫他："清者自清。"

可惜宫恪完全没把她当姐姐，当场怼回去："疯了吧，这和站在轨道上指望磁悬浮为你刹车有什么区别？"

唐韵忽然无言以对，仔细想想，这些年来无数事情证实"清者自清"策略的失败，她仍不明白最佳决策是什么，也没有什么人生经历能在宫恪面前卖资格，恰恰相反，宫恪的热情纯粹是她未曾拥有过却早已错失的。

宫恪说："你就是太软弱了。"

唐韵终于禁不住笑出声，笑了足足半分钟，到最后眼角有泪，已经分辨不出是笑是哭。从小到大，唐韵都没听人说过自己软弱，简直太离谱了。

"你到底在怕什么？"

"什么？"唐韵抬起头。

"我早就想问了，干吗总是一副害怕引人注目的样子？"宫恪盯着她错愕的脸，"我只在审讯贪污犯的时候见过这表情。"

是爱上利害相关的人，还是错过两小无猜的人；是拒绝两情相悦的人，还是纵容倒戈相向的人……该从何说起？

如果人生从头就开始错了，要怎么计算哪里才是命运的转折？

唐韵从宫恪眼里看见一个进退维谷的自己，有点可悲。

[21]

餐厅所处的街道不通机动车，唐韵和宫恪都没开车，打车需要走到大马路上去，两人便边走边聊。

"我高中毕业那年，父母离婚，后来又各自成家。"

"我俩共同点还挺多。"宫恪的父母在他更小的时候离异，他跟着父亲长大。

"那你应该很容易理解那种无依无靠的感觉，很迷茫，像自己这样无依无靠的人将来出路在哪里呢？就是在这种情况下知道了罗耀。"

"他很有名吗？"

"是我敬佩的人。我研究生毕业时，他已经崭露头角了。在杂志上看过他的经历，农村低保户家庭出身，十几岁才第一次见到电灯，考上北大，考上哈佛，进入 KNE，当时是 KNE 最年轻有为的 team leader。如果这种出身也能靠自己活成神话，那我们这些普通人就没有借口顾影自怜了。"

宫恪点点头："确实励志。"

"我是因此才进入 KNE 的，虽然和他在不同部门，却一直以他为标杆。如果隔壁部门他那边灯还亮着，我绝对不会下班。"

居然是"偶像和粉丝"的关系，让人有点意外。

宫恪想到唐韵也有职场菜鸟的青涩时期，笑起来："他知道你吗？"

唐韵摇头："他只会追逐更高的目标，不会回头看自己身后的人。"

"那不也是一种自负吗？"

"人无完人。能力、魄力、眼光、运气都有了，换谁都自负。"唐韵说。

"所以，"宫恪想这真是段讽刺性的经历，"直到被你打败的那天才终于看见了你吗？"

"看见了，"唐韵停住脚步，做了个从头到脚展示的手势，"一个这样的我。"

宫恪笑起来："那还真怪不了罗耀，你要是每天穿着花棉袄、脸上抹着煤灰就不会引起这种误解。"

唐韵也跟着笑："罗耀自己也没有穿花棉袄、抹煤灰。"

"至少他会上杂志证明自己，你却只会埋头苦干。"

"本来埋头苦干也总有被认识的那天，但罗耀很快就离开 KNE 了。再见面时就是现在的局面，我成了从天而降的副总。"

"他误解你倒情有可原，怎么会连沈昱一起误解？"

"太狗血了，你不会想知道。"

"怎么可能？我审讯的时候遇到狗血情节都会眼睛放光精神倍增呢！不过我表面上还是一本正经。"

唐韵脑补了一下那个画面，笑个不停。

一辆空车停在面前，宫恪为她打开车门，也跟着她坐进去："我送你回酒店。"

[22]

唐韵一回到酒店就把 U 盘里的资料发给赫连，并和她通话："刚传给你从宫恪那儿拿到的案发现场照片，有什么线索吗？"因为宫恪也在身旁，她特地开了免提。

"没什么特别的。不就是红酒和玻璃碴吗？"赫连滚动着鼠标，"等一下，我好像看见案发现场也有扎了我手的碎瓷片。"

"什么扎了你手的碎瓷片？"

"上次和检验单卷在一起的。"

唐韵在电脑上把照片放大，聚焦向瓷器碎片："花色一样吗？"

"一模一样，应该是同一个瓷器上的，我发给你看看。"说着从微信里发来一串照片。

宫恪撑在桌边对比着："也可能是同批次的瓷器。"

"谁在说话？"赫连的八卦雷达发出了警报。

"我，宫恪。"

电话里传来一阵咻咻的笑声："好哇，唐韵，我说你怎么这么急着要搬出去呢！"

这一笑反而让唐韵和宫恪同时尴尬起来。

宫恪找稍远的沙发坐下，唐韵抚额，把赫连拽回正轨："你注意力能集中一会儿吗？"

那边还是笑："我当然能集中啊，就怕你集中不了。"

"赫连。"唐韵有点无奈了。

"好吧好吧。夏秋她从来不画重复花色，瓷瓶一次只做一对。"

宫恪插话说："案发现场的碎片基本上拼出了两个瓷瓶。"

"但我想不通，为什么案发现场的碎片会跑去和检验单在一起。"赫连说。

唐韵想了想："不是碎片跑去和检验单在一起，检验单可能就是从案发现场拿走的，所以才挟裹了碎瓷片。"

"那检验单就是消失的关键证据了。"宫恪说。

"你说会不会他们吵架就是为了这检验单？"赫连脑洞大开，"夏秋发现陈骁给自己偷偷喂了奇奇怪怪的药，检测之后认为他想谋杀自己，于是找他对峙，两人对打起来！"

"但是奥氮平又不致命。"唐韵提醒道。

"什么药吃个一吨半吨的也会致命。"赫连仿佛很有人生经验似的。

官恪反问："偷偷喂了一吨半吨的药？"

连唐韵都忍不住笑出声。

突然，笔记本电脑发出"砰"的一声闷响，屏幕熄灭了。唐韵吓一跳，赶紧把电脑往茶几上放下。官恪紧张地站起来："没事吧？"

唐韵摇摇头。

"什么什么？！擦枪走火了吗？"电话那头的赫连又没头没脑地兴奋起来。

官恪检查着电脑。

唐韵对赫连解释："电脑坏了，可能是因为白天淋过水，也许哪里短路了。"

官恪拿着电脑站起来，对唐韵说："电脑我帮你送去修，时间不早了，你早点休息，我先走了。"

"我送你。"唐韵为防止赫连继续胡说八道，赶紧挂断电话。跟上去："电脑我自己可以送修。"

"我知道，"官恪坦然地说，"但我不是还想找借口见你吗？"

唐韵愣了一下，微笑着点点头。

她把官恪送进电梯，被劝说留下来，电梯门就要关上的时候，官恪又伸手拦了一下："以后万一实在找不到借口，还能见吗？"

他这么直截了当，唐韵反而有点不好意思，把视线往旁边移开："你还是尽量找吧。"

官恪看着她带着水汽的眼睛笑起来，这次让电梯门顺利关上了。能让她别扭一下，他还有点开心。

唐韵回到房间，看见手机上两个来自赫连的未接来电，回拨过去："还有什么要交代？"

"警察弟弟走了吗？"

"走了啊。"

"他什么毛病？是不是也哪里短路了？"

第五章

失 算

[1]

大概有人通风报信，砾双的合同迟迟卡着不签。吴嘉玲急了，周一一早就赶到和盛想找唐韵，被告知唐韵去了项目点，又跟着追去了郊区。

这天陈骁和罗耀为了收购一事出国，吴嘉玲不确定他在国外待多久，生怕陈骁缺席会造成变故。

唐韵对这位不速之客有点厌恶，但也只好把人召集起来开会。

吴嘉玲自己并不懂那么多专业的东西，带了六七个下属，可是负责谈判开价的却是她本人。唐韵秀才遇上兵，每次刚和砾双的中层说通道理，又被吴嘉玲嘻嘻哈哈胡搅蛮缠搅乱了，会议进行两小时，毫无进展。丁羽良呢？也会装疯卖傻，句句话都帮着砾双说，太明显的拎不清，又或者说，太拎得清。

在吴嘉玲眼里，质量、价格都没个标准，只要关系、人情在，什么样的交易都应该达成。这态度让唐韵非常反感，干脆宣布休息半小时，拖到午餐时间。

唐韵一个人转到工地上抽了根烟，陈骁的电话倒赶在午餐前来了。唐韵嗤笑这丁羽良的告状速度比工作快多了。

陈骁开门见山："和砾双尽快把合同签了吧，没什么值得折腾的。"

"陈总，砾双很多材料的价格我不能接受，甚至超过了我的常识认知范围。"一个井盖价格上万，这不是离谱吗？

陈骁却依然理直气壮："那是因为你缺乏常识。"

大概是说完才意识到语气太重，又缓和了一点："唐韵，做工程要控制的是大方向，不要老在细节上纠缠。你现在应该把更多精力放在一期的验收和决算上。"

"陈总，您确实可以只控制大方向，"唐韵说，"但我的职责是根据您定下的方向推进工作。如果今天我不在材料上严格把关，两年后二期的决算会面临更大的麻烦。"

"什么麻烦？项目经理扔下决算去菜场砍价吗？"陈骁有点气急败坏。

唐韵则依然心平气和："陈总，如果您信任我，再给我两天时间逼一逼砾双。"

"我要你今天就给我结果。信任？梁欢的账我还没跟你算。"

这话一出，唐韵觉得，已经没什么缓和的余地了。

只好硬碰硬反驳回去："梁欢的事和项目无关。"

唐韵的强硬让陈骁又退了一步，回到好言相劝的状态："我相信梁欢瞎折腾你不知情，你不可能二十四小时跟着她盯着她。换位思考一下，我也有我控制不了很为难的地方。我跟你谈过的，我们需要互相体谅。"

唐韵不知道该点头还是摇头，她心里的答案始终是否定的。

这时电话那头传来罗耀的催促："陈总，该登机了。"

她有点感激罗耀。

回到谈判桌前，吴嘉玲一副志在必得的神色，成了压垮唐韵的最后一根稻草。

虽然知道是什么后果，她依然朝对面那排砾双的人露出微笑："各位请回吧。今天我不会签字的。"

吴嘉玲还想说什么，被她一个"打住"的手势挡回去。

"只要我当一天项目总，你们这合同一天不会有人签字。"她转向吴嘉玲，掐灭了手里的烟，懒懒地说道，"我说得够明白了吧？"

[2]

与此同时，李禾多还在为她的备孕计划奔走。上次的促排卵针并没有生效，她有点焦虑起来，毕竟已经进入了高龄产妇的阶段，是否还能借助这种手段拿到一纸结婚证，是否自己就算成功结婚也不那么容易受孕了。

于是周一一大早，她又请假预约了彩超。当然除此之外，她也有点别的想法，夏秋是她关心的人，她当然也想知道那天晚上发生的事。

做完 B 超，趁着主任医师离开的短暂时间，禾多在她的电脑系统里输入了夏秋的名字进行搜索。

看着电脑里出现的用药记录，禾多不懂医学，可这些药中的几种，她也是听说过的，她的脸色越来越凝重。

虚掩的门外传来医师的声音："我知道了，我里面还有个病人，一会儿过去。"

禾多用手机迅速拍下几页记录，关闭了系统页面。

"不好意思，"医生略带歉意地说道，"有个产妇情况有点紧急。"

禾多躺在病床上微笑："没事。"

怎么能说没事呢？夏秋发生过这么多事。

[3]

唐韵从项目点回公司途中经过酒店，一上午的煎熬让她有些疲惫，想着回酒店休息片刻换身衣服再去公司。却有点意外，走到廊道尽头，看见一个熟悉的身影。

"郑健？"

郑健原本坐在廊道的飘窗上，看见她站起来："我等你很久了。"

唐韵把门卡捏在手里："有什么事吗？"

"我们先进房间，坐下来好好聊两句，好不好？"

这句话反而让唐韵警觉起来，不想让他进房间了。

她瞥一眼走廊："就在这里说吧。"

郑健支支吾吾说下去："之前……我向你道歉。"

他绝不会为了道歉郑重其事地上门。

唐韵叹了口气："你遇到什么麻烦了？"

"……我遇到了一些麻烦。唐韵，我需要你的帮忙，我想，拿到和盛那三家供应商的合同。"

太荒唐了。

"你不觉得这很可笑吗？"唐韵反问。

"你就不能顺手帮我一下吗？"

唐韵心想怎样才算是顺手，自己才刚刚彻彻底底得罪了砾双："靠自己的能力做不好公司吗，郑健？"

郑健却把这句话当成了挑衅，情绪激动起来："你是在报复我吗？"

"我怎么报复你了？"唐韵笑了笑，"不帮你就是报复吗？"

"我走到今天这一步，都是你害的！"

唐韵倒仔细想了想，把对方养尊处优供起来，变成今天这副离开自己就做不好事业的样子，到底算不算害人。

她不可能因此产生负罪心："你走的每一步，都是自己害的。"

郑健突然恼羞成怒，掐住唐韵的脖子，转身把她按在墙上："你这个贱人！你知不知道，公司客户大量流失，融资被迫搁置，这一切都是你造成的！"

唐韵说不出话，试图掰开郑健掐住脖子的手，力量却不足以抗衡。

"你要负责，你得补偿。把那三家供应商的合同拿给我！"

唐韵只觉得他疯了，可依旧说不出话，甚至开始呼吸困难。

幸好电梯门及时开启，有同楼层其他客人上来了。开门声使得郑健慌忙松了手。

唐韵捂着脖子，大口喘气，眼看着郑健慌忙转身逃走。

如果这个人不及时解决，一定还会再来。她心里有数。

[4]

下午刚与金凌就工作失误会面时，唐韵还有点心不在焉，但金凌有这种能力，可以让对方冷静倾听。

"这是事务所发来的一组风控数据分析报告。"她看出唐韵的不在状态，并没有挑明，只拿她最感兴趣的话题进行吸引，"要想避免风险管理流于形式，公司各个层面，各个部门都得参与进来。"

唐韵淡淡说道："这方面工作得常规化，还要达到实时性。工作细致烦琐，更得抓紧了。"

金凌是领了陈晓的意图来的，唐韵对她的期待只在于什么时候开始洗脑。

金凌找机会坐下来："唐总，你太忙了。有些事情可以不必这么麻烦的。"

"怎么说？"

"陈总已经明确指示，价格不变，与砾双续约。"

"我知道。但砾双的报价有问题，甚至是一期遗留问题，我总不能视而不见。"唐韵笑了笑。

"公司的层面，其实不会那么细地去追究报价，你可能不了解情况。"金凌说，"陈总考虑的不止这些。"

唐韵听明白了。金凌也是"局内人"，差别只在于介入有多深。

"陈总顾全大局，我更得注重细节，指出弊端，替他把好基本关。"唐韵说着冠冕堂皇的话，想刺激金凌。

"你的初衷固然不错，我也佩服你认真负责的态度。"金凌毫不慌乱地笑着说，"可有时候，不按照上级指示行事，就会好心办坏事。即使你做得再多，也没有用。"

这句话说的不是唐韵，而是她自己。

唐韵自有预告，如果她入职以来这么长时间还没觉察到金凌明哲保身的态度，那嗅觉也太不灵敏了。今天只不过是金凌又一次地"划清界限"。

唐韵反将她一军："我做事，不是为了奉承上级领导，我有我自己的原则。"

"我能理解。"金凌并不恼怒，"但你的原则也该有一个限度。你不想延误公司整体的运营吧？"

唐韵看着她，停顿片刻，在分辨该采取什么对策，最后她决定贸然试探。

"不管怎样，不可调和的问题存在着，我也不可能视而不见。砾双的事，我是不是最好如实向监事会主席反映情况？"

金凌愣了一下："我好心奉劝，你最好别这么做。"

她说的每一个字，每一个神色，都透露着身不由己的真诚。唐韵不想问为什么，但已经知道了为什么。她只是觉得有点难过。

对方和自己一样，并没有谁想算计谁，也没有谁不想全身而退。

契合了陈骁的一句话——双赢。

谁都幻想双赢，可哪有什么双赢？

今天这个进度，已经是金凌能为自己做出的，最大的妥协了，因为她不得不保全自己，像世界上每个人一样。

金凌语重心长地说："砾双这件事，陈总要你终止谈判，续约，一定有他的道理。有些情况，你还不了解。你最好能照陈总的意思去执行。这都是为了你好。"

唐韵不知道自己明天会不会被陈骁开掉，此时她只能直视金凌："我明白了。"

[5]

唐韵是绝对不可能去找监事会主席的。

在陈骁与砾双的交易中，唯一的受害方就是和中集团。简单来说，他们的行为就是将国企的钱洗进自己口袋。和中与骁盛按投资比例出资，本应同为高价购入建筑材料的受害者，但目前就骁盛和砾双的关系看来，陈骁应该有办法把砾双的资金再洗回骁盛。

和中的高层当然不会常驻骁盛办公，所以负责监管的监事会主席就是个关键角色了，他是绕不过去的，只有他不作为，砾双的高价才能两边畅行。唐韵换位思考，如果自己是陈骁，第一个要搞定的人就该是监事会主席许志杰。

现在一期工程已近收尾，一直运转良好。许志杰估计早就和陈骁一个鼻孔出气。自己去找他，和对着陈骁揭发陈骁没什么区别。

她这么说，只是探探金凌的口风。

金凌比唐韵更了解这些人的关系，她如果是个心术不正的人，大可以鼓励唐韵去捅马蜂窝，自己在一旁等着看好戏。

唐韵觉得，金凌在关键时刻是能为自己所用的，只是怎么用？看起来她不是那种会轻易选择阵营的人。她总是和公司立场保持一致，唐韵也不认为她哪里有错。

这一天到现在，局面已经够混乱了，没想到下班前在楼前又碰见了那个陈小希。

"唐总……"她一路叫着跟上来。

唐韵并没有为她停下的意思，只觉得莫名其妙，甚至还有点厌烦，现在的小姑娘是不是总裁文看多了，每天以骚扰上司为乐。

"唐总，我现在先进合约部工作了，但我还是想做您的助理……"

"进了合约部就在合约部好好工作吧。"唐韵加快步伐。

"听说您还没有确定助理人选。"

唐韵不想接嘴。

"您怀疑我的能力，但我已经用实际行动证明了我的能力。"陈小希的下一句话像是一个惊雷，"在得罪郑健的客户上，我可出了不少力。"

唐韵终于在上车前停住脚步，难以置信地回过头："你说什么？"

"我可以赢得您的信任了吧？"陈小希脸上洋溢着自豪。

"把公司搞垮不是什么光彩经历。"唐韵冷淡地说完，上车关门。

怎么会有这样又蠢又坏，还蠢到不知自己坏在哪里的人？职业道德在她眼里是儿戏吗？

这也能解释为什么郑健会心态崩溃到这种地步，并把账算在自己头上了。正常的客户流失和有人从中破坏是两回事。

职场新人这思路真是太魔幻了。

都知道争取客户艰难，而得罪客户容易。把客户得罪光了，公司搞垮了，到底能证明她什么能力。

唐韵翻着白眼长叹一口气。

司机回过头问："回酒店吗？"

[6]

官恪在酒店等着，要把修好的笔记本电脑送来。这让唐韵感到有点安心，否则她也不知道自己还有没有胆量踏进酒店。

"你来得正好，待会儿送我一趟，我得搬回去和赫连一起住。"

"不能忍受无烟房？"官恪跟着她走进电梯，按了楼层后一回头，才看见她颈上的瘀青，"这是怎么回事？"

唐韵并不知道自己有瘀青，稍稍一愣："什么？"

官恪伸手过去，用食指和中指的第一段指节触碰了下她的脖颈。唐韵有点蒙了，条件反射地绷紧神经，下意识往后躲。

官恪在心里偷偷骂了一句，她怎么做到的，把最简单的动作搞得这么暧昧，电梯里空间又这么小，还上升得特别慢，这下尴尬了。

唐韵转而意识到是怎么回事，比画了一下："掐的。郑健今天来找过我。"

官恪不大高兴："怎么不立刻告诉我？"

唐韵把衣领往上拽了拽，想遮住："没事，他很快也逃走了。但是就怕他再来，所以我想搬回去。"

官恪心里有怨气，懊恼自己没在那个时刻保护她，也没办法在以后始终保护她，还让她不得不去求助闺密。沉默一会儿，官恪看她一眼问："他以前是不是经常……"

他在想这人是不是有长期暴力倾向。

"不，没有。"唐韵很快摇头，"这次是因为他公司下属故意在工作上搞破坏，把他激怒了。"

"这和你有什么关系？"官恪挑了挑眉。

"他认为和我有关系。"唐韵说着，电梯提示了楼层。

官恪注意到，已经不是先前的楼层。唐韵反应很快，一发生攻击事件立刻找酒店调换了房间。他又稍微安心，唐韵自我保护能力也挺强。

"他怎么找到你的？"

唐韵一边走出电梯一边说："向公司里的人打听，或者跟我一两天，处心积虑要知道的事，他能知道。"

唐韵从包里找房卡开门。

官恪往旁边墙上斜斜地一靠，上下打量着走廊："这酒店安全性也不够，现在大部分高级一点的不都刷卡才能按相应楼层吗？"

唐韵瞥他一眼，觉得他找茬挑刺的神情好玩，笑起来："刚发现不够高级吗？"

[7]

官恪跟着进门，把笔记本电脑放下，坐着看她忙来忙去收拾衣服："恢复硬盘的时候看见了，你这里面不仅有很多夏秋的资料，也有很多陈骁的资料。"

"啊，是的。"唐韵想起来，"刚出事的时候都怀疑是陈骁杀人藏尸，警方没有线索。我找私家侦探跟了他三个多月。"

官恪有点惊讶："看不出你这么偏执。"

"只在这一件事上偏执。"唐韵说，"夏秋救过我的命，我不能接受这个不了了之的结局。"

宫恪怜惜地看着她："这件事交给我吧，你这两天看着都有点憔悴了。"

一句话又让唐韵想起不少公司里的烦心事。

她也坐下来："工作中遇到了疑似违法的事情，但手里没有证据。想干涉阻止，却受到上司的压力。这种情况，如果是你，你还会坚持去设法阻止吗？"

"如果是我，我会。如果是你，我不希望你去。"宫恪严肃地直视她的眼睛，"我办过不少案子，不是说经济案件就不会出人命了。你要是冒险，我会不惜一切代价阻止你。"

"怎么阻止我？"唐韵有点想笑。

"抢在你前面，把你们公司查个底朝天。"

他在说气话，唐韵终于忍不住笑起来："你这是要犯错误。"

"也不是没犯过啊。"宫恪有点赧然，故意笑着掩饰，"KNE 的案子就是我闹出来的。"

这回换唐韵惊讶："那应该算立了大功。怎么查完了把你调走？"

"查一半就把我调走了。KNE 的事不是没人知道，而是一直没人敢查，就我一个人不知深浅。我爸，也是我们领导，觉得查到了政府层面水太深，让我撤出去，我那时候也不听劝，非要跟他对着干。"

"明白了，你爸怎么对你，你就怎么对我。"

"什么事让你一说就变味了。"

唐韵苦笑一下，往沙发靠背靠过去，抬高视线："我要是像你当时那么无知无畏反倒好了，就因为顾虑太多才有烦恼。"

说着话，她习惯性地从烟盒里抽出一支烟放在唇间，准备点上。

宫恪把她的烟摘走："又想人工降雨了？"

唐韵腼腆地笑起来，把烟拿回来点燃了："我会给自己再换个无烟房吗？"

宫恪隔着烟雾看她，分辨她身上香水的气息，沉香和广霍香压着玫瑰和杏仁的甜美。

他听见自己怦怦的心跳，把刚才的动作再做一遍，摘走了烟，拨过她的脸，吻在她唇上。

唐韵有点猝不及防，再次下意识往后躲，宫恪却顺着她的力把她推靠在沙发上，这个吻变得比预计的长。

她闭眼承受着，睁眼时看见他也有点紧张，微微皱着眉，直到瞄见他手指间还擎着那根烟。

不是吸烟常用手势，不知该放在哪里，又怕烫着唐韵，有点不上不下。

唐韵迎上去，顺势把烟接过来，按灭在茶几上的烟灰缸里，但因为她的身体贴过来，宫恪控制不好重心，失重的同时带倒了唐韵，使她的手一滞，把烟灰缸连着茶几上一摞酒店宣传单拨到了地上，哗啦啦一阵杂物声，让唐韵有点仓皇了。

宫恪将错就错半压着她，拨开她的发丝，顺势抚过一段颈、锁骨、肩，细碎的吻含混着舐舔和吮吸落在瘀青的掐痕上。

唐韵咬着牙哼出声来，这声音明明是隐忍的，却像无数只小爪子挠在心上，宫恪觉得连撑在沙发上的那只手都突然吃不住力。

偏是这时候，唐韵的手机响了，是来电不是短信，铃声是段此起彼伏连绵不断的复调和弦，平时听着还算正常，此时简直变成了螺旋式上升的催促。

唐韵的手动了一下，宫恪把她的手腕摁住了。

[8]

"电话。"唐韵从嗓子里挤出来的声音。

"不管它。"宫恪知道这一步绝不能让。

坚持不懈的来电，准没好事。唐韵听了肯定会影响心情。铃声停下来，宫恪顺手抓过手机远远扔到床上，只管缠着唐韵，让她也没辙。唐韵死了心，放弃了接听，双臂刚攀上他，这时手机却又开始响。

两个人一愣，同时无可奈何地笑起来。

唐韵整理了一下衣服，从沙发上起身走过去，拿起手机时电话已经断了，是李禾多。回拨对方却已经关机。

"出了什么事？"宫恪问。

"不知道。应该不是大事。她赌气关机了，经常这样。出了大事反而不会。"唐韵说完这一长串话，屋子里突然安静下来。

宫恪从她手里拿过手机，帮她长按电源键："你也关机。"

怎么都这么孩子气。唐韵被逗笑了，徒劳地伸手抢了一下，被他晃开，借力拉倒在床上。

宫恪停了几秒没有动，深情看着她，明目张胆的。

唐韵躺在床上，卷发散开，把手放在宫恪脊背上，体温比他低，却把他烫着了。

宫恪一边缓慢地吻，一边解开她西服的两粒纽扣，接着是衬衫，把下摆从裙子里抽出来时蹭过她的小腹，温暖的手从腰际抚上去，绕到她背后解开内衣，埋头吻下去。他听见她的喘息急促起来，这声线也刺激着他。

唐韵的下身紧贴着他上下起伏，让他觉得皮肤下每根神经都沸腾了。

太快了，宫恪找回一点理智，暂时离开她的身体，想调整一下节奏。这一离开更坏了事，他就看了一眼，唐韵脱了一半衣冠不整的模样有点不自知的诱惑，让人头脑一片空白。

她是体恤和温柔的，任由他进来，宫恪忍不住想看她，又不敢多看，连她微蹙的眉头都是一种视觉刺激。

事后，唐韵看他好像对自己不太满意生闷气的样子，想笑又不好意思笑得太明显，亲了亲他的脸颊。

宫恪有点懊恼："没忍住。"

"这还忍得住的吗？怎么忍？"唐韵也觉得这话题走向奇怪，怎么开始讨论技术性问题了。

宫恪侧过头看她，自己先笑起来："告诉你方法你也用不上啊。总之刚才那下，要缓一缓还能坚持一会儿。"

唐韵笑得停不下来："怎么胜负心这么重？有谁掐着秒表等在床边给你发小红花吗？"

宫恪想让她别笑了，上去吻她，堵住她的嘴，两个人在床上嘻嘻哈哈打闹了一会儿，宫恪直起身要去冲澡。

唐韵想都没想就说一起洗。

宫恪的心跳漏了一拍，看她表情才知道她在戏弄自己，无奈地问："这位姐姐，你有底线吗？"

唐韵还在笑，摇摇头："你有，你别碰我就行。"

[9]

尹铭翔在家等到深夜也不见唐韵人影，从楼上下来，把电话拿给赫连："你再给她打个电话，还来不来了？"

"打过了，关机，估计忙着滚床单吧，明天再说。"赫连敷着面膜，没把唐韵的失踪放在心上，她更在意的是对面那位大 Boss，"今天陈骁到现在也没回家。"

尹铭翔被吓了一跳，猛回头："你是说……陈骁和唐韵……"

赫连面膜纸洞洞中两只眼无奈地眯成一条缝："你思维别那么跳跃，两件事。唐韵和宫恪滚床单，陈骁到现在还没回家。"说完自己又觉得怪怪的，补一句，"没因果关系。"

"宫恪有什么好？"尹铭翔自己想了想，"算了，唐韵找男友的眼光一直怪怪的。"

赫连拼命点头赞同："起码宫恪和她外形上很登对了，也算一种进步。她一个，李禾多一个，都喜欢在垃圾堆里找男友。"

"还有夏秋。"尹铭翔追加说明，"我除外。"

赫连往对面望一眼："陈骁会去哪儿呢？只看见保姆房方向有亮光。我有种不好的预感。"她转过头捂着胸口对尹铭翔说，"心跳特别快。"

"吃点谷维素吧，我妈老吃。"尹铭翔认真建议。

"那是什么？"

"治更年期综合征的。"

[10]

禾多在床上辗转反侧，越想越觉得可怕。

车祸发生后，有一两个月的时间，夏秋很少回微信和短信，打电话过去也只是三言两语就挂断。禾多只知道她在家静养，陈骁也请了不少人专门照顾她，上门去探望过几次，她几乎都在休息。

那时候，只是单纯觉得车祸加流产让她元气大伤，恢复需要时间。甚至因为这样想，而更加减少了去打扰她的次数。

但现在看来并非如此。

在车祸之后，不仅连续出现大量输血的记录，而且三个月内几乎每隔几天就有一次大剂量麻醉性镇痛药和神经安定药物的开药记录。按照这个剂量，夏秋在那段时间几乎不可能清醒，是人为致昏迷的状态。

再结合当时家里多了四五个保镖，成天戒备森严的情况，夏秋像是被困住，软禁起来了。

当时唐韵在北京，赫连在国外，尹铭翔被陈骁拒之门外，朋友中也许只有自己去过她家，却完全没察觉到异样。那么，陈萱呢？

能与这位妇产科医生沟通达到开药目的的人目前看来只有陈骁和陈萱，会是他们中的谁？

[11]

酒店十一点就停止客房服务，唐韵过了十二点才想起自己忘了吃晚饭。宫恪把她从床上硬拖起来去楼下找吃的。

只剩二楼的酒吧还开着，但酒吧档次和整个酒店差不多，提供不了什么料理，花六十五元买了一碟开心果，唐韵吃得并不开心。

"只能怪你自己了，我第一次见没吃饭要人提醒才想起饿的人。"

唐韵边笑边指着酒单："你要喝一杯吗？"

"橙汁。"宫恪看看手机上的时间，"明早还要开车上班。"

唐韵转头对酒保说："一杯橙汁，一杯玛格丽特。"

宫恪撑着下颌看她："又抽烟又喝酒，真是五毒俱全。"

唐韵耸耸肩："压力大，我酒量不好，纯属解压。"

"你记得吗？见第一面的时候，你给我递了支女烟。"宫恪笑着说。

唐韵原以为宫恪不抽烟，也许是因为自己没注意到这些细节，或者分辨不出，没想到他心里有数，还能绷着脸装不苟言笑。她平时包里带着给别人敬的烟，只不过那时候被他盯着心里发毛，随手找了点什么去打断。

酒保把酒和饮料端过来。

唐韵抿一口酒问："那时候你喜欢我吗？"

"不知道。当时只顾着震惊了。KNE 的案子，沈昱那三个和他有经济往来的前女友我都审问过，一个比一个长得像你。"

唐韵垂下眼："哦。"

"曾经感情很深吗？"

"也不算，"唐韵用指尖点点吧台，"就在这种地方认识的，读大学的时候，有过一面之缘。后来碰巧又一起工作，没交往过。"

宫恪听懂了这"一面之缘"的意思，咬着吸管，笑着重复一遍："真是五毒俱全。"

唐韵不好意思地笑起来，过半晌才收起笑容："他怎么样？最后有没有事？我跟他很久不联系了。"

"你跟我，算在交往，还是一面之缘？"宫恪突然问。

唐韵把这杯酒喝完了，招呼酒保加上。她果然酒量一般，脸颊已经有点绯红。她说："听你的。"

原来宫恪也不是急着求证什么，接着说："你要是跟我交往，你可以自己问他。他是我舅舅。"

唐韵被酒呛住，咳了好一会儿，直到眼里泛起泪花才停住："怎么……听起来我们……好像差着辈分？"

宫恪咬着吸管继续笑："要交往困难重重吧？"

唐韵终于明白过来他为什么用这种一波三折的方式揭示，就是为了看自己窘迫，扳回一局。真没见过这么幼稚的家伙。

唐韵喝完剩下的酒，把杯子放回原处，一鼓作气地问："你和我，到底差几岁？"

她大概是能感觉到宫恪比自己小的，虽然他平时为人处世很成熟，但光看脸就知道年轻。介于了解和未解之间，她想，也不用探得那么清晰。宫恪想知道自己的年龄很容易，他主动，就让他做决定，他待自己也许只是一阵新鲜，考虑太多反而多此一举。

而宫恪那边想的却是，最有意思的部分来了。

"七岁。"

唐韵呆了半分钟，最后倒吸一口凉气，抚额叹道："耶稣基督。"

[12]

官恪以为唐韵说自己酒量不好是谦虚，谁知她才喝第四杯就扑在吧台上呜呜地哭起来，因为高二那年和她妈的一次吵架。

官恪耐着性子听了半天，没听出什么值得悲恸欲绝的情节，知道她醉了，便抱着她回了十八楼。

这时候有点庆幸彼此已经"坦诚相待"过，不会太尴尬。官恪想让她睡得舒服点，从收拾好的行李箱中翻出睡衣帮她换上，但也只是理论上可行。

醉了的唐韵像变了个人，浑身滚烫，一味往他身上靠，无论接住她身体的哪个支点都会引发下一轮多米诺骨牌效应。

官恪深呼吸，只想在撑住她之前先撑住自己，可是她身上那种乌木玫瑰的香水味又泛了起来，这次含混着酒精的凛冽。

她甚至反复把他刚穿好的睡衣扯下来，赤身裸体贴着他吻过去。官恪被压得莫名其妙，心里有点恼了，差不多明白"一面之缘"是怎么发生的，唐韵真的很不适合喝酒。

好不容易把她反推回去，官恪把她扶靠在床头质问："你把我当成谁了？"

唐韵的脸红扑扑的，眼神失焦地看着他，迷迷糊糊眨了两下眼睛，挡开他的手，从中间揽住他的颈贴上去："官恪。"

为什么会有这么飞蛾扑火恋爱脑的女人？

官恪半晌无言以对，一副生无可恋的表情，一把抱住她，把刚才费劲穿上的睡衣扯落。

乘人之危就乘人之危吧，也不要什么底线了。

[13]

唐韵从官恪怀里醒过来，浑身疼痛疲惫，脚踩在地上猝不及防地软了一下，险些摔倒。她扶着床沿踉跄地移动，从床脚捡起不知哪儿来的睡衣披上，逃进浴室冲洗。

喝断片了，肯定是假酒。

断断续续找回的记忆都是些让人面红耳赤的画面，分不清哪些是真的，哪些是做梦。看见镜子里自己身上的吻痕，她决定还是别再去想。

她回到房间找到手机开机，已经九点多，给司机打个电话让他别等了。上午去公司也是继续被砾双纠缠，晚上倒有个推不掉的饭局。

为了答谢上次贷款的事，王总出面请了和中的几个主要领导，主人公罗耀不在，唐韵被拉去作陪，所以叮嘱司机下午五点到楼下来接："我身体不太舒服，你先回去吧。"

挂断电话，除了禾多昨晚的几个未接来电，只多了两条工作微信，一条是司机发的，一条是顾峥汇报预制板到位的。唐韵正打算给他回过去，刚输了几个字，猛地又被宫恪拽进被子里。

"哪儿不舒服我看看。"

"你怎么也不去上班？"

"明知故问。"宫恪从身后把她抱紧了。

唐韵有了点印象，天快亮时，她的酒快醒了，宫恪本来硬撑着起床洗漱准备上班，临走前想吻她一下再出门，然后就没有然后了。

"你记得你昨天晚上都干什么了吗？"宫恪一边揉着她的身体一边伏在她耳边问。

几乎完全不记得。

去酒吧吃了东西，喝了酒，聊过沈昱，最后是——宫恪的声音好像带着怒气："你把我当成谁了？"唐韵被吓得一激灵，却又死都想不起来自己回答了谁。

身体的感觉是应该后来又做过，能记得的却连不成情节，似乎是幻觉。

宫恪看她呆滞的反应就知道她什么也不记得了，便报复性地开始舔吸她的脊背，从颈椎到尾椎。

唐韵颤抖起来，身体多了一点记忆，却更像一个梦，梦里她用力在推，却浑身软得使不上劲，他的呼吸逐渐因她的敏感和失控而变得滞重……她堕入了前所未有的羞耻中，觉得自己的梦很荒唐。

宫恪总那么克制、理智、骄傲。

唐韵很清楚地知道这种家教正统的男孩会做什么、不会做什么，更何况从童年就没有母亲，他的心很硬，不会被任何人或欲望控制。

但自己为什么会做这样的梦，对他有这么离奇的幻想？

脑内和现实的双重刺激让她有了异样的感觉，宫恪早发现了，就是不满足她，低声说："求我。"

唐韵被拉回眼前，心里有些失落，可这才是正常的宫恪，他要和别人较劲，要征服。

她不知道宫恪这一夜过得很煎熬，几乎没有一刻休息过。每次刚停下来，意识全无的唐韵就靠过来倒在他怀里，身体相互依偎，宫恪忍不了一会儿就又翻过身和她毫无节制地纠缠下去。

她的身体一直有回应，但他还是觉察出不对劲，清醒状态下的她太安静了，和醉酒时截然不同。

他慢下来，扳过她的脸，看见一种忍耐的表情，有点错愕："你很痛吗？"

唐韵原本憋着一口气，一松懈突然涌出泪来，这样一定太败兴了，她赶紧挡住眼睛，把头低下去拼命摇："不用管我。"

不、用、管、你？宫恪气得两眼发黑。

可是她的眼泪让他很难受，难受到一句重话也不想说。他吻了吻她的脸，温柔地试探着："这样呢？"

她缓了过来，躲在他锁骨下点头。

她这么美，这么敏感和柔软，一想到有人因此错判她的天性和感觉，毫无顾忌地用利器穿透过她，他就心如刀绞。

宫恪紧紧抱着她，一直等到她变得更软，连骨骼都随着汗水流逝。她贴在他胸前喘息，听见胸腔里急剧加速的心跳，听不懂其中的密码。

他想着和她的未来，在第一个吻之前就下定了决心。

但他只是轻声叹了口气："以后你不要喝酒，最好连烟也别抽。"

[14]

唐韵从小就太顺利了，一个目标达成，很自然地过渡到下一个目标。初二那年身高突飞猛进，被调到教室的最后一排，然后就飞快地开始发育，等到怎么勒也无法把胸缩回身体里，所有人看她的眼光就变了。

她就这样懵懂地，还没经历就告别了少女时期，收起青涩，接纳这个被容貌倒逼早熟的自己。

在同龄女生中，习惯做个危机解决者、照顾者、裁断者。

大家都默契地认定了一个"真理"：如果什么事让唐韵都摇头，那一定是没救了。

无论在哪个群体，她就像一个大家族里的长姐，只要被需要，就切开自己的静脉用热血去救济，从来不问为什么。

她其实没有看起来那么精明，也懒得想为什么。

第一次的情，是深夜回眸，看见对方望着自己没有转身，忽然就心里一暖，陷进去，换回一个跟红顶白的恋人。不知道为什么。

第一次的性，是醒在陌生酒店，身旁空无一人，对方的声音容貌连同身份一起消失，留下的只有自己。也不知道为什么。

家庭四分五裂，感情、事业坎坷，都不知道是为什么。

她没什么少女心，也没有幻想。

用欲望爱她的人很多，用愿望爱她的一个也没有，她以为世界本来就是这样，还是珍惜和投入。

唯独和官恪的未来，她连一个句读都不敢写。

[15]

陈骁一下飞机就和罗耀一起与机构人员碰了面，对方提出的价格陈骁已经觉得可以接受了，但罗耀还想压一压："有弹性空间，就有文章可做。"

陈骁说："但问题是没时间给你做文章，不要因小失大。"

罗耀不以为然，如果讨价还价的流程都不过，那自己此行就是白走了一趟，毫无功劳可言，他非要把手中的分析报告塞给陈骁："我这里有份估值，生机科技当前均价就应该是一点二八。一点六五在半年前算正常偏高，可是这半年生机也跌得很厉害。"

陈骁摆摆手，看也不看："纸上谈兵根本没用，人家也看准了我们的需求，不会按市场价跟你谈。"

"我们现在越是急躁，不就越给人机会拿捏吗？"

"主动权在他们手里，我们拖不起。"

"那不一定。这游戏怎么玩现在看起来是听他们的，但是玩不玩就得看我们的。如果我们现在不玩了，甩手回家，他们还有什么主动权？抱着一堆垃圾股等贬值吗？"

"别说这些没用的，我们可能不玩吗？"陈骁不耐烦，"马上答应他们，签合同，不要节外生枝。"

罗耀挡住他的去路，就差把他拦腰抱住了："陈总，就算我求你，再坚持最后一下，我们如果说订了明天的回程航班，谈不成就得等明年，他们保证会追到机场你信不信？明天听我的，一早再谈。给我一天时间，"罗耀向陈骁比画着食指，"就一天，沉住气。"

"要真拖到明年，我第一个拿你是问。"

"只是吓吓他们啊，又不是真的拖，他们说不定连我们要上市都不知道呢。"

陈骁绷不住笑："你以为是十三世纪？"

不过他还是决定给罗耀一天时间，就一天，总不会出什么差错。

[16]

和中的饭局被安排在一个内部招待所，因为国企最近在整顿作风，对会务餐费有严格限制。高雷说："还是要注意影响，我们又不差这点吃的，是吧。"

骁盛的王副总从袋子里拿出带来的茅台："喝点好酒也是应该的。"

高雷接过酒瓶看了看年份，露出会意的笑容，叫服务员拿去倒上。

在场的和中集团来了六个人，骁盛这边是三个。服务员把二钱的杯子和二两的小壶一起摆上桌。高雷挥挥手："杯子撤了吧，直接用大的喝。九个人，先平分一轮。"

唐韵的心往下一沉，用眼角余光瞥了眼金凌，金凌端坐着微笑。

唐韵不敢吱声，知道那是得罪不起的人，不要轻易冒头。

可高雷一转脸就盯上了她："小唐，来来来，你初来乍到，又最年轻，至少要顺着这边先喝个半圈。"

王副总连忙帮着说话："高总怎么也不怜香惜玉呢？她一个小姑娘。"

高雷哈哈笑起来："王总你搞错了，现在的小姑娘比我们厉害，搞个一斤半斤的眼睛都不眨。没两把刷子，怎么当得上高管呢。是吧，金凌？"

金凌也看不懂这个局面了，按理说唐韵是陈骁的人，高雷不至于这么为难她。高雷爱斗酒是常态，但这明摆是刁难，今天这饭局也不是突发情况，陈骁哪怕提前打个电话招呼一声，这矛头也不会指向唐韵。

要么是陈骁和唐韵之间出了问题。

要么是陈骁和高雷之间出了问题。

金凌猜前者的可能性更大一点，联想到之前唐韵没头没脑地提起要跟和中的许志杰沟通，她不会真那么蠢去找了许志杰吧？

金凌想自己已经提醒过，她真要犯傻也不是自己的错。

又或者她没去，只是生活上惹恼了陈骁。那也不是别人的错，跟老板有暧昧关系还往公司里到处插手是你玩火自焚。

金凌酒量也一般，但喝她分到的那点没什么问题，更何况她喝得慢，不像唐韵是被逼着一口气喝了一斤多。她一点事也没有。

王副总心里不太舒服，他对唐韵的感觉有点像长辈看待小辈，不知道这帮酒混子怎么整起人来没个分寸，见唐韵出去后久未回来，反复叫了三次让金凌去看一眼。

金凌不情不愿地去了洗手间。

[17]

唐韵为了催吐喝了半杯肥皂水，把自己折腾得死去活来，一出门看见金凌等在门口，愣了一下。

金凌依然冷着脸，只给她递了一盒多潘立酮片。

唐韵觉得她至少这一刻对自己有点怜悯之心，不利用利用太可惜了，便问她："陈骁和高雷是一条船上的人吗？"

金凌说："你既然跟了陈骁，就跟定陈骁。别怪我没提醒过你，他这个人报复心很强。"

唐韵确实有了醉意，半真半假地疯笑着点燃一支烟："河道这么窄，船又这么多，总有一天会撞上的，我怕陈骁这船不够硬啊。"

金凌被唐韵的野心吓了一跳，严肃地压低声音："就算撞上，也是脚踩两条船的先落水。"

唐韵笑："金凌，忠心耿耿连资本都算不上。有句话你要记着，狡兔死，走狗烹。"

金凌明白了，唐韵是吴嘉玲的同类，根本用不着自己操心。

她转身就走，唐韵在身后慢慢跟着："冒险的是我，你有什么损失呢？陈骁这船万一沉了，你还有我这条后路。"

金凌停下来转过身，压低声音："你自己去蹚浑水，不要把我卷进去。"

"当然。"唐韵忍住反胃的感觉吸了口烟。

金凌看了看四周，小声说："他们最早是一路的，自从上海项目启动，关系就有点微妙了，上海拿地不是高雷的能力能达到的。"

"但高雷还是能控制陈骁。"唐韵眯着眼睛琢磨其中的关系。

"你掂量掂量，哪艘船更大？不要押错了。"金凌说完头也不回地推门回了包房。

唐韵装得开朗一点，一副喝高的样子，也进了包房。

因为王副总发了话不许胡闹，和中几个人没再继续灌她酒，何况他们的目的已经达到了，高雷只是想欺负她，又不是真的想把她喝到送去医院输液。

唐韵以为今天的劫难已经过了，谁知临走再起波澜。

金凌和王选是下班后一辆车来的，唐韵自己一辆车。高雷在门口发号施令，让骁盛的两辆车分别把金凌和王选送回去，唐韵他自己来送。

"不好意思，让你喝多了，这一趟必须让我来送。"高雷一边笑，一边自然地揽上唐韵的腰。

唐韵倒吸一口凉气，用眼神向金凌疯狂求救，希望她提出把自己带走。

可金凌无动于衷，也许是想保持百分之百的置身事外，也许是觉得什么样的人办什么样的事，这局面说不定正是唐韵想要的。

金凌在她面前上了车，头也没回。

[18]

高雷上了车，象征性问一句："小唐住在哪儿？"

唐韵想到尹铭翔家就在陈骁家对面,根本解释不清,所以只含糊地说了个区划地名。

高雷的想象力却很丰富,立刻老皮老脸地一笑:"和陈骁住一起嘛,郊区,不方便。"没等唐韵答话,他对司机说:"那先送我再送她。"接着又瞟回唐韵,"我住长宁,比较近。"

唐韵胃里一阵绞痛,觉得让他误解了也好。

没想到高雷揽着她肩膀的手更用力了,凑近她耳语:"今天要是陈骁在,这样的场合你是不是就不用来了?所以啊,女人嘛,找个靠山很……很重要。"他因为喝高了,说话有点结巴,酒气不断喷到唐韵脸上。

唐韵一时还搞不清什么状况,只能相信金凌的话——高雷和陈骁关系有点微妙。她笑着接过话茬:"我也想找啊,就怕高总不愿意做我的靠山。"

高雷愣了愣,转而笑起来:"陈骁好福气啊,你确实不简单,"说着高兴地亲了亲她的脸颊,"他还说你是什么……狮子骢,他是不是太不怜香惜玉了?"

唐韵心里暗骂,陈骁这个王八蛋。

高雷还在回味唐韵酒桌上被自己欺负的样子,扬扬得意:"他们还说我不怜香惜玉,你说说,美酒配美人是不是天经地义?"

唐韵本就皮肤白,喝了酒胃疼脸色更加苍白,在别人看来却很美,月光下如同玉像。高雷朝她压过来吻着,已经没有轻重,一抬手扯落了她衬衫上两粒纽扣。

唐韵想起胸口有吻痕,让他看见可不妙,便温柔地推了他两次,效果不大,她怕再推狠了会激怒他,索性靠过去:"高总,今天喝多了,周末我们找个地方泡温泉吧。"

高雷停下来,他至少喝了一斤半白酒,也有点困倦:"温泉不错。就你和我?那陈骁呢?"

唐韵整理好领口,笑了笑:"都是朋友,他不会介意的。"

高雷也笑起来:"不过陈骁这家伙有时候气量不大,你明白……明白我的意思吧?"

唐韵说:"当然明白的。"

高雷现在还没有与陈骁对立的打算,互相牵制是一回事,反目成仇又是一回事。她在公司里找到了两股较劲的力，都在暗里，如果借力打力用得好，在夹缝中求生存应该不成问题。

[19]

高雷的车把唐韵送到尹铭翔家门口就掉头走了。

唐韵进了门，看见宫恪在，不觉得意外，原就和他约好让他把行李送回这边，也猜到他应该会等自己回家。但李禾多也在，让她有点意外，李禾多向来和赫连、尹铭翔玩不到一起，来了肯定是找自己。

昨天晚上没接她电话，今天就找上门了，也许有要事，不过她的要事，多半和吴嘉玲有关。

唐韵有点头疼，对帮她打小三毫无兴趣。

宫恪从她一进门就发现她脸色惨白，外套上的胸针移到了衬衫正胸前，显得突兀："晚上喝酒了吗？"

唐韵一边换鞋一边疲惫地说："喝了也吐了。"边说边往楼上走去，经过餐台时对禾多打声招呼，"我换件衣服下来。"

赫连飞快地倒了杯热茶塞进宫恪手里："去去去。"

宫恪跟到楼上，一推门，正好唐韵脱光了，突然感到尴尬，她说是上来换衣服的，而自己端着热水僵在门口，显得很傻。

唐韵懵懵地看了他一眼，没什么心理障碍，套了件家居服："放心没醉。"

宫恪把热茶递给她："抱歉，工作的事帮不上你。"

唐韵喝了口茶，感到胃里的战争终于没那么激烈了，坐下来："陈骁，记得吗？"

宫恪指了指窗外："对面那个？"

唐韵狠狠地说："就是他，帮个忙找机会枪毙他吧。"

宫恪笑起来。

唐韵久久地看着他，感到被他的笑容治愈。

[20]

"你可能会嫌我多管闲事……"

宫恪话说了一半，感觉有点紧张，看见唐韵耳侧有一缕乱发，讨好似的帮她捋开，随后接着说："可是你要住过来，我肯定要做点背景调查，确保你的安全。"

他义正词严的样子把她逗笑了。

她猜测肯定不像他声称的这么严肃："什么事？"

"尹铭翔有犯罪记录你知道吗？"

唐韵微怔。

"高中的时候，他有一次打架致人失聪，因为未成年没有记录在案。但是，这么看来，是不是有暴力倾向？"

唐韵恍然大悟，想起前因后果："不不，那次我知道，是因为有人欺负夏秋。"

宫恪若有所思，过了一会儿点点头："理解。谁要是欺负你，我也不会放过。"

唐韵冲他温柔地笑："那你手里那份死亡名单会很长。"

宫恪无法理解她为什么还能笑得这么轻松，他自己心里只觉得沉重。他设法转移话题："尹铭翔对夏秋一往情深，为什么走散了？"

"尹铭翔太不成熟了。"许多往事一时涌上心头，唐韵叹了口气。

宫恪有点担心，又忍不住把话题绕回来："你觉得我幼稚吗？"

唐韵心里笑出声，直接问出这样的问题还不够幼稚吗？

但她伸手轻轻抚摸他的臂膀，凝视着他的眼睛说："说不好，我双眼被蒙蔽了。"

这时微信提示音响了一下，是赫连发来的："两位神仙能放一放个人感情先移步楼下把李禾多打发走吗？我想做空气净化了。"

唐韵想这位也够幼稚的，多大年纪还像小学生一样闹别扭。她拉着宫恪下了楼。

[21]

禾多把唐韵拽到一边，尤其注意避开赫连："我本来想打电话给你，但这事在电话里不好说，只能当面说，而且只能跟你一个人说。"

"什么？"

"我一直留意着吴嘉玲的账面，乱得要命，但这不是重点。重点是砾双的账户流水，最近突然异常活跃，有大量资金汇入一个离岸账户。"

"砾双的主营是传统建材。"唐韵的意思是，砾双并没有太多海外业务。

"就知道你一听就懂。"

"是不是有点捕风捉影？"

"我查不了那个账户，但交叉对比了所有流水，找到了它和骁盛更直接的关系。骁盛从去年起就不断给一个慈善基金捐赠……"

唐韵点点头："为了避税。"

"不止为了避税，慈善基金也有大额资金打到这个账户。"

"两边总金额加起来多少？"

李禾多两只手比画了一下："这个数。"

唐韵没听说最近公司在哪里拿地开新项目，那就只有一个可能。

"是为了收购生机科技。"

"花这么多钱？陈骁有什么毛病？"

"花这么多钱不仅仅是为了收购，而是为了控股生机科技，阻止它海外退市，"唐韵慢吞吞地说，"拖垮它，瓦解 KNE，吃掉 KNE 在国内的部分。"

如果没猜错，陈骁是打算借此跻身地产行业第一梯队。

"那赫连……"说到 KNE，禾多也首先想到赫连。

"对，你要去告诉赫连。我还是和盛的人，不方便帮着她破坏自己公司的商业战略。"

"赫连有办法阻止吗？"

"陈正卿有办法。但赫连至少要通知他到了什么局面。不要只盯着他身边几个大股东，陈骁这招很可能只是幌子，提醒他留意市场流通的股票，还有机构手里的。陈骁要赶在骁盛国内上市之前收购，因为上市之后资金流转在国内也要信息公开，他想掩人耳目，这次十有八九是要进行掉期交易。"

"我知道了。"禾多向赫连所躺的沙发走过去，又忽然停住，"还有件事，也只能告诉你，夏秋车祸后有很长一段时间人为致昏迷，你最好提醒警察弟弟查一下是谁主使的。这件事有了答案也不要告诉赫连和尹铭翔，只告诉我，只能告诉我一个人你明白吗？"

"可以只告诉你，但我要知道为什么。"唐韵倚靠着备餐台，淡淡地问，"禾多，你知道夏秋在哪里吧？"

[22]

陈骁这一夜睡得很不踏实，不是时差的缘故，说不清为什么，但他第六感一向很准。上一次出现这种惶惶不安的感觉，还是车祸那次。

"今天不管最后谈到多少价格，一定要把合同签好。"

罗耀切着餐盘里的牛排："知道啦知道啦。你不要现在就开始露怯嘛，本来能谈到一点三的，你一个表情就成一点五了。相信我，他们也急，我们等他们电话。"

陈骁觉得他现在有点没分寸了，居然直接说自己"露怯"？

正说着，罗耀的手机响了，他拿起一看来电显示，脑子里一根弦突然断开，知道事情不对劲了。

来电是机构的座机。和这个案子的对接人打了这么久的交道，私交早已不错，已经很长时间都是直接用手机沟通，他特地跑到公司用座机打过来是什么缘故？

罗耀在陈骁的注视下接通手机。

对方只是来通知一件事，一小时后的会面取消了。因为主管上司临时有事去了日本，估计往返少不了五到七天。

罗耀的血压急速下降，他明显感到对方说话的语气也变得公事公办了，不管他强调日本的事务有多么紧急，有一个事实是无法改变的，陈骁作为公司总裁已经到场，他们却放了他鸽子。

"你明白告诉我吧，这些股份还在你们手里吗？"

这句话之后是一段时间的空白。

陈骁在餐桌对面蹙眉，紧紧盯着罗耀，最后听见他情绪低落的一声回应，知道一切已经不可逆了。

罗耀放下手机，沉默了长长的几分钟。

"我想不通，怎么可能还有其他买家。"

陈骁面如死灰，把餐巾从身上揪下来一把扔在桌上："除了陈正卿还会有谁！"

罗耀没有跟着他走出去，他觉得自己现在可以开始写辞职申请了。

[23]

究竟是哪里走漏了风声？

陈骁想不通。

他一向做事谨慎，任何人都不信任，这次收购中的几个关键下属也几乎都是"盲人摸象"，只对自己眼前的一部分工作清晰。唯一知道得多一点的只有罗耀。可他有什么动机要出卖自己？陈正卿能给他什么好处？

KNE 国内公司已经受反腐波及而摇摇欲坠，根本不可能给罗耀一个让他满意的职位。是不是钱呢？

罗耀刚才的神情好像显得很无辜，也许他演技很好。

陈骁在酒店房间独自坐了几个小时，连晚饭也没吃，只想尽快理清自己的思路。

他的手机响了，是丁羽良。现在时间在国内应该是早上四点，她会有什么事？

"陈总，唐韵没有签砾双的合同。"

坏消息一个接一个。

陈骁太阳穴直跳，感到切肤般激烈的愤怒，把丁羽良劈头盖脸骂一顿："你怎么做事的？连这点事都搞不定？搞不定你趁早滚蛋。"

唐韵算什么？她怎么敢明目张胆地和自己对着干？自己登机前已经把话说得很明白了，她居然还敢拒绝，这简直是挑衅。为什么按计划应该有序完成的事临到终点全都开始失控？陈骁觉得这不是独立事件，没那么简单。

他马上拨通自己配给唐韵的司机的电话："唐韵最近有什么动向？特别是这几天。"

"唐总退了酒店，现在搬到您家对面了，另外昨天请了病假，她好像有个男朋友，我看得不是很清楚……"

陈骁心想谁要听这些鸡毛蒜皮。

"昨晚就是和王总、董秘一起请和中的领导吃饭，唐总是我送过去的，但我晚上送了董秘，唐总是高总送的。"

"等等，你说谁？"

"和中的高总。"

陈骁愣了两秒，不由自主地露出了微笑。

他想过这种可能性，但没想到这么顺利。自己没有看错，这女人果然什么人的床都敢上，这也能解释她为什么现在敢对自己这个态度了。

陈骁正愁没法把高雷安静地清出局，真是心想事成。

这简直是他近一个月来听见的最大的好消息，与此相比，什么收购失败、拒签合同都不足挂齿了。

他声音中带着难以抑制的愉悦，嘱咐司机："你继续盯着唐韵，一旦她跟和中的人接触，马上通知我。"

[24]

唐韵刚在办公室坐定就接到一个陌生号码的来电，高雷在电话那头笑嘻嘻："小唐啊，酒醒了没有？"

唐韵知道这个电话一定会来的。

"还醉着呢，我酒量哪有高大哥那么好？"

她对他换个称呼，这让高雷很受用，语气明显更加高兴："哈哈，那既然还没清醒，我就要抓紧时间问问了，昨晚说的话还算不算数？"

"这要看高大哥了。"

对方听声音紧张了一下："怎么讲？"

"高大哥昨晚答应要做我的靠山，还算不算数？"

"这是当然，我怎么会反悔呢？"

唐韵慢吞吞地说："我知道这么一个地方，是天然地下温泉，离上海车程两小时，风景度假区，人不多，遇到熟人的概率很小。"

高雷乐不可支："就知道你最聪明，那到时你跟我的车去还是用自己的车去？"

"我自己开车，不带司机。"

"这样最好，这样最好。"

"我安排好了就给你电话。"唐韵看着电话上的来电显示，"这号码可以打吗？"

"就是这个号。"

唐韵临挂断逗他一下："不会是工作号吧？"

"怎么可能！"对方好像受了奇耻大辱似的嚷嚷起来。

唐韵对他甜言蜜语几句，又把他哄得像过年看烟花一样兴致盎然。

她挂断电话，脸立刻阴沉下来，一部分原因是看见阴魂不散的陈小希又在自己办公室外探头探脑。

果然不出几秒，她就自己敲门进来了："唐总，有些东西您应该看看。"

她把手里一摞文件放在唐韵面前，是三家主供应商的续约合同。

唐韵翻着页面，发现所有合同都已经被签署，上面的名字是唐韵，但不是唐韵的笔迹，只略微有点差异。她翻动的速度越来越快。

陈小希试探着解释："我看和您以前签的字有差异。"

唐韵脸色铁青地扔下合同，厉声说："你知道你走进来，给我看这个，意味着什么吗？"

"我知道，我迈进您办公室之前就打定主意决不回合约部了。"她眼神坚定。

"好，你可以做我的助理，但要先帮我办件事，"唐韵用手指点了点合同上的伪造签名，"去查清楚这是谁签的。"

陈小希把手中最后一份文件摊开在唐韵面前，指着上面的签名："这是丁经理上个月签的三份合同的批复复印件，她写这个方块口笔顺和别人不一样。"说着又指了指伪造签名上"唐韵"的"口"字。

唐韵拿起两份字迹仔细对比。

陈小希继续说道："您说过，把公司搞垮不是什么光彩经历。我不太能理解，到底是要和公司立场一致还是和上司立场一致？如果上司的所作所为最终给公司带来毁灭性灾难，那么，我应该对上司还是对公司负责？"

"公司。"唐韵有点担忧地看着她。

"那我不觉得我的经历不光彩，郑健虽然是我的上司，但他毁掉了公司。"

[25]

丁羽良走进办公室前已经有心理准备，但是唐韵一抬眼，把一沓合同往办公桌上扔出去的狠厉劲儿还是让她抖了一下。

"你胆子不小。"唐韵说。

丁羽良恢复镇定，瞥一眼合同，并没有拿起来："这是什么？"

"你冒充我签续约的合同。"

丁羽良态度嚣张地微笑道："这签的是唐总的名字，唐总怎么来质问我？"

唐韵手指着一份合同签名："是不是我的字迹，我自己还不认识吗？"

"那也说明不了就是我签的。"

唐韵指着那个"口"字："能碰到这份合同的人里面，除了你还有谁习惯这样的笔顺？"

丁羽良也无意再继续跟她绕圈子，从容地笑着："谁签的很重要吗？合同已经生效了，唐总责问我也没有意义了。"

"为什么这么做？"

"唐总犹豫不决，不愿意承担风险，拖慢施工进程，合约部压力也很大。"

"你就不怕出了问题追究你的责任？"

"你还是祈祷没人追究吧。你是项目经理，你签的字，签二十份和签十份有什么区别？等到有人开始追究的时候，其中一两份是不是亲笔签名就是小事了。"丁羽良仗着有陈骁撑腰，把狠话说完就头也不回地转身出门。

唐韵在座位上撑着头有点颓然，感到周身一阵阵发冷。

他们算准了不到鱼死网破的境地，自己不会告发几个伪造签名，就算要告发，向谁告发？等到了外部审查介入的地步，就不会仅仅是几个签名的问题了。

微信声响起，是赫连发的。

"晚上我请李禾多吃饭谢她，你早点回来。"像是没得到保证放不下心似的，又追加了一条，"也请了警察弟弟。"

唐韵这才缓过来一点。

[26]

尹铭翔已经半年没接到他爸打来的电话了，当然，他也从不主动联系。

在公司上班接起内线，突然听见他爸的声音，愣了几秒。

"什么事？"

"你在公司也这么没大没小，连称呼也没有吗？"

尹铭翔不吃这套："你在家不也一样摆谱吗？有事就说，忙着呢。"

"我知道，你朋友赫连瑛想和公司做点业务。其实，你可以直接来找我。"

"这话就要讲清楚了，赫连瑛可不只是我朋友，你当年公司差点转不动的时候她也是借了钱的，你跟她做业务天经地义，这人情我不担。"

"行行，这事你不用管了。铭翔啊，现在是有这么件事，世新银行该放给我们的贷款迟迟不放，你有什么想法？"

尹铭翔莫名其妙："我能有什么想法？我又不是银监会。"

父亲在电话那头叹了口气："听说他们谢行长被查了。你不是还有同学在这家银行吗？要不打听打听，谢有恒现在是什么情况？你不要问他老婆。"

尹铭翔想了一会儿，他为什么不让自己直接问陈萱，而是找禾多打听。以他的层面，应该是听到了糟糕的消息，现在既抱着一线希望还想拿到贷款，又想彻底撇清与谢有恒的关系，免得受他牵连。

尹铭翔严肃起来："贷款拿不到，对我们影响大吗？"

"贷款拿不到什么时候影响小了！杭州刚拿了地，上海还在限价不让开售，拖到明年上半年会很麻烦。"

尹铭翔叹了口气："知道了，晚上正好聚餐，我问问李禾多。"

[27]

唐韵几天没去工地，又出了一堆漏洞。她正边走边跟顾峥交代："样板区缺陷整改要在下周内完成，否则按合约处罚。地下室储藏间的插座要换，还有南走廊漏水的问题，我已经说过很多遍了……"

又有工程师跑过来向顾峥报告："昨天夜里下暴雨导致西区地下室全部淹了，您去看看吧。"

唐韵无可奈何地对顾峥说："你别瞪他，你让我不知道这件事就能解决吗？"

顾峥不好意思地笑起来："去看看吧。"

雨早停了，可地下室却像在继续小型降雨，淅淅沥沥，所有管道外壁没有一处是干燥的。

唐韵虽然不太懂建筑，但显然外行也能看出这是个豆腐渣工程。

顾峥气急败坏地催手下："总包呢？去把总包找过来。"

"这栋楼屋面墙面漏吗？"唐韵问。

"啊，上面没有漏。"工程师说。

唐韵觉得信不过他们，带着顾峥去楼上大厅："通电了吗？"得到肯定答复后说，"灯全打开。"

在灯火辉煌的大厅中，每盏水晶吊灯的光晕中都有一圈不小的水迹，一眼望去就像按照一定规律特别设计的图腾。

唐韵感觉有点站不住："我的天！"

这时，总包才急匆匆地跑来："怎么啦这么啦？"

顾峥冷着脸说："漏水，整楼漏水。"

总包抬头看看，还是笑嘻嘻的："哦，没事没事，明天挖开看看。"

顾峥叹了口气："这还要挖开才知道吗？爆管子了。"

唐韵瞥了眼那个胖子，心想高雷用的都是些什么人。

[28]

宫恪下班后正遇上内环拥堵，所以到得有点晚，进门没看见唐韵，目光在屋里转。赫连从备餐台端出龙虾汤："唐韵在楼上洗澡，你先喝点汤垫垫肚子，李禾多也堵在路上了，要晚一点到。"

宫恪心情沉重，见她这么热情只好听安排坐下喝了口汤。

赫连笑眯眯贼兮兮地问："怎么样？好不好吃？"

看她笑的样子就觉得是陷阱。宫恪在她和尹铭翔之间扫了个来回，不信活宝二人组会做饭，十有八九是唐韵的手艺。

宫恪说："嗯，没吃过这么好吃的。"

赫连本打算引诱他吐槽再告状的，这下没得玩了，索然寡味："算你走运。"捧着脸小声说，"哎，对我们唐韵好一点。"

宫恪正心里难受，总是只能给唐韵带来坏消息："怎么个好法？"

赫连愣住了，她也不知道怎么对唐韵才算好，只能从自身经验出发："爱她就给她买衣服，买鞋，你选一个。"

"我都不知道尺寸。"宫恪说。

赫连换成一副恨铁不成钢的样子："你智商有没有过九十？床单都滚过了居然还不知道尺寸。"

宫恪脸上挂不住，一直红到耳根，暗忖她们女生怎么什么隐私都交流。

赫连指着他，咯咯笑起来："兵不厌诈，真滚过了。"

宫恪气得没话说。

唐韵从楼上下来，看见赫连对着宫恪嘻嘻哈哈："你们聊什么这么开心？"

"三俗话题。"赫连话茬接得快。

宫恪恨不得找个地缝钻进去，拼命瞪着赫连不想让她继续胡说八道，幸好门铃声及时救了他，赫连去给禾多开门。

唐韵套上手套准备从烤箱里拿烤盘。宫恪赶紧起身把她拽开："我来。"他接着说，"你上一天班不累吗？回来还做饭，叫点外卖也行啊。"

"没关系，昨天晚上喝太多酒到现在胃还没缓过来，我自己也不想吃外卖。"

宫恪在心里偷偷骂自己蠢，怎么没想到这点。

他看了眼身后，琢磨时机开了口。

"我今天抽空跑了趟医院，也问了夏秋的主治大夫，这件事好像没什么阴谋，夏秋车祸不仅引起流产，而且多脏器伤势严重，差点救不回来，本来就该卧床静养的。但是她醒来知道自己做了子宫切除手术之后情绪波动比较大……"

"什么手术？"唐韵惊呆了。

宫恪原本想絮絮叨叨蒙混过关，没想到还是被她逮住了重点。此时此刻，唯一值得庆幸的是没让她端烤盘。

他也觉得太残忍，不忍心再说一遍，只能继续："她情绪波动比较大，陈骁和夏秋妈妈都希望用这种方式先把她的身体调养好，再调整心理。"

唐韵沉默许久。

最后她说："夏秋很喜欢小孩子。"

"这件事是不是别让太多人知道的好？"

唐韵回头看了眼在起居室聊天的三个人："尹铭翔知道了可能会发疯，赫连知道了所有人都会知道，禾多……我想想怎么答复她。"

[29]

"你们谢行长是不是被查了？"尹铭翔问禾多。

"搞不清。听说是因为贷款'三查'不严，被工作组找去谈过话。"

"问题严重吗？"

"谁知道啊。传什么的都有，第一天所有人都传他已经被双规了，第二天又看见他照常上班了。"

"是不是就因为上次媒体曝光骁盛违规贷款的事？"赫连插嘴问。

禾多说："他和骁盛千丝万缕的联系太多，三言两语很难说清，估计后面还会有好几轮调查。最关键的是骁盛不能出问题，骁盛要是倒了，他也要跟着完蛋。"

"骁盛一时半会儿倒不了的，"唐韵支着沙发说，"吃饭吧。"

[30]

宫恪在心里骂了自己一万遍，为什么饭前就把坏消息告诉她了。

她本来就胃不舒服，一顿饭又吃得闷闷不乐。

赫连和尹铭翔只顾着吃，没太留意。李禾多察言观色的能力有点强，刚坐下就觉得唐韵不对劲，乌云压顶似的，她和赫连、尹铭翔又没什么共同话题，只好叙旧说高中往事。

"小时候唐韵是主心骨，后来唐韵不在上海，大家都觉得少了点什么，不太聚了。"

赫连没心没肺地拆台："没有啊，那时候有夏秋，还是经常聚。"

真是哪壶不开提哪壶，怎么又聊到夏秋了。

宫恪赶紧插话："唐韵以前是班长吗？"

"生活委员。"尹铭翔说。

赫连补充："高二是学校权益保障部部长。高一运动会和卖气球的砍价一战成名。"

宫恪笑起来。

唐韵受到感染，也恢复了一点神采。

"你别笑，真的，她抢电话跟气球店老板撕逼，气球店员最后是哭着回去的。"尹铭翔说，"你是没见过，唐韵小时候很可怕，让人闻风丧胆，她们几个互相还打架呢。"

唐韵不好意思，推了下尹铭翔不让他说。

可是宫恪想听："谁和谁？"

"唐韵赫连对王旗李禾多，"尹铭翔补充说明，"王旗是我们班的班花。"

"唐韵都算不上班花吗？"宫恪有点意外。

"别提了，这个班审美观走偏，唐韵算不上班花也就算了，夏秋是公认的校花都算不上班花。"

宫恪紧张地看向唐韵，刚好一点的脸色又阴沉下去，马上转移话题："尹铭翔算班草吗？"

李禾多嗤之以鼻："他还班草？班草是彭锐吧。"

"班草？我们班没有。"赫连紧张得瞳孔都放大了，她怎么能提彭锐呢？突然想起好像没人对禾多说过唐韵和宫恪的关系。

李禾多以为赫连又故意跟自己唱反调，较上劲了："怎么不是彭锐了？说实话后来我在南京西路碰见唐韵，看见她身边的人不是彭锐还很失望呢。"

禾多话音未落，尹铭翔就冲赫连嚷起来："你老踢我干吗？"

赫连恨自己腿不够长，踢错了人。

唐韵不觉得有什么需要瞒着宫恪，赫连太草木皆兵了。她抬起头大大方方地告诉他："彭锐是我青梅竹马的朋友，"再对一头雾水的禾多介绍宫恪，"禾多，这是我男朋友。"

禾多有点蒙了："不是负责夏秋案件的警官吗？"

话题就这么不受控制地又绕回到夏秋身上。

宫恪很后悔，还不如一上桌就和赫连开始聊三俗话题。

[31]

晚饭后唐韵找了个机会把禾多拉到阳台将夏秋的事告诉她。

禾多沉默许久才说："考虑到她这样的处境，给我发那条短信就不足为奇了。"

唐韵吸着烟，没说话。

禾多猜夏秋有了被害妄想症，不能说没有道理。

她不知道夏秋的去向，只是最近才收到一条陌生号码的短信：禾禾，我没死，但被找到会死，把钱替我还给赫连，别告诉她来源，你有办法的。

禾多无条件相信夏秋的判断，也许她确实遭遇危险，所以唐韵和赫连一直想找出夏秋，她总在明里暗里阻止。可她又抱有一丝幻想，如果能先找出威胁夏秋的来源，排除威胁，是不是夏秋就安全了。

她的目标从来不是找出夏秋，而是找出对夏秋有害的人。陈骁、尹铭翔、赫连，还有与她密切接触的每个人都是怀疑对象。唐韵是第一个被排除的，她那段时间缺席了夏秋生活中的一切，同时又和夏秋没有任何利害冲突。

现在出现了一个更大的可能性，根本没有人威胁夏秋，只是她身心受到重创后的无端怀疑。

"我们还查吗？"

唐韵猛吸了一口烟："查。"

没有监控和刹车痕迹的车祸不是假的。

实验室检查过抗躁郁药物也不是假的。

夏秋心理再崩溃，也不可能需要服用抗躁郁的药物。

怎么能说都是被害妄想。

"那我要提醒你一句，别什么都告诉尹铭翔和赫连。尹铭翔他爸的公司，赫连丈夫的公司，可都是骁盛的竞争对手。夏秋陶瓷艺术家的身份不会给她带来威胁，给她带来威胁的只能是陈骁太太的身份。"

"他们可以信任，以前几家都出过危机，关键时刻都互相帮忙。"

"时过境迁了，唐韵。"

唐韵不想与她争论，转而问："你现在还有什么线索？"

"夏秋在我们银行租了个保险箱。"

"你想开？"

"开不了，没有钥匙，没有密码。"

唐韵叹了口气："为什么盯上这个保险箱？"

"是事发前两天刚租的。"

"想办法开，先找钥匙。"唐韵想了想，"这样问题就来了，要找到钥匙你就没办法瞒着赫连、尹铭翔他们，说不定钥匙就留给他们中的谁了。"

"如果赫连、尹铭翔有把夏秋留下的钥匙，早用高音喇叭喊出来了。"

唐韵想想也对，她的手在禾多和自己之间比画一个来回："她没把钥匙给你给我，应该在她更信任的人手里或者她自己带走了。"

"陈骁？"

唐韵有点无奈："她给你发过短信，给陈骁发了吗？陈骁要知道她的下落也不至于天天拉着驴脸。"

"那就还有一个人。给她设计婚纱的那个闺密。"

"我们有人认识她吗？"

"尹铭翔。"

"所以你看，避不开的。"唐韵拉住禾多，"不过，我们把夏秋手术和昏迷那段跳过去吧，他们知道了没好处。"

[32]

禾多记得是高一入学军训的时候，班里的女生们还没分出阵营，训练间隙都一起坐在台阶上撵蚂蚁玩。

禾多羡慕夏秋、赫连名字好听，丧气地抱怨："不像我，姓了个无法展开想象力的大姓，又起了个小农气息浓厚的名。"

"李禾多，是听着像过年一样，"赫连拍拍她的肩，"还是叫禾多吧。"

"禾多也不行，像抢着插秧一样。"禾多指着夏秋，"她就不一样了，姓这么个姓，随便起什么名字都文艺。"

"那不一定，"赫连说，"叫夏蛋就文艺不了。"

夏秋涂好防晒霜，一边笑一边把瓶子递给禾多借她用："叫她'禾禾'吧，听着可爱。"

后来这个称呼并没有广泛推行，大家都顺理成章地叫她"禾多"，但这是夏秋提过的，原因也只有她记得了。

没想到有一天，这个称呼会反过来用以证明夏秋的身份，像一个你知我知的暗号。

时过境迁。

禾多之所以无法信任赫连，是因为她设想过，如果自己在赫连的位置也不能保证一定会永远帮着夏秋。大家都长大了，有了家庭，有更在意更爱的人。年少的情谊贵如夏代有工的玉，但重击之下也会碎。

尹铭翔打完电话回来汇报情况，打断了她的思路。

"都说没有钥匙。夏秋出事前也和他们很少联系。"

几个人又一筹莫展。

赫连撑着脸："你们问过夏秋妈妈吗？我要是有什么重要东西要保管，肯定给我爸妈。"

"对，我没想到。"唐韵心中有点酸涩。

[33]

罗耀看见陈骁的样子有点心里发虚，他很少见地穿了一身休闲装，步履轻盈，神采飞扬，还隔着老远就朝罗耀招了招手。

收购失败后的第二天，不该是这个状态吧？

罗耀怀疑他要在飞行途中就开掉自己，一定是将要谈最不愉快的话题，才需要事先把气氛营造得这么轻松。

去机场的一路上，陈骁都在聊路上过去的车，罗耀小心翼翼地陪聊。

他甚至还在机场买了瓶香槟，一上飞机就让乘务员拿桶冰上了。

"两个杯子，"陈骁转过头对罗耀说，"我们喝了好好休息，你明天就不用到公司了。"

罗耀脸色煞白。

"回家补觉，过个周末。"陈骁接着说，"周一再过来开会。"

罗耀差点虚脱，说话怎么能这么断句？

要知道，他是想辞职的，走也要走得体面点吧，被开掉虽然经济补偿不少，但面子上太难看了。陈骁应该会给他辞职的机会，但陈骁这个人经常不按常理出牌，谁知道他会搞出什么突然袭击。

陈骁看他脸色阴晴不定，干脆把话说开："生机科技丢了，有你的责任，也有我的责任。你也不用心理负担太重，过去了的事不要再花时间，一切还是要向前看。"

罗耀非常意外，为什么陈骁把责任担过去一半？是不是试探自己？

他马上回答："我对生机科技这事负全责。"

陈骁摆摆手，一副并不在意的样子："我现在不想要追究责任，而是要总结经验。我们为什么会失败？到底哪一个环节出了错？不仅仅是运气差，我需要你回去搞明白这些。"

这么说，他是还想留自己继续工作了。

罗耀心中一块石头落了地，同时有点喜出望外。他以为陈骁报复心很强，一定会找人开刀。从昨天到今天，他一直在纠结的都是如何辞职，现在才开始回过头考虑生机科技。

为什么会突然走漏风声？罗耀也想知道，他不能就这么不明不白地冤死。

他探过身用最诚恳的语气向陈骁保证："我一定查出来。"

乘务员走过来问要不要把香槟打开。

陈骁说："打开。"

他举杯和罗耀碰杯，这动作预示着一个好的崭新的开始，仿佛他们成了肝胆相照的战友。

陈骁心里非常清楚，他现在不能意气用事开掉罗耀。

如果收购是罗耀搞砸的，让他辞职脱身也太便宜他了。更重要的是，现在唐韵和高雷的关系还不明朗，具体能用到什么地步也不确定。他必须把唐韵和罗耀都放在眼皮底下盯着，想办法加以利用，不到万不得已绝对不让他们开溜。

IPO上市之前，如果再有副总离职，而且一下走两个，这种高层动荡肯定会节外生枝。

当然，上市之后，这两个人他一个也不会留。

[34]

送走李禾多，唐韵回到家里，宫恪也打算走了。

她这才想起一整晚几乎没和他说上话，便拉住他："你来一下，有东西给你。"

官恪不明就里跟过去，唐韵边上楼梯边说："天已经转凉了，你还整天穿件单衣晃来晃去。"

官恪抬起头："我不冷。"

"我冷，"唐韵回头说，"看上去像没人照顾。"

她推门进房间，从纸袋中拿出衣服："下班路过商场给你买了件外套，你试一下，不合适我明天拿去换。"

官恪愣了两秒。

爱她就给她买衣服，买鞋，你选一个。——赫连刚说过。

他有点受宠若惊，飞快地往身上套，正好。

床单都滚过了居然还不知道尺寸。——赫连还说了。

想到这里，官恪的脸又红了。

唐韵看出来："怎么了？"

官恪没想到她会追问，顿时慌了手脚："你挑的尺寸挺准。"

唐韵觉得这不值得大惊小怪："看身高不就知道了。"

官恪心想，赫连这个骗子，跟滚不滚床单根本没关系。

穿着她买的衣服，他感到从身体到心里都有暖意，把她揽进怀里："今天真漫长，我都没心思上班了。"

唐韵双手伸进外套里环抱住他，视线里是他随着身体折出的衣线，像摇动的筛子，从混沌中滤出他特有的气息，无法形容，但她觉得有点甜，沉在其中深呼吸一口。

官恪受不了她这样，把她抱起来架在身上，往死里亲吻。

尹铭翔在外面敲了敲门："官恪，保安说你的车把邻居家的车位堵了。"

官恪与唐韵错过身，撑着墙低头长吁一口气，用低沉的声音说："马上来。"

唐韵踮起脚补偿似的快速又吻了他一下，蜻蜓点水，轻如蝉翼，像个躲着老师偷偷早恋的中学生，瞬间把欲望浇灭得连火星都不剩，却又让情意变得浓烈。

"去吧。"唐韵说，"明天下班后来公司接我，我们一起吃晚饭。"

宫恪视线和她交缠着，还留恋着不想离开："周末一起过吧。"

唐韵的身体僵硬了一下，面露难色："这周不行，我周末要出差。"

"去哪儿？"

"外地。"唐韵垂下眼睑，"考察一个项目。"

宫恪敏感地觉察到她在逃避着什么，追问道："你一个人吗？"

"和同事一起。"

"男的女的啊？"半开玩笑地问。

唐韵的笑容带着点苦涩："有男有女。"

男的是高雷，女的是自己，也不算谎言。

宫恪看出她不高兴，又怕自己紧张过度惹她更不高兴，只能嘱咐："那你自己小心点，注意安全。"

唐韵点了点头。

[35]

前一天管子爆了，是安装集团的责任，把装饰全部泡了，都要重做。装饰集团狮子大开口要两万多的费用，安装集团不愿意出，闹到总包跟前。

总包却不管事。安装集团又嚷着跑到甲方面前，让业主帮着说情。

"你底下的人，你也不管管。"唐韵说。

总包依旧笑嘻嘻的一副弥勒样："我管不住他们啊，操这份心干吗，我就负责罚钱。"

"你收了钱也得管事啊。"

"不管不管，我脸皮比较厚，只管收钱。"

唐韵没花多少工夫就了解到他是高雷的小舅子，这在工地并不是什么秘密。

话说到这份儿上，她也拿他没辙了，只好亲自出面，做装修集团的工作："能不能少一点？两万太多了。就这么一点小活儿。"

装修分包说："两万已经是最低了。况且这漏水又不是我们的责任，不让他们吃点教训以后总是返工怎么办？"

唐韵觉得他说得也在理："那你给我个面子，走账吧。"

"老总，工人要的是现金，走不了账。"

"你现在要让安装集团拿现金是不可能的。我让他们把单子签了，直接从他们工程款里扣。"

现金是从自己腰包里掏招待费。扣工程款走的是公司账户，安装分包能接受。

装修分包想了想，要了两万也划算。

安装分包一路追着要请吃晚饭，好好答谢唐韵。

唐韵被追得烦了，站定转身："饭不会吃你的，你把活儿做得漂亮点就算帮了大忙了。"

话音未落，兜头一股水把几个人全身浇个透湿。

唐韵扶着安全帽抬起头。

楼上的工人说："哎呀不好意思，这儿做测试呢。"

唐韵被气得翻白眼。

换了鞋出门上宫恪的车，宫恪看着奇怪，摸摸她衣服，果然是湿的："怎么回事？"

"工地上做防水测试。"

"第一次听说拿人做防水测试的。"宫恪一句话就把唐韵逗笑了，他接着说，"先回家换衣服吧，这样容易感冒。"

[36]

星期五晚高峰的交通路况堪忧，等送唐韵回家，已经到了该吃夜宵的时间。唐韵干脆洗了个澡，换了简单的针织衫和牛仔裤，化的是淡妆。

"去吃烧烤吧。"

赫连在一旁捂着脸嘲讽："逆生长哦，唐韵。"

唐韵没理她，环顾一下家里，冷冷清清："尹铭翔呢？"

"人家夜生活很丰富的。"赫连没个正经。

"那你怎么吃饭？"

"我减肥。"她一边说，还一边往嘴里塞了片薯片。

唐韵把她拎到宫恪面前："带她一起去吧。"

宫恪想，反正吃烧烤，人多更热闹。

吃到一半，唐韵想起忘了让司机把车加满油送到家里，便出门去安静的街边打电话。

赫连喝了两杯啤酒，话有点多，看了眼落地窗外背对这边的唐韵，视线转回宫恪身上："你们俩是一对。"

"是啊。"

赫连笑着摇摇头："我是说，你们俩天生一对。"

"哦。"宫恪跟着笑起来，"有什么依据？"

"你就当我……"赫连的眼神有点迷离，"神棍，超能力，骨骼清奇吧。我看见了，肉眼可见。"

"看见什么了？"

"一个七千多万次的乘方，你们在一起是这种画面。"

宫恪想她似乎是喝多了，迟疑两秒考虑怎么接话，却被人打断了。

涌出门去的一波人流突然在宫恪身边截停，为首的一个男生惊喜地叫出来："哥！"随后他看见坐在对面的赫连，神色更加惊喜，"女朋友？"

赫连抬头把这七八个人快速扫了个遍，漫不经心地撩了撩自己的刘海，抢在宫恪的解释前露出一个风情万种的微笑："叫嫂子。"

宫恪瞬间石化。

等一群人乐呵呵地寒暄过，说着"不打扰"离开后，宫恪才回过神朝赫连瞪过去："你干吗？"

"替唐韵宣示主权。"

"只是以前的同事啊。"

"不，"赫连咬了口鸡翅说，"那四个小姑娘中有三个心都碎了。"

[37]

司机接了唐韵的电话，立刻向陈骁汇报。

不用公司司机，自己开车去外地。陈骁嗅到一丝避人耳目的气息。

他沉吟片刻，安排道："你按她要求把车送过去吧。确保 GPS 能用。等周一接完她上班你再跑一趟，我要知道这个周末她跟什么人在一起，怎么过的。"

[38]

"两位是一间房吗？"温泉酒店前台小姐从里面递回两张身份证问道。

唐韵点点头："一间。"

高雷在一旁乐开了花，等唐韵取了房卡马上迎上来搂住她："先回房间还是先去温泉？"

"先吃午饭吧，饿了呢。"

"好好。"

唐韵转头叮嘱礼宾把行李直接送到房间。高雷却没注意，他只拿了一件行李。

她点了最贵的菜，要了最贵的酒，三言两语把高雷哄得老脸通红，接着把房卡推到自己和高雷中间，隔着餐桌俯过去，撑着下颌压低声音说："高大哥这两天要什么玩法，二选一？"

高雷被吊了胃口，把手覆上来："有什么玩法？"

"男人和女人的玩法，或者男人和男人的玩法。"

高雷嗤笑出声："男人和男人的玩法怎么说？"

唐韵说："就像你和骁盛其他高管一样啊，你玩你的，我买单，你我抽空谈谈生意。"

高雷的脸立刻晴转阴，把手收回去："什么意思？"

"男人和女人的玩法，高大哥能得到什么？陈骁的一个笑柄，还不能当面笑。"

"老子心里爽就行。"高雷觍着一张肆无忌惮的脸。

唐韵笑起来："钱悬在天上，心里能有多爽。"

她一边玩味似的转着手里的房卡，一边说："施工单位能不能进项目是高大哥拍板，现在决算了能不能拿到钱、什么时候拿到钱，可都是我说了算，我动不动这支签字笔，决定了过去三年高大哥有没有白干。"

"你是在威胁我吗？"高雷眼睛眯了起来。

"我只是小女人抱怨。高大哥在黄伟身上下了那么多功夫，怎么可以眼里没有我呀。"

高雷冷笑一声："谁不知道你是陈骁的人？"

"高大哥以为陈骁为什么说我是狮子璁？因为我不高兴的时候，连砾双的续约都拒签。"

高雷忍俊不禁，觉得有点意思："怎么回事？"

"我这个人啊，有个缺点，玩得起但是放不下。陈骁觉得我的爱有点可怕，不知道高大哥怕不怕被我爱上。"

高雷的笑声有些发虚："开，开什么玩笑。"

"感情纠纷，一旦和事业搅在一起，搞不好就玉石俱焚。和陈骁不一样，高大哥的权杖是国字头，很贵的。"

高雷喝了口酒，冷静下来："你帮我，你想要多少？"

"就一个靠山。我要我现在的位置，高大哥要这个位置上有自己的棋子，这是我们的第一个共识。"

"那第二个呢？"

"这一个就足够了。高大哥比陈骁会用人，不是吗？"唐韵把手从房卡上收回，"把我当一根倒刺用吧。"

"我怎么相信你？情人之间，都是床头吵床尾和。"

"高大哥想试试吗，情人天天在工地呵斥小舅子才刺激，像玩杂技。"

高雷在心中迅速计算后做出决定，把那张房卡接了过去。

"我星期天晚上回来结账。"唐韵说。

[39]

唐韵回到车库里取出行李，步行去附近的一处民宿，现金支付，房东拿了钱就离开，临走说院子里的天然温泉可以用。

她四下打量，觉得条件比想象中的好，这时才放松下来，感到一阵脱力。

她知道高雷不缺女人，他这两天根本不会闲着，但他对自己的需求不一样，更多是和陈骁之间的征服和较量，自己只要露一点怯，就会变成牺牲品。可是高雷也有命门，他恰恰最怕被女人缠上脱不了身。

今天的交易算是半真半假，陈骁一旦在董事会上提出辞退自己，高雷是不会投反对票的。他们的较量还没到亮出牌面的时候。反之亦然。如果让陈骁误以为自己和高雷有暧昧关系，他同样不敢轻举妄动。

在拒签砺双之后，唐韵只有这一条路可以走，要走就得走得认真，戏要演全套。陈骁疑心病这么重，一定会顺着诱饵反复追查自己这两天的行踪，不管他怎么查，自己就是和高雷在温泉酒店度假，两个人，一间房，连车都没挪过一下。

接下来只要熬过这两天一夜就行。

但也是难熬的。

夜里她没有一丝睡意。被褥很潮湿，风摇晃不稳固的门板，吵得心焦，更要命的是，她只要一闭上眼睛，眼前就全是宫恪。

是内疚吧，瞒着他下这种赌注。

他那么简单干净，相信世界上所有的正义，也值得最美好的结局，带着天然的倔强轮廓，像一块炙热的岩石，哪怕会在拥抱时硌痛烫伤彼此，因为自己什么也没有，无论正义还是美好。

唐韵撑着床披上外套，转到院子里，看见微微冒着白雾的温泉，脱了衣服走进去。

温热感把她包裹起来。浑身血液终于各归各位，去了该去的地方。

竹林遮天蔽地，在四周轻摇，发出让人安心的簌簌声。

她贪恋地往下沉，感受着自己被吞噬和覆盖。

不知过了多久，外套里手机的提示音响起，她从水下钻出来，看见宫恪发来的微信："休息了吗？"

她知道自己声音好听，便用语音回过去："睡不着，我想你。"

"我不信，你想我就会先联系我。"宫恪也用语音发过来，他的声音带着一种傻傻的傲娇。

"那你信不信，我喜欢你不比你喜欢我少？"

"也不信，你能喜欢我哪点？我有什么值得你喜欢？"宫恪说到后半句，自己也忍不住笑。

唐韵抬头望着雨一样细碎的星光，用语音说一句发一句。

——我喜欢你藏着天空的眼睛和爱我的心。

——没有杂质的声音和温暖的梦。

——你赶在日晷焦灼之前，从金色的树上找到我。

——汗水从我的经络滑过。

——融化我，送我去一个春天。

——在春天，我和你一起变成露水。

——穿越霓虹，随波逐流。

——你借我一片影子做身体。

——我就可以，像模像样地裁衣，得到两季花期。

——直到风。

——风把我吹落，落进泥土。

——你看一眼躺在泥土里的我。

——我就好像有了翅膀，倒映在一片天空。

　　她的尾音消失在夜色中，又过了好一会儿，突兀的手机铃声刺破了宁静，宫恰拨过来，叹了口气："唐韵，你这是要我的命。"

第六章

卷肽

[1]

禾多和赫连事先联系了夏秋妈妈说要登门拜访，电话里没说是什么事，夏秋妈妈感到有点不知所措。夏秋的父亲在外地讲学，禾多认为不影响，父母如果拿了钥匙肯定会互相沟通。

车停在夏秋父母家小区的临时车位上。

赫连松开安全带，没有立刻下车："给我看一下银行保险箱的钥匙长什么样。"

禾多事先拍了，想用以启发夏秋妈妈回忆的，把手机给她递过去。

"主客钥匙完全一模一样吗？"赫连认真观察特征。

"一模一样。"

"你把照片微信发我。"她估计自己看这么两眼也记不清，稳妥起见。

禾多纳闷她又打什么鬼主意。

下车后赫连果然和她分道扬镳。

禾多指着楼道口："这边。"

"我知道，你走那边，我走我熟悉的路。"她指指夏秋房间的窗台，夏秋家住二楼。

好好的大门不走，翻什么窗？都什么时候了，还在炫耀自己和夏秋过去的交情不一般。

禾多有点无奈："我们现在是要比谁跟夏秋情比金坚吗？"

赫连说："你去吧。阿姨发现了也不会说我的。"

禾多听起来，她好像又在炫耀自己在夏秋妈妈跟前更得宠了。

【2】

"如果她留下过钥匙，而您现在不拿出来，这不是在帮她。"禾多与夏秋妈妈在小圆饭桌前对坐着。

"她要是留下了，我肯定会拿出来，我也很担心夏秋。"

"她跟您联系过吗？"禾多换了个话题。

"没有，自从去年突然通知我们她失踪了之后，"提及失踪，她立刻就泪眼婆娑，"就再也没有她的音讯了。"

禾多总觉得她有所隐瞒，诚恳的语气和突然的眼泪都不假，却像是为了掩饰什么。

她拿出自己的手机，给她看那条夏秋发来的短信："她联系我了，所以我觉得她不太可能会完全不向您报平安。"

夏秋妈妈愣了两秒，拿起手机反复看，眉头紧蹙。

"阿姨，夏秋信任我。"禾多进一步说道。

夏秋妈妈迟疑着说："但她真的没留下过什么，也没有联系我。"

禾多见这条路也走不通，只好叹口气另开话题："那她车祸后除了我们还有谁上门探望她？"

"这和车祸有什么联系？"她有点紧张了。

"我只是想知道她还有哪些亲密的朋友，亲密到可以托付重要东西。"

夏秋妈妈认真回想："除了你们，就只有几个她的客户……"

这时赫连从她身后突然冒出来，把十几张明信片扔在饭桌上："是买这些瓷器的客户吗？"

每张明信片的背面都是一件瓷器，邮戳日期截止到上个月末，保持每月一张。

夏秋妈妈回过头，脸色陡变："你从……从哪里……"

禾多不知道她是想问赫连你从哪里进门的，还是你从哪里找到这些明信片的。

赫连在她身边拉开椅子，用前所未有的郑重语气说："阿姨，这些瓷器我一眼就能认出是夏秋做的，这些花色我却一个也没有见过，如果见过，我肯定过目不忘。我是她这种朋友。"

夏秋妈妈沉默了一会儿。

赫连又把事先打印好的银行流水拿出来放在她面前："夏秋之所以还我钱，是因为她临走前问我借两百万，我眼睛都没眨一下就取了现金给她。她是我这种朋友。"

夏秋妈妈低头认真看银行流水单上被重点划出的那一行。

禾多接着表态："我们不是想找出她，只是想帮她解除威胁让她回来。"

而赫连继续打感情牌："如果我失踪了，我妈一定很想我回家。"

夏秋妈妈盯着流水单犹豫了好一会儿，起身离开，回来时在两人面前放下一把银行保险箱钥匙。

禾多想伸手去拿，她却又把钥匙收回到手里。

夏秋妈妈说："开箱时我也要在场。"

禾多和赫连对视一眼："周一就开吧。"

从夏秋家出来，虽然首战告捷，禾多还是忍不住吐槽："你要是能记住花色过目不忘就好了！"

明明连个钥匙特征都记不住。

赫连抬头望天，耸耸肩："输了就认输，管人家怎么赢的！"

[3]

唐韵把车驶入高速休息区，宫恪没有在室内餐饮部等待，而是站在停车场一片灯光照不到的暗影里，等到唐韵的车开过来，远光灯正好把他打亮。他单肩背着双肩包，在摇曳不定的车灯光线中走进她的视野。

他真好看啊，有种毫不自知的帅气，唐韵被突如其来的喜悦和骄傲攫住了，忘了拉手刹，打开车门后车又向前滑了出去，这让她一阵手忙脚乱。

宫恪再次拉开门，把她从驾驶室抱下来。她才刚呼吸了第一口户外的冷空气，就被他紧紧包裹在怀里。

他们在车门边亲吻，一个很深很长的吻，和以前的不一样，很温柔酥软，好像在回应她前一晚的诗意。

高速路上呼啸而过的喧嚣都变得抒情。

他来之前想好了很多要对她说的话，吻上她之后脑子就像被格式化了，什么也记不起来。

她的声音和晚风缠在一起，把他从迷失域拖出来。

"你的车呢？"

"没开车，我帮你把车开回去。"

唐韵让到副驾座，上车时突然想起，他上次帮自己开车也是晚上，是一个糟糕的夜晚，自己从路边被捡起。他会不会有一点英雄救美的情结，很珍惜这种摄魂夺魄的相遇？

但他现在又回到平淡日常中了。

"吃过晚饭了吗？"

唐韵回过神："打算回上海再吃。"

宫恪从书包里拿出一个三层饭盒："吃这个吧。我妈叫我回家吃饭，我说我要去接女朋友，她就坚持让司机送来。"

唐韵接住饭盒，沉甸甸的："你自己怎么不吃？"

"吃过了。有两份。"

她打开饭盒，边吃边问："你每次恋爱都第一时间向家长报备吗？"

"我每次？"宫恪侧过头瞥她一眼笑了笑，"我以前就谈过一次。"

唐韵其实不意外，他平时做事稳重，可一到了感情方面就丢盔弃甲地暴露出青涩，什么心思都写在眼睛里。

"哦，白月光。"她故意开玩笑。

宫恪说："相亲认识的。"

这才真让人意外，唐韵歪过头，看着他的侧脸笑："你？相亲？"

宫恪有点无奈："去年年初，我妈跟我爸说怀疑我不正常，非要让我处一个试试。"

"处得怎么样？"唐韵脸上尽是幸灾乐祸。

"那孩子说话做事都是我妈给她支的招，太别扭了。"

明明自己也没多大，还叫人家"孩子"，唐韵想笑。老年人支的招，可以想象，表达的都是老年人的浪漫。

"谁让你不跟同龄人谈正常恋爱。"

"工作忙，也感觉没必要，又不是一个人过得不好。"语气还是那熟悉的傲娇调调。

"那现在怎么想通了？"

"一个人过不好。"

唐韵忍俊不禁，随后感慨："挺羡慕你的，父母虽然离婚还能有商有量地关心你。"

宫恪抽空看看她："你呢？完全不联系吗？"

"他们各自成家了，我妈生完孩子就没再联系过我，我爸六年前从香港给我打过一次电话，劝我练法轮功。"她的语气像说了个和自己无关的笑话。

但宫恪知道她心里认真，没有笑："一个人走到现在很难吧？"

唐韵没回答，只低头默默扒拉饭粒。

宫恪一只手扶着方向盘，腾出另一只握住她的手："以后两个人了。"

也不是没有过两个人的时候，但能一起走多远呢？唐韵不禁想起郑健，两个人虽然不温不火，但也有过一起打拼感到相濡以沫的时候。

"两个人有两个人的难处，"她出神地说，"我们可以互相信任吗？"

"我信任你。"

他和郑健不一样，总是像懒得说话，寥寥数语，理直气壮，你爱信不信。

她一点也不怀疑他的真心，可誓言是一回事，现实面前总是另一回事。自己的处境时而水深火热，像昨天的事常会发生，谁也说不好会不会引起误解。

"你答应我，"她有点忧心忡忡，"以后不管看见听见什么，你都要给我一次亲口解释的机会。"

"给你一万次。"宫恪一本正经。

唐韵笑起来，抽出手推他的肩。

[4]

周一早会，唐韵照例坐在陈骁右边，她有个习惯，开会时为了不受不断闪烁的信息提醒影响，总是把手机反扣在桌面上。现在两人手机的距离不到半米。

陈骁的手机是陈骁特地放在右边的，只要她几分钟内不看手机，就能神不知鬼不觉地装上一个后门程序，以后她对每个人说的每句话陈骁都能听见，不限于来电，麦克风无时无刻不在收音，只要她把手机带在身边。

而唐韵从来不会让手机离开自己。

没注意到陈骁这一刻全部心思都集中在两个手机上，罗耀用痛心疾首的语气做完了检讨："……收购的情况就是这样，KNE应该是先一步得到了消息。"

陈骁问王副总："你有什么想法？"

"动作太慢了。如果贷款早点下来，不至于会是这个结果。"

罗耀用意味深长的眼神看向唐韵："谁能想到贷款会遇到阻力。"

唐韵知道他也对梁欢的作为心里有数了，当然，他又不傻。

"确实。"王副总说，"行政上也没有配合好。"

听这话的意思，王副总也知道问题出在梁欢，却不知道因唐韵而起，还以为他自己招聘梁欢的过程中有什么失误。

陈骁看了眼自己的手机，抬起头："保密是个重要问题，各部门都要注意，特别是IPO到了临门一脚的阶段，我不希望再出任何差池。"

唐韵不懂他为什么没拿梁欢做文章，而是马上把话题转了。

"一期决算现在进行到哪一步了？"

她听见陈骁问自己。

"目前主要配合专家组工作，提供相关资料，预计总时长要半年。"

"不着急。"陈骁说，"可以适当缓一缓。你先专注帮王副总定一下风控新部门的人员名单。"

上周逼自己续签砾双时，决算挂在嘴边像一件迫在眉睫的事，现在又变得可以"缓一缓"了？陈骁是想用这个牵制高雷。目前唐韵不急于做出反应，要静观其变，等陈骁和高雷的关系再清晰一点，确实应该缓一缓。

"明白了。"她说。

会议一结束，唐韵就发现手机中有四个未接电话，都是赫连打的，她回拨过去。

赫连抱怨说："你可算接电话了。有钥匙但怎么也猜不到密码。我都想买个帐篷在银行扎寨了。"

唐韵报了两个日期给她："你试试这两个日期的组合。"

赫连一边找笔一边问："这是什么日子？"

"对我和夏秋很重要的日子。"

赫连在电话那头发出"喊"的一声。

[5]

即使技术可行，从现实来考虑，陈骁也不可能从早到晚地去听唐韵的动向，但安排谁来处理这件事，他又想不到一个可靠人选。

公司员工，即使是金凌，陈骁也不能完全信任。唐韵有些手腕，在公司活动肯定会建立自己的人脉，梁欢就是前车之鉴。局外人都有可能和她利害相关。

他需要一个根本不认识唐韵的人，并且有充足的时间，同时又是他信任的。

[6]

禾多和赫连终于走了出来，夏秋父母从等候区站起来用期待的目光迎向她们，但等待他们的回答却让人大失所望。

赫连拿出一个银行小袋子递给她父母："保险箱里只有这根一百克的金条，我看不懂有什么意义。"

夏秋妈妈一脸错愕地接过去，往小口袋里看了一眼，接着就不知该继续拿着还是放下了。

"你们帮她保管吧。"赫连说。

等到终于把两个失落的老人送上出租车，禾多才转过头对赫连说："这么多年终于知道谁在夏秋心里最重要了？"

赫连闷哼一声，依然不服气："也许只是夏秋觉得唐韵比较聪明，那有什么，我也觉得唐韵比较聪明。"

禾多望着出租车远去的方向出神："夏秋爸妈不会把金条换了花的。"

"我知道。我就是补偿心理。"

[7]

会后，罗耀没回他自己的楼层，而是径直走进唐韵的办公室，陈小希没拦住他。

他大剌剌往沙发上一坐："唐韵，你是不是该给我个解释？"

唐韵给追进来的陈小希使了个眼色，让她退了出去。

她自己倒了杯咖啡给罗耀，放在他面前："我向你道歉。"

"什么？"罗耀蹙了蹙眉，坐直了。

他本是来闹事的，唐韵这么痛快地道歉反而让他一肚子讥讽没了落点。

"梁欢是个独立的人，我左右不了她。但我必须向你道歉，这件事因我而起。你一整年所有精力都泡在这上面，她一来就把一切都毁了。"唐韵说。

"你打算怎么处理梁欢？"

"轮不到我处理，王总招的她。让我猜，他们会把她调去云南项目点，但我不会让它发生。"

罗耀冷笑出声："你刚向我道歉，现在又要保梁欢。"

"梁欢来去都不重要，她一个人担不下这件事，可以说，她根本不够格。所以就没必要无谓牺牲了。"

"你要担？陈骁报复心很强的，别怪我没提醒你。"

"让不让我担，也不归我说了算。"

道理虽然没错，但罗耀还是觉得她太傻，贷款一事可以说和她有关，也可以说和她无关，看陈骁怎么选择。但她非要保梁欢，就相当于表面功夫也不做，根本不给陈骁选择的机会。

就算拿准了陈骁不会动她，也该考虑留个台阶，否则让陈骁的威信都没了支点。

不管了，这些都和自己无关，用不着自己操心。

罗耀换了个思路："你和陈骁出了什么问题？"

"本来就没有任何关系，是你非要加剧情。"

"那还是我的错了？你是说你到今天这个位置，谁也不靠，完全是因为天赋过人？"罗耀甚至有点怀疑，唐韵是不是低估了自己的智商。

唐韵平静地说："你怎么到你的位置，我就是怎么到我的位置。"

罗耀大笑两声，点点头："就算是这样吧。就像你说的，你是草根，我也是草根，你干吗要追着我倾轧？你把工作当成儿戏，有人为你烽火戏诸侯，但你能不能考虑一下诸侯的处境？"

"所以我们握手言和吧，至少还有四个月要共事，逃不掉就只能合作了。"

罗耀一愣："为什么是四个月？"

"上市成功秋后算账，陈骁不会留你，也不会留我。"

"这你可不要说得太绝对。"他笑得不太自然了。

当然罗耀也考虑过陈骁目前留用自己的原因，他只是不太愿意细究。唐韵把帷幔揭了，直指要害，他有点不想面对。

"承认吧罗耀，你在核心圈外，我也在，我们俩才是同僚，没机会碰到骁盛任何一点敏感地带。"

"你又怎么了？"

"提交的内控部门人员名单全换。"

"金凌换的？"

"应该是陈骁授意。"

罗耀开始有点相信她和陈骁的关系并不是自己想象的那样亲密。

但这会不会又是陈骁的一种试探？

"你跟我说这些干什么？"

"结盟。"

罗耀哑然，随后微笑起来："我有什么好处？"

"我可以帮你谋一个好职位。"

"你自己的未来都没有着落。"

"那你说说有什么坏处？"

"你和陈骁作对，不觉得有点自不量力吗？梁欢这件事，如果我一进门你就弃子，我们还可以谈下去。但是你心太软，当断不断，反受其乱。"罗耀站起来，慢吞吞地把裤腿上的褶皱拍抚平整，"你还够不上做陈骁的对手，我也够不上。"

不管是不是试探，这样的回答都是上策。

如果不是试探，那唐韵就是玩火自焚，他也最好不要和她有任何瓜葛。

[8]

唐韵一上车，宫恪就先声明："今天不能陪你吃晚饭，单位要加班，我送你到家就得赶回去。"

唐韵拽安全带的手慢了半拍："你忙的话就不用来了啊，我这里又没什么要紧事。"

"那不行，我一天只有这么点时间和你见面。"宫恪把车启动，"另外，我也得送你点什么才行。"

他送个礼物都分外害羞，把东西直接扔到唐韵的裙子上，眼睛立刻回看路况，像是非常保命。

是一盒烟。

唐韵有点困惑，打开才知道不是烟，只是长得像烟，电子烟。她抽出一支绕在手里，感觉多了点重量，笑起来。

"我不是想改变你的习惯，只是想让你知道有其他选择。"

唐韵试了试，吸进嗓子里是凉凉的薄荷味，勾起嘴角："小清新。"

"这周五我妈想给我过个生日，你愿意来吗？"

"人多吗？"

"应该会很多，她喜欢热闹。"宫恪担忧地补充，"沈昱也会在，你介意吗？"

唐韵觉得薄荷味细品也有点苦涩。

这一天总要来的，当听说沈昱是他舅舅时就已经有了心理准备。沈昱之所以二十多岁管理三十亿规模的基金，成为 KNE 股东，是因为他有两个担任省部级要职的兄长。

家里有三位直系亲属是这样分量的人物，宫恪妈妈在社交圈的地位会是核心中的核心，组的局不是一般的家常便饭，那是唐韵父母都踏不进的圈子，她自己更只是无名小卒。

她见过形形色色的宴会和饭局，一个人社会地位的高低决定了她受到的尊重。她害怕宫恪会因为自己被看轻而受伤。

而宫恪却一叶障目到以为这将是一个三角恋修罗场，主角是他、唐韵、沈昱。

唐韵也不知道该如何向他说明，甚至疑惑是不是应该由自己来说明。

"我不介意，"她笑了笑，"我怕沈昱介意。"

宫恪说："你不用在意他，我已经跟我妈打过招呼。沈昱要让你难堪，她第一个不答应。"

唐韵哭笑不得。

他怎么什么都跟他妈妈说？他妈妈怎么宽容度这么高？

"跟我爸离婚后她都已经换了四个男友了，她很开明的。如果你不想来我也能理解。"宫恪退了一步，但重点好像还在苦恼于三角恋。

唐韵都觉得他有点可爱了，笑着吸了口烟："你每年过生日都这么大张旗鼓吗？"

"没。我妈今年特别兴奋，拉大旗作虎皮吧，其实只是想找借口见你。"

唐韵更无言以对，这哪还有推辞的余地。

"我知道了，我会去的。"

"你不用勉强。"宫恪还有点不放心。

唐韵忍不住亲了亲他的脸颊："你在哪里，我就去哪里。"

[9]

宫恪送唐韵进门时，禾多、赫连、尹铭翔三个人仍然聚在餐桌前虎视眈眈地对着那封信。

"怎么了？"唐韵感受到气氛过于凝重，连本打算马上离开的宫恪也好奇地跟了进来。

禾多先递来那张大家都能看见的 N 次贴："你自己看吧。"

N 次贴是留给唐韵的，就一句话：唐韵，信中内容半点都不要向我父母透露。

唐韵一头雾水："保险箱里就一封信吗？"

赫连把信递给她。

信函密封了，信封上明确写着"唐韵亲启"。

"那你们怎么答复她父母的？"唐韵边拆信边问。

禾多用下巴点点赫连："她当场在银行买了根金条，骗她父母保险箱里就一根金条。"

"她父母没怀疑吗？"

"怀疑了又能怎么样？"赫连捧着脸问唐韵，"信里说什么？搞得这么神秘。"

刚看了个开头的唐韵险些没站稳，后退两步，摸着椅子坐下。

夏秋的笔迹她认得出，错不了。

白纸黑字，错不了。

是夏秋一贯的语气，她很擅长用最平淡的语气叙述最凶险的经历。

但她写下这些字的心情却都一目了然。

唐韵：

当你看见这封信时，说明最坏的事已经发生了。

我不知道自己那时是死了还是遭遇了其他不测。陈骁已经蓄意谋杀过我一次，并且带走了我最后的孩子，我无法坚信他不会再次痛下杀手。但我还是决定找他对质，想当面问个明白，否则，我死不瞑目……

[10]

陈骁只是回家落个脚，吃完晚餐就要赶去机场见人，保姆把菜端出来，他说："不用那么多，也不用开酒。"

保姆愣了一下，又把已经端出来的四个菜端回去两个。

陈骁不禁笑起来，但很快就收住了。

这保姆五十多岁，是和夏秋结婚以后才雇的，但也已经用了七八年。平时她和夏秋倒会聊聊天，不太敢和陈骁说话，喊陈骁"先生"，称夏秋"小姐"，听他们夫妻吵架时会关起门不出房间。不多事，也不多话，陈骁对她是放心的，家里内外没有避讳她的地方。

陈骁想，她总不会与唐韵有什么瓜葛吧。

"你来一下。"他把笔记本电脑打开在她面前，"你帮我听着这个，会自动录音，你只要记下来她和谁在对话，男的女的，有哪方面的内容，像列个提纲，明白吗？工作对话要特别留意。"

保姆只问了一句："是谁啊？"

陈骁说："我下属。可能在出卖公司的商业机密。"故意唬她。

[11]

唐韵看完信，感到自己像一株植物被连根拔起，力气在最后一瞬间之前顺着椅背沿着地面通通流走了。

"到底什么情况？"禾多在催问。

唐韵长叹了一口气，整理了一下思绪。

"我长话短说吧，夏秋认定那场车祸是陈骁安排的，为了杀她。"

房间里寂静了几秒。

"陈骁为什么要杀夏秋？"赫连深感莫名其妙，"有什么矛盾不能离婚吗？"离婚在她看来完全是小事一桩。

禾多也心有余悸："但夏秋当时怀着孕啊，难道孩子不是他的吗？"

赫连立刻看向尹铭翔。

尹铭翔像拨浪鼓一样摇头："不是我的。"

赫连问唐韵："陈骁脑袋出了什么问题，杀妻杀子有什么必要？你把信给我，我去对门当面问问他。"

"夏秋和你一样的想法，这封信是问之前写的，问了之后她就失踪了。"

赫连吓得把手缩回了袖子里。

"会不会是夏秋搞错了？她有什么根据指认陈骁是凶手？"

"她在家里休养时发现了剩余的药片，拿去化验后产生了怀疑。再加上车祸逃逸感觉蹊跷，所以去调了监控。"

"不是说没有监控吗？"赫连看向宫恪。

宫恪也一头雾水。

唐韵继续解释："不是路况监控，是夏秋家的监控。陈骁疑神疑鬼，在自己家内部也装过监控，这事夏秋是知道的。"

"留下什么证据了？"禾多问。

"视频。陈骁在书房和吴嘉玲通电话，安排车祸细节的视频。几点钟，走哪条路，车祸发生后吴嘉玲怎么处理，准备什么手机号报警。全都录下来了，陈骁没想起及时清除记录。"

"那这视频现在……"

"如果夏秋去质问了他，多半已经被陈骁抹掉了。但夏秋说，她拷了一个备份放在 U 盘里。"

"U 盘呢？"

"藏起来了。她信里说，也不想让我帮她报仇，只是如果她发生了不测，希望我能……"唐韵照着信的结尾念道，"阻止陈骁陷入更疯狂的境地。"

尹铭翔听不下去，气得起身在一旁乱转："陈骁到底哪点好？都这样了她还护着！"

禾多被他转得更加心烦意乱："你先坐下来，不要争风吃醋了。"

赫连问唐韵："我能看吗？"

唐韵把信给她。

赫连看了几眼，简直气得血压升高，也站起来："去质问他吧，我们一起去，他总不能把我们每个人都杀了！"

唐韵摇摇头："没用的，陈骁不会承认，夏秋把 U 盘藏起来，我们没有证据，他就算看了这封信也可以说这都是夏秋的臆想。"

赫连想起上次监控事件发生后陈骁的狡辩能力，一时也没了主意。

"但肇事司机我们已经知道是谁了，可以找来问话了吧。"宫恪提醒道。

唐韵还是摇头："肇事司机不知道是谁，这是陈骁最擅长的，一箭双雕。肇事司机是一个陈骁想要抓住把柄控制的人，吴嘉玲只负责给他下药让他临场反应能力下降，并在车祸发生后劝他逃逸。因为电话里陈骁一直用'TA'来代称，所以夏秋也听不出是谁，甚至不知道男女，但她猜是男的。"

"那你说的这个吴嘉玲，肯定知道司机是谁吧。"宫恪说。

"吴嘉玲帮陈骁干过不止一件脏事了，"禾多看看唐韵，"她心理素质很好，没证据套不出什么话。"

"心理素质能有多好？"宫恪才不信。

"时机成熟的时候，你是可以把她找来问话。"唐韵对宫恪说。

"怎样才算时机成熟？"

"现在你去问她，手里只有一个刚失去孩子的母亲的手写信，"唐韵抖了抖手里的信纸，轻飘飘的，"一旦被她溜掉就会打草惊蛇，我们领先的优势也消失了。"

赫连听不懂："我们领先什么了？"

宫恪替唐韵对她解释："陈骁现在不知道你们手里有这封信，也不知道你们在追查车祸，甚至有可能他不知道夏秋留了视频备份。"

"那我们现在是什么打算？找出司机或者找出证据，揭穿陈骁？"赫连追问。

"是我。"唐韵说。

"什么？"赫连微怔。

唐韵看了看其他三人："信是写给我一个人的。"

房间里再度陷入寂静。

"陈骁连自己的妻子孩子都能痛下杀手，已经没有人性了。"唐韵接着说下去，"再往下查会很凶险。夏秋也不希望你们全都卷进来。"

"什么意思？你的命不是命吗？"宫恪气不打一处来。

唐韵摸摸他安抚道："别这样说。"

宫恪冷静下来："先查药品来源吧。"

"什么药？"禾多问。

"夏秋送去化验的药，是下给肇事司机的，奥氮平，精神类药物。"

"那还查什么？"禾多说，"陈萱的吧。她发病的时候有一次差点把孩子掐死在水里。后来一直大把吃药。陈骁要从她那儿拿点药很容易。"

"这家人怎么回事？有杀子基因吗？"赫连突然想起什么，"陈萱会不会是同谋？"

禾多摇头："她要是同谋，就不会把车祸当都市传说讲给你们听。"

赫连又没了头绪，转向唐韵："还剩下什么线索？"

唐韵按住自己乱跳的眼皮："我得想一想。"

[12]

唐韵躺在床上盯着天花板上的一个点，睡意全无。她无法阻止自己反复去想陈骁和夏秋。

赫连说得没有错，普通的夫妻矛盾离婚就可以解决了，不太可能导致杀人的后果。陈骁这么缜密地事先布置制造车祸，既不是冲动作案，也不是精神病倾向。

他这个人非常理性，平时做事就不太受情绪左右，一切只以利益为重。以唐韵对他的了解，设局也好，杀人也好，陈骁看起来只可能为了利益这么做。

可是夏秋与他的利益会有什么联系？夏秋没参与过公司事务，行业根本没有交集，就算夏秋是无意中目击了他不可告人的秘密也不会对他产生威胁。

毕竟现在夏秋手里有视频证据也没有用来对付他，有什么必要非得杀掉夏秋呢？

夏秋这条线，好像进入了死循环。

但是从要控制什么人那条线入手，就简单多了。陈骁用吴嘉玲，多半与和盛、砾双的利益链有关。他想要控制的人没办法用常规手段收买或胁迫，才会出这种险招。

车祸肇事者至今不知所踪，就意味着陈骁的算计成功了，这个人现在已经在他控制的范围内，会是谁呢？

唐韵拿定了主意，要从公司查起。

金凌、罗耀、高雷、丁羽良……围绕在陈骁身边的这些人的脸在唐韵眼前走马灯似的转，他们之间的利益关联扑朔迷离，该怎么套出话了解真相？

顺着钱。

说话可以掩饰伪装，真金白银是没法作假的，从账上能看出很多信息。

唐韵翻了个身。

现在正好有个契机，以前与发行工作组的对接一直是金凌主导，自己要找机会利用上市前最后的尽职调查介入财务调查。

[13]

陈骁回到家时已经过了午夜，一开门厅里面就自动亮起了灯。

保姆默然地替他从鞋柜里把鞋取出。

陈骁觉得说不出哪里怪怪的，她很反常，脸上多了一层惊恐的色彩。

果然她转身离开后还是忍不住停下来："先生，我帮你听的录音和笔记都给你放在书房了。"她抬起头飞快地扫了陈骁一眼又重新低下去，"先生，你是不是像他们说的那样杀了小姐？"

"什么？"陈骁觑起眼睛。

客厅里一地玻璃碴碎瓷片、警察进进出出取证的时候，她都从来没有问过这个问题。

唐韵说了什么这么带有蛊惑性？

他斟酌着该如何回答她，不经意舔了下嘴唇。

光是这个动作就把这位老阿姨吓得一哆嗦。

陈骁有点无可奈何："你看我平时怎么对小姐？像是会杀她吗？"

保姆拼命地摇头，弓着身子退到阴影里，目送他撑着楼梯扶手往楼上走去。

她回到楼下自己的房间，把门反锁上，过了不知多久，听见二楼书房传来此起彼伏的巨响，是什么东西被摔得粉碎的声音，和女主人失踪那天晚上一样。

[14]

唐韵在金凌办公室门口敲了敲门："我可以进来吗？你助理不在。"

金凌站起来，把她迎向会客区："我想喝甜一点、不太健康的那种咖啡，她帮我去买了。有事吗？"

唐韵把文件夹打开放在金凌面前："我核对了公司上两个季度的账目，工程款和招待费数额与项目实际数额相去甚远。我需要看原始账目，财务科的人说这事得问你。"

金凌没有直接回绝："你怎么又突然关心财务上的事了？"

"如果没记错，我也算是 IPO 决策委员会成员之一，当然要关心财务。"她说得冠冕堂皇。

金凌回以更冠冕堂皇的话："财务部分之所以需要财经公关公司介入，当然要满足相关的披露要求。有什么问题？"

"陈总让我进行风险因素评估，我必须确认财务报告的可靠性。"

"风险评估有我与投资银行发行工作组对接，陈总是很放心的。"

"我指的是公司内部控制。"

金凌缓慢地眨了眨眼睛："你知道，这就是走个流程。"

"原来是走个流程。"唐韵微笑起来，"这就是你无视根据内控需求调整后的组织架构，继续把丁羽良放在监督部门的原因吗？"

她装作不知道更换名单是陈骁的授意。

"丁羽良是公司业务方面的专家，本身也在IPO工作小组里，你对她有什么意见？"金凌装作不知道她和丁羽良的矛盾。

"我认为合约部的体系和制度不能独立运作，同时，财务管理体系也不够独立。两个部门的管理人员都对运行和风险缺乏独立判断。"

"骁盛是私企，所有人当然都像卫星绕着恒星一样为老板做事，独立判断？太理想主义了吧。"

"那你呢？也放弃独立判断了吗？"

金凌淡淡一笑，不说话。

"我不认为你是陈骁的人，你没必要带着全部身家上他这条船。"

"随你怎么认为。"她话里有话地启发道，"你知道陈骁上面是谁吗？"

"不管是谁，上面的人不会为他保驾护航。他现在船体一旦破损就是大漏洞，没有人会保他，谁敢公然出面承担让国有资产流失的罪名？"

唐韵把这六个字揭开了，让金凌瞬间严肃起来。

她压低声音："你已经说得够多了，回去吧，财务的事你离远点。我是出于善意提醒，别跟陈骁作对。"

"这善意不能用在对的地方吗？我只想看原始账目。"

"唐韵，听我一句，明哲保身。"

[15]

那封信是个麻烦。陈骁冷静下来想。

视频备份自然是最大的麻烦，但现在没有人知道在哪里，只要夏秋不出现就不会带来实质性的危机。信不一样，虽然不能作为呈堂证供，但是给对了的人看，可能会引发毁灭性的灾难。

另外，金凌和唐韵的对话也让他不太痛快。

金凌没有如想象中那样对自己百分百忠诚，面对四处打探的唐韵，她应该替自己摆平并且告诉自己，但她什么也没做，言语中还似乎在担心唐韵。

这算什么？女人间的惺惺相惜吗？

她一向理性，这次着实让陈骁感到失望。

看来有必要找她谈谈，提醒她记住她丈夫的事业比唐韵重要。

这些天过得愁云惨雾，但总算也有个好消息，司机来汇报调查的结果，唐韵周末的确和高雷在一起。这层关系用得巧，陈骁就能成功甩了高雷这个包袱。

他把内线电话打给唐韵的助理，助理说唐韵下班了，这时他才发现夜幕已经降临。

他又换了手机拨通唐韵的手机："你今天走得很早。"

"是的，因为被架空了，没什么工作。"唐韵用平淡的语气说。

陈骁蹙眉，她现在说话已经公然带刺了，一个高雷就让她这么嚣张。

"你明天上午十点来我办公室一趟。"陈骁慢条斯理地强调，"是十点。不是九点五十九分，也不是十点零一分。"

唐韵挂断手机，心里骂了一句神经病。正常人会这么说话吗？摆明了一个控制狂。夏秋看男人的眼光真是一言难尽。

她无意扫一眼桌面，才意识到自己又在抽烟，愣了两秒，把烟灭了。

想知道宫恪在干吗，便给他直接打了电话。

"加班。"他听起来在户外，"晚上还得排查两个区域。"

"注意安全。"

"没有危险。"宫恪毫无停顿地回答。

唐韵的笑容松弛一点，也觉得自己是过度紧张了："没事，你忙吧。我就是突然想你。"

"突然？我可是无时无刻不在想你。"语气是一种自嘲的惨。

唐韵又笑起来，拉开抽屉准备找电子烟盒。

"唐韵……你有没有考虑过……"宫恪在电话那头犹豫了一个短短的空白帧，"算了。"

"考虑什么？"她反而被吊起了胃口，"话说一半也太可恶了吧。"

"你觉不觉得……"斟酌着换了个说法，"你住在朋友家……"

"信不见了。"

话题转折得莫名其妙："什么？"

唐韵把整个抽屉拉出来，一阵乱翻，真的不见夏秋那封信的踪影。明明记得放在抽屉里用电子烟压住的。

唐韵有点慌了神。

"夏秋那封信找不到了。"

"你上班时房间不锁门吗？"

"呃……没有……白天赫连在家嘛。"

宫恪没懂其中的逻辑，赫连在家和不锁门有什么关系，不过他说："那你问问赫连吧。"

这个点赫连和尹铭翔都在家。

唐韵把他们从楼上叫下来问："夏秋的信我本来放在抽屉里，现在不见了。今天家里有人来过吗？"

赫连摇摇头："上午没有，下午我出去了。"她又看向尹铭翔。

尹铭翔说："我今天上班，一整天不在家。"

"那会去哪儿了？"

"该不会被陈骁偷走了？"赫连一下子紧张起来，问尹铭翔，"你是不是又没关好窗？"

"我不清楚，我出门也没检查。"

"是陈骁的可能性不大吧。"唐韵指出，"陈骁根本还不知道有这么一封信。"

"这么说的话，那就只有一个可能。"赫连双臂交叉在胸前，一脸严肃，"肯定被李禾多拿走了。"

唐韵停顿了两秒："她为什么要拿走？"

"因为她坏。"赫连接话飞快。

唐韵无奈地叹了口气："她有什么条件拿走？昨天她离开以后我才放进抽屉的，她今天又没来过。"

"她可以翘班，可以偷偷溜进来。"

"那你说她有什么目的？"

"使坏。"

唐韵无言以对。

"否则你怎么解释？知道这封信存在的只有我们五个人，你和宫恪没拿，我和尹铭翔没拿，还剩下谁？"

唐韵垂眼沉思，最后点点头："我知道了。"

其实她并不知道。

赫连排除嫌疑人的方式太草率了。

[16]

早晨一上班，唐韵就在陈骁门前不停看手表，但没进去。

助理看着纳闷，憋了好久才问："要帮您联系老板吗？"

"等一会儿。"

陈骁要用这种方式声明他的权力，唐韵觉得反正也没什么损失。

到了十点整，她对助理说："打电话吧。"

陈骁早就在办公室里，唐韵进门后他没有任何表示，没有让她坐，没有说话，甚至没有看她。

唐韵站着等他看了十分钟的文件，最后说："陈总，您没事的话我先回去工作了。"

陈骁抬起头："不是说没有工作吗？等一会儿怎么了？"

这个人报复心真强。

唐韵又站了一会儿，他才慢吞吞地开了口："二期施工，重新招标吧。"

"怎么了？"唐韵有点意外，为什么陈骁这么快就开始清理高雷的队伍。

"听顾峥说了，施工质量不好，这几个队伍我不满意。"

"现在换，会影响工期的。"她试探道。

"光赶工期，不重质量吗？"陈骁把手中的文件夹往桌上一扔，向椅背靠去，"你这个项目经理怎么当的？工地上漏洞百出也不向我汇报。"

唐韵神色平静："我没想到您突然愿意听这种汇报。"

陈骁看见她手里拿着文件夹："那是什么？"

唐韵把手背到身后，明目张胆地不给他看，反问道："不能决定签不签字，不能决定施不施工，芝麻绿豆的小事都要汇报请示，陈总，您给我的职位是公司副总吗？"

"薪水相符吧。"他冷笑了一下。

"我能提问吗？为什么把我找来？是什么让您觉得我特别有做傀儡的天赋？"唐韵笑着问。

这问到了陈骁的痛处。

他需要一个人选，履历能通过董事会的审核任命，但能力匹配不上履历。唐韵在传闻中是个靠姿色上位的花瓶，他以为正合适，谁知低估了她，如今有点骑虎难下。

陈骁拧着眉心："我以为你明事理。"

"是因为夏秋明事理才跟她结婚的吗？结果发现判断失误？"没头没脑地偷换了概念。

陈骁冷淡地盯着她，从牙缝里挤出声音："办公室里，谈公事。"

"好。"唐韵这才把手里的文件摊开在陈骁面前，"这是您让我做的风险评估报告。识别出三十九种一级风险，二百一十一种二级风险，六百九十七种三级风险，七千五百五十八种四级风险。和发行工作组做出的评估出入很大，我是不是应该和工作组沟通一下。"

陈骁只是让她走个过场，没让她较真，她倒好，反口说是自己让做的。

"你到底想干什么？"

"取决于您到底想让我干什么。"

"老实待着，别坏事，很难吗？"

"截至目前，我所做的都是您指派给我的工作，到底坏什么事了？"

陈骁的嘴角往外一扯："你以为你去找金凌，金凌不会告诉我吗？"

唐韵没有回答，她的瞳孔收了收，又略微扩张。

陈骁知道她被慑住了，接着说："别白费心机。你休两个礼拜假吧，也许休息一阵你就想通了。"

[17]

唐韵下班后要先回家梳妆打扮换衣服，考虑到周五晚高峰，坚决反对宫恪来接送。

宫恪便先回家去帮忙接待客人，说是帮忙，也没什么可帮忙的，宴会请了专业的人操办，等他到达时客人也已经到得差不多了，都聚在主楼厅里聊天。

比较喧嚣的圈子都是以商人为主，太太小姐们莺歌燕舞，身上都是有品牌的礼服，她们的审美无条件被那么两三个设计师左右，最近两年集体走飘飘欲仙路线，满眼都是薄纱。

沈昱的女朋友算是把纱裙穿得很出众的，她裸着背，俯身时看得见脊椎的走向，长裙深青色，边缘像环绕着雾气。

沈昱之所以混在这些人里，主要是因为 KNE 这个重大投资败笔。他站错了队，输得元气大伤，给观望者留下了坏印象。他心气又高，第一次遭遇这种挫折，现在有一种遁世逃避的倾向。

但他肯定还会回到主流圈去，他心不在焉地应付着面前几个夸夸其谈的投行人士，他们掌管着比他多得多的基金，但那又不代表身价，他们的命运被别人掌管。

主流圈三三两两地散落着坐，不习惯扎堆，穿得朴素而日常，仿佛都是下班后顺便过来的。讨论的话题很一致，关于山水，关于种树，关于哪个乡镇上风景好而房价低，好像人一老就自然开始向往田园。一些有野心的企业家穿梭其中，妄想从田园话题中听出政策风向。

宫恪和年轻人在一起，几个女孩抱怨着八点上班起不了床，男孩们在讨论茅台的酒价和股价，穿铆钉高跟鞋的留学党一般不会走到这群人里来，但有个市领导的外甥女是例外。

她从沃顿毕业，现在也正捣鼓基金，全身晒成小麦色，是西方人欣赏的体型。她在这里不用迎合哪个长辈的保守，无法无天地高调。

她看宫恪老是低头摆弄手机，强行拉他靠在离门口最近的楼梯下，对一个个进门的宾客品头论足。

"这张脸和刚过去那张脸是同一个大夫削的。"

宫恪抬头看过去，笑了："你别那么毒舌。"

"服了，居然还有人穿牛仔裙。"

宫恪说："人家是大学生。"

外甥女小姐睨他一眼："你还是警察，你怎么不穿制服来？"

　　唐韵发了条微信说下高架有点堵，宦恪回复她不用着急，心里有点懊恼，早知道还是应该去接她。

　　外甥女小姐见他沉迷手机不能自拔，突然伸手把手机抽走了："和女朋友聊天呢？"

　　宦恪占着身高优势，又轻而易举地把手机拿了回来："别闹。"

　　"今天会来吗？"外甥女小姐露出八卦脸。

　　宦恪不想给她八卦的机会，淡淡地反问："你呢？你的伴儿呢？"

　　"还在加班。我等会儿吃了饭也得早走，换了皮去做加班狗。"女孩一边说，一边还在用挑剔的眼光扫视进门的宾客，"这发型！像福寿螺。"

　　宦恪边笑边想，唐韵进门时看她怎么评价。

　　想到唐韵堵在路上一定很无聊，便随便和她找了个话题："你今天穿什么颜色衣服？"

　　唐韵回复："你猜猜看。"

　　宦恪觉得她皮肤白，长得美艳，穿红色一定好看："红色？"

　　"红色？是你过生日还是我过生日？"

　　宦恪能想象她在那边对着手机笑了起来，有点不好意思："你穿什么都好看。"

　　"我快到了，一会儿见。"

　　那厢，外甥女小姐又发出一条毒舌弹幕："太多首饰，把自己当圣诞树了。"

　　宦恪收起手机："圣诞树怎么了？"

　　外甥女小姐嫌他接不住梗："浑身闪闪小灯泡啊。"

　　宦恪还是笑。

　　正笑着，唐韵的身影出现在了门口。

　　她走进室内把大衣脱给侍者，里面穿的是一条丝绒质地的黑色长裙，有袖有肩，看起来就没那么像礼服，普普通通的样子。她和宦恪的母亲交谈了几句，然后两人像姐妹似的拥抱了一下。

　　外甥女小姐从楼梯上站直了，声音突然有点怯："那是谁啊？"

　　宦恪一个字也说不出。

他事先想象过唐韵打扮后的样子，想象不了。他在脑海里把那些流行的轻纱幔帐像换装贴纸一样往唐韵身上贴，感觉都挺别扭。但他也想不到唐韵是现在这样的。

她就像赤身从布歇的油画里走出来，随便扯了一块黑色的布，用来遮身上旖旎的光。衣装平凡到毫无存在感，她明明只露出肩颈胸口一小块，却如同什么也没穿，那些光遮不住，像水流一样溢出来。

一屋子清心寡欲的仙子，只有这一个女人。

深青色纱裙的仙子被衬得很干瘪，像一节失去水分的竹子；深蓝色星空纱裙的仙子像夜幕一样后退，成为一张单薄的背景；纱裙上有音符的仙子像被遗忘在钢琴前的一页谱；纱裙上有 love 的仙子变成了隔世的泛黄情书。

而这个女人每一寸皮肤下都是蓬勃的生机，身体有光滑的弧度，像贝壳打开时，从蚌肉里跳出来的一颗珍珠。

不仅沈昱的目光流连在她身上，这大厅里每个向她投去视线的男人都是在用看一个女人的目光看着她，不分年龄、身份和辈分。

宫恪后悔约她来了，应该把她藏起来的。

[18]

唐韵进门后，猜想迎上来的这位女士就是宫恪的母亲，宫恪脸型像她。

"您好。"

她以女性的眼光打量着唐韵，露出首肯的微笑："你就是唐韵，我见过你外公，"她说着向身边的人补充解释，"魏友廉先生。"

唐韵对她为自己抬身价的好意领情，感激地和她轻轻拥抱。

唐韵的外公是华侨，本家在新加坡，早年在商界很出名，可惜很年轻就因病去世。唐韵的妈妈和姨妈既没有事业心也没有投资眼光，只想着嫁个好男人，偏偏都嫁得不好，如今泯然众人。

她心里是有点辛酸惭愧，现在还让人不得不搬出外公来撑场面。

但毋庸置疑，宫恪妈妈是出于善意。

她和唐韵寒暄几句，把唐韵往宫恪的方向推了推，对她耳语："他在里面等你。我一会儿再进去找你们。"

她注意到，唐韵看见宫恪的一瞬间，瞳孔里的高光颤动起来。

宫恪妈妈有点喜不自胜。

听宫恪说他找了个比自己年长半轮的女朋友，她吃了一惊。听说是沈昱的前女友，她又吃了一惊。宫恪从小到大，身边莺莺燕燕的可爱女孩不少，没见他对任何人产生过兴趣。做母亲的甚至花了很长时间说服自己，不管他喜欢异性同性，只要幸福就好。却没想到来了这么大一个转折。

她当然还是高兴，宫恪还年轻，没定性，能与唐韵走多远也许他自己心里都没谱，但能有这么一段带着浪漫传奇色彩的恋情也是他的运气。她希望儿子像自己一样风流多情，别像他父亲那样古板麻木。

当唐韵从门外走进来，她立刻就理解了为什么是这个女孩。不加修饰，她也当得起一个"美"字。而现在，她看着宫恪的眼神里有爱，真好。

可是她转去看儿子，又突然忧心。

宫恪看唐韵的眼神不一样，和其他所有男人都不同，那里面有种少年维特式的狂热。

陷得太深了，会不会受到伤害？她希望是自己杞人忧天。

[19]

唐韵正向宫恪走去，突然听见身侧传来冷淡的声音："唐韵？"

她侧过头，等看清是谁之后，立刻沉下了脸，放弃了去宫恪身边的念头。

"陈总，真巧啊。"唐韵对陈骁挤出一个礼节性的微笑，"休假也能遇见你。"

"沈姐经常买夏秋的画，我们是老相识了，"陈骁用眼神示意唐韵看墙壁上的瓷板画装饰，"你呢？"

唐韵笑得有点冷："我也是因为夏秋认识的。"

彼此都知道对方在说谎。

陈骁没在现场看见高雷，她一个人进的门，会是谁的女伴呢？

唐韵想他都把夏秋折磨成这样了，还因为夏秋来参加宴会？他一定在算计，开始动歪脑筋，想打探自己和主人家的关系，一旦知道自己和宫恪是情侣，肯定要大做文章。

陈骁暗下决心，今晚一定要全程盯紧唐韵，摸清她的路数。

唐韵暗下决心，今晚一定要全程紧贴陈骁，真真切切地伪装成陈骁的女伴。

宫恪眼睁睁地看见唐韵中途停下来和别人聊起了天，一头雾水，问身边外甥女小姐："那个男的是谁？"

"和盛的老板陈骁啊。"

哦，枪毙名单第一位。

宫恪想，记住了。

[20]

宫恪一晚上忙着应酬客人。唐韵则总是紧随陈骁，混在老年人圈里，她的着装优势凸显出来，因为不像礼服，在常服人群中毫不违和。她仪态优美，娴静寡言，只要有人问起，她就自我介绍是和盛的副总，对方理所当然地误会她和身边的陈骁就是一对。陈骁气得心里翻了一万个白眼。

这会儿，她右边是宫恪妈妈。宫恪妈妈照顾她，在话题中带上她，时不时揽一下她的肩，让她不至于感到被冷落。

自尊心让宫恪无法靠近那群人。

一旦走过去坐下，肯定有多管闲事的开始问工作问对象，用那种长辈的语气。这是最让宫恪受不了的，唐韵比自己明明大不了几岁，却根本没人把她当晚辈看待。哪有差距大到差了辈分？

中途沈昱带着女伴过来打招呼，算是一个小高潮。

陈骁饶有兴趣地看着两个女人相似的脸，要知道唐韵可不是现在流行的锥子脸，这也能撞脸，实在用巧合解释不了。他不是没听罗耀口无遮拦地嚷嚷过，但他不认为是沈昱邀请了唐韵又带了别的女朋友。

沈昱的女朋友胜在年轻，也输在年轻，垮着脸不加掩饰，像雕塑一样冷漠。

唐韵落落大方地夸沈昱眼光好，女朋友一定是艺术圈的，气质拔群，撑高定的气场和陈总夫人不相上下。一句话带了三个人进去。

夏秋是谁？国家级艺术家。小姑娘顿时绷不住脸，微笑起来，她是发自内心地认为自己比唐韵身材好、气质高雅。

而这话在沈昱听来也很受用，本来他对撞脸有点尴尬，但唐韵的话说得很有正宫风范，两个美女的高姿态低姿态都围绕他展开，让他反而沾沾自喜起来。

不用说，拿夏秋当衡量美的标准，陈骁听着也顺耳，特别是她用"陈总夫人"来指代夏秋，事关虚荣心。

但这么一来，陈骁就更加觉得，沈昱这池塘容不下她，高雷都不行，一定是更有城府的人。介于她一整晚都在遮遮掩掩，他猜，唐韵应该是某个上层人物的情妇，沈家知情就邀请了她，没想到这位人物今天带了太太。

与此同时，唐韵耳朵里漏进身后宫恪妈妈与别人闲聊的只言片语，听她说到"小孩子嘛，不教怎么会懂"时开始悄悄憋笑，可听见下一句心又沉了下去，"早让他回北京了，他自己不肯。父子俩一样倔，我是管不了。我也不想管，他在我身边，蛮好的。"

这边话正说着，手里的手机振动了。

微信就两行字："一直往南走，走廊倒数第二个房间，我等你。"

唐韵把手机放回手包，又焦灼地待了一会儿，从陈骁身边离开："我去补个妆。"

陈骁侧身让她，视线落在沙发间隙，嘴角向上勾起。

说去补妆，手包却落在这里。

他等待须臾，拿起她的手包跟了出去。

唐韵找到倒数第二个房间，刚抬手轻轻敲了下门，就被猛地拽了进去。因为不想让人发现房间里有人所以没开灯。她先是承受着亲吻像夏天的阵雨一样落在自己身上，隔了几秒才适应室内的幽暗，看清他的轮廓、脸和亮亮的眼睛。

宫恪负气地把她压在肘弯里："你一晚上都在躲我。"

"因为陈骁在，你看见了。"

他不屑地哼一声："我会怕他？"

"我怕他。不想让他知道我在乎谁。"唐韵摸摸他的脊背表示安抚。

宫恪在她头顶叹了口气："换个工作不好吗？"

"已经被放假了，估计失业也是早晚的事。"

"放多久假？"他总能迅速找到重点，"我请假……"

话没说完，门被敲响了。

宫恪下意识地回答："谁？"

外面的人说："唐韵在里面吗？她的手包落下了。"

宫恪给唐韵做了个"嘘"的手势，对门外说："不在。"

等门外的脚步声越来越远，唐韵才用气声说："是陈骁。他肯定看着我进来了。"

"我说真的，唐韵。陈骁这么一个危险分子，你白天跟他共事，晚上住他对面，不会做噩梦吗？"

她在黑暗中仰望他认真的神情，莞尔一笑："你现在住哪儿？"

问得太突兀，宫恪的回答只能算条件反射。

"我？单位分的宿舍。"

她轻轻揪着他的领口说："收留我吧。我今天不想回家。"

第七章

卸 甲

[1]

你在梦境的大雪里冻得发抖。

跌跌撞撞，半是因为酒精麻痹，半是自暴自弃。

火光明灭，大地从脚下没入洪荒，坠入沉沉深海，等天亮化成泡沫。

你在其中沉浮，被溺水后的窒息感吞噬，现实与梦境的边界消失于虚无。多么奇怪，你居然感到暖意流经纤细的血脉，欲望从失守的容器外溢，最后决堤。

可是等四散的魂魄重新在日光下聚合，你却再次陷入刺骨的寒冷，风把潮汐卷起褶皱，带来血腥的咸味。

这个梦你已经做过无数次，记得所有的起承转合，预知却无法转化成预警，依然每次都跌进循环。

像精心设计的齿轮，它们契合得天衣无缝，同样的因只会指向唯一的果，犹如宇宙中的黑洞近在咫尺扩张出别无出路的捕捉。

再回头，孤岛上孑然一身，水天在尽头相接，平静得仿佛创世之初。

这突如其来的空旷足以使你惊醒。

[2]

纯白的光将视野骤然扯开。

陌生房间里空无一人，四周弥漫着壬醛类的清苦气息。急剧加速的脉搏使得血液冲向心脏，一切像是又重演了。

但很快她就发现了床头灯上留的便条。

"我出去一会儿马上回来，电饭煲里有热的粥。你睡着的样子真可爱，我差点想把便条贴你脸上。"

没正经。她不禁微笑。

枕边是他的衣服，但好像是特地留给自己穿的。昨夜脱下的礼服被挂在房角衣架上，熨过了，充满仪式感，和这个清爽简单的房间格格不入。

唐韵套上衣服，洗漱后坐下来喝粥，时间是下午两点半，竟然一觉睡了这么久。

刚喝了一半，宫恪就回来了，看见她坐在餐桌前穿着宽宽大大的衣服双手捧碗，真的有点"被收留"的感觉，先走过去捏了捏她的脸，然后把门窗打开通风。

"去帮你买了两条裙子，你出门可以穿。"

她的眼睛在碗沿上倏然瞪大："你知道我穿什么号吗？"

"未经允许，我量了一下。"

愣了两秒："我完全没感觉。"

"当然。连我换了床单你都没感觉。"

唐韵惊异地往卧室看过去："真的……"

白色床单在阳台上被风鼓起来，遮蔽了一半光线，漏进来的另一半变得干净柔和。

她在柔光中收敛眼神，低头不好意思地笑："我很多年都没有睡过懒觉了，可能是你抱着我让我特别有安全感。"

宫恪觉得这画面带有童话色彩，是伤筋动骨的挣扎决断后漫天落雪般的温存，缓慢柔软地把一切都覆盖。

"我们这样，像不像已经结婚很久了。"

"别拿这种幻想哄我，万一我当真了，将来你跟别人结婚我要去抢婚的。"

"怎么可能有别人。我感觉都能看见以后的生活，你催我下班回家，我到家时家里已经亮了灯，我们有一个女儿……"

"我节育了。"

恍如寂静中树枝被折断的脆裂声。

"什么？"

"我不想要孩子。"

她扣动扳机的姿势干脆利落，早已经驾轻就熟，他能做的却只剩下等子弹出膛。

呆滞了半分钟："你真是……在自残的领域登峰造极。怎么老是干我想都想不到的事？为什么啊？"

"因为我自己都不想来这个世界吧。"

他不太明白，由一碗白粥触发的举案齐眉为什么突然就崩坏得天翻地覆。

但是没关系，这些都像尘埃之于宇宙一样微不足道。

他倔强地硬把话题扯回日常："算了，家里有你就够了。"

[3]

陈骁向保姆询问近两天唐韵的动向，保姆有点支支吾吾："她没出过门，没谈工作，也没见什么人，好像和男朋友住一起。"

回想起司机也说过唐韵有男友。

陈骁追问一句："知道男友身份吗？"

"听、听不出。"

陈骁当然无意去他们的床事中翻找细节，不过这已经验证了他的猜测，那天晚上的初始判断有点失误。

在走廊尽头的房间外他听见的回应虽然只有短短两声，但明显是个年轻的声音。

他仔细在脑海里过了一遍那天晚上和唐韵说过话的二代们，最后锁定了一个怀疑对象，只比唐韵大一岁，却让陈骁也不寒而栗。

和盛监事许志杰的亲弟弟，和他有着截然不同的性格。听闻过生意场上寥寥无几的事迹，件件让人毛骨悚然，感觉具备反社会人格。

印象最深的是许志杰说他自己为什么无欲无求。九岁时和弟弟抢一块更大点的牛排，母亲最终裁决说哥哥吃大块、弟弟吃小块，但是他一转头，看见弟弟缓慢地往牛排上撒了半瓶黑胡椒，堆得像小山，然后他露出一个阴鸷的笑容："哥，你吃吧。"笑得完全不像一个孩子，那年许承楷才七岁。

从那以后许志杰再也不敢和他争抢任何东西，像执行了自我阉割，至今浑浑噩噩在国企混日子，把家业拱手相让。偏是许承楷这种反社会人格，似乎更容易在社会上获得成功。

沈家生日宴上，许承楷在陈骁眼皮底下对唐韵说过两句话。

"你一个人来这种场合不害怕吗？"他是仅有的几个没把唐韵误以为是陈太太的人之一，甚至没有开口问唐韵是谁的女伴，这难道不意味着他就是带她来的人吗？

"怕什么？"唐韵偏了偏头，却并不是想获得答案。

他脸上浮现出温润的笑意："未知的危险。"

很普通的对话内容，当时陈骁没放在心上，现在回想起来，两个人的神情语气好像有点公然调情的默契，之间涌动的暗流也带了点暧昧。

如果唐韵的男朋友是他，对陈骁而言最糟的事已经发生了，她把一切线索联系起来就只是时间问题。

陈骁顿时感到自己被一张天罗地网包围，无法呼吸。

【4】

七点多，宫恪心血来潮，非要拉唐韵出门吃饭。

唐韵本来只想赖在宿舍随便煮点什么将就一下，至少也得避开饭点："晚一点再出门吧，现在楼下都是你同事。"

他住在单位分的宿舍，楼上是领导住的招待所，前后左右都是同单位的家属楼，对面那栋甚至有他从小长大的家。院子里几乎所有长辈同辈都认识他，而饭后是小区里闲逛的人最多的时候。

"怎么？还见不得人吗？"宫恪故意激她。

唐韵想他大概是小孩子的炫耀心态，自己又没什么损失，就顺从地跟了出去。谁知才走到单元门口就听见身后有个稳重的声音在叫："宫恪。"

她转过头，下意识地把他的手松开了，下一秒却又被他强行牵起来。

啊，原来是这一出呢。

她看了看宫恪的侧脸，年轻，圈套也做得这么幼稚。

宫恪把唐韵揽进怀里，抬头对台阶上的人说："爸，真巧啊，这是我女朋友。"

一点也不巧，唐韵心想。

[5]

唐韵都能感觉到，宫恪的父亲就更不会以为这只是单纯的巧合，他只在上海下基层待三天，都能"碰巧"撞见儿子的女朋友。事先已经听宫恪妈妈简要介绍过女孩的情况，想法一贯保守的他不太能接受，但本来也没想过要马上干预，是想过一段时间他们自己冷却一点再从长计议的。

可偏偏宫恪的热情像临界点的高压锅蒸汽，今天这一出简直可以说是碰瓷了。

将近十点的时候，父亲打电话把他单独叫上楼去谈心，也不是擅长言辞的人，沉默着抽了一整根烟才开口："你是不是因为从小你妈不在身边，才喜欢比自己大得多的女人？"

"不是。"

他还是欲言又止："如果是，我会觉得有点对不起你……"

"真不是。我就是喜欢她，不管她多大都喜欢。"

"你喜欢她什么啊？"

"喜欢她爱国敬业、诚信友善。"

父亲瞪他一眼。

宫恪坏笑着把手一摊："你这问题让我怎么回答？你喜欢我妈什么说给我参考一下。"

父亲叹口气，换了个问题："她家里还有什么人？"

"十八岁的时候父母离婚重新成家，已经跟她没有联系了。"

"离婚就离婚，怎么会不联系？"

"她妈妈又生了三个，她爸爸躲债，都自顾不暇。"

"从十八岁起就这样？"

"从十八岁起。"

不能再糟糕的原生家庭。

父亲铁青着脸，又沉默许久。

"她现在在哪儿工作？"

"和盛地产的副总。"

父亲的脸色更加阴沉，生意场上的事，宫恪还一知半解，但父亲的人生阅历摆在这儿，再清楚不过了。无依无靠的女孩三十四岁做到副总，意味着什么。

父亲又低头抽了半刻的烟，最后把烟摁灭在烟灰缸里："你自己考虑清楚。"随后又追加了半句，"不懂就问问你妈。"

宫恪觉得可以把这理解为默许。

等他回到楼下宿舍时，唐韵已经在床上睡着了，电视还开着，正播放一个译制片。他把音量关掉，去洗澡，回来看见她躺着一动没动，就蜷缩在床角，睡着时像只毛茸茸的小动物，长长的睫毛在脸上落下温柔的阴影。

到底喜欢她什么呢？他认真想，却理不出一点头绪。

他只知道自己很怕对人复述她的家庭和经历，哪怕是对父母，这让他深感每说一句都是煎熬。但又肯定不是同情，最明显的证据，夏秋或者随便哪个受害人都比她值得同情，自己心疼的却只有她一个。

想起她说抱着会有安全感，他把她揽到怀里，靠在床头看她挑选的影片。

唐韵睡得很沉，呼吸均匀。

他花了好一会儿才凭无声画面跟上剧情，电影里男主双目失明。

是的，双目失明，不是喜剧。

他没头没脑地继续看这个默片，像走进了宿命的坟冢。

最后双目失明的男人在荒芜之地找到他失散的爱人，凭借灼烧的声息辨认彼此，在借来的眼泪中重见光明，第一眼就抓住回忆里的身影，剧终。

直到什么都失去，直到什么都复得。

剑刃交锋的帷幕落下，竟还是一个童话。

[6]

按照赫连的"推理"，夏秋的信被李禾多拿走了。

唐韵约了禾多下班后见个面，听听看她有什么见解。地点就定在她们银行斜对面的面包店，店里这时没有顾客，只有几张空桌。

没想到禾多一进门先抛出了重磅炸弹。

"好消息先告诉你，我怀孕了。"看起来很高兴的样子。

虽然知道她已经筹划一段时间了，可仍觉得突然，唐韵蹙着眉："吴嘉玲没解决，你和赵晋航之间的问题没解决，这时候要孩子？"

"有了孩子问题就能解决了。"

"你想用孩子拴住他？"还是有点担忧，"赵晋航不像是那种会为了孩子和你在一起的人。"

"他不喜欢孩子，他父母喜欢。我不信他父母也留不住他。"

"留住他做什么呢？仅仅是结婚吗？"唐韵没有问，结婚以后呢？又要做什么才能控制他的心，做什么才能逼他尽丈夫和父亲的义务？像个无底洞，怎么也填不满。

"结婚就够了。好像游戏打到最后一关，一定要过，否则前面所有努力都付诸东流。"

唐韵长吁一口气，摇摇头。

"禾多，我真不明白，他到底哪里值得你这么委屈自己。"

禾多兀自大笑起来，笑了挺久。

"唐韵，你高中的时候就吐槽过我吧——'这年代还有人因为失恋寻死，我也是甘拜下风'。真不幸，我就是会因为失恋寻死的那种人，这可能是天生自带的弱点。你不用明白，我自己也不明白。"

唐韵垂下眼睑，不知该回答什么才好。

"别说我了。你电话里不是说信丢了吗？我仔细一回忆，觉得应该是尹铭翔拿了。"禾多语气又恢复轻快。

"为什么怀疑他？"

"上次吃饭前他老向我打听谢有恒的动向，过分上心了。我回去一查，他爸爸公司的贷款也卡在谢有恒手上没批。城门失火，殃及池鱼，他不会希望骁盛出事拖谢有恒下水。"

"可是他和他父亲关系一直不好。"

"父子之情不是那么容易划清界限的。"禾多提醒道，"上次他父亲的公司资金链出问题，他也帮着四处筹钱了。不记得吗？"

"谢有恒为什么要压他的贷款？"

手机振动，看来电显示是宫恪，唐韵想了想，按下拒绝键。

"避风头，不止他家，所有贷款都搁置了。"禾多说。

唐韵刚想开口，手机又振动了，这次是赫连。她接起来："什么事？"

"你男人想知道你几点回来。"

"……"

她打定主意要给他泼冷水的，进度条被超前读取了，前面已没有缓冲，他的热情把彼此都带进了隧道。

可问题是自己比他也好不了多少，只要一刻不见，满脑子都是他的身影，像高烧未退，晾他一天完全变成了对自己的折磨。

哪怕现在坐在这里，一偏头看见银行门口，也会想起他曾经站在那里，靠在车前盖上喝水。

[7]

赫连来开的门，趁着唐韵俯身换鞋，她凑过来压低声音："干吗不接电话？"

"不是接了吗？"

她用下巴点点起居室方向："他的。"

唐韵顺着视线往里望过去，没想到自己拖拖拉拉耗到这个点，他还没走。

宫恪看见她时的欣喜在随后的几秒里转化成了埋怨："你喝酒了？"

"一点点。"

是禾多点的，倒进了酒杯才想起自己已经是个孕妇。唐韵替她喝了，但不知为什么，只喝了一杯就有点晕乎乎的了。

"你生气了？"宫恪小心翼翼地看着她坐下。

"没有。"

"给你发短信没回。"

"没看见。"

"打电话也不接。"

"在谈事。"

"赫连一打你立刻就接了。"

"赫连的醋你也要吃？"

"你生气了。"他斩钉截铁地下了结论，"是不是因为见我爸？"

　　宫恪上班时间早，从昨晚到现在，两人还没说过话，也就没来得及讨论过"巧遇"的事。唐韵本来什么都不想说，也不知道说什么才好，真要对他发牢骚还有点难度，只想找个地方躲起来花一两天时间把烦闷自我消化掉。

　　但现在他追到眼前，非要答案，她只能无奈地笑笑："我看不出这么做的意义在哪儿。我不喜欢因为毫无意义的事被打分。"

　　"怎么会没有意义呢？"宫恪坐过来，没坐在她身边的沙发上，而是直接坐在她腿边的地毯上，用仰望的姿势和她说话，"你将来不想和我结婚吗？"

　　唐韵微怔。

　　她确实没想过，怎么可能想呢？连梦里都不可能出现那种画面。但她现在这么直白地拒绝除了伤他的心没有任何作用，她只好说："现在考虑这些还太早了。"

　　"不早，我已经过了晚婚年龄了。"

　　唐韵被他逗笑了："我是说，我们的关系才刚开始。电视节目里的抢答环节也得先听清题面才能按下开关啊。"

　　"那什么时候才算听完了题面？几个月？你给我一个时间。"

　　"我说不好，"她摇摇头，"只能说等等看吧，稍微等一等。一旦开始考虑现实问题，就要一件接一件地处理麻烦。"

　　"我父母都很喜欢你。会有什么麻烦？"

　　唐韵沉默了一会儿。

　　"星期五我听见你妈妈说，你爸想让你回北京。在你走之前，我们无忧无虑地过一阵不好吗？"

　　"我不走啊，已经说好了。"

　　"说好什么？"

　　"我跟我爸说过了，我才不要异地恋，我不回北京了。"

　　几秒的空白后，她咽着喉咙艰难地问："昨天说的？"

　　"早就说了啊。"

　　她这才理解了昨天长辈眼里超乎寻常的不满是怎么回事，唐韵被他吓了一跳："天哪！"

　　想起来了，宫恪妈妈的原话是"早让他回北京了，他自己不肯"，她没想过这"不肯"的原因居然是自己。他父母会怎么想，影响他事业的女人是坏女人吧。

她心里五味杂陈地看着他，叹了口气。

"这就是我害怕的，你太投入了，现在不管不顾地投入，清醒过来会恨我的。"

"我现在就特别清醒，唐韵，我很正常，是你太不投入了。"语气有点不高兴。

唐韵不知道该怎么劝他，正在组织语言，他那边倒没头没脑地抢白了一句。

"还是说，你其实就只想睡我，一点也没想负责？"

唐韵被噎得说不出话，猛眨了两下眼睛。

一楼和二楼之间的楼梯拐弯处突然爆发出一阵狂笑，赫连跌跌撞撞地从楼梯上滚下来："对不起我不是故意要偷听的，哈哈哈，你们继续，继续。"

唐韵对宫恪劝阻无效积攒的郁闷正好有了出口："赫、连、瑛。"

"唐、韵，"赫连一边在饮水机前接水，一边怼回来，"你别太渣了。"

[8]

陈骁是听了录音才发现李禾多、赵晋航和吴嘉玲之间的三角关系，有趣，圈子不大，关系还挺复杂，眼下正好能做做文章，晚上便把吴嘉玲叫来了。

但她好像会错了意，一进门就像团被风吹下竹签的棉花糖，到处黏。

陈骁心很累，第三次把她环过来的手臂从身上推下去："你能不能跟我保持两米距离好好说话？"

吴嘉玲娇嗔着："怎么啦？"

"你就坐这儿别动，"陈骁自己换到了更远的沙发上，还不忘强调一遍，"不许动。"

"发什么神经？大晚上把人家叫到家里来坐着别动？"吴嘉玲不禁蹙起了眉。

陈骁懒得跟她闲聊："赵晋航，你们俩现在关系怎么样？"

"吃醋啦？"吴嘉玲媚眼一飞。

吃个屁醋！陈骁忍住毒舌的心："回答问题。"

吴嘉玲斜看着天花板转了转眼珠，又撩了一下头发，换个姿态靠在沙发上："就那样吧我俩，需要放松的时候一起放松一下。老板，你要放松一下吗？"

陈骁不接话茬，继续问："夏天会展那时候你要阻止结婚的人是赵晋航吧？"

"是他。"

"为什么不让人正常结婚？"

吴嘉玲又盯着自己刚做了光疗的指甲想了想："结婚了就不能随叫随到了呀。"

果然和自己预想的差不多，吴嘉玲对什么男人都不会太认真。

陈骁松了口气，重心移到了沙发靠垫上："赵晋航是做什么的？"

"创业，互联网，医疗类，小生意。"

"你对他的生意有数吗？"

"太有数了，融资都是我出面谈的。"

"现在哪轮？"

"A 轮。怎么？陈总想投资吗？"

"不想。交给你一个任务，你办好了，要什么都可以。"

"要什么都可以？可我现在什么都不缺啊，"吴嘉玲笑着起身，直接坐上陈骁的腿，揪住他的领带，"我可以要陈总吗？"

"三万。"陈骁冷着脸睨她一眼，"这领带，定制的。"

吴嘉玲迅速整理情绪，抚了抚裙装，拿起手包，转身说："以后公事就去公司谈，别莫名其妙把人叫家里来，一点情调都没有，这样让我多没面子啊。"

陈骁心里也承认，自己是急了点，事关夏秋。

[9]

夏秋的信去向依然不明，唐韵找机会把李禾多的反应转告给了赫连，排除了李禾多的嫌疑，最有说服力的理由："她现在怀孕了，几乎已经不想参与这件事，甚至对后续消息也没那么感兴趣了。"

但李禾多的猜测，唐韵没有说，因为尹铭翔也在场。

"那就只有一个可能，被陈骁偷走了。"赫连说。

唐韵没有接话。

尹铭翔趁着给两人杯子里加水的机会参与进对话中："其实，我当时就想说，夏秋的事我们最好别插手了。"

唐韵有点惊异地看向他。

"信里的意思其实很明白，她无意追究，毕竟陈骁是她丈夫。你就算证实了陈骁的罪行，她也不会希望你去揭发，否则她自己早揭发了。"

唐韵和赫连同时端起杯子默默喝水。

"他们夫妻俩外人真是看不懂，但夏秋一定是想忘了一切才选择离开的。我们几个查个水落石出就能让夏秋回来吗？她自己想不想回来呢？"

赫连若有所思，抬头对唐韵说："他说得有道理。就像你离开我们的那几年，哪怕我们再好奇，再想把你找回来，也没有谁真的去追着你不放。那时候你不想和我们有任何交集吧？"

唐韵下意识地去口袋里摸烟，掏出来才发现是官恪给的电子烟，又是一声叹息。

什么都不顺利。

工作被强制暂停，夏秋找不回来，连证据都丢了。

接着是官恪，好几天没有联系。

那天最后气得说了认真的胡话，又被赫连听见大笑一番，他面子没处搁。两个人算是冷战了，还是分手？

唐韵也不确定。

[10]

顾峥是跟着陈骁进办公室的，一路上都在絮絮叨叨。

"我真想不通你怎么会让丁羽良代项目经理。"

陈骁懒洋洋地斜眼睨他："是你天天嚷着忙不过来。"

"但她根本没这个能力。现在工地上乱七八糟的，昨天为了换灯吵一架，今天为了石材进门又吵一架，施工流程也被打乱了。"

"施工流程不是你自己管控的吗？"陈骁抓住他话里的把柄。

"我也要管控得了丁羽良啊，一眨眼的工夫，她就给没交三检记录的队伍放行了。我要再阻拦，人家牛逼哄哄地说是项目经理同意的。"

陈骁把西服外套随手搭在椅背上，解开衬衣手腕处的扣子："为了赶工期，也可以做两手准备，一边施工一边验收，不是什么大问题。"

"行，这就算了。周例会本来应该提出计划的，她老人家，质量进度都没定标准，根本约束不了施工方。"

"那你给我找个能镇得住乙方的人，刘凯阳？"

"那我也要申请休年假了。"

陈骁冷笑一声："将就几天吧。"

"年底最忙的时候，你为什么要批唐总的假啊？能不能让她提前回来？"

"公司当然有公司层面的考虑，又不是只有你一个项目。"

正说着，秘书通报董秘来了。陈骁一抬手："让她直接进来。"

金凌看顾峥在，朝他点头示意，接着把文件放在陈骁面前："财务这几个人要求翻倍加薪，认为同时负责内控的工作超负荷了。王总的意思是留两个换两个，再招三到五个。我觉得年底最好不要动作太大。"

"按你的意思办。"

金凌站着没走。

陈骁问："还有什么事？"

金凌从他的眼神中确认用不着避讳顾峥，才继续说下去："丁羽良现在几乎没空回公司，项目上的事已经够她焦头烂额了。您看，工作组的人员是不是需要调整？"

"厦门项目点合约部调一个人回来，另外，把梁欢加进去。"

"谁？"连金凌也惊讶得失态了。

罗耀的嘴没把门，公司这几个高层，现在没有人不知道贷款是被梁欢搅黄的，王副总都已经打算在年前把她调去云南了。

"公关经理，梁欢。"陈骁语气很确定，"你正好，顺便让她过来我这里一趟。"

金凌迟疑了两秒就恢复常态，平静地点头："明白了。"

等她一出门，顾峥又开始继续发牢骚："看起来也不止我一个项目出乱子。"

陈骁嘴角勾起一点："其实项目经理不在，在年底是利大于弊啊。工作流程出点问题用得着大惊小怪吗？"

"您的意思是……让丁羽良去应付结算？"

陈骁摇了摇头："钱就不用给了，原因当然是项目经理在休假。"

"这……我怕民工又要堵门。"

"堵门让他们堵，我们是私企，又不在乎影响。"

可是民工要拿到钱，也不会只堵一个甲方，和中最怕出这种事，特别是听说最近他们还在开会。要追究起来，缺位的唐韵就是众矢之的，高雷肯定不会放任她不管。一边在逼她回公司放款，一边不让她回来上班，夹板气够她受的。

陈骁必须要让她知道，谁才是和盛的老板。

顾峥有点跟不上陈骁的思路了。公司并不缺这么点钱，压一压当然也没什么弊端，可是总体看起来多此一举，除了得罪和中就是让唐韵难做。陈骁到底有哪方面目的？

[11]

至于梁欢这种小角色，陈骁根本不屑于去跟她一争高下。

他开门见山地把秘书事先整理的剪报扔到梁欢面前："资深记者张欣桐，你们私交不错吧？"

梁欢坐得笔直，腿倒向一边，是一个标准的坐姿。

她没想到他居然会直接挑明，手心里冒着冷汗，勉强维持微笑："这和工作有关吗？"

"当然有。"陈骁斜靠在沙发上用玩味的眼神看着她，"听说唐韵跟她关系也不错，我估计，贷款的负面新闻唐韵脱不了干系吧。"

"唐总不知道这件事。如果这也要搞连坐，对唐总来说未免太不公平了。"

"公平不公平我说了算，"他话锋一转，"我这个人呢，很大度的。"

说这句话时他还特地笑了笑，仿佛对自己说的也不信。

梁欢静待下文。

"我很欣赏你的头脑和能力，还是希望你这样的人才能为我所用，所以上次的事我根本不打算追究，不过你也要拿出点诚意来。"

"您想让我做什么？"她已经明白了，陈骁还要用自己，这事别人办不到，而且自己无法拒绝，否则他会转而针对张欣桐。

"让你家那位大记者帮忙做关于这四家上市公司的系列报道，要正面的。"陈骁把公司列表放在茶几上，方向转向她。

梁欢原以为他想利用张欣桐向对家泼脏水，没想到是写吹捧稿。

她拿起公司简介，四家公司分属四个行业，都和骁盛的主营业务没有交集。陈骁这葫芦里到底卖的什么药？

而且这几家公司势头都不错，没什么负面消息，如果只是写写吹捧稿，根本没必要动用张欣桐，随便找个记者花钱就能办到。

"记住，一定要张欣桐的署名。"陈骁强调道。

梁欢觉得一定有陷阱："写完了正面报道呢？下一步怎么办？"

"写完了再说。"陈骁淡淡一笑。

"我要知道全局才好有方向地推进细节。"

陈骁笑着打开烟夹递到她面前。

梁欢愣了两秒，有点惶恐地接了一支。

"看，眼前的烟没得挑，"陈骁重新向后靠去，"眼前的活也别多问，你该知道的时候自然会知道。"

以梁欢的脑子，回去随便做做功课就能查出这四家公司的关联，它们都是同时被沈昱的筑高资本和许承楷的鑫瑞资本共同投资并一路加持上市的企业。

沈昱对吹捧已经神经麻木了，许承楷根本没虚荣那根弦，第一步不会引起他们的注意，但要祸水东引，这一步必不可少。

从焦点中脱身的最好办法，就是再造一个焦点。

这一点，公关在行的梁欢想必也很懂。

陈骁觉得这项有点微妙、容易打偏的工作，她来办最合适。

[12]

高雷一上午打了十二个电话，唐韵一个也没接，到中午索性关机了。又不是不知道什么事，陈骁那么小心眼，这些都算是小打小闹。高雷找不到自己自然会回去找陈骁，让他们狗咬狗去。

借口很完美，是陈骁让自己休假的，休假期间理所当然可以不用处理公事。

唐韵有点赌气地把手机扔进抽屉，不是因为高雷。

反正宫恪也持续音讯全无。

赫连下午照例去美容院做护理，听她的意思，结束后还想去修剪一下头发。唐韵整个人有点恹恹的，对这些活动都提不起兴趣，硬拖也拖不出门。

等赫连出发了，她去附近超市买了点食材，一个人在家捣鼓晚饭。

四五点钟的时候，风开始乱卷浓云，雨水铺天盖地，搭配着预定的天黑，气温骤然降了好几度。她把地暖打开，很快室内暖和起来，所有落地窗都蒙了雾，里面外面互相看不清，家里像个与世隔绝的孤岛。

七点，赫连罕见地自己用钥匙开门，平时她懒，有钥匙也不肯掏，非要按门铃劳烦别人。

唐韵从开放式厨房一回头，看见她一身湿透，长发像水鬼一样贴在脸上。

"不是带了伞吗？"唐韵从碗橱里拿出她的碗帮她盛饭。

"你！为！什！么！关！机！"语气加上气势，现在她变成厉鬼了。

唐韵很少被她吓到："我……"

"你男人执行任务受伤了，所有人都打不通你的电话，我车堵在路上了，然后走回来的！"

唐韵的心一瞬间沉到底，碗从手里滑出去摔得粉碎。

"他又没有死！你还摔我的碗！"赫连气得两眼发黑，她最喜欢那个碗了。

[13]

天气不佳，晚高峰连神佛都堵在路上。

但陈骁心情异常好，进门时甚至有点神清气爽。他简单收拾一下，换了件便服，回到餐桌前，例行向保姆询问唐韵有什么新动向。

"有半天没听见声音了。"仿佛是为了证实自己的无聊，保姆把一堆以前没做过的新菜品端上来。

陈骁愣了一下。

"没听见声音是什么意思？"

"不知道。可能出故障了？连一点杂音也听不见。"

陈骁却无比清晰地听见了室外的落雨声。

隔了几秒，他果断地直接开始拨打唐韵的手机，听见提示说已关机才松了口气，还以为她发现手机被监听，原来只是关机。

他猜测高雷会给她施压，没想到还有关机休假这种操作。

女人做起事来果然不理智，一点后路都不留。她难道就不考虑以后回来工作时该如何收场吗？

[14]

此时，唐韵才刚赶到医院，走廊里聚集着不少人，其中几个年轻点的去警局第一次找宫恪时见过，有印象。年纪最大的那位看着像他们领导，见唐韵前似乎已经知道她的身份，只说："宫恪在里面。"

这下好了，不仅见过家长，连直属领导也见过了。

唐韵顾不上这么多，重心有点不稳，撞进病房去。

四面白墙让空气的质感显得非常稀薄。

宫恪在看见她的刹那笑起来，眼里像亮了灯似的熠熠闪光。可是唐韵一点都没被感染，从看见他的瞬间就泪如雨下，目光飞快地在他全身各处乱碰，确认每一个落点的完好，看不出他伤在哪里，但只见他煞白着一张脸就心痛得要命。

"不要哭，轻伤。"

宫恪用手指背面的骨节去帮她擦眼泪，动作有点不自然。

唐韵的眼睛倏然收紧，看见了他衣服褶皱里露出隐约的绷带，泪水更不受控制。她努力不失控出声，嘴唇被咬得失去血色。

一旁的同事断断续续地说明着当时的情况，逐字逐句把她绞得更痛。

在排查嫌疑人时突然遭到反抗，嫌疑人当场就劫持了自己的妻子作为人质，并在房间里连开三枪，都打在墙上。刑警们没想到他会有枪，只好先退出楼道控制出口，通知特警到场。

可嫌疑人没留给他们处突时间，立刻到隔壁又劫持了两名女性人质，把人质环绕在自己四周下楼突围。

距离他的车只有不到五十米，眼看着他就快上车逃窜，更危急的是，红了眼的嫌疑人又朝警方开了两枪，那是闹市区，为了周围居民和人质的安全，宫恪他们不得不在特警支援没到、本身人手也不够的情况下立刻处置。

同事撞散人群后扑倒嫌疑人，但他还没有放弃挣扎，在宫恪夺枪时继续反抗。枪口正对着宫恪胸口，只是被宫恪推住套筒不能击发，两人僵持了无比漫长的几秒。谁知早该被带离的人质——也就是嫌疑人的妻子，突然掏出一把水果刀从背后连捅了宫恪两刀。

"不幸中的万幸，他受了伤也没松手，把枪夺下来了。"同事总结陈词，"也算在鬼门关前过。"

"幸好女人力气小。"他的笑甚至加深了一点，意思是伤得不深，"早知道你会哭就不该让你来。"

光听一遍都心惊胆战，唐韵避开他的伤口抱住他，几乎把空气全部从他胸腔里赶走了。

宫恪怔了怔，眼皮上蹿过一阵暖热。

"是我考虑不周。"他看着正迅速撤离的同事，有点抹不开面子似的，窝进她颈间压低了声音，"我本来是想找个台阶下，觉得我受伤了你肯定不忍心再生我气。"

什么时候了，他居然还在惦记生气那回事，模糊重点的能力简直能和赫连一决高下。

潜意识里总觉得他办的案子大概都是夏秋失踪这类，从没想过会凶险到性命攸关，唐韵只感到岌岌可危的脱力和绝处逢生的后怕。

话语消散在过度起伏的胸口，很久才汽化成一声叹息。

"我不来谁照顾你？"

他从含混的微光中找到她面颊的弧线，轻轻吻一吻，用流失了力气的右手环住她，小心翼翼得像抱着一个温暖的肥皂泡。

他没有说，其实直到此刻都不敢排除再见到她是一次回光返照。

这时她回过神，才注意到一路除了他的同事们没有别人。

"你爸妈知道吗？"

"我爸知道，但我们都觉得还是瞒着我妈好。"

唐韵点点头，像是也在对自己确认："我照顾你就够了。"

之后几天，她都在医院守着宫恪，几个同事轮流来送个饭马上就混熟了，没心没肺地叫嫂子，她每次都掩饰不了脸上的红晕，宫恪笑着把这些收进眼底。

聊起过一次那个把他捅伤的嫌疑人妻子，宫恪说："像不像夏秋？"

唐韵明白他的意思，丈夫拿她挡在枪口前做人质，她却死心塌地要帮着他。

这些人的爱是怎么回事啊？她也困惑不解。

[15]

陈骁在听录音中唐韵和李禾多聊起尹铭翔父亲公司的危机时想起了夏秋。夏秋拿去救急的钱是她自己的，陈骁知道后还是火冒三丈。

那是夫妻俩结婚后第一次激烈的争吵。

清晰地记得也是个大雨天，沿着客厅转一圈的顶灯还坏了一面。昏黄的光线在夏秋的脸上摇晃。

"赫连也一样帮了忙。"偷换概念地争辩，根本站不住脚。

陈骁反驳道："你不是赫连，尹铭翔是你的前男友，不是赫连的。"

"帮忙就是帮忙，怎么会计算他的身份？"

她越是言之凿凿，就越让陈骁心寒。

他很清楚在他和夏秋的婚礼上发生了什么，直到最后一刻，尹铭翔还去过化妆间说服夏秋跟他一起离开。

陈骁永远放不下穿过那条漫长的甬道时自己的恐惧，推门前他的手搭在把手上颤抖，迟迟没有动作，他怕她背后空无一人，直到听见两个女生的说笑声从里面传来，漏进他的耳郭。缓缓打开的门后，穿着婚纱的夏秋应声站起来，从她的闺密身前逐渐展开了肩，仿佛要给终于松了口气的陈骁一个拥抱。

那个瞬间，他差点以为这就是幸福的开始，没想到从这里开始幸福就结束了。

夏秋当时没跟尹铭翔走并不代表不爱他，反而更像是惩罚他来得太晚了。

深爱过的人如果没有反目成仇，就只能是依然相爱，从来不会有中间地带。

夏秋婚后和尹铭翔在很长一段时间和平相处，在他家出现危机时倾囊相助，这让他这个做丈夫的无法释怀。

她用广义的善良说服了自己，他却无法用连遮羞布都不如的借口说服自己。

一切都变了。

他和夏秋之间只剩下对夫妻义务的机械履行，一边麻木地付出，一边强忍摧毁她珍爱之物的冲动，直到她带着对他的恐惧和仇恨远走高飞。

很明显，这次是深爱过却彻彻底底的反目成仇。

[16]

宫恪的父亲很快就从北京赶过来看他，见唐韵方方面面都处理得周到，脸色比上次好。虽然有惊无险，心里也担心至极，嘴上却只有数落："真是乱来，防弹衣没穿都敢开战。"

"穿了防弹衣说不定就被扎脖子了。"

唐韵一回头，看他又痞痞地在笑，心里觉得这些天把他惯坏了。

因为扳抢的时候右手肌腱也受了伤，做什么都让唐韵代劳，明明左手好端端的，连吃饭也要喂，明显带有撒娇恶作剧性质。

唐韵其实一直维持在惊魂未定的状态里，外在表现形式就是异乎寻常的乖顺。他好像揪住了她的弱点使劲欺负似的，越发调皮得不像话，从早到晚地胡说八道。

果然，这下把父亲激怒了。

"你还觉得有趣？有没有想过真出了事你妈妈怎么办？唐韵怎么办？"

唐韵被突然指向自己的手吓得一哆嗦，大气不敢出地看着父子俩。

宫恪顺势扫了唐韵一眼，不笑也不吱声了。

冲他发火是个意外，父亲不知该怎么好好表达担忧，也觉得不自在，便起身和唐韵又寒暄了两句，然后像逃跑一样离开了。

宫恪垂着眼睑。

唐韵什么也没说，安静地走进他狭窄的视野里，坐在他面前，摸摸他的肩表示安抚。

和父亲一脉相承，攥在心里的实情他不知道该如何以平和的方式书写。

那天最后夺下枪倒在地上的时候他想起了唐韵，想起留给她的最后一句话居然那么荒唐，自己真是疯了，为什么要跟她置气？他又看不见自己伤在什么地方，疼痛顺着血液被地面转移走了。在可能再也见不到她的恐慌中夹杂着一份决心，如果能再见到她，从此对她予求予取，什么都让着她。

从那一刻到现在，他都在想方设法地开玩笑，来缓解曾经被沉重碾压过的剧痛。只要不玩闹，他就会又被拽回那个瞬间去体验一遍恐慌。

为什么父亲这么不近人情，连一点让人逃避的缝隙都不留。

他抬起头，以一个极近的距离看着唐韵深色的瞳孔，近到模糊，在水泱泱的倒影中找到呼应。

如同一副魂魄被一分为二，这时候只有唐韵能理解他了，那种险些失去一切的恐慌也像冰锥一样从她凌乱的心跳中穿过。

他吻住她的唇，但就只是轻轻触碰着，怕一动情又带回血腥的味道，睫毛略微一抖现实就融化成梦。

而默契是，月落下望日莲抬起头颅，风起时蒲公英启程迁徙，她一闭上眼，他就本能地知道该探进哪里去缠绵，感知体温，交换呼吸，让血液安静地直抵心脏。

第八章

裂　帛

[1]

梁欢受到重用的消息大大刺激了罗耀。整个午餐时间他都在絮絮叨叨地琢磨。

"梁欢不是张欣桐的好朋友吗？陈总是不是妄想挑拨她们的关系啊？"

金凌刚喝进一口饮料，差点喷出来。她倒不反感罗耀，罗耀说话没遮没拦的，简直算是钩心斗角中的一股清流。

"在你眼里，一切关系都能简化成男女关系。"

"我们不就是正常的同事关系吗？但梁欢吧，整件事违反常理。"

"别瞎猜，陈总做事自然有他的道理。"

"我不就是想知道这个道理吗？"他依然沉浸在自己的逻辑中，"她气质还过得去，可是相貌平平，没什么过人之处吧。"

金凌有点憋笑："那你觉得谁算是有过人之处？"

罗耀一愣。

"唐韵。"他突然记起唐韵说过要保护梁欢，顿时一拍桌子，"原来还是唐韵啊！陈总对她真是宠得没边。"

金凌心里知道陈骁和唐韵的实际关系没表面看起来那么亲密，但有点想听罗耀能歪曲到哪儿去："宠吗？"

"当然了。年底这么忙批她放假，梁欢捅这么大娄子不降反升，"他忘了他自己搞砸了收购也没有受什么实质性惩罚，"更何况唐韵还专门喜欢跟他对着干，对他也就逢场作戏利用利用。"

金凌又忍不住笑："这你又看出来了？"

"唐韵对所有男人都没良心，可是你要说她无情吧，她对梁欢又不错。

她是不是也喜欢女人？"

金凌一边笑一边抛出话题："她现在和沈昱关系怎么样？"

"仇人。听说唐韵离职后沈昱把她待过的部门都撤了，还好我走得早。"

"那财经报连续七篇吹筑高资本的报道你怎么看？"金凌想听听他的见解。

"没什么稀奇。张欣桐写的软文也是软文。她和唐韵关系好也不见得每件事都是帮唐韵办的。"

罗耀这个分析倒是智商在线。

但金凌到这个岁数了，已经越来越不相信巧合。如果没猜错，这件事才是梁欢被重用的原因。张欣桐现在是在帮陈骁办事，究竟为什么要做这些才是她猜不到的地方。

骁盛和 KNE 的竞争无人不晓，骁盛是很想吃掉业已失势的 KNE，无奈实力还不够，之前想从生机科技下手也未能成功。

眼下这招棋一出，让人看不懂了，陈骁这个人总喜欢绕最大的圈。

不过猜不到就猜不到吧，和自己没关系。上次在唐韵的事上多了几句嘴，还被他警告了一番，金凌除了拿工资干分内事一点也不想掺和他们之间的纠葛。

[2]

唐韵休息时间不止两周了，但她没那么不识趣，在陈骁给出信号前不打算先出牌，中途打电话给人事延假两周。王副总得知后不太高兴，找陈骁谈过一次，又找来金凌一起干预。

金凌正好下午去向陈骁做 IPO 进展汇报，结束后随口问道："陈总，您还打算用唐韵吗？"

陈骁有点意外地看着她："嗯？"

几个高管谁来表达不满都合理，唯独金凌前不久才因为唐韵的关系被警告过，她应该避嫌才对。

"顾峥说唐韵不回来放款，现在民工堵门，工地施工完全停止了。"

陈骁当然知道现在项目陷入胶着，他刚接到高雷的电话，高雷对唐韵只字没提，当初设计指向唐韵的压力全回到陈骁身上了。

"一期住宅与销售公司的对接也没人负责。"金凌继续说。

陈骁闭目养神："让顾峥对接。"

"顾峥忙酒店部开业都已经分身乏术。"

陈骁沉默不语。

"如果您还打算用她，就让她尽快回来。"金凌生怕他误以为自己和唐韵又有什么勾连，补了最关键的一句，"否则就得尽快招人，至少先招一个项目副经理。"

陈骁也不喜欢现在的状态，唐韵不用处理公事就总是关机，陈骁反而对她失控了，还不如把她弄回来放在眼皮底下盯着。

更何况她不回来，让高雷出圈的局也完不成。

陈骁在脑子里又理了一遍思路，如何利用唐韵收网，这网还得把该收进去的人一个不落。

最后他抬起头对金凌说："下周让她回来。你去办吧。"

金凌表面平静，内心焦虑，这是个走钢丝的任务。

要把唐韵请回来，又不能让陈骁觉得自己和唐韵交情好。

他这分明又是在试探。

[3]

赵晋航是个恋家的人，仅限于他父母家。所以每个周日，除非有什么紧急事务，赵晋航都会带禾多回父母家吃晚饭。

而这天也有点例外，进门没多久，他就兴致勃勃地拿出了一瓶红酒打开，又为每个人准备了酒杯："今天我有一个好消息要宣布，我们喝点酒庆祝庆祝。"

"什么事呀？"赵母接话，"哎，少倒点。"

"公司的 A 轮融资今天正式签合同了，是不是该庆祝？"

"这么快就第二轮了？"赵父主动把酒杯递近一点。

"公司发展前景很好，具备融资的实力。好几家抢着投呢。"

赵母自豪地看向赵父："你看看，当初开公司的时候你还犹豫，我就说晋航有这个能力的。"

做父亲的笑着说："我们大概真过气了，完全理解不了这什么互联网，什么实质性项目都没做就能几千万几千万地进账。"

酒瓶转到禾多面前,她微笑着盖住了自己酒杯表示不用。

赵母劝道:"我也不能喝酒,但是今天高兴,就陪他喝一点。"

"其实我也有个好消息要宣布。"禾多波澜不惊地说,"我怀孕了。"

这个消息好像比融资成功更让赵母惊喜:"什么?确定吗?"

"去过医院了,两个月。"

赵晋航的脸色却忽然晴转阴:"是……是真的吗?"

"你不开心吗?"禾多用反问戳他。

赵晋航如坐针毡,笑得尴尬:"我只是觉得意外……进度是不是有点超前了。"

赵母马上跳起来反驳:"哪里超前了?你们这个年龄早就该有孩子了!"

她激动地举杯,但看见禾多杯子还空着:"对对,孕妇不能喝酒。"便转身向厨房喊道,"阿姨,倒杯牛奶过来。要热的。"

"既然禾多都怀孕了,婚事得尽早办。"赵父马上开始考虑最现实的事情,"你们赶紧商量个日子,腾出时间来。"

"你爸说得没错。"母亲帮着腔。

赵晋航只能勉强地先点点头,就在此时他桌上的手机振动起来。

禾多向右手边瞥一眼,来电显示嘉玲。

赵晋航果然异常紧张,马上拿起手机挂断,并且没有松手,直接长按至关机。

[4]

赫连知道了一定会疯狂吐槽。

想当初她嘟嘟囔囔抱怨了好几天"心系报告"的宫恪,眼下唐韵却在帮他写报告。上次处理突发事件的报告他借口住院没写,回家后仍然拖拖拉拉,明天就要回警队上班,居然甩锅让唐韵帮忙。当初因为神秘和严肃加持的光环算是片甲不留了。

唐韵觉得这剧情发展有点反转。

"你笑什么?"宫恪把煮好的汤面放在她面前。

她找了个借口，敲着他拿来做参考的别人写的报告："假正经的调调。"

宫恪看一眼她指的那句话，也在笑："先吃饭吧。"

唐韵把笔记本电脑推到一边，尝一口："你挺有天赋。"

"那以后都我做。"

"得了吧，你除了煮点面、煮点粥还会什么？"

"我会学。"宫恪笑嘻嘻地回看电脑，"你就帮我写报告。"

"怎么想都觉得是我比较亏，伙食不好还得干活。"唐韵又伸手在笔记本上切换了一下界面，"我在找房子了。你觉得这三套哪套好？"

她只顾着切换图片给他看，但宫恪的注意力却放在别处，心里像被微小的倒刺挂住，有鲜明的暖意流过。三套房子的位置都在宫恪单位附近。

"怎么不找离和盛近一点的？"

"我不会在和盛久留。"

"年底找工作难吧？"这边是温柔的幸灾乐祸。

"工作经验丰富的都在年底找。"那边是得意的胸有成竹。

"相信你能搞定，先等你定下来。"他停顿后有个转折，"我下周调回经侦，也会换地方。"

唐韵脑子里有根弦一下子绷紧。

宫恪见她脸色忽变，马上接着补充："不回北京，就在上海。"

她长吁一口气："是你爸的意思？"

"我们厅长经过这次心有余悸。"

唐韵点点头表示领悟："万一你出点事，他不好跟你爸交代。"

"我爸倒无所谓，他自己以前都是特警出身，受伤是家常便饭。"

"真厉害。"

"我不厉害吗？"

"你啊，哈哈。"因为看准了他不会真的动怒，唐韵肆无忌惮地笑起来。

宫恪瞪着眼睛，往她腰上掐一把："哈什么？"

唐韵弹跳着躲开，还在笑："我都没见你穿过制服，想象不出有多厉害，就感觉天天东奔西走忙忙碌碌，加班加班再加班。"

调查嘛，本来就没什么光环。

宫恪扫她一眼，了然于胸："哦，你喜欢制服。"

唐韵"唰"地脸红了，埋头吃面。

就是因为她意外地容易害羞，有种反差萌，才越发激起了宫恪随口调戏她的顽劣趣味。

笑容随着面汤的蒸汽浮上来，他说："第三套那种好。"

"嗯？"唐韵抬起头，过了片刻才发现话题绕回去了。

"可以把工作带回家一起加班。"

唐韵自己都没注意，那套的起居室里没有会客沙发，只有很大一张原木桌。

[5]

宫恪回警局后又忙得不可开交，连续好几天加班。唐韵回尹铭翔家住，头两天还勉强和谐，之后尹铭翔就不见了踪影，感觉他回家都是午夜，早晨六七点又出了门。

"不知道是不是我的错觉，他好像在躲着我们。"唐韵一边给点心描着边一边说。

"知道你什么意思，怀疑信在他那儿。"赫连把面团用保鲜膜包好，放进发酵箱。

"你不怀疑吗？"

"我怀疑尹铭翔干吗？"这话说得底气不足，赫连也察觉到尹铭翔的反常。

"你那天也听见了。他劝我们别再找夏秋。"

"他说得合情合理。"

"你怎么一到尹铭翔这儿就不理智呢？"

"我怎么不理智了？"

"他说得是有道理，可像他说的话吗？如果他是夏秋的丈夫，夏秋上午失踪下午就被找到，掘地三尺也要找出来，这才是尹铭翔。"

赫连压不住烦躁，中途就打开发酵箱查看进展。

"尹铭翔也有懂事的时候，你太武断了。"

"哦，现在变成我武断了。"唐韵垂下眼，有点生气，"我根本没说什么。"

"你是没说，可你这几天给过他好脸色吗？他在你面前连脆骨都不敢吃怕发出声音，哪敢回来啊？"

"爱吃不吃，我做饭也花了心思，还不是被视为理所应当的事。"

"本来就是理所应当，你住在他家，交房租了吗？"

"你交房租了吗？"

"我交了信任。"

唐韵一时语塞。

"为了一封还不知道能不能派上用场的信搞得这么难堪。控制欲强还疑神疑鬼的，快变成陈骁了。"赫连翻翻眼睛，再次把发酵箱打开。

连唐韵都忍不住生气，她粗略地瞥一眼赫连的侧脸，执拗的一面显露出来了。

友情要分出高下，总是到站队的时候才异常清晰。谁和谁关系更亲密一点，学生时代就开始不断呈现。

"小偷被抓了，不是小偷的错难道是喊抓贼的错了吗？"

"他做什么了？没被定罪就被宣判了。"语气是不分青红皂白的，护短。

[6]

赌气的危害可能仅次于醉酒，唐韵这一路把车开得线条粗犷，还有一个原因，借的是尹铭翔的一辆跑车，这让她觉得跟赫连闹的别扭也理不直气不壮。

车子停在警局对面的马路上，打电话让宫恪出来取消夜。一半是因为跑车过于张扬，另一半是因为知道之前吃烧烤那天赫连的恶作剧，好几个同事见过赫连，她怕给宫恪引来流言蜚语，所以不打算露面。

看见他身影的那一刻，气已经消了三分之二，再开口时又恢复了柔软声线。

"这盒给你，"唐韵递给宫恪一盒，紧接着是另一盒，"这个给你同事。"

"有什么区别？"

"给你的是我做的，给同事的是赫连做的。"

宫恪笑着把两盒都打开看了看："好像是研究生和小学生作品的区别。我吃完再回去。"

"她心情不好，我们吵架了。"

发酵箱打开过十来次，最后用实面疙瘩捏的甜品，成了饼干，能不难看吗？

"嗯？你和她还会吵架？"

"她说我控制欲强还疑神疑鬼。"挑了最毒的一句告状。

"分一点给我吧。"宫恪说。

"什么？"没反应过来。

"控制欲。"宫恪一本正经地说，"别去管外人了，管着我吧。"

听懂了，转而笑起来："可我根本没想管着谁。"

"长得凶吧。"这一句马上招来了暴打，宫恪一边招架一边笑，"你这是袭警啊袭警。"

等到小闹过了，他沉下脸色，边吃边说："唐韵，周末我妈让我们回家吃饭。"

"一起吗？"

"准确地说，是你要先到。"

"咦？"

"她说要和你一起做饭。"

轮到唐韵感到意外："什么情况？"

"怪我。我说你厨艺很好。"

"是期末测试吗？"

"不是，她也很喜欢料理，觉得有趣，而且可以增进感情。"

宫恪没去看她的表情，只垂眼看自己手里的汤匙，但很快沉默就结束了，耳畔响起绵绵的声音："知道了。我会去的。"

他有点内疚了，因为隐瞒了真相。

他妈妈的原话是对待食物的态度可以看出对人的态度，听起来确实像个测试。但没必要告诉唐韵，除了徒增压力无济于事。谁知道老年人的衡量标准？老年女人尤其矫情。

心里不安，宫恪追问一句："我父母这么多事是不是挺烦的？"

唐韵倒是想起了高中时的一些琐事，妈妈可比这麻烦一万倍，是那种"指向东，你走去了东边，她也要横加指责"的麻烦，大概是更年期？可就算这样进退维谷，也莫名地让人怀念。

她低下头笑一笑，小声说："我想被烦还没机会。"

"回我宿舍住好吗？"宫恪突然说，"我明天争取早点回去陪你。"

"……"话题折转的方向有点让人迷茫。

更让人迷茫的是接踵而至的任性："我不喜欢你住在别的男人家里。"

"哈？"

"尹铭翔是男人吧。"

被噎得犹豫半天才开口："理论上……"

"爱别人的男人也是男人。听我的吧。"

尹铭翔的选择，令人焦灼。赫连的护短，令人焦灼。你的朋友都不是那么无可挑剔，可你却依依不舍，令人更加焦灼。暂时避开锋芒也好。

唐韵点点头，不太想继续这个话题。

再抬头时看见他很虔诚地吃东西，又忍不住笑："好吃吗？"

"这叫什么？"

"柠檬草南姜蔬菜汤。"

这么长的名字不是重点。

"可是我吃出了肉的味道？"

"是牡蛎和棒骨的汤底。"

操作时间，四小时。费的心思，除了味觉不留线索。

"……以后别的男人也不能吃到了。"

唐韵被他逗笑，手机响过之后，得到了早有心理准备却仍意外得有点暖心的消息，陈萱生了个儿子，她先生亲口通知的。

最亲密的朋友才有这样的待遇。

[7]

陈骁这些天过得太顺利，顺利到体会出一点没来由的寂寞。接听完妹夫喜得贵子的来电，寂寞感更加严重了。保姆那边天天除了关机就是情话汇报，他都懒得听。陈萱这边像是不生出一个足球队誓不罢休似的，也分外惹人烦。

全天下都其乐融融，唯独自己茕茕孑立。

以他的身家地位，女人当然不缺，可全世界谁与你交心却不是用钱能解决的症结。

不用说，这都是闲出来的矫情病。

陈骁思前想后，给妹妹在微信上发了万元红包，并不打算亲自去探望，踩进他们的其乐融融里。

梁欢又不适时地带来好消息，感觉事业方面也没什么挑战性，陈骁整个人丧气地窝在大背椅里听她汇报。

"已经按您的要求发了报道，接下来呢？"

"采访许承楷和沈昱。"

新要求有点难度："沈昱还有可能，许承楷从来不接受任何采访。"

"所以要张欣桐出面。"

如果让张欣桐出面的原因这么简单，倒让人松了口气，梁欢接着问："有内容限制吗？"

"投资战略布局。"

"涉及商业机密的问题，就算是张欣桐出面也不可能透露的。"

"没让她探听商业机密，只要见到许承楷完成采访，并且压稿不发，就够了。"

"做完采访压稿不发？"从来没听过这么奇怪的要求。

梁欢用惊异的目光看着陈骁，不知道他今天为什么如此气若游丝又惜字如金，简直像女生生理期的状态，看起来有点可怜。

"只发沈昱的。另外，还需要一篇质疑光联科技盈利率真实性的报道。"终于说出了要点。

光联科技是许承楷唯一与沈昱没有合作的投资，当然，沈昱唯一与许承楷没有合作的投资是KNE。陈骁下的是什么夺命棋？

梁欢犹豫着问："这除了让张欣桐明目张胆地得罪许承楷还有其他目的吗？"

"放心吧，许承楷根本懒得理你们这些群众演员。"陈骁挥挥手，感觉已经连再开口的欲望也没了。

梁欢满腹狐疑地退了出去。

[8]

涉足"其乐融融"的那一派似乎也并不好过，其乐融融很快就变成了水深火热。

赫连到得早，但在看见唐韵露面的第一眼就马上表现出反感："我先出去了。"

"你出去干吗？"唐韵白她一眼，淡淡地说，"待着吧，说不定还有机会再吵一次。"

"你们俩干吗？"禾多觉得这对立有点珍稀。

唐韵说："我也不知道干吗，一大把年纪为了不相干的男人吵架。"

产妇也忍不住八卦："尹铭翔吗？"

赫连反问："你怎么知道？"

"我们生活中关系密切又不相干的男人不就只有他？"陈萱笑起来。

禾多不放过一切嘲讽机会："赫连才不是跟他不相干。"

"你在影射什么？"赫连的重点总是最容易模糊，她已经不太记得唐韵的存在了。

"老公不在国内，住在尹铭翔家，这算怎么回事啊？"禾多翻了个白眼。

"你别把每个人都想得那么肮脏。"

唐韵原本是带着气的，见她们吵得把自己忘了，只剩下心累："别吵了。让产妇休息吧。"

赫连完全不理劝架："不是你先开战的吗？"

"当初为了夏秋嫁谁也是你先开战的，你这么喜欢尹铭翔为什么自己不嫁给他？"看来还是积怨已久。

"当初夏秋要是嫁给尹铭翔就不会有这么多事了。"

"尹铭翔不搬到夏秋对面才不会有这么多事。"

"没有尹铭翔也会有赵钱孙李铭翔，夫妻关系不好难道还怪别人吗？和你跟赵晋航一样。"

"我和赵晋航关系再不好，也没到结婚离婚的份上。赫连，你和尹铭翔都是离过婚的人，到底是谁夫妻关系不好了？"

"离婚就罪大恶极了？你们谁没有经历过失败的感情？"赫连往唐韵鼻尖前一指，"像唐韵这样睡完股东睡合伙人的岂不是要在脸上刺字了？"

唐韵脑子里炸了个摔炮，可是很不幸，来不及开口又让禾多抢了先。

"那是我编的。"

"哦，呵呵，"赫连白眼一飞，"真话假话都是你一句话。"

"我是为了宽慰王旗编的。"说得理直气壮，好像也完全没有对唐韵的歉意。

脑子里又炸了个摔炮。

赫连冷笑笑道："所以你永远最高尚了。你的孩子，赵晋航真想要吗？"

"想不想要暂且不论，先解决生不生得出的问题吧，"那厢也针锋相对，"否则遗产再多也继承不了。"

差不多把最毒的话已经说完了。

唐韵这才插上嘴："过分了，你们。"

十几年过去了，依旧如此。唐韵不是不知道怎么回事，都是闲的。只要没有外部压力，闺密之间一准儿铆足劲撕逼。

出门后各走一边，决绝感好像永不回头，但以往每次的剧情都大同小异，一受外力马上像弹簧一样飞回来。

唐韵从电梯出来就接到金凌的电话——"老板让你早点回来上班，别续假了。他是不会示弱的。"

陈萱的病房在住院部 13 楼，不算什么吉利数字。

官恪见回到副驾座的人像烧开的水壶冒着蒸汽，有点犹豫，却还是拿出了预定的说辞："有没有唤醒你一点母性？"

刚被赫连、禾多永无止境的战争吵得爆血管的唐韵有感而发："我绝对绝对绝对不要生女儿。"

"你这么说我容易想歪，"这个玩笑，可以说相当相当相当没眼色，"据说女方那什么的情况下容易生儿子。"

唐韵猛地推了一记他脑袋，非常货真价实的袭警。

"开车呢小姐，注意安全好吗？"对方的笑容却像潮汐一样卷土重来。

[9]

唐韵回到和盛上班的头几天忙于处理年底给施工方放款的事务，大部分时间待在项目部，也是为了尽量避开陈骁的锋芒。

回公司总部的这天，滂沱大雨把整栋楼体浸没其中，会议室外笼罩着潮湿的雾气，会议室内却弥漫着一种松散的氛围。

按照日程安排，应该和金凌一起商议内控工作组人员岗位调整。

她看见唐韵停在会议室门口，露出一个礼节性的微笑："你来得正好，这个投影仪我每次都对不准幕布。"

"是缩放的原因吧。"

唐韵调试投影仪用了二十分钟。

但在二十分钟后，金凌依然自顾自处理文件，没有抬头的意思。

"所以你把我找回来就是为了调试投影仪？"唐韵半开玩笑地问。

金凌抬起头笑了笑："我对你说过吧，明哲保身。"

"我领着工资，总要做点什么。"

"领的是陈总给的工资，做点对陈总有利的。"

"骁盛就要上市了。应付上市审查的需求当然很迫切，但上市不是终点而是起点。企业还要经营下去，防范各种风险是有利于整个公司的，当然也有利于陈总。毕竟，陈总也不希望粮仓四面漏风吧。"

金凌沉默了一会儿，把手里那份唐韵用来威胁陈骁的风险评估报告投影到幕布上："不得不说，专业度让人印象深刻。"

"我最初在 KNE 时主要工作方向就是评估投资风险。"

金凌终于进入了正常的工作状态："你为什么认为目前骁盛最大的问题是作业流程容易诱发风险？"

"在项目点待过，擅自修改未经批准的流程变化是家常便饭，流程的执行错误、流程的流于形式……都是项目推进效率低下的直接原因，中层管理人员的岗位分界不明……"

"你是指上海项目？"

"上海项目是代表，我并不是针对丁羽良个人，而是针对所有中层的监督不到位、制度不健全的问题。这些关键职位都充满了职业判断，弹性度大大高于宽容范围，相信你也明白这意味着什么。"

"职务判断一旦被利用，就能操纵财务指标。"金凌就事论事。

"现在这些岗位上都是陈总信任的人，将来企业上市，扩大规模，陈总还能保证所有人都是他信任的吗？"

"你想要怎么解决？"

"继续完善发行工作组建立的风险数据库，让所有偶发事件都能在风险清单中找到对位的止损方式。"

"这工作量也太大了。"

唐韵自信地微微一笑："幸好是我最擅长的。"

气氛有点缓和了，金凌想起什么，忽然笑起来拿她打趣："最擅长控制风险的你，居然能让男人把整个公司都卷跑。"

指的是郑健，这可是在金凌眼皮底下发生过的最戏剧性的灾难。

"鉴别风险是一回事，"唐韵也是笑着的，"执行控制是另一回事，幸好是你最擅长的。"

[10]

陈骁觉得给唐韵一个下马威还是换回了点成效。下午快下班时，梁欢向陈骁请示如何回应询问收购生机科技的媒体。

陈骁用这件事故意试了试金凌和唐韵，让她去请示金凌。

唐韵和金凌都选择对 KNE 不利的公关方案。

金凌的选择他不觉得意外，唐韵从前与赫连、陈正卿关系不错，如今倒戈相向除了被休假警告后有所收敛的因素，可能还与前几天她们闺密间的争吵有关。

陈骁这几年对夏秋这群姐妹也有点了解，在他眼里当然还是一群心智不成熟的小姑娘，一言不合就闹得四分五裂。夏秋算参与得少的，但经常因为化解他人矛盾无效而气得够呛。

眼下唐韵和赫连疏远一点，也搬了住处，对陈骁而言是求之不得的事。一方面免得他们凑在一起整天琢磨夏秋失踪的内情，另一方面也便于规避唐韵有意无意把骁盛内部情况随便透露给赫连——收购细节走漏风声在陈骁看来和唐韵也脱不了干系。

[11]

因为约定了要提前去宫恰妈妈家一起做饭，周五唐韵刚过两点就离开了公司，正好金凌也要去学校接因为运动会早放学的女儿，两人坐了同一辆车。

"是住校吗？"唐韵主动聊天。

"走读，我们舍不得这么小就让她离开父母。"

"平时谁带呢？"

"生活有阿姨照顾，学习主要是我管。她爸爸太忙了，应酬太多。我还相对好一点。"

聊的是家庭孩子的话题，金凌的警戒心就没那么高。唐韵也跟着轻松。

这些天虽然一起工作，但金凌一直谨慎，什么该说，什么不该说，界限清晰，以免传到陈骁耳朵里带来不必要的麻烦。有时说着说着突然打住，气氛会变得有点尴尬。

"真不容易。"唐韵感慨，"我以为像你们这样的高管会把孩子往父母家一扔了事。"

"我很喜欢小孩，其实也很喜欢家务。如果非要让我二选一，我会辞掉工作。"

唐韵笑了笑，顺势恭维："陈总不会放你，你走了骁盛可要乱套。"

"谁来谁走公司都照样转。你这分管项目的副总休假这么久都没出事，我又有什么不可替代的呢？不过都是混口饭吃罢了。"

车停在路口把唐韵放下，接着继续送金凌去接女儿。

唐韵自己掉转了方向，步行了近一公里去宫恰妈妈家。主要是不愿让公司司机和金凌知道详细地点。

[12]

做料理的氛围还算融洽，只不过宫恰妈妈和唐韵各自擅长的菜系不同，分别做了几个菜，组合在一起有点不伦不类。

"是华侨的关系吗？从小家里都吃法餐？"而宫恰妈妈是坚定的中餐拥趸。

唐韵一边细致地给酥皮刷油一边说："我们家也是吃中餐的。小时候一直忙着读书，根本不会做菜。是工作后专门在蓝带学的，所以其他菜也不会。"

"我在那儿学过甜品。只有全职学习吧？你还有机会放下工作九个月时间专门去学料理？"

"是离开 KNE 的时候，因为竞业协议有一年时间。"

宫恪妈妈也算半个业内人士："那你离开 KNE 是强行辞职的。"

唐韵平淡地笑笑："和上司相处不好。"

"为什么？你看起来是很好相处的人哪。"

"现在回头看，大概因为我是个普通人吧，而上司追求的是为达目标死生置之度外的极致。"

她微怔，反应过来后笑着说："听起来像是我认识的人。"

"辛苦其实不算什么，可怕的是整个人都被环境裹挟着，自我逐渐消失了。辞职后去做了九个月菜，才感觉重新找回一点心里被摧毁的东西。"

"我父亲就是那种法西斯家长，对每个孩子都是摧毁式的培养，不管你付出多少努力，他都会把你刚做的东西摔在你脸上说不够完美。最后自卫能力让我们都逃走了，只有一个例外。我觉得那样的终点并不是卓越而是偏执，所以我一直告诉孩子，工作不是人生的全部，爱才是。"

"他真幸福。"唐韵由衷地羡慕，"他是我见过的人里面最阳光、最慷慨、最勇敢的。"

做母亲的尝了口汤，满意的神色从眼里流露出来："这话不要告诉他，他很容易骄傲，没人夸都骄傲。"

[13]

晚餐的氛围普通家常。吃完饭宫恪开车带唐韵回家。

"我妈妈越来越喜欢你了，不是什么好事。"

"你嫉妒吗？"

"她又闲，又耐不住寂寞，到时候会天天骚扰你的。"

"怎么能说是骚扰呢？"

"爱麻烦别人又爱撒娇，怎么不是骚扰了。我爸现在接她电话都害怕，每次接过之后就像乌云压顶一样。"

"看不出来。"唐韵多了句嘴，"他们俩，人都那么好，为什么要分开啊？"

"主要是因为我妈妈。我爸本来工作就忙，年轻的时候又不是领导，天天累得像狗。她照顾不好家就算了，还只知道埋怨我爸不够浪漫。"

"现在的家不是照顾得很好吗？一个人过，生活质量也很高。"

"在准儿媳面前当然体体面面，难道对着你躺床上吃爆米花吗？不是会做好吃的就算生活质量高。连我外婆都说，她就不是贤内助那块料。"

"什么叫贤内助啊？"听起来不太悦耳，"前些年不还说妇女能顶半边天吗？怎么观念越来越落后了啊。今天我们董秘也是，丧偶式育儿，那要丈夫干吗呀？"

"你是在跟我声明女权吗？"宫恪睨她一眼，随后眼睛就弯起来了，"我告诉你，我妈妈的'不会持家'到什么地步。结婚时外公给了一栋三层的房子，她装修到二楼觉得太累就放弃了，结果刮台风的时候河水漫堤把家淹了，我们一家三口，在三楼的毛坯房里住了两天。"

唐韵笑归笑，还是帮着辩解："那是她不擅长的领域啊。装修这种事为什么要扔给女人？"

"不是你们女权主义强调男女平等吗？"

唐韵无言以对，瞪他一眼。

好像有点赌气："我明白你的意思了，你不喜欢你妈妈这类型的女人，也不喜欢我这类的，我们不够贤惠。当然啦，谁都喜欢为自己付出更多的人。但我就是我，不会为了讨你喜欢去模仿别人。"

"你摸着良心再说一遍我不喜欢你。"宫恪笑着，借等红绿灯的机会打开她面前的抽屉抽出一沓资料，"给你的礼物。"

"这是什么？"唐韵垂眼一看，立刻严肃起来。

是一年多以前一段时间内的通话记录，手机机主是吴嘉玲。

用蓝色水笔圈出来的记录是陈骁的手机号，几乎每次和陈骁通话后不久就有一个重复的手机号被圈出来。

资料的最后两页是这个手机号的通话记录，机主是许志杰。

许志杰？和盛的监事会主席。本应代表和中集团监督骁盛在项目执行过程中的财务支出，显然他监督得不好。

唐韵知道他一定是陈骁的人，但，是怎么成为陈骁的人的？看这个通话记录时间，是夏秋出车祸之前不久。难道他就是被设计的肇事司机？

"这个人你熟吗？"

"不认识，圈外人。"

宫恪这段时间几乎天天加班到深夜，居然还抽空拉了这么多通话记录来分析比对。唐韵不止一点感动，声音温柔了三倍："这些，你做了多久？"

"知道是谁为谁付出更多了吗？更喜欢我了吗？"没人夸都骄傲的那位得意地转头看向她，"怎么报答我？"

[14]

唐韵被手机铃声惊醒，却又被一双胳膊从背后紧紧搂住不能动弹。

是宫恪的手机，持续不断地，一轮接一轮在响。想必是最近疲劳过度了，他居然一点反应也没有。

她看一眼时钟，凌晨四点，不知是他家还是单位出了急事，按理说经侦应该很少出现需要半夜处理的急案。她犹豫了十来秒，还是决定叫醒他。

唐韵轻轻转个身面对他。

宫恪已经因为她的动作醒了，半合眼睑，嗓音有点沙哑："怎么了？"

"你手机在响。"唐韵顺势撑起身体越过他，帮忙从左侧枕边拿来手机，看了眼来电显示，"小袁。"

宫恪本来还有点迷糊，这一下瞬间清醒，几乎是从床上弹起来的，迎面抱着唐韵接过手机："什么事？好。我马上过去。"

挂了电话他就立刻开始穿衣服。

唐韵一头雾水："什么情况？"

"吴……"意识到自己差点说漏嘴，宫恪低头掩饰了一下，好像不认真看裤筒就会穿错似的，"嫌疑人逃了。现在要赶去机场。"

唐韵愣愣地裹着被子坐在床中间，感觉这好像也不是自己能插上话的事，只能用眼神跟着他一件件套上衣服。

"你好好睡觉。别等我。估计一时半会儿回不来。"

走之前在唐韵脸颊上留了个吻。

唐韵一直等到卧室外一切声响都结束，才重新躺回床上，却忐忑得再也睡不着了。

吴嘉玲因为什么事被经侦盯上了？

会牵连到自己吗？

[15]

官恪赶到机场，几个队员拿着平板电脑迎上来："看不懂是什么意思，她现在每隔十到二十分钟买一张新机票。人却一直没露面。"

"去哪儿？"

"去哪儿的都有，伦敦、法兰克福、阿姆斯特丹、巴黎、布拉格。"

官恪沉默着蹙眉看手里的平板电脑。

"不过不管去哪儿，她都别想登机。"小袁说。

不对。官恪想，既然吴嘉玲能知道自己被查了，她也应该知道自己买再多机票也逃不出去，除非……声东击西的话，要么用其他途径能走，要么是想藏匿起来避风头。

哪种可能性更大？

看消费流水就知道她是个享乐主义者，要委屈自己逃到某个偏远农村避人耳目可能性太小。

官恪抬起头："马上去调这个月，不，这周的私人飞机空域申请，还有从昨天早上到现在的飞行记录。"

他有种糟糕的预感，后几次的机票支付时间都太精准了，没有秒数的零头，很显然是定时自动操作的，如果从她失踪那刻算起，她可能已经出境了。

当他在发来的飞行记录中看见熟悉的名字时，顿时气得血压飙升。

一小时前起飞的，是沈昱的飞机。

这个点沈昱已经起床了，电话只响了两声就被接通，听见电话那头"你到底有多少女朋友"时愣了两秒，怀疑到重看了一遍来电显示，确实是官恪，才反问："你是我爸爸？这也要管？"

"干吗把飞机给吴嘉玲用？"

沈昱马上明白，笑起来："普通朋友，开口了当然送她一趟。我哪知道你在查谁？你查我的时候也没打声招呼啊。"

宫恪被噎得没话说，只能用先挂电话扳回一局。

砾双实业的财务经理主动向警方报案，举报公司总经理吴嘉玲长期挪用公款、虚开发票、收入不入账。

这是第四天。宫恪他们一方面忙于查账，另一方面盯着吴嘉玲以防万一，没想到还是让她跑了。

调查开始才四天，沈昱未必是她借飞机的首选，如果是临时申请空域至少要提前两天，她四处联系也需要时间，也就是说调查吴嘉玲的事在第一时间就走漏了风声。

这种办案阻力也不是第一次遇上了，只不过他低估了砾双这么小的庙。

"现在怎么办？"小袁问。

宫恪从牙缝里挤出声音："查。查砾双。往死里查。"

[16]

陈骁是在凌晨三点五十被电话吵醒的，吴嘉玲会想逃走他并不意外，意外的是她没有找自己借用飞机，而是找了沈昱。

沈昱有频繁出境的工作需求，所以有长期飞行空域，每半个月报备一次，飞行前后及时报告，不需要逐日申请。陈骁虽然也有私人飞机但不常用，需要提前申请，获批后才能飞行，很多时候他为了避免过早暴露自己的行踪更愿意乘坐民航。

吴嘉玲求助沈昱，真的仅仅是因为时间紧迫，来不及申请空域？还是她早就觉察了陈骁不会帮她？是从什么时候开始觉察的呢？

不过这一步也许更好。吴嘉玲的潜逃能大大提高案件的受重视程度。

五点半，许志杰的电话如期而至。

"听说了吗？吴嘉玲连夜潜逃去美国了。"慌慌张张的声音。

"放轻松。"陈骁懒洋洋地说。

"你也太悠哉了。我可是听说，公安那边已经立案了。她这一逃，不是此地无银三百两吗？"

"你以为是谁点的导火线？"陈骁忍不住有点得意地笑起来，"砾双的财务自己敢擅自举报？"

电话那头彻彻底底地安静了半分钟。

"为什么？"

"还不是为了保你？"保你也就是保我，这半句留着没说。

"我没看懂怎么个保法。现在他们开始查砾双，不是很快就查到和盛了吗？"

"自己点火才能控制火往哪个方向烧。与其拖到哪天砾双爆出来，一连串带出和盛、骁盛，不如现在就在可控范围内引他们查砾双、和盛、和中那条线。"

"可不管走哪条线都要经过我啊！"

"你以为我找唐韵来是干吗的？放心吧，吴嘉玲、唐韵、高雷那条线我已经安排好了。警方现在能得到的证据都是我想让他们得到的。"

"那高雷到时候会不会反咬一口啊。"

"他图什么？"陈骁发自内心地觉得和智商低的人说话累，"给自己加刑十年吗？"

也幸亏他智商低，想不透其中关键才好操纵。

许志杰如果聪明应该很快就能想明白一件事，高雷和吴嘉玲都是深陷泥沼的人，两害相权取其轻，因为一桩罪而涉案绝对不会自爆出更大的罪。而只有许志杰除了帮陈骁做事之外清清白白，也只有他具有指证陈骁换取减刑的动机，换言之，完全与陈骁同船的，只有许志杰一个人。

陈骁自然会牺牲其他任何人去保他。

[17]

平时早上六点李禾多为了赶上班一定已经起床了，但这是双休日，唐韵虽然体贴，眼下也焦虑得顾不上周全了。

接到电话时，她还迷迷糊糊："什么？"

"经侦在调查吴嘉玲。这和你有关吗？"

禾多顺着床头坐起来，惊讶于身边没人，要知道双休日赵晋航总是不睡到中午十二点不起床。这个意外让她顿时清醒了不少。

"我还希望与我有关呢,毕竟我花了这么长时间搜集证据。你帮我问问宫恪呀,要不要热心市民提供线索?"

唐韵心乱如麻,没心情和她说笑,随便敷衍了两句就挂了电话。

但很快禾多也笑不出来了。她好奇地四下寻找,最后发现赵晋航在阳台上打电话。

大冬天,他在户外,就只披了一件浴袍却感受不到寒意,看起来前所未有的焦灼,正烦躁地来回走动。

这个电话,一定非常不想让禾多听见。

而且禾多这时几乎立刻就肯定了,他之所以如此,一定和唐韵刚才的来电有关,吴嘉玲出事了。

[18]

唐韵得到的是最坏的消息。

如果不是禾多搞小手段,那么吴嘉玲被查的原因就只剩下砾双。

她虽然早有心理准备,但没想到这一切来得这么快。吴嘉玲不管有没有成功逃走,砾双注定会被查个底朝天,以和盛与砾双的业务联系,自己这个项目经理很快就会被卷进去。

之前用以抗衡陈骁所出的下策已经变成了下下策,自己作为纽带,下一个被查的恐怕不是陈骁,而是高雷。

最重要的是,办案人是宫恪。

她了解宫恪的性格,什么样的巨轮他都敢凿,嗅到掀翻和中的可能性只会让他更加兴奋,绝不会有一丝一毫的踌躇。

唐韵长叹一口气,剩下的时间不多了,自己唯有比陈骁更快才行。

[19]

陈骁度过了一个异常愉悦的早晨。

一切都在朝预想的方向发展,甚至比计划中的更好。

但世事总是如此,每当你以为万事俱备只欠东风的时候,上帝就在云端露出一个嘲讽的坏笑。

这次是，当他从保姆手里接过新一天的录音和笔记，顷刻间掩饰不住面色铁青。

唐韵的男友不是他猜想的许承楷，放在平时可能比许承楷威胁小得多，但眼下却成了最大的威胁。

经侦查砾双案的警察，名字谐音是"功课"。

李禾多怎么会知道自己随便一句玩笑——"你帮我问问宫恪呀，要不要热心市民提供线索？"——能把十几公里外的陈骁吓得直冒冷汗。

他去参加过生日宴，当然知道自己参加的是谁的生日宴。

沈奕的儿子，宫同的儿子，母亲是沈家人，父亲是副总警监。关键他自己，可是第一个捅 KNE 这马蜂窝的疯子啊。

曾经有过那么多明显的提示——

吴嘉玲说："我刚才在公司门口可是看见她上了一辆警车。"

自己当时居然想当然地以为那应该与唐韵和郑健的纠纷有关。

而生日宴上沈奕的态度，沈昱的态度，一切都突然有了解释。而自己居然没有更早一点发现。

他开始悟到自己玩了什么样的火，就像与风车作战的堂·吉诃德，一个不小心就将万劫不复。

阵营、援军、后台已经全都不存在了，只能破釜沉舟。

[20]

午餐后唐韵想上天台抽根烟，没想到正遇上陈骁、罗耀和金凌在喝咖啡。陈骁向她招招手，让她过来坐。

罗耀脑子里有根神经跳突起来，目光在陈骁和唐韵之间以高频率来回扫视。

习惯性扑克脸的陈骁居然主动自发地微笑了一下："几天没见，你好像瘦了。"

唐韵平淡地回答："何止几天，是一个月，算上休假。"

罗耀几乎已经肯定在他们的关系中唐韵吃定了陈骁，他从来没见过陈骁对人露出这么温馨柔和的神色。他的目光里居然还有一分害怕两分讨饶。招呼她过来，主动寒暄，唐韵却一点面子都不给，眼中尽是冷漠。

不止罗耀，连金凌也感到意外了。

原以为是因为陈骁已对唐韵厌倦，才又是给她穿小鞋又是警告自己又是强行休假，没想到两人只是情侣置气，现在居然又重归于好，不，还是陈骁单方面地示好。

所以她才最讨厌办公室恋情，上下级之间因为感情纠葛影响工作，周围同事都成了炮灰。

陈骁完全没意识到自己的言行在观众眼里都成了什么，他现在很想探探唐韵的底，无奈看见她就不禁想笑。

和宫恪在一起，怎么想的。

唐韵是自己堂妹和夫人的同学，在陈骁眼里自然是同辈，和沈奕也是同辈，而且她和沈昱的关系又不是秘密。宫恪怎么说也是晚辈。

那孩子他见过多次，很出众，像父亲一样英姿飒爽，又承袭了家族的倨傲风雅。唐韵像是往人家盛满清水的杯子里滴入的一滴墨汁。

除开阵营对立的考虑，陈骁也不由自主地想用眼神劝她"积点德吧"，这大概就是被罗耀解读出的"讨饶"。

但陈骁是这样的人，财富地位给了他裁断权，不能随意在神色中透露好恶，平时脸上像罩着霜，一旦换成玩味的笑意，就变得非常引人遐想。

以罗耀和金凌的身份阅历，都是精通于察言观色的"人精"。只不过因为不知内情而猜错了方向。

"喝杯咖啡。"陈骁把桌上的点单卡往她那边推一推。

"我不喝咖啡，谢谢。"

第二次不下台阶。

罗耀拼命给坐在对面的金凌使眼色。

陈骁却顺手招来最近的工作人员："给她一杯 Gimlet。"

"现在还太早了点。"第三次拒绝用上了名台词。

"她不喜欢，"陈骁好像很遗憾地说，"那换一杯我留的 Yamazaki，兑冰。"

唐韵不想再回答，她知道陈骁就是喜欢这样张扬他的控制权。

但旁观者不这么认为，金凌有点坐不下去了，这分明是赤裸裸的调情，让她陷入了"我是谁？我在哪儿？我是不是多余的？"三连问中。

她还没来得及找借口离场，就被陈骁转过头问了个猝不及防："你和唐韵下午忙什么？"

"完善清单、流程。"

"那又不急。"陈骁向椅背后靠过去，"IPO 这关已经过了，以后都是持久战，一下午也赶不出什么，缓缓吧。"

罗耀心里已经笑疯了，憋笑憋得很艰难，他觉得自己不适合在这里做电灯泡了，准备起身："我等会儿……"

"你又急什么？"陈骁面色微沉，生生地把他瞪回了座位。

陈骁留着两位炮灰的主要原因是唐韵一直盯着他眼前的咖啡，估计她脑内剧场已经至少三次把咖啡倒在自己头上。

炮灰在场的情况下，他步入正题："Iris 走得很突然，你听说了吧？"

这话题让炮灰也严肃起来。

吴嘉玲逃走，已经在特定范围人群中传得满城风雨，原因众说纷纭，大部分人能知道的只是砾双出了事而已。

没等她回答，陈骁继续说下去："看来你一开始坚持不和砾双续约是明智之举。"

"陈总和她关系很好吧，不关照一下吗？"

"也没太好。如果是你，我会考虑关照一下。"这句威胁，在两位场外观众听来又出现了歧义。

罗耀几乎已经肯定唐韵至今跟陈骁闹的小情绪是在和吴嘉玲争风吃醋。

金凌心里有点惊惧。她从来不关心吴嘉玲和陈骁的私人关系，以吴嘉玲游戏人生的态度，做过陈骁一两次床伴也不足为奇，但他们更重要的是生意上的合作，吴嘉玲帮陈骁的忙可大了去了。

唐韵才出现几个月，没看见为陈骁做过什么，可她一耍小性子，陈骁居然能把吴嘉玲弃之如敝履。

当初陈骁把她放在这么关键的职位上，金凌就为他的丧失理智震惊了一回，这次是更震惊的一回。她几乎要怀疑再过两个月唐韵要变成骁盛的老板娘了。

而"老板娘"的语气依然非常不敬:"陈总的好意我心领了,不过Iris触的这种线我不会碰。毕竟风过有痕,关系越好越靠不住。"

气氛一下降至冰点。

那杯二十五年的威士忌不合时宜地被搁在了唐韵面前。

陈骁以迅雷不及掩耳之势抢过去一饮而尽。

"想了想,我还是不喜欢与人分享。"

很不幸,这个极具气势的挑衅举动直接让金凌目瞪口呆,这是……吃高雷的醋?

她慌乱中对上罗耀的眼神,罗耀一脸"我早说过吧"的得意。

[21]

这天和金凌工作忘了时间,走出和盛大楼时早已夜幕降临。唐韵一眼看见了尹铭翔的红色跑车嚣张地堵着大门停放,驾驶室只有赫连一个人。

她趴在车门上对唐韵说:"有没有空一起喝一杯?"

怎么可能拒绝呢?

两人并肩坐在吧台前,赫连用自己的酒杯碰了碰唐韵的,率先喝光了。

唐韵晃了晃酒杯:"确定今天不是第三次战役了吧?"

赫连笑得大大咧咧:"怎么?你还没吵够?"

"得了吧,你吵架杀伤力太强。"

"口不择言,别记仇。都是从小写过交换日记的闺密。"

"跟你写交换日记的好像不是我,是尹铭翔。"

赫连无奈地飞了个白眼:"别较劲了。"

"信找到没有?"

"估计是在他那儿吧。"

"你喝了酒之后挺清醒啊。"

"那我能怎么办?拷打他逼他交出来吗?"

"别说这种鬼话了,你就是偏袒他,不拷打他难道不能和我统一战线说他几句吗?怎么老这么双标。同样的事要是陈骁做的,你早诅咒他祖宗十八代了。"

"可能因为陈骁是我先看上的吧。"

"什么?"这也是唐韵第一次听说。

"高中的时候,我去陈萱家玩,看见她和陈骁的合影,就向她打听过陈骁。是我先一见钟情的。电视里、小说里、漫画里这种叫作前史,重逢叫作再续前缘。"

唐韵忍不住笑起来:"你高中时一见钟情的没有上千个也有上百个了,能算数吗?"

"长大后也是我先看上的,是我主动打陈骁的电话,却让他想起了夏秋。我做错什么了吗?只不过不是女主角而已。"

唐韵开导她:"感情这种事,先来后到从来不起作用的,没必要耿耿于怀。"

陈骁抚着额关了录音。他监听唐韵的手机不是为了目击这种回忆现场。但这倒是让他想起了一些刚认识夏秋时的美好过往,先来后到从不起作用这条真理,其实同样也适用于自己、夏秋和尹铭翔的关系。

[22]

唐韵回到酒店已是深夜,一身倦怠地走进大厅,抬头看见靠在沙发座上的宫恪,怔住了。

"你又不接电话。"

唐韵从包里掏出手机,看了眼屏幕,确实有未接来电:"酒吧太吵了没听见。"

"我不开心了。"有点任性的语气,"好不容易回一趟宿舍,以为你在等我,结果只看见你留的便条。"

"院子里都是警察,你又不在,我进进出出心理压力很大啊。"

"你干什么坏事了怕警察?"

唐韵笑了笑,进了电梯。

宫恪跟进去,趁她按楼层的时候搞偷袭,把嘴唇覆上来。她带着淡淡的烟酒味和榛果味,因为突然失重往后跟跄一步差点摔倒。他及时揽住她的腰,把这个吻加深了一点。

第九章

假 道

[1]

唐韵迷迷糊糊中感到什么在震动，宫恪已经把手机按下接听键贴在了她耳边。

"嗯？"

"唐韵，你给我打电话之后有关于吴嘉玲的新消息吗？"是禾多的声音。

"唔……没有……"她努力睁开眼，床头闹钟显示两点，但落地窗外阳光充足。

"那你认不认识筑高资本的人？"

"我……问问……"

那边终于觉出点不对劲："你在干吗？"

"嗯……"该怎么解释下午两点在睡觉这件事？老年人养生睡午觉？

"是不是不舒服？"

"没有……"唐韵逐渐清醒过来，"筑高，你想打听什么？"

"赵晋航的融资是吴嘉玲牵线谈成的筑高，吴嘉玲现在跑了，他不知道下一步找谁跟进。"

不算大事。

"知道了，我来找人。"

等到挂断电话，身边闷闷地传来一声："不许找。"

"这种小事又不用找沈昱本人。"

"那你对他那边上上下下挺熟啊。"

唐韵失笑："你正常一点。"

"我帮你去找，以后只能我帮你。"

"好，都听你的。"

宫恪满意地亲亲她的侧脸，躲在耳畔坏笑："没有不舒服，是不是很舒服的意思？"

偷听电话，唐韵笑着从背后抽出枕头砸他。

宫恪翻身把她压住。

"不行不行，我太累了。"唐韵挣扎着求饶。

宫恪放掉她，揶揄地笑道："你太缺乏锻炼了。"

她起身找衣服穿起来："而且顾峥发微信说住宅的销售许可证被卡了，一把手今天值班，我去看看什么情况。"

她扣上最后的扣子，从包里掏出录音笔扔给他："橡皮弹。"

"那我先回趟警队，查……"又差点说漏嘴，宫恪觉得还是少说为妙，"晚上回来找你。"

不用他说，唐韵也知道。

男人对事态的掌控力上了床是藏不住的，就算再有城府，日暮途穷的人也硬撑不出无往不利的心态。

他的确看起来有点忧虑，但在床上得心应手，没有任何不堪重负的迹象。应该还没查到任何对和盛不利的线索，相反，可能在其他线索上有所斩获，可不是吗？吴嘉玲这人只是精明并不聪明，平时做起事来漏洞百出，一查一个准。

"我想问你个问题，"宫恪扬了扬手中的录音笔，"你现在做的一切还是为了夏秋吗？"

"从来都不是单纯为了夏秋，就像赫连也想要夏秋也想要回她的钱，我想要夏秋、地位、事业、自由……普通人想要的一切我也想要。"

"我怎么觉得，普通人不想要的正义你也想要。"他仰头朝她笑，明亮的光线在一侧温柔地勾着他的轮廓。

唐韵也跟着笑起来。

"普通人想要的婚姻，你不想要吗？"好言相劝的语气。

唐韵微怔，坐回他面前，嗫嚅着："我已经三十四岁了，不会做虚无缥缈的梦……"

"就算你遇见过很多人渣，觉得投入感情回报率太低，舍不得付出了……"

"……我不是舍不得付出……"

"让我来付出。你可以放弃这个目标，但要给我一个目标。告诉我等你多久才可以问结果。"

唐韵抬起头，凝视他的眼睛。

感动她的不是他说的话，是他说话的神情语气。

他说"让我来付出"就像说"晚餐吃泡面"一样平平淡淡，好像都是理所当然的，分内事，没别的可能。

"你知不知道，办公室恋情以失败而告终时会发生什么？"她柔声说，"上级爱下级，会成为传奇。下级爱上级，会成为炮灰。"

"……唐韵，为什么要这么悲观。"

"不是悲观，是现实。我也很现实，我不会因为爱一个人就甘心让自己被羞辱被牺牲。"

"……怎么可能被牺牲，我要和谁结婚是我的自由，父母也不会反对的。"

"你这么爱你的父母，只要在人群里就会听见议论，我不忍心让他们在儿子单方面帮困扶贫的婚礼上备受委屈。"

"……"

"所以你等着我，直到我和你门当户对的那天。"

他像是被这个突然的转折砸中了头，茫然地说不出话，只不由自主地咽了咽喉咙。

她没等他反应，继续坚定地问下去："你比我小七岁是好事，等得起。愿意等吗？"

这个劫后余生的微笑像雨后从云层里一寸寸钻出来的阳光，他猛地把她拥进怀里。

"愿意。"

[2]

禾多挂断电话，忧心忡忡地转过头看向赵晋航："唐韵答应了会去打听，实在不行我就去找赫连。她老公的关系也许能找到筑高的高层。"

"不能现在就找赫连吗?你的自尊心难不成比你老公的身家性命还重要?"

禾多愣了愣,继而笑起来。

"笑什么?"

"这是你第一次自称我老公。"她有点欣慰和感动。

赵晋航其实没想那么多,只是因为禾多前一句说了"她老公",他就顺口跟着说。

"我不是你老公我是谁。禾多,我这个人很少花言巧语,我说过要娶你就一定会娶。你相信我。"

禾多点点头。

"吴嘉玲,我和她真的只是工作关系,你不要多想。"

"我知道。"

"等这次的事情解决了,我们就去领证,一起筹备婚礼。"

"嗯。"禾多突然想起什么,"对了,你融资的合同给我看一下。"

"合同?"赵晋航莫名紧张,"为什么要看合同?"

"我看看是不是有什么漏洞。"

"合同……在公司保险柜里,改天给你。"

[3]

上班的两天,唐韵一直规规矩矩在会议室和金凌一起办公,除手头工作外其他一概不谈。金凌也不像起初那么拘谨地划分边界了。

下班后唐韵提议"去喝一杯",金凌稍稍犹豫就答应了。因为之前种种判断失误,她对唐韵一直不冷不热,这也算是个缓和关系的机会。

"虽然以前有过误会,不过我们归根结底也没什么深仇大恨吧?"金凌举杯碰了碰她面前的酒杯。

"只怪陈骁太喜怒无常,难以捉摸。"唐韵抿了一小口。

金凌笑笑,她深有同感。

"那天晚上,我们的约定还算数吗?"

金凌愣了两秒,反应过来唐韵指的是被高雷灌酒那晚:"你怎么还在惦记这事?"

"因为没安全感吧，像你一样。"

"我怎么了？"金凌笑。

"你有安全感的话，就不会处处留一手了。跟着他做事很难吧，一不小心就会成为第二个 Iris。"

"Iris 这件事，也不能怪陈骁，事发突然，陈骁也没什么转圜余地。"

唐韵转头用同情的目光看金凌，笑了笑："你真以为事发突然？未免天真了点吧。"

"总不可能是陈骁的安排。"

"为什么不会是陈骁的安排。你实际管控骁盛的财务，没有谁的授意，你敢举报陈骁？换位思考一下，砾双的财务是吃了熊心豹子胆吗？"

金凌觉得她说的不是没有道理，但还是不愿相信。

"陈骁的对手也不少……"

"你不是知道陈骁的后台是谁吗？现在这阶段，谁敢动陈骁？"

唐韵从包里拿出录音笔播放录音。

"Iris 已经没有利用价值了，留着也是麻烦。砾双的财务一团糟，但和我们扯不上关系。她知道的那么点皮毛也动不了我们的根源……"

她把录音切断。

"这是我偷录的他对许志杰说的话。陈骁这个人谁也不信，他连自己家都装满监控。他用谁只取决于谁的利用价值更大，在你我眼里，Iris 已经跟他够久了，没有利用价值的时候他也会一脚踢开。所以我不得不留点筹码在手里。"

金凌被录音内容震惊，半晌说不出话。她不止一次见过许志杰单独在办公室和陈骁密谋着什么，也曾试图搞清他们和吴嘉玲有什么牵扯，但工地上的事她插不进手，一知半解。

"陈骁控制每个人都会抓住命门。你的是什么？"

"我丈夫。"

"但我们每个人都抓不住他的命门。因为他把我们的权限拆得异常细碎，盲人摸象。想要筹码有效，必须打组合拳，你明白我的意思吧？"

"你想要我手里的账目。"

"你手里的账目和我所了解的项目，加起来才能看出门道。你帮我，我就帮你。不为害人，只为防身，不过分吧？"

金凌饮尽酒杯里剩余的酒，侧过头撑着下颔看唐韵。

唐韵把所有酒含在嘴里，等到舌头微麻才缓慢下咽："都说一起喝过Tequila 才能成朋友。"

金凌从包里翻出 U 盘，放在唐韵面前："密码是我的车牌号。"

"就这么简单？"唐韵笑起来。

"我一向简单。"

[4]

陈骁不禁冷笑着把监听录音关掉，这群蠢女人真是没救了。

一个，被伪造的录音一骗即中，跟了自己这么久连自己的声音都认不出，还好意思想什么未雨绸缪留一手！

诚然，唐韵把地点选在酒吧就是有目的的，嘈杂环境下人对声音的辨别能力会下降，只要细节足够真实、内容足够有冲击力，金凌的注意力会被分散。

但唐韵的智慧也就到此为止。以为了解点账目、了解点合约和施工记录就能牵制自己，简直是太幼稚。

他陈骁要是白纸黑字里都能留下破绽，也走不到今天。

既然她们无时无刻不想着背叛，那就让她们体会体会背叛的下场。

反正上市发行已经完成了，最有意思的事只剩下秋后算账。

[5]

陈骁给王选拨了通电话，在董事会之前还是应该和他们通通气："明年准备更换会计师事务所。"

"啊？金凌有什么反应？"

"她现在还不知道，开会的时候你可以看看她是什么反应。"

"……出什么事了吗？"

"就是觉得该换了。"

王副总沉默了一会儿，劝道："金凌毕竟是公司的老人了，这么做不太好吧。"

"天天看这些老面孔我也觉得烦了，IPO 之后正好换一批新鲜血液。你物色物色。"

王副总叹了口气："决定了吗？"

"就这样吧。"

"会不会有什么副作用？"

"金凌很理性，不会对外乱说。"他正想利用的也是这点。

"所以我才觉得这么做心里不舒服。她一向只听你的……"

"现在要打个大大的问号了。"

"她跟唐韵搅到一起去了？"王选对唐韵没有成见，但梁欢影响贷款一事让他觉得唐韵不算个尽职的管理者。

陈骁笑了笑："你总是能切中要害。"

"那项目总你肯定也要换了。"

"慢慢来吧，罗耀的职位你也留意候选人。"

"你这是给我出难题。"

"我只信任你啊，这群小年轻想法太多，真靠不住。"陈骁感慨时，并没有把自己计入小年轻阵营。

王选心里有数，陈骁"只信任"自己完全是因为自己的工作足够边缘化，不涉及工程业务。陈骁让他物色人选也只是随口说说，关键职位他可不会用王选的推荐。

只要不向骁盛的核心伸手，把日子一直混下去倒是很容易，金凌还是年轻，为什么不懂这个道理。

隔了几秒，王选才感慨了一句："年轻人容易越陷越深。"

[6]

董事会上金凌什么都没说，就像事先已经跟陈骁达成了一致。

但是会后她还是跟进了陈骁办公室，求一个解释。

"砾双出事，可能对我们有影响，可能对和中也有影响。"

"我们这边，财报和内控都不会有什么问题。"金凌警惕地看着他。

"配合砾双那边的调查要牵扯不少精力，我也是给你们减负嘛。"陈骁露出虚伪的笑容。

金凌才不信他是这么善良的合作伙伴。

"现在不知道经侦往哪个方向查，也不知要查多久，沪升置地到现在被查了七个月还没有结束的意思。KNE 呢，前后五年半。他们办公效率很低的。"他呷了口咖啡，"以前我们合作得不错，你记得我这个人情就好。"

金凌也不相信他现在说的每个字，但是她想不通这么做对陈骁有什么好处。

更换审计团队这种事，对事务所来说只不过失去一笔业务，对被审公司更不利，容易引起外界猜测。属于杀敌一千自损八百。

既然陈骁已经打定主意过河拆桥拿走这笔业务，他可选的事务所固然很多，但金凌也不想再争取。

从前不是没发生过和陈骁硬碰硬被穿小鞋的先例。

最初与骁盛合作，在内控方面没按他的暗示检查，陈骁直接把整个工作组扔到没有空调的会议室，不给任何供给，非逼着把堆成山的材料检查完才能出门。直逼得最后事务所两位合伙人亲自到场道歉。

陈骁这种铁腕风格其实让很多人受不了，也不是谁都愿意冲锋陷阵地去跟他合作。

金凌的丈夫虽然作为合伙人有业绩压力，但陈骁动辄以此来威胁自己也够折磨人的。

这几年在他的坚持下，骁盛的内控就是一团表面镀金的钢丝球。现在唐韵处处要较真，将来两人一言不合又出感情纠纷怼上了，金凌就不只是夹在公司和事务所间两面受气，而是四面受气，眼下这么分家虽然感觉不爽，但以后至少少操一半心。

"那我个人的工作有什么变动吗？"

"没有。"陈骁淡淡一笑，反问道，"你希望变动吗？"

[7]

骁盛更换长期合作的审计公司的消息不胫而走，有媒体询问原因，梁欢去问金凌如何回应。金凌什么也没对她说。

"低调处理吧。陈总周三接受财经频道采访时会轻描淡写带过。"

但陈骁接受访谈时对此事的回应却一点也不低调,梁欢在现场听得瞠目结舌。

"朝晖会计师事务所在沪升置地的审计过程中涉及诚信问题,这让我们公司一些股东有顾虑,毕竟公司明年也进入了新阶段,一切都要更加规范。"

记者进一步追问:"具体是什么样的诚信问题呢?"

"帮客户舞弊。"陈骁这句倒是举重若轻。

电视台在场人员中稍稍懂行的都兴奋起来,没想到今年接近尾声,还能曝出十级地震般的年度新闻。

访谈结束后,陈骁经过自己身前,梁欢才从石化状态稍稍恢复过来,亦步亦趋地跟随离场。

"这和我们准备的……不一样,陈总。"

"你还没给董秘打电话通知这件事吧?"

"没有。需要通知她吗?"

"最好不要。"陈骁把一个威胁性的眼神抛给梁欢。

她紧锁眉头:"所以……这是针对董秘吗?"

陈骁畅快地笑了几声:"董秘值得我这么大动干戈吗?"

这才是梁欢最好奇之处,金凌到底做了什么能比自己搅黄贷款还糟,被陈骁毫无征兆地直接扔了个核武器?

"带烟了吗?"陈骁语调轻松地回头问。

梁欢战战兢兢拿出烟给他点上。

陈骁深吸一口,还有闲情吐个烟圈:"等节目播出后,你倒是可以给唐韵打个电话交流交流,帮我带句话,就说——她是下一个。"

[8]

这是骁盛半年内第二次点燃让财经媒体狂欢的导火索。

历时一年有余的沪升置地财务疑云居然就这样突然迎来从天而降的突破性线索。在骁盛总裁陈骁直指朝晖帮助沪升置地舞弊之后,朝晖事务所已辞职的资深审计师连续四天在接受媒体采访时拿出沪升置地前项目总做假账虚报盈利的证据。

朝晖信誉尽失，这对会计师事务所而言已是毁灭性打击。

金凌原以为陈骁一直用以威胁自己的只是一单业务，没想到竟是这个。

她把陈骁反复播放相关新闻的电视用遥控器静音，指着接受采访的审计师："这是您的人？"

陈骁笑了笑："如果你现在提出辞职，假以时日，他会来接手你的工作。"

金凌深呼吸，想尽快恢复理智："您是从什么时候开始收集沪升证据的？"

陈骁看着天花板，作势想了想："从提议唐韵做项目副总那次董事会后吧。"

金凌记起来，那时她自己把沪升的审计放在台面上，祸从口出。沪升不是她丈夫的客户，是其他合伙人的，所以她警惕性没那么高。更何况……

"我那可是帮您说话啊。"

"没错，我这个人就是这么公平，不管是帮我说话还是跟我唱反调，只要有料我就会查。"

"我能知道为什么吗？"

"有人对沪升的抵押用地特别感兴趣，我也不知道为什么，这地连我也不能动，懂了吧？"

"所以我和朝晖都只是附带伤害？"

"本来你要是再做得好一点，我可以避免这个附带伤害，可是……我提醒过你的，离唐韵远一点。"

金凌半晌说不出话，最后深感荒唐地笑出声："……唐韵？如果我没记错，那也是您坚持要用的人啊。"

"没错，我这个人就是这么公平，"他把这句话又重复了一遍，"不管是不是我的人，只要有异心我都要赶尽杀绝。"

他垂下眼去开始翻看手中待批的文件，用打发乞丐似的语气说："你手里还有点股份我就不处理了，就当对你从前工作的奖励。你想去哪儿就去哪儿吧，我不干涉，你家以后需要你养家了。我待你不薄，你最好安分守己。"

[9]

"沪升的案子不应该比砾双大得多吗？"唐韵关了新闻，省得影响自己发挥。

她轻松拿起一根游戏棒，接下去轮到宫恪。

"嗯，是啊。"

"那你为什么不能去查沪升？"

唐韵存了点私心，真切地希望宫恪从砾双这浑水里撤走。她不怕被查，和盛这些事时间长了总会真相大白，但她受不了和宫恪分处问询桌两端立场相反，谁知道这种大案调查需要几年。

"我不能参与调查沪升。我妈好像想收沪升的不良资产。到时候查一半因为关联性撤出来也前功尽弃。"宫恪找了一根靠近边缘的压住一端，把另一端挑开。

"你妈妈要拍地？"不止一点惊讶，"她拍地做什么？她又不经营地产。"

"不是拍地，拍不了。沪升的债务纠纷资产管理公司处理不了。她应该是要直接拍下债权。"

唐韵目光呆滞地点点头，心又往下沉了一点。

她想起跟和中喝酒那天晚上金凌的暗示——"上海拿地不是高雷的能力能达到的"，以及后来她反复的提醒——"你知道陈骁上面是谁吗？"

唐韵总想着，那么上层的事自己不需要考虑，果然是太理想主义了。

墨菲定律，事情总会朝着最糟糕的方向发生。

游戏棒已经无从下手了，剩下的通通牵一发而动全身。

"你在想什么？"宫恪见她好一会儿没有动作，诧异地抬起头来。

"没什么。"

刚落下尾音，手机响起来。

唐韵看了眼来电显示，是梁欢："喂？"

宫恪感觉得出她突然不太开心，忐忑地观察她的神色变化。

过了长长的几秒，他听见唐韵说："我准备好了。"

"准备什么？"

"认输了。"

官恪还以为她在转述电话内容，下一秒就见她右手把游戏棒扔在残局上，左手解开最后一件内衣的搭扣。

"我不擅长玩这个。"

全身衣物依然穿戴整齐的官恪抚额把目光移向别处："还要再来一局吗？怎么觉得这是在惩罚我了？"

[10]

还是回到帮官恪写处突报告的那天。他去煮面之前一直撑着头在旁边看唐韵打字。写到"顶着套筒"的部分，她下意识往他受伤的那只手看过去："完全好了吗？"

官恪活动了两下关节："好了。"

"为什么顶住套筒就不能击发？"

"有保险。也不是所有枪都这样。"

"我还从来没见过枪。"

官恪立刻拉开抽屉拿出枪退出弹夹，给她看。

室内光线有些暗，灰蒙蒙的，泛蓝的电脑荧幕光侧打在他手上，手指纤长白净，像浸染在灰调子里的艺术品，而那把枪……像个玩具。

"怎么这么小？"让人大失所望。

"是小，杀伤力也不大，优点是携带方便。"

她倒是对子弹更感兴趣："为什么这两颗长得不太一样？"

"是橡皮弹。停止作用力够了。但是第一枪致死就不太好。"

"为什么？"

"穷凶极恶到制订计划实施围捕的那种，有特警队处理。我们这种枪能派上用场的时候大部分是激情犯罪，罪不至死，能让对方丧失行动力就够了。真枪实弹没有缓冲余地，而且有时候只是鸣枪预警，这枪却很容易走火和跳弹，会伤及无辜的。我说……你在发什么呆？"

唐韵眼神恢复清明，有点不好意思："觉得你一脸严肃说着枪、子弹、犯罪、预警这些的时候特别帅。"

"你这思想有点危险啊。"

唐韵拿着枪比画了一下："你觉得我有没有当警察的潜质？"

"长得不够正气，像反动派。"宫恪忍不住伸手捏她的脸，"其实我们这儿女生都不会在一线，绝大多数分在后勤。"

"那多没劲。"

"偶尔个别在技术组，会有意思点。"

"技术组做什么？"

"搞网络、搞监听什么的。"

唐韵耸耸肩，报复性吐槽："那陈骁挺有女警潜质啊。"

宫恪边笑边起身："我去煮点吃的。"

"等等，"唐韵回过头，"技术组能不能剪出误导性对话？"

"只要素材够多，还能剪出部赫连与尹铭翔的言情剧。"

"我好像想到办法对付陈骁了。"

"怎么做？"

唐韵缓慢地朝他眨眨眼，语气酥酥的，却又像寒暄："你使美男计请技术组妹子帮个小忙吧。"

"报复心也太重了。"反动派招数说来就来。

[11]

陈骁的判断也算不上失误。金凌的确理智，当他在董事会上提出取消与事务所合作的决定时，她不动声色地接受，会后只得到漏洞百出的解释也并没有追究。

但分道扬镳是一回事，落井下石是另一回事。

当金凌说"如果非要让我二选一，我会辞掉工作"时，唐韵就明白她有多重视家人，那是对一个冷漠自私的人唯一的影响力。

再次见面的地点是唐韵定的，在天台咖啡馆，这里视野开阔总能让她心绪宁静下来。金凌也许也会喜欢上这里，硝烟之后，她要做一个决定。

金凌把移动硬盘放在唐韵面前。

唐韵把移动硬盘接上自己带来的笔记本电脑。金凌的思维比她想象中更缜密，不仅有完备的账目，而且保留了所有票据的扫描件。

金凌急切地追问："高雷有扳倒陈骁的王牌吗？"

唐韵滑动鼠标的手滞了一下。原来她这么痛快地合作，还是寄希望于高雷。

她记得金凌一直因为自己"依傍男人"而占据道德高地冷嘲热讽。现在到底是谁在依傍男人？

唐韵抬起头在她脸上淡淡扫一眼。

"我也想报复陈骁，咽不下这口气。"金凌继续说，"可是他很聪明，没有一笔违规交易沾过他的手。高雷打算怎么办？"

"让沾过手的人咬出陈骁。"

"唐韵，你图什么？你跟着陈骁，我能理解，毕竟一表人才。可你跟着高雷又图什么呢？"她居然换了苦口婆心的语气。

唐韵懒得解释。

"不过都是为了自保。"

"辞职去找个普通人嫁了居家过日子不好吗？"

"我还真动过这种念头。第一次是刚参加工作的时候，男朋友是读研时的师兄，他说他是个很传统的人，希望娶个全职太太相夫教子。交往三个月，我犹豫了三个月，就在我快要下定决心的时候，他毫无前兆地娶了别人。第二次是你知道的，我本来想等融资成功、公司走上正轨就放手回归家庭，结果落一个人财两空的下场。"唐韵半是讽刺地笑道，"不知道是不是老天爷看不惯我贪图安逸。"

"这都是命吧。"金凌带着点同情叹了口气。

[12]

真相：

这天和金凌工作忘了时间，走出和盛大楼时，早已夜幕降临。唐韵一眼就看见了尹铭翔的红色跑车嚣张地堵着大门停放，驾驶室只有赫连一个人。

她如约而至，趴在车门上对唐韵喊道："有没有空一起喝一杯？"

唐韵莞尔一笑，把自己的手机从包里掏出来扔给她，转身追向准备上车的金凌："一起吃晚饭吧？"

　　赫连在酒吧对着唐韵手机播放的是唐韵休假期间两人斟词酌句排练数次录好的音频。

　　诚然唐韵把地点选在酒吧就是有目的的，人在嘈杂环境下对声音的辨别能力会下降，只要内容足够有冲击力，听的人注意力会被分散。——这点陈骁也想到了，只不过轮到自己就放松了警惕，也许是因为陈骁潜意识中根本不接受自己被女生们蒙骗的可能。

　　怎样的内容才算有冲击力？

　　"关于夏秋。"唐韵脱口而出，"无论他是想杀了夏秋还是惦念夏秋，夏秋总归是他最感兴趣的部分。"

　　"还有我们之间的关系，我总觉得陈骁很嫉妒我们的友情，嫉妒我们和夏秋一起度过的时间。"

　　"是有这种感觉。"

　　赫连在便签上记录着要点：1.夏秋。2.友情。

　　"哦，对了，我还可以甩个爆炸性猛料。我比夏秋早看上陈骁，他应该不知道。算很有冲击力吧。"

　　"不是吧？"

　　"他长得帅嘛。"

　　"……也太矮了。"

　　"……是你太高了，我跟你不在同一个海拔视野里。而且我是小时候在陈萱家看照片就喜欢的。脸长得多美啊，还有富二代光环加持。"

　　唐韵笑着揶揄："陈正卿也是富二代光环？"

　　"他，民工光环。做火灾实验戴上口罩的时候最帅了。"

　　赫连一边认认真真在便签上写下"3.三角关系"，一边言之凿凿："没有几个男人没幻想过一对闺密为自己反目，心里绝对美滋滋的。"

　　"这是你的幻想吧。"

　　"我，两个是不够的，起码要一个班为我互相残杀。"

　　"大逃杀吗？你是那个岛。"

　　"唐韵你到底要不要我配合你演戏了！"

[13]

当赫连在喧嚣的酒吧播放录音糊弄陈骁，并拒接了几个官恪意外打来的电话时，唐韵在公司附近安静的日料店和金凌一起吃晚饭。

"虽然以前有过误会，不过我们归根结底也没什么深仇大恨吧？"金凌举杯碰了碰她面前的酒杯。

"知道我为什么对你特别感兴趣吗？"唐韵抿了一小口。

金凌直言不讳："你想要我手里的账目。"

唐韵笑起来，摇摇头："陈骁决定把我找来做副总之前，我的背调是你做的吗？"

金凌愣了两秒："你怎么还在惦记这事？"

"我感觉他身边没有第二个让他信任能去做这些的人。"

非要追究的话："是我。"

金凌不知道这时候旧事重提是什么意思。

"那你比我早知道郑健对公司做手脚是吗？"

金凌有点心虚，急于为自己争辩："我那时候根本不认识你，也没有立场提醒你。"

"不仅没提醒，而且告诉了陈骁。"唐韵一边吃着鱼生一边轻描淡写地闲聊，"我闺密那天在附近看见了 Iris 的车。"

"你别疑神疑鬼，郑健出轨也是必然后果，总不可能是陈骁的安排。"金凌眼神慌乱，低头喝了口清酒掩饰。她赌的是陈骁未必会把这件事也告诉唐韵，除了引她记恨别无意义吧？

也就是在这一刻，唐韵才下定决心向他们一个个讨还公道。

就算是游戏，也要和懂规则的玩家分享，为什么要把认真生活的普通人玩弄于股掌？

——有个她熟悉的人曾经反复这样追问。

那是她初入职场最先明白的道理，而眼前这些人似乎一把年纪都还没被责问过。

唐韵没有问出口，并不需要问。金凌一定觉得自己完全没做错，只是替老板处理点小事，去催化和揭穿一个已成定局的悲剧，何错之有呢？自私的人永远都会这么想。

"你啊，金凌。"唐韵有点放肆和疯癫地笑出声。

"我怎么了？"

"无意冒犯，陈骁到底哪里值得你对他忠心耿耿？替他做尽脏事的 Iris 现在是什么下场，你不害怕吗？"

"Iris 这件事，也不能怪陈骁，事发突然，陈骁也没什么转圜余地。"

唐韵话里话外已经意不在对谈，而在套话："你觉得是谁对 Iris 下手的？"

"我猜不到，而且不关心。陈骁的对手也不少……"

"为什么会到骁盛与他共事？"

"我丈夫的事务所与骁盛合作。"

"事务所的合作单位多了。"

"我懒得跳槽。"

"就这么简单？"简直荒唐。

"我一向简单。"

唐韵感到这酒后劲有点大，幸好在酒吧放完录音的赫连顺路过来送自己一程，否则她可能要当着金凌的面再吐一次。

自私的人在事态恶化到殃及自己切身利益前怎么可能为了正义而亮出底牌？

唐韵根本没有尝试给她听什么伪造的录音，她也没有主动拿出 U 盘寻求合作，密码为车牌号的只是会议室里外接投影仪的笔记本电脑，里面除了几个 PDF 格式文件空无一物。

这些不重要，只要那些精心伪造过的对话激发陈骁率先"大开杀戒"就够了。

[14]

唐韵在苹果专卖店里当场换了卡转了所有数据，出门后靠近麦克风孔留了一通讯息："陈骁，我的声音好听吗？假道伐虢，这战术我只用来攻击全员卑鄙的敌人。你们没有一个无辜的，互咬去吧。"

说完就把旧手机直接扔进了路边的垃圾桶。

没必要这么做，宫恪说把后台程序删除就可以。但她需要这么痛快地发泄。她已经很长时间不像今天这样步履轻快意气风发。

[15]

尹铭翔进家门时被吓了一跳，一侧是赫连和唐韵在厨房做晚饭，另一侧禾多在起居室看电视，好像前一阵的试探和回避都是幻觉。热情的寒暄和温馨的蒸汽让人更加心虚。

饭菜很快被端上来。

"唐韵已经拿到账本，也知道肇事司机是谁了，"赫连扒拉着米饭轻描淡写地说，"你把夏秋的信拿出来吧，让她好去找人。"

"信？什么信？"尹铭翔装糊涂。

"夏秋的信，"禾多受孕激素影响特别容易烦躁，"就你那点演技还装。"

尹铭翔不吱声。

"你搞错了逻辑顺序，并不是骁盛出现危机，就会影响谢有恒，导致贷款放不下来，才让你父亲的公司陷入债务危机。"唐韵用着对幼儿园小朋友的耐心劝道，"是你父亲的公司长期处于债务危机中，上次侥幸过关还有这次，这次侥幸过关还有下次。一直以家族企业的方式来经营本来就行不通，连续亏损，已经戴上了 ST 帽子，绝不是一次贷款批下来就能解决的问题。"

也许是唐韵语气太温柔，尹铭翔话到最后居然带上了一点撒娇的感觉："我也知道有很多根源性问题要解决，但现在不是救急嘛。"

禾多可不留任何余地，每个字都冷冰冰："不管骁盛出不出事，贷款是怎么也不会放的了。工作组不走，行里上下也没人敢轻举妄动。调查一直要持续到过年以后，到明年中旬说不定才会有结论。"

赫连略带同情地瞥他一眼："等得到那时候吗？"

尹铭翔再次陷入沉默。

"让 KNE 来解决吧。"唐韵指的是 KNE 收购部分股权，"陈正卿，沈昱，我都去谈一遍。你父亲那边你先沟通，是双赢的事。"

"生机科技欧洲退市完成了吗？"尹铭翔问。

赫连点点头："在办最后一点手续。所以，赶紧把信拿出来吧，你真是吃了熊心豹子胆了。"

"你们什么时候发现的？"

"禾多先怀疑，我听了禾多说的也开始怀疑，只有这一种可能性，唐韵却不作为。"

唐韵慢吞吞地喝着汤："反正暂时用不上，谁保管不都一样。"

[16]

回到陈骁放狠话强行给唐韵放假那天。

"截至目前，我所做的都是您指派给我的工作，到底坏什么事了？"

陈骁的嘴角往外一扯："你以为你去找金凌，金凌不会告诉我吗？"

唐韵没有回答，她的瞳孔收了收，又略微扩张。

金凌不会。

那时候金凌对唐韵的态度是鄙夷加一点同情，并不认为她能折腾出什么水花，为什么要去告诉陈骁？对自己毫无益处只可能引来猜忌的事，以她那么自私的个性才不会随便做。

她对陈骁并不是无所保留，本身也不是爱好谄媚的性格，多此一举实在有违常理。

唐韵暗忖，只有两人在场的场合，对方和自己都没有动机去泄露对话内容，消息是怎么不胫而走的呢？

他知道她被慑住了，接着说："别白费心机。你休两个礼拜假吧，也许休息一阵你就想通了。"

她走出办公室，意识到握在手里的手机成了烫手的山芋。

陈骁曾经在尹铭翔手机上做过文章，有第一次也许就会有第二次。应该尽快让宫恪看看是怎么回事。

[17]

真相：

在宫恪的生日宴上，门被敲响了。

他下意识地回答："谁？"

外面的人说："唐韵在里面吗？她的手包落下了。"

宫恪给唐韵做了个"嘘"的手势，对门外说："不在。"

等门外的脚步声越来越远，唐韵才用气音说："是陈骁。他肯定看到我进来了。我故意把手包落在他面前的，不过没想到他会跟来。"

"为什么留下包？"

"准确地说，是为了当着他的面留下手机免得他起疑。我觉得他很可能对我手机动了手脚，像对尹铭翔做过的那样。你等会儿帮我检查，要特别注意别贸然说出口。我和董秘之间不应该被泄露的对话也让他知道了，估计有录音。"

"我不懂。安装了后门程序，你却要留着它？"

"信任是把双刃剑，不信也是。陈骁多疑，是一个可以利用的弱点。我现在还没有具体的办法，但留着软件，说些想说给他听的话，也许能让他自乱阵脚，草率行事。"

"那我晚上还得跟你回一趟家，不确定家里还有没有其他东西被入侵。我说真的，唐韵。陈骁这么一个危险分子，你白天跟他共事，晚上住他对面，不会做噩梦吗？"

她在黑暗中仰望他认真的神情，莞尔一笑："你现在住哪儿？"

问得太突兀，宫恪的回答只能算条件反射。

"我？单位分的宿舍。"

她轻轻揪着他的领口说："收留我吧。我今天不想回家。"

去检查尹铭翔家的行动就因此晚了两天。家里倒是并没有被装上什么，手机中确实如唐韵猜测安装了录音程序，赫连、尹铭翔和宫恪都是知情人。

宫恪的反侦察能力当然不错，几乎滴水不漏。尹铭翔总担心自己说漏嘴，索性对唐韵避而不见。为了解释避而不见的原因，赫连还主动加了一场"吵架戏"，没想到演完还意犹未尽，加了一场又一场，不知情的群众演员李禾多给点反应，她就越发兴奋。大方向商量过，台词是即兴发挥。

唐韵没忘记找她算账："睡完股东睡合伙人？嗯？"

"股东，沈昱。合伙人，郑健。没毛病嘛。别计较啦，入戏太深刹不住车。"

[18]

陈骁本想观察观察报复金凌后唐韵的反应，没想到总见不到她人，忍不住在午休时间问了她的助理，才知道她今天没上班，并把本周预约的日程全取消了。

他突然有种不祥的预感，冲回办公室打开电脑，登录自动上传录音的硬盘，想立刻知道唐韵在密谋什么。

正疑惑为什么金凌把账目又一次给了唐韵，就听见了"陈骁，我的声音好听吗……"。

他感到一阵头晕目眩。

——高雷打算怎么办？

——让沾过手的人咬出陈骁。

原来又是高雷。

唐韵是怎么发现被监听的？

现在这已经不重要了。

他起身按下座机内线："帮我联系许监事，让他立刻来……"话音未落，突然一股浓郁的血腥味冲上胸腔，猛地涌出喉咙。

至少吐了矿泉水瓶容量的血才停止，他抽过纸巾把残留在唇上的血迹擦去，继续完成对座机的交代："让许志杰找我。给我立刻准备车。你进来一下。"

秘书一进门，被惊得低低地叫了一声。

桌上、地下、西服上到处是血迹。他支坐在平时的位置上，身上似乎没有伤口，脸色白得吓人。

"您这是怎么了？"

"帮我换件衣服。这里的事一个字都不许往外说。"

走近点看，好像是吐血？秘书努力保持着镇定。

"明白了，您坐专用电梯下去。许监事今天没来公司，打手机没接通，等会儿我继续打。"秘书一边为他换外套，一边扶他起来，"我跟着送您去医院吧。"

"你留下把这里收拾一下。把我手机给我。"陈骁拿到手机立刻开始拨打许志杰的号码，得到的却是一遍又一遍"已关机"的提示音。

秘书有点害怕也有点同情他，吐了这么多血身体一定很难受，而这时他居然条理清晰，还考虑到高管要避免重大疾病传闻，一桩桩事项布置着去掩饰。

[19]

陈骁在车上又吐了一次，让司机非常紧张，差点走神开上非机动车道。

到了医院直接进手术室进行内窥镜血管结扎才止住血。

主治医生站在病床边记录："血压升高导致食道静脉曲张破裂。总共失血量大概多少？"

"一升左右。"

"那不用输血，先输点晶体胶体液吧。二十四小时内可能还会出现反复，你们注意观察。"

陈骁却没有认真听医嘱，抬头问躲在护士身后沉默着的司机："许监事的电话打通了吗？"

"还是关机。"

陈骁叹口气，转而问医生："输液能不能带回家输？"

"……您现在还想回家？得住院观察五天。"

"五天不行。"

没见过语气如此说一不二的病患。

医生停住笔，瞥他一眼："这个，我说了算。"

"二十四小时内不反复就行了吧？"

"陈先生，您重视一下您现在的处境，以后这种情况很容易不断发生，只有进行肝移植才能根治。"

陈骁憋屈得要命，无奈地再叹口气，对司机说："你去许监事家等他，接他到我这儿来。我今天必须见他。"

[20]

唐韵打不通许志杰的电话，莫名焦虑。陈骁会不会先自己一步把许志杰花言巧语骗走藏起来？这么做无济于事吧……许志杰是国企高管，总不能凭空消失一辈子，总要上班的。但陈骁先用一套说辞给他洗脑的确会动摇他对那封信的信任度，不过，最关键的还是账目……

心里正在七上八下，手中的手机忽然振动，是助理小希的来电。

"唐总，陈总找您了。您没跟我打过招呼，但机票的事我没说。"

"做得好。"

"另外，因为特地留意了总裁办，我看到陈总秘书神色慌张进进出出好多次，最后抱着一个大袋子往公司外面去，我故意撞了她一下，里面是陈总今天穿的西服，被血染红了，很多血。"

"……怎么回事？公司有其他人受伤吗？"唐韵第一反应是，他伤人还是自残？还是觉得前者可能性大一点。

"具体情况不知道。没人受伤。除我之外好像没别人讨论。"

"我知道了，谢谢你。"

这件怪事让人更加心慌。

唐韵挂断电话，再也等不下去，打给了还在加班的宫恪："亲爱的，你能不能帮我查一查许志杰关机前最后地点在哪个基站附近？"

"什么？又跑了？"宫恪气得从座位上腾地站起来，办公室里所有下属都看向他，只见他扔着笔抗议道，"这年头怎么什么人都有飞机！"

[21]

"不是，"唐韵被逗笑了，"没有飞机。只不过我一直打他电话关机，想尽快找到他。"

冷静下来的宫恪花了点时间查出手机信号最后出现的基站位置。

两个基站的中间，在地图上看，是大型超市和公园，只在公园对面有个知名酒店。

禾多看看手表："这个点肯定不会在公园了，倒是有可能在超市。为什么要关机呢？"

赫连瞎猜："该不会是开房去鬼混了吧？"

唐韵用笔记本电脑连上网络，查询和这所酒店相关的近期新闻，当天下午有新能源行业大会在这里召开，和中集团参会："是去代表和中开会了。"

她在和盛的几个月与许志杰只见过面没聊过天，心想这人还挺老实，一般人开会把手机调成静音也就够了，他居然关机。

唐韵披上大衣拉着赫连："应该快散会了，我们去碰他。"

[22]

许志杰刚散会走出酒店大楼，开启的手机里跳进来一大串移动发来的未接来电短信提醒，绝大多数都是陈骁的，还有一些陌生号码。

陈骁这么十万火急，出了什么事？

他一边回电一边往外走去，是陈骁的司机接的电话，手机递回陈骁手上要花点时间。就在这间隔中，唐韵在人群里看见了他。

"我觉得他可能是在给陈骁回电。"她一边对赫连说，一边快步朝他走去，"得说点什么，马上让他终止和陈骁的通话。"

这么短的时间，她还没理出具体思路，赫连已经加快两步先登上最后的台阶到了许志杰面前。

赫连抬起头，冲他微微一笑："吴嘉玲托我找您谈谈，她不想让陈骁知道。"

这一句话就足以使许志杰愣住。

陈骁在电话里"喂"了两声，许志杰才回过神，继续对那边说："有事吗？只是在开会关了机。……现在？现在不行，我这儿还有点事，明天去公司和你碰面吧。……好，那我去安宁医院。就这么说。明天见。"

陈骁和吴嘉玲两个人都知道他的秘密，现在内乱了，陈骁看似对什么都能掌控，但吴嘉玲也油滑得很，能抢先逃走，自然也有点本事。

许志杰本就觉得这样乱起来对自己最不利，他已经听过陈骁的说辞了，他也想听听吴嘉玲会说些什么。

赫连不介意先撒个小谎把他套住，人总是对熟人的隐情特别感兴趣。

"谈什么？"许志杰挂断电话后立刻问。

"换个安静的地方谈吧。"唐韵环顾四周来往穿梭的人流，同时心中在猜陈骁是受伤还是生病了，如果没听错，刚才许志杰说的是去医院和陈骁碰面。

[23]

"我是和盛目前分管项目的副总唐韵，很遗憾在公司和您没打过交道。"

分管项目，与吴嘉玲有私交也很正常。许志杰还没觉出不对劲。

"吴嘉玲让你来说什么？"

"抱歉用这句话拖住了您，我要说的是其他更重要的事。"唐韵从包里取出打印出来的材料，一一摊开，转向许志杰的方向，手指着其中被笔画出来的项目。

"和盛每年涉及会议和培训的预算数以亿计，为了防止内部人员权限过大动用资金过多，一律委托第三方旅行社承办，合作单位几十家，但都有虚报会议规模，甚至伪造会议的现象，其中与您监管部门有关的这四家最严重。"

许志杰脸上出现难以置信的表情，着急地反复扫视手中的打印件："这些会议其实……"

"其实您都没有核实过具体规模。报上来多少人参会，您就批了多少金额。每次实际参会人数只有账面人数的五分之三，有时连会议本身都是虚构的，这些套现的差额事后又通过旅行社的行贿回到了和盛高层手上。"

"不可能，我和旅行社根本……"

"但您和几个供应商每次出去的消费，几万的餐费，几十万的旅行费，都是吴嘉玲用现金买单，您觉得这一切是理所当然的对吗？"

许志杰哑口无言。

"您以为这些现金是哪儿来的呢？是您亲手批下来的啊。当然，您自己消费的这些只是其中很小的一部分，"唐韵用手指敲敲一旁的内部工程进度汇报文件，"每次和盛项目遇到国土资源厅、房管局、规划局审批不过，更大额的套现就发生了，您应该猜得到都用去了哪里吧？"

许志杰脸色铁青："可我……"

"您和这些没有关系，但口说无凭，看起来已经脱不了干系了。职务侵占、收受贿赂、商业贿赂……在一年半之前，这些罪名和您完全不沾边，一年半的时间您就成了另一个人，这就是陈骁的手段。他一旦控制了人，就会让人越陷越深。"

"你、你现在到底是想怎么样？"

"我们都知道，有另外一项罪名，您在其中责任最轻，可以指认责任最重的人换取减刑。责任最重的人不是以往每一任项目经理，更不是我，而是陈骁。"

"指认陈骁？"许志杰飞快地摇头，"我不可能这么做。"

"因为陈骁和吴嘉玲帮助您隐瞒了肇事逃逸是吗？"唐韵停顿片刻，拿出了夏秋的信和交通事故报告，"如果车祸本身就是他设计的呢？"

许志杰花了点时间看明白来龙去脉，到最后拿着信的手颤抖起来。

"明白了吗？您之所以走到今天这一步都是他一手策划。一个开会时认真关机的人，被他坐实了这么多罪名，您还甘心替他服刑吗？"

许志杰再抬头时，眼里出现了恨意。

"这只是证据中的一小部分。"唐韵把桌上所有材料一一折好，重新放回包里，"给您三天时间。三天后如果您还没有去自首，我就把硬盘里的内账全部交给警方。"

唐韵回到车上，把所有证据包括硬盘留给了赫连："虽然只有三天，但你们还是去银行开个保险箱以防万一。陈骁这人不择手段，急红了眼谁知道会不会雇人来偷。"

赫连收好了材料："你明天一早的飞机？"

"嗯。"

"那我自己去医院。"

唐韵有点无奈："别再冒险了。"

"掌握更多情报才有更多胜算嘛。再说他不管是受伤还是生病，一个病号还能打得过我吗？"

唐韵笑出声："你对自己有什么误解？他就算癌症晚期也打得过你啊。"

[24]

早晨出了大雾，高速上灰蒙蒙的，宫恪开车送唐韵去机场。唐韵一直用左手顶着眼角，他注意到这个反常的动作："怎么了？"

唐韵眼睛弯起来："可能要一夜暴富，这几天左眼跳个没完。"

"这么巧？我右眼跳个不停。"

"真讨厌，都被你抵消了。"唐韵笑得更深一点。

实际情况是，两个人都有点疲劳过度。拿到账本后唐韵就一刻不停地在查账，精神高度紧张。和盛这么大的公司，近一年账目光单项行政支出都上亿。别说她一个人没有三头六臂，就算当场组个二十人的专家团也没法在一天内揪出漏洞。

幸好宫恪经侦经验丰富，帮上了忙，企业违规违法的途径就那么几种，细究起来也没什么新鲜事。

按图索骥，这才险险地赶在陈骁之前找到了说服许志杰的证据。

"过了这三天，一切就都结束了。"唐韵叹了口气。

给许志杰去自首的时间是三天。同时，唐韵往返的飞行和车程时间相加要三十个小时，再加上谈事的时间，三天是连轴转。

"其实你没必要这么累，反正境外游，吃吃玩玩逛一逛，正好度个假放松。这里有我就够了，许志杰不管是自首还是抓捕，我会盯着的，你不用再操心了。"

"问题就是，"唐韵侧过脸看着他笑，"这里有你啊。"

宫恪腾出右手去拉她的手，十指交缠："等这些事结束了，我申请休假陪你出去玩。"

托陈骁的福，很长一段时间只能把不方便对话交流的要事写在本子上，起初像工作日志。但是要事毕竟没那么多，不知道从什么时候起，宫恪就开始夹带私货，问些有的没的，把这项交流演变成了交换日记，到最后失控成情书对谈。

唐韵没想过，成年后竟然还有机会和男友写交换日记。秘密拉近了两个人的距离，深情从笔尖流泻成切实的字迹，成为证言，成为誓言。

确认彼此的心意多么重要，从对方的视角了解和重塑自己，循环往复地、由内而外地焕然一新，所有零碎的傻笑、热吻、同浴、共枕、耳鬓厮磨……都有了不寻常的意义，指向同一个幸福的远方。那是两人在一起书写未来。

送到机场，宫恪还是不肯回去，非要陪她一起吃早餐。

在机场一层的餐厅，两人并肩坐着，随便点了两碗面。端上来，唐韵被吓了一跳："这是盆还是碗？"

"只是看着多。"

"那我也吃不了这么多，分你一点。"说着，用筷子挑着面条作势要递过去。

"你先吃吧，剩下的给我。"

他不经意间随口一句话就让唐韵很感动，停下来凝望他许久。

宫恪浑然未觉，在担忧其他事："许志杰，你为什么要给他三天时间让他去自首？"

唐韵回过神，继续吃面："他在面对突发事件时确实做过错的选择，可我总觉得，他不是天生的坏人，也没有做过穷凶极恶的事，不应该被这样牺牲。"

"唐韵，你很善良，但这类事情我刚参加工作时经常遇上，同情嫌疑人，给他机会，最后无一例外会逃掉。不是天生的坏人，可是普通人也有普通人的弱点。"

"所以你派人盯着他了？"

宫恪被一言道中，微怔，继而小心翼翼地点点头。

唐韵垂下眼睑，掩饰再度溢出来的感动。

他不同意自己的做法，却没有强行说服自己，而是用别的方式去确保不出差池，就这样他还战战兢兢怕惹自己生气。世界上怎么会有这么温暖的人？

"谢谢你为我做这么多。"

宫恪其实不太明白自己是怎么逃过的这一劫，孩子气地长吁了一口气。

她忍住不去看他，怕多看一眼根本舍不得走了，只是低着头把筷子换到左手，用右手去拉住他。

换成他十分惊讶："嗯？你左撇子？"

"聪明嘛，两只手都能用。"

这个画面，是为了刚好对应上他写在"交换日记"里不切实际的想象。

第十章

反 戈

[1]

唐韵刚下飞机就见到了陈正卿，她有点意外，以为他不会亲自来接人。

他先伸出手和唐韵握了一下："好久不见。小瑛怎么样？"指的是赫连。

唐韵笑起来："你不应该比我更清楚吗？白天视频，晚上视频，不知道的还以为她是职业 vlog 网红。"

陈正卿不太好意思，帮她把烟点上："没办法，她太黏人了。"

"我看黏人的不是她。三个月应该结束的 VIE 拆除，到现在八个月还没办完，醒一醒啊，好好工作才能早点回家。"

"所以当时才说让你过来处理嘛，你看现在，我和她两地分居，退市又办得拖拖拉拉。"八个月前，他确实对唐韵发出过邀约，希望她能帮忙。但唐韵自己公司业务繁忙婉拒了，这才使他不得不孤军奋战至今。

"现在什么进度？"唐韵问。

"最后两份四十多页的协议需要解除，律师团已经通过了，但这个你比较专业，所以你得再看看。"陈正卿替她拉开车门。

"我收费很高的。"她莞尔一笑。

"有多高？"

"集团副总职位，不低于和盛的待遇，合约两年。"当然，比八个月前陈正卿给的职位高一点了。

陈正卿沉默片刻，没有立刻表态。

虽然和唐韵私交不错，她很专业，又是能信任的人，但 KNE 各方势力盘根错节，有时来自内部的压力可能比外部压力更大，这不是专业能力强就能解决的简单问题。

当年陈正卿的父亲因行贿入狱后他才接手公司，那时 KNE 受到重创，他和沈昱联手顶住长达五年的调查压力，几乎重新构造了整个集团的结构，保持住公司稳定。

但共患难易、同富贵难，由于经营理念不同，陈正卿和沈昱在外部压力减弱时站在了对立的两面，双方公关舆论战打得旷日持久，以致海外上市的生机科技前后收到总额为十八亿欧元的巨额罚单。

如今沈昱坐镇 KNE 中国，陈正卿常居欧洲处理退市，进入暂时休战期。一旦唐韵介入，关系就会更加复杂，内战将不再局限于股东之间。

唐韵和陈正卿思路接近，是恪守规则的健康经营者，沈昱却是善用循环杠杆的资本冒险家。

"我当然希望管理层中有自己人，但你和沈昱对抗，难度可能比我出面更大。这不是股东之争，而是职业经理人和股东之争，资本的先天话语权决定了，你可能大概率会陷入腹背受敌的境地。"

"幸好我在和盛积累了不少腹背受敌的经验。"唐韵轻描淡写地自嘲。

陈正卿笑着摇摇头："把你放在这个位置，我实在不好意思。"

"仅仅两年，也许还行。这两年我们会有一个共同目标。"唐韵取出 Pad 翻出丰遥置地的财务报告，"尹铭翔父亲的公司，现状是 ST、破发、融资受阻。我希望 KNE 趁机介入成为战略投资人。"

"借壳？"

"现在的政治环境下，KNE 即使海外退市成功也很难通过国内 IPO 发行审核。丰遥的负债情况相对而言我们比较容易掌握，收购风险较小。我这两年的工作主要侧重于重组上市，双赢的事，沈昱没必要作梗。"

"除了职位你还有我的保证，我会支持你，任何时候。"陈正卿把 Pad 递还给唐韵，"但你也要会自我保护，量力而行，毕竟……"

"'毕竟只是一份工作。'——你的名言，对吧？"

陈正卿笑着打住，没再发鸡汤。

公事告一段落，才对她仓促的行程略略表示不满："所以为什么这么着急回国啊？"

唐韵还没说什么，只露出了一个小女人的笑容。

陈正卿立刻会意，跟着摆摆手："哎，你别说了，不想听你秀恩爱。"过一会儿他才继续，"谢谢你在国内一直照顾小瑛。"

"她还需要别人照顾？"唐韵已经开始看四十多页的协议文本。

[2]

赫连确实不需要人照顾，她早早完成了把东西放进保险箱的任务，又在安宁医院住院部楼下逛了几圈，很快认出了陈骁的司机。

照片还是唐韵入职和盛第一天为了查肇事司机时发给她的，她没有删照片的习惯，甚至受早年职业习惯的影响，看见证件照就想给人建个档案。

司机不认识她。她放心大胆地一直跟到病房门口才打道回府。

陈骁这边已经在医院待不住了。许志杰没有在约定的时间出现，再联系时又关机了。司机汇报说他并没有回家。而另一方面，他得到了唐韵去欧洲的确切消息。

秘书来汇报过一次，公司事务现在是王副总和罗副总在主持，厦门项目经理申请外聘法律专家团准备诉讼，公关经理询问上市敲钟当天联系的媒体名单是否合适、是否安排董事长专访……

都是些常规工作，陈骁完全没心思投入，随便应付了几句。

他估计，许志杰十有八九已经得知了真相，但真相不重要，重要的是证据。

只要毁掉了证据，许志杰和自己也就只是有点扯不清的个人恩怨而已，不是必须刀枪相向。

他随手拔了输液针头，套上秘书送来的西服，对司机说："走吧。"

"不、不住院了吗？"司机愣着，没反应。

医生说五天，这才刚过了一天……

陈骁回头，对同样石化的秘书晃了晃指尖，指着病房里的一切："你收尾处理。"

秘书待在原地，眼睁睁地目送他们像旋风一样出了门。

处理什么？替他住院吗？

[3]

许志杰其实还在前一天开会的酒店楼上客房部。

一直半躺在房间里喝着酒,睡睡醒醒,他甚至不知道时间过去了多久。

以三天为期,应该还没到三天吧?

这时他才刚完全清醒过来。

落地窗外夕阳的余晖给整个绿地公园镀上金边,湖面像一块昂贵的翡翠。

财富,总是使人迷失。

终于可以停下来小憩的时候,才想起最初是为了什么而启程,可是回过头,雾霭已将来路吞没。

他开启手机,又是无数未接来电的提醒一股脑涌入,但他一个电话也不想回。

他拨通了通讯录里可能性最大的那个号码:"我是志杰,你有许承楷的联系方式吗?鑫瑞资本许承楷。"

得到失望的答案后,他又坚持不懈地拨通了下一个。

[4]

办公室的天花板非常高,即使三面落地窗,房间里还有一半空间是沉在阴影里的,那一半恰好悬在宾客沙发位的正上方。

当你头顶倒吊着一座压抑、阴沉的冰山,你不会觉得这是个舒适的座位。

就像你眼前的人,就算他白色衬衫涅色领带,外面是浅驼的羊绒针织衫,最外层金茶与芥子色交织的格纹西服敞开着,一切都是温暖舒适的色调……

你也难以忽略他身后背景处一整面墙的深蓝色带着炫目光晕在你的视野中炸裂。

零星的热带鱼游走于潮湿狭长的空间,给明媚的另一半房间也投下了冷调暗影。

"……为什么要去打扰认真生活的普通人啊。你知道的,我不喜欢这种事。"

低沉悦耳的声线,轻轻喟叹的语调,宛如一个深情告白又因表达不顺而泄气的情郎。对话内容却完全与温柔无关。

他低垂的眼眸正对着一张单人黑白照片。

黑白照放大到十寸，看起来已经接近遗照，有点瘆人。

"看来，得提醒他怀刑自爱了。"

他以一个更优雅的姿态把重心向后放过去。

"记住要点到为止。"

抬头时阳光从他的镜架上滚过一道闪电。

"以后我们能合作到什么程度，就看你的创意。人的创意是无限的，很多时候连我都觉得新鲜。"

他说话时语气平淡，匹配上看不出任何执着与在意的神色，与"新鲜"这个词分外违和。

你会感觉，他像个误入相亲现场的金融男，翩翩风度、彬彬有礼、恰如其分，却丝毫不会浪费感情，因为这种会面只是下一次开市前他的消遣。

许承楷利落地结束了这次消遣。

办公室里彻底的安静没持续几秒，公关经理进来了，对着他的背影汇报，语气有点怯："许总，上次给您做专访的张欣桐记者……没有发专访内容，反而毫无征兆地发了一篇质疑光联科技 IPO 过程违规的报道……您看……我们的处理方式……"

许承楷一边起身一边回头。

他竟然在笑，非常温和、缱绻的，让公关经理瞬间陷入恍惚。

"多给点广告费。"

"可是……"公关经理神志清明了一点，想提醒他财经报一贯的做派，拿了广告费也不会撤稿的。

他修长的手指随意地扬了扬，却好像在指挥着乐器："负面就随她写吧。女朋友在跟我闹着玩而已。"

说这话时，仿佛真的满心愉悦。

公关经理突发性耳鸣。张欣桐？女朋友？她不是著名 LGBT 平权代言人吗？

也就在这个时候，他的手机响了。

陌生的号码，有点奇怪。

知道他号码的人不太多，其中一半还不敢来电，更别提敢把他的号码告诉别人。

许承楷脸上的笑意收敛起来，接听了："谁？"

但很快他拧起的眉头就舒展开，对电话那头换上温柔许多倍的声线："你在哪儿？一起吃晚餐吗？我派车去接你。"

时隔十三年还是十四年的再见？

一向对数字敏感的他忽然拿不准了。

[5]

许志杰被引领着走过长长的廊道，在看见许承楷的瞬间有点犹豫，是不是应该跟他握手。

被派去接许志杰的司机走到前面去，对许承楷耳语道："路上有人跟着，已经甩掉了。"

他流露出一如既往的温和微笑，迎向兄长，主动拥抱了他。

许志杰想起来了，他大多数时候都是这么温柔可亲，从小就机灵活泼，长得又漂亮，只表现出讨你喜欢的模样，只说你想听的话，得到人心对他而言易如反掌。

可是没几个人知道，他自己根本没有心。

他自控力很强，就连偶尔暴露狠辣的阴暗面时，都可以兼顾冷酷和优雅。

十五年前，两人的母亲被逼得饮弹身亡，她跟着父亲一辈子，白手起家，最后只得到了屈辱。父亲和小三当着她的面出双入对，视她为空气，她选择了用最激烈的方式来证明自己的存在。

当时兄弟俩都已成年。许志杰因此与父亲决裂，再也不踏进家门一步。但是许承楷，他好像对一切都无所谓，看戏一样旁观纠纷和争吵，有时笑一笑，有时按着太阳穴。

许志杰最后离开家的那天，他也只是倚在玻璃门边看着院子，没有任何表示，白衬衫被环境染上一层浅浅的金色，他收回目光转向兄长，眼神干净又明亮。他说："桂花开了。"

那语气仿佛对方只是出门买包烟，十分钟后就会回来。

十四年后，终于再见。

许志杰还是先关心最恨的人："爸现在怎么样？"

"还好。中风后住在十来平方米的房子里，刚够转身。我请了保姆照顾他，不会让他死，只是在贫穷中孤独终老。"许承楷垂着眼睑，像做手术一样细致地切割着鹅肝，"他富贵半生，有点不适应也很正常。"

许志杰蹙着眉停下刀叉，没明白他是什么意思。

"不是听说在美国吗？"

许承楷在对面抬起头笑笑："你怎么不打听打听有谁在美国见过他？"

"为什么……"鑫瑞又没有破产，家业明明在许承楷手上越做越大，何至于过这种生活？许志杰瞪大眼睛，脑子转不过弯了。

"当然是因为我在报复，难道是你在报复吗？"许承楷微怔着反问，他的逻辑和正常人不太一样。

他在对方的极度震惊中停顿片刻，才继续说下去："那个姑娘倒是在美国，染上了毒瘾，活得没有任何尊严。有人帮我关注着她，定期寄来照片。我最近懒了，没怎么看。"

他指的是小三。

许志杰多年来最大的目标瞬间化为泡影，心里忽然空落落的。

"我没想过你会这么做，我以为你……没有感情。"

"就是没有感情才能做到这个地步。感情有什么用？你跟他吵得天翻地覆，断绝父子关系，眼里全是感情，五百米之外就被保镖撂倒，留着枪也报不了仇。"

"为什么不杀他们？"许志杰心有余悸，问得小心翼翼，"我以为如果是你，一定会赶尽杀绝。"

"死是一种幸运啊，所谓一了百了。你们有感情的人，死了就感觉不到痛苦了。"许承楷抬起眼睑，镜片后的深色瞳仁带着温柔的笑意，没有半点阴郁，让人信服他发自肺腑地认为死亡很幸福，"我一向强调，教训不守规则的人要'点到为止'，点到为止的意思就是，生不如死。"

三句话三个"死"字，他的语速语调依然像播送天气预报。

许志杰感到从天灵盖一直麻到脚后跟，许久才喘出气来。

"我实在搞不懂你。"他有点陷进回忆里去了，"妈其实更宠我一点。但是爸一直看重你，接班人早就定了你。"

"他应该对这个结局有心理准备。对局内人怎么残酷都无所谓，台面上的筹码是自己拿出来的才会愿赌服输。欺负门外马路上的普通人就违规了。"许承楷缓慢地眨着眼睛，仿佛在讲桌后传道解惑。

"我不知道你还有同情心。"

"没有。普通人承受力太差，一旦崩溃，大家都没得玩。所以讲规矩很重要。"

许承楷说完这些冷冰冰的道理，很快变了一个人，眼里温情满溢出来，真诚地牵起嘴角："正好你回来了。回来吧，一家人还是应该在一起。"

"太晚了。"许志杰垂下眼，并不会被这种假象迷惑。他太了解这个弟弟了，如果他在你面前表现得情深义重，那是因为你的眼神告诉他，你想要一个情深义重的弟弟。

他换了口气问："你成家了吗？"

许承楷笑一笑，像带着歉意似的，摇摇头："我就不给人添麻烦了。"

[6]

禾多睡得太浅，夜里被淅淅沥沥的雨声吵醒，起身到阳台上收衣服。

黑暗中她突然看见正对窗口的楼下停着一辆车。

无边无际的阴影里，它就像库布里克的《漫游太空》里那块黑色巨石。似乎有人在车边抽烟，零星的一点亮光若隐若现。

她正想眯起眼睛去辨别那里是不是真的有人，视野里马上拓出一小方更醒目的光亮。还没等她反应过来，自己睡衣口袋里的手机就振动了起来。

禾多吓得几乎是条件反射般立刻接听，同时，楼下那个人转过头来，让她看清了面目。

陈骁英俊的脸在月光下显得有点冷峻，他露出一个友好的微笑，却依然极具压迫性，那感觉就像是他在离你只有五厘米距离的地方，快要贴上你的脸似的，展开表情。大概是因为，他从不掩饰眼睛里的煞气。

他的仪态，举手投足，都让人移不开目光，每一个动作都像经过精心设计。

他把纤长的手指搁在自己唇上做了个噤声的手势。

接着略有点低哑的声音从手机里传来："我们谈谈吧。"

禾多紧张地回头看一眼床上熟睡的赵晋航，不想请陈骁进入她的安全空间，但也不好置之不理。于是裹了件大衣，拿着伞下了楼。

说不清为什么，她从来没有对陈骁彻底反感过，不像赫连那样随时挂在嘴边诅咒两句。她不觉得陈骁是好人，但肯定也不是凶狠的狂徒。就连夏秋指认陈骁要杀死自己，她也将信将疑，可能是对他不够了解吧，她觉得陈骁没那么极端。

伞没用上。

雨已经变小了，陈骁的位置也已经换到了楼道屋檐下。禾多收起伞，和他并肩站着，这样也好，更顺理成章地不用去和他对视。

两人的视线都落在正对着的小区的池塘上，借着微光去看清纤细的雨在水面画圈。

"我想你最近一定睡得不好。"陈骁慢慢吸了口烟，"我们这种爱对方多一点的人，会比本人操更多心。"

禾多一直悬空的心突然沉下去，无限沉下去。

"是你对赵晋航的融资动了什么手脚吗？"

陈骁笑了笑："这融资本来也是我促成的啊。"

禾多闭眼几秒，长叹了一口气。

"你想要我做什么？"

"我想拿回属于我的东西，信，硬盘。不过分吧？"

"已经都给你们监事会主席看过了。"

"我知道，那不是正好可以还给我了吗？"

禾多感觉喉咙被什么卡住了，说不出话，张嘴都困难。

就在这时，池塘的方向传来一声巨响，吓得她一哆嗦。陈骁没拿着烟的那只手下意识地揽住她的肩。这个肢体接触倒不会让双方产生任何暧昧的联想，只是单纯护了她一下。

等到镇定下来，禾多看清那是一条自己跳上岸的鲤鱼，也许是因为水压让它感到不适，它在岸边还扑腾了几次，直到一个黑影向它逼近。

　　黑影的身躯也才是那条鱼的两倍大，叼着它显得很勉强。

　　那黑影转过脸，有一双发光的眼睛，让人瘆得慌。

　　禾多显然还惊魂未定，呼吸听着急促。

　　陈骁又吸了口烟，声音稳定低沉："是一只猫。"

　　"真吓人。"

　　"可不是吗，猫这种动物太野了。我们家以前有两只猫，你记得吧，后来死了。"

　　"不是走丢了吗？"

　　"嗯，也可以说是走丢了吧。养不亲，死之前也经常擅自出去好几天，又不声不响地回来。"

　　禾多一边发抖一边较劲："夏秋告诉我是走丢了。"

　　"我怕她伤心，埋在她最喜欢的石榴树下了，埋得很深。"陈骁猛吸一口烟，红光一瞬间亮在他瞳孔中央，"跟她说走丢，她好歹还有个念想。"

　　"怎么死的？"

　　"我哪知道。"陈骁瞥她一眼，虚弱地笑起来，"你真该去看看你的表情，好像我是杀人狂似的。"

　　禾多不敢出声，心怦怦乱跳。

　　"我才不会杀猫，更不可能去杀夏秋。我这么爱她，最多是希望她相信我、在我身边罢了。不过分吧？"

　　禾多紧紧盯着不远处的那只猫，它调整着姿势，想要以更省力的方式拖走大鱼。

　　这只猫的突然出现好像拉近了她和陈骁的距离。

　　她开始意识到，陈骁和自己其实是同类，对不安分的东西又惧又恨。那些生机、野性、心猿意马，是超出他们控制范围的元素，不能理解，更不能认同。

　　只是一心想把爱人拖回平静安稳的日常生活，有什么错呢？

　　而这些陈骁早就知道，他觉得夏秋的朋友中也就李禾多相对正常。

　　"你也帮我找找夏秋吧，替我带话给她，让她回家。"陈骁也在认真看着那只猫。

"你自己为什么不找？"

"走丢了，好歹还有个念想。"

那只猫终于叼着大鱼，带着在黑暗中闪闪发光的眼睛，缓步离开。

陈骁回过神，淡淡地说："你回去吧，外面太冷。"

禾多也是经提醒才感觉到寒意，把大衣裹得更紧一点，脸上浮现出前所未有的平和笑容："明天我拿到东西怎么给你？"

"你给我电话，"他顺手接过她的手机按下一串数字，试拨一次就挂断，"我让司机来取。"

"这样好，"禾多松了口气，"就不用再见面了。"

"晚安。"

"你保重。"

禾多最后回头看了他一眼。他沉默着关上单元门，也抬头看她一眼，就像一次平常的道别。

[7]

陈骁在午夜时分又回到病房继续输液，让为数不多的几个挂念他的人松了口气。但也许是和禾多聊起了夏秋，他睡不着，躺在床上，一直睁着眼，忍不住反复去回想夏秋离开那天晚上发生的一切。

他照常在深夜结束没完没了的应酬，进了没有一丝光线的家。

但是夏秋就坐在客厅里，拧转了身边的落地灯。

如果没记错，在那之前他已经有超过半年时间没好好看过她一眼、没说过三句"吃什么"以外的话。执掌一个骁盛这样的企业并不是名片印上"CEO"就算完成任务，一天二十四小时，他可能要忙二十五小时，在她入睡后才回到家，在她醒来前就已经离开。

"你还没睡？"

"你过来，坐下。我们说说话。"

他松着领带走过去，坐下后才发现她面前摆着半瓶红酒："你喝酒做什么？"

"平时都是你喝，你醉了就能睡得很沉。我也想试试看，醉了是不是能轻松点。"

他把酒瓶拿走，放到远一点的地方："别喝了，你还在服药。"

"你是不是希望我永远服药，永远神志不清，永远不知道真相才好？"

她有时急了眼也会放狠话，这他是知道的。他闭眼再睁眼，不去跟她计较，只想把她打横抱起来："上楼休息。"

她用尽全力推在他肩上。他因为酒精的作用本来就重心不稳，被推得往后一个趔趄。

"为什么要杀我？不仅杀我，还杀了我们的孩子？"她情绪有点激动了。

陈骁一字一顿地反问："你知不知道你在说什么？"

"你看着我的眼睛，告诉我。"

他马上就看向她的眼睛，但却不知道从何说起。

夏秋对他生意上的事一无所知，她甚至连普通职场都没有混过，她是个艺术家，高岭之花，换言之，不食人间烟火。

她顶多在社交场合见过几个他的生意伙伴或竞争对手，依稀能辨别哪个人心胸宽广，哪个人居心叵测。可她的世界观还停留在"不能背后说人坏话、不要随便与人为敌"的幼稚程度，说多少说多久才能让她理解眼下的局面呢？

他只能叹息一声，用近乎求饶的语气："有什么话明天再说吧。"

但她铁了心，不为拖延症买单。

她顺起那瓶酒砸在他半米之前的地上，阻挡他的去路："告诉我。"

"别闹了好吗？应付外面那些人我已经很累了。"

她把药瓶和检验单放在茶几上："那你给我解释一下这是什么？"

陈骁看了几行字，面不改色："陈萱的药，我拿了一瓶帮助睡眠，不行吗？"

那个时候，他并不知道她找到了监控视频中的通话，还以为她只是无端猜忌，以为只要绷起脸态度强硬一点就能唬住她，蒙混过关。

也难怪再抬起头时她眼里已经蓄满了泪水，她被这劣质谎言堵得多绝望啊。

她失去了控制，劈手把检验单撕了个粉碎，又连续把两个瓷瓶摔在茶几台面上，才开始抱头痛哭。

陈骁一头雾水地看她发泄完毕，不知道一向温柔的她这次到底是怎么了。

"你是不是一直怀疑这不是你的孩子？"哭泣的间隙她突然抬头问。

陈骁被气笑了，重新走回沙发前，拉着她的胳膊好言相劝："不是我的能是谁的？你不要幻想这么狗血的剧情。"

他虽然时常不满她心里对别人有牵挂，但从来没质疑过她的人品。

"那你对我到底有什么不满意？"她倔强地噙着眼泪问。

"非要说有什么不满意……"陈骁停下来，突然觉得讨要专一的这个自己很傻，"算了。"

"你说。"

"真的算了。你就是这样的人，我没想过要改变你。"

陈骁把她从沙发上拖起来，揽着她准备上楼。

夏秋甩开他的手，突然失去重心，跌坐在满是瓷片渣玻璃碴的地上，小腿、侧胯、手肘、掌心，凡是接触地面的部位都迅速渗出血迹。而她坐在那里完全没有反应，仿佛感觉不到疼痛。

陈骁叹一口气，在她身边蹲下，拿起她的手，一点一点除去锋利的碎片，接着是手肘……她没有动作，像断了电似的任由他摆弄。

他把她抱回沙发上，去药箱里翻找棉签和双氧水："先简单消毒，会有点疼。明早让司机送你去医院。"

她不说话，也停止了啜泣，空荡的大厅安静得让人心慌。

他小心翼翼地帮她处理伤口，低声下气："以后别这样了，是我不对，我没有好好陪你。等过了这一阵……"

"这一阵和前一阵有什么区别？"

他手上的动作滞了一下："你说得对，没区别。与虎谋皮一旦开始就无法喘息，我也无能为力。"

"成功和我哪个更重要呢？我这么问，是不是有点自不量力？"

陈骁摇摇头："这不是必须二选一的。"

"如果非要你二选一呢？"

"我选你。"

她的眼泪突然又像泉水一样涌出来，直接滴落在他的手上，有灼热的温度。

陈骁如同触电，犹豫着缩回沾满血迹的棉签："……很疼吗？"

她拼命点着头，勾住他的脖子抱紧他。

她有点明白了。陈骁想要走到底的这条路并不适合他，与沈昱、许承楷那些天生冷血相比，他太重感情，已经接近瓶颈。

如今自己是他感情的唯一出口，理智的背面，致命的弱点。

如果自己是像唐韵，哪怕像赫连那样的女人，都能够陪他走得更远，可惜不是。

没想过要改变，也不可能被改变。

再不逃离，就像站在铁轨中央等待必经的列车一样，是自杀。

陈骁认为已经把她哄好，最重要的前提，自己爱她，她也爱自己，爱情不就是各牺牲一部分自我换取互相慰藉吗？又不是业务对象，账面往来必须严丝合缝。夫妻之间，有些事可以心照不宣。

没想到一夜醒来只剩满地狼藉和斑驳血迹，电视中无声地循环着他们结婚当日的录像，她已经不在了。

猫这种动物不像鱼，生生死死都逃不出你给它划定的这块水域。

猫注定要走，或者是死，你只能一脸错愕地在某个清晨接受这个现实。

[8]

禾多径直上了六楼，外间办公室那个叫小涵的女孩先看见她，紧张地与她打招呼，跟在她身边。接着内间独立办公室里的赵晋航也站了起来。

"合同呢？"她不想再浪费时间说废话。

赵晋航眼珠转了转，刚张嘴，就被她喝止。

"我问你合同呢。立刻，现在，拿出来放我面前，否则融资搁浅了你再求我，我眼睛都不会眨一下。"

赵晋航知道她动怒了，虽然还不明所以，只能以最快的速度从保险柜里取出合同。

合同本身其实没什么需要瞒着她，只不过父亲有话在先，经济命脉不要被女人控制，赚多少钱也不能被她摸得一清二楚。

禾多花了点时间看完合同全部文本："这就是个套。"

"什么？"

"里面全是对你的限制，没有对筑高的任何限制。A 轮只能接受筑高的投资，不能接受其他。但根本没写明如果筑高不及时支付款项需要赔付多少违约金。这样只有一个结局，就是你一天天地被拖死。这合同谁让你签的？律师看过吗？"

赵晋航吓出一身冷汗，自己又把合同关于这部分的细节重看一遍。吴嘉玲天天催得他静不下心是一方面原因，另一方面原因是筑高的牌子太大，他总觉得，这么大的投资集团怎么可能来蒙骗自己。

"那现在……现在怎么办呢？是不是可以……起诉？"

"只有他们起诉你，你哪有起诉他们的份儿？"禾多冷笑一声，"是陈骁下的套，就是奔着套你来的，谁知道你这么傻，一套一个准。我来解决吧。"

"真的可以解决吗？"赵晋航有点担心。

"最后一次。"

禾多叹了口气，估计真的是最后一次，把银行保险箱里的东西给陈骁大概意味着所有朋友都得罪光了。

[9]

唐韵回国还是官恪抽空去接的机，心情却不如离开时那么轻松。航班落地后得知的第一个消息就是许志杰失踪了。

"上了一辆车后把我们的人甩掉了，反侦察能力很强，不知道什么来头。"官恪帮她拎过行李箱，"不过你别着急，已经在查他的通话记录和消费记录了，总能找到。"

而此时赫连的电话又接进来，传达第二个坏消息："禾多从昨天起就突然不接电话。我觉得事有蹊跷，去银行发现保险柜里的所有东西都已经被她取走了。"

"她人不在银行上班吗？"

"银行说她申请提前休产假。"

"她家里和赵晋航呢？"

"赵晋航也不接电话，家里没人。我估计……"赫连有点犹豫。

唐韵停住脚步，抚着额缓了缓，对着手机说："陈骁找过她了。"

宫恪回头见她脸色煞白："李禾多？"

唐韵挂断电话点点头，不想说话。

这时宫恪的手机响起来，他接听着："是，我在机场接人……等一下，"对唐韵说，"手机借我记个号码……你说。"把手机接过去之后一个个按着数字。

唐韵心不在焉地东张西望，猜测李禾多肯定只能是因为赵晋航，那天确实提及了投资公司是筑高，而吴嘉玲又和沈昱熟识……百密一疏，陈骁这个圈套她还是没算到。

正懊恼着，一抬头，看见已挂断电话的宫恪正盯着自己，满脸玩味的笑意。

"怎么了？"

"能解释一下吗，唐韵？"

他把她自己的手机递到她面前，拨号界面上一串数字，重点是，那是她储存过的号码，通讯录名称是 10086。

"看不出来啊……"他半眯起眼睛。

她脑子里一片空白，完全没搞懂是怎么回事。

宫恪边笑边补充说明前情："查到许志杰打过的最后一个电话。机主，他弟弟，许承楷。为什么到你这儿改叫 10086 了？"

完蛋，像劈腿惯用小伎俩，跳进黄河也洗不清了。

唐韵感到突然被人往喉咙里塞了团毛线，过许久才勉强发出含混的声音："不是你想的那样。"

"你说说看，"宫恪还是笑，"我想的是哪样？"

她硬着头皮解释下去："你肯定以为，我是为了避着你，才把号码存成这个的。"

他摇摇头："不是为了避我。自从我认识你，你用的就是联通号。10086 是多久以前？"

"十年。"

"十年前的小唐韵，"宫恪转身勾过她的肩，继续往车的方向走，"心眼儿挺多。"

唐韵看着他往后备厢里放行李，欲哭无泪："其实根本不是为了避谁。是他恶作剧，擅自把自己的号码存成'男朋友'，我才反弹性地改成服务号了。"

宫恪一直忍俊不禁，她也不知道他是信了还是没信。

两人刚拉开车门分别上车，唐韵的手机就突兀地响了。

来电显示：10086。

唐韵没来由地哆嗦了一下。

"抱歉，刚才实在太震惊一不小心拨出去了。看来你需要接一下电话。"宫恪趴在方向盘上回过头盯着她，幸灾乐祸地眨眨眼，"免提。"

[10]

听得出来，许承楷也在电话那头笑，声音经过手机异化，显得更加轻佻："想我了？"

车厢空间太小，最怕突然安静。

唐韵就知道事情会一发不可收拾，内心无力地叹口气："你想多了。"

"好好好，算我想你。"他再度控制了局面，让这个暧昧的开头以看似情侣撒娇的走向延续下去，"有什么事？"

终于回归正题："我找许志杰，你知道他去哪儿了吗？"

"你找他做什么？"听不出意外，语气依然悠哉。

不应该随便暴露警方也在找他，唐韵缓了半拍，在脑海里整理出一个合理的说法。

"他是我同事，好几天没上班，积压了一堆工作。"

"那你怎么知道问我要人呢？我好像没跟你说过我有哥哥吧。"

唐韵咽着口水，知道在他面前撒谎有风险，分外谨慎。

"他提起过你。"

"哦。你有没有告诉他你是他准弟媳？"

"你正经一点。"

"怎么这么紧张？正经男友在身边？"他轻笑一声，"代我问好。"

唐韵紧张地看了一眼宫恪，催促道："回答问题。"

"他前天和我吃了顿饭，离开后就没再联系过。这回答你还满意吗？"

官恪没等她再多说一句，直接把电话挂断了。

唐韵这才确定以及肯定，他不开心了，在他发动车驶出车库的过程中大气不敢出。

过半晌，还是他先开口："什么叫正经男友？什么叫准弟媳？"

"他这个人就这样，满嘴跑火车，别当真。"

"你在说许承楷满嘴跑火车。"他重复一遍，笑起来。

"你不信？"唐韵低着头，小声问，"那你觉得他这人是什么样？"

官恪认真回忆着，他和许承楷交集不多，偶尔在母亲组织的聚会上见一两面。最深刻的印象是曾有人介绍殷书记的外孙女给他，他以"不喜欢比自己年龄大的女孩"为由拒绝，也就大一岁，在联姻的考虑下显得吹毛求疵了，中间人觉得他不识抬举，周围也议论他自视甚高。十个月后殷书记就落马了，舆论又转变风向，纷纷佩服他长目飞耳。

"聪明，稳重。"官恪抽空侧过头观察她的神情，"很有分寸。"

"他在不熟的人面前装得可像那么回事了。"

"那你跟他挺熟的。"

自己露的破绽，被抓包也无话可说。

其实这么说也不对，跟他还不熟的时候，第一面，他就没什么分寸。两家公司开会，两个人都还属于坐在角落里帮忙递材料的虾兵蟹将，会间休息时唐韵出去转了一圈，回来就看见他坐在自己的位置上擅自翻看自己的工作笔记。哪有点聪明、稳重的迹象？

等第一个红灯的间隙，官恪趁她出神，拿过她的手机，飞快地操作："我不管，拉黑了。"

"本来我也拉黑了，"这才想起来着急地争辩，"这不是换新手机不小心放出来了吗？"

"唐韵，你在我这儿信用已归零。"

该死的许承楷，唐韵在心里狠狠骂一句。

[11]

许承楷那边可没这么大情绪波动，关掉电话，从办公室前往公共区域，和颜悦色地对下属交代："我们手里还有和中的流通股吧？清仓。"

"另外，"他转身走了几步，对助理说，"给陈骁送束花去。白色苍兰，清爽一点。"

"陈……骁盛的总裁吗？"助理的记忆力极强。

"嗯。你替我写个赠言。"

[12]

陈骁拿到了他想要的东西，心绪终于平静，在医院按医嘱度过剩下几天。

时间在消毒水的气息中缓慢消逝，斑驳的日影从窗外漏进来，护士从外面抱来一大捧素净的白色花束："有人放在护士站的，说是给你。"

他蹙了蹙眉，原以为生病的消息封锁得很好。

他有点不耐烦地拿起插在花束上的赠言卡，上面写着：说了让你少喝点酒，你看，不听劝，吃亏的是自己。

这一瞬，他心里突然感到一阵钝痛。

一定是夏秋。

他追到护士台问："刚才送花来的是男的女的？"

"男的啊。"

也可能是花店的员工。

他回到病房，洗干净一个玻璃花瓶，把花束拆开，一枝枝理顺茎叶，细致地剪去多余或折断的部分，把它们拢好养在清水里。

风从走廊上吹来，沁人心脾的清香弥漫在变得更加静谧的病房里。

像是夏秋会挑的花，云淡风轻中裹挟着缠绵的柔情。

他没有意识到自己的眼睛有点泛红。

再看一遍卡片，才发现漏看了一个字，不是"少喝点酒"，而是"少喝点假酒"。

他愣了几秒，咬牙切齿道："许承楷。"

他已经感觉到，许承楷最近一直盯着骁盛，原本以为是因为唐韵，可并不是。不过许承楷在IPO前没出手，很反常。越是引而不发越让人忐忑，他到底在图谋什么？

[13]

一路无言。

宫恪把行李给她放到酒店房间，离开前关心一句："你是在这儿休息还是去找李禾多？"

"得去一趟项目点。"

"工地？"

唐韵无奈地展示了一下手机："顾峥说三十几个民工和周边居民打群架被抓了，寻衅滋事，我去听他汇报。"

"那完了，至少关半年。"宫恪笑一声。

"这么严重？"

"看怎么定性吧。"他顿了一顿，"你……还在管和盛的事？"

"辞职信递上去，得过会儿，还有交接，怎么也要拖到开春，这期间的事情还得处理，有始有终吧。"

"那我先送你。"

他准备转身时被拉住了衣角。

"你是不是生气了？"她不想把他在闷闷不乐的状态下放走。

"不是，"他笑一笑，"许志杰下落不明，砾双又全是糊涂账，我也得回去上班啊。"

他老是笑，划清自己和整件事的界限，反而让唐韵放心不下。

还是介意了。

"真不相信我吗？"

"开玩笑的。百分百相信你。"

唐韵伸手摸摸他的脸："泄露案情了哦。"

宫恪微怔，转而意识到自己把砾双立案说漏嘴了，有点懊恼。

"但我不是生你的气。我就是……天然的……低气压。"

"为什么？"

"我忍不住想，十年前你的生活里就有很多金字塔尖上的人来来往往，你和我在一起的时候，用赫连的话来说，我只是个'靠不住的小年轻'，难道就因为长得帅吗？你也见过帅的吧。"

唐韵笑着拉他坐下："是谁啊，之前还说我对自己没信心。"

"其实本来就正相反，你成熟大气，又温柔体贴，不受欢迎不正常。"

"所以啊，你可不要像陈骁那样总是钻牛角尖。在你缺席我人生的时间里，我见过的人、经历过的事都已成定局，不能再修改了。你根本不用去想，只要看着眼前，知道我现在只属于你就好。"

"可是比较起来……"

唐韵摇头："没有可比性。我也不是生来就成熟大气，十年前，你想想，比你现在年轻，比你差得远了。"

"就算许承楷确实像你说的，聪明、稳重，优点很多，那也肯定没能吸引到我。喜欢这件事，并不是比拼参数，分高者获胜。都是冥冥之中，机缘巧合，你懂的吧。"

宫恪认真听着，她就继续说下去。

"我的确很珍惜他这个朋友。一开始他接近我大概是误以为沈昱喜欢我，有点动机不纯。但他确实始终走在我前面，比我更聪明。他说过很多话都是忠告，从最早就提醒我，不要爱上上司，不能为玩票的人付出真心。"

"即使这两年偶遇，见过郑健，他还是看人那么准，说我是吸尘器。"

宫恪笑起来："深有同感。不，我除外。"

唐韵等他笑了一会儿，接着说。

"可是我们之间，情义就这么薄，到此为止了。不管他多好多坏，我有男友了，就一定和他划清界限，不用你说我也会做到。"

宫恪沉默须臾，追问道："他这么睿智，你就一点没爱过他吗？"

"他总是对的，但没有心。你会爱这样的人吗？"

"我不会，但女人会吧。"

"就算是学龄前儿童，也不会对点读机产生感情，即使它总是对的。你明白我的意思吧？"唐韵停了几秒，"还有，你真不知道自己好在哪里吗？"

她拥抱住他，轻轻吻着，唇舌厮缠。

他连心跳都漏了几拍，被突如其来的柔情迷得神思恍惚、头重脚轻。

明明也已经同居过一段时间，却莫名其妙地害羞起来，他稍稍回一点魂，觉得大概是因为唐韵很少主动吧。

年轻的是他，精力旺盛的也是他，平时都是他缠着她瞎胡闹。她吐槽说，照他这么折腾，不到四十岁就可以坐轮椅了。

但她这个人其实从里到外都是软软的，早就任他折腾，随他引诱，听凭摆布。她要什么有什么，像胸怀宽广的土壤，种下十分耐心，就能收获切实的十二分满足，够他特别膨胀。

可是交换一下主动权，他就有点慌张。

"你不用特地安抚我，我还没那么脆弱。"他调整了一下呼吸，镇定地走了几步，却被地毯边缘绊了一下，险些栽倒，"我先……回去……先……上班。"

好像是装正经破功了。

一回头，她已经把外衣脱得只剩一件了："就耽误你一会儿。"

宫恪撑着桌子边缘深深喘息："这是在考验我的定力吗？"

"和我待一会儿好吗？"她专注地看着他柔声问。

这根本不是"一会儿"能解决的难题……

他心下一沉，捧着她的脸回吻过去。

"唐韵你这是作弊。"

"嗯。"

"你学坏了。"

"嗯。"

"我四十岁不到就坐轮椅也是因为你。"

"嗯。"

总之，就是不能让他带着一丝一毫的不开心走出门去。唐韵想。四十岁的困难四十岁再考虑。

[14]

"许志杰这件事好像又回到你出国前的状态了。"

"为什么？"

宫恪穿衣服速度太快，一眨眼就恢复一副精英范，闲闲地靠在一边等她，顺便盯着她像个废柴似的一层层往身上套，这让她压力很大，不是挂钩勾了外衣线就是头发被静电撩得蒙一脸。

"得抢在陈骁之前把他找到，甚至比那时候还紧迫。"他一边分析一边挑眉笑了笑，"只要他不知道账目已经被毁了，就还有机会让他指认陈骁。"

"账目为什么被毁了？"

他不知道她今天怎么大事小事都有点傻乎乎，欺过去，把她的手拨开，扣子一粒粒解开再重新扣好。

她一低头才发现从头到尾都错位了。

他的手特别好看，专注做事的时候让人看着脸红心跳。

她觉得脑子钝钝的。

"陈骁一拿到手肯定会处理掉吧，怎么想也不会留下对自己不利的证据。"

"但我有备份啊。"

"什么？"轮到宫恪手上的动作停一下。

"正常人一拿到证据肯定会马上备份吧。"唐韵满脸的理所当然，"保险起见我备份了十遍。"

"……也不是……正常人，"宫恪笑起来，就着自然的高度差亲了亲她额头，"你真优秀。"

收回前言，只在小事上傻乎乎。

"你现在要吗？我电脑里就有。"

宫恪刚翻开她的电脑屏幕，又忽然停住，盖了回去。

"不急。先抓人。"

不知为什么，他总有点不好的预感，这份东西反而会对唐韵不利，还是应该留到不得不用上的时候。

唐韵的手机又开始振动，来电显示却不是顾峥而是陈骁。

她与他对视一眼，按下接听键。

陈骁在电话那头一副得意扬扬的语气："有一阵没听见你好听的声音了。"

似乎是为了特地呼应她上次那句"陈骁，我的声音好听吗"。

这个人记仇水平真是一流，唐韵根本不想接话。

他继续说："我们总要见面吧，至少我还没看见你的辞呈，你也还算是我的下属。这么几天不见，都有点想你了。我觉得你应该也有很多问题想问我，是吧？"

"你明天在公司？"

"明天上市敲钟你忘了？来证交所找我，早一点儿。"

"明天见。"

唐韵猜测，他无非也就是想炫耀一下从禾多手里拿走的东西。

"陈骁怎么说？"宫恪追问。

"没说什么，约明天证交所见面。"

"为什么在证交所？"

"明天上市。"

[15]

证交所走廊，清晨的阳光从一侧打进来。

陈骁一身挺括西服，深红色领带，搭着一条红色围巾，边抽烟边等在走廊上，见唐韵走过来，露出玩味的笑意。

"还是来了？这叫什么？人在屋檐下，不得不低头。"

唐韵绷着脸停在三米开外。

"你以为我是怕你才来见你？像你昨天说的，我想问一些问题，我自己想不明白怎么会有人这么彻底地毁掉自己拥有的一切，家庭、妻子、孩子。"

陈骁冷笑一下，抽了口烟："想问什么？"

"首先，为什么选择我？"

"在警局，你走进来，"他的眼神略微失焦，仿佛陷入了回忆，"虽然没说话，但是神采奕奕。我心里想，为什么你这样的女人就可以过得这么顺利。我就临时起意……对，临时起意……"

"什么叫我这样的女人？"

"夏秋很崇拜你，莫名其妙。她认为你的所得都是靠自我奋斗，但我们圈内人稍稍打听一下就能知道那些传闻。夏秋她太单纯了，觉得你就算是以色侍人也一定有什么苦衷。我这念头可能也没那么难理解吧——想向她证明世界不像她想的那么干净美好，这么一来，将来她就算知道我的一些事，也会比较容易接受。"

"把我拖下水，"唐韵皱了皱眉，"好证明你也没那么糟糕是吗？"

"再说我确实缺一个项目总，不懂业务但履历漂亮，能通过董事会又没那么聪明，你就很合适。特别是顺风顺水惯了，警惕性会非常低。"

"潜意识里，你就是无法接受身边有女人比你聪明。"唐韵直接戳穿。

"我承认这件事办得不漂亮。"陈骁笑了笑。

"何止不漂亮，简直失败。"

"好吧，就算你比我预想的聪明一点。但意外收获也不是没有，比如你出于自愿把高雷也拖下了水，我本来以为把他送进监狱还需要更长的时间。"

"不会如你所愿的。许志杰已经看过了证据，他会指认你。"

"他不会。"陈骁转过脸看向她，一副肆无忌惮的表情，"你以为许志杰是什么？就一个窝囊富二代，废货。他对钱不感兴趣，对女人也无所谓，我觉得他们兄弟的本质是一样的，脑电波和全世界不在一个频率上，否则也不会把我逼得出此下策。"

"所以你因为一个人无法被收买就做局陷害他？"

"这是你说的，我可没承认过。"他时刻警惕着不露出任何破绽，"那么你又是因为什么要跟我作对？为了完成公民义务？正义感这么强？"

"因为个人恩怨。你娶了对我来说最重要的人，却害她陷入这样的危险。"

陈骁大笑起来："我娶她的时候可没想到会有这么多情敌。"

"你少装受害者顾影自怜。"

他看了看手表，换出不耐烦的神色："差不多该结束了，你们这些闹剧。女主角不在，我没兴趣陪你们玩。"

说着，他从口袋里掏出那封信，展开甩了两下，折成长条形状，用嘴里的烟点燃了。

火光瞬间在视野中央亮起。

"你到底是什么毛病？"唐韵气得连声音都哽咽了。

陈骁诧异地抬眼瞥她。

"你有没有想过，夏秋可能永远不会回来了。而你现在烧掉的，是她最后留下的东西。"

陈骁的脸垮了一下，但很快就被掩饰过去。

“用不着你操心。给你两分钟收拾情绪，哪怕明天离职，做一天高管敲一天钟吧。”

[16]

这天早上挺顺利的，没堵车，宫恪也没迟到。

进办公室没过多久，同事就喜出望外地站起来广而告之：“许志杰出现了，刚刷卡消费了一瓶酒。”

“在什么地方？”宫恪从办公桌上抬起头。

“多云路，在银行和证交所之间。”

宫恪突然想起唐韵说过今天是骁盛上市仪式，估计许志杰要去闹事。

“走。”他起身携带装备，又转回来提醒同事，“穿好防刺服，怕是等我们找到他，他可能已经喝高了。”

[17]

证交所一楼辟了一块专门区域举行敲钟仪式，红色的舞台，两侧摆满绿色盆栽。背后是显示企业标志的 LED 柱以及铺了满满六个大屏幕的红字介绍。现场媒体有几十家。

市领导来了三位，还有区级领导嘉宾若干，因此，唐韵的站位有点偏，身边仅罗耀是她熟识的。

“没给你围巾吗？”罗耀低声问。

唐韵愣了两秒才意识到他指的是统一发的那条，懒得解释自己是临时被抓来的，就随便敷衍道：“数量不够了。”

无论主持人的语调多么喜庆，她也难以投入这欢愉的氛围，但正因为不投入，她才第一个看见向这边缓步走来的许志杰。

他左手拎着一瓶 absolut vadka，已经几乎见了底，这也许解释了他为什么步履有些沉重。

但很快唐韵就发现这不是全部原因。

许志杰始终盯着正中间的陈骁，每向前一步神情都更加凝重。他经过媒体区，却并没有在摄像机前端停下。他越过台阶，在周围人还没来得及做出反应去阻拦他之前，从外套内侧掏出了一把枪，指向陈骁。

这一切来得太快。

"陈骁！"唐韵的声音和枪声只差点零点几秒。

台上台下所有人瞬间向四面逃散，只有唐韵在往陈骁倒下的方向去，想确认他的伤势。

罗耀用全力把她往反方向带了一把："你疯了！"

唐韵一个趔趄，在倒地前看清了陈骁是头部中枪。

第二枪响在她头顶上方。

她惊恐地抬眼，看见许志杰正盯着自己，把枪口快速转过来。

还是罗耀半拖半拽地把她拎起来："跑啊。"

移动的目标不是那么容易瞄准，第三枪打在墙壁上。

唐韵中途就扔掉了高跟鞋，在大厅侧面找到了临时的遮蔽物，但许志杰是冲着她来寻仇的，可能很快就会追来，她四下寻找，一时也没找到什么可以还击的武器。

宫恪听见枪声逆着涌出来的人潮冲进来时，见到的已是这副景象，不禁爆了句粗口。

果然右眼跳灾。

穿什么防刺服，带的搭档还射击考核都没过。

他记得唐韵也在这里，不知道有没有顺利逃出去。

他压住脑子里一连串的胡思乱想直接拔枪，击中许志杰的背部。

许志杰血液中酒精含量过高，并没有感受到足以停止他的疼痛，转身还击。

宫恪躲了过去。

接下来的枪声变得没那么密集了，唐韵躲在隔断后数着数，起初隔几秒响一枪，后来十几秒响一枪，她不知道这把枪里能放多少颗子弹，感觉有点没完没了，比宫恪的枪子弹多多了。

她露一点脸往外看去，许志杰一直在往门口射击，而门口被墙体遮挡的地方好像有什么人在跟他对战，是警察吗？

她觉得伸出来的那只手看着有点熟悉，又告诉自己不可能，宫恪是经侦吧，这种暴力事件轮不上他出警。

许志杰显然也受了伤，怎么好像僵尸似的异常顽强。

她没来由地有些心焦，不停地往外张望。

罗耀刚才好像因撞着什么受了点小伤，颓废地坐在地上："别看了，你又帮不上忙。"下一秒，唐韵就应着又一声枪响直接站了起来。

隔断没有人高，罗耀彻底蒙了，没来得及在她跑出去之前拽住她，也不知发生了什么事，只觉得她今天种种反常，发起疯来战斗力超群，简直是送死。

唐韵和宫恪是同时看清对方的脸，而他中枪也几乎是在同时。

她看见他被击中的是胸口，自己的胸腔里也在刹那泛起了浓烈的血腥味，明明没受伤，却跟着身体的每节骨骼连接处都痛起来。

她根本没去确认许志杰的枪口还会继续指向哪里，就跌跌撞撞朝他跑去。

"穿红色吧，我喜欢你明艳一点。"早晨出门前他说。

就是因为这个原因她才穿了红色的套装。

在敲钟上市的场景里不突兀，可是藏在灰蒙蒙的隔断中特别醒目。

他在开第一枪之后就注意到了那个侧面，交火的全程都在提心吊胆，他祈祷那不是唐韵，如果是也但愿那件红色衣裙上没有血迹。

他注意力没法集中，要担心的太多，虽然每一枪都击中了对方，但是他既不想杀死许志杰又没有退路。

许志杰的子弹数超过了七发的临界，弹匣容量不可估计。

而他只剩下最后一发。

绝不能让她也一起陷入危险。

最后一枪，他也根本没顾忌许志杰瞄准了哪里，目睹许志杰先倒下，唐韵才朝自己跑来，他感到前所未有的幸运，接着袭来的是自己的身体一震。

胸口有点凉意，继而又变成灼烧感，背部突如其来一阵剧痛。

他不受控制地眩晕着往下跌，好在她在倒地前架住了他，比他先跪下去。

他先确认了一下她身上没受伤，再把她抱进怀里。

"你没事就好。"

才说了这么短一句话，他就剧烈地咳嗽起来，喉咙里往上翻血沫，再也说不出下一句。周身越来越冷，意识反倒越来越清醒。

想活下去。

——到最后所有的思绪只剩下这四个字。

[尾声]

七点钟的本市新闻播报总是些陈词滥调，但播音员一贯淡定的语气今天突然多了些抑扬顿挫。

夏秋不禁抬头认真看两眼。

"今天上午，某地产企业 A 股在证券交易所敲钟上市时，突然发生枪击事件，一名不明身份的男子持一把仿制式手枪在公共区域对群众进行无差别射击，并与随后赶到的警方交火，截至目前，该枪击案共导致两人死亡，十一人受伤。据知情人士透露……"

她呆滞地盯着电视屏幕。

与画外音同步的，画面中反复播放着各种视角的监控录像。

无论从什么视角观看，她丈夫都是第一个被击中的人，而且再也没有移动过。

她从来没想过会是这样一种重逢。

他成为荧幕上一个小小的灰黑色的身影，在她已经错过的时空里一遍又一遍地倒下。

"妈妈，你怎么了？"

身边的男孩注意到她神色的反常。

（上册完）

Best Time

白 马 时 光

夏茗悠 著

缺 席 者

The Absentee

下

百花洲文艺出版社
BAIHUAZHOU LITERATURE AND ART PRESS

目 录
contents

001　　**第一章　破袭**

为什么我们总是能够与对手握手言和？
和朋友，却渐行渐远。

033　　**第二章　封锁**

沈昱不是恋爱模式，是狩猎模式。猎物就是
猎物，永远都是。

066　　**第三章　近程**

哪怕最无情的爱都附带占有欲，没有占有欲
的不是爱，是游戏。

099　　**第四章　威慑**

她总以为她自己过得特别好，到头来却总是
竹篮打水一场空。

123　　**第五章　狙击**

正因为最害怕离别，所以才应该做好随时接
受离别的准备。

147　　**第六章　气旋**

所有人之间的感情链条都被斩断，得过且过
每一天。

目 录
contents

176   第七章　补给
如果要让我退到一边，那个人应该比我对你
好才行。

196   第八章　制空
一旦他真的想留下一个人，不会给对方离开
的机会。

220   第九章　斩首
爱上善良美好的目标是人之常情，但爱上危
险因素却违反逻辑。

243   第十章　D-DAY
我以为无数段短期关系可以代替长期关系。
我以为所有像你的细节可以拼成完整的你。

258   番外一　杯水车薪

270   番外二　弦外之音

282   番外三　千里之外

290   番外四　花好月圆

第一章

破　袭

[1]

——调查通知书上写的是临时信息披露涉嫌重大遗漏。

——已经失联六个多小时，我们现在除了等他自己回来一点办法都没有。

——你一个小孩子也帮不上忙。

唐韵颤抖了一下，猛地睁开眼睛，立刻被身边的人紧紧抱住。天还没亮，窗外的天际线沉静在迷蒙雾气中，深青色的边缘变得含混。

"做噩梦了？"他的声音低哑却清醒。

"嗯。"她缓慢地深呼吸使自己平静，"你怎么也醒了？"

"背疼得睡不着。"

唐韵伸手把床头灯拧亮一点，撑坐起来："我帮你揉一下。"

他英气的脸在赫然打开的视野中明晰，笑容罩上一层暗黄的柔光："不用，你再睡一会儿。"

她用手按压着他背部的伤口轻轻施力。

三个月前，一颗子弹击中他的胸口，伤着肺，斜穿过肩胛骨。他年轻体质好，内伤恢复得很快，偶有咳嗽和呼吸困难，但贯穿性骨折后遗症明显，时常痛得彻夜难眠。

"你是不是压力太大了？"

他习惯抱着她侧睡，胸膛贴着她的脊背。因为睡不着，她在怀里微微一动他马上就能感觉到，而最近她做噩梦的频率越来越高。

"还是因为证监会调查精神紧张。"

"公安调查枪击案找你问话你都不怕，怕证监会？"

"可能因为，我的生活是从我爸突然被证监会的人带走开始走下坡路的吧。"

"什么时候的事？"

"高中，那时候住校，我妈妈打电话通知我。回想起来只是一次普通问询，比发函的级别高一点，我妈妈其实一向坚强，可那次不知道为什么却直接崩溃失措了。"

其实唐韵现在已经知道了原因。就在那时候，她父母的关系已经出现变化，妈妈心里早就安全感缺失，才会在轻微外界冲击的触发下立刻草木皆兵。但唐韵并不想在宫恪面前过多暴露自己父母在感情上混账的一面。

"那你应付得怎么样？"宫恪问。

"我什么都不懂，只是被妈妈推着走。她怀疑我爸是被合伙人陷害，所以不许我和合伙人的儿子来往，可那是我青梅竹马的朋友。又逼着我去跟另一个同班男生套近乎，就因为他爸爸在相关部门工作。"

"真疯狂。在那之前你家境还行吧。"

"嗯。一夜之间就灰飞烟灭。"她笑着自嘲，"脆弱的中产。"

"美人计成功了吗？"

"调查过去后，我爸爸心态也很不好，经常在外面喝酒，深夜不归。我每天大半夜被我妈催着去找我爸，都是他陪着我。"

"你陷进去了？"

"有一天晚上他送我到小区门口，我走出一段路后下意识地回头，看见他没有立刻转身，而是一直目送我。我在这种注视中体会到缺失已久的轻松和亲密。"

"真傻。"

"初恋。谁不傻呢？"唐韵停下想了想，"嗯，不过他就不太傻。我父母在我高三最后一次模拟考后离婚，他一个礼拜后就和我分手了。"

"你是怎么去高考考场的？打封闭了？"宫恪故意用调侃来消解话题中的伤感。

唐韵笑笑："就那样吧，稀里糊涂地勉强把题做完了。"

"你是恨父母还是恨他多一点？"

"恨证监会。"唐韵半开玩笑地说。

宫恪笑起来，言归正传："你不要有那么强的归属感，骁盛毕竟不是你的公司，就算有违规你本人也没牵涉其中，你只是个员工，本来都打算辞职了不是吗？"

的确在敲钟上市枪击案发生前，不仅谈好了去 KNE 的薪酬，连辞呈都已经写好了。谁知发生案情，公司原实际控制人陈骁因中枪而颅脑损伤，昏迷指数 3，至今未醒，医生的判断是十之八九会死亡或成为植物人。

祸不单行的是，公司分管财务的副总郭永国在枪击现场突发心肌梗死送医抢救无效去世，原董事会秘书金凌已辞职，对经济调查配合度不高。

如果这时唐韵再离职，整个公司可能都要停摆。她不得不临危受命，和同为副总的罗耀一起应付调查，一时半刻就脱不了身了。目前第三股东陈萱生产第三胎不久，孩子还没断奶，不太可能担起经营公司的重任。只能苦苦恳求唐韵留下帮忙。帮忙是一方面，还有更重要的原因。

唐韵过去半年在担任上海项目经理时被陈骁坑得不浅，有问题的供应商续约合同是合约部经理以唐韵名义冒签的字，有些款项的发放在她被强制休假期间也乱了套。无论是面对证监会还是可能介入的警方经济侦查，唐韵都不能放心把解释权交给别人，那样会更加被动。

宫恪不了解其中纠结，也不能完理解她整天处于高度紧张状态的原因，只觉得她这人太感性，不是为了这个闺密奔走就是为了那个闺密扛事。

"我以前不知道你和陈萱交情也这么好。"

"也没那么好，陈萱高中只和我们同学一年多就出国了。只不过我没法对过眼的事袖手旁观。今天晚上陈萱在家里请吃饭，说也想见见你，你和我一起吗？"

"让我想想见你上司兼闺密应该穿什么。要打领带吗？"

"没那么正式，也别那么帅。"

[2]

宫恪对这类社交游刃有余，唐韵倒是有点紧张。她没见过陈萱的丈夫，只知道他父亲曾经是经济发达大省的省委书记，已经退了。他和陈萱是相亲结婚的，结婚时就已经是银行分行长。凭着不靠谱的猜测，唐韵觉得他可能是个比较古板的人。

门铃响了不一会儿，开门的是谢行长，穿中跟长靴的唐韵刚好平视着他，但他的身高配娇小的陈萱绰绰有余。

和预想的不一样，他这人很有亲和力，热情地招呼着："欢迎欢迎，快进来。"

陈萱从门后露出个脑袋，打量着宫恪："你就是宫恪，久闻大名。"

宫恪和谢行长握过手，一侧脸："听谁说的？"

"赫连每天七八次在朋友圈发布小道消息，不过配图都是她自己的自拍照。"

谢行长把门关上，回头对陈萱说："看他们俩，简直像 T 台模特。"

陈萱和学生时代一样勾过唐韵的胳膊，像个小挂件一样黏着她，把她拽进屋里去："你也太沉得住气了，我要是有这样的男朋友肯定天天刷爆朋友圈。"

谢行长笑着跟在后面问："意思是我不够帅咯？"

气氛一下就热络起来，唐韵松了口气，并且她也没看见以为会有的那种孩子满地爬、一塌糊涂的场面："宝宝呢？"

"刚喝完奶，阿姨哄睡了。"

"还挺省心。"

"小的最省心，像小动物似的吃了睡睡了吃，什么都还不知道。老二有点烦人，会吃小的的醋，最近老无事生非闹情绪，本来会自己吃饭的，非要喂，反而退化了。"

"别怪他，毕竟妈妈的关注被分走了。"

育儿话题不是唐韵擅长的，她只能友善地配合着陈萱在这方面的异常兴奋。

陈萱回过头也对宫恪说："你们什么时候也赶紧要一个，这么好的基因别浪费了。"

宫恪倏然脸红，笑着摆手："唐韵……太忙，没时间生。"

谢行长又开玩笑："快给唐韵放假吧，家属有意见了。"

陈萱一边开心地张罗开饭，一边说："唐韵可是 KNE 出来的，KNE 的女高管都工作到怀孕四十周，会开一半羊水破了，把会开完才去医院。"

"我可没那么鸡血。"唐韵笑着，"而且暂时也没这个计划。"

谢行长从她的笑容中察觉到一点隐情，便自然地转移话题："宫恪是不是北方人？"

"是，但在上海长大，我妈妈家在上海。"

"这我知道，沈部长是你舅舅，对吧。"

陈萱又插进话来："他俩都这么高，以后孩子也肯定长得高。"

转移话题失败，谢行长对她三句话不离小孩也有点无奈了。

[3]

晚餐后，宫恪被谢行长拽去参观他的藏酒。陈萱在阳台上招待唐韵喝茶。

"你打算什么时候回公司？"唐韵问。

"不回了吧。我还是想多陪陪小朋友。"

"牛津毕业的精算师在家当全职太太，未免有点浪费。"

"各人追求不同，我本身的性格也不是特别适合职场打拼。我要是有你一半能干就好了。"

"我也没什么特长，都是被逼到这份上。"

"压力越大越出色吗？那我可要再给你加点码了。"

唐韵笑笑。

陈萱继续说："我想在下次董事会上提出让你担任 CEO。"

唐韵愣了几秒："开什么玩笑。"

"我是认真的。"她从容地拿起公道杯为唐韵添茶，"公司管理层没有第二个像你这么让我信任的人。能力和人品都无可挑剔。"

"可我其实……"唐韵没说自己本打算辞职，"感觉和骁盛的工作方式不能很好地融合。"

"那就改变骁盛的工作方式。让你做 CEO 就是给你这种权力。"

唐韵一时不知该回答什么。

"你现在几乎已经在做 CEO 的工作，光让你付出不给你相应的承诺说不过去。用不着拒绝，这是你应得的，薪水、职位都是为了匹配你的能力，其中没什么与私交捆绑。非要说有，那就是我额外给你的信任。我们俩从高中那时候起就是好搭档，记得吗？"

"生活委员和劳动委员吗？"唐韵笑起来。

"他们男人把这个公司搅得腥风血雨，我们女人让它回归正常吧。"

[4]

要判断许承楷的真实性格可能有点困难，没见过面的人要么因传闻对他畏惧，要么因他年轻而对他轻视——没错，相比他可操控的资本而言，他实在太年轻了。在行外人眼里，许承楷大概只是个继承家业的普通富二代，殊不知这几年家业在他手里增值不止百倍。

过去，唐韵对他的印象中，百分之八十的情况下他是个温柔的人，眼里总是带着缱绻的笑意，没分寸的毒舌起初会让人觉得轻佻，时间长了就知道，那些玩笑中多少有几分真实，只是在用最不说教的方式善意提醒，他其实很可靠。但不可否认他也时常流露出那种与生俱来的强势。就像现在，他拿不准唐韵有没有屏蔽一切陌生来电，索性直接用陌生号码打过去。

唐韵毫无防备地接起，听见是他的声音，心想该来的终于来了。

许志杰制造枪击案被击毙之前失踪了一阵，她不得不给他最后联系的人去电，说起来电话也不是唐韵拨出去的。宫恪在看见唐韵给许承楷加了个诡异的10086备注后失手拨了出去，许承楷在看见未接来电后又回拨过来，短短几个回合的对话他还是没放过唐韵，想方设法地调戏。时隔一季，心情却又有了些变化。唐韵有点犹豫该在哪个时机插入一句"节哀顺变"，但他本人听上去好像毫无亲人离世的悲恸。

"上班前来我公司，请你吃早餐，有点事要问你。"

"九点？"

"八点。"

考虑到早高峰高架必然出现行车缓慢的状况，八点要到达鑫瑞，意味着六点就得起床。

"……这么早我起不来。"唐韵忍不住小声嘀咕，瞥一眼身边的闹钟，这个来电时间相对而言又太晚了。

许承楷一点讨价还价的余地也没给她留，话却格外动听："但我等不及想见你。"

宫恪比较敏感，当时听唐韵说话就觉得不对劲，又见她挂了电话神色有些凝重，追问道："谁这么晚还打电话来？"

"许承楷约明天见面。应该是为了许志杰的事。"

"要不要我陪你去？"

唐韵摇摇头："没那么严重，我应付得来。"

宫恪半晌没说话，垂眼思考，她当然应付得来，两个人关系大概非同寻常地亲密。唐韵是个认真又自律的人，平时和宫恪约见面时间也是对照着日程做决定，有空就应允没空就改期，果断干脆。从没见她用"起不来"这样的理由，是恐怕连她自己都不曾觉察的示弱。

他不动声色，换了闲聊式的语气："说起来……你是怎么认识许承楷的？"

唐韵想了想："一开始是工作交集。"

"十年前，他还没接鑫瑞的班吧？"

"对，没有。"

[5]

准确地说，第一次见面是十二年前。鑫瑞和 KNE 共同投资一个地产项目，两个公司聚在 KNE 开会，与会人员四十多人。鑫瑞最高级别来了一位副总，其余主要是业务部门的专家。KNE 大当家、二当家都在场，唐韵刚升职成为部门经理，坐在角落位置，负责做目标项目公司的内部稳健预测，在会上做了汇报。

会间休息时，唐韵去了趟茶水间，回来走到门口，看见自己座位上坐了人立刻退了出去，在门外原地转了两圈，确认没走错会议室后才重新走进去。这家伙不仅坐在自己座位上，而且在擅自翻看自己的工作笔记，也太没礼貌了。

唐韵蹙眉走到座位旁倚靠，眼睛望着别处轻敲桌面："先生，你可真不绅士。"

许承楷缓慢地抬起头，脸上挂着玩世不恭的笑："And you, miss, are no lady。"

太标准的美音，完全一致的停顿节点，这句话过于耳熟，不像攻击。唐韵马上意识到对方是在故意拿电影台词和自己调情，不仅忘了生气而且脸红起来，是对方无理在先，但心跳加剧让自己有种做贼心虚的感觉，仅仅是因为对方帅吗？脑海里像有鼓风机在轰鸣。

许承楷把笔记本搁回桌上，站起身，忽然比她高了许多，却立刻又俯低一点，用耳语的音量说道："无意冒犯，只是想知道我因为看你走神的时候会议都说了些什么。"

这次又是非常标准的中文，字正腔圆。刚才还以为他是鑫瑞众多外籍员工中的一个。但唐韵没什么心情去考证他的国籍，只顾着瞪他，惊诧于他怎么厚颜无耻得如此自然。

他又说："现在知道了，漂亮的字和漂亮的人一样，会让人走神。"

唐韵从小就不算甜心女孩，不太会卖萌，伶牙俐齿只发挥在吵架方面。成年后社会生活简单，从本科到研究生都在读书、工作，也几乎腾不出时间谈场正常恋爱。在许承楷这种顺手拈来的"表白"面前毫无对策，喉咙紧了紧，想不出台词，拿起刚放下去的水杯喝了口水缓解紧张。

"喝完了？可以把杯子还给我吗？"他用真诚无比的语气问道。

自己的水杯在对话前被随手放在左边身侧，而刚才拿起来喝水的是他带过来一直放在座位前的那只。

唐韵脸上火辣辣的，像被人扇了耳光。也是第一次发现自己这么笨，看起来像赫连容易犯的错误。幸好对方没再说更过分的话，只是笑着从她僵硬的手里把水杯取走，留恋似的把目光定格在她脸上，走远。

好的，一个意大利人。唐韵想。

后来继续开会，唐韵才有心留意他，坐在长桌对面最偏的位置，四天会开完了都没发过言，游手好闲的样子，明显心思不在工作上。当时猜测可能是鑫瑞某个小角色。唐韵不敢拿正眼看他，主要是余光每次扫过去他都饶有兴趣地盯着自己。她本来一向对指向自己的隐形粉红箭头后知后觉，但这个已经不能算隐形了。

回想起来，当年的自己真是太穷，读书时打三份工才勉强攒够学费、生活费，积蓄更是天方夜谭，上班后虽然经济上稍稍宽裕，但工作太忙也难有闲暇关注行头打扮，没什么见识也就没什么眼力。

许承楷那身正装从精准的剪裁到流畅的线条都无一不在展示高级，把他出众的身材衬得更加出众，也许得归功于量身定制，而他衬衫袖口里若隐若现的手表满钻。看似随意，但至少穿了唐韵一年的工资，所有细节都在透露他并非一个无名之辈。

而那时的自己有目无珠，从含蓄的埋怨开始，到后来进一步恼羞成怒的拌嘴，注定了平等亲切的朋友关系。从来没有崇敬和仰望，也没有征服和利用，像同一杯咖啡里的奶和糖，不会有人去问为什么结识、溶化、迷失，最后连他喜欢把气氛搞暖昧的坏习惯她也逐渐适应。甜言蜜语是假的，最珍贵的时间却是实实在在的投入。

[6]

唐韵觉得鑫瑞公司餐厅里他自己吃饭的私人空间软装色调搭配得分外舒心，怀疑他连这个也管辖到位。但她既对自己也对宫恪承诺过要和许承楷保持距离，讨论生活话题和追忆往事都容易过界，于是就没什么可寒暄，她只是安静地坐着，等对方开门见山步入正题。

隔着餐桌，许承楷低声嘱咐服务生："都上美式吧。"

服务生大概已经很熟悉他的需求，直接转身去问唐韵："小姐，您是要双面煎蛋还是单面？"

"她要单面。"许承楷抢在她开口之前代为回答，接着又转过头对她笑着说，"你不吃生冷，但我这里师傅火候掌握得正好，你应该试一试。"

唐韵觉得不必在这种细枝末节上斤斤计较，不爱吃顶多搁在一旁剩下，也就没驳他的面子，点点头："好。"

没想到餐点上来后他半天不动刀叉，只笑着用期待的目光盯着她，眼里的意味非要她立刻试给他看。唐韵无奈之下只好先吃煎蛋。

他倒也没多问品尝感想，好像只要看她吃了就已经满意，其他事比这更要紧。他边吃边说："你知道我找你想问什么。"

"对你哥哥的事，我很遗憾。"

"我哥是和盛的监事，你当时那么急着找他是因为公司出了什么问题？"

"没出问题，项目日常而已。"

"什么项目？"

"这是公司内部事务，不太方便透露。"

他抬起眼："跟我说话，用不着这么拘谨吧。都显得陌生了。"

"当然应该陌生，人都是会变的。"唐韵喝着咖啡，急于和他划清界限。

他讽刺性的笑一如既往，既给人难堪又让人无可奈何："你是指宴会上溜进小黑屋这种变化吗？"

唐韵被咖啡呛着，咳得眼泛泪花。宫恪生日宴那次和他碰见了，只说过一两句场面话，没想到他眼睛跟得紧，让他逮住了小辫子。

她反应这么强烈好像让他更兴致盎然："下次这种场合别装成陈骁的女伴，装成我的多好？陈骁一看就和你貌合神离。"

唐韵止住咳嗽，挑着眉看他，就想知道他还能胡说些什么。

"郑健知道这些吗？他是叫郑健吧？"

上次见许承楷，唐韵身边的人还是郑健，当然他那时对郑健评价也不高。唐韵一方面不想满足他"果然言中"的乐趣，另一方面也觉得没必要向他报备自己的感情生活，所以既没告诉他自己和郑健分了手，也没有说与宫恪在交往。

"难为你还记得他名字，不过你也不用太费心，他知不知道都和你无关。"

"你对自己的定位怎么这么不稳定？找郑健的理由不是说要居家过日子吗？居然过的是这么刺激的日、子。"

太过分了。

唐韵换了严肃又平静的口吻："许先生，可以停止讨论我的私生活吗？"

"呵，'许先生'？"他镜片后的眼神突然凛冽起来，冷冷地皱起眉，"好好，我本身对这类刁风弄月的事也不太感冒。"

四个字直接把唐韵钉上耻辱柱了。

扫过她瞬间的表情，他下颌的线条又不禁泄露了调笑的前兆："白眼翻得真好看。那么，就先谈正事吧……"

[7]

"听说你要出任骁盛CEO？"许承楷慢吞吞说道。

"是吗？我没听说。"唐韵淡淡一笑。

陈萱在请唐韵吃饭前肯定与其他董事互通过意见，但骁盛内部都没确定的消息却这么快传到了许承楷耳朵里。唐韵在思索这件事的意义。

"看起来你可是这桩枪击案最大的赢家。"

"枪击案没有赢家。"

他觑起眼睛，开始分辨她言辞的真假。为了项目日常找许志杰，假的。不知道自己将出任CEO，假的。人都是会变的，真的。

第一次见她的时候哪会想到有一天她能执掌一个集团企业？

[8]

许承楷买完打火机准备转身离开，又忽然止步。落地窗边坐在椅子上打电话的女生就是刚才会议室里那个小职员，天气太热，她脱了西服外套搭在臂弯里，单穿了一件白衬衫。

在便利店再次遇见了。

不是故意要听她的通话内容，只是站在附近，几句话就自然漏进了耳朵里。

"……可我今天也有很重要的会议，不方便溜出去……那也不是十万火急啊……我保证一下班就去邮局好吗？我也不知道要开到几点……"因为对方音调拔高，她把手机拿远了点，许承楷因此听见那边是个男声。

等对方发泄完毕，她又拿回手机继续低声下气："别生气嘛，你骂我又不能解决问题……发誓！一定去，最迟明天中午好吗？明天中午我不吃饭了去帮你拿，别生气了……这周我还见过你的面你已经骂我四次了……我想你……唉，我是没用，都是我不好，邮件我会去拿的，晚上给你送过去。"

唐韵挂了电话情绪还有点低落，却听见坐在身边的人语气中有笑意："这种男人不能要的。"

她抬起头看过去，是刚才在会议室调戏自己的那个人，对他没好气："总比偷看笔记又偷听墙脚的男人好。"

"原来你也有脾气，但为什么只针对我？我看起来……"他突然前倾过来，"善良？"

你看起来善良就见鬼了。

她下意识地躲远一点，他又笑着退回去坐正："你练练定力吧，这么容易脸红。"

唐韵飞快地从椅子上站起来离开，出了店门却发现他还跟在身后："你别跟着我。"

"我也要回去开会呀。"

她加快步伐，他就跟得更紧。她突然停下，他按照惯性走到前面去，发现她停住了也停住转过身来，见她做了个"请"的动作："不是要回去开会吗？"

他笑起来："不，就要跟着你。"

唐韵被气得无语，只好继续前行，期待早点回会议室把他甩掉："我到底哪点入你眼了？"

"我也不知道，你又没有露。"

唐韵忍不住停住瞪他一眼："你这是性骚扰。"

他趁她不注意把她手里的手机拿去拨号："帮你报警。"

唐韵把手机抢回来："你不是听见我有男朋友了？"

"两天骂你四次的男朋友？"毕竟，眼下才星期二。

唐韵转身就走："这不关你事。"

"当然关我事，我在追你啊，否则你干吗走这么快？"他还一语双关。

"你连我名字都不知道吧？"

"知道啊，写在脸上呢。"

唐韵又停下，仰起脸直视他："我叫什么？"

"许承楷夫人。"

唐韵脑子一时没转过弯："许承楷是谁？"

"我。"他郑重地摆了个握手姿势，"幸会。"

唐韵把他手打开："许先生，大家还要一起工作，你职业一点。"

"还会打人，可爱可爱。"他手插口袋，不急不恼地跟在后面，"这么可爱的女孩子，记得离沈昱远一点。"

"沈昱又是谁？"

"……你不知道自己老板是谁？"

当然知道，唐韵想起来，真是被他气昏头了。不过话说回来，沈昱和自己有什么关系？以自己以前的职位，和集团高层根本八竿子打不着。

"让我远离老板是什么意思？"

许承楷没有回答她。最初在会上注意到她就是顺着沈昱的视线。以他对沈昱的了解，平时也不是工作时会总盯着女人走神的做派。许承楷因此才好奇地去看唐韵，低头写字时看不清五官，肤色像奶油，穿着有点古板的深灰色职业装，头发盘起来很温婉，阳光以一个斜切进来的角度把她的侧颈打亮，显得那个局部格外白皙优美。

[9]

唐韵也没想到，将来和许承楷能在工作上互相猜忌。

从理智的角度来说，她一直是拒绝的，可本能却一直游走于似是而非的边缘。如果可以选择，她希望永远不与许承楷站在对立的双方阵营，问题关键就在于无法选择。他为什么要如此关注骁盛？唐韵不认为自己魅力爆棚，这边一有震荡那边就有所行动只能说明他注意力聚焦骁盛已久。

她是在上班途中收到公司邮件的，董事会正式通过决议，对外公布总裁任免公告。讽刺的是，她本人并没有太多话语权。

电梯抵达高层，陈萱正好要下行离开，门开后与她握手："恭喜。"

没什么可恭喜的，唐韵心知肚明，在自己面前展开的只有重重困难。但她还是握手对陈萱表达了感激。

唐韵并没有搬进陈骁办公室，而是直接更换了自己办公室门口的名牌。罗耀目睹全过程，忍不住走进门去挖苦："唐韵总裁？真是特别合情合理了。"

唐韵笑着撇头示意一下自己的工作椅："这座椅上有钢钉，你要想代劳，我求之不得。"

罗耀也知道这并非什么美差，摆手道："三番五次都竞争不过，我觉得这可能也有上天的暗示，说不定这钢钉座位只有你能坐得稳。"

"谢谢你。"唐韵前所未有地郑重起来，"如果不是你仗义我可能连命都丢了。"指的是枪击案时，一向习惯对她冷嘲热讽的罗耀出手救了她两次。

罗耀与她握一握手："虽然不是很服气，但我们以后可能会有很长一段时间必须合作。我喜欢轻松的合作氛围，所以，咱们尽量互相迁就、尽量妥协吧，谁也别给谁使绊。"

为什么我们总是能够与对手握手言和？

和朋友，却渐行渐远。

[10]

电梯里分外拥挤，许承楷终于也碍于周围人多停止了疯言疯语。唐韵原以为快节奏禁欲系的工作氛围能逼他恢复正常。没想到红色数字变动两次后，他居然肆无忌惮在她脊背上写起了字。

最初的触碰唐韵没心理准备，身体明显颤抖了一下。

几个楼层过去，她才知道他一笔一画隔着衬衫布料让自己酥痒难耐写出来的就是"唐韵"两个字。

"许承楷夫人"之类的确是信口开河，可他并不是不知道你的名字。或许翻看笔记本就已经掌握了这条关键线索。

三伏天，刚才在太阳直射下疾走速度太快而且情绪太烦躁，她早出了一身汗。他隔着衣服慢慢写字时应该能感觉到衣料的潮湿，这让她再次占据道德高地却陷入羞赧。密闭空间里，其余所有人都看不见的地方，他的指尖在点燃只有彼此明白的火焰。

每个楼层都有同事三三两两往外走去，直到大会议室所在楼层只剩下唐韵和许承楷两人。电梯门一开，唐韵迫不及待想逃走，却被身后的人轻轻拽住手腕。

他看似随意地倚靠在电梯扶栏上，头也没有抬，只是从她一侧臂弯处取过她的西服外套，抖开后帮她披在肩上："小心着凉。"

室外温度，三十八摄氏度。

室内中央空调常年设置成二十三摄氏度。

当时的唐韵觉得他最后这个小动作既合情合理又多此一举。

直到事隔几日在 KTV 庆功宴上闹得疯了，隔壁部门的女性同事欲言又止地提醒自己，材质不够好的衬衫容易捂汗，而且，一出汗就变成半透明，其下内衣的式样纤毫毕现。平时在公司大楼里理所当然地穿着外套，根本不会暴露衬衫材质的问题，所以唐韵才一直没发现。

唐韵回想起那天自己被他拉住转身后的一个细节，他低着头，手紧紧蜷起又很快松开，最后才伸过来拿衣服，自始至终没抬起目光落点。

装什么花花公子？嘴炮熟练度的确满分，可一动真格秒怂，连正当的举动、提醒的话语都无法流畅完成，不知是担心让对方尴尬还是让自己尴尬多一点。

[11]

空旷的豪宅客厅，整面墙的液晶屏幕上一遍又一遍播放着他得到的监控录像，比一般电视新闻中播出的更加长，细节也更为翔实。

许志杰从证交所大门外一路走进来，畅通无阻，越过记者采访区，直接抵达离陈骁一步之遥开枪。近距离射击，没给对方留生还可能性。但接下去几枪的意义就更为不同寻常了。穿红色套装的唐韵站在离他很远的地方，异常醒目，其间甚至莫名其妙迎着枪口跑向中间直到被其他高管拽倒。排除唐韵本人乱跑乱撞的干扰因素，许志杰的行走路线一目了然。从第二枪开始，他一直是冲着唐韵去的。

唐韵出其不意往回跑，他射击在唐韵原本站立的位置。唐韵不小心摔倒，他射击在唐韵直立时本该出现的位置。唐韵被同事救到屏障之后，他甚至还追着射击在屏障上了。

说什么突发性精神病？说什么无差别杀人？

许承楷冷笑一声。

[12]

官恪下午出了门，回家时看见家门口台阶下的车道正中停了一辆全新的黑色SUV，连车牌号都没有。

自他受伤以来，母亲不放心他，想要把他照顾得更好一点，说服唐韵和他一起一直住在家中。家里工人众多，但应该没有谁敢嚣张地把车停在这个位置。户主除了自己，只有母亲和唐韵两个女人，买的新车也不像是她们会喜欢的风格样式。

正琢磨着这件事，回到卧室换衣服时却遇上更反常的现象。唐韵在家，正往运动旅行包里收拾衣物。

她最近公事繁忙，没有哪天不是晚上九、十点才回家，下午三点半出现在家里实在突兀。宫恪愣在门口几秒才半开玩笑地问：“你这是准备出差还是离家出走？”

唐韵抬起头，冲他笑：“给自己放两天假，和你一起出去散散心。”

宫恪还是有点意外：“这时候放假？”

“宣布了任命。应该庆祝一下。”

宫恪反应过来，走过去抱着她吻了吻眉心：“为你骄傲。你想去哪儿？”

“杭州，或者普陀山？你喜欢哪儿？”

“开车去？”他幡然醒悟外面那辆 SUV 大概就是唐韵为了出门旅行刚买的，“你还真是任性，下班路上顺便买了辆新车？”

“我喜欢自己开车。”

“不过款式、颜色都不是你喜欢的吧？”

“现车选择不多啊。”唐韵拉上运动包拉链，“走吧。”

“现在？”又吃了一惊。

“现在。”

唐韵这么心血来潮冲动行事还真少见。两人刚上车就碰见回家来的宫恪妈妈，车道上会车，宫恪妈妈降下车窗：“出去吗？晚饭回不来吃？”

“晚饭在外面吃了，阿姨。”唐韵一脸乖巧。

宫恪看她调皮，在副驾座上手攥成拳掩在嘴边笑，现在不是晚饭回不回来吃的问题吧。

[13]

公事谈到一半，陈萱手机闹铃声突然作响。她动作麻利地关闭闹铃，把手机放下，把婴儿车里的孩子抱起来，冲许承楷抱歉地笑笑，准备往办公室外走：“不好意思，母乳时间。”

许承楷赶紧从沙发上起身，拽着骁盛的董秘先一步离开："你就在这儿，我们正好去抽支烟。"

真是不断刷新的人生经验。

他从前还没跟一边开会一边摇着小婴儿的高管议过事，也没见过会间休息是因为有人要喂奶。

身旁的董秘打断他的思路："……证监会的调查已经接近尾声了，许总觉得复牌后什么时候方便安排？"

"给我留两周时间去做各方面工作。"许承楷吐了个烟圈，停顿片刻，"二十天吧，怕复牌后会有变数。"

"明白了。这段时间我会跟董事们保持通气。"

许承楷点点头。

两人站着把烟抽完，许承楷才想起关键问题："大概……要多久？"

"什么？"董秘没明白他在指什么。

"她那个……母乳时间。"

"呃……我也……不太清楚。"新任董事会秘书，男，三十七岁。

因为离开得匆忙，两个人都忘了问过多长时间才能回去继续开会，也没想起对门口的助理嘱咐一声等她忙完来通知一声。

吸烟室里气氛无比尴尬，许承楷只好没话找话和他闲聊："现任总裁，唐韵，你觉得怎么样？"

"跟陈总完全是两种做事方式，比较中规中矩。"

许承楷笑笑："各有利弊。"

"攻城和守城的差别，现在我们公司这局面，她正好合适。"

不幸中的万幸，陈萱忙完后抱着孩子直接到门外敲了敲玻璃，把被晾在吸烟室已久的两人拯救出来。

许承楷跟着走在她身后："我在想，这件事一定要对唐韵完全保密。"

陈萱和董秘同时惊讶得停住脚步。

陈萱迟疑着问："瞒着唐韵？虽然不是不行，但对她不太尊重吧？我怕她事后知道了心里不痛快。"

"事后你就推给我，说是我让保密的。"

"为什么不能让唐韵知道?"

许承楷把她单独引到更远点的走廊里,甚至瞄了眼她怀里的小朋友确认他应该没可能走漏风声后才压低声音说:"唐韵和我,有点过节。"

陈萱蹙眉,心里忽然有点不安:"……很严重吗?"

"这么说吧。你今天让她知道,她明天就会辞职。你也不希望应该平稳过渡的节骨眼上她突然撂挑子吧?"

"……唉,这真的很让人为难。我和唐韵毕竟是这么好的朋友。"

"陈萱,你得及时转换思路,一切考虑以公司利益为出发点才行。带几个孩子进办公室都没关系,但是友情……放家里,别带进这个门。"

陈萱隔了几秒,忧心忡忡地点了点头。

[14]

和女人一起工作真麻烦。许承楷在回程车上头疼地揉着太阳穴。如果对方是陈骁,他根本不需要费这么多口舌去强调不要感情用事。但陈萱还算通情达理,目前看来是能够委以重任的。

唐韵?差不多算是他能力范围外的盲区,狙击死角。他根本不指望能说服,回想起来好像连一次也没说服过。

就当初她离开 KNE 这件事,过去多少年他都觉得是自己的重大败绩。

他穿过整个楼层去办公室找到收拾东西的她,把信封扔在桌上:"辞呈收回去。"

唐韵冷着脸:"你把这个拿回来是没用的,电子邮件我也发了。"

"沈昱说他去处理,你留下。"

"不要跟我提他的名字。"她回身继续去收拾,把一桌子文件夹摔得砰砰作响,"你根本不知道他对我做过什么。"

"我知道。"

唐韵抬头微怔。

"我不仅知道而且比你本人更早知道,我劝你劝得少吗?从认识的第一天起,我对你说过什么?'离沈昱远一点。'你从来都把我的话当耳旁风。"

"是,你不断提醒我,是我自己犯贱。你的意思已经传达到位,可以从我办公室里出去了吗？"

"我现在一样是在提醒你。感情破裂归感情破裂，没必要把前途大好的工作折腾掉。"

"这不是简单的感情破裂。"

"有什么区别？都不重要。重点是你现在有比 KNE 更好的去处吗？你在这里工作五年，所有根基都在 KNE。"

"我没办法在工作的同时避开他，但是我现在连看见他的脸都犯恶心，你告诉我怎么留下来。"

"你以为我和每个共事的人都情投意合吗？谁不用忍着恶心跟讨厌的人合作？你连这种最基本的职业素质都不具备拿什么去跟男人抢赛道？"

"最基本的我偏偏不具备。我不想懂你们这些高级玩家开上帝视角建立的游戏规则，什么有效什么无效，什么重要什么次要。我只知道作为一个人就不应该这样，你不能毁掉别人的人生还一笑而过说对方小题大做。别告诉我你心里不是这么想的。"

许承楷知道她没发泄完不会冷静下来，沈昱又不会到场，现在只有自己在这里，除了听她抱怨无计可施。

"承楷，你看着我的眼睛再说一遍，这真的不重要？"

他根本没看她眼睛，只盯着天花板心里默默读秒，祈祷她赶紧把废话说完。

"你心虚得根本不敢看我。"

好的，她居然这么理解。

"你聪明、理智、没有感情，但你不是不分对错吧？你比我更早知道，知道这很重要，在心里跟自己确认过，做人不能这样。所以才会同情我、弥补我。否则你告诉我，你为什么要陪我加班、观展、旅行、看电影，给我洗衣、做饭、买药、修电器，带我玩牌、跳舞、购物、煲电话粥？为什么去四川、北京、重庆、安徽、福建、河南找我？为什么乘汽车、飞机、高铁、动车、慢车在深夜随时出现？为什么对我求予取亲我、吻我什么都不做抱着我一夜到天亮？"

面对她一连串机枪扫射般的发问，他几乎已经丧失一切还击能力，无言以对。

一个女生在门口发出语气词的同时把手里的文件材料掉了一地。

唐韵回过神看见她，下意识往后退了半步。许承楷觉得这是她整个职业生涯中出场时机最正确的一次。

小姑娘完全不敢抬头，飞快地捡拾着地上的文件："我……我……我过一会儿再来……再来汇报。"

"梁欢你不用来了。"唐韵说。

女生猛地抬头，用难以置信的语气发问："我这就被开了吗？"

"我离职了。你等接手的经理到岗向他汇报。"

"为什么要离职？"女生不知所措地抱着杂乱的纸堆愣在门口。

"个人原因。"唐韵简而言之。

许承楷马上觉察到梁欢充满仇恨的目光向自己投来。真棒，又一个从天而降的新锅。

等到梁欢离开了，唐韵也终于平静，恢复成平时软软的那个她，一开口就委屈极了："你看你，绝对理性的人，行为不是也一样受了影响吗？"

许承楷心想，脑子糨糊化这种事肯定是具有传染性的。

"你说的道理一直都对，可我就是做不到。"

她总是会在最后毫无保留地摇起白旗，告诉你"我已经很努力却还是不行"，让你莫名其妙就忘了和她针锋相对的立场，反而忍不住想去安慰她，给她一个拥抱。以前的每一次他都拥抱了她，但这次刚被她"机枪扫射"过，他自己都陷入了困惑。他只是不自在地抬了抬手，最终没有走过去。

如果有其他选择，他绝对不会去尝试说服唐韵照理行事，迄今为止成功率 0%，许承楷的人生中就没有败得这么彻底过。

[15]

可世事总是如此难料。

你珍惜的未必受世界珍惜，你悉心为她遮风挡雨的那个人，总是会在其他压力下不得不像被化肥催熟一样成长起来，变得无坚不摧足以独当一面。

"海鲜类什么做法呢？可以做刺身也可以椒盐。"服务生问道。

宫恪把菜单还给她："椒盐吧。"

"一方面你不喜欢吃生食，另一方面，"宫恪转头对唐韵说，"我觉得刚拜完观音就那么残忍不太好。"

"拜观音后内心充满了安详宁和吗？"

"怎么可能。那观音好像主要负责送子业务的吧？看周围群众几乎都是这个目的，我都觉得有点尴尬了不知道该许什么愿。"

"没有规定业务范围的。"唐韵笑他单纯。

"总之你能明白我的意思，凡是你不愿意做的事我都不会再提。别人在你面前提我也要阻止。"

唐韵笑起来，把手伸过桌面去覆住他的手："你这打击面也太大了。"

"我对你好不好？"

唐韵一愣："当然。"

"那你偶尔也对我好点。前后四天的假期，你把想对我说的话一次性说完，这样我们剩下两天都能放下包袱轻松一点，特别是我。"

"……你怎么知道？"

"我怎么知道？不要说你这么大费周折地把我拖出来旅行，一路上欲言又止顾左右而言他。就算你坐在家里晚上灯不开叹息声比平时长一秒，我都知道，你又做了一个折磨自己的决定。"

[16]

唐韵从包里拿出个移动硬盘："骁盛的实际账目。你也就要回去上班了，拿去吧。"

宫恪愣了片刻，没有伸手接："这个，不着急。"

他没想到居然是这件事。当初唐韵为了逼许志杰反咬陈骁，从金凌手中骗来了公司内部账本，从中发现了骁盛与工程无关的另一个经济案件，公司部分高层和部门领导长期虚报会议规模敛财，除了他们个人侵占的部分，大部分资金用于对和中高层和政府相关部门负责人行贿，许志杰也在其中受益。

现在许志杰用枪击案直接了结和陈骁的恩怨，唐韵没达到用经济案件要挟他的目的。这起案件被揭发对唐韵就完全没有好处，而且现在反而有了坏处。

她现在任公司总裁，警方调查公司内部经济案件肯定会对她的工作造成影响，更不用提按目前掌握的证据一定会抓一大批人，这些人可是这个企业的支柱，这会留给唐韵一个千疮百孔的烂摊子。

她现在已经在逆流而行，他怎么忍心再釜底抽薪。

宫恪一直知道账目的存在，却也一直不想提。

"拿去，见过的不能假装没见过，知情的不能假装不知情，你是警察。"她一句话就切中他最纠结的要害，"不可以为了我做违心的事。"

"我也不是不作为，只是现在并非最好的时机。"他原打算等唐韵在公司适应一阵、各方面工作走上正轨后再去处理。

"亲爱的，你是不是有点小看我了？"唐韵笑起来，"我不会打没有准备的仗。"

"……你是说，这三个月……"宫恪难以置信地确认着。

"没错，就这三个月。"三个月时间，唐韵在应对证监会调查的同时一刻也没闲着，把整个公司部门结构全部按之前与金凌一起做的方案调整，所有报批流程修改，所有财务收支规范，每一笔放款都需要互相牵制的部门全部审批，全公司上下反对声不少，嚷嚷得最厉害的恰恰就是那些过去从中牟利的人，像董秘这样的外来者意见倒不大，最多误以为她风格保守谨慎。唐韵不露声色杀伐决断，也正因此，让陈萱认识到不会有人比她更能胜任那个位置。

"这么说你这三个月来一直有心理准备会接手骁盛？"

唐韵摇摇头："只是觉得在公司一天就该做一天事，不管之后谁接手，哪怕陈骁回来，一个正常的上市公司都得这样运转才说得过去。"

仅仅是这样的理由，宫恪回想起她这三个月来劳累到何种程度。

"你是我见过的人里面职业道德水平最高的。"

太郑重的夸奖让她害羞地笑了一下："这不也正好帮了自己吗？"

"也帮了我。你这样……让我觉得自己很没用。"

"我就知道你会这么想，"所以他才总在犹豫，推迟着告诉他的时间，"那你接下来要好好帮我。"

"什么？"

"清理蛀虫的速度快一点。"

宫恪笑："压力真大，得多努力工作才能配得上你？我要是你同事可能会更爱你。"

"我同事都恨死我了。"

"谁？"

"罗耀。"

[17]

早上不到十点，罗耀就气急败坏地闯进唐韵办公室，她坐在门口的助理压根没反应过来。

"开市不到二十分钟又跌停了，你也不管管。"

唐韵从一大摞媒体资源列表上抬起头："你看看我这儿的情况，我也要管得过来。再说复牌后补跌你没见过？"

"复牌后补跌是正常，连续九个交易日跌停你怎么也得睁开眼看看吧。"罗耀没好气地自己找沙发坐，"再说这本来就是你惹出来的事。"

"我可没这种本事。"

"你以为是谁在砸盘？KNE，你亲爱的沈昱。你没当骁盛CEO的时候，他可没盯上过骁盛。"

唐韵蹙起眉："你是不是言情小说看多了？沈昱会为了女人操纵股价？你再把这句话复述一遍看看自己笑不笑。"

"那你说他到底想干吗？"

"投骁盛，用最低成本投，最终目标举牌骁盛。"

"……你这也太置身事外了，该不会和他里应外合吧？"

"二十分钟内跌停算什么奇观，你这两分钟内都给我扣两项罪名了。我提醒你一句，现在我是你上司，你跟我说话要注意态度，下次我不会提醒你。"

因为疲劳的缘故，唐韵说话音量不大，有点有气无力，但还是杀伤力过大让罗耀目瞪口呆。

她继续说："不满？你可以辞职，或者说服其他董事一起解聘我。但是在那之前你得忍着。不要跳过我助理直接冲进办公室告诉我该做什么。"

罗耀和她对视三秒，确定自己没法在气场上压住她，何况眼下确实自己理亏，只好灰溜溜地服软离开。

这下他应该更恨死自己了。唐韵想。

他搭救过自己，在工作上也多有助力，很容易失去分寸，她不得不敲打一次。

但罗耀的焦虑不为过，沈昱兴风作浪，自己的对策不多。找白骑士还是释放毒丸需要更长远的考虑，也需要和陈萱更深入地商议，并不是二十分钟内从高背椅上跳起来就能解决问题，更何况她实在太累想跳也跳不起来。

目前能做的事还有一件，放出利好消息刺激股价。

至少能让沈昱多失点血、进展没那么顺利。

怎么放消息也是关键。

她已经安排了公关部和蓝海公关的人开会，要不是罗耀把她堵在办公室里发脾气，五分钟之前她就应该在会议室了。

[18]

与公司公关部的人员沟通过，蓝海方面概述现状："现在确定幕后那只手是筑高资本，但筑高收购骁盛反而是负面消息。"

梁欢点头："一方面筑高的风格就是数字游戏玩家，被筑高控制对实业型企业来说最不利于长远发展。另一方面 KNE 前几年因为卷入经济案件董事长被逮捕，股民印象不佳。"

沈昱是百分百的纯利攫取者，总是利用高杠杆收购，控制目标公司后通常会尽可能减少公司投资成本而增加分红以便尽早归还银行利息，像吸人血的蚂蟥，对被盯上的人来说无疑不是好事。但这还是次要原因，更重要的就是 KNE 已经很长一段时间被视为将覆之舟。

"也就是说，骁盛需要更文明、干净的资本。"唐韵总结道。

"我们蓝海能做的也只是放出消息让事态看起来好一点，稳定人心从而稳定股价。但是改变不了根源……"

"这点不必多虑。我们骁盛也会尽快拿出实质性对策，目前只是需要时间来缓冲。"梁欢说道。

蓝海本身是骁盛长期合作的公关公司，在业内也非常有手腕。达成"只为争取时间"的共识后，蓝海两位总监很快开始着手准备方案。

"你们对消息内容有没有较好的建议？PPP项目中标？重大工程封顶？"

梁欢无奈地摊了摊手："公司最近都在调整。"

"'鑫瑞买入骁盛'，听起来怎么样？"唐韵说。

"鑫瑞？买入了吗？"蓝海的总监问。

梁欢笑："买入了我们还担心什么？"

"那可能买入吗？"

梁欢不太确定地看向唐韵，唐韵摇摇头："不知道。"

"鑫瑞真要买入骁盛的话，对骁盛而言当然算得上一针强心剂。"蓝海的总监分析道，"不过就怕鑫瑞辟谣，我们第一轮消息在明天开市前放出去很快就能发酵，止跌应该不成问题。但如果鑫瑞立刻辟谣，那就什么都白做了，可能连一天的跌停都封不住。"

梁欢斩钉截铁地打消她的顾虑："鑫瑞不会辟谣。"

"为什么？"

"别问。"梁欢眼皮都没抬。

[19]

许承楷哭笑不得。这一整天从早到晚被假消息狂轰滥炸，打开手机弹出通知、连上电脑弹出窗口、翻开报纸看见新闻、中午在餐厅甚至听见公司两个高级经理在互相打探"是你买的骁盛吗"……到最后许承楷自己都快被洗脑得信以为真了。

晚上九点档的金牌节目《财经视野》总算严谨地说了句人话："……目前骁盛和鑫瑞双方都没有回应这消息，还无法确定真实性，但是'鑫瑞买入骁盛'的传闻的确起到了支撑其股价的作用，我们来听专家分析……"

胆挺肥的，唐韵。

不知内情的专家发表了长篇大论的胡说八道，而深知内情的主持人却在认真装傻。许承楷第一次发现看财经新闻能把脸都笑酸。

既然她先发来惊喜大礼包，总得早点回礼才行。

许承楷庆幸自己工作效率高。

【20】

唐韵加班后抽空在公司健身房锻炼，刚跑了一刻钟许承楷就冒出来恶作剧，靠在一旁把跑步机速度从 6.5 加到 8。

唐韵一边打他一边把速度降下来，结束运动。

"不至于这么小心眼吧？对鑫瑞没坏处的消息，犯得着深更半夜上门寻仇？"她用毛巾擦着汗。

"你不就仗着我不敢找你寻仇才这么肆无忌惮吗？你说什么，我还能不认？"他笑嘻嘻地跟在她身后。

"那你过来干吗？"

"投桃报李，也给你一个惊喜。"他抬手看了看表，"差不多该到了。"

唐韵手机振响了一声，她知道是消息推送，不急于看，依然仰着头："什么惊喜？"

他却用下巴示意她的手："看手机。"

消息标题：骁盛地产获鑫瑞投资举牌。

消息内容：骁盛地产晚间公告，公司收到鑫瑞投资告知函，鑫瑞投资已于 5 月 8 日收购原三位个人股东持有的骁盛股份，占公司股份总额的 6.29%……

明天毫无疑问是涨停了，只不过蓝海公关的人大概会觉得骁盛全公司有病。

唐韵重新抬头，果然如他所料不太愉快："不觉得很讽刺吗？作为骁盛 CEO 要看公告才知道公司发生的事。"

"要不然怎么给你惊喜？"

"只看着惊，没觉得喜。你这是什么目的？"

"回应你的召唤，来做白骑士。"

胡扯。

公关消息是早上才发出的。他就算是超人也不可能在一天内办成这件事，要瞒得如此密不透风也真是煞费苦心。

"为什么要瞒我？"

"防止你辞职，得先断你退路才行。毕竟你说过不想和我一起工作。"

"想太多了你，估计无用功做得更多。我不会辞职。感情破裂归感情破裂，没必要把前途大好的工作折腾掉。"

他这句话从唐韵嘴里说出来有种掐架的感觉，许承楷不太自在地停顿片刻："那就……"最后一个"好"字还没发出声音就被唐韵突然打断。

"等等……"她回过头来，"你说一起工作是什么意思？"

[21]

今天的 KNE 充满了肃杀气氛，公共区域人们行色匆匆，工作位上的交流也仅限窃窃私语。公司有紧跟美国市场动态的需求，晚上九点半以后第二轮工作才刚刚开始，昨夜骁盛的晚间公告发布时，沈昱是在办公室里的。

外面的员工无一不是第一时间抬起头用惊恐的目光去看他办公室那扇大门，仿佛门背后是颗即将失控的炸弹，要命的是并不知道它什么时候爆炸，时间拖得越久越人心惶惶。

电话铃声像剑一样刺破沉默，秘书连一秒都没敢耽搁立刻接起。大家从她"明白""明白"的回答中推测不出什么剧情，直到她挂断电话拿起速记的便利贴一路小跑着穿过走廊，才给大家一个交代："他饿了。"便利贴上记的只是简单的消夜菜单。但这并没有打消所有人的顾虑，种种反常让恐怖气氛扩散得更加迅速。

沈昱是个暴君。在平时，如果你的工作让他稍有不满，他可能当场把纸质文件劈头盖脸地砸在你身上；如果你携带的是平板电脑或笔记本电脑，他一样眼睛都不眨一下给你扔出五米远；会议室的会议桌总是能换最新款式，是因为他开会时把桌面拍裂是家常便饭。

KNE 长期是在恐惧的支配下高效运转，待足三年以上的员工很少，只要有 KNE 的工作经验就能让人刮目相看。业内无人不知，这不是一个公司，而是一支军队。都是沈昱的功劳。

他不会和任何人谈心，没有人能够近身去了解他，也就不会知道，他这个人，连怒火都多半是假的。

他的每一次大发雷霆都只为在精神上挟制恐吓对方，其实外界因素几乎无法激怒他。

目前这种情况，办公室里只有他一个人，眼前没有什么人需要被控制，为什么要发火呢？他安静地吃着秘书送进来的夜宵，给沈奕去了个电话："姐，明天晚上我回家吃饭。"

用"回家"这个词并不是真的把那儿当成家，只是他很了解，这些小细节能轻易地让姐姐高兴起来。

临挂断，他也没忘进一步确认："宫恪和他女朋友现在还住在家里吧？"

得到肯定的答复后，他开始期待这次会面，打听正事之余还能看场好戏，真是额外福利。

第二天开市后，尘埃落定的涨停也刺激不到沈昱的神经。外人看来，他把办公室砸了也不为过，运筹帷幄这么长时间，到头来成全了许承楷。可沈昱眼里这不过就像牌桌上的一次偷鸡，又不是没跟许承楷过过招，不到最后翻转底牌时，输赢还未为可知，中盘崩溃没资格做金币玩家。

KNE上下等待悬在头顶的那把刀，又一天，下班时见沈昱走出办公室居然步履轻快。

难道还有后招？

[22]

沈昱的突然登门让宫恪有点意外。唐韵不仅不意外，反而觉得他没反应才奇怪，但这不意味着自己就该打起精神去迎合他。事实上她今天身心都有点疲惫，和陈萱打了长达三小时的电话却没能说服她接受建议。

表面上连续跌停已经结束，陈萱太安于现状，又或者悄悄与许承楷达成了其他私下协议。可是唐韵基于对许承楷和沈昱两人的了解，认为警报没有解除。沈昱是暴力围剿无疑，许承楷也不过是戴着伪善的面具温水煮青蛙，本质没有任何不同。工作上他绝不会手软，鑫瑞也不是什么白骑士。

唐韵对陈萱的建议是立刻配股增发，设定特别针对沈昱和许承楷增持比例的保险线，一旦持股超过 10% 就触发原股东半价购股权。陈萱时而担心拒绝许承楷为盟友可能会遭双重恶意收购，时而又担心各大股东的购股权使用不当造成控制权旁落，特别是考虑到第一股东陈骁目前生命垂危。

陈萱不点头，任何提议都是通不过董事会的。唐韵有种站在远处眼睁睁看着马车缓慢滑下悬崖的无力感。

而始作俑者沈昱，现在正坐在自己正对面，在同一个火锅里捞菜品。唐韵哪里拿得出好脸色。

沈奕见唐韵阴沉寡言，也意识到自己考虑不周，猜测两人间情感纠葛可能比预想的更加复杂。

唐韵全程与沈昱无眼神交流，饭桌上对话较多存在于沈昱、沈奕姐弟间。

火锅能吃成如此冷冷清清的氛围也很少见。

"沪升置地那 200 亿债权，你出手速度不错，但打算什么时候处理？"沈昱问道。

沈奕说："不急。"

沈昱抬起眼睑："60 亿换了 200 亿还有更大利润空间？"

"你觉得抵押的那片地值多少？"

"地？开发之后确实会升值，考虑到时间溢价，边建边等也是很好的选择。不过得找合作方共投吧？"

沈奕瞥一眼唐韵："你们骁盛有没有兴趣？"

唐韵回过神，想了想，那可是相当于建一个新城量级的工程："我了解一下。"

"这种事她拍不了板。"宫恪插嘴道。

"那可不一定。"沈昱夹了口菜，轻描淡写地笑言，"唐韵对董事会的影响力是很大的。陈萱是她的发小，许承楷嘛……"

宫恪立刻听出了重点："许承楷怎么在骁盛董事会？"

"昨晚鑫瑞举牌骁盛，既然是原股东转让的股份，十有八九会连提案权、表决权一并委托。这么大事唐韵回家都没提吗？"

宫恪想起唐韵昨夜是回来得比平时更晚，午夜到家，洗漱后倒头就睡，两人其实没说上话。

转头去看，她正夹着和牛卷低头蘸调料，动作来回翻了三四遍："等沈总举牌后一起提。"

宫恪心中不悦，他知道许承楷也好，沈昱也好，对骁盛出手都只可能是商业行为，和唐韵个人关系不大。但沈昱在这样的拐点特地上门话里有话地撩拨就有些过分，充满炫耀权力的挑衅意味。

[23]

送走客人，三人从门厅往回走，唐韵和平时一样下意识勾住宫恪手肘，他却突然加快步伐走到前面去了，她的手自然滑下，愣住了。

"怎么了？"

宫恪面无表情，继续上楼。

唐韵跳上最后一级台阶回身拽住他："不许生闷气。"

宫恪叹了口气："唐韵，你总是对不那么喜欢的人也能和颜悦色。"

没错，虽然讨厌沈昱，上次生日宴相见，唐韵也不介意对他说两句场面话让彼此都体面。

"你知道自己在沈昱面前有多反常吗？"

但肯定不是因为沈昱，时隔几个月，也并没有更多接触让自己对他更加厌恶。

"不是你想的那样，我今天只是心不在焉，一直忍不住脑内循环公司那些事，和陈萱产生了方向上的分歧又实在缺乏话语权，眼看着……"

"而且你蘸的是生鸡蛋调料。"宫恪打断她。

"什么？"没反应过来。

"不吃生冷的你，一直在蘸生鸡蛋。"

唐韵张了张嘴，却没能说出话，错过了最佳解释时间，宫恪已经从她面前经过了。

她之前没有意识到，此时才确定。

不是沈昱，而是许承楷。

在温州跟沈昱出差见客户那次，回上海时许承楷把沈昱拉到一边耳语几句，就轻松决定了让唐韵坐他的副驾。反正为了迎合客户喜好两人开的都是风骚的跑车，只有颜色差异，坐哪辆，唐韵都无所谓。但她一上车就后悔了，许承楷好像前夜没休息好，一路上眼皮打架，只能抽烟提神。她看他每次点烟时车都飘得让人胆战心惊，自告奋勇帮他点。

打火机刚把他的烟点燃，正碰上变更车道，唐韵重心没稳住，向他倾倒的同时火苗擦着他的脸燎过去。

他感受到热度的靠近，看着她笑起来："跟我多大仇？"

"看路。"她不太好意思，提醒道。

到了点下一支烟的时候，他说："怕了你了，你点好再给我。"

唐韵把烟拿在手里认真点了两下没点着。

他瞥一眼，带着倦意用修长的手指放在唇边比了个动作："你得吸口气。"

那不是——她的手停滞在半空迟疑着——间接接吻？

"你思想纯洁一点。"他笑着反戈一击，"要知道昨晚你的衣服都是我洗的……"

前一天晚上应酬时酒过三巡，唐韵已经感觉自己有点迷糊犯困，再喝下去肯定会醉，再三推辞后驳了沈昱的面子，沈昱把刚开的一整瓶红酒朝她兜头倒了下去。

沈昱的脾气一向不好她是知道的，但当时的场面实在太令人难堪，她思路直接宕机了，后来许承楷如何解围、和沈昱说了些什么、怎么把自己扶到房间去的，都已经只剩点残存的记忆碎片。

第二天七点上路回上海，六点半被客房礼宾部来电叫醒，大概是许承楷叮嘱的。全身是干净清爽的，大概也是他昨晚帮自己冲过、吹干了头发。晾在衣架上半潮的衣裙，酒渍也都被洗净了。

她花了五分钟坐在床沿一一接受现实：

如果要洗头发就必须 _____

如果要洗衣服就必须 _____

那些填空题的答案她不敢深思，就当他正人君子坐怀不乱好了，她只觉得自己丢人，因为不习惯被太温柔地对待，她甚至觉得比被迎面浇一瓶酒更难为情。

"好的好的，我来点。"唐韵只想赶紧阻止他旧事重提，深吸一口气把烟点燃了。在递烟给他时呛得咳嗽，那时她从没抽过烟。

"你会不会开车？"他手里夹着烟，松松地搭着方向盘。

"不会。"

不知是太困还是抽烟太狠，他声音有点低哑："改天我教你。"

改天的事另议，但是在替他点第二支、第三支烟之后，不知不觉自己就学会了抽烟。

他没有刻意想改变什么，但就是有这种与生俱来的能力，潜移默化改变你的习惯，改变被无数习惯构成的你，一点一滴，在你的潜意识留下他的痕迹。

为什么反常？你离他太近，进入了他的磁场。

第二章

封　锁

[1]

过了个周末，骁盛收到了意料之中的通知函，沈昱通过二级市场直接买入骁盛地产 6.15% 的股份，依照规定发布"KNE 举牌骁盛"的公告。上周收盘受鑫瑞投资利好消息刺激的涨停还在继续，但人们对骁盛的信心却已被 KNE 的介入搅乱。

《财经视野》节目时间，电视里正在评论这件可能影响地产格局的大事。许承楷在办公室接到了沈昱电话。

"要不要出去喝一杯？"

"都忙，隔空喝一杯吧。"明知对方指的是酒，许承楷偏有点恶作剧，给自己斟了杯茶，"反正按你的计划，我们很快就会在骁盛抬头不见低头见了。"

"骁盛我关注已久，也志在必得。市场上的波动你肯定一眼就能看穿，我的意图也再清晰不过。可我有点不太明白，你想从骁盛得到什么。"

"还想得到什么？当然是唐韵啊。难道你不是因为想得到唐韵吗？"

"……"沈昱和他多年交情，还是不知道这种话该怎么接。许承楷大概商业才能只能排第二，排第一的永远是扯淡才能。

"沈昱，为什么要打这个电话？"他又恢复了正经语气，"我的意图比你更清晰吧。"

"看来是要背水一战了吗？可这一行我比你懂，你会损失惨重。"

许承楷在沙发上跷起二郎腿，支着胳膊品了口茶："我不觉得我是损失惨重的那个人。现在是你在涨停时买入，是你急着在星期六发函，也是你主动给我打电话，对吧？我觉得你过度紧张了。"

沈昱冷笑一声："我只不过多花了点钱，你也没少花。"

沈昱做低骁盛股价，终极目的还是为了在购入股东股份时有更好的谈判筹码。许承楷暗度陈仓抢先一步，势必以高于市场的价格拿下合同。在放出举牌消息后股价被拉高，沈昱也不得不以更高的价格从二级市场买入。这一仗其实没有赢家。

"那不一样，你是预期之外的破费。我是……"许承楷很遗憾他现在看不见自己脸上的笑意，"想买就买。"

"你除了速度快好像也没有别的优势。男人啊，太快了不是好事。"

许承楷朗声笑起来："沈昱，今天过得这么不爽吗？才多扔了几亿而已，男人啊，太小气才要命，小气鬼没人缘的，骁盛其他股东的面你见上了吗？"

正因为没见上，沈昱直接把电话挂断了。

[2]

本质上说，沈昱总是以俯视对手的姿态在与各方打交道，骁盛停牌期间他和几位股东也接触过，但终究因为过于傲慢决定先掉转方向先去打压股价，等回头再想推进谈判时却吃了闭门羹。如今想来，那时的几位股东应该已经和许承楷达成了意向。

这可不仅仅是速度问题。

许承楷比沈昱胜在更能洞察对手的需求，更准确地说，是更有心去揣测对手的需求。

因病去世的前任股东郭永国是陈骁的舅舅，一双儿女都已成家，两家八口人没有其他经济来源，加上目前寡居的老伴，过去全指望郭永国在骁盛担任高管的工资和股东分红。陈骁没有给过他过高权力，但经济上一直对他分外照顾。这是许承楷最快谈成的一笔交易，买入价格比另外两者更低，还有什么比套现分家的卖家更沉不住气的对手？许承楷本人对做慈善毫无兴趣。

独立董事平时不参与公司经营，对公司事务不甚了解，在枪击案后对骁盛产生了猜忌和恐慌。许承楷适时出现，给予合理的开价，借力同一人不能担任五家以上上市公司独董的规定限制，辅以自己手上另一家即将 IPO 公司的认股权，对方没有理由拒绝。

至于王选副总，他深知骁盛良好的经营状况，没那么容易放手。许承楷庆幸自己留意观察事件后三个月内唐韵的工作。他了解的唐韵并不是那么谨慎保守的风格，如此大刀阔斧的改革更像是内控出现纰漏后的亡羊补牢。

反常就在于，唐韵身为实际副总、名义代理总裁时，插手的全是行政工作，负责行政的副总王选却袖手旁观毫无异议。唐韵手上有他的把柄。

许承楷把谈判的重点放在了长鸣警钟上。签署股份转让合同之后，许承楷甚至建议王选安全起见还是早日离境，以他对唐韵的了解，秋后算账一般也会来得很快。

这三位股东有一个共同点，同时是董事会成员，具备提案和表决权。在向鑫瑞转让股份时当然也同时委托鑫瑞代理行使其相应董事会权益，意味着在下一次董事会成员选举之前，鑫瑞已经比筑高抢占先机，能够直接进入董事会决议事项。

像陈萱这样的大股东，许承楷当然拜过山头。她无力阻止正常市场行为的股权转让，但在这种情况下得到尊重和示好让她心里非常受用，特别是沈昱在二级市场兴风作浪造成了她的危机感，许承楷做人到位，看起来更像一位雪中送炭的盟友，而不是入侵者。

但这位盟友的牌路太诡异，看见董秘发来的董事会议程后，陈萱愣了足足有五分钟没回过神。

[3]

董秘尽量使用平淡语气复述了一遍议题。

陈萱在会议桌对面直视许承楷，开门见山："我们别浪费时间耍花枪了。你本人担任骁盛CFO？饶了我吧。有什么其他诉求都可以直说，这个，我听不懂。"

"没有其他诉求，"许承楷摊了摊手，"就这一个。"

陈萱一派的董事发问："许总投的企业很多，从来不干涉企业经营，这次是为了什么呢？"

"为了共渡难关。"

"我看不出难在哪里。"陈萱说。

"你看得出，否则就不会请唐韵坐镇。"他一语中的。

陈萱并不希望他对在场的每一个股东展开说明，归于沉默。

"任期……"另一名骁盛原董事犹豫着提出疑问。

"一年。这期间我也会尽早物色合适的人。"

"许总能在陈总缺席时期鼎力相助，我们当然欢迎……"

许承楷打断道："我接替的可不是陈骁的职位。"

"啊对，理论上……"理论上他接替的是郭永国的职务，可是他行走在公司里，怎么可能有人能意识到许承楷是唐韵的下属。

"不仅是理论，"他歪着身子纠正道，接着露出了这次会议开始以来第一个笑容，"唐韵是CEO。可以开始投票了吗？"

[4]

这时候，唐韵正在上海项目点核实一期工程决算通知书的细则，工程超付130%是近期排第二让她头疼的事。

"前任项目经理一直都是按这个进度支付的。"

唐韵看了顾峥一眼，把手上的资料塞进总包手里："谁答应你的，你问谁要钱。"

顾峥跟着她走出办公室："我确认一下，我们现在不想卷入诉讼吧？"

"他可以起诉，除非他问心无愧。"唐韵一边说一边拿出发出异常振动的手机。

她注意到顾峥的手机也同时被打开。

全公司邮件，有了前车之鉴，她有种不祥的预感。

果然——

一波未平一波又起。第二头疼的事立刻顺位后移了。

"许承楷出任骁盛集团副总裁、首席财务官的决定……是那个许承楷吗？"顾峥的重音放在"那个"上，他脸上的神情才叫标准的惊恐。

而唐韵此刻的神情，是标准的绝望。

"是的。"她没有停下脚步。

顾峥依旧紧随其后："许承楷是财务总？"

"是的。"

"而你还是总裁？"

"是的。"

"职务你比他高？"

"没错。"

"酷。"

唐韵估计全公司上下收到这封邮件时的心理都和顾峥一致，等着看戏。

她现在完全能够理解那天许承楷所说的"一起工作"是什么意思，但是事情变成这样她反而不觉得奇怪，他这个人没什么"偶像包袱"，简而言之——厚脸皮。

不过她确实受到了这条消息的干扰，没心思再在项目点上待下去，很快把手头的工作给顾峥交代下去，开车回了公司。

许承楷用的是郭永国从前的办公室，唐韵到达门口时，一些员工正成箱成箱地往里搬资料。许承楷人不在，不知去向，她站在走廊上观望了一会儿，正打算回自己办公室，就被人从身后搭上了肩。

不用回头也知道是谁。

"一早就没看见你，哪儿去了？"

"项目点。"唐韵把他的手从肩上拂开，加快步速，"这是在公司，你注意点影响。"

许承楷笑嘻嘻地跟在后面："意思是公司之外才行？"

"你说要一起工作，你如愿以偿了，没问题。现在你回你办公室，我回我办公室，除非你有什么需要向我汇报，否则别来打扰我工作，我可忙……"

唐韵边说边停住脚步，回过头却忘了词。

许承楷穿着藏蓝色衬衫、黑色西裤，特别普通的一身。对他来说却特别不普通。

他一向在着装上逼格拔群，西服是三件套，衬衫是敞角领，领带很少不打双温莎，色系温暖衬他肤色。眼下这样循规蹈矩，像个领工资的上班族。看惯了他公子哥的娇气，这样反倒稀奇，还不只稀奇。

偏是千人一面的服饰，才能凸显他身材的好资本。衣料在宽阔的胸肌外紧绷，顺着平坦的腰板处凹出曲线，身高腿长，把天花板都衬得很低。

唐韵天天眼前晃着宫恪，当然不可能是因为沉迷美色看愣了。

单纯是有点感动，他有心穿成这样，做足"副总"的全套，当然是为了衬自己。否则再怎么给全公司发邮件、发声明，自己走在他身边，看起来也像下属。

"忙什么？"他淡笑着自问自答，"拆分和盛？"

"嗯。"唐韵对他凶不起来。

"你以为我来骁盛是干什么的？"

"我不知道。"

"你心里有备选答案，说出来我听听。"

"来帮我。"

"还有呢？"

"没有了。"唐韵大大方方与他对视。

许承楷视线向下，落在她眼睛里又很快飘开。

失误，被反将了一军。

"帮不帮取决于你的态度。"许承楷装模作样地板着脸。

唐韵根本不当回事，点点头："你先回去熟悉业务，中午我们一起吃饭。"说完头也不回地转身离开。

许承楷停在原地，挑起眉梢，察觉出这话里不对劲的意味，好像她已经开始在用对待下级的语气说话了，入戏真快。

[5]

午餐时间，唐韵刚上天台就看见朝自己招手的许承楷。他没有进入室内的高管餐厅，而是坐在露天的餐桌上，但这个季节室外太晒，因此人不多，他本就惹眼，还在招手。

唐韵走过去在他对面坐下："你以前很低调的，能不能正常点？"

"我和你在一起的时候从来不低调。"

唐韵无言以对，他说得没错，但当时是地位悬殊使然。

他是鑫瑞等着接班的继承人，名义上是在公司学习历练，实际是老爷子拖着不肯让位，回国前他先后在贝尔斯登和摩根大通工作，以鑫瑞资本那时的业务规模倒真没有太多内容值得他学习历练。给外界的印象就是，整日游手好闲。

而那时的唐韵是 KNE 的一个普通职员。

这两个人出双入对毫无联想空间，他连避嫌也不用。既不会让人猜测鑫瑞、KNE 将开展战略性合作，也不会误以为他们要谈婚论嫁。金融从业者大多现实，尤其沈昱、许承楷这类在同龄人中算是精英，谈婚论嫁要门当户对是刻在骨子里的思维定式，令人无法浮想。

"我们曾经确实亲密，但时过境迁，也疏远了很久。现在一起工作相当于从头再来，而这次我希望是正确的开始。"她极力拉开距离，郑重地摆了个握手姿势。

他握住她的手，却不止手指部分，而是一直将指尖伸过去搭在她手腕上，看起来确实像握手，姿势又不太标准。

唐韵正不明所以。

他微眯起眼睛："唐小姐，心跳太快了，你职业一点。"

原来是在默数脉搏。

唐韵恼羞成怒地退远，连手一起抽走。

他笑弯了一双眼睛："你干吗那么虚伪，老是否认自己的感觉？"

"我没有感觉。"唐韵不再看他，低下头在 Pad 上翻看今日餐单，"你到底想怎么样？"

他慢条斯理地展开餐巾，安静了一会儿。

"想你说实话。我不喜欢被欺骗，尤其是被我信任的人。"

仔细想想，最近确实不少事都对他有所隐瞒，唐韵甚至一时不确定他指的是哪件。

"你之前说，打电话找我哥是为了公司内部事务。现在我有权知道了吧？"

她的手不自觉地蜷起，又松开。

这个小动作也被他的余光收进视野。

"我打电话是为了找到他，让他去自首，我给了他三天时间去处理个人事务，当时已经逾期了。"

"你的筹码是？"

"职务犯罪，证据我已经交给了警方，你很快就能知道。我缺乏证据但他犯过的罪行还有肇事逃逸。"

"什么事故？"

"交通事故，造成陈骁的夫人夏秋，也是我的闺密在车祸中流产，并且永远失去生育能力。"唐韵在 Pad 上点完单，转个方向递给他。

他自然地接去，低头看菜单："这事陈骁知道吗？"

"这场事故就是陈骁设计的。一方面让砾双实业的总经理吴嘉玲在许志杰的副驾驶上，在事故现场说服确保他选择逃逸，另一方面让自己的司机确保怀孕的妻子在被撞车辆上，事后给予司机丰厚的抚恤金。"

许承楷听完这些抬起头，神色无波无澜，语气如常，像在讨论时政。

"你觉得陈骁为什么设计许志杰？"

"为了控制他。如果吴嘉玲没有逃走，也许她能告诉你陈骁和他们在密谋些什么。"

"那你觉得陈骁为什么设计他自己的夫人？"

"我猜是夫妻关系不好。"

他眼里这才漾起一点讶异："你刚才说夏秋是你的闺密。他们夫妻关系好不好你不知道吗？"

"我近几年很少跟她联系。我以为她生活幸福，我自顾不暇。"

他拿起面前的玻璃杯喝了口水，停顿片刻，才皮笑肉不笑地说："我这几年倒是经常在社交场合见到他们夫妻，看起来很恩爱。"

"唐韵，当你看见这封信，说明最坏的事已经发生了。我不知道自己那时是死了还是遭遇了其他不测。陈骁已经蓄意谋杀过我一次，并且带走了我最后的孩子，我无法坚信他不会再次痛下杀手……"唐韵一字不落地背着夏秋信中的内容，"这是夏秋留给我的信。我和我的朋友赫连、李禾多一起从银行保险柜里找到的。"

他饶有兴趣："能给我看看吗？"

"问题就在这儿，李禾多把信偷走给了陈骁，他当着我的面把信烧掉了。"

"也就是说，没有什么能证明你的话。车祸原因得问潜逃出境的吴嘉玲，罪魁祸首是躺在病床上深度昏迷的陈骁，夏秋亲自指证陈骁的信却被烧了。"

"是这样，没错，我本来就是在陈述事实，没义务向你证明什么。"

"那你能不能……"他专注地转动自己面前的玻璃杯，仿佛在观察其中水的流动，"把信的内容再复述一遍。"

"唐韵，当你看见这封信，说明最坏的事已经发生了。我不知道自己那时是死了还是遭遇了其他不测。陈骁已经蓄意谋杀过我一次，并且带走了我最后的孩子……"

他很快打断："这难不倒你，但并不能说明真伪。以你的智商，提前准备一套说辞背下来也是小事一桩。"

她定了定神，看着这张熟悉又陌生的脸，难免有点伤心。

"信不信由你。"

他嗤笑一声，以一种更伤心的语气还击："如果你上次没骗我，我会信的。"

唐韵两眼一热，刚想起身，服务人员已经把点好的菜端过来放在她面前。

她坐正了，肩挺背直，认真低头吃饭，却有点食不下咽。

他也一言不发，过了一会儿喝水时呛着了，咳嗽两声，一转眼看见她猛地抬头，眼里有担忧。

画面如同被定格，两人四目相对，时光倒转回同一个季节。

浅绿色窗纱、淡蓝色病服、白色面点、透明的流动的水……在他琥珀色的瞳孔里一一闪现，她回过神，发现他已经停止咳嗽，垂眸继续拨弄米饭。

过了长长的几秒，对面传来一声轻不可闻的喟叹。

[6]

从秘书、司机到安保，许承楷从鑫瑞带了整班人马。他一贯多疑，即使在对话中没发现唐韵那套陈述的破绽，事后还是立刻派人去美国寻找吴嘉玲。至于陈骁这边，深度昏迷没什么文章可做，但是访客很重要。

"有些人为了避人耳目可能不会进病房，在周围徘徊的你更得留意。"他派了自己的司机去医院盯着，还特意给他手机里发了张照片，"他夫人长这样。"

"什么时候回来接您？"

"四点以后。"

一直在办公室里检查的安保人员放下仪器向他汇报："您的办公室检查过两遍了，没有摄像头和监听。总裁办公室倒是都有。"说着拿出已拆除的装置放在他桌上。

许承楷拿起装置看了看型号："连哪里？"

"另一个总裁办公室。"

唐韵用的还是她之前的副总办公室，只是换了名牌。陈骁的办公室按原样空着。

"看时间应该是去年冬天装上的。"他说着把硬盘也放在桌上。

许承楷垂眼看着硬盘。

两种可能，要么陈骁不信任唐韵，要么唐韵想让自己认为陈骁不信任她。

等办公室里清净了，他粗略地把录像和录音翻到最早，那也在她打电话给自己找许志杰之后，不能排除后一种可能性。

当初电话拨入后立刻挂断，很可能是一次意外。意外地发现许志杰和自己的兄弟关系后，也应该会马上开始采取补救措施。

[7]

晚上十点。唐韵已经回家和宫恪一起收拾搬家的东西。

虽然才在这里住了三个月，但陆续又不断购买生活必需品，零零碎碎的也不少。

宫恪的行装倒是依然简单，很快就收拾好了，现在只是一边帮唐韵收拾一边感慨女生的小物件怎么这么多。正想着又翻出了一小包棉花糖，猫头还是狗头的形状，可爱到有点可疑，一看就不像自己的物品。

"你什么时候买了这个？"他转身问唐韵。

唐韵似乎已经把它忘了，花了点时间才想起来："哦对，你还没出院时，有一天中午吃过饭，我在住院部附近闲逛，觉得可爱就买了。"

"不好吃吗？"看包装拆开了，内容物却仍是满满一大包。

"不是直接吃的，是放在泡好的咖啡上面的。"正因为程序麻烦，每次泡完咖啡总是想不起来放它。

"你现在想不想喝咖啡？"

不是喝咖啡的时间，但看宫恪一脸很期待的表情，唐韵笑着点头："我要无因的。"

两个人拿着棉花糖下楼去煮了咖啡，小猫头放进去，完全是包装上展示的效果，一点也不"照骗"。

唐韵端着咖啡杯倚着料理台看他，不太想破坏他此刻的心情。不过唐韵有心事，他心里也有数。

"我打算撤出砾双案了。如果你担心的是这个。"

"什么？"唐韵抬头看向他，惊讶地眨眨眼睛，"为什么？"

"怕和你有利益冲突，我们两个人同时压力这么大，弦迟早要断。我不想因为调查影响我们的关系。"

"但也不能因为我们的关系影响你的事业。你工作这些年好不容易遇上两个大案，一个 KNE 因为家里的原因被调开，一个砾双你又要主动退出。人在社交关系中，你总会和案件有各种各样的间接联系，如果砾双案隔这么远你都要避让，那到底什么案件你才能放心参与？"

"隔得远吗？砾双和骁盛五年前还是同一家公司。"

"和我隔得远。你可以放心的是，我不会参与违法乱纪的事，你要调查的话可能还找不到我这么配合调查的 CEO。"

宫恪笑着帮她拢了拢头发："那你在担心什么？"

"许承楷。"

"他怎么了？"

"说服了董事会任命他做骁盛 CFO。"

"他什么目的？"

"我现在还搞不清。但他同时也在追查许志杰精神崩溃的起因。"

宫恪神色凝重，知道这意味着什么："你跟他的私人关系分量有多重？"

"私人关系在他眼里不值一哂。"

"那么乐观地想，兄弟感情在他眼里也一样。"

"但他自有一套完整的道德标准，他坚持他认定的正义，主持他认定的公道。过界的人都不得善终。"

"在许志杰这件事上，你算过界了吗？"

唐韵摇摇头："我不知道。"

她手捧着圆圆的咖啡杯，心烦意乱显得有点无助，让他忍不住伸手去抚她的脸颊。

"平时在公司人多应该不会有问题，尽量不要独处，去哪里都随身带助理。下班后早点回家，没完成的工作带回来做，深夜不要留在公司加班。开车注意安全，在小路上被追尾不要贸然下车，报警等交警处理。只要有不好的预感哪怕没有迹象也马上告诉我，我不会嘲笑你，只会保护你。"

话到最后，声音越发低沉，像告白一样的耳语，气氛有微妙的变化。

他靠近了一点，轻轻吻她。

不知为了什么，家里的一个工人又在厨房门口冒了个头，看见这边小情侣在卿卿我我，知趣地立刻退了出去。

宫恪一眼瞥见，心想真得尽早搬走了，家里简直无时无刻无处没有人。

还好唐韵背对门口没看见，否则又要难堪。一想到她总是红着脸双手乱摇拼命澄清的样子，宫恪就忍不住笑场。

"笑什么？"

当然不能告诉她。

宫恪不经意看见一直搁在料理台上的咖啡杯："卖棉花糖给你的店家告诉过你溶化后会变成这样吗？"

唐韵一回头，也"扑哧"笑起来。

原本很可爱的小猫脑袋化成又平又胖的一片，五官却没有溶化，依然停留在面积陡增的脸上，带着种淡淡的忧伤。

她拿起他的杯子喝一口："但还是很甜的。"

"有多甜？"他说着，低下头继续刚才那个吻，并把它加深了一点。

[8]

上午准时开始的办公会议，陈萱也到场了，讨论的是把骁盛所有的和盛股份转让给恒宜保险的问题。恒宜和许承楷的关系不错，所以他不方便发表太多意见，把战场留给了唐韵。

唐韵知道骁盛与和中之间的猫腻，当然坚持尽快不惜一切代价脱手。

陈萱反对，但反对的态度不怎么坚决。她大体上听唐韵判断，只是不愿意承担责任："我哥还在昏迷，价格太低，他醒来我也没法交代。"

"别只看眼前价格，要算上时间成本，上海项目二三期回报率太低，不如投入新项目。"唐韵说。

"工程方面我不太懂。"

唐韵解释给她听："我们完成一期工程已经打出了品牌，现在转手是最有利的时机，再在二期三期耗下去毫无意义，投入太大资金回笼慢。"

"这才刚上市，我们的资金不至于紧张吧？"罗耀插嘴道。

"不紧张，但钱要花在刀刃上。"唐韵说。

"工程听她的，"陈萱对罗耀说完，转向唐韵，"可是能不能只转让项目？拆分公司毕竟动作太大了。"

"项目都转让了，留着壳只会后患无穷。"

陈萱又支吾着缩回到最初那个壳里："就怕我哥觉得……"

"陈骁也早有跟和中分家的打算。"

"他跟你说了？他没跟我说过。"

"用不着说吧，"唐韵笑了笑，"近三年来，骁盛没有再启动与和中合作的新项目，陈骁的态度显而易见，他有更好的渠道，用不上和中了。"

陈萱伤脑筋地挠挠额头："问题就在这里，那是我哥个人的渠道，除了他谁也不知深浅。没有他，我实在不敢轻易丢掉和中这根拐杖。"

"这不用担心，我们现在有许承楷了。"

许承楷就在桌上，突然被点名，而且点名的方式像资产清算，场面有点诡异。他撑着下颌懒懒地看向唐韵，唐韵却和他没有眼神接触，一直认真注视说服对象，而说服对象陈萱倒是抽空看了眼许承楷。

"你的看法呢？"陈萱问许承楷。

"我尊重公司的决定。"

陈萱没给他打太极的机会："现在不管你和恒宜的关系，你会建议我卖还是留？"

"卖。"

"为什么？"

"我这边的消息，和中将会有很大麻烦。"

他这话一出，在场的所有人瞬间安静，面面相觑。

还是陈萱打破沉默："什么样的麻烦？"

"这我不能说。"

"一点信息不透露可能没法说服我做这么大决定。"

许承楷抬起眼睑，笑着把皮球踢回去："你信任唐韵吗？"

陈萱愣了两秒，点点头。

"唐韵信任我。这就行了。"

唐韵总不可能当场驳他面子，更何况他们俩立场还一致。

投票表决时陈萱先投了赞成票，像是对唐韵的一种表态，其余几个董事都是看陈萱眼色行事。

这边决议刚通过，会议室的门就被推开，总裁秘书来得正是时候："唐总，恒宜保险的人到了。"

唐韵和许承楷同时起身系最后一粒西服扣，相继走出会议室。

[9]

两间会议室间隔了整个走廊，秘书在前面领路。

"你这是开会还是桃园三结义？"唐韵压着声音表达不满。

许承楷插着口袋，笑容狡黠："我帮你试她一下。"

"看不出你帮我，客观上帮她更多。"记录在案的会议过程，陈萱最后愿意投赞成票可不是真心赞成，只不过有人站出来愿意替她承担责任。

"是你先利用我的。"

"性质不一样。我只是视你为公司的宝贵资产，并没有拉你滴血誓盟。"

"这么说你承认是要利用我。"

被他绕进去了。唐韵决定不接话为妙。

"利用我也没错，你要达到目的就得承担风险，高风险高回报。何况这风险也不需要你承担，万一办砸了陈骁醒过来第一个找我而不是你。"

"我不想欠你人情。"

"我最怕听你这句话，你每说一次就要欠我更多。"

一路唇枪舌剑互相埋怨，唐韵疾言厉色，许承楷和颜悦色，不过步行速度还保持一致，在走进恒宜保险谈判代表所在的会议室前的瞬间，两个人同时换上了最有诚意的商业笑容，连握手前伸手的动作都完全一致。

见证了全过程的总裁秘书陈小希深有体悟，演戏是高层的基本技能。

[10]

许承楷事先做了不少工作，早已和恒宜达成意向。唐韵出面只不过代表公司立场过一遍程序，还算轻松。接下去项目交接才是转让权益的重头戏。

送走恒宜保险的人，又横生枝节。董秘和梁欢等不及唐韵回办公室，直接赶到电梯门口汇报。

"接到沈昱发函，二级市场总额买入过 10%，我们必须得对外披露信息了。"

唐韵蹙眉接过董秘递来的 Pad："不是盯着 KNE 了吗？为什么之前没有预警？"

"丰遥置地买入的。今天发函声明与 KNE 为一致行动人。"梁欢把手中的纸质文件递给唐韵。

"丰遥？"唐韵停住脚步，"筑高什么时候控股丰遥了？"

"大概……"梁欢翻着眼睛看天花板回忆道，"春节刚过就发了公告。"

那段时间唐韵忙得焦头烂额，骁盛又在停牌期间，她没有过多关注市场信息，谁知竟错过这么大的事，更重要的是，尹铭翔这个叛徒到现在为止连个信都没给自己通报。

唐韵火冒三丈，立刻拨通手机："尹铭翔你在哪？上什么破班，马上给我出来。十分钟后在你公司楼下见。"

董秘惦记着 Pad 里公告内容需要确认，跟得紧。

许承楷和梁欢松松地跟在后面，隔了一段距离。

"尹铭翔是谁？"许承楷悄声向梁欢打听。

"丰遥董事长的儿子。"

"啊……哈……唐韵人脉挺广……"他话说一半，意味深长。

"她高中同学。不过，"梁欢听出他弦外之音，忽然玩心大起，"和您当时身份差不多。吃醋了？"

"梁欢你是不是皮痒？"

"不敢，"梁欢一边憋笑一边摆手，"而且许总您现在应该首要担心沈总吧。"

"我担心他干吗？第一，我阻止不了他有钱。第二，我阻止不了他买股票。倒是你，离开 KNE 这么久还叫他沈总，我有理由担心你是商业间谍。"

"我跟着唐总叫的。"

他无可奈何地笑了，散仙似的踱步。

梁欢这么随口一闹，自己反倒开始有点担心了。

她原先根本不太确定他们之间的关系，明明 KNE 满是关于唐韵、沈昱的风言风语，唐韵离职时和许承楷在办公室的争吵却明白地揭示了另一种可能性，然而这两条时间线同步，沈昱和许承楷关系又那么好，不可能不知道对方和唐韵的交往。唯一合理的解释是，三个人都不过是逢场作戏。

这倒不是坏事，至少没有人会受情伤。梁欢对做道德小卫士去谴责唐韵毫无兴趣，毕竟沈昱、许承楷也都不是什么用情专一的好男人。她担心的反而是许承楷戏演得太真，让唐韵陷得太深。

前车之鉴如郑健，梁欢早知道他是个什么德行，可是怎么提醒？唐韵比自己聪明，哪里会看不穿身边人的本性，心知肚明却还要厮守总有理由，要么互相利用，要么互相迁就，要么都接受开放关系。自己多嘴多舌也许只会坏事。直到一切伪装被揭穿她才目瞪口呆，唐韵压根不分出大脑区域去思考感情问题，彻底随心所欲。

而现在许承楷又来了。无论是精明的眼神还是宠溺的笑都拿捏得刚好，同时演浑不吝的冷漠和装冷漠的深情，段位高级。

梁欢忧心忡忡，唐韵上次不清醒搞砸了一个公司，这次呢？一个上市公司？

[11]

尹铭翔有心理准备会被唐韵打爆脑袋，但他没想到忐忑了几个月，唐韵居然是刚得到消息，他还以为唐韵早已经把他拉黑绝交了呢。

咖啡馆里，他抓耳挠腮："这真是计划赶不上变化，我都还没来得及让赫连跟我爸见上面，他老人家就已经和沈昱签了合同，拦都拦不住。"

"沈昱和丰遥谈了多久？"

"从开始接触到现在有将近一年，认真谈也就两个月时间，我爸沉不住气，做的都是亏本生意，唉，不提了。"

"你人在公司居然一点消息也不知道？"

"他有意瞒我，我有什么办法？亏我还替他着急。本来和他关系就不好，沈昱又给他洗了脑，让他提防我学许承楷搞'玄武门之变'。"

猝不及防听见许承楷的名字，唐韵的脸色沉了下去，但很快又恢复了镇定。

"沈昱知道你比你爸思路清晰，当然说这些鬼话去离间你们。"

"那他也要给人机会去离间啊。算了算了不提了，算我没用。"

"赫连什么反应？"

"她能有什么反应？她又不操心这些，和她老公在法国度假乐不思蜀呢。给她打电话说这事，她也就'哦'了一声。"

唐韵陷入沉思，有点不甘心，那时忙于和陈骁周旋，把局面想得太简单，没想到沈昱黄雀在后，早早就已经做好布局。

"'玄武门之变'是怎么回事？"尹铭翔还有闲情打听八卦，"他爸是被他害病的？"

唐韵摇摇头："没那么玄。他爸本来就病了，不过消息是他放出去的，董事会有他的人，他爸顶不住压力只好退居二线。"

"什么原因啊？"

她闭了闭眼睛，把那个在病房里捧着自己脸的许承楷从脑海里赶出去，再睁开眼，不带感情色彩。

"还能是什么原因，他爸真要干到七十岁，他也五十了，总不能闲半辈子做查尔斯王子。"

"就这点原因？还是觉得够狠的。"

唐韵慢慢喝一口咖啡："他确实狠。"

[12]

唐韵走出咖啡馆，被声势浩大的雨帘拦住，她没有带伞，车停在相隔五百米的大厦下的地下停车场，穿过去肯定浑身湿透。她于是站在檐下等雨势渐小，等回到公司已到下班时间，好在许承楷和罗耀两位工作狂都还没离开。

三个人在唐韵办公室开碰头会，商议筑高再次举牌，首要问题是得搞清楚沈昱的目的。

"沈昱手上现在已经掌控了KNE和丰遥，他为什么还要收购骁盛？"她抛出议题。

"想垄断吗？"罗耀猜测。

许承楷摇摇头："不太可能，绕的弯太大。真想垄断也不是这种操作。"

"去年我跟KNE的陈正卿谈过收购丰遥置地，主要是为了借壳上市。沈昱背地里动手更早，显然也不是为了借壳。"唐韵简要介绍去年的计划，惹来罗耀侧目、会意一笑，原来骑驴找马想跳槽的不止自己一个。

许承楷说："要借壳他就会用KNE收购丰遥，而不是筑高。"

"没错。"

"那到底什么目的？"

唐韵把考虑方向更推向具体："他需要骁盛，骁盛比KNE、丰遥强在哪里？"

"品牌口碑？"罗耀说。

"太虚了。"

罗耀没有立刻放弃这种可能性："他有可能想做高端市场。骁盛的豪宅是一块金字招牌。以现在长三角的地价，不做豪宅利润太小。"

唐韵分析给他听："还是太虚。他明显可以省力一点在KNE旗下成立子公司打造豪宅品牌。而丰遥的优势也很明显，至少普通居民心目中丰遥地产是优质商品房的同义词。"

"都ST了还优质。"罗耀笑起来。

"ST表示经营不善，和工程质量是两回事。"

"和骁盛相比起来更优质。"

"骁盛的定位不是优质而是奢华。"唐韵停顿片刻，转而问许承楷，"你看上骁盛什么？"

"喜欢陈骁。"

"你认真点好吗？"

"我认真的。我和沈昱不一样，我手上又没有困难户三驾马车，初入市场当然要找合得来的搭档。"

他说得在理。唐韵和罗耀一时也没了思路，三个人陷入短暂的沉默。

但他提到"困难户"却给了唐韵一点启发。

"反过来想想，KNE和丰遥哪方面最困难？"

"融资困难。"罗耀正中靶心。

"没错。KNE有污点，丰遥负债率太高。两家公司都存在融资成本高的问题。而骁盛……"

"骁盛是3A信贷评级。"许承楷看中骁盛当然也有这层因素。

"沈昱这是要一拖三啊？"罗耀感慨，"骁盛被拖垮他只要拍拍手走人就行了，但是对骁盛来说百害而无一利。"

"前提是他能完全控制骁盛。必须阻止他。"唐韵说。

许承楷偏头看她一眼，突然笑了。

唐韵知道他笑什么，自己在毫无对策的情况下话说太满，反而露怯。

她不知道的是，滴水不漏的唐韵的确更能得到他的尊重，可偶尔失误的唐韵却能让他扫清一切在心里给她腾出一大片空位。

[13]

许承楷也不是没想过，为什么唐韵对自己而言这么特别。她恰好在自己人生每一个重大转折时出现，又和这些重大转折完全无关。大概也是种吊桥效应，他每从一场恶战中幸存，一转身就看见唐韵，很难分清心跳加速的起因。

感情领域其实并没有多么神秘，不是不能找到解释，也不是不能得到控制。

唐韵确实特别，但影响不了他的判断力。这是他引以为傲的优点，也是他一直腹诽陈骁的原因。当断不断，为了个女人把公事拖进这么凶险的残局。

他在办公室独自翻看着从合约部和财务部调过来的许志杰任监事期间的几个项目资料，许志杰与唐韵的唯一交集就是上海项目，正是这个项目他觉得最可疑。世界上没有假账能做成彻底的真。他要是被这级别的表面文章蒙蔽也走不到今天。

他甚至能看出其中哪些是唐韵的手笔，她补救工作做得不错。关键是她以什么动机在做这些补救，这将决定在必须牺牲一方时他选择骁盛还是唐韵。一单特别的生意和一个特别的人，归根结底也还是无数生意和无数人之一，没什么不能牺牲。

更何况他早就知道唐韵可不是头顶光环的小天使，她做的每件事她自己心里都有数。

司机敲了敲办公室的门，打断了他的思绪。

"进来。"

他进来后又顺手把门带上："这两周周四的晚上十点左右，陈夫人都露了面。您嘱咐过，所以我没上前跟她接触。"

"做得好。"许承楷点点头，"不着急。下周四我跟你一起去。"

[14]

电视里的主播播报了两条和唐韵有关的新闻，第一条是和中集团发布公告，骁盛将和盛股份全部转让给恒宜保险。第二条是骁盛发布公告，KNE与丰遥置地再次增持5%股份，距离上次增持只隔七天，总持股数已超过15%，两家公司的实际控制人被证监会约谈，询问持股计划。

但哪怕是后一条新闻也已经过去半小时了，目前电视里的专家们正在谈论欧洲调息情况，唐韵却依然紧盯着电视屏幕，很明显走神已久。

"你这就过分了吧。"宫恪半开玩笑地推推她的胳膊，"当着我的面想了二十分钟沈昱。"

唐韵笑起来，好像也没法反驳，的确是在想沈昱，截止到目前都拿不出办法来阻止他收购骁盛，真让人伤透脑筋。

"我可不是因为喜欢才想他。"

"要我说你根本没必要管他，骁盛姓陈还是姓沈对你来说不都一样？"宫恪停顿一下，接着说，"一样麻烦。"

"骁盛好端端一个公司，我不喜欢他过来搞得乌烟瘴气。"

"骁盛可不是什么好端端的公司吧？"宫恪笑着，又转而严肃，"我还得提醒你，跟和中分家归分家，从前的项目可不是完全一笔勾销，遇到该查的还是会被查，你要有心理准备。"

"宫恪你几岁？"

"嗯？"没反应过来。

"怎么能这么唠叨。"

宫恪笑着顺手拿一个抱枕去扔她，被她轻松接住。但她意料之外的是自己整个人连抱枕一起拦腰被他带倒压在沙发上。

"沈昱不唠叨是吧？"

"你这么三句话不离沈昱，我可要怀疑另有隐情了。"

"还会反咬一口？"宫恪挑了挑眉，挠她胳肢窝挠到她认输求饶，"我不对症下药给你打打预防针，怕你一频繁接触又吃了回头草。"

闹够了停下来，宫恪问："我说，你以前怎么会看上他的？"

第一次见唐韵时，还以为是沈昱对唐韵一厢情愿，没想到事实正好相反，唐韵迷恋过沈昱，他却从来没当回事，无非是什么模式相对固定，让人误以为是深情。

唐韵用抱枕推着他坐起来。

"职场崇拜，还以为他是禁欲系。"

"他禁欲系？"宫恪笑得耳朵都红了，差点一口气喘不过来，"还有，你喜欢禁欲系？"

他都不知道前后两者哪个更反讽了。

[15]

和许承楷善于蛊惑人心不同，沈昱手腕强硬，善用恐吓使人臣服。他雷厉风行，简单粗暴，俨然以工作狂之姿出现在唐韵的世界里，又是权力上峰，一开始就没给她脱身的余地，所谓"欲擒故纵"全在他计算之内，唯一没算到的是许承楷这个不稳定因素。

那时许承楷隔三岔五来 KNE 找沈昱，因为关系亲近，拥有不预约和随便进出办公室的特权，但也因为不预约总是碰不到沈昱。

他向坐在门口的秘书含糊地打了个招呼就推门进了办公室，与唐韵从笔记本电脑屏幕前抬起来的视线对上后有点尴尬，心里迅速判断，是第四次还是第五次见她。

唐韵不觉得意外，平静地低下头继续工作，听见身边窸窸窣窣的声音，他在沙发另一端坐下了，应该还看着自己。

"我每次过来，他不在，你都在。"

"是这样，"唐韵抬起头淡淡地看着他，"您有什么指教呢？"

"你工作能力这么差吗？重做率这么高？"

唐韵不想搭理他的挑衅。

之前有一次他过来，正遇上沈昱把文件扔得满天飞让她回去重做，他也没干涉，抱臂靠在门边围观，幸灾乐祸的神色。但大部分时间唐韵被沈昱留下来待在他办公室工作，主要是因为处理的不是 KNE 项目而是筑高项目，出于保密需要，有些资料不能让她带出去。

唐韵在工作量上没那么斤斤计较，能被老板视为自己人做点分外事她觉得也好，更何况……

许承楷慢悠悠地开腔："你也不是职场新人了，长时间待在这里，门外会议论些什么，难道你想象不到？"

唐韵看着他，想展示一种清者自清、问心无愧的姿态，没想到他只和她对视了两秒，面上就转出笑容："哦，你很清楚嘛。这就有意思了。"

明知道会有什么风险，不仅不避嫌还隐约有点期待。

"这么爱他吗？"

唐韵没有回答，答案在眼神里暴露无遗。

有意思的点在于，猎人还没出招，猎物就跑到面前把自己进贡了。

虽然智商够高，但也还是天真的炮灰。许承楷心里冷笑一声。

"你这样的小姑娘确实容易爱上他，不过我劝你还是离他远点。"他起身晃到她身边，贴着她的肩坐下，胳膊绕过她搭在沙发靠背上，以一个暧昧的距离在耳侧放低音炮，"因为啊，他是我的。"

十年后的唐韵已经能在他嬉皮笑脸的"喜欢陈骁"之后紧跟一句"你认真点"，不失为一种进步。

十年前的唐韵对他还没那么了解，难免脑袋里炸起一朵蘑菇云。

沈昱从来没在工作场合流露过任何谈情说爱的倾向，简直像个工作型机器人，对待唐韵的态度像对待另一台工作型机器人。她原以为他是正直、禁欲系、高度自律，因此而对他更加崇拜，没想到还有另一种可能性。

[16]

车停在儿童福利院门外静谧的小路上。许承楷目送夏秋进了大门。

司机回过头征求意见："开进去吗？"

"回家。"

司机没领会他的意图，愣怔一下。

他支着下颌，手指靠在唇边："三更半夜，开进去打扰小朋友睡眠。明天上午抽空再来。"

[17]

起初，夏秋并不是长期待在福利院。她一个人孤独，有太多空闲的时间让她沉浸在失去孩子的悲痛中，不时去福利院做做义工能让她心情好一点。

福利院的小朋友大多独立，并不太需要大人的陪伴，也不黏人，大孩子互为玩伴，小孩子也懂自娱自乐，对工作人员和义工会称呼阿姨或老师，有礼貌却不亲近。义工们都会遵守的规则是不对特定的孩子投入过多感情，以免伤害周围孩子的同时宠坏关注对象。

但没过多久，这种平衡就被打破了。

有个男孩总叫她妈妈。

夏秋留意观察过他对其他大人的态度，一样是冷淡疏离。他就唯独对夏秋特别依赖。

如果要办领养手续，必须回户籍所在地居委会开证明，当然也得征得配偶同意，这两样她都办不到，只有待在福利院更多时间才能和他在一起。

这里的男孩们多少都有点生理上的残疾，他病在眼睛，小小年纪戴着和自己不相称的大眼镜。夏秋离家后，为了避人耳目不能对作品署名，作品只能凭质地和美观卖出普通价格，收入要负担他治疗眼睛的费用略有点紧张，但从好的方面看，她也因此有了寄托。

因为她资助了治疗，即使没办领养手续，工作人员也行了例外，已经自然而然视她为孩子妈妈，破例让她住在院内。

这天早上阳光很好，夏秋站在院子边的阴凉处看老师带孩子们做操，笑容一直持续到看见被人引领进来的许承楷。

他从阳光下走来，俊逸不凡，穿暖色系衬衫，脸上是闲适的微笑，却莫名让人心生寒意。

夏秋下意识往后退了一步。

"陈夫人，好久不见。"

她没有回答，暗自揣测着对方的来意。

她和过去的一切都切断了联系，只在陈骁出事后忍不住定期去医院探望。许承楷大概就是从医院发现她行踪的，可她不傻，也注意隐匿形迹了。这么处心积虑地找过来，肯定想从自己这里得到什么。

"你别紧张，我就是有些事想不明白，来向你了解情况，问完就走，不打扰。"

夏秋还是没有回答，但目光注视着他，也算等待下文的信号。

他继续说下去："这样就有点尴尬了。你也知道陈骁在敲钟仪式上被枪击，枪击他的人是我亲哥。不管你信不信，我们家可没有精神病基因，陈骁做了什么把他逼到这个份上，我很好奇。你知道吗？"

夏秋摇了摇头。许志杰就算和陈骁有过节应该也是生意上的，而她一贯对陈骁生意上的事一无所知。

"但唐韵你认识吧？她给我讲了个故事，说陈骁一场车祸算计了两个人，一个是我哥，一个是你，真事吗？"

夏秋脸色陡变。她没想到枪击案竟是因这件事而起。如果陈骁和吴嘉玲在电话里提到的人是许承楷的哥哥，那可真是捅了马蜂窝。她就更不可能实言相告了。

"我不知道。"

许承楷收起笑容，点点头，拿出手机一番操作，把电话拨通："刚发给你的地址，过来一趟，马上。"

[18]

唐韵赶到时，许承楷站在门口，夏秋坐在屋子里，两个人没有眼神交流，一副谈判破裂的状态。她一头雾水，但看见夏秋安然无恙还是高兴，一时百感交集说不出什么话。夏秋见来的人是她也松了口气，拥抱过去。

许承楷一看这场面，麻烦极了，难不成自己还要站在这儿做她们小女生叙旧的见证人？

他看看手表，催促道："现在唐韵人也来了，你可以跟我说实话了吗？"

唐韵看都没看许承楷，只对夏秋说："别跟他说话。"

许承楷被气得翻了个白眼，决定速战速决，迈着长腿走过去。

"我求证的问题没有那么难回答吧？我只不过想知道，唐韵说的是不是谎言。"他突然抬手举枪从侧后方顶住唐韵的脑袋，狠厉的目光移向夏秋，眼里尽是阴鸷，"是不是？"

夏秋瞬间面无血色，心跳骤停。

她一秒都没犹豫，声音颤抖，语速也快得反常："不是，她没有骗你，这件事跟她无关，你先放下枪，有话好好说。"

"早说啊。"他收放自如，恢复懒洋洋的腔调，退了两步转身把枪还给门外看热闹的小朋友，"谢谢。"

夏秋长吁一口气，刚才那一刻魂飞魄散，冒出一身冷汗，现在有点虚脱。

玩具枪虽然假得可以，但在许承楷手里就像真的。更何况刚才她被吓得双眼失焦，哪还有理智去分辨真假。

他走回来时，冲唐韵温柔地笑笑，仿佛刚才欺负她的人不是自己："这闺密还不错，为了你连陈骁都可以出卖。"

唐韵瞪他一眼，也拿他没辙。

夏秋恢复镇定后抬头直视他："你想怎么样？"

"我？关我什么事？陈骁又没用车撞我。"他耸耸肩。

夏秋拧着眉头，没听懂他什么意思。

唐韵对此倒一点都不意外。

"他撞了我哥，我哥也报仇了。他撞了你，你现在想报仇也方便，回去给大郎喂点药。"他转向唐韵，"走吧，上班。"

唐韵没理他，拉着夏秋："你还留在这里？要不要回家？"

夏秋一时也没了主意。许承楷找上门是突发事件，唐韵出现也实属意外，她没来得及考虑。

"友情建议你回家。"许承楷在一旁多嘴，"我可以借你两个保镖。不然你带着保镖住这儿和小朋间温馨和谐的画风格格不入。"

唐韵虽然极其不情愿，但也只好和他统一战线："他能找到你，别人也能。陈骁树敌太多，你一个人不安全。"

夏秋迅速地判断形势，沉吟道："我收拾一下。"

她行李不多，但还有"包袱"，三个人刚走出她住的员工宿舍，戴眼镜的小男孩就从孩子堆里跑出来："妈妈，你要走？"

夏秋在他跟前蹲下："妈妈有些事情要回家处理，会每天过来看你。"

唐韵看这场面也懂了七八分，拉许承楷去一边等待，给她一点时间道别。

"等会儿让她坐我的车。"许承楷望着夏秋，一本正经。

"为什么？"

"你那破车不防弹啊。陈夫人有枪支恐惧症。"

唐韵捶在他肩上："开玩笑有点人性。"

他笑着抓住她手腕防止被打第二下："我禽兽嘛，哪来的人性？"

夏秋安抚好孩子，回过头正好看见唐韵在打许承楷。两个人的关系好像非同一般，至少她以前从来没见过许承楷对谁用这种语气、露这种笑容，还打打闹闹，更是无法想象。

穿过园区往外走的路上，许承楷在前面，夏秋和唐韵落在稍后。

夏秋抬抬下巴指向许承楷背影，压低声音问唐韵："男朋友？"

"才不是！"唐韵简直要被气晕过去。

而且许承楷肯定也听见了，无声偷笑时，肩耸了耸。

[19]

官恪对唐韵分析得没错，兄弟之情在许承楷眼里也不值一哂。

此行证实了唐韵没有欺骗自己，让他心情大好。当然，如果他稍有点共情能力也应该替陈骁感到悲哀。唐韵陈述的剧情中不合逻辑的一点就是陈骁杀妻，他知道这根本不可能。

现在看来，唐韵相信这段剧情是因为夏秋相信。

多可笑，夏秋对陈骁的信任度比许承楷还低。

几年前沈昱被陈正卿烦得要命，想过要另寻合作伙伴，第一个考虑的人就是陈骁。沈昱谈生意之余喜欢在会所喝喝酒、赌赌钱、玩玩女人，以做调剂，这些低俗活动是他和普通人建立友情的基础，玩尽兴了就算投缘。陈骁酒量还行，其余的一概不沾，让沈昱略有点不爽。要知道在同一个包间里，有人特立独行会影响其他人的兴致。

这也就算了。彻底激怒沈昱的是一次去外地谈项目，见过当地政府的朋友后，陈骁就要买午夜航班的机票回上海，因为第二天是他太太生日。他不知道这样正巧触及了沈昱的雷区。

"这他妈不是第二个陈正卿吗？"沈昱转身就向许承楷吐槽。

那段时间在沈昱眼里，陈正卿这个名字的意思是"傻 × 中的头号战斗机"。

沈昱从此没再和陈骁谈过生意，项目也不了了之。

如果当时骁盛有了沈昱做靠山，根本不会陷入任何危机，可以安全干净、顺风顺水地做生意。沈昱这人不是一般的聪明，他和自己的亲人站相反阵营。孰强孰弱总是三十年河东三十年河西，只有他，就算失势，也会被念及血缘关系而放过。KNE 当年涉事那么深却没有垮，就完全是沈昱扛住的。

许承楷不太看好陈骁正是因为这件事。他会错过沈昱的机会，也就会错过其他很多机会。不管是做投资还是在做开发的圈子，爱玩的人是大多数，不爱玩也得学着逢场作戏、投其所好，水至清则无鱼。他把感情看得太重，又把软肋暴露给全世界，从各方面考虑都欠妥。

许承楷觉得几年过去，陈骁更成熟点、夫妻感情淡了点也正常，但这种人做不出杀妻的事，永远不可能。

如今，他当年从陈骁身上预见的坏事已经一件件成真了。第一，有人用夏秋的生命安全挟制了他；第二，他为夏秋放弃了所有安全路线，留给骁盛的只剩凶险；第三，他自己搭上性命不说，还扔下个烂摊子。

许承楷没预见的坏事也发生了，接这烂摊子的人是唐韵。

[20]

唐韵和许承楷一回公司，董秘就堵在办公室门口，表面上是在对唐韵说，其实还是找许承楷："筑高还在增持，董事会没有对策吗？就等着发第一大股东变更的提示性公告了？"

许承楷边走边看向唐韵，想知道她的打算。他只是在概念上理解唐韵不是当年的唐韵，并没有更新脑内数据库，对于她如今的风格态度一无所知。就像他在项目经理一栏看见唐韵的名字，却想象不出一个她头戴安全帽走在工地上的形象。

"你先约证监会方面谈，希望监管力量介入。"她打发走董秘，回头告诉许承楷，"我跟陈萱提过配股增发，针对沈昱和你增持比例设定保险线，触发原股东半价购股权。她担心控制权旁落没采纳。我也没办法。"

她对他一视同仁，却又在第一时间告知实情，连一点利用情意的企图都没有，让他的笑容变得有点落寞。

"怎么还带上我了？"他亦真亦假地作泫然欲泣状。

她冷静地把皮球踢回给他："别告诉我你不打算增持。"

他被逮个正着，眼皮一跳，不置可否，转移话题。

"陈萱这个人只是有点小聪明，现在她是不用担心控制权旁落，等着直接落给沈昱呗。"

她死抓着关键不放："你打算什么时候增持？"

"看情况。"

"喊。"

他过意不去，笑着跟在她身后挽回气氛："你就这么想带着公司嫁给我？"

唐韵无意回应，经过助理时留了句话："把梁经理找来。"

"哦，公关手段，"他跟着她进办公室，熟门熟路找地方坐，"把希望全寄托在监管压力上，我看悬。"

"总比你只会说风凉话要好。"

梁欢见只有他们俩在办公室，话又不投机，有心理阴影，只敢在门口探个头。

唐韵把她招进来："你跟蓝海的人开会，以管理层工作会议的角度往外放一轮消息。重点是管理层态度，不欢迎筑高资本恶意收购。"

"她没说不欢迎鑫瑞。"他仰脸对梁欢强调，其实在向唐韵讨饶。

梁欢点点头，快速离开。

"一着险棋哦。他增持到国投前面去，监管部门确实有可能干预，但你闹这么大，攻击又这么虚弱，他马上就会知道你没招了。"

"以防万一，"唐韵在沙发上坐下，"你必须要跟我合作修改章程。"

真是棘手，又被她击中要害，他笑容僵在脸上，自知理亏。

"不行。"

这意味着他有控制董事会的计划。唐韵对他的猜测一点都没错。

"那我要举债回购股份。"

"陈萱不可能让你这么干。她最多同意公司变更控制权对高管巨额补偿，我也可以同意。但对沈昱来说没什么用。凭筑高的资本遣散全公司只剩资产都足够，更何况他只要解聘你和我就能扫清障碍。"他把重点放在"你和我"三个字上，试图修补因自己反复拒绝而破裂的关系。

"你现在袖手旁观，到时候让沈昱成为第一股东对你也没有好处。"她却只说"你"。

"你逼我也没用，我现在不敢随便往国内放钱。"他实话实说，连底牌都亮出来，"投进来容易转出去难，我真不看好亚洲市场。"

"还有个办法。去说服陈萱同意和光联科技交叉持股。"

"我要是沈昱，我就马上去收购光联科技。"他把可预见的危机分析给她听。

但那是他一个人的危机，有得必有失，她无动于衷："所以光联科技又到底有什么让你无法割舍？"

"光联是你让我投的。"他脸上闪过一丝窃喜，难得占领道德高地，"唐韵你无情起来，我都赶不上。"

"不要用轻佻话题转移矛盾，这招我不吃了。"

很好，杀手锏都对她无效。

许承楷干咳两声，举白旗投降："好好好，交叉持股。"

[21]

不幸中的万幸，国资委和证监会还是出了面，轮番给沈昱施压，让他好一阵不顺利，还收到证监会两张罚单，终于停止了对骁盛增持。

沈昱一大早直接闯进许承楷办公室，他人不在，秘书说在总裁办公室。沈昱在48层转晕了，又错跑到陈骁办公室扑了个空，最终才火冒三丈地找到唐韵办公室。

正好两人都在。

他把扑克往中间桌上一扔："打牌。"又一指唐韵，"你，过来发牌。"

许承楷看也没看沈昱，始终含笑看着唐韵："打牌没问题。但你让她发牌不是给她机会看笑话吗？"

"我不仅要她发牌，还要拿她做赌注。"

这话就有点侮辱人了。但他从来没尊重过唐韵，唐韵日常屏蔽负能量垃圾信息，听他的话内心毫无波澜。更何况他在收购中吃瘪，本就是来闹事的，唐韵不想顶着他闹得更凶，又不是没见过他发疯。

[22]

沈昱很清楚自己和唐韵对局肯定会输，十年前他就带她去过牌局，虽然初衷不是让她去打牌。那次许承楷也在，第一眼看见她，也不觉得她是来打牌的。她穿一条银色连衣裙，把长卷发放了下来，和办公室里的她判若两人。

许承楷看见她这样闪耀却面露不悦，趁沈昱去社交的时候把她拎到一边："你跟他来这种场合干什么？"

"打牌。"

"你会吗？"

"我会。"

他被噎得半晌无语。他说不出她究竟和他习惯的那些女孩有什么区别，让他特别关注。

"他不值得你爱得这么卑微。"

"我到底哪点让你觉得卑微了？我崇拜他是真崇拜，爱他是真爱，愿意帮他做事是因为能力足够，我陪他的时候他也在陪我，我一点不觉得委屈。"她不怵也不恼。

这时沈昱正好在远处叫她："唐韵，来一下。"

"你看，他离不开我。"她示威似的直视着许承楷，准备转身离开。

他轻轻拉住她的手："你为了物质跟着他我绝不干预，因为我见过那些真心爱他的人下场才最惨。"

"那你在干什么？演《辛德勒的名单》吗？"

"我啊，"他视线从镜片后流向一旁，"在银幕外，怕你变成红衣女孩。"

"你想我听劝，你先进银幕里来。"唐韵回过头叫沈昱，"沈总，借我点筹码，我要赢许承楷。"

两个男人同时愣住，继而又同时失声笑起来。

那天晚上一般是六七个人的牌局，唐韵总能赢到最后，许承楷本来也是高手，但运气太差，经常整副牌里连高对都凑不出，他擅长的虚张声势又对唐韵无效。唐韵只输给过沈昱一次，怀疑是故意示弱。事实如此，她不仅会打牌，而且很会打牌，计算能力强当然是她的优势，但肯定还有别的原因。

后半夜主战场留给沈昱他们几个筹码多的资深玩家。唐韵和许承楷在酒店露台上聊天，她主动解惑："我爸教我的，不过他技术太好，把家庭、事业都输光了。"

"你投入感情的方式深得真传。"他语气中少了说教、多了调侃，主动用手中的玻璃杯碰碰她的杯沿。

"不是每个人都像你一样，不用投入就有人投怀送抱。"

他缓慢地品着香槟："你见过沈昱任何一个前女友吗？"

"加过他脸书，他加过四个前女友，都是棕发棕眼、阳光健康的白人女孩，长得像同一个人。"

"你知道什么人还会这样按固定模式寻觅对象吗？"他做了个卖关子的

短暂停顿，"连环杀手。"

"可是我又不长那样。"

"所以才可怕。模式突变一般都伴随行为升级。"

"危言耸听。很多正常人也有自己的恋爱模式。"

"沈昱不是恋爱模式，是狩猎模式。猎物就是猎物，永远都是。"

她认真思考了一下他这话的可能性："我一定要逃吗？"

"你有不逃的理由吗？"他眯起眼睛，目光认真描绘着她的眉眼唇线，突然笑了，"但其实你一点都不想逃，对不对？"

他发现了唐韵的特别之处。

他习惯于把人分为两类，一类是局内人，一类是普通人。对待不同类的人，他有不同种相处方式。对局内人怎么残酷都无所谓，台面上的筹码是自己拿出来的才会认赌服输。欺负门外马路上的普通人就违规了。

而唐韵是普通人，她没有一点盔甲，没有一点恶意，专注又温柔，让人对她说话都不自觉音量放轻，哪怕沈昱对她的态度都比对其他女人稍好。

可她又同时是局内人，她真是来打牌的，遵守规则，通晓对策，知道最坏后果，也绝不轻易崩溃，"all in"是她的风格。

许承楷感情麻木但擅长学习模仿，他知道如何扮演深情或冷漠，知道喜悦和悲伤看起来应该怎么样，知道如何应对这种人和那种人，就是不知道如何应对独一无二的人。

遇见唐韵，他就像个突然被赶上台的试镜演员，对剧情一无所知，也没有表演素材可供借鉴，只能随机应变。

[23]

应该算是演砸了吧。

当年的疏远让彼此受伤，而重逢到现在也不知该如何相处，双方连阵营都不能统一。记忆里美好的片段不断从脑海中掠过，现实却全是荒烟蔓草，许承楷一直心中抑郁。

眼下沈昱这么一岔毛，好像瞬间时光倒流，让他找回最熟悉的相处方式——沈昱欺负唐韵，他做白衣骑士。

"沈昱，今非昔比，她现在是骁盛 CEO。"他往旁边瞄一眼，语调难得认真。

不过沈昱从来不拿他的认真当回事："所以等我收购了骁盛，第一个要解聘的就是 CEO。"

"那就丧失理智了，应该先解聘我。"

"反正她也全都听你的。"

"她智商比我高五十，怎么可能听我的。"他抱胸靠着沙发温柔地笑。

沈昱极度不屑："感情用事的女人什么时候能用上智商就好了。"

唐韵垂着眼专心洗牌，对他的攻击置若罔闻。

刚各发了两张底牌，助理陈小希就在门口通报："唐总，公安的人来了。"

唐韵回过头，三个人站在陈小希身后。身高的缘故，宫恪在人群中总是醒目。他面对这个有趣牌局组合挑了挑眉，勾起嘴角。

唐韵起身时紧张得手一松，纸牌落了一桌一地。

第三章

近 程

[1]

沈昱也看见了宫恪，咧嘴笑起来。他清楚宫恪和唐韵的关系，也清楚许承楷和唐韵的关系，作为看热闹不嫌事大的"知情人"，突然发现了更有趣的游戏，招手喊："哦，宫恪，进来。"

宫恪撑着门冲他笑一下："你这么热情，又想协助调查了？"

许承楷戴回眼镜，眯着眼打量过去，以为这一幕的趣味只在于沈昱调戏自家小朋友，根本意识不到这小朋友能和唐韵有什么联系。

唐韵不用猜也知道宫恪心里不会开心，急忙走出去，把办公室的门带上。

宫恪身边，他的同事对她出示证件："您好，我们收到举报，经调查发现，骁盛部分高管和员工长期虚报会议规模敛财，涉嫌职务侵占和商业行贿，现在要把人带回去了解情况，希望配合。"

唐韵从他手中接过纸质材料，看了看涉案人员，再递给陈小希："带他们去找魏副总。"

两名警察跟随离开，宫恪却没有走。

唐韵抬头看他："你不去吗？"

"不是我的案子。我这边砾双案正好需要调一些工程合约，蹭车来看看你。不过，你可能不想见我。"

他话里有话，唐韵不太想顺着他的思路往下说。

"来之前应该打声招呼啊，早上出门前也没听你说。"

唐韵把他带进会议室，用桌上电话拨通合约部经理办公室："把和砾双有关的合约都送过来。"

他找地方坐下，手支着脸，腰身斜靠上椅背，直勾勾地紧盯她："想不到你们上班这么有情趣，难怪你每天早出晚归。"

她故意不与他对视，垂着眼认真整理会议桌上散乱的电源线。

沉默中有场角力。

难免会爆发一战，她知道第一枪响在哪里自己能应付得来。

"今天是突发情况。沈昱被证监会修理，来找许承楷闹事的。"

"赌钱吗？那我也带两个人回去。"他半开玩笑。

"不赌钱，"她试探着看了他一眼，"赌我。"

"赌什么你再说一遍？"宫恪霍地起身，准备回去办公室找沈昱算账。

唐韵背靠门拦在他面前，想引他同仇敌忾："你别那么较真，他一贯不拿人当人。"

"他不拿人当人你就逆来顺受？能不能一巴掌扇过去？"

"……不至于。"

"如果我没看错你还给他发牌，"他还是从中读出了暧昧，"我真不懂你，怎么在沈昱面前就这么低声下气。"

知道他有占有欲，最怕他吃醋，本想在反方向树个标靶，两人一起背后骂"坏人"沈昱好蒙混过关。可他居然每个方向都能揪出漏洞。

她拿出防御状态："我上次吃饭当面戗他，你说我反常，现在你又指责我低声下气。你不觉得自己很矛盾吗？"

宫恪被问住，迟疑片刻："这两件事两个性质。"

"定性权在你，你到底要让我怎么做？你这样天天找碴除了给我添堵有什么意义？"唐韵夹着笑腔反问，一副成人对待儿童的调调。

他愣怔几秒，音量不大却很凌厉："真服了，反咬一口说我找碴。"

合约部经理人在门外却没听见，敲了敲门。

针锋相对的两人只好偃旗息鼓，唐韵从门口让开，把人放进来。

合约部经理没觉察气氛不对，将一份份文件按名目顺序交接。宫恪也暂时定下心，挑选出其中一些待复印。唐韵只是坐在一边听他们对话，心里闷闷的，目光毫无目的地落在另一侧地面。

宫恪只坚持了五分钟，就忍不住主动搭讪缓和矛盾："一期结算快接近尾声了吧，要谨慎支付。"

唐韵不接话。合约部经理以为他在对自己说，不理解警方为什么要给出企业经营建议，一头雾水地附和："是是，我们会依法结算。"

"唐，要帮忙吗？"伴随一个低沉温和的嗓音，门口送进一阵风。

宫恪回过头，是许承楷，正以一种公事公办的目光注视唐韵。

他的气势太强，强到使本就压抑的室内空气又稀薄了一点，唐韵却冷淡地破了结界："没事，只是调取合约。"

他语气中继续表现出果断的操控力："那让 Frank 处理吧。你跟我来，我有点事问你。"

唐韵本来也不想继续坐在这里和宫恪生闷气，连一秒也没犹豫就起身走了出去。

两人简短的对话没有半点反常的亲昵，保持着适度陌生。

这反而让宫恪拧起了眉心，他又不是没听过许承楷在电话里对唐韵说话如何轻佻，如果只是朋友间打趣应该始终如一，却在工作场合假正经，此地无银三百两。

他对合约部经理的称呼是英文名，唐韵不是没有英文名。都是同事，为什么要区别对待？她的姓自带甜度。

[2]

唐韵从凝滞的气氛中脱身，松了口气，亦步亦趋跟在他侧后方："沈昱走了？"

"你不在，他闹不起来。"

她想起刚才他在沈昱面前替自己说话，忍俊不禁："我智商一百三，比你高五十，你没过均线？"

他趁走廊没人，狡黠地回头眨眨眼："虚张声势，商业互吹。"

把她带进办公室，他把门关上，恢复严肃："公安来调查什么？"

"虚报会议规模的职务犯罪。还有核对砾双和骁盛的合约。"

"你说的是这个吗？"许承楷将一叠文件递给唐韵。

等她看清是什么之后立刻瞪圆了眼睛，迟疑地指着会议室方向："那合约部……"

"我昨天把砾双二期的合约调过来的，"他轻描淡写地说，"事后警方回来要再给吧，但他们应该还是主要调查一期项目。"

"你觉得这些合同有什么疑问吗？"

"你和吴嘉玲私交怎么样？"

"不熟。"

他冷着脸，目光在她眼里放肆地搜刮撒谎的证据："那你为什么签这些合同，你看不出价格过高吗？"

"你再看看是不是我的签名。"

他低头认真看了看文件，再抬眼时语气缓和了不少："谁冒充你签的名？"

"前任合约部经理丁羽良。"

"她和你有私人矛盾吗？"

"陈骁对我施压无效，所以授意她冒签。"

他似笑非笑："看来你现在能耐和脾气见长，直属上司对你施压竟然无效，而他竟然选择授意别人冒签也不开掉你。"

"因为IPO前夕不宜管理层变动。"

"好，听起来合理。"许承楷看似不在意，不愿再提，把合同随手扔回桌上，"现在有件更重要的事。我有确切的消息，会很快公布一批经济新区，在地产业税收方面有特别友好的优惠政策。"

这意味着——"一经公布肯定地价飞涨。"

"所以在公布之前，你若能拿到任何一份新区规划，都可以产生上百亿利润。"

唐韵靠在桌边低头思考："那也可能要上百亿投入。"

"这你不用担心。"

她侧目睨他一眼："这你又有钱了？"

许承楷并没有走心，只是条件反射地揽过她的肩想安抚，但被立刻甩开后还是一愣，好像有点受伤地叹口气，转而认真："不过你最好快一点。沈昱和我是同一个消息来源。"

"那他肯定已经有动作了。我马上让梁欢去了解情况。"

他痞痞地笑着："看起来，和沈昱的矛盾好像是要愈演愈烈了。你是他一手带出来的，能青出于蓝而胜于蓝吗？"

她翻了个白眼，扭头朝门口走去："你就喜欢坐山观虎斗吧。"

"我无条件支持你。"他在她推门前说。

"少来。"

[3]

说唐韵是沈昱一手带出来的，不如说她是沈昱一手虐出来的。给这种高压型上司打工本就不是易事，整个KNE自然形成了竞赛性加班的风气，下班时准点离开的人才是异类，人在其中身不由己。更何况唐韵相当于领一份工资做了两份工作，一份是KNE本职，一份是筑高资本兼职。

她几乎很少在午夜前离开公司，在办公室常见凌晨两点、三点、四点、五点的上海。咖啡早就无效了，在KNE的最后一年，她完全靠阿司匹林和减肥药交替维持工作，吃减肥药不是为了减肥，其副作用是心跳加速、精力集中。

坐班工作并不算挑战。在KNE，所有人不分男女都得无条件接受频繁的出差，平均每月两次出差算养尊处优，应酬陪酒也是家常便饭，谁让主投项目是地产行业呢。

而这一切生理负担都比不过心理压力。为沈昱工作，你永远也别想得到尊重，他的工作方式就是尽一切努力摧毁你的自尊，让你在斯德哥尔摩综合征驱使下尽力讨好他。唐韵任项目管理部副总监后体力严重透支，一场肺炎病了近三个月，高烧转低烧，连续十几天不退，其间没有一天停止工作。

请病假沈昱是置之不理的，休年假也不行，第一次提出辞职猝不及防被他迎面甩了一摞文件，抽得脸像烧着一样火辣辣。

因此，第二次提出辞职时，她吸取教训站得很远。

沈昱打不到她，反问："你身体不健康难道是我的错？"

现在关键不是追究生病是谁的责任，她不禁扪心自问，是什么一直支撑自己留在这里受虐。仅仅是初入职场的年轻女孩的强权崇拜吗？好像根本不够维持一梦三年。

沈昱不屑一顾："你这副娇滴滴的样子是装给谁看？吃不了苦早点傍个大款嫁人，也省得我浪费心血栽培你。"

"我没有装，也不想嫁人，只想休息几天。"她已经咳得气若游丝。

"你就是吃不了苦，找什么借口？明明还胖乎乎的！瘦成竹竿再来辞职。"

逼人超负荷工作也就算了，还侮辱人胖，哪里胖哪里胖！

唐韵一时没忍住委屈："我不管，我今天要回家睡觉。"说着边擦眼泪边摔门离开。

沈昱直男一枚，当然理解不了她突然哭起来的原因，依惯例气急败坏地拨通手机："许承楷！你管管唐韵！"

[4]

许承楷也管不了唐韵，一两次还能奏效，时间长了，唐韵早习惯了他们一个唱白脸一个唱红脸的套路。然而他就算不出面安抚，结局都是自己迷迷糊糊回公司继续加班。

她才不接许承楷的电话，备注名"10086"的未接来电十七个，她依然在办公室哭哭啼啼收拾东西。虽然发烧了头昏昏沉沉，她也不敢完全撂挑子不干，看情形沈昱又直接无视自己递交了辞呈并把自己训了一通。

她觉得自己大概在辞职方面也有拖延症，不知道为什么她有点害怕辞职后和许承楷再没理由联系，甚至连从来没对她态度好过的沈昱也让人难以割舍。虽然每次很硬气地把辞职挂在嘴边，但完全从一个新的地方毫无根基地重新开始她无法想象，告别对她来说比加班更难。

所以虽然她发着烧，在下属好奇的眼神中抹着眼泪，还是抱着笔记本电脑和一堆纸质资料回了家。如果睡几小时后状态有所好转，说不定还能把剩下的工作处理完。

许承楷被鑫瑞的事拖住，打唐韵电话不被接听，沈昱倒是又追加了两个控诉来电，说唐韵居然无法无天在下午四点翘班了，他也没辙。

等抽出空去唐韵家看看情况已是深夜，他从门垫下取出钥匙开了门。唐韵一如既往不懂照顾自己，睡在沙发上。

他眼皮跳了跳，叹口气，走过去在沙发边缘坐下，探了探她额头的温度。之前两周知道她已经想方设法去医院输液，也没寻得速战速决的解药，好像抗生素也不能继续用了。他把她打横抱起来："去床上睡。"

她没回答他，只无意识地念了一声地块编号。

他一笑置之，把她放妥在床上。转身打开她的笔记本电脑。她属于特别好猜的人，用自己生日做开机密码，他第一次破解就不费吹灰之力。

已经不知多少次替她批复过工作周报，她居然从未察觉，醒来后以为是她自己做的。一方面她酒量差，容易断片，醒来后记忆全无；另一方面她想都没想过设了开机密码的电脑还能被别人使用，防御度负值。

她其实还没适应领导岗位，做普通员工时还好，专注于自己手头的工作就行。但项目管理部经理不同于 team leader，需要同时监管所有项目，如果一天来不及核查反馈一组任务，第二天不仅对整组没个交代，而且浪费公司用工成本，这种负罪感增加了她的心理压力。为了及时搞定工作，她甚至不惜为掉链子的下属代劳，又增加了成倍工作量。

这天有点特殊，她不是因醉酒而是因生病失去意识，睡到凌晨就心神不安地苏醒，看清视野中的背影后紧张得从被子里蹿起来："承楷，你在干吗？"

"替你工作，"他毫无被逮个正着的紧张感，平静地转过身，附加一句点评，"梁欢虽然让人讨厌，但做事还不错。"

"……嗯？为什么讨厌她？"她果然立刻被带偏，忘了去追究对方是怎么打开电脑的。

[5]

唐韵把打听新区规划的事交代给梁欢，她交际能力比自己强，政府关系不错，有点人脉。

梁欢刚出门，秘书就通报罗副总要汇报工作。

唐韵俯身对桌上电话说道："让他进来。"

罗耀大步流星走进来，仿佛不愿过多停留，直接把手里的文件夹展开放在她面前："您看一下湖南这个公路项目的进展情况，没问题的话签字。"

"PPP 项目？"唐韵迅速扫视文件。

"对。这周我们就能完成标书，和政府方面已经都沟通好了。"

如果放在平时，这当然是求之不得的好项目。可是许承楷刚提出新区计划，可能涉及上百亿的资金投入，这对骁盛而言也是相当大的资金负担。

唐韵有点犹豫："这个……能不能缓一缓？"

罗耀以为自己听错了："PPP 项目欸。你知道我花了多少心思才谈下来的吗？现在 PPP 几乎被大国企垄断了，我反应快、出手准，好容易才抢这么一块，你现在去哪里找这种稳赚不赔的生意？"

"我知道。虽然稳赚不赔，但需要垫资，资金回笼慢。"她反应平淡，"我怕周转不过来失去更好项目的投资机会。"

罗耀一挑眉："你现在还有什么好项目需要投入？"

新区规划一事八字还没一撇，唐韵不想过早宣扬。

"现在没有。"她自己也觉得毫无说服力，"这样吧，你给我两天时间，我和许副总商量一下。"

"我才是分管战略投资的吧？你现在要跟他商量，没问题，但你不能这么大的事完全跳过我。"

"我没有要跳过你，只是先跟他沟通，然后再上会讨论。"

罗耀表现出明显的不满："以前项目选择这方面，陈总是跟我商量，可不会什么都听郭副总的。"

"眼下这种局面，就算陈总在这里也不可能忽略许承楷。"

罗耀认真看着她，欲言又止，最后还是说了："我只是提醒。当初董事会敲定许承楷出任 CFO 我觉得就不是明智之举，相当于让人扼住了喉咙。你也好，陈萱也好，都有点过度信任许承楷了，其实他和沈昱有什么区别呢？他并不比沈昱更值得信任吧？"

"我知道，"唐韵点点头，语气连个转折也没有，"都是一丘之貉。"

罗耀一愣，突然无言以对。

[6]

"你好点了吗？"许承楷伸手过去试她的额头，她慌张地往后一躲，让他的手停在了半空。

他对此不以为意，平静得近乎麻木，笑了笑，执拗地把手继续探过去，判断道："比刚才好一点。"接着语出惊人，"要不你去我那儿住吧。"

"啊？啊……"唐韵一脸"你知道你在说什么吗"的神情，忍不住咳嗽起来。

他完全没发现哪里不妥，起身在小小的屋子里四下转悠，看看这里，又看看那里："你这儿条件太差，本来药停了又发烧泡个澡能舒服点，可这儿连个浴缸也没有。外面还是建筑工地，你也不嫌吵。"

唐韵发现了，和他在一起时总会出现这种说不清道不明的氛围，明明很暧昧的事情，在他说起来就变得理所应当。他好像缺乏男女有别的概念，反而衬得自己邪念多多。

他坐回床边："你一个人生着病，我放心不下总要过来，花在路上的时间也不少。"

"你不用过来的，我一个人也……"

他打断她："在你眼里我就这么禽兽，连病人都下得去手？"

她被噎住了，一根神经跳断在太阳穴附近。他根本不是情商低嘛。正在犹豫该怎么回答，他又投下第二颗石子。

"还是说，你对你自己的定力没信心？"他顽皮地嘴角上扬。

她忍不住跟着笑起来，觉得自己的害羞和局促是多此一举了，他不过坦坦荡荡地说了一个提议而已。

"是啊，我没定力。"她弯着眼睛服软，"再说我住哪儿其实都一样，过几小时回去上班，大部分时间还是待在公司。"

"你怕沈昱知道对吧？"他一针见血，猜得太准，让她的脸色瞬间阴沉下去。

看她这种反应，他有点不耐烦了，站起来靠在书桌前，冷淡地回身看她："你想多了。你记不记得和曹宇在温州谈事那次？"

他知道提合作方的名字最容易让她想起来。

"我送你回酒店。你知道沈昱跟我说了什么吗？"他懒洋洋的，随口扔一个炸弹，"他说你比小姐强。"

唐韵仰着脸被定格，双眼都失去焦距，花了好半天才明白沈昱这话什么意思。

"他还，"他不禁冷笑一声，"建议我试一下。"

她下意识地咬了咬嘴唇，却没能发出声音。

很明显她被刺伤了。

他也不知道自己在较什么劲。唐韵让人觉得很舒服，很温暖，特别好相处。可她越这么和风细雨，他越是想把真相撕开给她看，让她早点从泥沼中脱身。

"否则你觉得为什么每次你跟他闹脾气他就找我来哄你？想当然觉得我试过了吧。"

她低下头抱着膝盖，整个人缩进灯光覆盖不到的床角阴影里。

他看不见她的表情，只听见她深呼吸后犹犹豫豫地开口："那你为什么……不解释？"尾音有点底气不足，大概是她自己想想都觉得他并没有义务帮自己解释。

"不重要。他根本不会介意。露水姻缘，他见得多了。"他掏出烟，突然想起她还在咳嗽，又放回口袋，继续说，"博尔赫斯有个短篇，写两兄弟分享一个女人，把她当作一个物品，起初相安无事，后来都爱上了她，关系开始失控，试过卖掉她，却都经不起诱惑去找她，最后为了让一切恢复正常，不得不杀掉了她。你该庆幸的，沈昱要是爱你又控制不了你，十有八九会杀了你。"

她听着这些心里全乱了，感到连血液都冷却凝固，周身凉飕飕的。

她没有回答，让他误以为她没有领悟。

"没听懂？哪怕最无情的爱都附带占有欲，没有占有欲的不是爱，是游戏。这游戏甚至不是在跟你玩，而是在跟我玩，你只是标的。"

她不甘心，还想揪出他话里的漏洞："可是我一开始就喜欢他，他不是早就赢了吗？"

"唐韵你照照镜子，你要投怀送抱，哪个正常男人舍得拒绝？赛点就在这里，能抵制诱惑的人才算赢。"

她再抬头时眼圈明显红了，泪水在眼眶里积蓄。她就这样赌气似的瞪着他，捂起耳朵逃避现实。

"你说的这些，我一个字也不信。你又不是他，你怎么知道他的想法？"

他把她的双手从耳朵边拿开。

"你别被假象骗了。我和他是同类，都没有心，唯一的不同就是我比他闲。只有一丘之貉才能做朋友。"

为什么这么温柔的人可以变得这么残忍?

她觉得天旋地转,不想再听他多说一个字,哪怕他认真又诚恳,每句话都是为了让自己清醒。

也不问她是不是想清醒。

[7]

这天晚上,赵晋航难得按时回家,却不知道自己自进小区来一路都已经被人盯着,进家门后没多久门铃就响了。女朋友在厨房做饭,他以为是送菜上门的快递,问都没问就开了门。

却是个一脸威严的西装男士站在门口:"你是赵晋航?"

"是我。"他隐约觉得有点不对劲。

在那位男士转身让开后的视野中,他看见走廊转弯处靠墙站着个男人,只有三分之一的侧脸被廊灯照亮,面目很模糊,却有种贵青气质。

"请问,李禾多在吗?"他的声音不紧不慢,提及的名字却让赵晋航一阵紧张。

赵晋航下意识看了眼厨房里忙碌的身影,往门外迈了一步,把门虚掩上,才回答:"她不住在这里,我们分手很久了。"

许承楷微怔须臾,笑意才变得明显:"那你知不知道她现在住在哪里?"

赵晋航实话实说:"可能在她父母家。我和她没有联系。"

半年前李禾多还为了他背叛唐韵,这时候居然已经"分手很久"了。他都不知道该为唐韵惋惜还是李禾多惋惜。

赵晋航高度紧张的原因之一是许承楷一行人看着来者不善,他不知道李禾多这是招惹什么人物了。另一原因,家中那位年轻的新女友可不知道李禾多这位前任的存在,还以为他是老实工作、忽略情感的黄金单身汉。

[8]

只要不受误导,许承楷想要找到李禾多其实易事一桩,通电话时他报了唐韵的名字,似乎更容易让她答应见面。

李禾多在餐厅和他对坐，已经喝了第四杯红酒。

许承楷思忖着唐韵的朋友倒是酒量比她强多了，不过这种喝法，大概心里不太痛快。

"没错，是我把夏秋的信和公司账务的硬盘给陈骁的。"

李禾多说完这句话，许承楷就已经觉得此行目的已达成。他不过就是想证实唐韵叙述"案情"时闪躲的眼神不是因欺骗自己而起。

"这样好像对朋友不太厚道吧。"他慢吞吞说道。

"当时实在也没别的办法。陈骁早就算好了，让吴嘉玲给赵晋航下了套。公司陷入困境。我已经怀孕了，怎么能不帮着自己男朋友，所以只好按陈骁说的做。"

他把视线略微放低，看她不像孕妇的样子："现在生完孩子怎么反而分手了呢？"

"孩子打掉了。可能是冥冥之中的报应吧，唐氏筛查没过，不得不打掉。又被准婆婆嫌弃是高龄产妇才造成这种局面。从我背叛所有朋友那一刻开始，这些结局大概都已经写好了。"

感情丰富的人一旦经历极端悲苦，总容易从自己身上找原因。

他不由得宽慰道："你不用太宿命论，本来没有因果关系的事情，只能说运气不太好。"

"运气最不好之处就是有了赵晋航这个男朋友吧。我为他考虑这么多，耽误这么多年青春，他居然能理直气壮地和我分手。"

"塞翁失马，焉知非福。"许承楷稍做停顿，"哦对了，我把夏秋找回来了。你有空可以去看看她。"

"这半年来我连唐韵都没联系，哪还有脸去见夏秋。"

"我不太了解夏秋，只见过几面，不过凭这几面的判断，她和唐韵不一样，不会记仇。"他想了想，确认了这种猜测，"另外也要恭喜你，像你这么年轻，没有根基，能当上副行长的女性真不多。"

李禾多苦笑自嘲："没有家庭牵挂吧。"

"我不介意帮你把晋升行长的时间缩短一半。"他轻描淡写地说。

李禾多有点震惊，抬起头："你……什么目的？"

"没什么目的，就当交个朋友吧。"许承楷认真迅速地在脑海里计算把存款移到新世去要多出哪些手续，却忘了计算自己为什么要这么做。

[9]

唐韵一整天没接官恪电话，公司的事忙得焦头烂额，暂告一段落时已经晚上九点。她从抽屉里拿出手机给官恪发了条短信：我今天去夏秋家，你不用等我了。

夏秋见到唐韵也不意外，感觉她总会抽空来的，并不知道她是和男朋友闹了别扭。她把唐韵迎进门来："我一个人有点冷清，要是赫连在就好了。"

"你和她联系过吗？"唐韵俯身换室内鞋。

"联系了，她说和陈正卿分开太久了，要在国外待一阵再回来。"她转身问唐韵，"吃饭了吗？"

"还没有。"

"猜你就没有。菜做得这么好，喂不饱自己。"她一边数落一边转到厨房里去帮她做吃的，"下点面？"

"你做的，什么都好。"唐韵坐在饭桌前，双手捧脸等饭吃，东张西望间无意中看见对面亮起的灯光，"尹铭翔知不知道你回来了？"

夏秋点点头："见过了。有太多事情解释不了，因为我自己也不清楚。我觉得挺对不起他的，借他的车离开给他添了不少麻烦。不过他说回来就好。"

"他虽然不成熟，但对你的心意是认真的。是不是有点后悔当初嫁给陈骁了？"

夏秋笑着摇摇头："就算后悔嫁给陈骁，我也不会回头去选择尹铭翔。我现在啊，宁愿一个人过，老了和你结伴去养老院。"

"可我现在是两个人。"唐韵弯着眼睛傻笑。

"叛徒。"

"谁先结婚谁是叛徒。"

夏秋欺过去，充满八卦好奇心："是个什么样的人？"

唐韵掏出手机，开心地从相册里翻出和官恪的合照："帅不帅？"

夏秋接过手机翻转过来仔细看："帅，可怎么感觉有点眼熟？我认识吗？"

"是负责调查你失踪案的警官。"

"那我……不成红娘了？"

"是啊，哦对，他妈妈买过你的瓷板画，你应该认识，沈奕。"

"沈……"那何止认识，沈奕是夏秋最早的几位重要客户之一，从她二十岁左右就开始购买她的作品，私交都很不错，当初陈骁创业时夏秋甚至向她们几位借过钱。

这些年来，她一直与沈奕姐妹相称。沈奕离婚已久，和孩子联系不多。即便如此，夏秋也见过一次宫恪，沈奕很为她这个儿子感到自豪，问题就在于，宫恪被妈妈引着叫她"秋姨"。他怎么能成了唐韵男朋友？

而且……

"我记得赫连提过，你跟沈昱有过非常不愉快的一段吧？"夏秋忧心忡忡地蹙眉看向她，真为她捏把汗。

"是啊。"唐韵一经提醒，又想起白天那些烦心事，"所以这不是又吵架冷战了嘛。"

"你啊，怎么老是挑战极限？关系很难处理吧？"

"嗯。"

"他对你好不好？"

唐韵还没来得及回答，门铃响了。

夏秋紧张地站起来，有点不知所措。这个时间了还能有谁上门，唐韵已经在面前了。

"保镖在吗？"唐韵也神色凝重地问。

"本来应该在外面。"

唐韵一边起身一边嘱咐道："你在这儿别动，我去开门。"

门被打开，站在门廊上的人却是宫恪。

唐韵松口气的同时冒一身虚汗，语气自然而然有点埋怨："你来干吗？"

"为什么不接电话？"宫恪往室内瞥一眼，和夏秋对上视线，微微愣怔，有礼貌地一点头，"打扰了。"

夏秋很庆幸他不记得在母亲宅邸见过自己，否则张口叫出"姨"来真让人难堪。

[10]

"我给唐韵煮了面,你要不要也一起吃点?"夏秋话音未落,宫恪就迫不及待地说了"要"。

她笑起来,转身去橱柜里再拿一个碗。

唐韵瞪一眼与自己并肩而坐的宫恪,悄声说:"厚脸皮。"

宫恪看夏秋背对这边忙着,一时没有回头的迹象,把唐韵的脸捞过来亲了一下,也小声说:"就厚脸皮。"

唐韵被他弄得没脾气。

因听力优秀而"见证"全过程的夏秋感觉他俩还挺登对的。

而夏秋一端着面转过来,宫恪也秒懂唐韵在她心目中是什么级别的朋友。这哪儿是"煮了面",她差不多相当于煮了一锅佛跳墙,辅以面条做点缀。

夏秋把碗分别放在两人面前:"说吧,闹什么矛盾?"

她猜也能猜到眼下的局面,肯定是闹别扭后唐韵躲来这里,宫恪再追上门。

"你让她自己说。"宫恪把皮球踢给唐韵。

唐韵理直气壮:"他瞎吃醋。"

"你问她我为什么吃醋。"

夏秋安静地把视线移向唐韵。

"因为他今天来公司办事,正碰上我们在打牌。"

"'我们',是谁?"夏秋接着问。

唐韵有点心虚:"沈昱和许承楷在打牌,我被逼着发牌。"

夏秋一听就明白了,沈昱、许承楷,个个都是惊雷,他怎么可能不介意呢。她转头问宫恪:"你叫什么名字?"

"宫恪。"

夏秋对唐韵劝道:"吃完了早点跟宫恪回家。"

"不回。"唐韵还在闹情绪。

夏秋淡然道:"那你们一起住我这儿吧。"

"那怎么行!"唐韵抗议。

"怎么不行?多一间客房我家有的,想住多久都可以。周末你们要是都有空，我找个牧师过来干脆就地结婚。"

唐韵听她打趣一点不当真："他党员，无神论。"

"我认识唐韵以后就变有神论了。"宫恪乐呵呵地对夏秋说。

夏秋跟着这两人笑，笑着笑着忽然有点难过，想起点别的事。年轻时被尹铭翔闹得心力交瘁的那一年，为了逃避现实，赖在景德镇的工作室连续工作了十几天，连电话都不想接。

一天中午和同伴在一家很小的家常菜馆吃饭，那家菜馆如果不是当地人领路根本找不到，三十来平米，几张方桌间几乎转不开，味道却非常惊艳。

吃了一半，小店的墙上突然开出一扇门，她正感慨这么小的菜馆竟然还有个包间，下一秒就因为看见了陈骁而愣住。

他的身高在狭小的店堂里显得十分突兀不协调。他掩上门，转过身，看见了她，脸上倒没有出现意外之色。他冲她笑一笑，走到她身边，从隔壁桌顺手拖来一把椅子坐下，和她的朋友一一打过招呼，在这一伙年轻女孩闪亮的目光中，把夏秋带出店外。

"怎么会在这里遇见你？"

"我是来找你。在这儿已经待了几天了。来之前想象中应该是个小镇，敲开一户人家问'夏秋住哪儿'就能找到你。来了才知道这么繁华，根本不可能用那种方式找到你，我真无知。"说到这里陈骁不好意思地笑起来，"所以我先住了下来，好在这地方不大，遇见也不难。"

"你可以打电话给我啊。"夏秋说。

"那不就没有惊喜了吗？"陈骁看着她的眼睛，平平淡淡说这句话。

那也许就是爱情最好的时候吧，此后你觉得一切风雨都值得。

你总以为所有事情都在以自然的方式发生，其实根本就是另一个人在处心积虑。他是负责案件的警官，稍微用心一点也该早已发现是自己见过的某个人。他参与了全部案情，知道这是你多么珍惜的朋友。他找上门之前反复斟酌称呼，觉得这样不行那样也不妥，最后决定用微微颔首去维持和你同辈的错觉。他用最小的动静向门外的保镖说明身份，只为你开门看见他时那一瞬间的惊愕，以及向你展示他得逞的笑。

——那不就没有惊喜了吗？

为了你瞳孔里转瞬即逝的闪光，爱你的人永远会绕最大的弯，不惜代价地付出。

简直太傻了。

[11]

与恒宜的交接也开始进入二期项目审核阶段。恒宜对和盛公司兴趣一般，重点是后续的工程。对方派来做尽调的专家组，唐韵和许承楷都是亲自陪同，最敏感的问题还是在砾双。

审核的总工每次眉头一皱，唐韵就过度紧张。

"二期项目的砾双材料定价浮动有点大吧？"

唐韵印象中二期的定价和一期差异不大，看了眼顾峥。顾峥给她使了个为难的眼色。

她只好自己取过材料翻看："材料自然会受市场行情波动，一期定价时我还没过来，有可能当时正好是价格低谷期，但我们二期的定价都是……"

"一期在价格低谷期，为什么二期的定价更低？低这么多？"

唐韵一时哑然，再仔细翻阅附录中的定价，惊讶地抬头看向许承楷，却见他在抿着嘴角憋笑。应该是他事先做了变更，刚才却任由自己一本正经地胡说八道。

唐韵定了定神，继续办公："一期工程为了打品牌，使用了较多有年代感的材料，二三期都以实用性为主。"

会议结束后，她第一件事就是跟进许承楷办公室："你让我冒这一身冷汗有意思吗？"

"有意思。"他笑着取出新旧合同的副本递给她，"好在二期还没有支付过款项，还来得及。我找律师重新起草了合同，跟砾双方面做了沟通，材料定价全部以现在的为准。"

"可是我看新合同日期也不是最近。"

"为了避免麻烦，往前做了一点。"

"所以你是不打算把上一份合同拿出来了？"

"不到万不得已就不要拿出来了，免得两份一对比看出端倪。再说那也不是你签名。"

唐韵摇摇头："于事无补，上次的合同留在砾双那边的已经被警方抄走了。"

"这就是你的疏漏了，明知会留下隐患的东西不及早处理。签字人不是你就可以放任不理，让警方抄走吗？"

"砾双被抄是突然事件，我也没有未卜先知的能力。"

"突然事件也可以防患于未然。我要是你，被冒签合同后当天就会设法把合同拿回来。"潜台词不言而喻，但他并不想太直接地当面责怪她。

唐韵心平气和地说："我没有这种机会，当时在骁盛一直处于被陈骁打压的状态。"

"你和陈骁为什么对立？"

"这你要去问他。"

"我倒是对陈骁印象挺好的。"

"为什么？"

"你没跟他握过手吗？"他狡黠地笑起来。

她预感到他又要开始胡说八道："……握过。"

"软软的，多招人喜欢。"

"……"就知道他正经不了三分钟。

他绕完这个轻松一刻的弯道，把话题扯回来："既然你们相处不好，你干吗要进骁盛？"

"当时没有更好的去处。"

"你任何时候都可以来鑫瑞的。"他说得云淡风轻。

她离开他的时候就下了决心断臂求生，这辈子哪怕身陷囹圄，哪怕沿街乞讨，都不会再主动去他身边。但这些话说出来只会让他难受，他又没有做错过什么，相反是自己做了每一个狠心的决定。

"……我不想给你添麻烦。"

"现在更麻烦了吧？"他半开玩笑，可唐韵没有笑。

她的沉默让气氛趋于沉重，他不得不把话题转回工作："先把恒宜这关过了再说。不过，合同在警方手里后患无穷。"

[12]

砾双的工程合同多到堆满了整个资料室,不仅有和骁盛有关的,还有更多与其他企业的。宫恪队里也缺人手,处理速度没那么快。他们还在翻查吴嘉玲的银行流水,由她个人引发的案件,她个人的账目就够乱的了,从某种程度上来说足以证明这个女人脑子有多混乱。

宫恪猜想在这团乱毛线上不会有所收获,涉及工程中的金钱交易,其实大部分都是现金物品和消费的形式,一般很难留下痕迹。前几年流行送购物卡券、夜总会请客消费,三令五申禁止又严查过一阵,现象被遏制不少,但并不是没有,有的只是变得更隐蔽了而已。

不过倒是有个细节引起了同事的注意,他把宫恪叫来给他看:"吴嘉玲经常往这个账户打钱,户主我查了一下,"他把页面切到一个老阿姨的身份信息页,"是个农村妇女。有点奇怪,查不出她和吴嘉玲有什么交集。"

"转账金额多少?"

"每次 10 到 20 万不等,总共加起来……"他看了看自己记在一边的笔记,"85 万。"

"这么多……这老阿姨干什么的?"

"三年内没有劳务登记和出行记录,应该就在家务农吧。"

"哪儿的人?"

"阜宁。"

"吴嘉玲去过阜宁吗?"

"这就不清楚了。查是没查到。要不……我和小张下乡走一趟?"

宫恪只是跟着附和:"是该去一趟。"

从前这类出差他总是亲力亲为,但现在有了唐韵。两个人本来就工作忙每天早出晚归,好几天都没能静下来说话。下午唐韵发了短信说晚上会按时回家,把工作带回去做,他没法扔下她跑去外地。

说感情不影响工作是场面话,好不容易和喜欢的人在一起,总不可能看两眼就放下,到最后也不过是谁为谁牺牲多一点。

公司应酬,唐韵是不去的,这点她很坚决。好在公司高管不止她一个人,以前有陈骁、罗耀,现在有许承楷、罗耀,到了该交际该打点关系的时候,不会勉强她硬上。如果晚上没有公司级别的会议，她一般都会把没做完的工作带回家，只要和宫恪待在一起，哪怕加班也好过见不上面。

只是这天加班的气氛有点紧张。起初照例是她忙她的公司事务，他审他该审的材料。其间宫恪发现点不对劲，给下属打了个电话。

唐韵本来没想偷听，只是漏进耳朵的一两句正是让她忐忑的部分。

"……你今天给我的合同不太对劲吧？"隔了几秒等对方答复了他才继续说，"对，可能复印机出了故障，明天得重新印，后面一点也看不清。"

挂断电话一抬头，见唐韵警惕地盯着自己："怎么了？"

唐韵回过神，咽了咽喉咙："没事。"天天无时无刻不在为那份合同提心吊胆，神经都要绷断了。

"那干吗露出这种犯罪分子同款眼神？"

唐韵一笑："说我像犯罪分子，要造反了你。"

"该不会又在公司和许承楷一起上情趣满分的班了吧。"

她哽了一下，顿时垮下脸："别开这种玩笑，不是能用来开玩笑的事。"

宫恪冷不防被她吓一跳，没想到她这么认真，赶紧顺势噤声，不过心里却油然而生一种不妙的感觉。

客厅里气氛变得有点尴尬，幸好又一个电话进来救了场。

下乡的两位同事找到了那位农村妇女，对方称并不认识吴嘉玲，也从来没支取过那个账户上的钱。

"也许是这位阿姨的身份证被什么人盗用了开的账户。"

"她家里其他人问过吗？"宫恪说。

"家里其他人都出去打工了，就她和一个儿媳在家，儿媳也不知情。"

"得查一查她的亲属朋友、街坊邻里，她这种身份的人社会活动范围不会很广，能用她的身份证开户不被察觉又还回去的人不会很多。"

这次挂掉电话，唐韵没再看他，而是起身了。

宫恪一愣，拽住她的手："去哪儿？"

"给你热点吃的。饿不饿？"

"那我要咖啡就够了。"

"这么晚喝咖啡，不睡觉了？"

"我带回来的资料都没印好，做不了了。但你看起来要忙到很晚，"他看了眼她面前堆成山的纸质文件，相信她笔记本电脑中的内容更多，"我陪你。"

[13]

许承楷临下班时给司法系统的朋友打了个电话询问砾双案的进展，听说砾双案件虽然涉案金额大，但查了半年，重点还在吴嘉玲个人。

他暂时松了口气，路过唐韵办公室本想告诉她，谁知人已经走了，门外陈小希还在拖拖拉拉地收拾东西。

他记得这年轻助理很机灵，就多问一句："唐总平时一般几点下班？"

小姑娘翻着笔记本告诉他："一般八点多。过了晚高峰就会回去，她说走得早也是堵在高架上。"

他点点头，什么也没说就离开了。

家里有人等着，肯定就不像单身时那样从早到晚泡在公司。唐韵和现在这个男友交往也有三年了。虽然他在应酬场合见过那个人，玩得太疯，他印象不好，但他也只是给唐韵敲过一次警钟，不方便说得更详细。说了又能怎样，她不是能被劝住的，当年为了让她远离沈昱，自己可没少费口舌，也没见起什么正面效果。

没想到这样不合适的两个人居然也能走得长久，唐韵大概更像普通人多一点吧，也许随着年龄增长变成熟了一点，就学会了像普通人那样睁只眼闭只眼，只关心眼前的陪伴，毕竟她忍受不了孤独。

他转身往电梯口去，途中经过几个中层办公室，成家的办公室大都熄了灯。顾峥和他迎面在走廊上擦肩而过，照面时打了个招呼："许总你有空吗？"

许承楷知道他也想逮着机会让自己投项目，对那些小打小闹没多大兴趣，摆摆手："晚上约了饭局。"

"那，改天。"

许承楷边走边拨出一个号码："你今天有饭局吗？我去你家。"

[14]

许承楷在沈昱家跟他打牌的时候，通常都是沈昱的女朋友在发牌，不过这"女朋友"可不总是同一个人。

沈昱属于那种走进餐馆发现一道招牌菜后就每次都会点同一道的人，真让人佩服他能找出这么多乍一眼看起来像唐韵的年轻女孩。许承楷对此虽然早有预感，但还是每见个新的都哭笑不得，有时连他都一不留神会陷入困惑——这个是不是上次那个？

而这些小姑娘偏偏又异常百变，有时同一个人在不同场合换了衣服他又认不出。不过总体趋势是，一个比一个让沈昱吃不消。

她们甚至比沈昱还拿得起放得下，根本不把感情当回事，而且现实得多，成天把要求挂在嘴边，不仅敢梗着脖子跟他吵架，跟他动手也不是没发生过。沈昱其实雷声大雨点小，真要让他和女生对他又拉不下面子。

围观过不少次鸡飞狗跳沈昱吃瘪，许承楷简直想每天回沈昱家住，一边抽烟一边看戏，心里幸灾乐祸：谁让你招惹95后？

大概就是这种原因，虽然长得相似，却从来没有一个他的女友会让许承楷恍然想起唐韵。

不过其中有个例外，吴嘉玲可长得一点都不像唐韵。这让许承楷有点好奇。

"今天聊起砾双的案子，听说她是你的飞机送出境的？我还从来没见过你做护花使者。"

"别提了。那个死骗子，让我再碰见她弄不死她。"

许承楷偏头看着他笑："她怎么你了？"

"我以为她也就蹭个飞机，谁知道给我惹出这么多事。"

"你自己中了美人计能怪谁。"

"一大把年纪了美什么！"他好像忘了自己比吴嘉玲年纪大，"也就看她善于应变，平时我不方便出面的事用过她几次，再说她也没少用我。我跟你说说这女人狠到什么地步，她有个男友，为了控制人家，让我先投人家，签了合同拖死人家不付钱，你说损不损？跟她来往多了要下地狱的。"

许承楷绷不住，哈哈大笑起来："不不不，你下地狱绝对不是因为这个。"

沈昱知道他笑的意思，鼓着腮帮子瞪他一眼，想起些能让他也不爽的事来："还有唐韵那个前男友，郑健，你知道吧？"

许承楷听见唐韵名字还没有听见"前男友"三个字来得吃惊，不过他不想在沈昱面前表现得过度上心，打算事后找别的途径再打听，眼下只装作不在意的样子摇摇头："唐韵是谁我都是最近才想起来。"

沈昱差点把白眼翻出来，心里冷笑——你就装。

"反正就是让我打听这么个人、这么个公司的融资，我哪儿知道？又不是我投的。我成什么了？包打听吗？不过我打听完就笑死了，唐韵这人我是没看错，脖子以上都不中用……"沈昱停下来瞄他一眼，"算了你不记得她是谁，不跟你说。"

最后这句纯属给许承楷添堵。

许承楷确实有点好奇，但想打听不愁不了解不了剧情，一笑了之。

只不过，接下去半局打得有点心不在焉，他起身说："我去阳台抽根烟打个电话。"

梁欢是他最先能想起的相关人物。从 KNE 开始她就跟着唐韵，算算也有七八年交情了，又都是女生，也许会知道对方私事多一点。

大半夜的，梁欢正睡得迷迷糊糊，接到许承楷电话有点意外，更意外的还是他问起郑健："……郑健啊……好久没关注了，我得问问。唐总离开后没多久我就……"

许承楷不关心她怎么了，打断道："什么叫'唐总离开后'？"

"……就……他们分手，唐总离开公司……"

"什么时候分的手？什么叫离开公司？她在公司的股份怎么处理？"

梁欢被这连珠炮的追问捶扁在床上半天没醒过神，她缓了缓，正式坐起来，仔细考虑该从何说起。

"郑健借着融资的机会把唐总股份稀释卷跑了公司，同时还劈腿了，所以唐总直接'净身出户'才到了骁盛，而我呢……"

"你的部分以后再说。所以唐韵进骁盛之前就跟郑健分手了是吗？"

"是。"

"那她现在跟谁在一起？"

"不是你吗？"

"……好了你睡觉去吧。"

他在夜色中缓缓吁出一口气。

这么说她是单身状态，但刻意躲避自己。真让人不知是喜是忧。

唐韵离开时把话说得很清楚，让他永远别再找她，自己也永远不会再联系他。虽然决绝，但他从理智的角度考虑也接受，趁着感情没多深，早断早解脱。对他这么个薄情寡义的人而言，遵守这承诺并不是难事。

这五年来他不是没惦念过唐韵，可是他想她这么聪明，远离了沈昱和自己，总不会过得差到哪儿去。她的圈子没那么高端是一方面原因，他故意避开交集是另一方面原因，他对这五年来唐韵的生活一无所知。

明明和郑健已经分手，却一直对自己坚称有男友，五年过去她还在耿耿于怀，又让他更加喜忧参半。

唐韵总是不相信他，有一大半责任在他，说话总半真半假。

——光联科技又到底有什么让你无法割舍？

——光联是你让我投的。

这是他所能想到冥冥中还与她保持联系的唯一方法，没有利润也没有损失的长期持有，不符合他一贯的做法。他以为她有朝一日发现后能会心一笑想起自己。

[15]

许承楷询问唐韵该投光联科技还是环屿传媒的意见时，她还在KNE。他在鑫瑞已经有了一点决策权，但公司上下都盯着盼他出错，他出手还是小心谨慎。

那天下午他去办公室跟沈昱打过招呼，去找唐韵时没见着人，在楼层里闲逛一圈才在茶水间外看见她和梁欢在里面有说有笑。

唐韵正给梁欢安利运动内衣品牌，说到包裹性好，梁欢问什么叫包裹性，她大大咧咧抓过她的手隔着西服感受："你摸一下就知道了。"话音未落，抬头看见许承楷倚在门边笑嘻嘻地盯着自己，有点不好意思，赶紧正了正衣领。

"梁欢你回避一下。"许承楷插着口袋慢悠悠晃进来。

梁欢莫名有种偷情被捉的羞耻感，飞快地搁下咖啡杯蹿了出去，也不想想这是她的公司，为什么反而让她回避。

许承楷给自己倒了杯咖啡，和她并肩倚着料理台，喝了一口，才转过头看向她。他的"我也要摸"和她的"别跟我说你也要摸"同时脱口而出。

唐韵哭笑不得："梁欢是女孩，你也是女孩？"

他舔了舔嘴唇，笑道："我喜欢女孩，梁欢也喜欢。"

她没听懂："什么意思？"

"就字面意思。"

"骗人。"

他用端着咖啡杯的手往门外比画一下："不信你自己找机会问问她。"

唐韵才不理会他信口开河。

"你找我什么事？总不是来聊梁欢的八卦吧？"

他言归正传："光联科技还是环屿传媒，我决定不了。"

"去让你底下的人做尽调做预测，问我，我哪儿知道。"

"该做的都做了，该看的我也都看了，选择障碍。"他拿出 U 盘递给她，"你帮我看看？"

"……又哄我做兼职？"她语气里有点埋怨，却一刻也没迟疑地把 U 盘接了过去。

"我只相信你啊。"

"那你怎么报答我？"

茶水间里安静了一秒。

他的"以身相许"和她的"别跟我说以身相许"也是同时脱口而出。

笑过后，他静心想想还真不好报答，以彼此的交情谈报酬就生分了。像在密谋什么似的，他俯下身贴着她的耳朵说："不如我陪你加班，守着你，晚上送你回家？"

怎么听都是他比较划算，但唐韵很容易满足。

[16]

唐韵是洗漱后已经躺在床上才接到许承楷电话的。这时间的来电总让人心情紧张，以为有什么工作上的坏消息，但现在这通来电似乎漫无目的。

几句无意义的对话后，她忍不住催问："这么晚有什么事吗？"

"我想你了。"

唐韵一时无语。环境噪声显示他在车里，神志不清表明他可能喝多了？

"没什么要紧事我先睡觉了。"

官恪进了房间见她语气凶凶地在打电话，无声地做着口型："谁啊？"

唐韵不想解释那么多，只蹙着眉摇了摇头。

他也没多问，转过身去衣橱里找睡衣。

许承楷接下去的几句话却不像喝多的状态，条理清楚，语气也冷静："你不要再把我推开了。事实证明你就是没有自我保护能力。你说要保持安全距离，可这个距离对你一点都不安全。"

唐韵不想当着官恪的面跟他在电话里纠缠不清，叹了口气："有事也明天再说。"

"你不要这样对我说话，"电话那头语调一变，流露出一种她从未听过的哀求，"我扪心自问，没有对不起你的地方。对你，我倾尽所有了，只不过无法再给你更多。"

仿佛条件反射，她两行眼泪猝不及防地夺眶而出。

自己根本没反应过来为什么哭。

还没等她反应过来，手机里传来剧烈的撞击声，沉钝的巨响穿透了耳膜，随后全世界只剩下白茫茫的一片。

通话突然中止后，一阵仓促的忙音赶来救了场。

等她从惊惧交加中醒悟过来，意识到发生了什么，不由得绷紧了发抖的身体。

"承楷……"唐韵指缝里漏出了哭腔。

官恪先听见她叫出的名字，转身后才看见她泪流满面，一瞬间火冒三丈："怎么？他死了？"

"不知道，"唐韵回过神，没有过多流露感情，一边擦去眼泪一边回拨电话，听见的却是循环不休的等待音，"话说到一半被撞了。"

"……"

宫恪有点喘不过气来了。

这也太倒霉，难得毒舌一次还不幸言中，不禁内疚。

他跨过去在她面前坐下，摸了摸她的脑袋，低声问："知道在什么路上吗？"

她摇摇头。

"知道车牌号吗？"

她报了一串熟悉的字母和数字。

他一手把她揽进怀里，一手拿过自己手机，开始给交警队的哥们儿打电话，询问有没有 110 接警。各方面打过招呼之后，接下去除了等消息没别的对策。

两个人睡意全无，度秒如年。

宫恪看她为别人提心吊胆心里不是滋味，但这件事他确实无法在道德方面挑刺。哪怕是普通朋友出了事故生死未卜，难道她不该担心过问？

唯一让人明确感到特别不爽的是，普通朋友选择车牌号时应该不会考虑用她的名字缩写加生日日期。

[17]

等消息的两小时，唐韵一直魂不守舍，偶尔拨一遍他的号码，变成了关机状态，也许是因为手机在车祸中损坏了，一旦这个念头进入她脑海就无法再消除。

宫恪的朋友回了消息，许承楷的车在某个十字路口遭到酒驾司机闯红灯撞击而侧翻，不过他的车安全性能好，车损毁严重，人基本没事，连救护车也没叫，等交警处理完事故就直接乘后面保镖的车回家了。

唐韵长吁一口气，心中一块石头终于落了地。

宫恪这才想起来问："他这么晚给你打电话说什么？"

"公事。"

他微眯起眼，不太相信："那一定是很重要的公事了？"

唐韵把手机放回床头柜上充电，犹豫了片刻："对不起，不是公事。他在抗议我最近对他态度冷淡。"

"最近在搞团建吗？"他冷哼一声，"同事之间，要有多热情？"

"这不是针对我的，你知道，他在那种呼风唤雨的位置上待久了，受不了任何人对他冷淡。"她平淡地说完，关了床头灯，"睡觉吧。"

[18]

唐韵了解许承楷一贯秉承"多一事不如少一事"的原则，稍有点不适并不会兴师动众去医院，但这并不代表完全没事。所以她还是隐隐有点不安，一整夜睡眠很浅，不知叹了多少口气，醒得也早。

到公司经过他办公室时看见里面没人，她不由得心里一紧，问门外秘书："许总呢？"

"在 A7 会议室开会。"

这么说是真的安然无恙。她绕道刻意路过会议室，往里面瞥一眼，正遇上许承楷抬头也看见了她。

他神情没什么异常，是工作状态下的严肃。隔着玻璃墙，他冲她招招手让她进来。

"在开什么会？"唐韵撑着门问。

房间里的几位都是生面孔。

"和律师一起看合同。你来得正好。上海项目这几期放款有点频繁，和合同不一致，是什么原因？"

唐韵进了会议室，接过他递来的两份材料："这是我来骁盛之前的事，当时的项目经理是黄伟。"

"你刚接手的时候没发现这个问题吗？"

唐韵想了想就有了头绪："第一次去工地上看见他们正在把建好的一部分推倒重做，当时这方面确实重复支出比较多。"

"推倒重做是哪方面的责任？"

"是我们的设计部门考虑不充分。"

"除此之外，你接手前项目上还有哪些反常现象？"

"我入职的时候黄伟已经辞职离开，没跟我做交接，所以我对之前的问题也不太清楚，哪里反常，我不好说。"

许承楷觉出她话里绕圈的意图。她突然打起了太极,特别是跟自己打太极,单这一点就够反常了。

他放慢语速,观察着她的神色:"虽然前期有问题不需要你负责,但你管理上海项目后经手的资金更多,你能保证自己没失误过吗?"

"我不能。"她回答得很快,"这么复杂的项目,我做不了这种保证。"

"所以接手项目时厘清前期问题不是更有必要吗?"

唐韵欲言又止,视线从许承楷转向一旁低头忙碌的律师们,再转回来:"你跟我去一趟项目点。"

"现在吗?"他挑起眉。

"现在。"

唐韵叫许承楷去项目点的目的并不是让他视察工地,而是为了避人耳目。自从手机被陈骁监听过之后她也开始有点草木皆兵。谈这件事,需要去一个四面没有遮挡物的开阔地,比如未开工的荒地。

[19]

官恪到办公室没多久就有收获,排查一个农村妇女的社会关系并不难,这位老人的小儿子供职的建筑公司就在和盛上海项目的承包商列表中。

他和同事没犹豫直接奔赴工地,要把人带回来问话。事先他没有打电话通知唐韵,这次倒不是为了惊喜,只是觉得这种鸡毛蒜皮的小事,她一个集团领导大概知道也不会过问。

没想到却在工地远远望见了她,她站在空旷处,身边的人不用想也知道是许承楷,两人的距离从他的角度看过去接近于贴面,而他们周围三十米的人员却被保镖清了场。

官恪定在原地,死死地盯着那个方向,觉得匪夷所思——在拍电影吗?也不嫌晒得慌。

显而易见,许承楷的抗议见效了,她现在可是对他一点都不冷淡。

走在前面的同事发现他没有跟上,回转几步来问:"怎么了?"

"没事。"官恪赶在他顺着自己的目光去一探究竟之前,先他一步上了车。带嫌疑人回去问话要紧。

这时候唐韵和许承楷之间的对话其实与私情完全无关。

许承楷天天在公司翻查各种合约账目，早晚会发现点什么，瞒着他已经没有意义。早点对他和盘托出陈骁主谋的那些事对双方而言都更便利，她唯一担心的是他怎么看待他哥哥因此成为牺牲品。

"陈骁一直与吴嘉玲勾结，做高砾双材料价格，将和中的资产转移到骁盛。"

"知情人还有哪些？"

"我、黄伟。陈骁最初的合作伙伴应该在和中集团高层，甚至深入董事会，高雷是其中之一。但他大概想摆脱这些人的控制，所以转而把目光投向了许志杰。"

许承楷听到这名字突兀地陷入沉默，许久后才重新开口。

"你是怎么发现的？"

"在工地上待着，对账观察用的材料。你要知道陈骁多谨慎，他才不满足于只做假账，他做的是奥运会开幕式，精致又惊艳，不那么理性的人乍一看成品觉得花多少钱都值得。"

"所以我哥就是因此才被设计了肇事逃逸？"

"嗯。"

"陈骁为什么要冒这种风险？"

"他需要资金去收购生机科技，贷款是明面上的，而且也不够。"

他从脑海里繁杂的信息中理出头绪："也就是说，他想吃掉 KNE，野心够大的。"

"由你来称赞他野心大真有点奇怪。"唐韵见他完全没有任何情感波澜，才知道自己的担心是多余的，紧绷的神经也松下来，"现在你打算怎么处理这个定时炸弹？"

"它可以从重定性，也可以从轻发落。虽然它现在看起来不是犯罪，但经手这个调查的每个人都会希望它是，并且能保证把它迅速打造成错彩镂金的大案要案。好在……"

"好在？"

"大案要案是要追究人的责任，而不是搞垮一个上升期的优质企业。我哥不在，他们就缺失了把案件坐实的寸辖。"

她淡然地剜他一眼："所以你要表达的意思是，不幸中的万幸是你哥死了。为什么我一点都不觉得意外呢？"

他却反而很受用地笑笑："行，我是冷血人渣，你要表达的意思也到位了。"

"我现在应该怎么做？"

"做什么？"

"对外统一口径，不管什么部门找上门问话。"

"不知道的说不知道，知道的如实回答。你离这摊浑水远一点。真要出了事，把责任推给陈骁、推给我，必要时跟他们合作。合同不是你签的，不是你变更的，你保持置身事外，风向不对就甩掉这个公司，像你甩掉我的时候那么干脆。"话到最后，不知道怎么变出了小情侣吵架的调调，他自己都觉得没意思，许是为了掩饰，转身往办公区域走。

"这算什么？"她跟上前去，"我都听不懂你是要保护我还是在攻击我。"

"二者兼有。"

唐韵沉下脸。她一直不提昨晚车祸，就是怕他又续上昨晚未尽的话题。她以为他经历过这种性命攸关的险情，很容易反思人生，把一些冲动言语咽回去。没想到他还带着昨晚的情绪，一分不少。

她冷静了一会儿，深深地换了口气："我们只要面对面，有些事就会自然发生，都是转身后会后悔的事，你一直犹豫不决，那只好我来做决定，我必须快刀斩乱麻，你也理解这必要性。"

"我能理解你不想看见两列火车相撞，但那不代表它们不会相撞。"

"轨道保持平行就不会相撞。"

"我们共同经历过很多，现在又一起工作，已经有两个交点，我也想知道怎么恢复平行。"

"尊重我的选择。你想要照顾我，去照顾好公司，这也是你的生意。"

许承楷没再接嘴。

这边沉重话题刚结束，她正准备去项目点办公室拿点东西，顾峥就朝她迎面走来汇报："刚才警方过来把工地上一个装修队伍的包工头带走了。"

她正色道："什么原因？"

"好像是砾双案，带他回去协助调查。"

"你去查一下他们施工队和砾双有什么工程方面的联系，还有他们施工手续合不合规。"

"已经在查了。"顾峥装作才刚发现许承楷，"哟，许总也在，中午我招待你们吃顿饭吧。"

"不用了，公司还有事。"许承楷心里不快，冷淡地把他打发回去，等他悻悻地离开，才扭头问唐韵，"一个小包工头，能和砾双有什么关系？"

"谁知道？吴嘉玲用人不拘一格、不计出身、不避亲仇。"

她说着拨出了宫恪的电话想打听具体情况，谁知等待音响三声后变成忙音。拒接？

她又拨了一遍，还是被挂断。连问都不能过问，事先又不漏风声，看来这小包工头事关重大。她难免有些忐忑。

[20]

宫恪在气头上，不想接唐韵电话，怕一失控又跟她吵架。眼下的重点任务还是搞清楚吴嘉玲和这个施工队的牵扯瓜葛，他预感有文章可做。

晾了包工头半小时后，他拿着文件走进去在对面坐下："知道我们为什么找上你吗？"

"这我哪知道。"那位一副老油子架势。

宫恪习惯的做法是掌握了八成信息，却只用其中三成慢慢逼问，压得对方喘不过气，去套取剩下两成。所以此时，他低垂着眼，看起来漫不经心："给你个提示，你母亲陆春华的银行卡是你在用吧？"

包工头咽了咽喉咙，有点紧张："啊对，我有时候会用她那张卡。"

宫恪抬起眼皮："吴嘉玲你认识吧？"

"吴嘉玲？没听说过。谁啊？"

装糊涂。

他前倾一点，循循善诱似的："再仔细回忆一下。"

"是真想不起来。我这个人吧，挺受女人欢迎，哪可能每个女人都记得呢。"

官恪把打印的银行流水放在他面前，心平气和地"将军"："给你打过85万的女人你都不记得，说不过去吧。"

对方的脸明显抽跳两下，才恢复镇定："哦，砾双老板，见过面，吃过饭。一起在夜总会消费嘛，你也知道在圈子里，一晚上消费30多万也常有的。我先垫了钱，回头她肯定不能让我一个人出啊。这也犯法吗？"

"那要看她用什么钱付的，现在吴嘉玲涉嫌职务侵占，潜逃出境，你这钱来源可解释不清了。吃进去多少吐出来多少还是小事……"

听到钱要被没收，对方沉不住气了："呵！她吞了公款，怎么能算在我头上！一起花钱事后平摊不是天经地义吗？"

官恪故作体恤："那你说说吧，都是在哪些会所消费的？什么时间消费的？除了你和吴嘉玲还有什么人一起消费？我去核实一下。"

包工头一个字也说不出，眼珠转来转去，终于打定了主意，觍着脸笑道："警官，我刚才没说完，这钱不只是几次消费的钱，还有她给我的封口费。我可没有敲诈勒索哦，我就是看见了点不该看的东西，这钱是她主动给我的。"

从这里才开始有了点意思。官恪不动声色道："看见了什么不该看的东西，这么贵？"

"和中的副总高雷，他经常去吴嘉玲在松江的别墅过夜。我有一次碰巧看见了，吴嘉玲让我不许说出去。"

"什么原因不想让你说出去？"

"高雷是公职嘛，有家有室的，乱搞男女关系影响仕途。"

官恪并没有立刻信他："你有什么证据证明你现在说的？"

"有有有，"他飞快地拿出手机，"我这个相册里有他们幽会的照片。"

官恪随便看了几眼相册里照片，确实如他所说，是一些亲吻拥抱的艳照，视角刁钻，摆明了就是偷拍和敲诈。他和身边负责记录口供的同事交换了一下眼神："打印出来让他看一遍签字盖手印。"

"啊那个，警官……钱我不用上缴了吧？"包工头着急追问。

官恪不再理睬他，拿着手机出了门，交代下属保存材料。

"这是谁？"下属看着照片有点困惑。

"和中的高雷，查他。"

第四章

威 慑

[1]

别墅前树木的枝叶连成黑色帷幕，遮挡了视野。去年冬天这里只剩左半边一小片竹林，竹林形成稀疏的帘，但到了夏天已经不太能看见对面的那栋。唐韵想起在对面度过的秋冬季节，感慨万千，原来邻居的视角是这样，她忍不住想象陈骁有时会站在自己现在的位置，虎视眈眈地盯着有点热闹的对面。

夏秋把桌上喝空的啤酒罐收走，又从冰箱里拿出两罐新的，给各自都打开，递一瓶给她。

"这次的问题比上次严重多了吗？"夏秋说。

"嗯？"唐韵转过头，喝了口酒，才反应过来她在指自己和宫恪。

"那天他很认真地追过来了，但今天你给他打了电话、发了微信都没有回应，跟我拍的合照发朋友圈也是为了向他证明去向。"说中了，唐韵脸红红地笑起来，夏秋轻轻拍了拍她的肩膀继续道，"是吃醋了才不理人的吗？"

"谁知道呢，也可能是为了工作。"唐韵更怕的是砾双案他查到了什么线索，对自己胡乱猜忌。

"我挺意外的，见你和宫恪在一起。"准确地说，夏秋目睹她的每段恋情都挺令人意外，唐韵交往的对象在旁人眼里总不是和她最登对的那个。

本来她和彭锐青梅竹马，高中时又经常出双入对，画面非常养眼，班级里其他同学都默认他们肯定会交往。但后来唐韵的交往对象却是个平平无奇的男生，各方面都不太出众。

而现在她和宫恪外形上的确般配，可年龄差距又让人心生疑虑。

"其实我离家出走前把信留给你，是存了点私心的。以前也经常对陈骁提起你，他肯定会对你有印象。冥冥之中，我有点希望自己离开后你们俩在一起。"

夏秋尾音刚落，唐韵被啤酒呛着，足足咳了半分钟才喘过气，边擦眼泪边重复确认："你希望什么？"

"我觉得你们生意上肯定共同话题很多，能互相照顾，会惺惺相惜。都是我最重要的人，你们在一起幸福就好。那种得了绝症要离开人世的妻子不是都会希望自己的爱人再择良配吗？"

"……你太傻了，夏秋，而且看多了文艺片。"因为太荒唐，唐韵都忍不住笑了起来，"我告诉你他是怎么照顾我的，把我放在职位上背黑锅，逼我签字，勒令我停职，监听我手机，拆散我上段恋情，怂恿老色鬼在饭局上灌我白酒。"

夏秋却笑不出来，不仅过意不去，而且眉间生出一些忧愁："我没想到他会失控到这地步，可能我走了他心里有点混乱。对不起。"

"我对他也没什么兴趣。"

"他不喜欢小孩。"

夏秋这句话让唐韵愣了一下。

她兀自说下去："他这个人挺奇怪的，一点也不想要孩子，只想过二人世界，连自己的骨肉都被他视为'第三者'，认为会影响婚姻质量。后来他勉强妥协接受，是因为我想要他迁就我而已。车祸之后他居然因为不会再有孩子轻松起来，这是我最受不了的一点。但这方面，他特别适合你，对吧？"

"是你多心了。不喜欢小孩的人很多，但没有人会因为不会再有孩子轻松起来。"

夏秋思索片刻后点点头："对不起。"

"干吗总说对不起啊？"唐韵笑着用啤酒罐碰碰她手里的。

夏秋喝了一大口，拭了拭嘴角："宫恪知道吗？新加坡的事。"

唐韵敛起笑容，沉默着摇摇头。

"那如果将来你们结婚后……"夏秋话说一半就被她抬头打断了。

"不会到那一步的，你想多了。"

夏秋讶异地挑起了眉毛："所以……你三十四岁，还在谈不会走向婚姻的恋爱？"

"我当然也想有个家，可你看我和他条件差距这么大，哪有走向婚姻的基础？选择权都在他，我能做的只是接受他会随时离开罢了。想开了就这么回事，我总不能每天哭丧着脸生活，也得学会洒脱吧。"唐韵笑着把最后一点啤酒喝光。

夏秋叹了口气，只觉得她的悲观很理性，没什么可反驳的，便也跟着把剩下的啤酒喝光："那我们真可以开始挑选养老院了。"

[2]

宫恪故意留在单位加了会儿班，直到自觉已经心情平静才开车回家。唐韵的朋友圈他看见了，照片上，餐桌上摆着啤酒，所以猜想她可能会在夏秋家留宿。

他进房间后根本没料到唐韵会在睡觉，直接开了大灯准备拿衣服，等发现她时，她已经被灯光惊醒了，迷迷糊糊地坐起来。这时的四目相对，对他来说反而成了惊喜。

宫恪靠过去捧起她的脸，吻了吻她。

唐韵还没有彻底清醒，只是凭本能回应，条件反射地勾过他的脖颈紧紧抱住了，神志清明一点后想起来："吃饭了吗？"

她好像没意识到现在是几点。

"加班叫了外卖。"

然后她又想起来一点："你今天没接我电话。"

"你也有不接我电话的时候。"

"那是我在赌气。"

虽然他现在已经没再介怀那件事，但还是想把当时的想法告诉她："我也可以赌气吧？"

他说是"赌气"，她就立刻明白了，和案件没什么关系。她把脸靠在他肩颈处，细声细气地问："是不是来过上海项目工地？"

"在远处看见你和许承楷，我没上前打招呼，你也知道为什么。"

唐韵叹了口气，离开他胸前坐直了："有点工作方面涉密的事情，所以才选在那里说。"

"我猜应该也是这样。不过那幅画面，任谁看了都不会愉快。"

"对不起……"她沉默了一会儿，离得更远一点，"你是不是想跟我分手？"

"……你怎么会这么想？"

"你最近都不太开心，起码一大半是因为我。"

"你还知道啊！"他瞪她一眼。

唐韵"扑哧"笑了，但很快又收起来："我们现在怎么办？要分开冷静一段时间吗？我可以住回酒店去，或者住夏秋家。"

"但你也不能一有矛盾就退避三舍吧。"他皱着眉摸摸她的脑袋，感觉她真是虚长年龄。

"你办这个案子受到外界的压力已经够大了，住在一起还整天因为我闹得不愉快。不如分开住，约时间吃饭，周末约会。"

"不行。"

她好言相劝："你理性一点。看看我们现在，经常忙于猜忌吵架，这对我们的关系也没什么好处。高压状态下，人确实需要找地方发泄，可我不希望我们互为发泄对象。"

她说得不是没有道理，两人各自工作压力都大，距离太近很容易产生摩擦。但恋爱中哪有那么多理智，就像明知道吃糖会发胖还是控制不住一样，他一刻也不想和她分开。

"唐韵你算算，每天你早八点出门晚八点回来，去掉路上的时间，至少有十小时和许承楷待在一起……"

唐韵打断道："上班又不是泡幼儿园，各自都有工作，我一天也见不上他两面。"

"关键是你每天有几小时分给我？除了深度睡眠时间。能在同一个空间里各做各的事都已经很难得了，就这样你还想跟我分居。"

唐韵一时想不出什么理由来说服他了，甚至觉得他说得更有道理。无法解决问题让她很困扰，如今的局面像眼前有条狭窄而满是荆棘的小路，却只能硬着头皮继续往前走，不到尽头就不死心，但心里有个声音明白地说着：一定会到尽头。

宫恪却在思索其他。

他没提在工地看见她时的真实感觉，她站在阳光下微风中，曲线优美的身材和不经意转过的侧脸，很英武美艳。那是和许承楷在一起时的模样。

回想她和自己在一起的模样则完全不同。她不喜欢戴首饰，嫌硌得慌；她吃饭挑食，还控制不住吃夜宵；她看网络段子也会哈哈笑，不仅笑还要念给他听，如果他没笑就挠他痒痒把他挠笑……像家人，准确地说，像暑假里父母睡觉后打游戏饿了懒得找拖鞋索性赤脚穿过客厅翻冰箱偷剩菜的青春期小姑娘，有人影突然出现在面前，她会吓得抖一下。

不管她是有意识的还是无意识的，说要划清界限确实划清了界限。宫恪这才发现了她对自己的态度和对许承楷、沈昱、陈骁他们一点也不同，他们更像是节假日来参加应酬的客人，她是被长辈带出门打扮好的乖乖女，腰杆挺直，温和谦恭，举止得体，出口成章，但所有优秀都充满演绎的意味。

按朋友来类比，她待自己近似待夏秋，待其他男人近似待陈萱。虽然一样是友好的，但一眼就能看出区别。

所以他想不管心情多么糟糕，一定要等冷静后再做决定。唐韵在其他方面成熟，但感情方面完全是个高中生。如果他都不坚持，那她就不知要逃避到哪颗银河系外星球去了。

[3]

关于新区规划，梁欢这边的回话是没有任何人听见过风声，如果真有这规划，不可能这么密不透风。

唐韵安静地听完，视线从桌面文件上慢慢转向她，沉吟道："当然可能，只要提前得到消息一天就可能一夜暴富，保密工作不到位怎么行。再说许承楷、沈昱就听见了风声，只不过不知道详情。"

梁欢在工作中面对唐韵时总是很容易被她笃定的气势压倒，所以根本不需要说服，她马上就不再抱任何怀疑，只不过对任务难度产生了惆怅感："范围太大了，如果能缩小到哪几个省，倒可以重点公关一下。"

"河北、江苏、福建、江西、海南，这几个省份可能性比较大。"

梁欢点点头，脑海里连半个问号都没有。但也许这几个地点只是唐韵猜测的。

"重点考虑是一方面，也可以做两手准备。决定一批新区并不是一蹴而就的事，需要长期地、反复地考察，去关注他们一年到一年半之内频繁出差的地点，财务凭证中会留下痕迹。"唐韵交代道。

"明白。"她退出办公室时好像莫名比进来前更有头绪了。

而与此同时，沈昱那边似乎进展特别顺利，他把一份标题里包含"新区规划"四个字的红头文件放进纸袋密封，叫来下属："我需要你去出趟差。"

接着他拨通了久未联络的陈萱的电话："下午两点我会去骁盛，想跟你和许承楷谈谈，不过我不希望唐韵在场。"

【4】

陈萱对唐韵不在场的会议总是缺乏安全感，她的意见并不总是和唐韵一致，但唐韵的反应可以更快促进她做出相同或相反选择。

沈昱现在坐在对面沙发上，一副主人翁姿态，放松程度超过了她这个代理董事会主席。这也是理所当然，沈昱现在所持有的股份超过了她和许承楷，已经位列第三，是个不容忽视的角色。

他无所顾忌，开门见山："我希望董事会通过决议，分批申请共 120 亿贷款。"

陈萱问："120 亿？要做什么呢？"

"拿地。"

"哪块地价格这么高？"

"具体是哪块现在我不方便透露。"

"连要拿哪块地都不知道，我说服不了董事会。"

"你赞成，"他用下巴指指许承楷，"他赞成，董事会不过就是摆设。"

陈萱看向许承楷，他始终一言不发，却好像不是与沈昱沆瀣一气，更像是不在状态。他眼窝比平时更深，脸色也有点差，看人的眼神懒懒的，仿佛抬眼皮都嫌累。

陈萱见他一点表态的意思也没有，只好直接拒绝沈昱："对不起。"

沈昱似乎也毫无进一步争取的意思，轻易翻过这页："那换第二件事，我要求董事会解雇唐韵。"

陈萱有些惊讶，沉默了须臾才问道："为什么要解雇唐韵？"

"我认为她的能力不足以胜任骁盛 CEO 的职位。"

"但是这几个月来在唐韵的领导下，公司各方面都很稳定。"

"有什么进展吗？我看在她的领导下，骁盛好像变成了养老型企业。"

陈萱说不过他，干脆直接公然把皮球踢给许承楷："许总怎么看？"

许承楷从个人情感上当然希望唐韵早日脱身，但她喜欢她的工作，他可以想象自己替她擅作决定会有什么后果。

"我倾向于……不频繁变更管理层。"

沈昱阴阳怪气地嘘了一声："不出所料。那你们现在有什么打算？两个要求总该满足我一个吧。"

办公室里短短几秒的寂静显得格外漫长。

"这么没有诚意，不做点什么显得我不像大股东了。"沈昱拿出早已准备好的函件，"这是召开临时股东大会的申请。在会上，我要解聘董事会全部成员。"

[5]

沈昱没有表现出任何善意，所以陈萱和许承楷也免了演戏，他离开时没人起身送客，只让秘书去引路。

两人留在办公室里，打算即时商讨一下对策。陈萱打了电话，董秘在来的路上。

"唐韵的分量怎么和 120 亿相提并论？"陈萱敏锐地发现了问题关键，"换句话说，沈昱为什么针对唐韵？"

"他……嗯……"许承楷懒得解释那么多，清清嗓子，"唐韵跟他有点过节。"

"在 KNE 的时候？"

"离开 KNE 的时候。"

"唐韵和你有过节，和沈昱又有过节，她到底跟多少人有过节？她把全世界都得罪光了吗？"

"说不定真是这样。"

"那我还真要认真考虑换个 CEO 了。"

董秘进来时正巧听见这句话，困惑地停在门口："什么？要更换 CEO？"

许承楷这才勾起嘴角，冲他勾勾手示意他进来："她说笑的。"

"我认真的。"陈萱对董秘解释，"沈昱刚才来过，提出两个条件，要么董事会通过 120 亿贷款决议，要么解聘唐韵，因为我们两个条件连一个都满足不了他，所以他要求召开临时股东大会重选所有董事，到时候他就能占多数席位。牺牲唐韵一个人的利益可以保护整个公司，我为什么不能考虑这个选择？"

许承楷反问："你以为你解聘了唐韵，沈昱就不会申请召开股东大会重选董事了。他收购骁盛难道是为了围观我们办公的？"

"但在明面上，满足了他的条件，他还要兴风作浪就是他有失道义了。"

"道义？"他漫不经心地笑笑，"沈昱字典里没这两个字。"

"沈昱召开股东大会，重选董事会后第一件事还是解聘唐韵。唐韵的命运是一样的，我们现在解聘唐韵不过是把日程稍稍提前了而已。但如果现在这么做，我们其他人还有一线生机。"

许承楷严重睡眠不足，又或者是那天车祸留下点轻微后遗症。陈萱说长一点的句子他就耳鸣，甚至有点头晕目眩。

他蹙着眉支着太阳穴说："现在还没到必须做决定的时候。"

"现在做决定是为了表达诚意，而且你不是本来就不喜欢唐韵吗？我一直以为你是很明智的人，在任何时候都优先考虑自己。想想看，唐韵和沈昱在战场两边，以少胜多永远是小概率事件。你我对哪一边表达诚意能置换日后更多的决策权？"

许承楷前倾过来："你搞错了陈萱，现在是我和沈昱在战场两边，你选哪个阵营？"

"说实话，我很乐意看神仙打架。不过，你真的需要为了唐韵站在那个位置吗？别忘了截至目前，我控制的董事会席位还比你略多一点。"言下之意，如果她铁了心要解雇唐韵，许承楷也没法阻止。

"没有合适的替任就随便解聘唐韵，你又不管公司，让我一个人扮演摩西？"他一耸肩，往沙发后背靠去。

许承楷好歹给了个站得住脚的理由，陈萱现在确实没有立刻能接手公司的合适人选。

她态度缓和下来："那你想怎么办？"

许承楷看着董秘说："股东大会拖足两个月再开，"又转头对陈萱，"给我两个月时间。"

"两个月你就能扭转乾坤吗？"

"两个月足够了。"

这话他说得云淡风轻，实际并没有那么胸有成竹。

他需要帮助，并不仅仅是工作任务上的协力，更重要的是在困局中替他指明方向。

如果你出门七八个保镖，家里四五个工人，掌控的大小企业数以百计，酒肉朋友好像有成千上万，你可能会有种拥有全世界的错觉。但许承楷偏偏连感觉也没有，更别提错觉。

他清醒地知道全世界只有一个人对他有意义，那个人比他自己更清楚他需要什么、该怎么做。

他甚至因此迁怒于"爱情"，如果唐韵不是因可能会爱上他而选择远离，那她至今都能为他所用。他不觉得"利用"多么可耻，不过是使人发挥效能，如今的唐韵相比她自己也不算发挥得太好。

他人生中最精彩的牌局都由唐韵触发，那些你死我活的刺激感留存在他大脑皮层深处。此后全是庸碌的和局，让人在高速公路上昏昏欲睡。

而眼下，关心和体恤她一律拒绝，自己手中没有可置换的筹码就无计可施。

两个月的困局，突围的成功率变得虚无缥缈。

[6]

常规操作，银行一开门，宫恪和同事就去打印了账户流水，这次是高雷的。

回警队途中，宫恪给高雷打了电话，请他来警局协助调查，高雷态度很积极，好像比一般人更配合。

高雷这个人平时行事蛮横，让人感觉他双商不高，心直口快。

但宫恪和他开始交谈不久就发现这仅是伪装。他是只老狐狸，绝不会主动漏出任何对自己不利的只言片语。所以宫恪改变了策略，让局面看起来好像自己非常愿意帮助他。当然，这也是常规操作，狡猾的罪犯不鲜见。

"我们在调查砾双的吴嘉玲时发现你和她有些牵连，作为国企高管，你肯定不愿意卷入这种丑闻。只要你帮我们解除一些困惑，证明你没有涉案，我们就不把这些材料往卷宗里放。"

高雷朗声笑，看似很信服："那太感谢了！"

宫恪把银行流水直接放在高雷面前，其中几项用红色笔圈了出来："这几笔转账金额数额巨大，可以分别解释一下吗？"

他戴上老花镜，认真得像个小学生："两百万或两百五十万一笔的是卖房所得。分期付了四次。以前在市中心有套小房子，我父母留下来的，前年卖掉了。"

"五百万一笔的支出呢？"

"离婚财产分割。"

宫恪与身边的同事交换了一下眼神。

隔了十来秒，他才谨慎地开口："我们这里没有显示你离婚的记录。"

"为了解释疑问，我特地带来了……这个，"他从随身的文件纸袋中取出离婚协议书，"我前年春节后就和老婆离婚了，她有外遇，但那时候离婚会影响我的晋升，她犯的错总不能由我来承担后果吧，所以呢，我们就签了离婚协议，而且商量好暂时不对外公开。"

宫恪面无表情，只有语气中带着些难以捕捉的揶揄："她有外遇，你还分给了她五百万，真慷慨。"

"要保障小孩的生活嘛，小孩总是我的。"

他的回答暂时找不出什么漏洞。

宫恪垂眼看了会儿材料，确定没什么遗漏，站起身："谢谢你的配合，我们之后可能还会联系你。"

高雷也起身，居然一副坦然模样与他主动握手："随时恭候。"

送走了高雷，同事收拾着各种材料："唉，绕了一圈，居然都让他解释过去了，线索又断了。"

"虽然没领证不算正式离婚，但他和吴嘉玲也算不上乱搞男女关系。"宫恪漫不经心地笑笑，"真是老奸巨猾。"

同事立刻觉出他的话外之音，讶异地挑起眉："你觉得有蹊跷？还……继续查他？"

"当然，越面面俱到，就越证明做贼心虚。"

一提及吴嘉玲相关案件，立刻连离婚协议书都带来了，这么刻意地坐实感情纠葛，欲盖弥彰味甚浓。

[7]

秘书没有通报，却有人敲了三下门。唐韵正纳闷陈小希跑到哪里去了，许承楷推门探进身来："有空吗？"

两人的视线撞在一起，有一两秒的沉默和静止。

如果是单纯的工作事务，他进门的同时就会说明来意，犹豫着问是否有空，多半是没什么要紧事。

唐韵抬手看看表："十分钟后有会议。"

没有被直接拒绝，他就当她默许了，径直走进来在沙发上坐下："我好几天没睡觉，来这里休息一下。十分钟到了你就去忙你的。"

年轻时的习惯，他喜欢在她办公室沙发上睡觉，偶尔也在她家沙发上睡，唐韵一般也是忙自己的，没空管他。

她费尽心思让时间指针顺时针转，他却总有办法逆时针做功。

唐韵坐在他对面垂着眼帘一言不发，过了许久才叹了口气。她就是对他无计可施，否则也不用离开他、躲避他。他也知道这一点，所以才为所欲为。

"你睡不着觉，在想什么？"

"Claw machines（抓娃娃机）。"

她心里突然漏跳一拍。曾经在娃娃机前他发完牢骚后又于心不忍，向她道歉说"是我没本事，抓不到你喜欢的那个"，像一句谶言，预示了两人关系的结局。但这么多年过去，再回想起那件事她还是想哭。

他应该早已忘记了，两个单词说得平静，就像第一次提及。所以他就是这种人，做戏面面俱到，最关键点却没动过真情。

唐韵把悲愤一起压回去，换出对待普通朋友的语气："你在欧洲、澳洲的时候也失眠吗？"

许承楷摇头："只在中国。"

"但你这几个月都在中国。具体是什么事情让你开始焦虑的？"

"打算去拿新区规划之后……"他还没打算对唐韵提沈昱要求召开股东大会、他向陈萱要了两个月"缓刑期"的事。要阻止沈昱，也同样必须抢在他前面拿到新区规划，这些困境都是同源性的。

"这件事和抓娃娃机是一个原理，对吗？你本来很清楚目标、规则、方法，玻璃是透明的，控制手柄在你手里。但是你也特别熟悉那种差一点就要成功的假象，技巧换不来机会。为什么你看中的目标那么难达成？因为有人作弊，你的注定失败和险些成功都是经过设计的。"她娓娓道来。

"我不是怨天尤人，我只是不喜欢被愚弄的感觉。"

"你没有被愚弄，你明知道有作弊的可能还参与了游戏，你是不喜欢自己进不了作弊的圈子。"

她一语中的，他也不觉意外："我该怎么办？"

"在我们这儿，第一牢固的是血缘关系，第二是裙带关系，第三是同乡。你是外国人，入乡随俗，只能找个合适的女人结婚了。"

他不经意地笑了笑："你在劝我和别的女人结婚？"

"我又没逼你和别的女人恋爱。"

他恢复认真："结婚，我不是没考虑过，只是风险很高。"

"有多高？成功概率 50%，如果你不这么做，成功概率可以低到 1.01%。"她说的是娃娃机。

他默默点头："但还有一种选择……"

"你可以放弃中国市场。"唐韵替他说道，"很明智的选择。我知道你放不下什么，每天一睁眼就被税务死缠烂打的日子也过来了，为什么要在现在放手？但想想看，同等的时间、精力、金钱放在哪边能获得更大的影响力。不要总想着全面开花、同时进行一百个项目，专注是为了精益求精。"

"我没有同时进行一百个项目，最多也就二十个。"他微笑得很温柔。

"如果十个不能满足你，那二十个、哪怕一百个也满足不了你。仔细看前面，承楷，没有到穷途末路，只是选择太多你挑花了眼，还有点愤世嫉俗。但这时候才应该是你最享受的时刻，对不对？管理员权限在你手里，再没有比这让你更爽的了。"

他若有所思，最终又笑起来。他信任的人不多，类似的想法只对宋音提过，宋音有头脑也有见识，可以提供外在形式上的帮助，但她就像催化剂，不能改变热力学平衡，只能影响达到平衡的速度。

可是此时的唐韵却有点后悔，她太习惯辅佐他了，不知不觉就被他带着入了戏。明知道他的世界冰冷彻骨，他没有心，自我保护最聪明的做法就是冷眼旁观，不参与他半点私生活。

唐韵在心里埋怨自己，目光已经移向门外："你要在我沙发上睡也行。我去开会。"

[8]

高雷既是和中的高层，又是和盛的董事会成员。晚上宫恪在家处理文件时想起来，唐韵会不会和他打过交道。

"和中有个叫高雷的人，你认识吗？"

唐韵刚洗完澡，正一边喝罐装啤酒一边擦头发，突然被问及高雷，想起自己当初被他灌酒，有点反胃，把啤酒搁回了餐桌上。

"吃过饭。他怎么了？"

"吴嘉玲和他有暧昧关系。"

"啊？"唐韵有种思维被拉闸的感觉。

这两个人表面上看起来八竿子打不着。

早知道他们有这层联系，陈骁根本不用处心积虑找项目经理背黑锅，做了多少无用功！

"长得不像是吧？"宫恪半开玩笑。

唐韵也有小小的报复心，趁机甩出一个重磅炸弹："高雷的小舅子是和盛上海项目的总包你知道吗？"

"是吗？"如她所料，宫恪还不知道，"我们没有深入到那一步，今天刚找他第一次问话，请他解释一下他个人财务上的疑点。本来小舅子这件事能拿住他，不过他和他老婆已经签过离婚协议了。"

唐韵也没料到这个情况，认真想了想："但法律上还没有离婚是吧？"

"他正是利用这点在各方面都打擦边球。"

"你通常最擅长应付这类人。你耳濡目染，已经非常熟悉这些灰色地带的套路。"她意在给他鼓励，说的也是事实，论"打擦边球"的狡猾，沈昱大概在全国能排前三。

"他和那些人不一样。什么样的猛兽都可以被驯服，但被狂犬病毒感染的狗却不行。他们会在自己毫无收益的情况下对他人造成最大限度的伤害，这让行为变得不可预见。高雷是这种人。"他又回忆了一遍与高雷对谈时他的眼神语气，"不仅狡猾，而且狂妄。"

"虽然不可预见，但狂妄也会让他漏洞百出。"

"是这样吗？"宫恪追问，"那你觉得应该用什么方法对付这种人？"

"建议你接受他的挑战，把各方面都查一遍。枚举法虽然很笨，但是很实用。"

宫恪知道该怎么做后才轻松起来，盯住她打趣："你是不是和高雷有什么矛盾？'举报'他小舅子的时候笑得也太动人了。"

唐韵的确心情舒畅，喝了口啤酒："也算枪毙名单上的人物吧。"

[9]

这天下班前，唐韵正准备离开公司，梁欢在最后一秒把她堵在办公室门口，看表情好像有什么喜讯。

唐韵跟随她回办公室关上门详谈。

"我拿到了。"她把机密红头文件放在唐韵面前，双手支着办公桌。这文件上所有关键语句都做了马赛克处理，但还是能推得唐韵想要的信息，"在海南。"

唐韵把文件通读一遍，这份新区规划是针对海南的一个地级市。

"有这么个人，我大学同学，从前关系就不错，他欠我的人情有点多。

他现在是盈天律师事务所的合伙人，筑高很多和他交情好的高级经理会聘请他另做个人业务。你猜怎么着？其中一个最近在向他咨询，在这份文件的基础上进行个人投资需要具备哪些手续才可以规避法律风险。"

"也就是说，消息来源其实是筑高？"这不仅意味着沈昱更早一步拿到了新区规划，而且消息来源也变得比较模糊。

唐韵觉得这份文件可信度直线下降。

"你也说过，只要提前得到消息一天就可能一夜暴富，下面的人很难不存私心。"梁欢倒是对自己的工作成果颇有信心。

"你的律师朋友，信得过吗？"

"绝对可信。"

但转手过两三次的文件，他有没有被前面的人欺骗就难说了。唐韵自己一个人无法决定，把许承楷从办公室叫了过来。

他看过文件，先问唐韵："你怎么想？"

"选址看起来很真实。但沈昱有多大概率能这么快就拿到规划？"

"我没告诉你，前几天他确实对董事会提出了申请贷款 120 亿的要求。"

唐韵闭上眼睛，对自己默念三遍"别生气"。这么大的事，公司没有一个人告诉她，她感到不被尊重，特别是许承楷，这几天抬头不见低头见，明明有这么多机会可以说。

"好，就算他得到了真消息，他也多疑，只会把工作交代给自己最信任的人，我不信他最信任的那么几个人中就有人走漏风声。"

"有道理。"许承楷用公事公办的语气简单附和。

唐韵看向梁欢："政府那边呢？有能够佐证这件事的证据吗？有没有频繁去海南考察的记录？"

"这倒没有。准确地说，政府那边什么有用的信息都没有。"

"我们应该去一趟当地。"唐韵提议。

"谁？"梁欢问。

"就我们三个人。"唐韵仔细考虑，又补充，"知情的人再加小希一个，不能再多了。"

梁欢面露难色："你们定夺就行了，我不用去吧。"

在唐韵看来，的确和许承楷商量就可以定夺，可有过纠葛的一男一女双人出差怎么处理？于是根本没给梁欢讨价还价的余地："你也得去，必须去。"

许承楷没在这两个语速过快的女人间插上话，好像只能听安排了。

[10]

晚上宫恪在处理工作，同事下午从银行查到高雷的小舅子有去银行购买金条的记录。此时唐韵也在跟助理打电话："要大床房，不要无烟房。"

挂了电话，宫恪等在一旁随口问："和谁一起出差？"

唐韵犹豫了一下，只说了公关经理梁欢。

从许承楷的手机号第一天跳出来开始，她就在用最坦诚的方式告诉宫恪自己不会喜欢许承楷，结果是宫恪和她吵架。她解释自己和许承楷之间只是工作关系，结果宫恪还是和她吵架。不管和许承楷有没有实质性地发生什么，宫恪只要一听见他的名字就会介怀。

告诉他许承楷一起去，他心里就有了根刺，早晚会借机发难。不告诉他许承楷一起去，他事后得知也的确会吵架，但还有几成机会他永远不会知道，两天的行程，能生出什么是非呢？

事实证明，只要和许承楷同行，一路就多了九九八十一难。

比如陈小希，跟自己时间不算长，但为人机灵，做事有条理，细节上很少出错。可眼下居然出现预订机票都出意外的状况，梁欢在登机通道里走了另一个方向，唐韵好半天才反应过来。

难道订机票还要特别叮嘱吗？

唐韵气不打一处来，刚落座就拨通了陈小希的电话："我们公司穷到这地步了吗？三个人出差只买两张头等舱？"

那边小姑娘一头雾水："是梁经理自己特地打招呼说要买经济舱，我以为你们商量好的。"

唐韵被噎住，一时无言以对。梁欢好像确实有点误解许承楷和自己的关系，还是 KNE 时期留下的印象。

许承楷帮她放完行李，悠哉地在身边坐好，一脸忍俊不禁的神情。

唐韵挂电话后睨他一眼："你不会是同谋吧？"

"票是你助理订的，我怎么参与？"

唐韵不信他，算准他有份："我说过很多遍我有男友了，请你注意分寸。"

"有男友了为什么整天气急败坏的？性生活不和谐吗？"

"……你，管好你自己。"唐韵不想再跟他拌嘴，关闭手机，拿出 Pad 埋头看文件。

他就半闭着眼假装睡觉，却老在偷瞄她手中的 Pad，过半晌来一句："看进去几个字了？就没翻过页。"

她这就翻给他看，其实他眼镜都放下了，看不清她面前的字。

到第二页批示区域刚签了名字，他又在身后阴阳怪气："字可不能乱签。还没吸取教训？"

身边总有人多嘴多舌，她确实很受影响，干脆扔下工作戴上耳机看电影。过一会儿发现许承楷老实得有点奇怪，暂停影片回头看他一眼，呼吸均匀，看来真的睡着了。

这家伙只有睡着的时候才没那么烦人。

她轻声向空乘要了个毯子，给他盖上。想起他前几天说失眠，看现在这情形是心里有了答案。

[11]

她自己第一次体会到整晚整晚睡不着觉的煎熬是从高考之后的暑假持续到大一开学后的那段时间，不是因为父母离异，不是因为失恋，是自己一个人不知道应该怎么生存。

父母大概都以为已经成功把孩子甩锅给对方，其实两人都没管她，她连家门都进不去。进去也没用，东西被妈妈搬空了，只剩唐韵房间里那些，似乎在表明唯独唐韵她不想带走。房子早就被爸爸偷偷卖了，近一年时间是反租赁状态。

在唐韵面前，最现实的问题是：她交不起学费。

虽然考试失利，但学还是要上；虽然学校一般，但学费还挺贵。她高中的时候平均每月零用钱有一千左右，因为住校很难用掉，大部分都是双休日请赫连她们几个人吃吃喝喝花掉的，当然从来没有存钱的概念。

家里突然发生变故，她居然被六千元学费难倒了。从前大部分朋友她都不太想见，赫连没心没肺出国旅游了，她在夏秋家蹭吃蹭喝一个夏天，人家也是普通家庭，没向她要过伙食费，不好意思再开口借。精神好一点后去拉面店找了份临时工，赚了不到两千。

亲戚中只有在新加坡的姨妈关系近，可远水救不了近火，她也不太想告诉小姨自己考了什么大学。

最后是彭锐妈妈善解人意，发现很久不见唐韵，主动让彭锐来找她提供帮助。

钱是借到了，但觉还是睡不着。要用什么办法还钱？要怎么赚生活费？要怎么赚下学期、下下学期的学费？她毫无头绪，每夜都盯着天花板等天亮。

那时候她就明白了，此前所有感情冲击都算不上考验，如何独自在世界上生存才是考验。人的安全感来源于和亲人朋友的关系，她遭父母抛弃，交心的朋友自己都还是孩子，体会过那种没有根基的浮萍才懂的压力。

许承楷好像自出生起就那样了。一方面他自己感情匮乏，另一方面周围也没有人值得他信任。非要计算可以依靠的亲友，那只有唐韵一个，没有唐韵，沈昱他也能将就。

也就是这个原因，从前他整天胡闹，但只要一嚷嚷睡不着觉，唐韵就心软。

她出神回想往事，他却在她的视界里笑着睁开了眼："就算是我，被凝视这么久也会不好意思。"

原来还是装睡。

唐韵在心中收回前言，这种人没什么可心疼的。

[12]

她转回前方，重新调出刚才看的电影，准备戴上耳机。

"我刚才真睡着了，在你身边。所以我才越来越觉得不能没有你。"身后传来的声音。

她从按键上缩回手指，没有回头，斟酌后说："这五年你没有我也过来了。"

"这五年我很少在中国。"

她略带嘲讽地笑出声："想不到我还是出色的地陪。"

他没跟着笑，坐直了问："你为什么从第一天就生我气？爱之深恨之切？"

"你不遵守约定。说好要保持安全距离。"她把头扭向舷窗那边。

"世事难料啊，唐韵。"

"到底是世事难料还是处心积虑就值得深究了。据我所知，你花的心思可不少。给陈正卿什么好处了？"虽然当时留在骁盛的决定是她自己做出的，但委婉地通知陈正卿时，他居然不以为意，早有预感，而且连进一步争取合作的意图都没有表现。唐韵事后想想，只能是许承楷已经做过陈正卿的工作。

"送了他一瓶酒。"

"我不相信他会被一瓶酒收买。"

他还保持那副玩世不恭的调调："我跟他说，唐韵对于我，就像赫连瑛对于你一样重要。他掂量掂量觉得很理解吧。"

"你！"唐韵回过头，阳光照亮她的侧脸，这张脸上的怒目有点犀利。

许承楷却完全不以为意，忽然站起来，以居高临下的视角压制了她。

唐韵一瞬间陷入困惑，等一侧的脸颊倏忽降低了热度，才知道他起身的意图，是替自己关上舷窗挡板。

"我又没说谎。陈正卿在他自己公司做合伙人的时候，赫连瑛是他的左膀右臂吧，很重要的下属。"

她隔了长长的几秒才说："我现在没有朝你泼水的唯一原因是不想给空乘添麻烦，不过你可以发挥想象力，就当我泼过了。"

她觉得多言无益，需要站起来换个心情，于是往后面的洗手间走去。

许承楷不疾不徐地跟在后面，趁她不注意闪在她身前抵住了门，把她拽进门后更得寸进尺地顺势把门反锁了。

奇怪的是，他做出这种举动，她竟然已经不会感到惊讶了，依然一脸波澜不惊："你有什么要事紧急到非得跟我进厕所说？"

他近一米九的身高，在狭窄的空间里几乎转不过身，但撑着墙的动作看起来更添暧昧，说话时像自上而下的耳语："我知道郑健对你做的事了。我想说的是，你没必要赌气在我面前硬撑。"

唐韵不意外，他早晚会知道的，但她不想提宫恪，是怕他觉得"对手"太不足为惧，因此更肆无忌惮。

她抬起头接住他的视线："我不是赌气硬撑，只是懒得解释。我确实有男朋友，只不过不是郑健。"

他冷笑一声："你去年夏天才跟郑健分手。"

"也许我在你眼里没那么有魅力，但我和郑健分手后一个月就有了新恋情。"

他与她四目相对，却从她眼里找不到虚张声势的痕迹，顿时明白过来，有点尴尬："那你……放下得挺快。"

"嗯，我对已经过去的东西不怎么留恋。"

"我懂了。"

许承楷打开门，头也没回地走了出去。

一位空姐大概已在外面等候多时，想都没想就推门进来，看见里面还有一个人时，惊得刘海都起了静电，慌张得掉头就跑，去了更远的厕所。

唐韵其实并不想上厕所，但既然对方已经不容辩解地跑了，便重新锁上门用冷水冲了冲双手，好让自己冷静一点。

[13]

飞机落地，乘车去目的地又花了几小时，当地政府的领导以为他们此行的目的是投资，带他们去了几个重点建设产业园区，一路热情介绍，去吃晚饭的路上又善意地提出："你们住的酒店有点偏远，我给你们安排到市中心这边来，一般领导来都住市中心这家，环境也更好。"

但唐韵就是出于要避人耳目的考虑才选了郊区那家，许承楷也理解她的想法，只说："不用了。"

见对方神色一僵，梁欢赶紧打圆场道："主要是我们还有些自己的安排。过来也不是旅游的，得办完事尽快回上海。"

许承楷平时为人处世风格比较委婉，像这样直接回绝却不给任何理由的情况很少见。一下午的车内气氛让梁欢怀疑，他可能在飞机上和唐韵闹了别扭。她心里因此叫苦不迭，本来和有感情纠葛的两个老板一起出差就很尴尬，再加上他们还吵架，很可能导致自己要受夹板气。

殊不知，唐韵、许承楷虽然相处不太融洽，但面色不悦却另有原因。

晚上饭局过半，两人才找到个出门抽烟的机会交流心得。华灯初上，面前的街道看起来比白天繁荣。

"应该不是这里。"唐韵说。

许承楷的结论也是如此："我想听听你的理由。"

"主要纳税企业无一不是轻资产，重点建设的几个都是影视产业园，现有政策倾向于扶植文化行业，靠旅游带动经济。没有突然转向发展地产的基础。"

"你觉得是沈昱故意的吗？"

"十有八九。但我想不出他这么做的理由。"

许承楷把烟熄灭了，笑笑："就当来旅游吧，顺便跟地方政府联络一下感情。"

唐韵也笑："你不投两个影视基地会让他们失望的。"

梁欢在里面应付交际，两人不能离开太久，回包间去结束了应酬，最后一起去酒店。办入住时又出现令人窒息的意外，陈小希居然给唐韵和许承楷订了一间房。梁欢阻止了唐韵拨电话去骂人，主动承认错误："是我让她这么订的，我以为……你们肯定需要住一起……"

唐韵气得说不出话，单手支着太阳穴靠在前台上。许承楷在负责处理问题。

因为有两个剧组入住，酒店连一间空房都没了，礼宾部道歉半天并不能解决实际问题。

许承楷回头劝她先别着急："行李先放好，你在房间先洗漱休息，我去跟剧组交涉一下，无非是多给点钱，让他们匀一间房出来不难。"

梁欢想将功补过："还是我去吧。"

"你回你房间锁好门，女孩子大晚上别乱跑。"许承楷说。

女孩子……对梁欢来说也算是新鲜词。

[14]

许承楷把行李放下果然就出去了。唐韵慢慢从自己的箱子里拿衣服，还没来得及洗澡，宫恪就打了电话过来。

"睡觉了吗？"

"还没有，刚回酒店，"她在床边坐下，"你在家吗？"

"回家了，特别想你，你晚上有没有喝酒？"

"喝了两杯啤酒，"她笑起来，"放心吧。"

"你胃不好，啤酒也少喝。"

两个人你侬我侬聊了会儿天，情意正浓时许承楷突然毫无征兆地刷卡走进来，还边走边说："我就说剧组这么多人不可能匀不出一个……"看见唐韵在打电话时，他才收住声音和脚步。

不同时空里三人同时安静下来。

"你房间里有别的男人？"还是宫恪先打破沉默。

唐韵只能对他实话实说："是许承楷，我们少订了一个房间，他的行李先放在我这儿，现在他和酒店里的剧组商量好了，有了空房，来我这里拿走他的行李。"她对着在面前坐下的许承楷无声地做了口型，"是吗？"

许承楷看着她眨了眨眼。

宫恪在电话那头不依不饶："你可没跟我说许承楷也和你一起去。"

"他临时决定来的，你问我的时候我也不知道他要跟来。"为了安抚宫恪，唐韵当着许承楷的面说谎，但她知道许承楷并不会介意。

又一阵难挨的沉默，宫恪说："唐韵，我这个人不小气。其实我一点都不在乎你的过去，就算你爱过谁、恨过谁、结过婚、离过婚、生过孩子、分过财产，我都不介意。我只想知道你的现在是不是只有我一个人，你的未来是不是只和我有关。"

"那我现在就可以回答你，我的现在只有你一个人，我的未来只和你有关。"唐韵对电话那头的宫恪说，同时也特地说给面前的许承楷听，好让他死心。

这时候许承楷却出神地想了些其他的事情。他想起自己当初怎么打开电脑登录 Facebook 给她看照片，向她证明她男友所谓的"去参加朋友婚礼"

其实是参加自己的婚礼；想起沈昱把她灌醉后，他如何把她送回酒店房间；想起看见郑健在会所和网红脸的女孩打情骂俏，他如何旁敲侧击提醒她却无济于事。

他其实从未觉得自己对她负有责任，只是溺水的人在眼前挣扎，条件反射就会出手救援，仅此而已。

几秒后宫恪才接上话："说是很容易，可你的行为从来没给过我信心。"

他挂了电话。唐韵拿着手机也不知该如何是好。

许承楷一直没走，等到这时候才问："你男朋友？"

唐韵点点头。

"他对你好吗？"

唐韵还是点头："特别好。"

她总以为她自己过得特别好，到头来却总是竹篮打水一场空。

许承楷知道这就是最终答案，多说无益，站起身牵过自己的行李箱："晚安。"

[15]

他躺在床上，有点奇怪的感觉。

想起刚认识唐韵时的事，那时对她毫无想法。唐韵被沈昱泼了一身红酒，他替她清理干净就回自己房间睡了，回房间时才想起自己彻彻底底地给她洗了澡，该看的都看过了，她身材出众，让人事后还能产生无限遐想。

可如今那些细节他通通回想不起来，能想起来的反而是另一些搞笑事件。

唐韵在 KNE 时被合作方盯上想挖走，沈昱不方便表态，只能把她调去北京盯项目，一晃就待了两个月。许承楷突发奇想想去北京看她，找到她住的地方等在小区里。

她半夜才回家，手举着手机，看见他突然出现太过意外，手机掉地上摔碎了屏幕。唐韵后来的手机还是他买的，她称之为索赔，他称之为敲诈。

"半夜两点回家路上干吗举着手机乱逛？"

唐韵的回答是："没拍照发朋友圈的加班相当于没加班。"

还有一次她在成都出差，许承楷在上海闲得发慌，又跑去找她，临时没订到酒店房间，那时唐韵还不怎么介意，就安排他睡了沙发。

可是酒店新潮，浴室居然是透明玻璃隔出来的。他本以为有可能产生什么浪漫剧情，没想到唐韵急于跑去关掉从浴缸漫出来的水，一头撞在玻璃上。他又紧张过度，直接拨了120，折腾到半夜，全是喜剧情节。

他曾经一度怀疑，自己的记忆是不是出了什么问题，记得这些嘻嘻哈哈的细枝末节，却记不起唐韵本人，甚至上网去百度过她的照片，盯着看了好一会儿，只想找回当时的感觉，但什么也找不回。

唐韵应该算是世界上对他而言最重要的人，但就是这么重要的一个人，记得共同经历的事，记得共同见过的人，却记不住她本身。

她不信一个人感情匮乏真能到麻木不仁的地步，一直觉得他就是习惯短择伴侣毫无责任感，他百口莫辩。

反过来她对他的感觉——他其实心知肚明——是一种同情。

他英俊风趣，最初对她都不起作用，后来交往渐深，聊起各自的家庭，他提及母亲是在自己面前饮弹自尽的，她才突然对自己态度好转。其实他对此也没什么多余感想，那时他已经是心智成熟的成年人，和唐韵在高中时受到挫折不能相提并论。

不过唐韵情绪丰沛，很容易感同身受。

当初她说要离开，他不仅没有反对，而且是赞成的。

她哭泣时他感觉不到她的悲伤，高兴时也无法和她一起欢呼雀跃，只是根据经验判断如何应景、该笑该哭，可他也有缺少的经验，不知该怎么和世界上另一个人维持长期关系。

第五章

狙 击

[1]

如今地产业的泡沫高峰期已经过去，拿地成本越来越高，政策却在限制售价，一本万利的神话久未再现。但大家谁都不肯撤退，在三分利的温水里慢慢泡着，有时两分利的项目也投。

新区的消息无疑是一针强心剂。沈昱没有拿到具体规划文件，也并非无聊恶作剧而放烟幕弹。他不知道许承楷进展到什么阶段，所以先虚张声势去公司张口要 120 亿，又虚晃一枪漏出假规划书给梁欢的关系人。

许承楷的行迹一向严格保密，不容易追踪，但沈昱料到他现在去外地会忍不住带上唐韵。

而唐韵周围可没有那么多安保人员，她还自己开车，对身后的尾巴一无所知，漏洞多得像个筛子。沈昱要得到唐韵去机场飞海南的消息简直易如反掌。

见他们目前还处于没头苍蝇碰运气到处飞的状态，沈昱终于松了口气，至少自己现在已经比他们领先了一个身位，打听到了规划确实存在，并知道公之于众的大致日期。

他和许承楷是多年的朋友，需要分担风险的项目也经常联合投资，但这种一本万利的项目不可能凭交情分享，只能八仙过海各显神通。

许承楷能走的路更窄，收购骁盛成为实际控制人后拿地再转手或开发，是他唯一的选择。而沈昱的选择面却更多，既可以用骁盛完成开发，又可以用骁盛获取贷款而用丰遥开发，以更低的成本获取更高收益，所以他的立场和许承楷无疑是对立的。不过即使他有优势，如果不能抢在许承楷之前拿到新区规划，一切也是白搭。

这一夜他睡得比平时踏实，早上十点多还没起床，半梦半醒间听见卧室门作响，还以为是女朋友先起了床，谁知她突然从身边蹿起来惊叫一声。

沈昱睁开眼，见许承楷大步流星地朝自己走来，直接将那份假规划书扔到他脸上。

这也不意外，许承楷知道他家门的密码，一向来去自由，他不需要提防，真要防也防不住，许承楷有的是办法破门而入。

沈昱得了便宜，当然不生气，反而乐不可支。

"有意思吗？"许承楷抬了抬眉，面无表情，却很有威慑力。

沈昱才不发怵，皮笑肉不笑："有啊，给你和唐韵制造旅游机会嘛，我多贴心。"

许承楷瞥了眼他身边怒视自己的女朋友，露出促狭的笑，悄声道："我不需要什么机会。倒是你，总是找长着唐韵脸的小姑娘，也不嫌审美疲劳？"

他随口引战，说完掉头就走。

身后那位本来就对有人闯进家里深感不满的年轻姑娘果然吵吵嚷嚷起来："唐韵是谁？你给我说清楚！"

"就……一个老女人，你别当真。"沈昱的语气听着软弱。

许承楷攥拳在嘴边憋笑，舒畅地吁了口气。

[2]

唐韵回家后先洗了个澡，换衣服时才发觉不对劲。衣橱里平时宫恪挂衣服的那一小块区域空了出来。

她愣在原地呆立几秒，走出卧室环顾整个家。

目光扫过之处，平时他放杂物的几个角落也都空着。

最后才发现餐桌上有张留言。

纸上写："我回宿舍住了。你说得对，我们需要时间审视我们的关系。周末我再约你。"

分开冷静一段时间本来是她提出的，可宫恪这么斩钉截铁地搬走让她一时难以接受。她咽着喉咙，花了几分钟才接受这个现实，想给宫恪去个电话，但又想不出应该说什么。

看看时间他应该忙着工作，也没什么特别重要的话值得打断他工作。

纠结许久，给他发了条微信："我到家了，周末见。"

她吹干头发，化好妆，换回正装，拿上车钥匙准备出门时，他才回了微信："冰箱里的吐司是早上买的。"

唐韵扶着门一头雾水，换了拖鞋回到厨房，打开冰箱。一包新的吐司，是小区门口那家店的，她从前经常买。生产日期印的是当天。

她早上急着赶飞机没吃早饭，又特别困，在飞机上连喝了两杯咖啡，此刻才突然觉得胃里有点灼烧感。

放两片吐司进烤面包机，等在一边时想清了来龙去脉。

宫恪是早晨才走的，收拾东西离开前还先去买了面包留给她，昨晚他就生气了，肯定还在生气，但又生怕她会错意，离开时留了个小尾巴，把"周末之约"写在纸上，言外之意在强调这可不是分手，只是在向她表达最大限度的生气。

唐韵心神不宁地咬着面包，特别想他。如果是平时，早把车开到他单位门口去找他，但如今，也许应该缓缓。

使她内心慌乱的是好像越来越离不开他。

正因为最害怕离别，所以才应该做好随时接受离别的准备。

他这次任性打乱了她所有节奏，让她意识到自己根本没有想象中那么容易从这段感情中抽身。不是分手，尚且给她一种被主人扔下的小狗的挫败感，如果下次是分手该怎么办？

好在工作繁忙，没留给她太多思虑的时间。

手机振动突如其来，是陈萱来电。

"唐韵，你现在在公司吗？"陈萱的语气有点反常，不似平日亲昵，"我下午过去，找你有点事。"

"我……在外面办事，"唐韵没提出差，"现在正要回公司，你来吧，我下午都在。"

[3]

陈萱正襟危坐，清了清嗓子，有点艰难，但还是开门见山："我不得不正式通知你一件事，董事会打算解聘你。"

唐韵蹙起眉，定了定神："……是出于什么考虑？"

"是沈昱的要求。"

这就让唐韵更加困惑了，沈昱就算要开战，难道第一枪不该针对许承楷吗？

陈萱进一步解释："沈昱要求我们申请 120 亿贷款……"

唐韵接话道："这我知道。"

"或者解聘你。两个要求都不满足，他就要申请召开临时股东大会重选所有董事，这会让我们失去公司的控制权，我们没有选择。"

这一半唐韵却不知道。

许承楷居然隐瞒了如此关键的信息，唐韵无言以对，他以为自己是什么？玻璃心小公主吗？

陈萱见她没有及时反应，体恤地安抚道："但我向你保证，会让你有足够的准备时间。只有当你告诉我准备好了的时候，我才会召开董事会，好吗？"

唐韵垂眼捏了捏眉心，长叹一口气，再重新抬眼，脸上已经换上拉开距离的礼节性微笑。

"谢谢你提前通知我。不过，我的工作合同为期三年，现在才刚过去三分之一。我自认为这三分之一时间里，我没有任何工作上的失误，而在此期间公司发生了什么你也很清楚。你不能利用我处理完烂摊子，就因为某个股东一句威胁踢开我。我不是在单纯地发牢骚，也不是在漫天要价。我喜欢我现在的工作以及我自己创造的工作环境，虽然我对这公司藏污纳垢之处也了如指掌。"

陈萱听出她最后这半句话中威胁的意味，沉默半晌。她掉以轻心了，不该因为唐韵如今收起了锋芒就误以为她改了本性。

"我明白你的委屈，但董事会……"

唐韵打断她："不是董事会，是你。为什么就不敢直说'我'这个字？"

"我不得不考虑大股东的意见。"

"你也是大股东。"

"如果你是我，你会怎么办？和沈昱硬碰硬然后失去公司控制权吗？"

"如果我是你，硬碰硬也不会失去控制权。"

陈萱紧盯唐韵的眼睛，那狠戾眼神中写着宣战，因为她意识到自己的借口和伪装唐韵并不埋单。

沈昱不过是陈萱的挡箭牌，她要解聘唐韵可不是因为害怕。

自去年贷款风波以来，她丈夫银行的调查组就一直没有离开，工作陷入半停滞状态，夫妻俩精神压力都很大。陈萱父母的企业近几年也经营不善，谢有恒父母家如今是继母说了算，他也得不到太多支持。陈萱于是动了控制骁盛的脑筋。

陈骁如今只差半口气，一旦他去世，他母亲家族和父亲家族在公司的势力必有一争，虽然郭副总家属将股份出净，陈萱已经基本取得了公司控制权，但夏秋回来，将来作为遗孀继承股份后会站在哪边就未可知了。她必须早做安排，巩固自己的控制权，如此一来就不能再置身事外，而是得进入公司参与经营决策。

如果陈萱任 CEO，唐韵恐怕不会接受退回副总的位置，最好的办法就是趁现在借沈昱施压让她离开。

既然对方已经率先撕破脸，那她也不必再伪装："你能力强，那么来试试和我硬碰硬之后能不能避免被解聘。我其实不是没有办法让你'净身出户'，连赔偿都拿不到。"

她话音刚落，许承楷就毫无征兆地推门而入，带进来一阵风，在两个女人的注视下，走到唐韵身旁的沙发前，面对陈萱坐下，语气非常随意，就像逛进来闲聊："啊，既然你们都在，也正好谈着这个，我们就来讨论一下吧。"

他倚着沙发靠背，笑看陈萱："你不是答应过我吗？两个月时间。"

陈萱无视他谈情说爱的态度，绷着脸答："我不知道这两个月是为了等什么。"

"你这么想知道关于我的一切？所有工作细节？"

真是服了他，为什么每句话都说得像恋爱，让人莫名心动。陈萱转开眼睛，平复一下心情："那你想跟我讨论什么？"

"讨论你认为你自己对董事会有多少控制权。"许承楷含笑睐着风流的眼，说的话却并不温柔。

陈萱心里一沉，因为被击中了软肋。有几位董事长期派代表投弃权票，因为过去受陈骁压制而不敢过分关心公司事务，但不代表他们关键时刻不会出来扭转乾坤，这一直是陈萱最担心的。

比如金凌，她私下也联系过，希望能回购她手中的股份。但金凌并不买账，也许是出于报复心理，一心只想给姓陈的添乱。

陈萱的态度稍稍缓和，看了眼唐韵，再回视许承楷时，笑了笑："我们之间有必要产生这么大分歧吗？"

许承楷装得像个小学生，一脸无辜与赤诚，点点头："当然有。"

这都是为了唐韵。陈萱总算拨开了迷雾，冷笑一声。

她勾起嘴角，转头问一直安静的唐韵："宫恪知道许承楷和你是这种关系吗？"

[4]

唐韵一言不发，却又直视陈萱，仿佛根本没听见她的问句。

沉默持续得太久，连许承楷都觉得难捱，诧异地看向她，疑惑为什么每天殚精竭虑要划清界限的她突然不作为了。

许承楷替她打破沉默："我和唐韵没什么关系。"

陈萱翻了个白眼："比明星工作室声明还无力。"

话说到这份上，情面不剩多少，各自宣战，谈话也不值得再继续，她起身离开。

许承楷觉得自己最后一句台词好像输了气势，前功尽弃，自嘲道："澄清绯闻本来就是我的短板，你怎么不说话？"

唐韵苦笑着叹了口气，放松下来，从西服口袋里拿出烟。

"你否认了，结果她信吗？何况我没义务向她澄清。"

他下意识地摸出打火机想给她点，转眼一看才发现是电子烟，重心又回到原处，倚着沙发睨她："这么成熟，好无趣的。"

"倒是你给我解释清楚，什么时候收买了我的助理，该不会从第一天……"她回想起陈小希削尖脑袋要进骁盛跟在自己身边的执着，总觉得从那时候起就值得怀疑。

"怎么可能？你想多了。"他不自在地舔了舔嘴唇。

"昨天我就觉得奇怪，陈小希什么时候对梁欢言听计从过？再加上今天这出，陈萱在我这儿说话，你消息收到得也太快了点。"

当时事态紧急，他担心唐韵把新区规划的消息不慎漏给陈萱，急着赶来控制局面，再加上对唐韵警戒指数偏低，行动便没那么周密。

现在静下心想想，真应该对唐韵有点信心，她可从来没有口风不紧的前科，面对陈萱甚至比自己更稳重。

"怎么可能从第一天开始？你也把我想得太神通广大了。"他有点心虚，见她冷淡地盯着自己，知道不容易蒙混过关，只好老实承认，"是我到骁盛的第一天……关心你嘛。"

唐韵想发脾气又实在觉得疲惫，提不起生气的精神，最后只嗤笑一声："控制狂。"

"行，算我不对，我认错。"他知道被饶过，双眸都明亮起来，脸上重现玩味的笑意，"轮到你了，也给我解释解释宫恪是怎么回事。"

"解释什么？我跟你说过多少遍我有男友。"

唐韵明显不像在开玩笑，他的表情应声凝固了一瞬，哑然失语。

许承楷这时才突然记起之前忽略的细节，去年那次久别重逢正是在宫恪的生日宴上，但他怎么也想不到她竟然是主客。

"你和宫恪……"他深感荒诞，止不住笑，"认真的？"

"当然。"

"沈昱也知道？"

"知道。"

"宫恪知道你和沈昱的事？"

"知道。"

"沈奕知道你和宫恪以及你和沈昱的事？"

"知道。"

许承楷定定地看着她，连问题也提不出了，半晌才大笑起来。

而唐韵没有笑，只是慢慢吸着烟，沉默以对。

笑够了他停住，半开玩笑的语气："这是在实践《百年孤独》吗？"

唐韵就知道他第一句评价准没好话。

"你积点口德。"

他摘下眼镜用眼镜布擦了擦镜片，动作缓慢，好像想借多一点时间来思考如何正确面对这魔幻现实。全程低垂着眼，让人摸不清他的情绪。

最后他把眼镜戴回，抬起头，神情严肃："早点抽身吧。风向要变了，官恪家会失势的。"

唐韵没预料到话题会忽然转向沉重，半张着嘴花了几秒才理解他的话。

"我不在乎。"

"普通人很难承受家道中落，更难的是陪家道中落的人经历整个过程。"

"幸好我比较有经验。"她语气平静而坚定。

许承楷不知自己突然怎么了。得知她的新恋情只不过感到离奇可笑，也没太多情绪反应。可是她这句话却让他格外难受，像被什么利器猛地刺穿了心脏。

他强压下心中的波澜，淡然道："你觉得合适就好。"

[5]

这天晚上有个应酬，恒宜保险的集团总裁胡总请吃饭，因为欣赏唐韵，点名让她也到场，她不便推辞。许承楷怕她酒量差，带上了梁欢，到了饭局上才知道担心是多余的。

她与年轻时青涩的状态不同，知道如何在酒局里插科打诨地周旋，既给足对方面子，实际又没喝下多少。胡总是体面身份，并不会特别为难她，能棋逢对手地交谈也很得他欢心。

饭局过后，去私人会所继续第二场，唐韵推辞不去。只有许承楷陪同，恒宜的人也没勉强。许承楷不放心她用手机软件叫来代驾，让自己的车先送唐韵回去。

司机把车开到眼前，许承楷扬了扬手示意他停住，到后座让唐韵把车窗降下，趴在窗口笑吟吟地看她许久，对视之间蹿动着心动却又被抑制的气氛。

唐韵蹙眉纳闷，感到脸颊微热。

他朝她伸出手，她下意识地朝后躲了一下，让他的动作止在半空，而他只是笑了笑帮她抚平了翻折的外套衣领。

"早点休息。"他说着退远两步，离开车窗。

她把脸转向另一侧，轻咳以掩饰尴尬。

他拍拍驾驶室车门，对司机嘱咐道："慢点开。"

目送唐韵的车离开后，他才转身回胡总车上。

应酬在晚上两点结束，他离开会所抽空回了趟鑫瑞，找来公司副总交代："把光联科技股份处理掉。"

他身上烟酒味浓重，副总有点怀疑他不太清醒："光联科技？"

"对，光联科技。给你半个月时间，缓缓过渡，保持稳定。"听语气却又非常笃定。

"我们要撤出国内市场了吗？"副总试探着问。

他摇摇头："只是投资战略发生了一点变化。"

"根据什么发生的变化？"

"渠道信息。"他表述含蓄。

副总立刻会意："这样……"

对方正准备退出去，又被许承楷留住："还有，我要你做空丰遥。"

接二连三的决定都违反常理，副总不禁有点担忧，迟疑着说："稍等一下，我把分析员叫来。"

分析员被示意在许承楷面前分析丰遥相关情况："筑高收购丰遥后我们一直持续跟进关注，近半年数据都支持做多丰遥。"

"他是新来的吗？"许承楷转头问副总。

副总明白他的意思，略带尴尬地解释："不，他很能干。"

许承楷抬头看向这位被给予极高评价的下属，淡淡微笑着敲打他："那你应该懂怎么做了。我要做空丰遥，你去拿一些数据来支持我的结论。"

分析员看了眼副总，见他都不敢再发表反对意见，便识趣点头："好的。"

分析员先离开，副总犹豫半晌才开口："许总……"

许承楷抬起手做了个"打住"的手势："别问我，如果他真像你说的那么能干，数据会说服所有人的。"

副总只能妥协："好吧。能问问出掉光联科技后我们打算投什么领域吗？"

"骁盛。"

他蹙起眉："骁盛的持股我认为目前完全足够。"

许承楷也面露难色："没办法。陈萱很快就会去找沈昱结盟了。"

"真有必要涉入得那么深？"

他心如蚁噬，无奈地笑笑："总比光联科技强吧。"

留着光联科技这块鸡肋的理由已经完全没有了。

虽然副总也不知道许承楷长期持有光联科技是为了什么，但这么多年来他没动过一丝用光联科技做文章的念头，所有人似乎已达成共识，误以为光联科技可能事关公司的根基。

如今突然出现这么大变动，即使未必引起不良后果，也足以让鑫瑞上上下下陷入困惑。而唯一的理由，许承楷自己都觉得站不住脚，不提也罢。

就算是"十年一梦，精疲力竭"吧。

安逸时适度做梦倒也无伤大雅，但破釜沉舟之际再不集中精力就危险了。他甚至有点感谢唐韵在紧要关头这么决绝地把自己推开，正好让人清醒过来。

他独自靠在沙发上假寐了一会儿，直到下属进门汇报："有人看见吴嘉玲在西班牙出现过。"

许承楷睁开眼，勾起了嘴角："烟幕弹。她在洛杉矶生活过那么久，不会愿意走远的，去洛杉矶找。"

人哪有那么容易斩断与往昔的关联？

[6]

早晨一到公司就在走廊上碰见董秘，唐韵见对方有话想说，放慢了脚步。

董秘见机跟上来："关于鑫瑞增持骁盛的消息，我们这边是不是应该做出回应？"

唐韵一怔，但也没觉得有多意外："你想怎么处理？"

"我建议公开发表'欢迎鑫瑞成为重要股东'的声明。"

她点点头："可以。"

董秘完成任务，回了办公室。唐韵继续往前走，又迎面遇见从罗耀办公室出来的许承楷。唐韵先开口问他："增持了？"

"嗯。"他停在原地等她朝自己的方向走来。

"这会儿又有钱了？"唐韵的语气略带讽刺。

许承楷转过身不紧不慢地跟着她经过办公室外的秘书工作区。

唐韵与陈小希对视一眼，停顿片刻，没说什么，推门走了进去。

陈小希马上意识到她眼神别有深意，介于她身后跟着许承楷，是什么原因也显而易见。

小姑娘有点慌张，对许承楷指指唐韵背影，无声地做着口型："她知道了？"

许承楷暗笑她心理素质差，走过去时顺手揉了揉她的额发："没事。"

这么沉不住气还怎么做小间谍？

他边笑边推门，跟在唐韵身后进入。

许承楷上次大规模增持骁盛股份进入董事会，曾到公司和陈萱与董秘开会，陈萱把孩子也带到公司，会开了一半开始"母乳时间"，导致许承楷与董秘不得不去吸烟室暂避。

当时陈萱忙完后抱着孩子到吸烟室门外敲玻璃，许承楷出来后与她在走廊继续谈事时，秘书办的员工跑来通知陈萱，她丈夫银行工作组的人到了公司，想了解一些关于骁盛贷款的情况。

陈萱考虑到"利益关联"一事早就闹得人尽皆知，没必要再避讳，而由她自己出面接待更不容易出现疏漏，情急之下把怀里的婴儿塞给许承楷，许诺尽快回来，跟着离开。

许承楷一头雾水，托着孩子不知所措，就是在那种情况下第一次遇见陈小希的。

陈小希路过，看见走廊里站着个眼生的客人，正以奇怪的姿势拿着一个婴儿，婴儿离身体一臂距离，宛如捧着一个炸药包。

她满腹狐疑地走过去："您的孩子吗？"

许承楷无可奈何地笑，这大概排得上他人生中内心最无力的时刻前三名，怕她大惊小怪把自己当人贩去报警，只好含糊地"嗯"一声。

小姑娘眯起眼睛，明显不太相信："小孩不是这么抱的。"

许承楷敷衍道："我当然知道，但我刚从吸烟室出来，身上有烟味。"

陈小希看看他所处的位置，勉强接受了这种说法，心想这孩子还挺乖，以这么不舒服的姿势被举着也不哭不闹。

许承楷接着反问："你是哪个部门的？"

"我？我是唐总的助理。"

许承楷马上顺势把这烫手的山芋塞进陈小希怀里："这也是唐总的孩子，麻烦你处理一下。"

"欸？啊？"陈小希没反应过来，只是条件反射地接了过去。虽然她刚毕业没结婚，但好歹是个女生，对待小朋友不至于使用举炸药包的姿势。

不过这孩子也有点奇怪，被妥帖地抱住后反而大哭起来。

陈小希顿时手忙脚乱，一边轻拍哄孩子一边抬头追问："那……你是来找唐总的？唐总去项目点了。"

许承楷甩锅成功，如释重负地拍拍手："嗯，我知道。"

陈小希终于发现哪里怪怪的，用警觉的眼神斜看他："不对，唐总未婚。"

许承楷可不想留给她把婴儿还回来的机会，后退了一大步才说："嗯，她隐婚。"

获悉惊天秘密的陈小希眼睛骤然瞪圆。

仔细一想，按着婴儿的月份大致推算，出生时正是唐韵休假期间。

难怪年末那么繁忙的时候陈总都不得不准假！

"那现在怎么办？他是不是饿了？"陈小希问。

"不可能，刚吃过。"谨慎起见，许承楷又不动声色地偷偷退得更远一点。

"那他为什么哭？"

"嗯……性格像唐韵，难哄。"他一边给司机发短信让他备车，一边信口开河。

许承楷根本没想刻意在唐韵身边安插眼线，纯属歪打正着。

一起工作的起初几天，陈小希误以为许承楷和唐韵真是在公司隐婚的夫妇，不管他嘱咐留意关于唐韵的什么消息都有求必应，等不久后反应过来是许承楷开玩笑胡闹，已经上了"贼船"，怕唐韵知情后怪自己口风不严，只好被他半要挟着继续效劳，好在都不是坏事。交道打多了，明眼人也看得出许承楷喜欢唐韵，没存坏心。

他进了办公室，关上门第一句话："我在着手出掉光联科技。"

唐韵不太惊讶，略微抬了抬眉："把光联科技卖了，是不是意味着一个了断？"

他微怔片刻，转而露出苦涩的笑容，点点头，什么也没再说，转身出去了。

进门出门的过程以秒计数，但陈小希再抬头时觉得他离开时的神色与进去时截然不同，平日的潇洒不再，似乎有那么点悲伤。

他一直以为唐韵没有理解自己长期持有光联科技的用意，原来她心知肚明，只不过不愿回应。

[7]

如许承楷所料，陈萱果然主动联系上沈昱示好结盟。当天晚上沈昱就在酒店宴请了陈萱夫妇。

沈昱消息灵通，知道陈萱与同派系的董事通过气，在解聘唐韵一事上与许承楷起了分歧。

饭桌上提及这件事，陈萱还忍不住翻白眼："今天看他们发的'结婚声明'，真哭笑不得。"

指的是董秘安排的"欢迎鑫瑞成为重要股东"的表态声明。

"正常。"沈昱淡然以对，他又不是不明白许唐两人的关系。提解聘唐韵的条件，很大一部分原因也是想逼陈萱投靠自己。

"没想到。"陈萱冷笑，言语间掺了鄙夷，"原本听说她跟宫恪在交往就觉得荒唐，谁知这么快又搭上了许承楷。"

沈昱笑起来，耸耸肩："先后顺序错了。许承楷在前，宫恪在后。"

见沈昱是知情人，陈萱忘了重点，小女生的八卦之魂燃起来："嗯？唐韵在 KNE 的时候和他交往过？"

"不只是交往。许承楷的女人也不少，只不过唐韵有点特别。这么说吧，他今天的一切，是用唐韵的命换来的。"

"听起来……惊心动魄。"

"事关鑫瑞这么大公司的继承权，肯定惊心动魄。受伤的人是唐韵，那时候其实根本不是他女朋友，但他演技过人，装得比你哥还像情种，唬过了他爸。"

沈昱说得含糊，只言片语并没能完全让陈萱通晓剧情，但她再继续追问又显得过于俗气，只好按下好奇，先关心眼下。

"那其实，现在他态度强硬，其实也不是为了唐韵？"

"一半一半吧。把人用到命悬一线的份上，视其为座上宾也是理所当然。"

陈萱心中反倒有点可怜唐韵了，不自然地笑笑："我还以为，这圈子里有什么真情实意。"

"真情实意有，你哥算一个。"沈昱漫不经心地夹菜，"听说夏秋也是你同班同学？"

陈萱点头："她从小就是与世无争的校花，长得漂亮。"除此之外，也说不出什么特别之处了。

"是你介绍认识的？"沈昱随意闲聊。

"我倒没撮合过他们，自然而然就成了。"

"你们班到底有多少美女？"他打趣道，"也给我介绍一个。"

陈萱又笑："就只有夏秋、唐韵，其他都名花有主了。"

她没算上自己，沈昱顺势吹捧："你也太谦虚。"说着朝谢有恒举杯敬酒，"还是谢行长最有福气。"

不光是谢有恒，陈萱也高高地举了杯："这次特别感谢沈兄帮忙。"

她指的是沈昱动用了关系，做了些上层工作，让调查了几个月毫无进展的工作组终于撤走。

沈昱无意居功："本来就没什么事，真要掩罪饰非我也不敢，这个嘛，不过是举手之劳。"

陈萱觉得从前对沈昱误解有点深，他既不像传闻中那么跋扈，也不像传闻中那么野蛮，相处起来不算难。机关算尽这点，商场上谁不是如此？或许他才是更好的合作伙伴。

"谢行长是不是工作方面得罪了什么人？"沈昱接着打探，"毫无根据的案子查了十来个月，没有进展，却不撤走调查组，不太正常。"

"受我父亲影响。"谢有恒笑得有些勉强，"你也知道，我们这种人身不由己，原生家庭甩不掉，总会受点牵连。"

"不过话说回来，"沈昱感慨，"没有家庭的根基，也不会有这么年轻有为的行长啊。"

涌上他心头的却不仅有感同身受，最近听闻的消息有点影响心情，沈家前景不太好。

身在对立阵营，他本该高兴，但涉及亲属。

虽然道不同不相为谋，但是兄长在自己失势时也没有赶尽杀绝。更何况沈奕很少参与争权夺利，为人宽厚。官恪小朋友不太懂事，至多是理想主义一点，也没私心。

此时他才真正开始佩服许承楷，从前只觉得他是同类，做事合拍，互相理解。

可回想过去经历，许承楷没有软肋，不管有没有血缘关系都能下狠手。随时可以不眨眼地生杀予夺，对他而言，唐韵也不过是一颗相对重要的棋子。

真情实意？明显是个笑话。

[8]

陈萱家还有婴幼儿，离不开人。沈昱顺势早早结束了饭局，之后，他没有回家，而是去了宋音的住处。

宋音自从升任电视台副台长之后，只留了一档黄金节目《财经视野》，比她巅峰时同时主持七档节目轻松许多。

从前晚上八九点她不可能在家。

"不过人清闲下来，反而觉得有点寂寞了。"她帮沈昱挑着酒，回头问，"你喜欢00年的，还是03年的？"

沈昱不太能喝混酒，刚与陈萱夫妇吃的是淮扬菜、喝的是黄酒，但宋音这里的红酒绝对不容错过："柔和一点的吧。"

宋音把那瓶00年的红酒放回去，开了03年那瓶，为彼此倒上，走过去递给他："你这又是从哪儿应酬回来？"

"和骁盛的陈小妹吃了顿饭而已。"

宋音在他对面坐下："你现在还有闲工夫插手骁盛？"

沈昱露出玩世不恭的笑容："不然我还能干吗？力挽狂澜？明天头点地，今天有钱也得赚，不是吗？"

宋音安静地看着他："真无情。"

"多情又能做什么？我有钱，你有话筒，可归根结底也不过是炮灰，能自保就不错了。神仙要打架，神仙知道自己会付出什么代价。"

宋音也玩牌，看得出他在硬撑："心里难受吗？"

"当然难受。我还是第一次遇见明知要赚翻我却不能买的地。"

宋音呷了口酒："我以为是明知家人要遭殃却不能相救更让人难受。"

"对你来说是那样吧，但你不是也过来了？我这人心比较硬。"沈昱并不想继续听任她随便分析自己的心理，"这事你除了告诉我，还告诉过别人吗？"

"也许有那么一两个'别人'吧。"

沈昱眯着眼盯了她好一会儿，猜道："许承楷？"

她的表情立刻验证了这个猜测。

"许承楷这王八蛋真是……天上掉馅饼的人生赢家！"沈昱大笑起来，"你告诉他是什么目的？想让他大赚这一笔，然后跟他结婚？"

"你的脑洞怎么总这么荒唐？"宋音说。

"现实才更荒唐。"沈昱冷笑一声，反问道，"你们女人为什么一个两个都要爱上许承楷？他到底哪点比我强？"

宋音懒懒地陈述："他比你情商高啊。"

要想扳倒沈家，还差最后一步棋。宋音正是在走这最后一步棋。沈昱潜意识轻视女人，没想过她也是局内人。沈奕只有被坐实违法牟利才能带那一连串的人下水，沈昱以为这会在新区公布时一锤定音，但宋音却不是这么打算的。

既然有机会能让许承楷赚个钵满盆溢，为什么不双线并行？该争权的争权，该生财的生财。

沈昱对宋音有大恩，她不会坐视他成为牺牲品。也只有当她出了力，才好跟长辈们谈条件确保沈昱平安。

他自己却没有意识到，单以"爱情"作解。

[9]

然而谁知宋音也计算失误，她大概从没想过看似双赢的计划会在许承楷这儿出岔子的可能性。正常人怎么可能有钱不赚呢？偏偏现在的许承楷不太正常。

许承楷怎么也无法想象自己居然会变得如此不理智、不清醒、不合逻辑。数以百亿计的利润放在眼前，他却因为这将会对唐韵带来连带伤害而犹豫。

潜意识的活跃还是使他睡不着，但醒着的他却控制不住自己去想唐韵。

唐韵悟性这么高，他把宫恪家里要失势的消息透露出去，她用不了多久就会想通其中联系给沈奕预警。

最终她会怎么想？也许会认为自己是为了争取更多利润才这么做。反正许承楷在她眼里横竖就是个商人。

他想不通的是，自己在愤愤不平些什么。

唐韵对自己的印象是他从最初就坚持坦白造成的，而她狠起来能到的境界比他更远，他早就领教过了。哪怕是爱唐韵这件事，他也从来没大惊小怪。

可是这一切怎么能和生意相提并论？

自从听她亲口承认和宫恪的关系，他就莫名陷入了一种无法定义的愤怒。

简单归类，唐韵是爱人，宫恪是情敌，那又为什么要给宫恪家人逆转局势的机会？而宋音对他的信任，他并不是没有领会。宫恪的母亲提前脱身，就意味着宋音的家人功亏一篑。事情本不该如此进展。

在宋音和唐韵之间，为什么会毫不犹豫地选择唐韵？他感到一丝恐慌。

突如其来的电话打断了他的思绪，他知道和唐韵有关。

没有人敢在凌晨打他私人号码，除非他事先嘱咐过无论什么事件只要唐韵那边一有动作就得到汇报。

电话里的消息果然如他所料。

"唐韵去了沈奕家。"

许承楷看看手表，凌晨三点半。看来唐韵只用了不到一天就贯通全局，该夸她聪明吗？

可是这么看来，唐韵能对话的人还是沈奕，宫恪和她能有什么共同语言？

按理说以唐韵的年纪，被阳光单纯的小男孩吸引也不足为怪，沈昱还整天找 90 后女朋友呢。但她在为宫恪消费自己的人情，难道能仅仅用"色令智昏"解释？

[10]

"你的意思是，让我把 60 亿收来的地债权转让给许承楷？"沈奕看着唐韵慢吞吞地总结反问。

唐韵原以为在凌晨时分上门叨扰足以令沈奕提高警惕，可实际效果却不尽如人意。

她以为的一场拯救，反而先得向对方证明诚意。

没等她回答，沈奕接着说："以往你和宫恪感情好，我不便插嘴。给够你尊重，也算给宫恪面子，毕竟孩子不是跟着我长大，我说话做事都有顾虑。但这不代表我一家人糊里糊涂。"

"您什么意思？"唐韵从她话中品出敌意，不如开诚布公问出口。

"我找人调查过，你和许承楷关系非同一般。'玄武门之变'，对吧？你才是最关键的因素。"

唐韵一时不知该如何作答，兀自笑了笑。

她没想到这么多年过去，当年给许承楷支的招，如今还能发挥效应，真是作茧自缚。

见证了她的神色陡变和无言以对，沈奕想着她大概无计可施了，乘胜追击道："我们家的人虽然平时在外做事谦和，但也并非柔弱到任人宰割。宫恪喜欢你，我认同他的喜欢，可这也不代表我不会替他打算将来。"

唐韵猝不及防，不知他母亲要怎么把自己和他的将来做切割。

"你外公这辈的确人才杰出，但你母亲是把你当标本养的，不是吗？"沈奕说，"通琴棋书画，也才华横溢，能打双陆，会摸骨牌，最关键的是，危机时能派上用场。唐韵，你有价，对不对？"

唐韵张了张嘴，却没说出话。

没想到宫恪的妈妈是这样看待自己，可是也并不意外，她猜测得一点都没错，自己就是出身于这么庸俗的家庭，妈妈对自己的培养方向一直是为了将来用婚姻换取更多利益，高中家里出变故，妈妈对她的要求也正是如此。眼下的局面，在对方眼里像是自己与许承楷勾结起来设局蒙骗宫恪，站在对方的立场逻辑也非常通顺。

唐韵只是有些惊讶，对方从来瞧不起自己，之前却能伪装得滴水不漏，不如想象中简单，不如想象中亲和。高手过招早就开始了，而自己只是蝼蚁。

可是她不认为自己会输。她能扔掉家庭影响独自前行，宫恪也能，为什么非要混为一谈，他母亲的态度并不能代表他。

她出于善意，却被曲解至此，本来没有必要。

她眼里噙着泪，话还是说得客客气气："我今天上门，没有任何意图，甚至牺牲了自我利益只想成全宫恪，却没想到是这种结果。我从小耳濡目染，确实知道很多非常手段……"

她从对方的目光中读出轻蔑，觉得忍气吞声还是太难，哽咽了一秒。

"但我不会用在宫恪身上。"她站起身，"信不信由你，宫恪会信我的，你这母亲注定失败。"

她转身离开，知道气势不能输，可是话说得太满，她自己也没有胜算。

为什么要跟他的家庭反目？

为什么要放出无法控制的豪言？

宫恪对自己的情意，未必经得起风浪。

[11]

唐韵回去后只睡了不到三小时。带着昏昏沉沉的思绪，她早起冲了澡，稍微清醒一点，还吃了点食物垫垫肚子，下楼准备乘车去公司。

刚出了门，她转过身看见宫恪从一辆小面包车的前排走出来，几乎要喜极而泣。

她根本来不及思考他出现在这里是因为眷恋还是不舍，离开的时长不足以按日计数，可忍耐的煎熬却争分夺秒。

在看见宫恪下车的瞬间，她眼泪忍不住落下来，说不出为什么。

而宫恪竟然没有神色变化，这让她隐隐有些不安。

毫无征兆的现实总是这样扑面而来，令人措手不及。

她愣在原地，收敛笑容，等宫恪走向自己，犹如坐以待毙。

宫恪面无表情，对她出示证件。她才看见他身后那辆车上还跟下来其他人，其中那个年轻女生很快走到宫恪前面来，对她说道："唐韵小姐，请您跟我们去一趟公安局协助调查。"

唐韵擦了擦眼睛，看了宫恪一眼，宫恪的视线转向左侧绿化带，没有看她。

几秒之前她已有不祥预感，但只猜测或许他妈妈和他联系过，没想到并不是家务事。唐韵瞬间打起十二万分精神，在脑海里迅速整理着思路。宫恪在调查吴嘉玲和高雷，难道上海项目有什么连自己也不知道的猫腻？他神情这么严峻，好像藏着敌对情绪，是什么在一夜间让他对自己失去了信任，连辩解的余地都没留？

唐韵跟着坐进车里，暗暗命令自己冷静下来。

一路上车内没有人说话。

尽管频繁受到精神打击，并且严重睡眠不足，但是下车时唐韵也已经差不多猜到事情起因。能让宫恪认真生气的事只有一类，他在感情上要求绝对忠诚，平时给予足够信任，可是一旦这种信任被辜负，他翻脸的决心也不容动摇。哪怕真的掌握了什么唐韵犯罪的证据，截止到目前她也只是个嫌疑人，他不会不给她解释的机会就先下定义生气，只能是感情问题。

与吴嘉玲不可能有感情纠葛，只能是高雷了。

大概和那次"温泉之旅"有关。

[12]

唐韵许的愿没有灵验，回了办公室宫恪并没有离开，与自己隔着会议桌相对坐下了。年轻女警官负责提问，边问边用笔记本电脑做着记录："唐小姐，请问您认识和中集团的高雷吗？"

"我认识，他也是我们和盛的董事。"

"请问您和高雷私下有交往吗？"

"有。"

"能否具体说说是什么样的关系？"

唐韵往宫恪的方向看了一眼，他没有看自己，她半垂下眼："恋爱关系。"

宫恪的手就在会议桌上攥成了拳，但表面看起来还是没什么情绪变化。倒是年轻女警发出了一个意外的语气词，还沉不住气地腾出手挠了挠脑袋："恋爱？你知道高雷已婚吗？"

"我知道他已经签过离婚协议了。"

宫恪没想到自己无意中透露的信息竟成了她自辩的出路，黑着脸直接起身走出了会议室。没过一会儿，换了另一个人进来坐在他的位置。唐韵多少松了口气，接下去应该能变得容易一点。

她抱了点事后还有机会对宫恪解释的希望，但眼下他坐在这里，她说的每句话对他只能是伤害。

如果自己和高雷的一次酒局、一次出行都被当作重要证据追查，说明警方没有两个公司之间经济往来异常的证据。她不能让自己成为一个骁盛被全面调查的突破口，必须把联系从自己这里斩断。合作公司两位非婚姻状态的高管谈恋爱也说得过去，但如果自己作为骁盛高管给和中高管输送利益性质就完全不同了，解释权归别人。

骁盛不能被查，它不是没有问题，任何一家这么大的集团企业都不可能没有一丁点问题，和平状态下被揪着查一查也无伤大雅，但目前它可是被几头饿狼盯准的肥肉，一点负面消息都可能影响全局，让人有可乘之机。

也许其中利害，日后宫恪能想明白。她宁愿他不要想明白，明白后他会陷入职业道德和感情的两难选择，不如让自己来牺牲。决定是这么做的，但实践起来并没有那么理想化，她根本没办法当着他的面说出刺痛他的话，他走了最好。

"……记不记得你去年十月二十一号去了哪儿？"

"在温泉酒店。"

"有什么消费吗？"

"记不清了，查了银行卡明细可能能回忆起来。应该是叫了酒水和按摩。"

"叫了什么酒水？"

"红酒，有年份的。"

"是什么品牌的？"

唐韵缓慢地眨眨眼："不记得了。"

"一个周末消费十几万，你什么细节都不记得了？"

"相对我的年薪，也没多少。"唐韵拿出香烟准备抽，"不介意我……"

"这里禁烟。"年轻女警示意了一下墙上的标语。

唐韵把烟收回去，继续道："他在国企，薪水跟我们私企不能比。出去一般都是我埋单。出去的机会也不会太多，大家都忙。"

女警官打字速度很快，抬眼看她："他没有你那么忙，还有其他女人你知道吗？"

话题超过了工作范围。身边的男警官咳嗽了一声。

唐韵换上了有点感伤的表情："是吗？"

女警官有点愤愤不平地起身，往外走："我去打印出来你确认。"

会议室不大，只剩两个人面面相觑，瞬间安静下来。唐韵庆幸盘问终于告一段落，人松松地斜靠在座椅里。

门又被打开，回来的却不是刚才离开的女警官，而是宫恪。

唐韵瞬间恢复正襟危坐。

宫恪依然黑着脸，手中拿着两张A4纸，进门后没看唐韵，直接对剩下的男同事说："打印机卡纸了，你去帮她看看。"

把人换出去之后，宫恪坐下来，看都不再看她，没沉默多久："恋爱关系？"

唐韵没回答。这种场合她没见过，不是审讯室，只是会议室，但她不确定有没有监控。

他展开手里遍布褶皱的纸张，看上面的字："酒水和按摩。"他接着冷哼了一声。

唐韵依旧没回答。她默默命令自己沉住气，将来有的是机会解释，宫恪孩子气，自己不能跟着感情用事。

他把手里的纸张团成一团扔出去，纸团在她面前有个落点，继而弹向身后很远。

她颤抖了一下。

"那天晚上你给我打了电话吧？"他的视线向她甩过来，一开腔却不是咄咄逼人的语气。他眉头紧蹙，声音显然是哽咽了。

她始料未及，胸口像挨了一闷拳。猝不及防地，眼泪直接落在下颌。

去打印笔录的女孩推门进来，感觉室内气氛有点奇怪。宫恪欲盖弥彰地看着半空一无所有之处，而唐韵迅速地抹去了颊边的泪水。

女警官满腹狐疑地让唐韵确认笔录内容后签字，另一个男孩进出两次留存她的护照复印件。本身这恋爱关系就让人大失所望，唐韵的陈述也没有出入，办案人员都没太多热情继续追究。她要离开时，宫恪已经又恢复冷言冷语的状态，甚至探了个头在门口喊人要车，送唐韵回去。

人送走后，小姑娘才按捺不住开始八卦："这个高雷看上去又土又蠢，怎么漂亮女朋友这么多。按理说唐总也不缺钱啊。"

男同事说："这就是权力的魅力。"

"哎，"她向宫恪凑过来，"她刚才干吗哭？"

到底还是看见了。

"大概是真爱吧。"宫恪轻描淡写地答道，弯腰捡起地上的纸团。

[13]

许承楷早上五点出门前就得到消息，唐韵会因为和高雷的私人账务往来被带去问话。他知道工程合作方之间总有许多灰色地带，这种事在所难免，唐韵应该应付得来。可是汇报一点点具体起来，焦虑还是免不了逐渐加剧，唐韵的司机报上带走她的车牌号。许承楷稍稍打听，得知是宫恪所在的部门。

有他关照，应该轮不到自己操心。

但不知为何，他对这晚辈放心不下，会议上频频出神，罗耀一句话说了三遍，终于忍不住提醒他回神。他却懒得再装腔作势，在众目睽睽之下径直推门走了出去。

唐韵被问询的时间前后不过三小时。

这三小时许承楷一直就等在马路对面的车里。

直到院子里驶出早上听过的车牌号的车，他隐约见车后座的女人看起来像她，让司机跟上去。

过了两个路口，警车停在路边，唐韵从车上下来，和司机好好道过谢。车开走了，她继续往前走着。

"要不要跟上去接她？"司机回头问许承楷。

"等等吧。"他一手支着下颌看着车窗外。

唐韵目送警车驶离自己的视线后停住脚步，从包里掏出香烟点着，一口一口把烟深深吸进肺里。心脏真实地绞痛起来，她不得不用手按压，不管有没有科学依据，或许能抑制痛感，但就像按下一个按钮，痛楚向四周扩散，迅速占据了整具身体。上升的烟雾使她的视线更加模糊了一些。

也许是由于烟雾营造的幻觉，从许承楷的角度看过去，她的脸色过分苍白。

他纤长的手指停留在车门触控开关上，只是没使上劲。他也不知道自己到底在等待什么信号，是不是她落泪了他才好顺理成章地走出去做一个骑士。

阳光变着角度打亮她的脸，偶尔几个瞬间眼里才出现闪光。

第六章

气　旋

[1]

前一个休息日，骁盛也并没有停止工作。楼盘开售第一天 40 亿进账，高管都关注到晚上十一点，经理们在各种工作群里发了红包。许承楷却没放太多精力在这件事上，他照常在早晨四点半起床工作，前夜高涨的士气此刻已化成餐桌上备忘录中不起眼的一行简报，有更多宏观层面的事务需要他尽快决策。

具体经营从来不是他的工作范围，他必须花精力去决断的通常是那些巨额资金的支配和高层关系的维护，也许只有项目意外停工才能引起他的注意。房子怎么建、建好怎么卖，他懂得不如唐韵多，从前他以为唐韵也和自己一样只对财务在行。唐韵在短短两年内对公司业务了解这么深入让他刮目相看，也正因如此，当他看见备忘录中那行字的瞬间就想起了唐韵。

有四五天没见唐韵了。

对每天工作十几小时、开六七个会议、不时连飞两三个城市的许承楷来说，这本不是什么稀奇事，所以也就没引起更多注意。上午十点，在战略部的营销回顾会议上露了个面之后，他才觉得有点不对劲，自己不关注销售实属正常，唐韵不关注销售就奇怪了。

出了会议室，他又被等在门外的顾峥拖住。

"上周活动被叫停的原因搞清楚了，是这么回事，"顾峥跟着他边走边说，"有个年轻女孩去项目点上应聘，水平太差，人事不仅没录她，还奚落了一番，谁知道她是副区长的女儿，她又没表明身份，身份也没写在脸上，我们怎么知道呢？回去以后越想越不开心，就跟她爸爸说了。那当父亲的肯定要做点什么来找回场子，所以这个……"

许承楷声音低沉，语速有点慢，慵懒中透着不悦："做人事，这点眼力都没有？"

"年轻人比较低调，穿着打扮也看不出身价，当然显得普通，要是像唐总那样的样貌着装也不至于……"

许承楷借着身高优势居高临下睨了他一眼，顾峥立刻噤声。

拍马屁的奥义是适可而止，拍在马腿上可就适得其反了。公司里有些传闻，说唐韵和许承楷关系不一般，顾峥往这方向讨好却收效不佳，自然就此打住。要么是传闻有假，要么是许承楷不愿公开，总之还是谨慎为妙。要管理一个项目，对上对下都得"有眼力"和"厚脸皮"，这只是其中之一。

许承楷幽幽地开口："你有什么处理办法？"

问得正中顾峥下怀，他其实早有对策，只为表功而来，如此这般地说明一番，两人已经走过长长廊道，进电梯，又下了两层楼。

许承楷听完卖弄，点点头表示赞同，脸上没有不耐。顾峥喜不自胜地离开，他才长呼一口气。

要是唐韵在公司，这些鸡毛蒜皮的小事根本轮不着耗费他的时间来处理。管理公司对上对下都得有包容心，这只是其中之一。

关键问题是，唐韵去哪儿了。

他绕到唐韵办公室门口敲敲助理的桌子，语气不太友好："唐韵人呢？"

陈小希本能地感到危机，抬起头立刻正襟危坐："唐总请病假了。"

"病假？"许承楷一愣，语调不由自主地温柔了一点，"什么病？"

"流感。"

许总问话一向气势逼人，陈小希刚打起十二万分精神，如临大敌，对方却偃旗息鼓没了下文。

看表情，陈小希分辨不出许承楷的喜恶，只见他转身就走了。

被警方带去问询已经是好几天前的事，难道她还没打起精神？这才是真正反常之处，唐韵不是会为了感冒扔下工作的人。

许承楷一边折返一边拨唐韵的手机号，直到等待音终止都无人接听，这更给他添了一丝心慌。

罗耀散会后就在四处找他，在走廊上看见他时露出邀功的笑容，迎着他走过来,似乎有什么话想说。许承楷却对他做了个"打住"的手势,加快步伐从他面前经过,径直进了电梯。

罗耀停在原处一时没反应过来,眨了眨眼睛。在他转身向陈小希打听出了什么事的时候,许承楷已经坐上了车后排:"去唐韵家。"

车刚启动,他又接到电话,是沪升置地的现任总裁打来的,这事比唐韵紧急。

刚开出去的车掉了头。

[2]

唐韵家临江,上午九十点钟正是早高峰拥堵时间。就算是休假,她也在七点醒了,和宫恪交往时睡懒觉的毛病不治自愈。

这一个多月来宫恪没有联系她,电话打过去也不接,应该算是态度明确的分手了。

唐韵进厨房做好两份美式早餐,要端上桌了却怎么也找不到餐刀,一旦注意到这个细节就不难发现,整个厨房里同样形状的物品只剩下做蛋糕用的三把型号不一的硅胶刀,所有金属利器都不见了。不用想也知道是夏秋的功劳。夏秋听说唐韵和宫恪分手的消息放心不下,来她家陪住了几天。

唐韵哭笑不得,取了筷子把餐盘端出去:"这也太夸张了,又不是青少年,怎么可能分个手就开始自残?"

"生理自残是我能监控的,心理自残就难说了。"夏秋自然地取过筷子夹起煎蛋咬了一口。

唐韵垂下眼,仔细回想自己是不是在夏秋面前显露过"前科",答案是否定的。于是她找回成年人的淡定:"你知道没那么严重。"补充道,"没上次严重。"

"是沈昱吗?"

唐韵听这名字有点陌生,愣了愣:"……什么?"

"那时候伤害你的人。"

"不是。"

虽然唐韵一再否认,但夏秋好像认定她仍然忘不了沈昱。她只好苦涩地笑笑。

　　一切刻骨铭心的感情最终都会归于平淡、无疾而终，第一次让她明白这个道理的其实是许承楷。她陪他经历过的比他所知的多。当她处于热恋时，曾偶遇父亲，父亲倾家荡产、穷困潦倒，却依然能明察秋毫。她对他谈起许承楷种种浪漫与柔情，他却只问："他说过要娶你吗？"

　　"不是他不愿意娶我，是我不愿意嫁他，我总在他面前表露出种种顾虑，所以他不会轻易信口开河破坏我们的关系，但我感觉得到他爱我。"那时的唐韵说。

　　而父亲摇了摇头，轻蔑一笑："你真是个傻孩子。"

　　她毅然从牌桌上离开，越跑越快，回到自己正常的生活中去，却没想到自己的正常生活不过是一桌赌注更大的牌局，她押上的是整个人生，却险些输得一无所有。

　　"你对每段感情都投入太多，又没碰上过真正合适的人。"夏秋总结道。

　　唐韵回过神，笑笑："运气差。"

　　"忠诚、坚定、没不良嗜好的人就已经不多了，要一起生活能和你精神适配的就更少，再排除脾气坏的、以自我为中心的、幼稚冲动的，全世界还剩下几个呢？我也不觉得自己能有这种运气，所以只能理智一点，少期待一点，受伤了就跑。"

　　"我已经比以前清醒很多了，不会追着别人要他们根本没有的东西。"

　　正说着，门铃的乐曲声响了。夏秋抬眼与她对视，询问可能是谁的猜测。唐韵摇了摇头，起身去开门，在门禁的小窗口里看见是陈萱。她稍稍犹豫，放了她进来。

　　她猜陈萱是来求和的。这些天她不是因为失恋而请假，当然更不可能是因为流感。请假的目的也不是为了推开工作和责任，反而是为了守住工作和利益。

　　陈萱是个有才华、有心术而且精力充沛的女人，但有这些优点并不意味着她就具备管理大型企业的能力。她过于好的出身让她不接地气，她根本无法预测出身没她那么好的高管们的行为轨迹。

[3]

在唐韵请病假的第一天，陈萱就迫不及待地回到了骁盛坐班办公，她将此视为夺回领导权的最好机会。午餐时她和财务副总、法务总同桌，假装不经意地透露了唐韵请假的"真实"原因。

"她不是因为骁盛而被带走调查，而是因为和高雷的桃色关系。这种消息总是传得很快，对公司带来的负面影响不容小觑。董事会已经在考虑是否让她继续担任 CEO。"陈萱呷了一口威士忌，现在喝酒有点早，但酒精能让她兴奋起来，这对一个精神抖擞的开局是有好处的。

她的就餐对象不是随意挑选的。自己已经选择了弃车保帅的战略，唐韵离开后，许承楷更不会帮着自己，要想平稳过渡，首先应该笼络好财务副总杨盼，让他取代许承楷撑起公司的日常运转，而财务副总正好乐意为之。

在郭永国去世后的三个月内他代理首席财务官主持工作，完成得还算不错，本以为能顺势上个台阶，谁知空降了许承楷。许承楷的资源和能力不是他可与之竞争的，但他也明白这不过是临时过渡，许承楷不可能在骁盛任何一个实权职位上坐太久，最终首席财务官还是会由他接手。如今看来，随着陈萱掌舵，进程似乎有望加快。

这种急转直下的局面却让法务总顾问李则典忧心忡忡。他见识过唐韵出色的工作能力，眼下公司正面临被恶意收购的风险，唐韵留在公司继续效力才更有利于公司整体发展。诚然，她和高雷搞在一起于道德层面算得上丑闻，但这归根结底是她的私生活，他并不认为是足以导致被解职的滔天大罪。

唐韵的社会身份首先是公司 CEO，在工作决策上她没有犯错，在私生活上也没有违法。任何成熟的企业都不会仅仅因为男性高管不道德的情史让公司蒙羞就临阵换将，那么如此对待一个女性高管就同样说不过去。

更何况陈萱自己也是女性，她对待同为女性的唐韵缺乏同理心，将"内幕信息"随意地当作餐桌闲谈昭告天下，这让她性格中残酷的部分过早地显山露水。

李则典经验丰富，已经能预见一个锋芒毕露的领导者将会给企业带来哪些麻烦。在这次谈话中，他并没有像杨盼那样积极地附和陈萱。陈萱却未能觉察法务总与自己拉开的距离，她将对方的少言寡语简单地理解为老谋深算、不轻易站队。

也许陈萱潜意识是能够觉察的，只不过她情感上不能接受，她知道自己接下去的一系列举措必须得到李则典的全力支持，因此对自己进行了乐观主义催眠。但没想到让她措手不及的灾难却是一场台风。

前一天下班前下起了大雨，陈萱从地下车库直接上车回到家，对风雨没有太直观的感受。晚上起了风，工人们迅速把三层加厚玻璃窗通通关上，室内连一丝多余的噪声都不曾有。倒是孩子被频频出现的闪电吓哭，她哄着孩子入睡，依然没意识到天气变化的严重性。第二天一早，厨房里在议论两天没买到新鲜蔬菜。

陈萱好奇插问道："怎么会买不到蔬菜？"

工人回答说："周边地区都遭了台风，新鲜蔬菜很难运过来。"

这是她几天来第一次听见"台风"这个词。也许使用手机时还看见过几次，不过她没留意。

"哦。"她没有继续发表意见，而是转移了话题。

一天不吃新鲜蔬菜也不会造成什么危害。

直到她抵达公司，才被办公区用盆和桶接水的"盛况"所震惊。为了弄清楚发生了什么，她重新走进电梯下到一楼，场面可以用"惨不忍睹"来形容，整个大厅满地水迹，打卡系统因为渗水短路，坏了四个通道，正在抢修。员工无论职级高低都拥堵着缓慢通行。

因为台风天飞机无法起飞，许承楷回了骁盛，刚从正门进门。他穿一套纯黑的窄肩束腰西装，特别的是内搭白衬衫的下摆从双排扣处开始外露，比外搭边缘略宽，巧妙勾勒的白边看起来像一把出鞘的利剑，又有点戏谑味道。回头看见他的部分员工正为他让出一条道。目光穿过人群，看见陈萱面对水灾目瞪口呆的表情，他忍俊不禁。

陈萱却没有笑，反而把他的笑曲解为嘲笑。

罗耀从许承楷身后快步挤到她面前，正迎上她的愠怒。

"因为魔都结界，以前台风都会绕道，要不是这次迎难而上，还不知道我们骁盛大楼这么不经风雨。"

本是半开玩笑，陈萱却黑着脸质问："号称要做地产龙头企业，却连自己办公大楼都在漏水，是什么值得自豪的事？"

罗耀一愣，对矛盾突然指向自己有些意外，立刻噤声。

她的骄傲不允许这种难堪发生。

"2702 开会。"扔下这句话，她就转身从总裁电梯离开。

"有必要去 2702 ？"罗耀一头雾水地挠挠脑袋，回身问许承楷。

2702 通常是部门经理以上全体高管开会的大会议室，在这里开会意味着到会人数不少，规格不小。但目前亟待解决的状况只是办公楼在台风天漏水，未免小题大做。

许承楷还是笑，悠哉地把左手插在裤子口袋里，右手按下目标楼层："说不定 2702 漏水最严重。"

电梯门关上了。

[4]

陈萱再次始料未及，空旷的会议室里高管们悉数到场，唯独工程部经理顾峥缺席。她震惊得无以言表，痛心疾首地发表演讲："我真不知道我们的企业精神在哪儿。只不过一次台风来袭，重要岗位的负责人就纷纷缺位，这难道不是玩忽职守吗？其实接手公司以来，我已经发现我们的管理层结构存在不合理之处，身居高位者习惯于享受恒温休息室里惬意的阳光和咖啡，每天在里面消磨好几小时，严重缺乏竞争意识和服务意识，这都是因为……"

"对不起我先打断一下。"错过落座时间，一直站着听她训话的那位工程师终于忍不住插嘴道，"我们经理不在这里是因为，他去东海良景项目点了。"

到底是技术岗工作人员，不太懂得说话的方式和时机。整个会议室气氛骤冷几摄氏度，一时鸦雀无声。

陈萱努力保持面不改色，冷静地追问下去："已经完工四个月的项目点能有什么事？"

"其实这次台风登陆，已完工的九个小区都不同程度出现了排水困难。"这情况他本没有必要汇报，只为反击陈萱"何不食肉糜"的责问，后一句才是正题，"良景小区是因为外墙脱落，业主担心路人安全报警了，现在警方和项目部主要责任人都在现场处理。"

"外墙脱落？怎么回事？"陈萱蹙眉。

工程师用手机投屏在会议室展示器上呈现了几张照片。两幢高层外墙自上而下有宽两米长二十余米的外墙贴片剥落。

陈萱的脸色越发凝重："怎么会出现这么严重的工程质量问题？"

在座的高管面面相觑，互相交换眼神。十级以上台风本不常见，出现这些突发事件也是自公司建立以来首次，而陈萱不知轻重，一句话定性成工程质量问题，有些信口开河不计后果了。

顾峥不在场，罗耀不得不挺身而出控制局面："工程方面我是外行，但我个人认为最好不要单凭几张照片拍拍脑袋就开始追责，毕竟我们的技术人员现在正奋战在解决问题的第一线。"

陈萱对罗耀公然反对的发言颇为不满，急于找回控制权，狠狠用食指向下戳着会议桌面："这就又回到了今天这场会议的主要议题，为什么出现了这么多紧急情况，我们的高管却都无动于衷，没有一人奋战在第一线？"

强撑气场的自负已经让她逻辑不能自洽，顾峥几分钟前还被当作玩忽职守的高管典型被批评，此刻批评无人在一线他又被排除在了高管行列之外。

许承楷实在忍不住，用松松蜷起的手挡在嘴边掩了掩笑意，眯起的笑眼却把他出卖。

陈萱面无表情地看向他："许总有什么看法？"

许承楷正襟危坐，对全体人员正色道："我觉得陈总提出的问题值得重视。"

这句话像定海神针一样稳住了势态。虽然陈萱颐指气使又不着边际的追责听起来可笑，但许承楷表态支持她，是个值得深思的信号。

急于在公司新主人身后占据一席之地的财务副总开始修正自己的职场规划，现在看起来，陈萱要成功接管公司离不开许承楷的帮助，这意味着他还要再在原职位上多等一年半载。

而法务总顾问正在重新判断董事关系，许承楷的能力可以消除一部分陈萱造成的负面影响，更重要的是，是否全体董事已达成一致意见将唐韵视作弃子。首席行政官曾杰是应唐韵邀约进入骁盛的，在他过去的认知中，陈萱始终与唐韵统一战线，如今为什么突然对工程质量直接提出批评。要知道唐韵在担任 CEO 之前的职位可是主管项目的副总。她们关系破裂一定会影响自己职位的稳定性。

差不多身份、被视为唐韵心腹的梁欢倒没害怕高层暗斗对自己的工作造成影响，她对许承楷与唐韵的感情很有信心，也知道陈萱与唐韵之间产生了不可调和的矛盾，但是今天这场大戏让她实在怀疑陈萱继续膨胀下去会不会一手搞垮公司。

罗耀则认为，许承楷比陈萱位高，没必要对她虚与委蛇，而任何一个理性行事的人都不可能支持陈萱这么荒唐的行径，那只有一种解释，许承楷失去了理智。也许唐韵已经是他的过去式，陈萱刚和他走到一起，豪门的情感纠葛肯定很丰富，已婚又能阻碍什么。

销售副总付洋是个徒有虚表的美男子，他只是有点担心陈萱所指控的喝咖啡、晒太阳主要是针对自己。除他之外的一群老狐狸急速运转着脑力，会议室内气氛较之前凝重了不少。

陈萱对此非常满意，她认为应该乘胜树立自己的威信，于是做出了她职业生涯中最荒诞的决定："既然这样，我们应该立刻开始着手改进工作作风，所有高管都赶赴项目点，去抗灾前线。"

【5】

顾峥本来已经在和物业部门互相递烟，到场警方见没有事故实际发生，也准备撤走了。陈萱突然带着许承楷从天而降，让他不知所措失去了方向。

听说陈萱一早开会把所有高管派往了各个项目点，顾峥的第一反应是"那不是添乱吗"。

起初，陈萱和许承楷只是分别坐在各自的车上听顾峥汇报。后来雨势渐小，陈萱坚持要下车亲临现场，许承楷捧场到底，不得不也下了车。

顾峥拿不出一个立即生效的解决方案，这让陈萱极度不满。

"我认为这是你们的工作失误，理应立刻马上补救，现在就派人抢修。"她一再强调必须当场就把维修人员叫来，但顾峥也一再强调这不现实。

"要维修外墙只能高空作业，在这种天气是不可能的，承包商不会派人过来，出了事谁也负不了责……"

"这是你的问题。"陈萱果断打断他，"找个负责的承包商，负不了责就换掉。"

顾峥一时无语，虽然知道她在提无理要求，但她到底是自己的顶头上司，只好照她说的办，走到室内去尝试给承包商打电话。结果当然是被拒绝。

但陈萱并不放弃，指示他换一家联系，直到通讯录上有任何一家承包商愿意派人来。

"但那些我们没有合作过的乙方，我怕……"

陈萱依旧没让他把话说完："没合作过的，通过这次事件看见他们的能力，以后就可以展开合作了。"

顾峥再次语塞。她又很轻率地撕开了引入新承包商的口子。

在整个过程中，她一直坚持站在风雨里，哪怕现场的警务人员劝说她为了安全先回车里后退到远一点的地方，她也没有同意。顾峥不得不在没有风声干扰的楼道里打电话，再一次次冲向雨中向她汇报。

这样一位身材娇小的女性都在风雨中展示着坚强的意志，许承楷如果回车里就显得太缺乏男子气概，于是只好也在外面继续待着，他顶多是站在稍高一点的台阶上避免鞋被积水没过。公司的一号二号人物都在原地坚持，没有任何工程部或物业部工作人员敢后撤一步。警务人员担负着保护市民的职责，也骑虎难下，只得陪在附近。

场面看起来充满了牺牲精神，十分悲壮。

讽刺的是，报警的那位业主的初衷是担心路人被脱落的外墙砸伤，结果现在几十人聚集在楼下等着挨砸。

折腾了好几小时，顾峥遗憾地告诉她没有任何一家施工单位同意在台风天派人高空作业。这不是陈萱乐意接受的结果。

"不可能。我哥早年创业的时候用的一家队伍比这些价格高又不作为的承包商强多了。你去翻翻公司的施工日志应该能找到联系方式。"

顾峥试图以尽量温和的方式向她解释情况，以免自己被无端迁怒。他告诉她不是任何一家施工队都具备高空作业的资质和技术。

"那你告诉我，出了这样的状况，我们怎么做才能避免无辜市民受伤？这不是天降横祸吗？"她热泪盈眶、激情充沛地冲他大喊，被自己济世救人的情怀深深感动了。

极端的天气和偏执的老板终于把顾峥逼得恼火起来："施工人员不也是无辜市民吗？刮台风还让人高空作业完全是草菅人命！"

陈萱用满是敌意的眼神扫向这个办不成事还态度恶劣的下属，冷冷地说："你这是在用什么语气跟我说话？我告诉你，今天你拿不出对策，我们一个人都别想从这里离开。"

"那个，打扰一下。"警务人员终于找到机会介入这个话题，"不如还是用我们之前和贵公司负责人商量的解决办法，在外墙可能掉落的范围放置加固路障，让行人避开这些区域。"

陈萱警惕蹙眉，问道："谁？哪个负责人？"

"我。"顾峥回答。

"尽快办好。"陈萱烦躁地撂下这句话，往车的方向走去。

这件事让顾峥做了最后的决定。

他出身中产，父亲创办了一家中等规模的房地产企业，近年来行业不景气，公司融资成本高，效益一般。因此他没有急着回去接班，而是一直在各个大型企业学习经验，骁盛是他待得最久的地方，一方面，他觉得自己和陈骁出身、家世相似，陈骁的发迹之路最值得他借鉴；另一方面，骁盛的管理水平在业内名列前茅，从陈骁领路到唐韵接手，公司像一艘巨轮，完美契合的大小齿轮从未停止过高效运转，这种企业文化他是认同的。虽然一艘巨轮上难免存在一些蛀虫、漏洞，但只要它还在飞速前行，就能振奋甲板上水手的心。

可是陈萱掌舵的骁盛却明显失去了方向，它在旋涡里打转，船上的人陷入内耗。更要命的是，这位船长甚至没有登船，她站在遥远的岸边，用望远镜观察，用无线电发号施令。

以顾峥的判断，这艘巨轮已经摇摇欲坠，在一年或者更短的时间里就会耗尽所有资源。不过聪明如他，连一天都不想与它共沉沦。

顾峥觉得，时间到了。

台风过境后的第二天是个阳光万里的日子，积水退尽，天空和马路都重新焕发着光彩。顾峥安排好楼体外墙的维修事宜，步履轻盈地走进代理总裁陈萱的办公室，递交了辞呈。

[6]

陈萱不动声色，装作对顾峥的去留并不在意，好像他在骁盛只是个无名小卒。她甚至把他的辞职视为一次越级行为，立刻用内线电话将首席行政官曾杰叫来，让他来对接顾峥的离职手续。

这种赌气行为是可笑的，因为首席行政官的脸上随即就写满了愁苦。

工程部总经理突然离职总是伤筋动骨的灾难，牵涉到方方面面关系的交接。

"他是因为台风天的事辞职吗？"曾杰试探着提起，他当日被派往其他项目点走场巡视，但事后对良景那边的"死打烂缠"有所耳闻。

陈萱不会承认自己处理方式欠妥："辞职不是个突发事件，他可能已经和唐韵勾结在一起很久了。"

"唐韵又怎么了？"

"她和高雷保持桃色关系难道还不足以说明问题？"

公司高管消息大多灵通，曾杰并非对唐韵被带走询问的事一无所知，只不过和法务总顾问持相同观点："那是她的私事。"

"如果对大家坦诚相待，那的确是私事，但她刻意对我们所有人隐瞒，她难道会不知道她的这种私事有可能导致和中被调查时我们被卷入吗？关键是，如果她会在这件事上撒谎，她就会在每件事上撒谎……"

见陈萱越说越离谱，他连忙示意她打住："我们可不能这样以偏概全。"

"这不是以偏概全。如果要避免在大型工程项目上滋生腐败，骁盛CEO这个职位必须要百分之百诚实的人。"

"这种人可能不存在。我们需要的只是个在工作上保持诚实的人。"

陈萱露出得逞的微笑："现在她和顾峥的秘密关系也暴露了，不正说明她在工作上也不够诚实吗？"

曾杰想了想，谨慎道："我们没有证据。"

"那就看你能查到什么了。"陈萱终于直接提出她的目标。

"我？"曾杰一愣，立刻意识到此事烫手，得极力说服陈萱打消念头。他认为她应该是眼下对顾峥离职过于气愤才乱做决策，"只不过走了一个顾峥，你也不必耿耿于怀。肯定会带来短期混乱，但恢复正常秩序也不会耗时太久。为了他没必要兴师动众。"

"你知道我盯着的不仅是顾峥,还有唐韵。"

曾杰这才意识到真正的目标还是唐韵,确认道:"你想查唐韵还是顾峥?"

"都查。任何蛛丝马迹也不能放过。"

"我……不太明白你的意思。我调查的方向是什么?"

"我要抓到唐韵和顾峥里应外合损害公司利益换取个人好处的证据,关联交易也好,贪污受贿也好,都可以。"

曾杰不认为在公司高层频动的当下展开内调是个好主意,一旦被其他员工觉察,会闹得人心惶惶。

"但问题是方向在哪儿?有关联交易或者贪污腐败的线索吗?如果只是凭空想象,那样的调查是海底捞针。"

"我相信任何徇私舞弊都一定会留下痕迹。"

"前提是先得有徇私舞弊。"他提醒她。

陈萱皱起眉,有点不耐烦了,直言不讳道:"我觉得你有点看不清现在的形势,推掉这个任务对你来说很不理智。谁都知道你是受唐韵邀请来骁盛的,你的名誉和唐韵连在一起。她和顾峥一派的违法违规证据如果被别人发现,连你也会名誉扫地。只有由你来揭穿她,你才能保持清白。我这是在给你机会。"

曾杰没料到她会把话挑明,而且将威胁表达得如此直接。看起来她没有给人留其他选择的余地。虽然这件事从理智与情感上他都很难接受,也只能应下:"我理解你的苦心。有什么进展我随时向你汇报。"

"我就知道我没有看错你。"曾杰走到门口,她又补充一句,"我们办公大楼装修的招标到什么阶段了?"

[7]

办公大楼装修的招标是另一个烂摊子。

虽然曾杰向陈萱已经解释过,骁盛是私企,按照以往的惯例,这种内部工作不需要进行招标,由董事会直接在长期合作的承包商中挑选一家即可,有时工作会就能拍板。但陈萱不同意,大楼在台风天漏雨影响了企业形象,说明以往的惯例行不通。

她非要招标，也不是不可以，无非手续上麻烦一点。

曾杰按要求着手推进，到了该定夺该挑选哪家时她又跳了出来。

对于行政和战略部定的装修施工方，财务副总有异议，他觉得几位高管选定的这家价格上没有竞争优势，不通过资金计划，跑去陈萱面前打小报告。

陈萱只看标书，追究为什么没有选择报价最低的队伍。曾杰和罗耀分别和她商量，口径完全一致。两人试图一起说服她，也未能成功。在工程建设招标时，一些缺乏信誉的队伍标书上做低报价、中标后再坐地起价都是常规操作。所以并不是价格越低越好。

"如果不选价格最低的，那你们怎么知道哪家好哪家坏？"陈萱问。

"按经验，低价，但明显低于市场价格的不选。"主管日常行政的曾杰简单解释道。

"又是'经验'。这么大的企业竟然不能形成工作的统一规范，总是充满主观判断。"

"统一规范不是没有，工程部每季度会发布人工和材料市场价格调研白皮书，我们参考的依据都是那个。"罗耀说。

"每季度？那也太敷衍了。"她总能轻易找出可挑剔的点。

罗耀进一步解释："大部分人工和材料价格波动不大，以季度为单位更新是没有问题的。极少数突然涨跌、涨跌幅度较大的类型会即时在 OA 系统里提示，自动更新到电子版内。"

陈萱无话可说了，曾杰连忙递上纸质版的标书价格对比："你看，最低报价这家，每一项都比市场最低价低得多。"

陈萱简单翻了几页："但他已经注明了，是因为找到了几家战略合作的低价供应商。"

"我们的分析师指出这是一种容易引发高风险的托词。这表明他现在提报的价格不是建立在市场选择上，而是建立在他和供应商的友情上。"

陈萱沉思片刻，开启了一个全新的话题："你这么信任分析师吗？"

"分析师的职责就是为公司提供最佳决策建议，否则要他们干什么？"罗耀还想继续向她"科普"，却被曾杰使的眼色堵了回去。

曾杰合上纸质材料，对陈萱恭敬地说："你质疑得有道理，我们确实应该更相信数据，从现在开始改变。我们就选这家最低价的吧。"

罗耀被拽出陈萱办公室后还是摸不着头脑："不是说要一起矫正她的思路吗？"

"很显然，她不相信任何人。"曾杰忧心忡忡地说，"她会无差别地怀疑分析师，也就会怀疑你我。我们没必要为了个办公楼装修引火烧身。"

[8]

曾杰对陈萱的判断十分准确。

陈萱不仅仅是不懂业务，更要命的是缺乏管理经验。她从牛津毕业后先后在几家国际知名顾问公司工作，职责内容主要是量化分析借贷率和审核财务报告，简而言之，是只与数字打交道的专业技术人员。

就连这类坐办公室的工作也并没有持续多久，结婚后她辞掉工作成为全职家庭主妇，专注于照料三个孩子的起居。

没有任何证据显示，她具备管理一家大型地产企业的能力。

她甚至不懂职场上的基本人际关系如何处理，自己作为代理董事会主席的每句话会引发高管阵营如何变化，她压根没有概念，总是想到什么说什么，而她所能想到的往往是"为反对而反对""为质疑而质疑"，归根结底，是因为底气不足却又急于树立权威。

让陈萱有安全感的只有数据，每一个人在她眼里都是潜在的坏分子，随时都可能动摇她的威信。抱着这样的想法，怎么可能开展正常工作？

原生家庭富有造就了她白左式的理想主义天真，她倡导精英精神，想当然地认为员工应该为公司献身。所以一旦她发现他们并没有那种崇高的奉献精神，他们就成了她的敌人。

她非常重视员工在办公室里对工作投入的时间，精确到分钟。

她借着办公楼装修的机会重新分配工作区域，行政部门与业务部门交织在一起。她带领首席行政官亲自给部门成员开会，给他们下达任务指标，他们必须每一个人盯住业务部门中的几个人，隔着落地玻璃门悄悄观察，计算他们电脑上显示工作内容的时间，这些记录每一天都将形成数据报表发往她的邮箱。

她还不忘设置一些"暗桩"去抽查，以免行政部门的人与业务部门的人私下勾结，"诈骗薪资"——她的原话是这么说的。

凡是在工作时间数据上达不到任务标准的员工都被她炒了，不管他们的工作成效给公司带来过多大收益。在这种指标衡量下，员工只需要每天更长时间打开电脑拼命敲击键盘佯装工作就可以了，毫无科学性可言。

离职率变得很高，解雇员工的赔偿费大幅上升，招聘任务重、压力大，新入职员工的培训费用也在不断增加，同样的工作需要更多人，也就意味着有更多人必须被"监视"。整个行政和人力资源部都快要被拖垮。

但这毕竟能给陈萱带去一丝安全感。

曾杰觉得自己有必要和其他高管谈谈，商量如何才能结束这些职场噩梦。

"我觉得我不是在一个地产公司，而是在一个间谍公司。"他这样对法务总顾问李则典描述自己的体会。

李则典对公司翻天覆地的变化知晓一些，但他没发现陈萱的新工作方式是如此机械和偏执。他不止担任一家上市公司的法务总顾问，见过二代接班人"快速搞垮公司的一百种方法"，陈萱这种不算创新，但是效率很高。

"应该让其他董事知道这些，你有没有试过找许承楷？"许承楷也不止担任一家大型企业的投资人，李则典认为只要把情况如实向他汇报，他应该能预见到坏结果并及时采取措施。

"他最近很少在骁盛，我碰不到他。"

"直接跟助理预约会面吧，现在的危机已经等不到'正巧碰见随便聊聊'了。"

曾杰本来还认为向一位董事打另一位董事的小报告非君子所为，但李则典也觉得其他董事有权知道且迫在眉睫，那就相当于是"战备状态"了，战备状态不计手段。

[9]

曾杰在请许承楷安排会面的邮件里使用了"燃眉之急"这样的字眼。但许承楷也许认为他的眉毛还有烧上四五天的资本，两个工作日后才答应见他，加上双休日，已经过去四天。这四天曾杰如坐针毡。

在约好的这天，他给许承楷带来了大量纸质文件，两个纸箱的员工工作时长监督记录。一部分标了注释的是从法务部门要来的。有一些被炒掉的员工恼羞成怒，决定要起诉公司，这些文件被用来证明他们的工作达不到公司标准。最近法务部门的工作量也随之增加。

另外他还向许承楷出示了在装修队伍选择上陈萱听不进意见的证据：标书、比价书、分析员报告和最后的承包合同。陈萱一个人的决定否定了前面所有人的工作。这只是一个典型事例，冰山一角。

没想到许承楷看过这些材料，并没有露出像李则典那样的忧虑之色，始终面无表情，眉眼间还带着一点不屑。最终他抬起头，只问了句："你有什么诉求？"

曾杰感到意外，这些事本身与他个人无关，他可以算得上是无私的。

"我希望公司回到正轨。"

许承楷进一步问道："每个人心里对正轨的定义都不一样，你得给我一些可操作的具体选择。"

"我希望公司回到唐总离开之前的状态，我希望唐总回公司上班，而陈总应该退出公司管理。"

从许承楷的神情不难判断，曾杰认为这是自己最后的机会，不得不清晰地表达愿望。

"那是不可能的。陈总接替唐总主持工作是董事会的决定，如果你不能配合她完成工作，那你最好辞职。"他抬起眼，开门见山，"你要辞职吗，还是要把这些东西向更多董事汇报？"

曾杰愣了愣，他曾以为许承楷在乎骁盛，至少在唐韵主事的几个月里这不是他一个人的错觉，法务总也是这么认为的。他们把他当作力挽狂澜的救世主，但也许陈萱如此失控主因就是他的纵容。曾杰哂笑自己的单纯，你不能指望一个大股东发疯的同时另一个能使她收敛，发疯是具有传染性的。许承楷竟然只关心他想向多少董事提出对陈萱的弹劾。

曾杰在短短几秒内下了决心。

"我要辞职。"

[10]

首席行政官的离职像工程部总监一样仓促。陈萱这次没有压抑自己的感受，当场在办公室里勃然大怒。她要求法务部门不惜一切代价找出背叛者的工作漏洞，让他与公司的期权协议作废。如果能胜诉，她希望能把他告上法庭。

法务总告诉她期权协议只是一纸空文，在员工没有重大失误的情况下，公司告员工是不会胜诉的。

"那就找出他职务侵占的证据，送他去坐牢。"陈萱说。

办公室里静悄悄的，没有人回应她，大家都认为她因愤怒丧失了理智。

公司里有人欢喜有人忧。

财务副总杨盼自己都没料到，他被升任为首席行政官，不用在副职位上等待许承楷离开了。

和陈萱一样，术业有专攻，杨盼没有在地产公司做行政主官的能力，但这不妨碍他很快成为陈萱的心腹。在陈萱眼里，下属最重要的才干是忠诚。

罗耀再一次深刻地认识到俗话说"色令智昏"是有道理的，从前和唐韵搭档的许承楷还算正常，大概是因为唐韵自己正常，换了个女人情势就急转直下。简直难以想象，公司高管接二连三辞职，许承楷竟毫无作为。

新任行政官长袖善舞，很快得到陈萱的重用。罗耀没那么狗腿，被不冷不热地晾在一边。

销售副总在"40亿黄金楼盘"开盘后一直声名大噪，也时常得以与陈萱同席畅谈。她是个只注重结果的人，销售额在简报里闪闪发光，她不会去探究是什么造成的。这是最让罗耀愤愤不平之处。

若是以前发生类似的事情，陈骁和唐韵一定会把他当作第一功臣嘉奖，要知道销售额的背后总是以投资决策的成功为支撑的。可是如今一个门外汉陈萱坐镇骁盛，许承楷也对他爱理不理。

"能一夜卖40亿完全是因为地段好。销售能力强，有本事看下周奉贤楼盘开盘他还能不能舞起来。连这个道理都不懂，当什么CEO。"午餐时罗耀总忍不住对部门里的下属发发牢骚。

下属劝道："唉，还是低调点。公司里隔墙有耳，行政部的人快被训练成克格勃了。"

"真是太荒唐了，他们不会是故意想把公司搞成烂摊子，免得被 KNE 收购吧？"

"想多了。KNE 只要个壳，管它烂不烂。"

想想道理确实如此，那公司上下这番震荡就不是什么计谋，是真实的愚蠢，也是真实的混乱。

罗耀变得没什么工作热情，天天坐在办公室浏览字画拍卖消息，连陈萱办公室的方向也不太去。但是很快，麻烦自己找上门了。

法务总约他到办公室对谈，要他签署一份条件更加苛刻的竞业协议。唐韵曾让高层签过一份正常版，这份显然不正常。

罗耀不傻，立刻嗅出其中算计的气息。他往沙发里一靠，把合同文本随手扔在案台上，看着对方的眼睛挑衅地笑笑："这时候拿出这个是什么意思？"

李则典把散落的纸张重新摆整齐："我也是奉命办事，你不愿意签我去回话就是了。不过她事后可能会亲自找你。"

"她发现了什么？"

"你的手机号常年在各大猎头通讯录里。全公司真假消息满天飞，她没发现什么也可以怀疑。"

李则典说得没错，陈萱怀疑得也没错。

罗耀确实已经在接触猎头准备另谋出路，但是在位跳槽和被扫地出门后再就业相比更有利于议价，他短期内还不想和陈萱产生冲突，料想自己也算是小股东，混几天日子，陈萱不敢拿他怎么样。没想到陈萱还真就来硬的，把一纸合约扔到他面前，签不签表明两种态度。

陈萱找的借口是最近高层职位变动大，为了维持公司稳定，需要对高管的离职有所限制。罗耀拒绝签字，没有中间地带可走，只能跟她硬碰硬了。

"你打算什么时候离职？"李则典问道。

罗耀本来不想回答，可看态度，李则典好像并不是陈萱战线的人，便反问道："你有什么建议？"

"越早越好。"李则典笑了笑，给他和自己都倒了杯酒。

罗耀觉得这场面挺讽刺的，哑然失笑，和他碰杯道："我这点股份，也是越早让公司回购越好吧。"

[11]

陈萱却没有想到，自己立刻开掉的人却不是罗耀。

位于郊区的楼盘开盘了，一周内只卖出了一套房子，销售部门在不久前才创造出的令人惊叹的辉煌仿佛从来不曾存在过。最后的遮羞布被一扯到底，连缓冲的余地都没留。

陈萱当然也知道业主们很重视对地段的考量，但郊区房价便宜，那些要成家立业的普通工薪阶层也有买房的刚需，这种房屋不是应该正合其意吗？她需要销售部门展示一些奇迹般的魔法，显然他们没有。在陈萱的一再催促下，他们拿出了一系列不太靠谱的促销举措，但售楼处依然门可罗雀。

在这周快要结束的时候，陈萱受不了了，她不顾法务的意见，直接让销售副总从公司大门走出去，再也不要回来。

这件事毫无征兆，像个突发情况，但让其他更多人萌生了退意。

前一天人们还看见陈萱和付洋端着咖啡杯在休息区商量对策，仿佛他们是一个战壕里的兄弟伙伴。第二天不知兄弟伙伴做错了什么，就被扫地出门。

人人都会感到不安，他们意识到只要自己的工作没有达到她的期望就会立刻被抛弃，丝毫不讲情分。公司的氛围变化很快，员工被不同的负责人呼来喝去，今天的负责人和昨天也许已经不同。负责人自己也不知道自己能在这职位上待多久。所有人之间的感情链条都被斩断，得过且过每一天。

新的一周变得更加不顺利。法务总收到消息，被辞退的销售副总起诉了公司，希望获得他应得的赔偿。陈萱疲惫地扬扬手，让他自己去处理，眼下更让她心烦的是办公楼的装修。

杨盼掐着预算怂恿陈萱用最低竞标价承包商的时候，他可没预料到陈萱会把首席行政官赶走，让自己来接手这项任务。

正如罗耀和曾杰当初预判的那样，承包商果然在施工过程中不断报高材料价格，找出各种与材料商关系破裂的理由来搪塞，现在的采购价已经远高于当初工作会议上决定的那家报价。一两次超支，陈萱还能顶住压力，但三番五次"被打脸"，不用别人提醒，她也知道自己的威信在消逝。她甚至不敢对杨盼发火，因为按目前的局面，能做到对她忠诚的人只有杨盼一个。

销售副总被辞退后，一时还没找到接替他的人。

又一周过去，整个部门群龙无首，也没做出什么起色。

陈萱终于忍不住，把这块难啃的骨头扔向了全公司："两周卖出三套，经手的人被炒了还有脸告公司。如果不想办法扭转局面，到第三季财报披露时我们会死得很难看。你们有什么想法？"

销售部主管说："我们可以给员工派发一些指标，如果他们能带动亲朋好友来购房，给他们一点奖励。"

"这像个传销组织干的事。"

杨盼提议："或者赔钱把房子收回做自持。"

"那不是一样要报亏吗？"

办公室里的众人沉默无语，这沉默把陈萱激怒了。

"我说你们到底是怎么回事？天天就只顾着自己升职加薪，连一点和公司共进退的职业精神都没有。我们现在容不下失误，只要有半点负面消息传出，股价就会跌，KNE咬得更紧。到时候所有人都得完蛋。你们以为KNE还会留下你们升职加薪吗？从此以后KNE的嫡系才是'正规军'，你们通通是合同工炮灰。"

她控诉这一番，屋子里还是沉默，大家都束手无策。

"这个公司难道就没有人能提出点让人耳目一新、力挽狂澜的建议吗？"

"那得让战略投资部来。"杨盼小声应道。

"罗耀人呢？"

这个问题他倒是有自信回答："看见他去许总办公室了。"

[12]

陈萱没等助理通报，直接冲进去，但罗耀不在办公室，只有许承楷一人。

他抬起头纳闷："怎么了？"

"罗耀呢？"

"刚走。"许承楷笑着绕到会客沙发处，和陈萱相对而坐，"他说他每天都在躲你，免得你看见他让他走人。"

陈萱哭笑不得："算了，我不找他。你什么时候能让唐韵回来？"

"什么时候都不能。"许承楷摊手耸肩，"你也知道，她的分手对象又不是我，我能有什么办法让她打起精神？"

陈萱进门就已经嗅到柑橘香，起初以为是办公室的空气清新剂，过了一会儿繁复的花香迭起，她才分辨出是满堂红。就算得知唐韵和官恪分手，也不用雀跃成这样吧？

她就坐在他对面，无奈地被浪漫缱绻的恋爱气息环绕。

他嘴上再怎么否认，她要是信了得去检查智商。

"你了解她，你去跟她谈谈，告诉她这样撂挑子是不对的，她没有权利什么都不交接就突然离职，她这样做公司可以告她。"

"那可以让法务着手准备了。我觉得她把年假休完回来就会直接辞职。"

"当时她不是态度很坚决不肯交权吗？"

"可能那次谈话让她觉得为公司牺牲太大不值得吧。她的履历够漂亮，休息一阵再找份工作不是难事。现在她不需要我们了。"

陈萱有点困惑了，也许许承楷的新恋情不是和唐韵？

她沉默半晌："但我们需要她。我们要怎么办？"

"你是她闺密，打打感情牌也许能行。别告诉她最近跑了多少人，先骗回来再说。"

许承楷的态度让她有点意外，但她来不及思索其中的缘由，也顾不上八卦许承楷这么个和自己八竿子打不着的人。

当务之急是找回唐韵。陈萱盘算着自己还剩几张感情牌能打。

陈萱还想说什么，许承楷突然看见玻璃门外梁欢的身影一闪而过，他迟疑了一秒，把陈萱晾在办公室，大步走出去追上她："梁欢，我要出差，你收拾一下一起走。"

[13]

许承楷有点后悔答应陪唐韵加班。她一投入工作就很认真，全神贯注翻看笔记本电脑中的资料，完全视他为空气，在连续两次搭话被"不要影响我"顶回来之后，他讪讪地躺在沙发上开始闭目养神了。自我安慰地想，她这也是在帮自己的忙。

唐韵的办公室和她人一样舒服，沙发抱枕上留有她常用的香水味，5号增加了苦橙花油、减少了琥珀的含蓄低调版，但能让人感到似曾相识。削弱了花香，强化了柑橘，热情中有几分克制。

确实是她的风格，可又有点美中不足。他闭着眼睛想，康朋街31号也许更合适她，有鸢尾的脂粉、依兰茉莉的性感、香草琥珀的甜度，更优雅圆融。

冷调的灯光在眼皮背面涂抹出一片白色画板，任你想象。色彩丰富的精品商店里，柜台边盛开着带露的花，她高兴地拆开一件礼物。应该是这样的场景。

突然这幅画面面整体消失了，像世界被拉灭了灯。

他花了两秒才反应过来，是真的灯灭了。睁开眼时唐韵已经从办公桌前站了起来，淡蓝色的荧幕光打在她西服收得最紧的腰身处，像选中强调。

"停电了？"

他幸灾乐祸地勾起嘴角："你们KNE穷到没钱交电费了？"

"我出去看看。"

时间不晚，公司里还有很多人在加班。她出了办公室好一会儿才回来，手里端着一小盘糕点和一瓶听装啤酒："线路故障，在修了，你饿不饿？我帮你还拿了瓶酒。哇！外面太美了……"

她话题转换太快，让他不知该回应哪一句，看见她惊喜的表情后才回头顺着她的视线看过去。

落地窗外，全上海灯光璀璨。

"少见多怪。你不会加班这么久从来没看过窗外吧？"他笑着跟过去与她并肩倚在桌边，望向窗外，接过她手里的啤酒打开喝了一口。

"从来没有关灯看过。"她有点陶醉其中。

他还想回身去取糕点，俯身时无意间嗅到一丝甜暖气息，来自她衣服上，香草和鸢尾的味道一如既往，却又有些新的成分，更甜更醇厚，既妩媚又深邃，明显是一支老香。他顿了一下，佯作平静地搁下啤酒瓶："换香水了？"

"嗯。"她开心地转过脸来，像暗藏的珍宝被发现。

"换了什么？"

"你猜。"

他用一双笑眼看她，笑她居然不知道猜香氛这件事中隐含的暧昧。她瞳孔里盛着一座流光溢彩的金色城池，圆溜溜的眼睛还透着一种美不自知的娇憨。他在她的味道里安静地深深呼吸。

麝香、鸢尾、香草，辛辣东方调，越靠近反而越觉得冷冽，好像繁花落尽，夜凉如水。

"我猜啊，Opium？"他以一个近得视线模糊的距离说道，声音有点低哑，好像下一秒就要吻上她。

但是她也没有躲开，反而眼里笑意狡黠，为自己没那么好猜而得意："有点接近。"

"那就是……"他开始轻轻舔吻她，辨别出更多淋过焦糖的性感，杏仁味香甜可口，被鲜明的中东风情笼罩，让人想及时行乐，有点意乱情迷。

唐韵这夜可没有喝过酒，明明清醒，却比醉的时候还不清醒。感觉她明显在回应后，他就更快地进入了状态，原本抚着她胳膊的手上移到她的脸，再下到她腰间。

他只喝了一口啤酒，但接吻时也有种沁人心脾的清爽前调。他平时穿暖色系正装居多，身上是琥珀、木香交融的气息，未免过于谦谦君子，很沉稳很治愈，令人不禁好奇他到底会不会有失控的时刻。

眼下两个人都有点头脑发热了，这是她上班的场所，门外还有不少加班的同事，断电虽然是重保护，但正因如此原本在认真工作的众人都开始休息闲逛，她甚至不确定刚才进来时有没有把门关严实，就在这种情况下被他推靠在办公桌上吻到头重脚轻。

他一开始还得拼命忍住笑，唐韵的吻技是高中生式的，笨拙、慌张、混乱，完全不得要领，渐渐地，他发现自己的呼吸也跟着乱了，像最娴熟的歌手被五音不全的外行带着一起跑调，彻底没谱。气呼出去怎么也吸不回来，彼此都感到微微缺氧，却都不想停下来喘口气。

一切都太反常。她冥冥中还在运转的那部分大脑不禁在想是怎么回事，落地窗外的灯光太辉煌，深渊恐惧给人一种末世感，好像不做点什么浪漫之举才是反常。

骤然响起的敲门声把两人从梦中惊醒："老大！老大！"

许承楷比唐韵反应敏捷，一把将她从桌上捞起来放到地上，在梁欢推门进来前惊险地躲到桌后她一眼看不见的区域。

"欸？人呢？"桌上笔记本电脑还亮着，办公室里空无一人，她大概加班过多导致很困，迷迷糊糊地把门带上离开了。

地上的两个人同时长吁一口气。

"刚才……那个……"

"你可能太累了，然后我也喝多了。"

"对。"唐韵推了推他胸口，"压到我了。让我起来把事做完。"

"做完？"他调皮地挑眉。

"光联科技啦，也不知道电什么时候能来，趁电脑还有电池……"她边说边从地上爬起来，把制服整理好，坐回电脑前。

但他还坐在地上，背靠桌柜支着腿："别管什么光联科技了，"他仰脸拉过她的手，"别加班了，跟我回家。"

唐韵一垂眼，看见他像大型犬似的坐着，语气还带点撒娇，不禁笑起来："不要捣乱。"

"你不是喜欢落地窗吗？我家有一样的。顶楼平层，底下是外滩江景。我想带你回家，你知道我们应该做点什么……"他尾音未落已经被捂住了嘴，笑着把她手拿开转过来吻了吻手背，"害羞什么，别说你香水不是为我换的。"

似乎不能说不是。

太古典的气味身边很少有人能够欣赏。特别是钢铁直男的沈昱，不是停下来皱着眉问"你今天去过烧香吗"，就是插嘴道"你是不是用了痱子粉"。

周围能在这方面被细节打动的只有许承楷，他自己本身就不是只会用古龙香水的男人，品位很高级。他一般是在下班后才来找她，这时候身上只剩温润的木质中后调，却依然层次分明，总让人不由自主地想靠近和依赖。

"可你要找刺激，最好去找别人。"她看回屏幕，缓慢地滚动着鼠标，"这不是我擅长的领域。"

"所以才要搭配我这样特别擅长的。"

唐韵被他顶得没话说，无奈地摸摸他的头顶。

没过一会儿，梁欢又来敲了一次门，这次看见了她，居然也没觉得奇怪。

"老大，他们说明天早上才能把电线换好，你先回家吧。"

"我知道了。"唐韵合上电脑，开始收拾东西。

"回我家。"

"少做梦，快起来。"

他又拉住她的手："等一会儿。"

唐韵被他拉得折下腰，对上他的眼神。时间静止了两秒。

梁欢又折返回来："我们拼车回家，你要一起吗？"

"我……"她感觉到他用力捏了一下她的手，"我自己回去。"

等梁欢彻底走远后，他意兴阑珊地说："看，你知道我为什么讨厌梁欢了。"

回忆到这里，许承楷撑着下颌露出谜之微笑，好像心情十分愉悦。

坐在对面的梁欢心里有点毛毛的。

这是沈昱的私人飞机，她第一次知道私人飞机座椅可以面对面，和许承楷全程对坐太难挨，上班到一半突然被他逮住开启新地图，也没让准备什么文件。疑惑和焦虑在心里交织，还有一些其他分心因素。

他身上的香水味是梁欢熟悉的，很久以前唐韵常用，现在已经不用了。而且浓淡适中，肯定不是因为和她相处才沾染一点。过去几个月他好像也不是用这种，这些天唐韵不在怎么他反而换了？

她盘算着总得知道这煎熬的旅程要历时多久，换了个迂回的问法："许总，我们这是去哪儿出差？"

"奥克兰。"

她心里"咯噔"一下："骁盛有奥克兰的业务吗？"

"没有。"

[14]

陈萱暂时不知道夏秋已经回家，夏秋也没有特意通知她。

唐韵在对讲机屏幕上见是陈萱，立刻回头用眼神征询她的意见。夏秋端起自己的餐盘往后退去："我先回避一下。"

陈萱上了楼，唐韵开门请她进来。

时隔月余，两人形容都有点憔悴，一时相对无言，勉强撑起一笑。

"有空吗？"陈萱晃了晃手里的一整瓶未开封香槟。

"有什么值得庆祝的事？"唐韵跟在后面，经过餐桌时把夏秋落下的一把餐刀塞进餐布下藏起来，取来两只酒杯。

"庆祝你复工啊。"陈萱拉着她坐下，"我看你感冒也好得差不多了。"

两人各占了沙发的一个转角，酒杯无法碰在一起，在虚空中意思了一下。

唐韵有那么一瞬间回想起第一次遇见陈萱的情形。高中军训的时候，她在食堂和班里一个胖男孩比赛喝绿豆汤，看身形也知道她不是对手，但她依旧大口大口往肚子里灌下去，一碗喝完豪迈地把碗往桌面上重重一放，非常有威慑力。较真的神采有种挺可爱的感觉，当时年级里喜欢她的男生不少，最初有开口告白的会被她追着揍，她好像把这视为一种耻辱。

就是这个思路清奇、劲劲儿的小姑娘，眼下坐在不远处想着如何算计自己。

唐韵有种恍如隔世的沧桑感。

她看了看表："周二上午九点半，公司现在这么清闲吗？我们俩都坐在这里。"

"该安排的事都安排下去了，有些事只有你回去才能处理。"

唐韵放下了酒杯，点起一支烟，深深吸一口："我累了。有点想退休了。"

陈萱有点意外："你还年轻着呢，说什么退休。"试探着问，"觉得工作……哪方面不愉快？"

唐韵看向她嫣然一笑："你不是正乐得让我离职，满足沈昱提出的条件吗？"

"开什么玩笑，我只是当时被他吓住了而已。和沈昱做交易不是明摆着与虎谋皮嘛！"

"这么说你不打算把公司交给他了？"

"我哥还没醒，我当然要保护好公司等他回来。"

唐韵没想到她竟然卖起了她哥的人情，差点笑出声。谁不知道陈骁父母两个家族派系都虎视眈眈地盯着骁盛，想趁此机会分一杯羹。陈萱可能是全世界最不希望陈骁醒过来的人，完全是亲情尚存才没作梗。当然，以陈骁的能力，等他醒了只用两个手指头就能从陈萱手里拿回公司。她根本不是对手，可完全不是心甘情愿完璧归赵。

"那你可得给沈昱设置些障碍，不能让他收购骁盛如探囊取物。"

"比如？"

"修改公司章程，公司易主必须赔偿高管。"

陈萱愣了愣，回过神："你吗？"

唐韵并不回避，温和地直视她的眼睛，点点头。

陈萱笑起来："你以前给我提过的方案似乎不包括这条。"

"我改变主意了。"

"你想要多少？"

唐韵用手比了个数字："美金。"

陈萱彻底被气笑："这未免太多了？"

唐韵耸耸肩："反正不用你付，只是触发式条款。你我都要威慑沈昱，为什么不统一战线？"

"沈昱就算收购成功，我也还是股东，这笔钱是公司付的，不是沈昱一个人付。"

"如果是沈昱一个人付，我恐怕不找你商量你都要追着我同意。正因为你也有风险才要衡量取舍，你可要考虑清楚了。这已经是最后的机会，等沈昱放了他的人进董事会，你想改也改不了。"

"条款我可以添加，只是这金额……我们再商量？"

"我这里不议价。"唐韵用软软的语调对她说话，仿佛完全不针对她，"你要说服想退休的人重上战场，肯定要多付出一点。"

"唐韵你现在怎么只认钱了？"陈萱冷笑道，"一点情分也不讲。"

"你讲情分我看钱，你把钱给我，这不是最佳搭档吗？"

陈萱一时语塞。

唐韵没等她回答就起身送客："回去吧，这么大的事得和董事们商量了。"

[15]

董事会开了两个多小时。唐韵一直倚靠着对面会议室的门框等待。陈小希发现后想要帮她搬个沙发来，她拒绝了。其间手机有个来电，陌生号码，她有些犹豫，但等待中觉得忐忑又无聊，还是接起来。

"唐韵，我是和中集团董事会主席倪正军。"对方自报家门。

她紧张地站直："您好。"

"你什么时候有时间，我们见面聊聊。"

电话里听不出意图，她只能接受邀约。

一通电话使她更加心绪不宁，好在此后会议很快结束了。

陈萱第一个走出来，她看见唐韵从面前经过，目光对视了几秒，并没有放慢脚步。眼神里的意味很明显，是"走着瞧"。

陈萱没有留下和任何人打招呼、寒暄聊天，也没回自己办公室，而是直接走出骁盛大楼上了车，头也没回。

其余董事们鱼贯而出，一一和唐韵握了手。她知道这只是礼节性的，有些人刚在里面投了反对票，正恨她恨得牙根痒痒。

等到人走得差不多了，她才慢慢走进会议室。

许承楷正一手支着会议桌冲她笑。

那笑有点劫后余生的意味。这一个多月来真可谓台风过境，以陈萱为中心的低气压携带狂风暴雨而来。

他在台风那天的高层会上见识过陈萱的工作方式就立刻明白了唐韵不断请假的意图。说服和威胁对陈萱都不起作用了，只能彻底放手让她试试。要先让她知道谁不可或缺，才能提出条件。

许承楷知道自己该怎么做，他甚至连一个电话也没跟唐韵通过，免得通信记录给人留下口舌空间。但他真有那么几次，在看见有能力或没有能力的高管接二连三离职时，隐隐有些担心玩得太大连唐韵回来对付这么个烂摊子也无力回天。好歹他替她留住了罗耀。

唐韵如释重负地回以微笑，向他伸出掌心，感谢他这段时间心领神会地纵容陈萱，心中对他的感情多了几分崇拜。

两人以击掌代替了握手，头开得不错，中途他又起了玩心，顺势捉住她的手，拽近点小声说："有没有想我？"

总这么恶趣味，她把手抽出来，下意识回头看看空无一人的走廊。

回过头板着脸想说他两句，但他笑得温柔，又让人没法开口。

第七章

补 给

[1]

下午剩下的时间，唐韵就在许承楷办公室听他说这一个多月的奇闻逸事。

她倒了咖啡就没再坐下，端着杯子靠在书桌边听。

他随意地斜靠着沙发，反而像个上司，不过谁也不会计较这些。他只是边说边暗想，从这个有点仰视的角度看她，本来应该看着胖点，可她还是消瘦了。

唐韵的注意力却没在他身上，专注地考虑着陈萱做的错误决策会造成什么遗留问题以及该如何补救，直到他打了个响指，她才回过神来。

"你看，我说什么，你都没在听。"他嘴上抱怨，眼睛却是笑的。

"听了，"她争辩道，"别的倒好解决，就是这桩诉讼有点棘手。"

"看出来了，付洋这家伙没什么脑子，是个不确定因素。"

"能和解就好了。"

"我来处理。"

她刚想答应，仔细一想又警觉起来："你想干吗？"

他笑得无奈："啧，我在你眼里是什么人？"

反正不是什么正人君子，坏事没少做。她忍着没说，反问："那你打算怎么处理？"

"带律师跟他谈谈，看看他手里有什么，再考虑一下价格，不过分就算了。"

她蹙眉想了想："很常规啊。"

"所以啊……"他摊开手。

她皱了皱眉："那为什么非得你来处理？"

许承楷心有点累，抬手撑着额角叹了口气："我怕你辛苦。"

唐韵一愣，有些内疚，尴尬地笑笑："怎么会，我刚休了那么长假。"

"我听说你和小朋友……"

她没等他说完就无情打断："不关你的事。"

他举手投降："行，我不问。"

问了也白问，在"帮忙解决唐韵的感情危机"这个领域，他一次也没有挑战成功过。

"我就是高兴我又有机会了。"他半开玩笑。

唐韵斜了他一眼。不知道为什么，这段时间来勒令自己不去想宫恪，心里堵着一口气，被他一闹反而舒畅了些。

"你看你找来找去，也没找到像我这样能保护你的，总是遇人不淑。"他接着说。

意识到存在信息差，她突然又笑不出来了。

他大概以为分手是因为被叫去谈话时宫恪没护着她，分手是她自己提的。

谁知道实情正相反。

他不知道她为什么站着，好像不愿久留的样子。但她在这里，他觉得安心多了，虽然主要也是谈工作，却和陈萱在这时焦灼的气氛不同。

她往房间里一站，空气都变得软绵绵的。

他有点犯困，又懒得起身冲咖啡，更不想让她再走动："不介意我抽烟吧？"

"也给我一支。"

她觉得他客气过头了，正纳闷，他递烟的同时说："你不是在戒吗？"

她才想起来，之前抽电子烟被他记住了。

提起这个，她又有些伤感，烟是宫恪让她戒的，这阵子抽得很凶，像是心空了，报复性地要在某方面找补。

"我也没找到像你这么体贴我的，和我在一起烟也不戒了。"

他咬着烟，在外套口袋里摸打火机。

唐韵把自己西服口袋里的打火机摸出来扔给他："抽你的烟，少说话。"

"你这么久不来，除了罗耀我都没什么人能调戏，真没意思。"没等她还嘴，许承楷继续说下去，"可我又有点希望你就这样走了别回来。"

"为什么？"

"接下去会更累。不过，"他吸了口烟，没过肺就吐出来，"你就是爱折腾。"

他话音未落，梁欢突然推门进来，只听见最后几个字，无法判断办公室里的氛围。两人面面相觑着。

"我让她来这儿找我的。"唐韵站直了，急忙解释说明。

许承楷看看她俩，气不打一处来，起身走到门外问助理："你没看见人吗？"

"一眨眼她就进去了……"

他有点无语，回到办公室对梁欢说："能不能帮我找个信得过、靠得住的助理？"

梁欢一头雾水："这事归我管吗？"

"马上就归你管了。"他说着看了眼唐韵，得意于能预知她的每一个计划。

[2]

下班后，梁欢上了唐韵的车，说好先送唐韵回家再送她。唐韵本打算在车上跟她聊聊，又觉得这不符合两人的交情。

最后就近在唐韵家隔壁那家酒店的咖啡吧要了两杯鸡尾酒，坐了下来。

梁欢起初对许承楷的话感到纳闷，但在车里就已经想明白了："你想让我接手一阵行政的工作？"

"你要拒绝也可以，我再考虑别人。"

梁欢想了想："你是怕自己很快会走？"

唐韵点点头："年内我肯定会走。"

"为什么？我听说董事会通过的高管赔偿决议。沈昱真要控股成功了反而没必要跟你过不去，谁做CEO不是那些事呢？况且别人没你熟悉业务。"

"赔偿的条款只对CEO生效，我得是CEO才对我生效。但陈萱不会让我做到那一天。"

梁欢立刻明白了，陈萱只要在股东大会前一天召开董事会解聘唐韵就赢了。

"那你有没有想好对策？"

"会做些准备牵制她，但暂时还没有十足的把握。"

梁欢沉默了一会儿。

"你要是离开我也会走。"

"你现在不接手，她也未必会视你为我的人管到你这儿来。但如果接手了，恐怕就会引人注意。"唐韵观察着她的表情。

梁欢笑起来："你不是早就说过嘛，就算我做什么和你无关，在别人心里也始终代表你？"她与她碰碰杯，抿了口酒，"我不接手只是心存侥幸，但我不是靠侥幸生存的人，你走我肯定会走，你也很明白。唐韵你不是在犹豫这个。你更担心你要是留下我怎么办，我猜得没错吧？"

"没错。"

"我当然是退回我现在的位置。CAO 不是以我现在的经验和能力可以长期胜任的职位，我可不想提前透支别人对我的信任。让我应个急可以，我倒希望你同时在物色真正合适的人。"

梁欢把要说的一股脑说得明明白白，让唐韵长吁了一口气。

"我只怕太委屈你。"

"别为这种小事分神。"梁欢拍拍她的胳膊，"我拿不准的会找你商量。"

"我不觉得你能力有欠缺，只是经验和阅历明摆着，年纪就给人留了非议的空间，就算以我的年龄，要做事都多出很多质疑。"

梁欢笑笑："所以我没打算做这种极限挑战，我还有自己的生活。倒是你，和许总就一直这样吗？"她敏锐地察觉到唐韵听后脸色陡变，立刻接嘴，"对不起我僭越了。"

唐韵忙拉住她的手："没关系，我当你是朋友。"

"他好像前不久才知道你和郑健已经分手，来问过我。"梁欢主动自首，"你和现任，"她停顿片刻，"和前任怎么交往又分手，我也知道得不多，虽然跟他说漏嘴，但也没什么具体信息。只是他……挺关心你的。"

唐韵对让她夹在中间感到如履薄冰有些抱歉，垂眼斟酌着该怎么解释。

"其实我和他的关系就像你和我的关系。在工作范围里看见有彼此就自然安定。工作上，我要的他都会有，我想的他都理解，但要把亲密度延伸到生活里却很难。搭档很好，可不意味着就能做情侣，你也不适合跟我谈恋爱吧。"

"那可不一定。"梁欢笑开了，打趣道，"我又没试过。"

唐韵也笑，却笑得有点苦涩。

她试过了。

梁欢看出她情绪的低落，反握住她的手："这我就放心了。"

"什么？"唐韵抬起头。

"你说当我是朋友。作为朋友，看见你和他在一起我会提心吊胆。"

"怎么会？"唐韵有些讶异。

"唐韵你专注在一件事上的时候会特别专注，其他方面就什么也顾不上，处处都是 bug。而许总，他是那种习惯操纵一切的人。不知你有没有感觉到，很多事你以为是自己的选择，事后回想起来其实是被他强迫的。"

唐韵又笑起来，这种感觉她当然早已熟悉："我不在的时候他又怎么兴风作浪了？"

"也没有。就是前几天拉我陪他出差，他忙鑫瑞的业务，我只是旅游。我以前和他交集不多，只有敬畏。回家后我仔细想想，好像我是不由自主和他谈起你和前任的事，但是他制造的气氛让我在那个环境里不说点什么顶不住压力，感觉不好。"

唐韵点头笑着附和，甚至有点高兴终于有人能说出她的感受了："是啊。"

"那时候我想，你要是和他在一起……就……"她把杯中剩下的酒一饮而尽，"挺可惜的。我喝醉了。"

[3]

梁欢向来不喜欢做明面上的恶人，但人在职场身不由己，她不得不推翻过去一个月陈萱做出的绝大部分安排。首先是取消那个荒诞的"监视"政策。

陈萱虽然已不再来公司上班，但她的嫡系依然继续工作着，种种变化应该都同步地知会了她。

如果过去梁欢还因为角色太小没进入过陈萱的视野，那么从现在开始，她一定已经成了陈萱的二号报复对象。当然，唐韵还是排在第一。

新入职的一大批员工并不能适应正常工作，还在培训中。各个部门都缺人手，诉求和牢骚混在一起，每天像潮水般涌向她。

眼下她颓然地陷在沙发里，感觉疲惫之余，喉咙有些沙哑。

突然响起的电话铃声变得刺耳，她起身去接听，视之为向自己打来的又一个浪头。

秘书在内线简而言之："顾峥到了。"

"让他进来。"

她不是请顾峥回来上班的，知道一个人做出重大决定后不容易回头。当他走进来，两人欣然一笑握了握手。

顾峥开了句玩笑："我还以为等我再走进来的时候公司已经倒闭了。"

"暂时还没有，我们进度有点慢，但在全力以赴。"

以前互为同事时，只在全公司会议上打过照面，工作领域几乎没有交集。顾峥算是重要业务部门的负责人，会上总能说得上话，而且听说懂得揣测领导心意，也有点捞外快的手段。梁欢对他有印象。

公关部相对来说有点边缘化，顾峥从前不知道她的名字，接到公司电话后才翻过去的通讯录得知是哪两个字。

出于礼貌，他装作对她耳闻已久："听说你临危受命？要拨乱反正，够忙的吧？"

她不置可否，只是笑笑，顾左右而言他："你精神气比在公司的时候好。"

"那当然，给自己打工和替别人卖命的区别。"想来应是十分愉悦，他爽朗地笑起来。

梁欢的笑容相比而言冷静多了，她简要地说明情况，提出让顾峥家的公司来接手办公室装修的烂尾工程。

顾峥在来的路上猜了个八九不离十，但还是装作惊讶："我能问问，为什么找我吗？"

"你比较了解骁盛的流程，我希望以最小的动静尽快投入使用。"

这个答案没什么吹捧色彩，让顾峥的期待有点落空。

他故作姿态地面露难色："我对骁盛当然是感情很深，不过最近我们业务太多实在是忙不过来，装修也不是我们的主营，这个活吧，规模太小，说实话没什么利润空间，吃力不讨好。"

"这行业已经很成熟，市场透明，利润空间大的工程肯定要竞价投标，谁做都能赚钱的活给谁做呢？那时候选择权就在骁盛了。顾总在骁盛工作这些年，想收获的肯定不止管理经验。靠山吃山的机会，对中小企业而言是不应该放过的。"

梁欢听说他嗜酒，给他倒了一杯："顾总尝尝。"

"好酒。"只看成色就知道是好酒，顾峥意外的是，公司领导大多附庸风雅喝洋酒，用白酒在办公室待客的不多见。梁欢公关出身，大概准备齐全，很懂对症下药。

"顾总喜欢，待会儿走之前我让人搬四箱放你后备厢。"

他正襟危坐："梁总有心了。这不容易弄到。"

"要不怎么说'酒逢知己千杯少'，好酒要碰上行家才懂价值。就像这酒，限购，有些东西光有钱不一定能买到，价值更高的是渠道，渠道就是资源。"

一杯酒还不至于让他上头，顾峥没有急于接话，安静地等她下文。

"顾总一直在甲方工作，乙方资源肯定不缺，可是甲方资源就未必很丰富了。恕我直言，顾总父亲的资源要不是老龄化，公司也不会至今突破不了瓶颈。顾总要想把企业做大，需要的是甲方战略合作伙伴。"

"这是当然，"他点点头，不再轻视梁欢，"只不过骁盛的局面目前还不明朗，外部人员不便过早卷入。"

"我以为顾总早就卷入了。战役可是从顾总离职开始打响的，能起势的阵营只有两派，从顾总递上辞呈的那一刻起，不管你心意如何，观众眼里你就是选了唐总。虽然胜负未定，但是如今可选的不是对垒双方，而是零的概率还是百分之五十的概率。顾总，"她前倾向他，"打算怎么选呢？"

顾峥只略做思考，就做了决定："装修这种小事，你放心交给我就好。"

装修事小，他的站队意义重大。

他和梁欢都知道这点。

她需要为唐韵争取公司里更多人的支持，拉拢更多人。有一点她并没有撒谎，如果说骁盛从前派系无数，现在也只剩下两派。陈骁的旧部本来毫无疑问会成为陈萱的后盾，但经过她这一通胡乱的操作，很多人都开始犹豫。

顾峥无疑是一个标杆性的人物，如果他成为唐韵的盟友，那么更多人会尽快做出决定。

［4］

与此同时，许承楷正尽量帮着争取一些小股东的支持。他费了些周折才约到金凌，起初他不知为什么，后来悟到她大概知道许志杰和自己的关系，看来陈骁从前真的将她视作心腹。

因此见面后他也没避开这个话题，没想到反而招致了金凌的困惑。

"那你知不知道，你哥是陈骁的人？"

许承楷思索片刻，被胁迫的关系："就算是吧。"

"而唐韵是高雷的人。我想不通你们现在怎么还能合作。"

"为什么这么说？"

"毕竟是兄弟，不太像正常人的处理方式。"

"我是指你为什么说唐韵是高雷的人？"

金凌愣了愣，思索着该怎么用不低俗的方式解释："她和高雷是那种关系。一开始是陈骁的安排，后来陈骁也没想到。"

许承楷怎么想都觉得不可能，在脑海里过了一遍她的历任男友，唐韵是个外貌协会，就算高雷再强硬，她不高兴只要辞职就好。

他没打算再继续在这件事上扯，转而问道："唐韵和许志杰在公司里不太融洽？"

"我离开的时候把账目给了唐韵，本来觉得她会用来对付陈骁，但最后死的是你哥。当然，陈骁也没有好结果。不过你不觉得这像是一箭双雕吗？"

许承楷不受干扰，直奔主题："什么账目？"

金凌看眼神判断不出他是否起了疑心，进一步提醒："你和唐韵现在不是盟友吗？让她给你看看啊。"

许承楷不喜欢她的言外之意，干脆堵了她的嘴："没什么盟友，都是交易。"

金凌露出困惑不解的笑意："我只知道你在帮她拉票，没发现她能给你什么。”

　　“她和我是……那种关系。”他舔了舔嘴唇，喝口饮料，笑弯了一双眼。

　　金凌在几秒内没能对此做出反应。

　　他狡黠地笑着放下杯子，成竹在胸地说道：“谈正事吧。”

　　[5]

　　金凌透露的信息确实让许承楷心里有疑惑，但他忙了几天，没找到机会问唐韵。

　　直到又一天全城暴雨来势汹汹，晚上八点他飞机才落地，本想回骁盛，但司机告诉他内环内行不了车，劝他去别墅住一夜。虽然没有上次台风来袭那么凶险，但降雨量大，城市排水系统无法负荷，车开进去就变游艇，通通熄火。

　　“是几点开始积水的？”

　　“七点以后越来越严重，好在今天公司领导有先见之明，五点半就提早下班让员工尽快回家了。”

　　他猜测那大概是梁欢随机应变，转而又想起什么，用手机拨通唐韵的办公室电话。

　　响了两声就被接起来，而且是她本人的声音。

　　“你怎么没回家？”

　　“嗯？”唐韵听出是他，从文件上抬起头，“开会没留意雨下这么大，等开完会已经积水了。”

　　“还有谁在？”

　　“半个投资部都没走成，其他人我不清楚。”

　　他稍稍放心：“你不是一个人就好。记得吃晚饭。”

　　“知道了。你在哪里？”

　　“从机场过来，快到家了。怎么？想我？”

　　“想想想，”唐韵真是服了他，明明是他打来电话却什么时候都不忘反咬一口，“路上还顺利吧？”

　　“过去的还行，前面就不清楚了。”

"到家发个微信给我。难得想加班都加不成，早点休息。"

"嗯。"

他挂了电话，问司机："车上有伞吗？"

当然应该是常备的。

到了将近十点，唐韵还没收到微信，拿起手机看了看，确实没动静，有点纳闷，犹豫着给他发了条："还没到家？"

他没回。

她忽然慌了神，握着手机，起身去落地窗边看看雨到底多大。

天与地连在一起，都是混沌的雾，连对面的楼都看不见，更不用说看清路面情况。

她有点焦虑，正低头用手机搜索相关新闻时，办公室的门突然开了。

他靠着门框喘喘着气，从上到下湿透了，光是站着的地方就积了一摊水，看着她露出促狭的笑，像什么恶作剧成功似的："雨太大，伞都没什么用。"

唐韵愣在窗边，半晌才反应过来，朝他快步走去："你怎么来了？"

"我来陪你啊。"

"你怎么过来的？"根据即时新闻，按理说水还没有退的迹象。

"坐公交车。"

"什么？"她忍不住笑出声，实在想象不出他跑去乘公交车的样子。

他知道她在笑什么，也无奈地跟着笑："嗯，以后别提了。"

"你也知道？你这人真是……"她还是有点埋怨，"想一出是一出的。"

"你不是说想我吗？"

他跟在她身后走进办公室，接过她倒的热水喝了几大口。

"你不能这样，会感冒的，去楼下健身房冲个澡换身衣服再来。"

"我没有衣服在这里。"

"你怎么……"

转念一想，也情有可原，骁盛又不是他自己的公司。

她拿他没辙，把他往门外推了推："你先去，我帮你问罗耀借一套。"两个人身高还算接近。

"我才不要穿别人的衣服。"

"由不得你挑。"

唐韵说着向走廊另一边罗耀的办公室转了身。

[6]

衣服穿在他身上，才让人意识到他和罗耀的身材大概差了一码。见他嫌勒得慌连松开三颗纽扣，她又给他扣回去一颗："得体一点，让员工看见像什么。"

他眯着眼憋着笑，用手里的吹风机故意吹散她的头发："看见就算是加班福利了。"

唐韵瞪了他一眼，走远把头发整理好，一转身，他已经把衬衫扣子从上到下都解开。

"热。出去再穿。"

她决定不管他了。

"你饿不饿？餐厅应该都下班了，不过应该能找到点吃的。"

他反手拉住她的手腕："别忙了，雨停了，早点回家。"

她看了看窗外，回来看他："你吹干头发。"

"我先送你。"他安排道。

她本来在收拾包，听见后站直了笑起来："你确定？雨是停了，水还没退。"

许承楷的车不是轿车就是跑车。唐韵开的却是辆 SUV，底盘高。

难得他吃瘪，露出灿若明星的笑容："开你的车先送你，我再开回去。"

"路况不好，我的车我熟悉点，我送完你再回家。"

等两人上了车，唐韵让他自己输 GPS 目的地，瞥见地址时有些迟疑："你还住这里？"

"嗯，怎么了？"他侧过头去看她表情。

她已经把视线移向前方，一脚油门踩出去。

一路无言，只有导航仪不时发出机械的声音，没过多久，他就把它关了。

唐韵认识路，用不着。

"我知道你在想什么。"他声音有些低沉，"许承楷这个人到底怎么回事，车牌不换，住处也不换，对所有事都无所谓，对每个人来来往往都没感觉。"

他看向自己这侧窗外，雨又开始下。

还想接着说，却被她打断了。

"我没这么想。你一直是这样的，一边装深情做全套，只说别人爱听的话，一边贬低自己麻木不仁，不断降低别人对你的期望。这样，才可以得到全部又逃避责任。"

"唐韵……"

"你是不是还想说，其实你念旧，心里有我，后悔放我走了？"

她其实一回公司上班就发现他换了香水，只是不想陪他叙旧才刻意避而不谈。

他哑口无言，只低头叹了口气。

"我不知道'后悔'这种情绪你是不是真有，真有你也该一个人受着。"

他去拉她刚移动过挡柄的手，被飞快地甩开。

"你已经太习惯操控我们的关系了，但你不是什么都能操控的。我说过分手的理由，我做过离开你的决定，你根本不当回事。"

"我没有不……"

"就别说什么心里有我了，我看不出来。"

"……"

"你只不过看我没有你过得好，就又想控制我，又来撩拨。你真的为我着想吗？天气恶劣你冒雨来陪我，这种表面功夫你总能做得很好。以前我会感动，现在我只觉得前方事故。"

他在副驾座上有点如坐针毡。

"我喜欢沈昱的时候，你让我离他远点。我离开他靠近你，你又说你和沈昱一样叫我别抱希望。我去过正常生活，你非要把我找出来承认是你离不开我。我爱你的时候，你让我清醒一点。我爱上别人了，你又把想我当口头禅。你以为你开两句玩笑就能让我失忆，把你折磨我的事都忘掉？"

"我错了。"

她有点意外，下意识转头去看他，没想到手跟着打了方向盘，车突然急转弯，他及时伸手把方向盘扳回去。

唐韵被吓得不轻，又踩了急刹车。

这番折腾成功地让车在水里熄了火，没法启动了。

两人在车里沉默了几秒，同时拉车门。

他把她拽回原位："你等着。"从后座拿了伞下车打开车前盖。

他处理了一会儿，边走回驾驶室边敲敲车窗："许个愿，再打火试试。"

车能启动，两人都松了口气，他走到后座拉开门，拿出袋子里换下的衬衫擦了擦手里的零件，再回车前装回去。上车时又淋得半湿。

唐韵也不太忍心继续之前的话题，什么也没再说，专心把车开到了他家楼下。

他解开安全带，却一直坐着没有要下车的意思。

"回……"

她话没说完就被他突然揽过了肩膀，脊背一僵。

"你跟我回去。"声音很轻，就响在耳畔。

他和她的安全带在角力，非要把她抱在怀里。

她试图推开他："你又来……"

"求你。"

[7]

路况不好，车况也不佳，再上路的确不是明智的选择，万一回家时车再坏在半路，不知还有没有运气重新启动。唐韵不得不跟着他上楼。

进了电梯他按了17层，和她记忆中的楼层对不上，她以为自己记错了，但实际是另一套，房型一样，装修完全不一样。从楼上搬到同一栋的楼下有什么意义？让人有点困惑。

他在偌大的客厅走来走去，把潮湿的衬衫换下来。

"其实我刚才在车上就想说，是以前的地址但不是以前的住处。不过知道了你对我有这么多怨恨也好……"

回想起以此为引线，自己发了一路牢骚，唐韵脸上一阵热。

"吃点热的东西怎么样？"他说着打开冰箱拿出鸡蛋和蔬菜。

她站起来挽着袖子走过去："我来吧。"

"你是客人，坐着等一会儿，好不好？"

唐韵尴尬地把手缩回来，倚着冰箱环顾这套新房。陈设几乎是崭新的，仿佛没有人住过。鱼骨状排布的木地板闪着微微光亮，空气中弥漫着新蜡的柠檬味清香。远处书架上有他小时候和母亲的合照，看来他把它带过来了。

第一次去他家时发生过的关于这张照片的对话，她还有印象。他小时候是蓝眼睛，长大颜色越来越深，成了棕色。她惊异于还能发生这种变化，他看得很开，说只要是人，没什么不能变的。

房间里唯一不太和谐之处是岛台上放着的一个玫瑰金色闹钟，首先它看起来更应该出现在床头柜而不是厨房；其次，它的外壳质感看起来廉价，似是塑料的，和他一贯的选择相悖。

她忍不住被这个闹钟抓走注意力，好奇地端详了几秒。

他见她没有走开，便一边处理食材一边心平气和地开口："你走了之后我还在楼上待过一个月，但一个人住两个人的家不是滋味，这种难受我还是能感觉到。"

他难得正经，又把那儿称为"家"，让她心里微微有点触动，但她马上提醒自己，这种话术对他来说只是最入门级的。

"怎么没有换个远一点的地方？"搞得引起这么多误会。

"本来我这些年在国内的日子就不多，懒得再去熟悉其他环境。"

她猜测着，他老来纠缠自己，是不是也是差不多原因，懒得再去熟悉其他女人。

"你猜得不算错，"他抬头看了眼她的侧脸，"我说心里有你也没骗你。你知道我这个人，很难跟人相处，也很难被人接纳……"

"你还知道？"唐韵没好气地补刀。

他笑了笑，继续说下去："能找到互相信任的人不容易，难得有一个，"他又看她一眼，"其实是我配不上你。"

她无声地冷笑，把头别到一边。

他把面条下进锅里，拿起筷子搅了搅。

"你别觉得这只是花言巧语。那时我是真这么想才会逼你走。"

她抓住关键，震惊地转过头来："什么叫'逼我走'？说得好像……"

"我了解你不像表面表现得那么坚强，糟糕的经历对你的影响会很多年挥之不去。所以我才觉得如果让你自己意识到我们不合适，让你自己决定离开我，也许你会更容易 move on。"

唐韵一动不动地盯着他，错愕得说不出话。

"后来我看你交往的人都一言难尽，一个郑健也就算了，可能他给得了你家庭温暖，接着又是官恪，"他撑着料理台看向她，"我开始怀疑是不是我还是伤到了你。或者说，让你误会了什么，以为自己不值得更好的人。"

听这些话，唐韵感到心脏像被刺穿。

他对自己给别人带来的阴影一无所知，还要通过推理分析才知道存在这种可能性。

他甚至还想控制她离开的解释权，什么叫"让你自己决定"？说得好像一切都在他的可控范围。

唐韵快步走向客厅拿上包准备离开，虽然她也不知道能去哪儿，但去哪儿都比待在这里好。

许承楷放下筷子，不紧不慢地走过去在门口截住她："你要是真对我没有感情了，为什么不能像朋友一样坐下来吃饭聊天？"

她被反将一军，突然也觉得没意思，远得像是上辈子的事，还在计较谁比谁先转身的自己真没意思。

他把她拉回开放式厨房的岛台，盛了煮好的面。喝了口热汤，她也平静了一些，他才接着说。

"我几乎全部的激情都来自工作，和你一起工作的感觉好到让我反省，现在的你真让人叹为观止。也许我错了，我们也没那么不合适。在工作上的契合点足够多，说不定……足够弥补生活中的需求错位。但你说你不是单身，那时候我想，人生本来就不可能没有遗憾，错过也只能错过了……"

她抬起头，眼神交汇，发现他灼热的目光正直指自己。

"可是现在，我不能忍受的是别人总让你难过。如果要让我退到一边，那个人应该比我对你好才行。"

她想不出可以用来打断他的话，但也不希望他继续说下去。

他认真起来根本没人能拒绝。可是仅存的理智在脑海里叫嚣，绝对不能再对他心软，一旦回到他身边，往后就只剩下委曲求全，一切还会重蹈覆辙。

"唐韵，"他握住她的手，她才回过神，"现在还来得及，你能不能再给我一次机会？"

唐韵低下头，抽回了手："……不。我宁愿自己一个人。"

他有点尴尬，把手收回去，把诚意也一并收回去。今晚将内心想法坦露得够多了，连他自己都快要被感动，可对方不领情，自己也没法勉强。

[8]

沉默了长长的几秒，他恢复平常语气："前几天去找金凌，她提到你和高雷在一起过。"

"她误会了。"

"我想也是。"他眼里又流动起暧昧的笑意，"可为什么别人对你这方面误会特别多？"

"还不是因为有你这种人乱释放错误信号。"想起了什么的唐韵斜了他一眼，"我不在的时候你都跟罗耀胡说了些什么？刚才我去借衣服他表情丰富得过分。"

他坏笑着，像恶作剧得逞："就说他想听的话啊。"

"你以后别鬼扯了，他本来就爱脑洞大开。"

他眨着眼睛摸摸下巴："你有没有想过，衣服我可以自己去借？"

唐韵吃面的动作停滞了一下。

"这样就不会引起误会了……"

她只是条件反射照顾别人而已。

"你对人付出的，总是超过了实际关系的阈值。以后不要对每个人都这样了。"

她仔细想了想，又觉得不服气："你还说我。你不是更过分吗？工作中帮忙补漏也就算了，下班后嘘寒问暖还冒雨追来……"

他慢条斯理地放下筷子，眯眼看着她："我是在追你啊，过分吗？"

她无言以对。

好在他并没有将这个尴尬话题进行到底的意愿，自然地转了向："去跟付洋谈撤销起诉的事，是明天？"

唐韵回过神："……对，约了明天上午十点直接去他家。"

"李律师也去？和你在公司还是哪儿碰面？"

"去他家碰面。本来想着早高峰时间能省些路程就省点。"

"他有什么进展？"

"最近他们一直保持邮件往来，对方手里的筹码好像还不只……"唐韵下意识地环顾四周，生怕再出被窃听的意外。

许承楷看出来了："在我这里你可以放心。"

她还是不放心自己，把手机放去另一个房间关上门，回来才接着说："不只虚假认筹。还有上海项目内部电路实际与交付标准不符的证据，都是陈骁时期的遗留问题，我也是第一次知道。"

他皱了皱眉："那涉及的可是工程部、合约部，还有你。他怎么无差别扫射？"

"稍微理智一点的人通常也不会告公司啊。"

"他的诉求是什么？"

"N+1 的赔偿。"

"那本来就该给他。"

"陈萱不允许，亲自盯着这事，非要李律师搜集他工作失职给公司造成损失的证据去反诉。"

"……简直疯了。这事你做主就行了，陈萱要追责你就踢给我。还有吗？"

"还有竞业协议，他要求把补偿费提高到离职前工资的 90%。"

连许承楷都思维停顿两秒。

听说过要求解除竞业禁止协议以便更快重新入职的，没见过要求全额补偿的，这意味着他毫无进取心，暂时没有工作的意图，公司得白养着他。

"这种人当初是怎么进骁盛的？"

"陈骁招的。"唐韵无奈地耸耸肩。她大概能猜到一点，陈骁考虑关键职位的人选重点不是能力，只要能完成基本工作，人傻的比精明的更让他放心。不过这次对方留了后手，他是看错人了。

"你明天去谈的时候不要一口气答应他所有条件，先听完他的控诉，我猜他更多的还是侧重发泄。陈萱的做法太强硬，没给彼此留余地，你要去协调，得让他出口气才行。但是不要轻易松口同意90%这个比例，这么离奇的条件都满足，会坐实他对公司更多的怀疑，到时可能借机提出更苛刻的条件。你可以提一提解除竞业协议的方案，等他拒绝后，再试着把补偿比例往回压一点，哪怕80%也能接受。"他边说边收拾碗筷，没让她动手。

她认真听着，接话道："但感觉他是很情绪化的人，我没把握判断他的底线。万一不小心激怒了他……李律师说他多次威胁要直接去经侦举报。"

"我开车送你去……"

"我们俩一起出现又显得太重视，反而会让他误判形势。"

"我不上楼，在车上等你。你可以中途找借口暂时离开，给我发个信息，我帮你判断。"

他把面碗收回橱柜，在流水中将手冲洗干净，从衣柜里又拿出些衣物，正要离开。

唐韵有些纳闷："这么晚你去哪儿？"

"去楼上睡。"他接着嘱咐道，"浴室外柜子里有新毛巾，你也早点休息。"

"你……就在这睡吧。"鸠占鹊巢让她过意不去，何况他已经说了他也不爱去楼上。

许承楷似笑非笑地往门框上一靠，几不可闻地说："你知道这不是安全距离。"

[9]

第二天雨还在下，只是不像昨夜那么激烈，马路上积水退了，但因为雨势太大，依然让人不太能看见路面。

车堵在距离上立交口大约两百米的地方，二十分钟一动不动。

唐韵无奈地给律师发消息说自己要晚半小时到，李律师的电话立刻就打过来了："付洋不在家，他爽约了。"

许承楷在一旁听见她声音警觉起来："怎么回事？知不知道什么原因？"

接下去几分钟，唐韵只是单方面听着律师汇报情况，表情逐渐严肃。

等挂了电话，他问："有多糟？"

她眉头紧锁，叹了口气："陈萱嫌法务部没按她的意愿强硬起来，昨天亲自给付洋发了邮件，把公司方面的一部分筹码发过去要挟他知难而退，其实威胁效果不明显，倒是把对方激怒了，现在他拒绝沟通，连李则典电话也不接。梁欢正在试着打给他常去的地方，但只怕他在路上。"

"……陈萱，永远都学不会做正确决定。"

"我有种不好的预感。"

"你预感很准，控制不了情绪的碰上另一个情绪不受控制的，铁了心付诸诉讼还算好，只怕再偏激一点起了鱼死网破的心。"

"怎么办？"

"得找到他。与其在这儿排队空等……"许承楷把方向盘打满，从辅路拐出去，"不如去碰碰运气。"

和唐韵想的一样，最怕的是付洋不计代价去举报，不如去目的地等他，他不出现自然解除危机，万一出现也能有回旋余地。

距离经侦大队只有十分钟不到的车程。

"如果截住他，你打算怎么谈？"

"主动表明我们和陈萱对立的立场，答应他的两个赔付要求。"

"不不不，头脑发热的人面对你这种满天撒网式的谈判，根本没法冷静思考，他甚至静不下心来听你说话。你得让他害怕。"

唐韵沉思须臾："我不喜欢做这种事，你来吧。"

他腾出右手拍拍她的肩："只有你能做。我做你的后盾。"

许承楷靠边把车停好，唐韵紧张地在车里坐了一刻钟，接着她看见前面停下一辆出租车，付洋从后排走了下来。

她开门准备出去，许承楷拉住她，从后排把伞拿过来塞给她："放松点。就算劝不住，我还有 Plan B。"

[10]

宫恪一早就到了单位，喝了杯咖啡就和同事一起匆匆出门办事，回程在路上堵了一会儿，十点半才到门口。

车辆进门前减速慢行，他无意中朝马路上有人的方向扫了一眼，也许是潜意识都觉得奇怪，为什么下这么大的雨会有两个人撑着伞站在这里说话。等他的目光成功聚焦，惊异就更强烈了一些。

撑着黑色雨伞的那个女人看起来像唐韵……

就是唐韵。

起初他以为雨雾太大，自己出现了什么幻觉。时隔近两个月没见她，理论上说，在过度矛盾的人心里出现幻觉的概率很大。

她在这里做什么？见的人又是谁？

和她谈话的男人身材高大，长得不错，穿着价格不菲的考究西服，脸生得很，看起来并不像自己体制内的同事。

他们应该至少已经在雨中站了五分钟以上，两人穿的长裤裤脚处都被雨水浸透。

神色都相当严肃。

附近遮挡物很少，他顺着她的位置看向路边，那里停靠着她的车，雨刮器频繁地摆动，证明有人在车上等她。

那一刻官恪感到空气似乎凝固了，时间变得黏稠、流动缓慢，生命中的一切色彩正随着车辆的转弯而离他远去，悲伤像一层面纱似的罩在他脸上，又夹裹着她飘落在他的视线之外。

他没有叫停自己所坐的车。

但是这个古怪的场面深深印刻在了他的脑海里，接下去的一整天都挥之不去。

第八章

制　空

[1]

　　唐韵手机连续几天接到一个陌生号码的电话。按照惯例，她不会接听。但因为对方实在拨打了太多次，完全不像误拨，她不想错过重要信息。

　　显然对方也没料到她会突然决定接听，在短暂的沉默之后才换上热情洋溢的语气："你、你好，唐小姐，看来您看见短信了。您稍等……"

　　唐韵并没有看短信的习惯，她亡羊补牢翻了翻，找到他指的那条，是以"您好，我是沈昱的秘书……"为开头。

　　她正拿不准是否应该立刻挂断，熟悉的声音已经从扬声器中传来。

　　"Nicole，你好吗？"

　　即使对方并不能看见，她还是礼节性地撑起笑脸："沈总，有何贵干？"

　　"没事就不能找你吗？"他在那边发出同样虚伪的笑声，"只不过上上周我回家吃饭，看见官恪带了女朋友回来，才突然想起很久没有你的消息了。骁盛最近怎么样？听说玩起了过家家的游戏？"

　　"是啊，沈总花了这么大精力关注一个玩过家家的公司看起来真是得不偿失。"她的语调没什么变化。

　　沈昱在对面开怀大笑："什么样的公司都有其独特价值，你说对不对？"

　　"当然。看来沈总是不撞南墙不回头了，我们应该很快会见面。"

　　"很期待。"

　　"谈话愉快，沈总。"

　　唐韵挂断电话后，久久地心绪不宁。沈昱的目的已经达到了，他打这通电话，唯一的信息量就在于告诉她官恪已经有了新女友。

　　但现在不是时候，她不能受此干扰。

[2]

沈昱知道骁盛前阵出的乱子，他猜测肯定有些陈骁的旧部会远离陈萱，这一届董事会成员很快就要改选，怕的是选谁都不会完全忠诚地追随陈萱。

要做一些重大决定，必须他和陈萱的人联手才能多于许承楷所能控制的票数。现在陈萱的种种作为把局面推向了不确定。

原本支持陈萱的那些人中，持有公司股份的小股东会担心公司在陈萱执掌下影响他们自己的分红，未持有公司股份的则有私下被许承楷收买临场反水的风险。

他要求陈萱给自己找些证明，组个饭局，把她坚定的支持者约来让他见一见。听上去毫无难度，但陈萱却感到捉襟见肘。她不能随便找几个经理、副经理来打发沈昱，可是够得上分量的高管她又已经得罪得差不多了。

罗耀是她所剩无几的选择。

她听说过罗耀和唐韵早年在 KNE 的不愉快过往，在这件事上她反而站在罗耀这边。尽管家境富裕又留学欧洲，但陈萱对某些职场女性的看法其实和保守男性如出一辙。她把女人分为两类，同样是与男同事交往，像她自己这种出身的可以是对方的女朋友，像唐韵那种出身的就成了对方的情妇——不管男方是否单身。而"情妇"得到升职便利，正是陈萱这种女权主义者所唾弃的。

她还了解到，唐韵刚进入骁盛时，与罗耀矛盾重重，不过罗耀在枪击事件发生时救了唐韵，后来他们共同处理公司事务，关系缓和不少。

陈萱认为罗耀救唐韵只是为了彰显自己的男子气概，救美使他成为自己心目中的英雄，能让他身心愉快，和他与对方的交情并无直接联系。虽然陈萱执掌公司时让他萌生了退意，但毕竟他还是唯一没有与陈萱发生正面冲突的业务高管。她相信他与唐韵也不过是表面融洽，那么她与唐韵在争取罗耀这件事上应该处于同一起跑线。

为了扭转自己在工作上给对方留下的机械、冷漠印象，陈萱特地把进餐地点选在了自己家里，这样有利于显示她亲和的一面。

她穿了一件裸色过膝长裙，搭配一条米色针织薄披肩，把头发卷了卷披散在肩上，只用金色小发夹别在耳后，还不忘在耳侧留下几缕散发。与行走在公司时穿着高定名牌西服的她不同，这个她风格柔软，散发着母性。

她忧心忡忡地在厨房反复确认上餐流程，在客厅微笑着迎来送往。如果不是对她雷厉风行的武断作风心有余悸，罗耀都快要被这个陈萱深深吸引了。

吃饭过程中，餐桌上的话题一直没有导向董事会。陈萱始终忐忑，吃得很少。最终这件事还是由沈昱挑起，他是在场的人里最不需要小心翼翼的，推开盘子直接对罗耀开口："听说你打算换工作？"

罗耀没见识过沈昱这种霸气作风，被吓了一跳，但好歹不是职场菜鸟，来之前也猜到这场饭局的几分用意，还算淡定地回过去："我？怎么可能？陈总以前待我不薄，我和骁盛共进退，我要是想跳槽，"说着看了眼陈萱，"肯定第一个找小陈总商量。"

陈萱听出他话里有站队自己的意思，很高兴。她没傻到反驳沈昱消息来源不靠谱，只说："就是，罗总不会不知会我的。外面有这些传闻很正常，罗总业绩强，怕是不少同行天天盯着想挖墙脚。"

几个作陪的经理识相地赶紧吹捧罗耀，话赶话的，场面有点热闹。

等重新静下来，沈昱抛出另一个尖锐问题："你觉得唐韵适不适合继续做 CEO？"

罗耀马上挡回去："沈总不会忘了吧，唐总可是我上司，我怎么能评价上司呢！"

沈昱漫不经心道："可你还是股东。"

陈萱没有接话，而是把目光转向了罗耀，她也想知道他的答案。

罗耀见躲不过，只好拿出事先准备的说辞："我个人和她是不太对付，不过作为股东光看分红，我又觉得看在钱的分上勉强能接受。但我只是个小股东，沈总和小陈总肯定和我眼界不一样，要考虑的就不一定只是分红了，领导有更长远的考虑我肯定听领导的。"

沈昱慢吞吞地说："我作为大股东，当然是更要看在钱的分上勉强接受啊。"话毕他自己先笑，大家才确定能笑。

一时场面又有点活跃。

等大家纷纷跟随表态自己见钱眼开的行为艺术告一段落，沈昱才接着问："你觉得光看能力，她值不值得留下？"

原本罗耀猜测，与唐韵绝对水火不容的只有陈萱，沈昱作为资本入局的大股东虽然此刻和陈萱同席但不意味着事事与陈萱统一战线，他更多考虑的应是收益。但他用了"留下"这个词，类似表明立场，意味着第一首选是让唐韵出局。

罗耀完全懂得了他的意图，顺水推舟摇摇头："选做事的人不能光看能力，最重要的是听使唤。"他故弄玄虚地靠近，似耳语道，"吹毛削铁反戈击，钝刀跛驽走千里。"

"有意思。"沈昱不表示喜恶地回了一句，转而去观察陈萱的表情。

"罗总看问题真是透彻。"陈萱咧嘴笑了起来，不实不虚地捧一句。她认为罗耀是个聪明人，权衡利弊还是站在了自己这边，顾全大局。他也有能力，说不定以后能担大任。

沈昱却没有被罗耀花哨的讨好所蒙骗，但他觉得自己没义务提醒陈萱，她单纯成这个样子，管理能力还不如唐韵，他才不想去参加女孩子们之间的"和她做朋友就不能和我做朋友"的游戏。

要想暂时把罗耀拉拢过来，凭陈萱还是弱了些。

[3]

沈昱发话让下属们先走，自己留下来和陈萱夫妇又聊了会儿闲天。陈萱的心情轻松了不少，骄傲地谈起了自己的三个孩子。她丈夫消瘦憔悴的面容上浮出一丝尴尬、无奈加歉意的表情。但沈昱并不反感，饶有兴趣地附和着她："我们家兄弟姐妹四个。三个是男孩，闹得很。"

仿佛是为了印证他的话，楼上传来了一阵噪声。陈萱笑了笑："女孩也闹。"正准备起身，谢行长先她一步站起来上楼查看孩子们，示意她留下继续和沈昱谈事，他料想沈昱留到现在应该还有什么工作想谈。

沈昱看着他离开的身影，免不了在脑海中过了一遍与他有关的消息。他最近郁郁不顺，遭遇各种变故，整个人的精气神都不在，背有点佝偻，头发也白得很快，与保养良好的陈萱显出了年龄差。

沈昱转回头对陈萱开门见山道："你手上筹码不够，罗耀是个不确定因素，得稳住他。"

"为什么还说他是个不确定因素？我看他都有几分鞍前马后的意思了。"

"他说的话是很漂亮，但态度有问题。已经被逼问到这个份上了他也没有否定唐韵的工作能力。"他说着摸摸下巴，"有时不表态就是一种表态。"

陈萱心里一惊，这才意识到自己太乐观了，换上充满敬意的目光紧盯着他的眼睛："那你有什么办法？"

沈昱笑着，缓慢开口："我这个人，信不过任何人，我只相信我自己。虽然我们现在是盟友，可是将来谁说得准呢？陈萱，你明白我的意思吧？与其结盟，我更愿意选择'入袋为安'。"

"你想要我的股份？"

她没想过这种可能性，意外地拔高了说话的音调，显得更加年轻幼稚。

"而你，"他继续说，"以我对你的了解，你需要远离硝烟。你应付不来这些尔虞我诈。"

"这次变更之后我就会远离硝烟，像以前一样做个甩手掌柜。"

"还不够。资本已经入局，与虎谋皮不算远离硝烟。何不把烫手山芋直接扔给我，早点套现走人？"

陈萱沉思片刻，虽然觉得这也未尝不可，甚至是更好的选择，但感情上一时还说服不了自己。

"这是我哥留给我的，我不会卖。"

"我理解你对这公司的情怀，但也有必要提醒你，它名叫'骁盛'，不叫'陈盛'。说到底这是你哥的公司，不是家族的公司。所以也有必要提醒你，现实一点，不过是一笔生意。"

她没有回答，显然在认真思考，有点被说动。

"我会出个好价钱。如果你想偶尔体验一下职场生活，我在筑高给你留个重要职位。评估财报才是你最擅长的不是吗？别玩自己不擅长的，非要去评估人心。"

"那骁盛的 CEO 补偿？"

"我既然决定助你一臂之力，当然不会赖账。你觉得怎么样？双赢。"

陈萱点点头，但很快又重新眉头紧锁："还有一个问题，我没法转让我手里所有的股份，有一部分去年质押了，还款期没到，如果要提前赎回肯定要上会，也许会打草惊蛇。"

"这我知道。你手里能处理的对我来说就够了。"

陈萱如释重负，沉默须臾，转而问道："你的办法呢？"

"能打动股东的只有分红。我知道有一块地，一本万利，你用它做筹码，可以让很多人对你唯命是从。"

"一本万利的生意，你为什么自己不做？"她并不完全信任沈昱。

"全世界谁都能做，就我不能，准确地说，我们家人都不能。但我不打算认命，骁盛拿了地，我拿了骁盛，不算曲折。"

她思量着："也就是说，我得帮你办完最后一件事再走？"

"聪明。先稳住形势。"

[4]

唐韵进办公室时，许承楷已经坐在办公桌后等她，让她瞬间产生错觉，以为这不是自己的办公室，直到他起身让位给她。

"我让罗耀一会儿也过来。现在局面怎么样了？"

"陈萱以为她自己现在领先六票，但周敏健和罗耀过来我们这边了，金凌也会到场，她还不知道，其实只领先一票。"

许承楷的眼神像猎人一样警觉起来："周敏健和金凌我不担心，他们都比我们更难以忍受陈萱。但是罗耀，你确定吗？"

"我跟他谈过了。可能最关键的一票还得他来拉。"

"怎么说？"

"他比我进公司久，对陈骁的人有一定影响力。剩下五个人里面只要能策反一个，我们就赢了。"

他一针见血："不要这样考虑，得确定目标。"

"所以我们需要罗耀，凭我对他们的了解，确定不了目标。"

说话间门扉已经敞开，与此同时罗耀只探了个头进来，扶着门问："是要紧事吗？我正打算出发去杭州。"

许承楷冲他做了个"进来"的手势。

"如果不是去送火石，那还是这里的事要紧。"

罗耀乖乖进门。唐韵和许承楷也朝会客区走去，三人在沙发上落座。

许承楷没参与唐韵之前对罗耀做的工作，于是装作不太知情，从头开始问他，想要明确态度："陈萱要在董事会上把唐韵投出公司，我得阻止她，你要入伙吗？"

"能不能再发起一个议案把陈萱投出去？"罗耀开玩笑地反问。

他捧场地笑笑："那我们暂时办不到。"

"你们现在票数够了吗？"罗耀正色追问。

"这取决于你。"

"唐韵和我谈过，算上我。"

"还差一票。"

"意思是……"罗耀略显犹豫，"除了我自己的一票，我还得带一票来？"

"凭你对他们的了解，谁是最可能跟你走的？"

罗耀想了想："陈伟。我可以试试。"

如果让唐韵在那五个人中做选择，这会是最后考虑的那位，她不知道罗耀是出于什么基础做出的判断，有些担忧。

"你打算怎么说服他？"

"他在乎钱，所以将来的公司盈利对他来说很重要，我们得想想应该拿什么项目来画饼。"

她提醒道："如果说服不了他，他转身去找陈萱，你的立场就过早暴露了。"

"所以我也冒了一定风险，"罗耀突然话锋一转，"能不能要点回报呢？"

许承楷的声音肃杀冰冷："你说。"

"我希望把财务部的吴冕从厦门调回上海，接替杨盼。"

"财务副总？杨盼怎么得罪你了？"

"他属于'亲陈派'。"

唐韵思索片刻，摇摇头："现在动不了，风险太大。一个正常的财务副总手里可能握着不止一个董事的把柄。"

"动他一个说不定会把好几个想过来的人又逼回去。"

许承楷说完这句话，同时起身准备往门外走去，预示谈话到此为止。

"我们可以事后再动。"唐韵安抚着罗耀。

罗耀点点头，若有所思，认为许承楷说得没错。出差去杭州并没有那么要紧，当务之急是赶紧和陈萱敲定见面时间。距离家庭聚餐只过去一晚，陈萱又打来电话邀请他留出时间出来谈谈，不知发生了什么变化。

[5]

陈萱约见的地点在离公司二十多公里的一家西餐厅，在避人耳目这方面做得过度极端。罗耀不禁内心发笑，以两人目前的身份，就算在公司约谈要担心的人也是他。

他先到一步，点了杯饮料等了会儿，陈萱很快就到了，比约定的时间提前两分钟。

她放弃了亲和力路线，换上定制的黑色职业套装。这意味着她又企图变回上司的身份掌控全局，让罗耀有些头疼。

她露出友好的微笑，一边坐下一边问："你帮我点了吗？"

"没有，我不知道你的习惯，我也还没点。"

陈萱落落大方地召唤了服务生，之后用闲聊的语气笑着提起："谢谢你那天晚上在沈总面前支持我。你看，这像不像破镜重圆？"

罗耀装傻道："嗯？我没有不支持你的记录吧？"

她兀自说下去："我承认那份竞业禁止合同太生硬了。我道歉，那时候我只是缺乏安全感，急于寻求认同。"

陈萱自以为诚恳，但是没把握好度，反而让场面尴尬。

"那现在找到了吗？我是不是已经证明自己不会出轨了？"他试图用玩笑化解尴尬。

结果陈萱并没有幽默细胞，出于礼貌干笑了两声。

"你的选择让我很感动。不过我们都知道，饭桌上说的话不能当真，对吗？"

她的通透倒是让他刮目相看了。

"我对你一片真心。"罗耀又试了一次夸张的表白。

她还是没觉得有趣，一本正经地点点头："那你对稳固我们这边的人有什么想法？"

"你们大部分是一家人，比和外来者多了感情基础吧。要不……约个饭大家一起坐坐？"

"他们只关心利益。来点实际的，你手里有什么高回报的项目能给他们点安全感？"

罗耀哈哈笑起来："你们真是缺安全感的一家人啊。有个智能家居的公司，但是今年不会有太高回报。"

"这不是回报高不高的问题，而是能不能回报。全世界都在搞智能，听起来就像骗子，没有经历过市场验证的东西都是空中楼阁。大家还是在地产上共识比较多。"

"地产项目倒有，但是被唐韵否决了。"

"她为什么要否决？"

"她觉得利润率不高。"

"言外之意……什么利润率更高？"

"她不肯说，我看她自己似乎也不太确定。只说观望一阵，更大的项目还没敲定。"

"我知道是什么了。有一块地，正好在即将公布的新区，拿到手就是暴利，但是凭唐韵是拿不到的。只有我能拿到。"

罗耀正襟危坐，转着眼睛，安静地等她下文。

"这块地现在在沈总的亲姐姐手里。虽然她也想早日脱手，但不会卖给信不过的人。"

难怪陈萱的表现如此反复，时而糊涂，时而通透，原来是沈昱在给她支招。通透的见地都是沈昱告知她的，糊涂的表象才是她自己。

"沈总的意思是……"罗耀故作不解地拖长调子。

"卖方的工作可以他来做。"

"明白了。投票的工作我来做。不过我个人还有一点小小的诉求。"

"什么？"

"厦门项目的财务总吴冕，我希望能把他调回上海做财务副总。"

陈萱愣了几秒，大概这诉求超过了她的理解范围。

"你想让我炒了杨盼？"

罗耀觉得再和她兜圈子她也不可能明白，只好把话挑明："他不够灵活，别人能做得更好。"

他说得够直接了，陈萱大致能猜出原委，虽然许承楷是财务官，但在骁盛待的时间不多，大多数内部项目还是杨盼在管，罗耀可能和他不对付，具体工作中觉得备受束缚。

她有点犹豫，杨盼应该算是她坚定的支持者之一。不过他既不是董事也不是股东，支持力虚弱，目前用不上。她自己也不打算久留，更不用谈来日方长。弄走他却可以换来罗耀的支持，而这个人事变动倒不难，压根连沈昱都可以不用知道。补偿给到位，做好杨盼的工作，就能多方受益，可比拿块地简单多了。

虽然简单，她还是在罗耀面前强调难度："真让人为难啊，我都已经打算金盆洗手了。怎么又让我做恶人？"

[6]

公司对杨盼的离职议论纷纷，很多人认为这是唐韵对陈萱的正式宣战，大家都在琢磨陈萱意欲何为，以及如何在高层战争中自保。有点山雨欲来的架势。

"时间不多了，陈伟那边进展如何？"许承楷催促道。

午餐后，三人站在餐厅露台抽烟。

罗耀说："正在谈着，他说要综合考虑谁来执掌公司能带来更多盈利，到了CEO的层面，工作能力是小事，就看谁手里有资源。陈萱毕竟有一定资源。"

"河东河西，今非昔比，谢行长的父亲判了几年？"许承楷佯装健忘，转头去问唐韵。

"十二年。"

许承楷笑笑："陈萱除了点钱，还能剩什么资源？"

"我也是这么说的。"罗耀接话道，"但他说陈萱能拿到一块地。"

"……这都超出用预测利润来定价的范围了，什么叫'能拿到'？"唐韵耐心地用一连串反问提醒罗耀自主思考，"合同有没有？意向书、框架协议呢？什么都没有就敢张口就来。"

许承楷轻蔑地跟着笑："笔墨都没费，用空气画的饼，他也吃？"

罗耀哈哈大笑："这个公司的元老，谁当初不是吃着陈骁用空气画的饼过来的？都有吃饼前科。"

他这倒算是一语中的。

许承楷拍拍他的肩："你可是投行出身，一亿吹成百亿，心跳都不会加速。这点小问题难不倒你，是时候拿点技巧出来了。"

"PPP项目现在能不能推进？"罗耀问。

唐韵考虑后点头。

"当初你让我留着资金是不是准备拿同一块地？"他追问道。

唐韵没说话。

"是一点希望也没了吗？"他有点穷追不舍的意味。

唐韵斟酌着语言，娓娓道来："我这么说吧。全世界都知道东西在卖方手里就是定时炸弹，只有卖方自己执迷不悟。预测利润她想赚八成，没有一家垫资这么多的肯跟她二八分。现在局内人都在赌，赌的就是能不能在爆炸前让她下决心。但我们……不能把全部希望寄托在一个赌局上，对不对？"

罗耀深深地吸了口烟。

他见过大起大落、风水轮转，感悟最深的一次是，前一天一群朋友还相聚谈笑风生，第二天就看见其中一位的讣告。罗耀出身普通，甚至还有点愤世嫉俗，但他算得上感性，听闻这类事情还是忍不住唏嘘。要是没有利益纠葛，就连陈萱智穷才尽却不得不独撑门面都能让他心生几分同情。

"沈奕能糊涂到这个地步？"

许承楷几乎没犹豫就接住他的尾音反问："你怎么知道是她？"

罗耀放下感慨，重新乐起来："你也说陈萱现在没资源，那不就是沈昱的资源嘛。再加上沪升置地拿地转地一通操作猛如虎却草草收场……我是不知道地价为什么要涨，但我连哪块地都猜不到，那可得去做智商测试了。"既然被怀疑，他干脆就选择直面危机，"我是不是很难得到你的信任？"

许承楷的表情颇具玩味："我连我自己都不信。"

"她呢？"罗耀用眼神往唐韵的方向示意。

许承楷看过去，唐韵好像正出神在想别的事。

"沈奕可不糊涂。"许承楷把话题转回去，淡然道，"这是她最后的机会，到了最后人总是宁愿铤而走险。"

罗耀又起了玩心："我们呢？到没到最后？"

"还差得远。"许承楷的眼神有意无意地朝唐韵瞥去，见她还像被施了定身魔法，根本没意识到自己脱离对话已久，知道她由沈奕展开联想到官恪，不耐烦地咂咂嘴，"你能不能别当着我的面想别人？"

回过神被吓一跳的唐韵一脸茫然。

罗耀在心里给自己点了个赞，每次预感都这么准确。

[7]

第二次见面的地点依然约在那个餐厅，换罗耀订的位。

"差距这么悬殊，"陈萱盘算着，"我想不出他们除了坐以待毙还能有什么动作。"

"也许没有你想的那么悬殊。"

"什么意思？"

"他们把金凌找回来了。"

这一步陈萱倒不觉得意外，陈骁去年下的这步棋她也不赞成，给自己和别人都没留后路。金凌记恨他，又迁怒到自己头上，也在情理之中。

"那又怎么样？"

"周敏健现在也在他们那边。"

陈萱有点心慌但并未反映在表情上，未予置评，接着问："还有呢？"

"他们希望我去说服陈伟。"

"所以，你现在说服成功了吗？"她绵里藏针地问道。

"陈伟可不是那么容易说服的。"罗耀巧妙地把矛头引向别人，"有趣的是，他们让我拿去做筹码的正是当初被否定的 PPP 项目。"

她垂下眼思考："看来他们是彻底放弃新区了。"

"许承楷一贯行事谨慎，越是接近目标越能保持理智。"

陈萱冷笑起来："他还剩什么理智？内幕消息，他知道的当天就告诉唐韵，唐韵又对卖家走漏了消息，才变成现在坐地起价的局面。本来我们可以用三分之一价格轻松拿下。"

"哦，许承楷和唐韵。"

在罗耀眼里，这一对的关系都几乎是半公开了，因此不怎么讶异，非得深究，他其实对陈萱的消息来源有点好奇。

"是啊，"陈萱对戏剧性效果的缺失有点失望，"为什么不相信你自己的猜测呢？"

罗耀笑："我的猜测太多了。"

"二选一的时候他把唐韵个人利益凌驾在整个公司之上，'理智'二字怕是倒过来写了。这事，你也可以和陈伟聊聊……"

"不好吧。"罗耀连忙摇头，"男女关系不是他关心的，而且用这个去说服显得我们黔驴技穷。"

"这个怎么了？"

罗耀想说利益面前没什么人执意要做道德标兵，这损招上不了台面。想想还是忍住选了个更温和的说法："前不久唐韵和高雷的事传得满城风雨，现在换个主角恐怕不好讲故事。"

"你觉得陈伟想怎么选？"

"如果知情，做对选择不难，但问题是故事怎么个讲法才能让他相信。"

"罗总当年可是签约率 80% 的 VC，现在却反过来问我怎么讲故事？"

罗耀笑着把恭维挡回去："听起来像前科似的。"

"罗总开的条件我可是眼睛不眨就照做了。说实话，把唐韵弄走对大家都有好处……"

罗耀不想再听她说车轱辘话，笑眯眯地直奔主题："沈总要从小陈总手里买东西吧？希望也考虑考虑我，一样的公道价就行。"

陈萱有些意外："你不想留在骁盛？"

"小陈总执掌公司不会很久吧？我太熟悉 KNE 的管理了，吃不消。人不能太贪，总想着一劳永逸。只求眼前的利益最大化才能全身而退。"

她思索片刻，觉得沈昱反而会喜欢这事。

"我会跟他沟通的。"

"我也会跟陈伟沟通的。"罗耀立刻变得诚意十足,"地的消息能不能对外透露?如果可以,我想用这个去说服,那就不用讲什么八点档狗血爱情故事了。"

陈萱笑:"对陈伟可以,他知道也没有渠道。"

"还有件事,PPP 项目还要推进吗?"

"绝对不要,我随时都要调动资金。"

"那我先……"罗耀放下刀叉,冲她挤挤眼睛,"拖一拖合同流程吧。"

[8]

这天夜里,许承楷结束了谈判,忽然心绪难平。浓重的不安感弥漫到心头,忍不住给唐韵打了个电话,但直到电话被接通他才意识到当时的时间太晚了。

"喂?"手机那头响起他所熟悉的困倦的女声。

"是我。"

"嗯?"对方警觉起来,"出什么事了?"

他能想象出唐韵如何如临大敌地从床上坐起来,有点尴尬:"你在干吗?"

"我?我在干吗?"唐韵看了看闹钟,四点。她很快清醒过来,开起了玩笑,"我在加班,老板。"

许承楷听懂了她的嘲讽,笑着说:"我没事,你再睡一会儿吧。"然后就准备挂电话。

她的声音突然沉下去,打断他的动作:"你又没睡吗?"

"对……哦不……我不是失眠,只是被事情耽搁了。"

"那些都是小事,答应我要注意身体。"她难得体恤。

他欣然接受,又调戏道:"好啊,为了你注意身体。"

此时的回应怎么都像调情。

唐韵笑了笑,是因为疲惫也是为了不给他留遐想的余地,没有接话。

但她也没挂,他默认还可以继续聊聊,言归正传,道出他一直担忧的事:"你认为罗耀为什么帮我们?"

"他想保留他的一席之地。"

他边走边反驳:"连你都不想,他为什么执着?"

"也许你理解不了,很多人的需求不只是利益。"

"你别把每个人想得和你一样。"

"你也别把每个人想得和你一样。"

"你信任他就好。"

"我要再问一遍你当初问陈萱的话。我信任他,你信任我吗?"

许承楷有些无奈了,最近为什么总有人逼问他信任问题,仿佛持续着一个季度的信任危机。

五小时后,唐韵和他还有罗耀在总裁办公室里开会。

两人心照不宣,就像早上的对话没有发生过。

许承楷除了有点心不在焉,对罗耀还算亲切和蔼,但唐韵知道那不过是他的伪装,他还是会怀疑罗耀到最后一刻。

"好在第三季度的财报不会太难看,"罗耀看着手中的简报,"郊区项目因为自贸区的划定,销售应该不成问题了。"

"这次是有惊无险,算是运气好,下个季度怎么办?"唐韵面露愁容,"我们要面对的挑战可能更大,需要更有说服力的东西。"

"什么叫'运气好'?我选地的时候就知道要圈自贸区。"罗耀不服气。

许承楷面对他的吹嘘已经泰然处之:"在九个月以前?"

"……我有我的消息来源。"

看他窘迫,唐韵决定放他一马,转了话题:"你上次提到的做 AI 的那家公司谈得怎么样了?"

"陈萱比较反感,我们……等最近的纠纷过去再说吧。"

唐韵没带偏见,半身前倾,认真询问:"她为什么反对?"

罗耀讪笑着:"她说做 AI 的都是骗子。"

无声的氛围凝固了三四秒。

许承楷惬意地笑着喝了口咖啡,对唐韵说:"你说我控制欲强,陈萱这不是更强吗?连弄不明白的都想控制。"

唐韵不想当着罗耀的面评价陈萱,不置可否地笑了笑,低下头看文件,转移了话题："目前需要处理的是这三个商业区和一个文化园区的招商，如果成绩漂亮，至少对四季度有个保底。你有什么计划？"

许承楷没等罗耀回答就直接插嘴："我建议把新生阳拉进来合作，后续销售运营都交给他们，他们管理很有一套，多少烂尾工程到了他们手里都能起死回生。"

"可我们又没到烂尾的地步……"罗耀蹙着眉，"我们有自己的营销部门，没必要再找人合作。"

"我的意思就是把营销部门裁掉。"他言简意赅。

办公室又被无声的阴影笼罩了片刻。

"公司……最近其实最重要的是保持稳定。"罗耀犹豫地开口。

"我没让你最近就裁部门，我是指最近和新生阳谈合作。"

"……也行，不过我还是觉得我们自己的销售团队……"他本想说"更容易监管"。

许承楷打断道："在拖公司后腿。整个行业都变了，罗耀。以你的经验种瓜得瓜的时代已经过去，地产没那么风光了。"

"我们的主营是地产。"

"行业好的时候，就连做食品饮料的企业都转做地产，他们也知道自己主营的是什么。"

"这我也理解，可销售是产生利润最后的关键环节。"

"利润的天花板已经定好了。别人有本事在有限范围里多拿几个点就让他去拿，那几个点不值得我们投入太多。把眼光放长远一点，远处多的是蓝海。"

罗耀把目光转向唐韵，像是想探寻她的想法。

唐韵一直没发话，但也没走神，神色有些凝重。她意识到在董事会前这最后一次办公会中，许承楷没有在拉拢罗耀，反而和他产生了工作分歧。她不知道罗耀有没有足够的理智在这时候分清工作分歧和立场分歧，但显然许承楷在冒险，尤其是他早上还表示怀疑罗耀，然而冒险把罗耀推得更远绝不是明智之举。

唐韵甚至有那么一瞬间怀疑，连许承楷也不站在自己这边了。

有这种可能性。

唐韵觉得罗耀不太有自信，并不打算认真跟许承楷唱反调。反而许承楷没有百分之百帮自己的必要，如果已经出现变数，现在到了自己做最后努力的时候。

她的选择当然应该是投桃报李，支持他的每一个决策，对罗耀说："我们应该抓大放小。"

罗耀果然没坚持，顺势递出两份项目书："最近看了一个医疗案子，还不太成熟，前景是很好的……"

接下去就是正常工作讨论，没再出现需要彼此说服的局面。

唐韵心里有股无名火。

许承楷对她存在怀疑，这也没什么让人觉得意外的，自己问他是否信任自己在先，他要怎么试探都在情理之中。可当着罗耀的面，他玩这种让人困惑的杂技，就不怕让罗耀倒向对手？这才是让她恼火之处。

会议结束后，两位男士起身准备离开。

许承楷发出语调轻松的邀约："中午一起吃饭？"

"我中午出去办事，要到你们开会的时候回来。"唐韵尽量掩饰不满，平淡地说。

他溺爱地笑笑："那真是太可惜了，我下午要去一趟湖北，参加不了庆功宴。"

唐韵也在笑，语气却更加阴寒："我可没时间举办庆功宴。"

罗耀打圆场，拍拍许承楷的肩，走了过去："以后有的是时间，我们俩中午吃点简餐。"

许承楷出门前最后一秒在她耳边用近乎气声的音量说道："放心交给我。"

她已经学会条件反射地自我提醒别为情所动了。

[9]

下午两点，董事们已按时齐聚，金凌的意外出现并没有让在座的任何人面露真实的意外之色，只有几个人爱演，装作意外。陈萱和气地与众人寒暄，想要制造一种其乐融融的公司文化生活，本不违和，只是今天到场的所有人都明白这是今年来第一场剑拔弩张的董事会，两位大股东敌对起来，这时搞团建就显得有点虚伪了。

许承楷漫不经心地看看表，发话道："可以直接表决吗？我急着赶飞机。"

"许总想表决什么？"陈萱笑盈盈地看向他。

"那要看陈总想表决什么。"

她垂下眼，还是保持微笑，抬头时开始娓娓道来："的确，最近一段时间，我总是收到一些关于首席执行官的投诉，有人说唐韵的作为给公司经营带来了危害，起初我……"

"什么危害？"陈伟插问。

"什么？"陈萱愣住了。

"投诉具体提到哪些危害？"

"自从她主事以来，公司一直是监管部门的重点调查对象……"

"那不是陈骁造成的吗？具体到她职责范围内的呢？"

陈萱又愣了愣，向罗耀投去埋怨的一瞥，意指他说服工作没到位。但她很快镇定下来，坦然道："我们整个公司管理羸弱，布令不畅，这应该算是CEO的职责范围吧？我主事的时候已经进行了一系列人事行政上的改革……"

陈伟打断道："可是改革效果不怎么样。"

"那是因为贯彻不够彻底，唐韵回来把一切都恢复原状了。"

许承楷又看了看表，笑着说："陈总觉得唐韵有重大工作失误，可以拿出实例我们来讨论。否则就不要浪费时间了，骁盛是个正规企业，不兴这种捕风捉影的内斗。"

陈萱答道："唐韵否决了我们拿一块地。"

"什么地？"

"希望你理解，对此我们得信息保密。"这里的"我们"指的是她和沈昱，她用词巧妙，想要强调某些重点。

"你对我们信息透明，我们才好下判断啊。"

陈萱没有回应。

"那我们为什么非得盯着虚无缥缈的，PPP项目是你否决的吧？"

"什么？"

"我问了法务部，合同已经走了三个星期，本不应该出现这种情况。"

"那是因为……"陈萱刚想甩出一些冠冕堂皇的理由，却再次被陈伟打断。

"不就是因为你阻止了他们吗？"陈伟拿出手机播放音频，音频中"PPP项目还要推进吗"是罗耀的声音，而"绝对不要，我随时都要调动资金"则明显是陈萱的声音。

陈伟按下暂停："你需要调动资金去干什么？"

陈萱没法回答，而是将箭一样的眼神射向罗耀，罗耀坦然而无奈，没有回避，反而让她觉得他也许只是被人利用了。

"合适的 CEO 人选不应该是最大限度保障股东的利益吗？"周敏健继续追问。

"我们直接投票吧。"陈萱决定结束辩论，"同意解聘唐韵的请举手。"

但结局是令她失望的，差距悬殊。

陈伟没有举手，还有一个原本属于陈萱阵营的董事也没举手，连罗耀自己也没有举手。

陈萱难以置信地瞪着他，眼珠都快要掉出来。

许承楷满意地扣着西服起身，对董秘伸出手索要书面记录，笑眯眯地说："我先签，赶时间。"

陈萱在会议室里石化了不短的时间，她摔门走出去，紧跟着罗耀来到办公休息区，铁青的脸上依然写着傲慢："为什么？"

虽然音量不大，但肃杀的气氛还是立刻吸引了不少员工侧目。

罗耀并不想与她为敌，把她引到靠近窗边的位置，避开围观目光，压低声音："这结果沈总事先就知道，怎么？他没告诉你吗？我以为只是他没说服你，你才坚持要今天开会的。"

陈萱半晌说不出话，再开口时语气已经软了八分。

"什么时候决定的？"

"昨天晚上。"

"为什么？"她这次就只剩慌乱。

"没什么，也就是生意。我按我算的该拿的分红给沈总提了个股权转让价，他计算骁盛到年底拿不到这种盈利，没有接受。你不介意我抽烟吧。"

陈萱被他的提问打断了思绪，心烦意乱地做了个请便的手势。

罗耀抽上烟接着说："我真想帮你，但也得考虑自己是不是？准备买个房，还差点钱。生意谈不成也没得抱怨，沈总有沈总的考虑，买什么都得考虑性价比，我理解。"

陈萱才不信他说的这套鬼话，买个房？他一定是狮子大开口了。她也没有必要再追问许承楷是否接受了他的开价，就算许承楷没有，罗耀这次唯一的选择也是成为唐韵的盟友。

只有留下唐韵与陈萱制衡，下一轮股东大会沈昱和许承楷才有胜负悬念，他罗耀才有新一轮向双方出价的机会。

更何况如果许承楷赢了，对骁盛是利好，连股价都自然会涨。

罗耀看她表情就知道她也懂了，不咸不淡地给这番对话做了总结陈词："出来混不容易啊。"

陈萱听不出，他是在继续为他辩白，还是在告诫自己。

[10]

唐韵看着手机里这条短信，一直紧绷的神经终于也松弛下来，但又有些失落，她以为他离开会议室走出大楼前至少会折回来，当面把消息告诉她。他怎么想？深藏功名让她更加感激，还是对先前那番试探抱着点歉意？

正胡思乱想着，桌上电话突然铃声大作，把她吓了一跳。助理通知金凌要进来，她允许了。

金凌在门口探了个头："别来无恙。"

"别来无恙。"她把她引向沙发落座。

"骁盛变化真大。"

"新年新气象。"

金凌笑起来："我倒是听说，不是新年新气象而是每月新气象。你们可真好斗。"

"好斗是家族传统。"

"陈骁……没好转？"

"没有。"

金凌垂眼想了想："有人问起我吗？"

"……"这个问题让唐韵有点意外，想起来她还是感性。

"挺现实的。"

"不，"唐韵安慰她，"现实原因其实是能和你说上话的人已经没几个在了。"

金凌朗声笑了一会儿，安静下来才问："唐韵你为什么不成家呢？多少是一条退路吧。"

唐韵没想到自己居然能听见催婚建议，感觉有点新鲜又有点感动："我不急，我记得你是因为成了家才陷入困境的。"

"那不一样。"金凌喝了口她递过来的茶，"能有人值得你牺牲是件好事。"

"我想也是。"唐韵决定结束这种掏心掏肺的场面，公事公办地答谢道，"这次谢谢你的支持。"

"不用谢我。我和你也没太多交情，但谁会和钱过不去呢。我也休息得足够久，没必要记恨更久。是时候重新出发。"

唐韵听懂了，神色也随之严峻。这些人哪有什么情怀，无非是许承楷高价买下了她的股份，或者说"预购"。只要拿着许承楷的 offer，将来其他股东是没有办法反对的，除非他们用同样的价格买走。换句话说，这是金凌到手的钱，不是许承楷到手的股份，他很可能被利用去抬高价码。

这些他心知肚明，只为换一票支持她而已。

唐韵勉强保持常态，接了金凌的台词："准备在哪里高就？"

金凌意气风发地递出新名片："不是同行了，但是将来的事谁知道呢，也许会有机会合作。"

唐韵双手接过名片，只扫了一眼就彻底僵住。

金凌现在的 title：光联科技 CFO。

看来除了比喻层面的 offer，许承楷还给了她现实层面的 offer。他是故意的，难为他能控制住自己不出现在这里亲眼见证她此刻的表情。给金凌一份工作并非必须，那只是他用来报复唐韵的注脚。

金凌走后，唐韵给自己倒了杯酒，独自在办公室坐了很久。

她感到了危险。

也许一切在许承楷眼里还是欲擒故纵的游戏，唐韵的感受却是自己连性命都已成为筹码。他给得越多越让她不安，无偿赠予是源于旧情，那如果旧情在他眼里变了性质，从正面到负面呢？

她在心里推演着过去的每一天。

不该对他的控制力抱有质疑的。他信不过任何人也讨厌冒险，金凌的点头不可能让他安心，他必须买下她的股份。对罗耀同样如此。这笔交易是什么时候成交的？上午他在办公会上胸有成竹，想来应该在那之前。前天晚上？或许就是凌晨四点之前。不对，他不可能给罗耀能利用的东西，距离董事会还有十小时，沈昱这十小时也许会在他的出价上加价。

他只能给罗耀开空头支票，就像沈昱也只可能给罗耀开空头支票。可是怎么控制罗耀？

兜了一大圈，原来她会错了意，上午那场会不是对她的试探，其实是对罗耀的试探。或者说，主要不是对她的试探。他完全可以一箭双雕。

他知道怎么控制一个人，恩威并施是为了让罗耀产生怀疑，自己不是最终最重要的那颗棋子，而恰恰相反，许承楷是他最终最重要的选择。

一旦他真的想留下一个人，就不会给对方离开的机会。反之亦然。

心如刀绞却不得不承认，唐韵当初离开也不是自己的决定，他没有说谎，那是他的决定。

[11]

唐韵终于熬完了这身心俱焚的一天，回到家走出电梯的时候，想的只是一进门就踢开脚上这双高跟鞋，因此当她抬头看见门口立着熟悉的身影，脑子还是钝的。

眨眨眼睛，呼吸声戛然而止，心跳声变得清晰可闻。

宫恪在暗处，看向电梯口站在亮光里的她，改变了倚着门框的姿势，直起身来：“你还是忙到这么晚才回来。”

唐韵张了次嘴，却没能成功发出声音，她预感到贸然开口会哽咽，便只是笑了笑。

不知为什么，宫恪的突然出现让她六神无主。

"你、你忘了密码？"她搞不懂他为什么要等在门口。

他没有回答，顾左右而言他。

"和中结案了，我来跟你说一声。"

想起这是分手的原因，她的神情变得有些复杂，点了点头。

"辛苦你了。"

他的确看起来比之前瘦了一些，甚至有点憔悴，乍一看还以为他喝了酒才有点晃神，听他说话才知道没喝，声音低沉，而且清醒。

"我来拿我的衣服。"

对话上下文不通，节奏尴尬，两个人都心猿意马。

这就说得过去了，他只是忙完工作终于有了时间。

他走的时候粗心，忘了拿晾晒在外面的那件衣服，唐韵一直忍着没有提，也没有发信息说给他寄走，就是存了点私心，想他也许哪天会来拿。

他有几件换洗，但少了一件，总会发现。

但随着时间的流逝，她又觉得希望渺茫，夏季已经过去，他没什么理由在秋天还需要一件夏季制服。以至于她自己都快忘了这件事，直到看见他突然出现。

尽管反复提醒自己他来取一件衣服不代表什么，但是她心里还是被极端的幸福和奇特的满足充斥着，也许只是因为期盼有了落点。

"什么样的衣服？"她低头走过去，免得神色露出破绽，"你忘了密码可以打电话问我……"

"算了，不要了，"他和她错身而过，匆忙地向电梯口走去，像个急着离开的外送员，"我不是来拿衣服的。"

她回身拉住他的手，神色有点复杂："你可以不进门，但要把话说完再走。"

宫恪既没有把手抽走，也没有施力回应。

两人四目相对，僵持一秒。

最后他妥协地往对面墙上倚去，低头斟酌着开口："可能我来错了，我想来要个答案，又不太敢要。我忍不住听了你那天晚上发给我的信息，听了一千遍一万遍。我要你亲口告诉我，那些都是假的吗？你说是，我便不会再打扰了。"

他说到这里抬起眼睑，眼神忧郁又温柔，让她慌乱地垂下眼。

"你说不是，其他的我不问了，我都认了。"

她轻轻摇头："不是。当然不是。"

他松开她的手，想拥抱她。

手刚碰到她的肩，她一抬头。脸上是交错的泪痕，把他镇住了，像触电一样缩回手，过了长长的两秒，才想起重新抬手拭去那些眼泪。

"是我不好。"他自己的眼眶也有点红，扳过她的肩，柔软地、温暖地吻下去。

她闭上眼睛，过往像走马灯一样在眼前闪过。这一天又一天，全是虚情假意，但也终于能得到一点真实的奖励。她慢慢找回作为一个女人的温度，反客为主，痛快热情地回应他的赤诚，谨慎和戒备都冰雪消融，感官激情临近原始。

他把略微气喘的她紧紧地抱在怀里，她听了好一会儿他的心跳才说："我们……不要站在走廊里。"

她情绪好多了，转身去按密码，但按第一个数字时力道不足被忽略不计，顺次按下后面一串，还是报了错。

她没意识到问题所在，手忙脚乱地重来一遍，又漏了中间一个，再次报错。无意义地"嗯？"了一声后，她扶额皱起了眉。

宫恪把全过程看在眼里，不知道是该笑还是该跟着皱眉，最后还是无声地笑起来，右手牵过她的手，用左手按下密码，推开门。

第九章

斩　首

[1]

"唐韵。"

他靠近了一点，叫她的名字，她下意识地抬头，对上他的眼睛。

"在想什么？"

她回过神，往沙发旁边挪去，给他腾位置。

"工作上的事。"

官恪顺手把她揽过来，头枕着自己的胸膛："你还在骁盛工作？"

"不然呢？"

"这就是你老发呆叹气的原因，"他绕着她耳边一缕头发，"有一天我在单位门口看见你了，和一个男的站在路边说话，是你同事？"

唐韵眼神失焦地想了几秒，才明白他说的是哪天："哦对，是我们副总。"

"人是你招的？你们公司是不是看脸招人？"

听出他话里话外的嫉妒，唐韵笑起来："不是我，是陈骁的取向。不过他已经离职了。"

"干吗大雨天站在警队门口说话？"

"离职员工闹事，扬言要举报这个举报那个。"

"你们公司还真是够呛。"他话音未落，门铃响了，他愣了一瞬。

"是我叫了早点，懒得自己做了。"她一边解释一边从沙发边拨出拖鞋穿上，起身往外走，谁知腿有点吃不住力，险些跪下去，她自己还没反应过来，整个人已被官恪单手接住放回沙发里。

"你这身体也真是够呛。"官恪无奈地摇摇头。

他接了外卖看着袋子里的内容往回走："没叫我吃的吗？"抬头时难以

置信的表情，"我还得另外叫，还是说这是你在我昨晚来之前订好的？"

"叫了你的啊，"她被这个对食物愤愤不平的人逗笑了，"不是有六个面包吗？我吃一个就够了。"

官恪石化在原地，纠正道："是迷你面包。"

唐韵穿上鞋从他面前经过，把袋子接过去："是啊，我早上垫垫肚子就行，免得空胃喝咖啡。我去热一下。"

他跟进厨房，靠在门口："你就是因为吃太少才这么虚弱。"

唐韵白了他一眼，懒得跟他逗口舌之快，拿出碗把面包放进去，塞进微波炉按下加热。

"你不帮我热吗？"那边又在多嘴多舌。

"我这不是在帮你热吗？"她正往新的碗里转移小面包。

"干吗一个一个热？不能一起热吗？"

唐韵放下筷子："一起热的话，吃第一个的时候第五个不是又凉了吗？"

"不会的。我吃五个的速度和你吃一个差不多。"

唐韵愣住，想了想，从碗柜里换了盘子出来，把剩下的面包一个个转移上去："你会不会吃不饱？"

"会，"他说着把她抱过来，压着她抵住案台边缘，"你怎么补偿我？"

"你怎么又……"她话只说一半就被他蛮横地吻住，剩下的词句都成了断续的呜咽。

"又怎么了？"他坏笑起来故意撞她一下，"这得问你。我抱我喜欢的人就会这样。"

"我要上班了，你去找你喜欢的其他人。"她摸到刚才热好的小面包塞他嘴里，把他堵回去。

他听出她话里有话，退开一步，顺势咬了口面包："哪来其他的？"

"我可是听说你带了女朋友回家。"她从微波炉里端出剩下的面包。

他挑挑眉，反将一军："听沈昱说的？"

"你管我听谁说的。"

"可真会添油加醋。都不是我带回家的。"

"还不止一个？"

"我妈朋友的女儿，她故意的。"

"相亲？"她忍不住笑，很难想象这么有传统特色的事件会发生在宫恪身上。

他不好意思，说得含糊："差不多。"

"有喜欢的吗？"

"都不如你。"

"干吗挑剔？你也到了该结婚的年纪。"她接着打趣。

"说得对，我们结婚吧，就今天，今天是工作日。"他大步流星地往客厅走去，"换衣服赶紧去，领好证也耽误不了上班。"

她端着餐盘跟出来，以为他在说笑，一抬头迎上他过分认真的表情，愣了愣："开什么玩笑？"

"我没开玩笑。"他把她拉到面前，郑重地把她的手指分开和自己十指交缠，"我们结婚好不好？"

"好，"她点点头，"但不是现在。"

他又失望地松开手。

她拽着他回到沙发，面对面坐下："按照纪律，你要结婚，得给单位打报告吧。"

"那只是走走过场。"他嘴硬道。

"可是单位的同事都知道我的身份吧，现在在他们眼里我是谁？"

宫恪把头转开："知道又怎么样？"

"你可以不在乎，为所欲为，可是你爸呢？都是一个系统里的，到时候传得满城风雨，让他怎么做人？"

他知道她说得在理，又气不打一处出，胡乱找出口："你就是敷衍我。"

"我不会敷衍你。答应你就会嫁给你，你不信，拉钩？"

宫恪听出她在嘲讽，被她气笑了。

"那我今天就要搬回来。"

没想到唐韵靠过来主动抱住他，声音闷闷的："嗯，我想你了。"

"那你今天……要不要考虑请个假？你要是今天请假，我们可以连着三天在一起。"紧接着是一个双休日，他用恳求的眼神看向她，"我过几天要出差去北京述职。"

[2]

介于前车之鉴，梁欢一听唐韵要请假就头皮发麻，紧张地追问："请几天？"

"就一天，"那边虚张声势地咳嗽两声，"身体不太舒服。"

"股东大会，你不来公司？"梁欢小声提醒道。

"……我不是股东。"

话虽这么说，如此重大的变故她居然一点都不上心，也确实让梁欢百思不得其解："病得很严重吗？我下班过去看看你。"

"不不不，只是感冒。不用兴师动众。"

梁欢满腹狐疑地挂断电话，陈萱在门口敲了敲门，对她没有称呼，只问："唐韵哪儿去了？"

"出去办事了。"

陈萱冷笑了一声，转身去了会议室。

她刚一坐下就忍不住讽刺许承楷："为什么每次都是你一个人冲锋陷阵，两次重要会议唐韵连面都不露。"

许承楷正灭着烟，好脾气地笑笑："因为是我追她啊。"

此话一出，彻底让陈萱没了下文。

"装什么情圣，"沈昱在会议桌对角线那端朗声大笑，"我记得在反对办公室恋情运动中你可是一直打头阵。"

"所以说打头阵的都别有用心。"他撑着头眯眼笑，"一定要警惕。"

"你们打算去哪个荒岛比翼双飞？"

"谁知道呢，要看骁盛的股东分红买得起什么岛了。"

"凭你一个人收入不够啊。"

"那我只能和你比翼双飞了。"

陈萱无奈地打断："够了吗？现在我也要反对办公室恋情了。可以开始开会了吧？"

"别着急，人没到齐，再等会儿。"许承楷说。

陈萱露出微笑："股东都到了，没有必要等其他人。"

"没全到哦。"

"你不会非要等我哥到场才肯开会吧。"

会议室门口高跟鞋叩击地板的声音渐近，只清晰地响过三次门就开了。门外出现的人是法务总李则典。

陈萱一时错愕："李总有什么事？"

李则典对她微微颔首："陈总虽然不能到场，但他的代理人要求参加这次股东会议。"

"代理人？"

随着李则典走进会议室，身后的女性展现了她的完整身姿。

高挑的夏秋穿一件束腰黑色风衣，干净的脸上几乎没有妆感，她抬起头冲陈萱简单微笑示好，在法务总身边拉开的椅子上坐下。

陈萱却不淡定地从座位上蹿了起来。她仿佛又看见高中校园里那个英姿飒爽的篮球队女孩，自己在她身边矮了一大截。

"夏秋？你什么时候回来的？"

会议室里响起孤零零的鼓掌声，沈昱笑着说："真是精彩纷呈！"

"今天要表决什么？"夏秋坐定后仰起脸问陈萱。

陈萱恢复镇定，坐回位子上。她知道不速之客既然不是受自己之邀，就一定是来给自己使绊的。

"重选董事会。不过夏秋你虽然是股东的配偶，但具不具备表决权还有待商榷。"

没等夏秋说话，李则典起身向陈萱递出纸质文件："这是陈总签署的委托书，约定特殊情况下其股东权益全权委托给配偶夏秋小姐代理行使，其中第六条第三项符合当前情况。这是相关公证书。"

陈萱脸色由白转青："……这份委托书是八年前签署的，在那以后你们已经感情破裂了。"

李则典用公事公办的语气说道："但是八年来陈总没有提出过解除这份委托书，按文书划定的有效期应该是永久有效。"

陈萱把矛头指向李则典："你早就知道，为什么没有告诉过我？"

"我不能不履行对当事人的保密义务。"

沈昱对这种质疑扯皮失去了耐心，插问道："那么就简单点，直接问问陈夫人想怎么站队好了。"

陈骁一个人持股27%，第二大股东是国企，华控投资，平时不参与公司经营，将表决委托给陈骁。骁盛由陈骁绝对控制的原因正在此，所有股东就算抱团取暖也无法与陈骁抗衡。

所有胜负翻转，此时只看夏秋一人抉择。

"在我丈夫恢复行为能力之前，我不能替他决定公司领导层发生重大变更的相关事宜，我选择保持原状。"

沈昱冷笑一声，神色变得阴鸷，直接将面前的文件资料拂向地面，迈着大步走出门去。

经过许承楷身后，他乐呵呵地补了温柔一刀："这才是情圣。"

[3]

"更早的时候，沈昱也在我面前说了些你的事，和许承楷有关。"宫恪把她抱在怀里，她感觉到自己的后背贴着他厚实的胸膛，很安全，"我不知道真假，听了不开心，所以没问过你。"

"说来听听。"

"他说你跟许承楷有很深的渊源，许承楷在董事会上发难，把他亲爹赶下台，是因为你。听起来还挺浪漫的。"

唐韵无奈地叹息："你只要知道沈昱说的每个字都是假的就行了。就像他明知你'女朋友'的实际身份还特地来添油加醋告诉我。"

"可是'女朋友'的实情我告诉你。"

唐韵回身坐直，看他表情，觉得自己转移话题不会让他满意的。

她没想过自己和宫恪有一天会对坐着聊许承楷，犹犹豫豫地开口："许承楷，你别看他现在城府深，但是他年轻时锋芒毕露，没有感情又残忍，做事不留余地，让很多人感到威胁。"

"他爸？"

"主要不是他爸。他们家情况有点特殊，他哥哥，就是许志杰，很早就断绝父子关系出去单过，放弃了继承权。当初连我都以为许承楷就是独生子，众矢之的。"

"那不就毫无悬念了？需要争什么？"

"他们家堂兄弟姊妹十几口靠着公司吃饭，本来没指望争夺继承权。坏就坏在他把自己的清算意图过早暴露了。等他成年，堂兄们都已经在公司里主事了好些年，没那么容易对既得利益放手，只能铤而走险。"

他认真听着。

"这些都还是小事，关键是他父亲都不站在他这边。身边进谗言的人多了，很容易影响对人的判断。"

"我不信亲生父子这么容易被离间。"他能感觉到她有所隐瞒。

"他有他自己的问题，从小就表现得……"她斟酌着说，"没什么同情心。"

"我觉得你这种描述明显在粉饰一些坏事。"宫恪很轻易把她看透。

"算是吧。但他毕竟没杀人放火。其他人不一样。有人在他家水源里加六价铬，好让他慢性中毒，我体质不够好，变成急性中毒了。"

宫恪总能抓到重点："你住在他家？"

她摇摇头："他生病了，我去给他弄点吃的。"

"……"他不知该怎么说下去，苦笑一声，"这确实是很深的渊源。"

"总之……本来我只是意外被牵扯进去的，他借机闹大，让他爸以为他是个恋爱脑，还是个常人，和他的隔阂没那么大。"

"那董事会？"

"董事会完全是后来的商业行为，一些股东不再赞同他爸的经营方针，也容不下那些成事不足的亲戚。"

"所以你只是缓兵之计？"

"沈昱很了解他，知道他是冷血动物，缓兵之计骗得了全世界也骗不了沈昱。他明知道实情还翻旧账，居心叵测。"她强调了重点。

"许承楷是冷血，可你为他牺牲得就太多了。他装作恋爱脑，你不就替他成了众矢之的了吗？"宫恪一语道破。

"那时候我就算从世界上消失都不会有人惦记。牺牲本来不存在的东西不算牺牲。"

他沉默了许久，没有再说话，只把她抱得更紧一些。

按他原本的预估，就算唐韵和许承楷有过什么刻骨铭心的爱情，那也是过去式。

但这哪是爱情？

这只是粗粝的借命。末路上狂奔，行迹描绘过银河和火花。因此在被驱逐到尽头，枪抵住咽喉时，阳光下叛逆的眼神简单交换，就可以坦然粉身碎骨，换对方心口一个弹孔。

她说得轻飘飘，可什么样的爱情与之相比起来都显得孱弱。

[4]

离开了骁盛，许承楷直接回了鑫瑞。车停在楼下，副总已经在大楼门口等候多时，待他一下车就把手中的简报递给他，跟在他身侧边走边说："美债收益率倒挂，今天三大指数都在暴跌，FAANG领跌，联储传了降息消息。我们这边半小时前已经开过会统一对策。"两人进了电梯，副总按下楼层，"另外Carlo电话还等在线上。"

电梯门关上。

"Project Valley分析报告呢？"

副总看了看表："再过一小时出来。"

"这么慢。"

"特朗普在9点20分连发了三条推特，"副总见他表情不悦，转移了话题，"听说骁盛进展顺利？"

笑容还是没能回到他脸上，他跨出电梯。副总追着他有点气喘吁吁。

"不顺利。陈夫人的背调谁在做？"

"Kevin。"

"让Joe亲自做，周一下午三点前给我。"

第一秘书等在走廊转弯处，副总放慢步速准备转向另一侧："我现在去跟他说。"

许承楷微微点头，从秘书手里接过Pad跟对面打了个招呼，走进办公室："Carlo。"

Pad 屏幕中的男子恭敬地让到一边，用浓重的南部方言说道："她想跟你说两句。"

许承楷将窗帘全部调成遮光模式，坐下，对着视频电话中显露出来的女人颇有涵养地点点头。

"Iris，你好，初次见面。"

吴嘉玲颧骨处的瘀青显示她已经吃了点苦头，但她情绪还算平静。

"许总，我们素未谋面，我不知道什么时候得罪过你。"

"不好意思，你让人好找，我朋友会错了意，"他温和地笑着，语气也非常绅士，"其实我只是想问你几个简单的问题。许志杰……"

他向前倾去，把手架在膝盖上："你认识吧？"

"我以前不知道他是您亲兄弟。"

许承楷缓慢地点头表示理解："谁做的局？"

"是陈骁，为了摆脱高雷。"

"那你知不知道……他手里有什么能引来杀身之祸？"

"我只知道金凌把账目交给了唐韵，唐韵是高雷的人，她想逼许志杰指证陈骁。"

许承楷手撑着太阳穴，长吁一口气，往后靠去，声音比平时低沉："唐韵是高雷的人，你确定？"

吴嘉玲无比坚定地点头："高雷亲口对我说的。陈骁也知道。"

"陈骁有什么对策？"

"对唐韵，他没有。他以为把我这颗弃子扔出去就行了。"吴嘉玲冷笑道，"要拿住唐韵很简单，明明反转胜负的牌就在我这里，本来不用搞成这样两败俱伤。"

"那现在，你的牌还留着吗？"

"我知道她和沈昱的儿子在哪里。"

"陈骁和沈昱？"

"唐韵和沈昱。"

许承楷实在没忍住，笑出两声："在哪里？"

"许总一直和沈昱交情很好，我相信这个信息对您也会有用。我要求很低，放我一条生路。等我安全了想办法告诉您。"

"所以这么看来，当初把陈夫人叫上车也应该是你出的主意？"

"不是我，我只是跟高雷说过陈骁的家庭情况，他做的决定。"

"看来……你求生欲很强啊。"许承楷笑得更深一点。

"我没有信口开河，唐韵的背调是金凌亲自做的，医院有她怀孕一个半月的记录，那时候她已经跟沈昱交往了四年，从 KNE 离职五个月。只不过金凌想象力不够丰富，找不到就认为孩子没出生。其实这孩子现在六岁了。"

他斟酌片刻，闷声道："就算是唐韵和沈昱的儿子，那也是快乐生活的普通人，做生意干吗把小孩扯进来？我喜欢小孩，而且我最不喜欢这种不讲逻辑的事。"

这转折完全出乎吴嘉玲意料，吓得她脸色铁青。

许承楷沉默了几秒："你叫 Carlo 听电话。"

男人回到镜头前："怎么处理她？"

"让她以后活明白点。"

对面说着"放心"就切断了通话。

许承楷蹙眉想了想，走到门口对秘书招招手，等她跑到跟前后，低声问："一个人怀孕过，现在医院会有记录吗？"

"如果去过医院验血测试会有记录，如果自己用验孕试纸在家测就不会有。但不管最初怎么发现怀孕的，在正规医院拿掉就会有手术记录，孩子生下来之前更会建立产检档案。所以要是想没有记录，需要自己发现、自然流产、自然分娩或者在不正规医院引产。但是以后再次怀孕产检的时候，医生还是能知道并且会备注是不是头胎。所以是的，怀孕过大概率会有记录。"

许承楷上下打量这位助理几秒钟："你学金融的？"

"计算机和金融。"

"你现在去叫 Kevin Lee 马上来见我。"

[5]

唐韵的确只休息了周五一天，周一一大早就直接去了项目点。前销售总要挟的交付问题确实存在，近日正在整改。让她有点意外的是，许承楷居然也在。最近欧美股价惨不忍睹，想必让他焦虑的事很多，骁盛的局面算告一段落，唐韵以为有一阵会见不着他。

"你来项目点干吗？"

"太想你了。"

唐韵不想接这个话茬。

"我有四五天没回鑫瑞，来了个新助理，"他站在一边幽幽地开口，"说话做事有点太精明，就像当年的你。"

她觉察出气氛不对。

"精明不是夸奖，聪明才是。"

"对，所以我找人查了一下，她上一份工作是筑高的实习生。"

她沉默片刻："那也说明不了什么。"

"以防万一，我叫她回筑高工作比较好，还给她写了封推荐信。"

"……"

"你知道有意思的是什么吗？"他含笑问道，"同一个调查员给我看了你过去的医疗记录。"

唐韵感到脑子里嗡嗡作响，很难保持平静："你为什么查我？"

"我在美国找到吴嘉玲了。她查过你。结果应该是一样的，预产期在次年四月，没有后续的手术记录，所以她说孩子应该有六岁了。"

她咬了咬牙，反而更关心不相干的人："吴嘉玲还活着吗？"

"活得很好啊，比以前更聪明了。"

"妊娠记录不是我的，是我朋友的。我只是把医保卡借她，我用来和沈昱谈条件。"

"谈什么条件？"

"在你来找我之前，我快要交不起房租，有点走投无路，只想问他要一点基本生活保障。可能你还有印象，我离开 KNE 是辞职。"

"你知道病历上医生盖的戳是精确到日期的吗？"

"所以你知道我离你以后又去找过他。也许你不想认输，但很多事情你就是不能完全掌控。我离开你是你的决定，但我再去找沈昱是与你无关的决定。你是我的什么人，要为了八年前这么一点心机来谴责我？"

许承楷等她说完，把自己被击碎的心脏一点一点拼起来，直到恢复了正常血色才沉声道："没必要。只是这动摇了你在我心里的形象。"

"我从来就不是什么天真无邪的小女孩。你知道的，我走投无路的时候，做不到那么清高。"

他深吸一口气。

"以前你说谎我能看出来，现在……"许承楷笑着摇摇头。

"你觉得信错了我吗？"

许承楷没有说话，只是侧过眼，好像含情脉脉地看着她。

"我跟宫恪和好了。"

"我想也是，你难得请假。"他往回走去，"祝你……诸事顺利。"

[6]

许承楷在早已约定的时间去了夏秋家约谈她。

她引他到会客厅，看出他眼神有些落寞黯淡，像是遭遇了什么重创。

"你气色没有上次见面时好。我猜你还是想来说服我，这副精神状态可做不到。"

他坐下谈正事："你还是坚持等陈骁醒过来再做决定？"

"对。"

"如果他永远醒不过来呢？"

"那我就永远不做决定。很简单，这是他的公司，我没有出半分力，凭什么坐享其成。"

他垂眼沉默了片刻。

"我觉得你在期待一些不可能发生的事情。"

"我觉得你也是。"

夏秋给他倒了茶："这茶叶不是什么名品，是和我一起做瑜伽的朋友从印度带回的，很普通，回味甘甜。"

事到如今，他似乎有点无心恋战。

唐韵从前给他的心理慰藉胜过世界上其他人，此刻给他的心理攻击也不亚于其他所有人之和。

他突然抬起头问："你知道六年前，三四月份，唐韵在哪里吗？"

夏秋怔了怔，反问："……我为什么要知道这个？"

"我当时问过她父亲，她父亲说她去了美国，但是她出境记录到三月为止，没有美国，她在国内，她为什么要对她父亲撒谎？"

"她父亲撒谎吧，据我所知他们从来没什么联系。四月她参加了我们班同学聚会。"夏秋打开手机页面，"我微信发过朋友圈。如果能帮到你的话。"

许承楷看见照片里的唐韵，比他记忆里的还要清瘦，微信的时间线也做不了假。三月她还在乘国际航班，从吉隆坡到上海，四月她又去参加了同学聚会，社交活跃。

他如释重负，又怅然若失。

他知道人无完人，但这么多年来，他一直自诩了解唐韵，认定她品格纯粹。

客人还在出神，没谈到关键正事，家里的阿姨就拿着电话匆匆跑进来打断了这次会面。

"小姐，医院来电话说，先生醒了。"

[7]

陈骁看见夏秋进来很是惊喜，但下一秒看见了许承楷，神色又紧张起来。

许承楷举起手作投降状："我只是来看看你，没别的意思，你在这儿躺了快一年，我还送过不少花。夫人也是我帮忙找回来的。"

陈骁知道他一定另有所图："我想和我太太单独说几句话。"

"那我就不打扰了。陈总知道我的电话，我们回头再聊。很高兴你醒了。"他顺手带上门，脚步声很快消失在走廊里。

陈骁去拉夏秋的手，被她挣脱了。

她言简意赅："这段时间发生了很多事。骁盛有些风波但都过去了，唐韵在主持工作，和我站在一边。你妹妹站在另一边。许承楷和沈昱手里都有骁盛股份，想操纵公司拿一片地，地在沈奕手里，她目前不卖。和中被查后高雷已经落马，我现在是安全的，股东大会上我替你表决过一次，没有通过任何变更性动议。这两年我多在外面，领养了一个孩子，需要你签字办手续。"

陈骁眉头拧起来："信息量有点大。跟我说说这个孩子。"

夏秋拿出手机给他看照片："他五岁了。"

"他为什么戴眼镜？"

"天生视力不好，最近做过一次手术。"

"你就不能换个健康儿童？"

"如果可以，我想先换个健康配偶。"

他斟酌了几秒："行吧。他会住在我们家吗？"

"当然。"

陈骁只好妥协："那也行吧。"

结束了这个最轻松的话题，他接着问道："凭直觉，你觉得我应该和许承楷还是沈昱合作？"

"从感情上，我希望你和唐韵合作。但是感觉你接受不了。"

"她现在是骁盛 CEO？"

夏秋点头。

他有些为难："不是我不想跟她合作，是她还够不上对话等级。"

"……那你自己决定吧。"

他试图补偿："她和许承楷、沈昱哪边更近？"

"都不近。"

"据我所知，她有她的选择。"

从前夏秋一直以为唐韵与沈昱的情感纠葛更复杂一些，但今天发生的事——许承楷的逼问，让她冥冥中感觉他才是唐韵最大的威胁。许承楷比沈昱更阴晴不定，让人没法看懂。

她对陈骁如实说："他们俩都是危险人物，唐韵避之不及。"

"好的，听你的。"

"你不用听我的，等你好一点，不带感情色彩地判断比较好。而且你也不需要和唐韵做相同选择。我感觉她已经不想在骁盛久留了。"

"哪怕我没有好转？"

"对，"她点点头，"和你没关系。"

"我觉得你和以前不一样了。"陈骁满怀深情地看着她。

但裂痕不是那么容易修补，来日方长，她淡然笑笑："大病初愈，你该休息了。"

[8]

官恪要去北京述职是两周前就定好的，他原本没想过会和唐韵复合，现在有点难舍难分。早上九点的飞机，磨蹭到过了午夜才开始收拾行李，好在他就一个背包。

唐韵坐在旁边的床上帮他叠衣服。已经订好了回程机票，不太可能提早返回，她只好嘱咐道："你要按时回来。"

他看了她一眼，合上电脑走过来，摸摸她的头发："五天很快。有你在，以后我尽量少出差。"

正说着，他的手机突然响了，拿起来看看来电显示："是我妈。"

唐韵有点尴尬和局促，看着他走到客厅去接听。

他停留了一会儿，看见她紧张地看着自己，又走回房间。

"……知道了，我大概下周六能回家吃饭。哦不，不用，我自己去，我想带个人给你见见。"官恪见她警惕地望过来，对她比了个安抚的手势，"女生。嗯……先不说了，等见面聊。"

他挂了电话，唐韵才开始插话："你要带我回家吃饭？"

官恪在她跟前坐下："你不相信我能处理好这些关系？"

"我只是觉得没必要。"

他拉过她的手："你答应过要跟我结婚，如果是认真的，那就得从一开始就经营好家庭关系。你放心，这些事应该我负责，都交给我。"

唐韵施力回握他的手，却有些欲言又止。

"你这几天有什么安排？"他转移话题道。

"我今天要去参加个活动。"

"那个地产领袖峰会？"

唐韵有点惊讶地点头。

"我妈好像也会去。"话题又回到原点，"你就……先尽量避开她，怎么样？"

"她现在想出来做相关业务了吗？"

"她应该只是好奇手上地块的估值，看看行情。"

"这周……"她犹豫着开口，"你才从北京回来，家人想和你聚一聚，肯定不想不愉快。我就不去了。她会需要一点时间，你给打打预防针，要让人有心理准备。"

宫恪闻言点点头："那好，你说得对。"忍不住把她抱住亲了几口。

但唐韵看上去没怎么投入，轻轻把他推开："我有些事想告诉你。"

宫恪见她一脸郑重，也跟着郑重起来，把手机放回桌上，重新拉住她的手："嗯，你说。"

[9]

许承楷感到自己走进了死胡同。

诚然，唐韵不是他所期待的样子，这本来只是一件无关紧要的小事。现在这种关键时刻不容他分心，但唐韵却变成了一种危险，特别针对他的危险。事情向着他不熟悉的方向偏离了。

以往一旦事情偏离他的规划，他的选择通常是摧毁与之相关的一切。

他的童年并没得到过太多父母的直接照顾，兄弟俩都和家中一位老保姆的相处时间更长。哥哥长着一副纯正的亚洲面孔，在学校没有朋友，与家中像母亲般存在的老保姆自始至终亲近。但许承楷亲眼见过她从母亲的首饰盒里偷拿东西，他把这件事告诉过哥哥，哥哥却不以为意地说："反正妈妈首饰多，她再买就是了。"

这位老保姆中风去世那天，全家上下陷入了短暂的混乱。他不仅不像哥哥那样痛哭流涕，而且在混乱中反复要求厨房给自己做可丽饼。大人们终于注意到他的反常，报告了他的父亲。父亲问他为什么偏偏要在这时候胡闹，他说他没有胡闹只是饿了。

"家里有人意外去世，难道你不觉得难过吗？"

"她偷了妈妈的耳环，还说就算我去告密也不会有人相信我。"

父母对视后同时沉默了几秒。

然后父亲尝试着开口："偷东西是不对，可是从你出生起就照顾你的人今天死了，这两件事不能相提并论。"

"我听说每个人都会死。但不是每个人都是小偷。"

"……"

父亲第一次感到很难对此做出解释，他们觉得他有点不对劲，把他交给了心理医生，但心理医生说他很正常，他只是年纪太小，还没来得及学会对生命的同情。

事实证明，随着年纪增长，在这方面他并没有学到更多。他努力地使用逻辑来分析、判断、做决定，像精密的计算机一样处理问题，通常能应付得很好。当某个文件被逻辑判断感染病毒，应该把文件隔离粉碎。

经验告诉他，关键时期，只要冷静下来就能渡过难关。

陈骁已经醒过来，唐韵对别人也许还有意义，但对他许承楷而言就可有可无了。相比于留下她的隐患，留下她的益处不足为道。尽快处理完最后这几天的事情就可以脱身。

他的确喜欢过唐韵，但他也可以不再喜欢。上次她离开，他焦虑了一个月，还是两个月？这次他也许可以更快适应。

他一言不发地坐在车里，街景迅速向身后掠过，霓虹的斑斓不断从前车窗扫向后车窗，路灯在闪着暗光的黑色车漆上描出白色虚线。

前排的人回过头来，压着嗓子："宋小姐说，晚上的酒会老爷子想见唐韵。刚见过人就死了……会不会惹他不开心？"

许承楷手撑着车窗："你想说什么？"

"要不我们在她去之前就动手，没见上其实也就算了。"

"我想看看他们找她什么事。"

"可能改变决定吗？"

"不可能。"

"那我就按计划安排了。"

车停在路边，对方已经一条腿跨下了车。

"等等……"

对方回过头来认真等待吩咐。

爱上善良美好的目标是人之常情，但爱上危险因素却违反逻辑。他本身感情淡漠，如果再推翻逻辑，以后要怎么行事？

他下了决心，不能留唐韵，因为他知道所有的感情悲剧都是从爱一个人爱到世界颠倒开始的。

他擦拭过镜片，重新戴上眼镜："注意安全。"

[10]

白天的高峰论坛很多公司出席的人都是排位在第三以后的副职，反而晚上酒会上到场的都是要员。

沈昱在人群中看见一袭红色长裙的宋音，特地挑选她喜欢的酒，倒了杯给她递过去。

"他们找唐韵干什么？"

"收买人心而已，"宋音盯着他看了两秒，露出嘲讽的微笑，"看你紧张的。"

"开玩笑，我有什么好紧张，我都是局外人了。"

"对唐韵，你坏事没少做吧。晚上会不会做噩梦？"

"你搞错了，坏人从来不会做噩梦。而且唐韵也算不上重要角色，我知道他们一贯如此，赢的策略很简单，确保战场内全是自己人。"

"原来你都懂。那你也知道自己算不上是重要角色了？"

沈昱有点被激将，一转身，唐韵在吧台附近应酬。仿佛为了证明自己依然压人一头，他走过去的同时招来侍者："给她一杯威士忌，"后半句是对唐韵说的，"这么重要的场合，怎么能只喝汽水。"

"不用了。我自己开车来的。"

"叫代驾不就好了，"他把酒杯硬塞到唐韵手里，用近乎威胁的语气低声说，"我帮你叫。"

唐韵没喝："你除了找我麻烦，难道没别的正常社交了吗？"

沈昱握住她的手，替她把酒杯举到嘴边："你大概忘了，喝了酒你会比较放得开。"

唐韵用眼神狠狠瞪他，两人僵持着。

沈昱突然手上用力，酒杯"砰"的一声碎成几块，唐韵被吓了一跳，可他没有松手，隔着唐韵的手死死抓住两块尖锐的玻璃碎片，血液从掌心顺着手腕向肘部流去。隔了长长的几秒，他放开手微笑道："你怎么这么不小心？"

许承楷拨开两个看热闹的人走过去，中途从侍者手里抽走一张干净的白色餐巾，给唐韵做了简单的止血包扎。

沈昱玩味地喝了口自己的酒，放下酒杯，挑衅般地揪住许承楷的衬衫领口，但马上又改变主意，调整成替他整理衣襟，顺势把自己手中沾上的血迹擦在了他衬衫的前襟。完成了这一系列行云流水的动作，他再次牵起嘴角，好像对自己十分满意。

许承楷自始至终表情没有丝毫变化，只等他停下动作，转头扣着唐韵的手腕离开："有人找你谈点事。"

"什么人？"她回过神，跟紧一点。

"沈昱的老板。"

"他找我干什么？"

"招安吧。"

难怪沈昱看起来那么闷闷不乐。后台老板要亲自出马，意味着对他一直解决不了唐韵不满。

两人走了一段距离，在宴会厅门口转弯，看见站在偏间门口的宋音。

宋音也看见了他们俩，一个手上扎着餐巾，一个前襟全是血迹，觉得有意思。等唐韵走到面前，她帮着打开门，却把许承楷拦下来："你就到这儿。"

但同时她带着玩味的笑容把两张纸牌塞进他手里，眼中是询问的目光。

许承楷不动声色地笑笑，后退几步，低头一看，是一张方块 Q 和一张红桃 Q。

宋音转身进门，跃到唐韵身前去领路，进了内厅，朗声笑道："韩叔，我把唐韵带来了。"

[11]

"唐韵，你好，想必你听说过我。"坐主位的长者没有挪动位置，"在座的你也应该都见过。殷书记、百鸣王总、至和金总、沪升李总，安昌……"

这位安昌置地的总裁年纪相较稍轻，起身与唐韵握了握手："唐总，久仰。"

"不用这么客气，叫我 Nicole 就好。在座的都是我的前辈。"

"难得大家今晚都在，互相熟悉熟悉，方便以后合作。"组局者气度从容，扬手示意，"都坐，小音也不要见外。"

唐韵看了宋音一眼。

"小音的父亲是我的老领导，我没有女儿，一直把她当干女儿。Nicole 是我女儿的朋友，就是我的朋友。以后请各位叔伯多多关照。"被宋音称为"韩叔"的长者率先举杯。

其余人跟着附和。

唐韵谨慎应对，不知自己什么时候算得上宋音的朋友了。

"小音在宣传口很有作为，Nicole 也不简单，年纪轻轻就撑得起骁盛。"

"过奖，韩总的人脉和布局真让人叹为观止。这么看来垄断整个行业也不是难事。"

"我们不要说垄断。只是现在局势变化，殷书记马上要高升，接下来有两三年好日子罢了。你今后有什么打算？"

"我只是个打工的，打算了也没用。"

韩叔笑起来："你应该来 KNE，会比在骁盛施展得开。骁盛毕竟只是个地产公司，都是小打小闹。其实什么行业到了上层都是金融行业，Nicole，你可以把眼光放远一点，再上一个台阶了。"

唐韵微微颔首："您教导得对。"

"现在就暂时辛苦你，在骁盛处理好最后这块地的转手，不要留下安全隐患。如果还能帮 KNE 收购骁盛扫清一点障碍就更好。"

她想起不久前和中董事长倪总约谈过自己，和中也有收购骁盛的意图。现在看来，沈昱出师不利，KNE 却没有放弃的意思，这么紧咬不舍，将来必有一战。

"我在骁盛，尽职尽责是理所当然。但是骁盛改名换姓不是我能主宰的。"

"骁盛前景不错，只要紧跟住资本风向。你这么聪明一定一点就通。最近一段时间可能会很乱，遇到什么难题需要配合，你尽管开口。"

唐韵听明白了，他们是想让自己做个内应，围猎骁盛。

[12]

沈昱把随从叫到身边，嘱咐道："从今晚开始盯着唐韵，我要你们寸步不离。"

"许承楷今晚只带了两个人跟着。"

许承楷此刻正站在远处独酌，见沈昱朝自己递来眼神，朝他举杯示意。

沈昱果断摇摇头："许承楷你们跟不住，能跟住唐韵就好。"说着朝那个方向皮笑肉不笑地举杯。

唐韵没多久就回到宴会厅，许承楷第一时间迎上去："顺利吗？"

"需要消化一下信息。"唐韵有些口干舌燥，一口气灌下整杯苏打水，直接朝门外走去，"我回家了。"

许承楷不紧不慢地跟在她身后两米开外，也顺势走出门去。

她进了电梯，他也跟进电梯。

密闭空间里，两个人沉默许久。

许承楷捉起她受伤的那只手看了看，牵扯到伤口了，她这才疼得一缩。

他转过来的眼神深不可测，让唐韵觉得有哪里不对劲，她说不上来，正好电梯到了地下车库层，顺势走出去，他却没有跟上来。

唐韵回头看了看他，似乎没有跟上来的意思，便自己径直上了车。

许承楷缓缓地往前踱步，随从跟着他走："要不要把车开过来？"他摇摇头，站定了，隔着一段距离望着唐韵，唐韵觉察出他的古怪，连转动钥匙打火都变成了慢动作。

"车钥匙。"他把手摊开，等身边的人把钥匙放在他手里，"你们自己回去吧。"

他大步流星朝唐韵的驾驶室走去，拉开车门："我喝酒了，你送我回家。"

唐韵与他对视："上车。"

"不，你开我的车。"他不由分说地把钥匙扔给唐韵。

她条件反射地接住，却还是固执己见："我比较熟悉我的车。"

他闭上眼叹了口气，用了很大的力气把她直接从车上拖出来。

唐韵吓了一跳，下车时重心不稳还崴了脚，被他硬拖着走出好几米，想挣脱却抵不过他力大。

"你干什么？"她手上的伤口被扯得很痛，"你弄疼我了！"

他丝毫没有放慢步速，侧过头冷漠地看看她："就是要你疼。"

唐韵也没见过他这样，思路慢了半拍，还在想他究竟发什么神经，就被他反手甩过去差点摔倒，背撞在地下车库的方柱上，感觉脊椎都断了几节。

许承楷看着她皱了皱眉，快准狠地把她推靠在墙上吻了过去。

唐韵终于回过神，用没受伤的右手重重甩了他一耳光，直接把他的眼镜打飞出去。

他没有去捡的意思，退开一点距离喘着气，可是灼热的呼吸还落在她脸上。

没等她做出反应，他又再次吻过去。

唐韵甩了他第二个耳光，他才抓住她那只手压在墙上说出话来："我不能看着你死。"

她冷静下来："你什么意思？"

"你觉得你今晚有命到家？"

唐韵脸色微变，在努力调动思维厘清关系，心有余悸地回头看了看自己的车。

他松开压着她的手，附身去捡回眼镜，幸好镜片没碎。

"是谁要害我？"

"我。"

他用眼镜布漫不经心地擦拭着，等她发问。

"为什么？"

"因为，"他重新戴上眼镜，抬起眼睑，羽睫湿润，用像是对什么妥协的目光注视她的眼睛，"我爱你。"

唐韵僵住了，嘴唇抖了抖，感到惊惶和不受控制的眩晕，任由他再次有恃无恐地吻住自己。

他的确擅长侵袭人的每一根神经，她感觉自己控制理智的某一根神经绷得太紧，突然断了。

雪崩往往从最高处的一片雪花跌落开始。

热血一寸寸回传，最终直抵心脏。

她的心脏，与其说在跳动，不如说在被动震颤。

他眼睛一眨不眨地盯着她瞳孔深处，不知满足地从中掘出所有眷恋的证据，用这些本能欲望像滚烫的沙堆一样把彼此埋葬。

明天太荒唐，他气血翻涌，决定忘掉。

直到此刻他才明白得一人与自己唇齿相依多珍贵。

他不想失去，不舍失去。

这个吻逐渐变得缠绵、缱绻、难舍难分，仿佛跨越了很多年。

第十章

D-DAY

[1]

绵雨接连下了三天。

天空从早到晚都阴沉沉的，四处弥漫着雾霭。墓地的路从殡仪馆偏门通往泥泞小道，草木成倍地往高处生长，一些铭刻着思念的墓碑被胡乱蔓延的灌木覆盖了。

唐韵穿着黑色风衣，行走得小心翼翼，努力避开灰色砖石上柔软的深色青苔以免滑倒。

就像步入了某种混沌的迷津。

逝者她未曾谋面，也毫无情感联系。她无法凭空捏造悲恸和痛楚，只能把宫恪挽得更紧一些，期望能有一些真切的伤感从他流向自己，以图分担。

淡黄色的纸钱随风荡漾，转而又被雨打湿，最终与地上无人照管的蔓须绞曲纠缠在一起。

炮仗声骤然轰鸣，她吓了一跳，伫立着往声源方向回望，面目恢复安宁，心却依惯性在胸中怦怦剧跳。

宫恪的母亲痛哭欲绝。他条件反射地抽出手臂，冒雨上前几步搀扶。

唐韵孤零零地留在原地，如同一颗固执的黑色卵石，迟迟没有转向众人瞻仰的墓碑。

她肃然地面向另一个方向，望着远处那个撑着黑色雨伞的身影。

雾霭能造出梦一般的奇异幻觉，使她不能断定他是个空洞的躯壳，还是呼吸着的生命。听闻神话传说中乌云蔽日、流星飞火时，梦魇会平地而起，虚构魔障，大概就像他的目光一样深邃而诡秘。

他在她的凝视中抽着烟，一支又一支。烟蒂落地，自然熄灭在泥沼和雨水中，像刹那间卷起过白浪又退去、冰冷刺骨的海。

追悼仪式结束后，人群朝一个入口流去，墓碑周围变得非常静，鸦雀无声。她留下来，但没有人注意到，雨伞在最后一刻被交由逝者亲属。

他这才走过来，让出三分之二的伞遮住斜风细雨和稍纵即逝的落日。

时间飞快地溜走。

"别再跟着我了。"

"你活着让我难受，我不能一个人难受。"

"你到底想干什么？"

"我想你回到我身边。"

唐韵沉吟着无话可说，过半晌转身离开，没有停顿和回头，直接消失在狭小的门廊尽头。

[2]

为了陪伴宫恪，唐韵请了假暂搁工作。

他本计划周末参加家庭聚会，适时向母亲提起和唐韵复合的事。但飞机刚落地就传来母亲长兄自杀的消息，沈奕无法承受，被肺病击倒，卧床不起。在匆匆赶来探病的人中突然看见唐韵，沈奕也暂时顾不上惊讶了。

唐韵虽然早有心理准备，依然觉得有义务共渡难关。

遗孀带着骨灰回到上海，丧事完全是由宫恪、唐韵操办的，一切从简。宫恪的生日宴上那些曾经的朋友绝大多数没有现身，非正常死亡的阴云笼罩着这个家庭，很多人相信厄运会像瘟疫一样蔓延。

骁盛不能承受太久首位执行官缺席，正好陈骁伤势逐渐好转，权力交接变得顺理成章。

陈骁回到公司，让董事会解聘唐韵轻而易举，但看在夏秋的面子上暂时没这么做。过了几天他主动约见，想要登门拜访。唐韵说自己现在和宫恪一起住在他母亲家。陈骁在电话那头停顿了一下，语气还是平缓："那我知道地址，正好去探病。晚上见。"

唐韵想起来，他也算是个叛逆分子。

晚上十点多他才上门，宫恪母亲已经休息了。宫恪引他到客厅坐下和唐韵谈，还记得他是危险人物，放心不下，便也没走远。

陈骁在沙发上跷起腿，颇有主人翁姿态，喝了口热茶后直奔主题，从口袋里掏出一个信封："我替你省了点事，让你助理帮忙拟好了辞呈，你只要签个字就行。"

唐韵没有接，任由他把信封放在茶几上，微笑着摇摇头："我不会辞职。你可以开掉我。"

陈骁惊讶地挑了挑眉，把跷着的二郎腿放下，朝前倾去："Nicole，我到底哪里得罪过你？"

"我才想问你这个问题，"唐韵心平气和，并没有丝毫怨愤，"你昏迷不醒的时候是我替你撑住了公司解决了麻烦，现在完璧归赵，你算是躺赢，回来就要我交辞呈。"

"一山不容二虎，我以为你理解。我的公司得我说了算，你再继续待在骁盛也没有用武之地。你帮过我，所以我不会开掉你。你提出辞职，我接受你的辞职，补偿你三个月工资作为对你的酬谢，这样双方都体面，和平分手不好吗？"

唐韵也知道，从陈骁的角度看，能开出这样的条件已经非常友好了。但她还是摇头："我不想与你为敌，但我现在优先考虑的不是体面。我还是坚持由你来终止我的合同。"

陈骁蹙起眉："你还在惦记那份高管赔偿？那实在是没有说法啊，公司管理权现在没有重大变更，就算我开掉你也不满足赔偿条件。你拿不到的。"

"我知道。这不是我的期待。"她双手交叉在胸前，严肃地说道，"我主事时出于风控目的更换过高管合同，包含竞业禁止协议。如果我辞职，协议就会生效，六个月内我不能加入和骁盛有竞争关系的公司，但如果公司开掉我，我就可以不受条款约束。这六个月时间对我来说非常重要，我不想在家休假。"

陈骁撑着头，表情变得有点痛苦了："你是夏秋的朋友，夏秋是我爱人，作为同行我们一直合作得很好。不管是你还是我主动解除合同，你都不应该转身就投靠我的竞争对手啊。"

唐韵始终不能明白，明明曾经撕得鸡飞狗跳，为什么陈骁总是执着于打感情牌，难道是自信长得帅吗？

"是你想让我离开，而我想保留去任何公司工作的自由。我会遵守保密协议，不把骁盛的业务信息带去其他公司。"

陈骁紧紧盯着唐韵的表情："六个月你都等不了？"

她遗憾地摇头。

"我能不能知道是哪家给你发了 offer？"

"KNE。"

陈骁足足愣了两秒，失笑出声："听说我缺席时你和沈昱就差在骁盛持械对砍了，怎么你要跳槽他又马上伸出援手，因为爱情？"

唐韵敷衍地点头："因为爱情。"

"你知道我不可能放虎归山，这六个月对我来说也非常重要。但我想拖不起时间的是你，我不介意再发你六个月工资。现在就换你我在骁盛相爱相杀吧。"

"我是不介意和你相爱相杀，但你的股东会不会同意？"

"也许你忘了沈昱现在依然没有董事会席位，拜你所赐。他影响不了我。"

"我是指许承楷。KNE 想收购骁盛，鑫瑞也想收购骁盛，你却执意要把KNE 的内应绑在公司里，许承楷恐怕很难接受这种不公平竞争。"

陈骁眯了眯眼睛，紧张地思考着，最后撑着膝盖果断站起来，对她伸出手："分手愉快。今天太晚了，你明天来公司，我们签署一些文件。"

唐韵与他握了握手，送他到门口。

"你现在身体恢复得怎么样？"

陈骁笑起来："勉强运转。"他看见宫恪也出来送客，在门廊外转身停下，"替我问候你母亲，改天我再来探望。如果……有什么我能帮得上忙，尽管开口。"

这是许多天来政商两界唯一一位登门拜访并提出愿意帮忙的人，让宫恪有些意外。

"我会转告她，谢谢。"

"不客气。"

目送陈骁走远，宫恪回过身看向唐韵："你有时间吗？我们谈谈。"

[3]

宫恪牵着她的手径直走进书房才放开。唐韵有种不祥的预感。果然他拿出一叠8寸照片交到她手中。

她一张张翻过去，静止的画面连成剧情，结局定格在她那晚和许承楷在地下车库里的一个吻。

她长吁一口气，依旧垂着眼睑。

"我知道现在不是最适合谈这件事的时间，但我没有办法心平气和地把它搁在一边日后处理。"

唐韵抬起头，与他四目相对，他这些天经历着人生低谷，眼窝深陷，使她投向他的目光逐渐蒙上怜惜的色彩。

他自嘲地笑笑："我们好像从来没遇到过合适的时机，从一开始就是这样。"

从一开始就有点不对劲，好像是被打发去处理家庭主妇失踪案的他，刚好遇见了感情事业被双重背叛的她，双方心理、生理的空虚让感情发生得顺理成章。借一点温度来暖心本没有错，错的反而是他，他先认真起来。

"我也不知道认识你的时机算不算好。太晚才认识你，有别人陪你经过风风雨雨，我也许连前三名都排不上。可是如果太早认识你，恐怕我也不懂得珍惜，会成为伤害过你的另一个人。"

唐韵鼻子发酸，没法开口。

"我爱你，唐韵，我知道你也爱我。但是爱和爱有区别，你爱得更谨慎，好像有太多利弊需要权衡，太多事放不下，到头来谁付出更多不言而喻，可我不介意。我只希望你能对这份感情更坚定一点，不用……"

他有点哽咽，停顿了一下。

"不用对我有愧。你心里我排第几我已经不想斤斤计较，你是我的唯一才重要。关键是你得看清自己想要什么。你想要一个家，不喜欢玩爱情游戏，却对我没信心。"

她急于否认，却无法顺利组织语言："不，我……"

"我每进一步，你就退一步。我给你无形的压力，你就逃到让你没有心理负担的地方去。你只把我当过客吗？恐怕不是吧。早晚你得做决定，不如就现在。"

"我现在一无所有，也没人顾得上干涉我们。"

他前所未有郑重地说。

"最后一次，换你来考虑要不要向我走过来。"

［4］

早上九点，法定工作开始时间。

但 KNE 已经有不少人早就在加班，有些是从前夜延续到现在。

唐韵直接闯进沈昱办公室。惊慌的助理一头雾水地紧随这位新上任的 CSO，见她把一叠照片劈头盖脸甩在沈昱身上，吓得目瞪口呆。

沈昱却没生气，反而笑嘻嘻，对浑身僵硬的助理挥挥手让她出去。

"我知道你和许承楷感情笃深，没想到习惯动作如出一辙，都这么爱拿东西砸我。"

"你有没有人性？宫恪家出了大事你给他看这种照片！"

"不好意思啊，这就是我们家人的相处模式。我倒霉的时候他还调查我呢。"

唐韵觉得跟他多说无益，转身就走。

沈昱不紧不慢地跟在后面，插着口袋走出办公室："而且到底是谁更没有人性？劈腿的人又不是我。"

门口几位助理听到关键词，同时抬头看过来。

唐韵压低声音："你离我远点。"

"那可不行，现在我还是你老板，总得给你布置工作。"

"写邮件布置。"她加快步伐。

"我姐姐现在卧床不起，地要急着出手，肯定得由宫恪来处理。你嘛，得天独厚，早点把地拿到就算完成任务。"

她停下来回头瞪他："我和宫恪已经分手了，你的功劳。"

说完她转身继续离开。

沈昱却有点慌了神，一直追到电梯口："分什么手啊？赶紧复合。"

已在电梯门口等候多时的几个同事闻声回头，看见是沈昱对唐韵说话，又纷纷充耳不闻、尴尬四顾。

唐韵觉得他不可理喻，只等电梯一到就迈进去。

谁知沈昱也跟着迈进电梯，电梯里本就鸦雀无声，现在好像即将掀起情感风暴，其余同事感到压力倍增。

和骁盛不同，KNE工资高、加班多、压力大，名利场内无处消遣，公司内部男女关系尤其混乱，每隔两个月就要大闹一次情侣吵架、出轨捉奸之类的狗血事件。多经历几次就不觉得新鲜，吃瓜群众避之不及。没想到这天刚上班就被堵死在电梯里，还能有什么比直击公司一二号人物感情破裂分手现场更倒霉的呢。

"你手上的伤有没有好一点？"

沈昱说着捉起唐韵的左手打量，被她迅速地抽走。

这话只有彼此知道是威胁，旁人听来却像关心问候。

"以后小心一点。"

唐韵沉默了一个楼层，电梯一路下行。

她缓缓开口，语气虽然柔和，但其中有坚决的成分。

"是沈总该小心才对。"

沈昱注意到，她的眼睛从斜下方看过来，在眼尾变得尖锐上挑。

"手里的东西要拿稳，免得伤人伤己。"

沈昱绷起脸，等到所有人走出电梯，才在最后一把抓住唐韵胳膊，在她耳边咬牙切齿地说："你别得意忘形。"

她被他掐得生疼，费了很大力气才从他手里挣脱，回敬道："你也别干涉我做事。"

沈昱只好悻悻作罢，看着她走远，第一次被气笑，今天是什么日子，这么个不入流的女人居然敢对自己放狠话。

[5]

沈昱已经算不上是唐韵最大的威胁了。他一贯雷声大雨点小，坏事没少做，但真正赶尽杀绝的手段很少用。

唐韵坐进驾驶室放下手刹，下意识看了眼后视镜，全身汗毛竖了起来。

许承楷在后排无声无息地注视着她。

让人毛骨悚然对他来说太稀松平常了。只要他愿意，坐进你的车很容易，给你制造车祸很容易，要你人间蒸发也很容易。

他前倾过来，靠近她，用指节轻轻触了触她的脸颊："几天不见，想你了。"

唐韵置之不理，扭头向前："你要去哪里？"

"我就跟你回家。"

唐韵只管启动，把车开出车库，走了与自己家相反的方向。

"你跟我回家更好。"他补了一句。

唐韵不搭腔，无比认真地开车。

"你以为你去了 KNE 就算走上正轨？他们只是在利用你。"

"风往哪边吹，草就往哪边倒。大家都是草，分什么高低。我不过是个女人，倒得更柔软一点。"

"你是我的女人，我不喜欢你被人当枪使。"

她觉得没有必要再次对这个失控的人强调自己不是他的所有物，一言不发。

"你不懂游戏规则，把尊严抱得太紧，不够下贱，像你这种人通常结局最惨。"

"你不是说已经动摇了我在你心里的形象吗？"

他看向车窗外，勾唇一笑："有趣的是，不管你做什么我都能替你找到借口。你敲诈沈昱也没什么不好，就当劫富济贫。这么多年了，我总是宠你，你就不能听我一回？"

"听你的干什么？我不工作难道你养我吗？"

"我养你啊。你嫁给我，做全职太太。"

唐韵狠下心，冷冷地说："你不要这么反复无常。"

"世事无常，时过境迁。"他疲惫地松了松领带好让自己呼吸顺畅一些，"我没那么理想主义了，世界上哪有那么完美的有情人终成眷属。现在只要你活着我就满足。"

"我现在活得好好的，最近才听说有人要谋杀我，哦对了，那个人是你。"

他随意笑一笑："说实话这个念头还在我脑子里盘旋，与其整天担心你死于非命，不如我杀了你。"

"我不想死，不如你去死，死了就不会担心了。"

他心如蚁噬，又沉默了一会儿才缓过来，冷淡地开口："是遗传吧，有那样的父母，你这么残忍也情有可原了。"

"你什么意思？"

"你几天没见我不好奇我去哪了吗？"

唐韵的心停跳一拍，突然感觉血液快要凝固了。

"我拜访了你父母。"

她急踩刹车："你离我家人远一点。"

"家人？我还以为是仇人。你反应这么大干什么？想报复吗？那我倒是很容易帮你。"

她哽着喉咙，恐惧得说不出话，听不明白他究竟是在陈述还是威胁。

"你爸的债权现在在我名下。让你继父那点小生意毁于一旦也简单，他虽然没什么过错，但是他的公司破产，你妈就失去生活来源了，还有三个孩子，会变得艰难吧。"

她懂了，是威胁。

她眼眶一热："……你真行，知道刀往我哪里刺最痛。"

"看来你不够了解你自己，还有更痛的。什么样的母亲能狠过在儿子面前饮弹自尽的，我终于知道，只有插足女儿爱人家庭的母亲能与之一战了。"他作势拿出手机，"我这里有彭锐的联系方式，不介意跟他聊聊。他还不知道吧，他赌气离开的那天晚上，你在酒吧里只喝了两杯就遇见沈昱。他知道的话，往后会不会比你更痛苦？人生就是这样，一步错，步步错。"

唐韵走下车，拉开后排车门，劈手从他手中夺过手机扔出五米远。

许承楷一点也不生气，仰起脸深情地凝视她。

"我太爱你了，你可以不恨他们，我不能。除非你听我的，嫁给我。那我就听你的，放下恨。"

她定定地愣在原地，遍体生寒，血液随着时间一分一秒逐渐流逝。

最后一句话出口，她明显感到这场厮杀已经让人辛苦到昏睡过去就不会再醒来。

"许承楷你是不是神志不清？"她有气无力地问。

他低着头，声音趋于低沉："我判断失误了。我以为无数段短期关系可以代替长期关系。我以为所有像你的细节可以拼成完整的你。"

她捂住眼睛长吁一口气，忍耐着哽咽："但是那个完整的我……是不是二十八岁的我？"

"是。"

他一抬头，温热的眼泪控制不住地顺着脸颊滑下去。

"她不会回来了。"她一直忍住的眼泪也涌出来。

[6]

一连几天，唐韵被许承楷推陈出新的恐吓手段折磨得神经衰弱，也根本没法去跟他一决胜负，只能尽量东躲西藏。一早刚到公司又被沈昱冲进来拖下楼塞进车里。

"这是要去哪儿？"她有点头昏脑涨。

"陈骁、许承楷要去说服宫恪卖地。"

"所以？"

"我们去凑个热闹。"

"哪天去不行，你非要今天撞在一起？"

"这样，才有意思。"

"……"唐韵无言以对，喊住司机，"老胡你前面靠边停，我要下车。"

"她不要下车，你继续开。"沈昱反过来厌恶地横她一眼，"你以为我愿意跟你一起？怕宫恪不给我开门，带着你方便点。"

"方便在哪里？宫恪、我、许承楷三个人相遇，天上会出现日食。"

沈昱蹙起眉，怀疑地问："这么严重？"

"是的。"

"主要是谁造成的日食？"

"许承楷，他说要杀我、报复我全家。"她言简意赅。

沈昱却没有任何同理心，捧腹大笑："没关系，我把他支开，你去跟宫恪谈，速战速决。"

"你为什么总是不听我说话？我跟你说过我和他分手了，怎么跟他谈？"

"你才总是不听我说话，我跟你说过让你去找他复合。"

唐韵深感荒谬："你让我为了一块地去找他复合？"

"我让你为了300亿利润去跟他复合啊！300亿，很难理解吗？你今年凭本事工作能为KNE赚到300亿我就不烦你了。"

唐韵无语地把脸转向自己这侧窗外，三观不合多说无益。一路沉默到下车，像行尸走肉般跟在沈昱身后进了门。

陈骁知情不多，但明显感到屋子里气氛瞬间紧张起来，他试图从这些剑拔弩张的眼神交流中找出些线索。

许承楷直勾勾地盯着唐韵，仿佛其他人全都不存在，连沈昱也觉得他确实不太对劲，开口控制局面："官恪，你女朋友有两句话想单独跟你说。你们找个地方解决一下，不要打架。"

句尾四个字，有点欲盖弥彰的意味。

官恪起身，把她带进书房，转身先给她一个猝不及防的满怀拥抱："怎么来之前没打个招呼？"

"惊喜吧。"她腼腆地笑笑，"不过我是被沈昱拖来的。"

他意识到自己过度乐观，苦笑道："我还说我一无所有，谁知道还有让人惦记的东西？"

"地你别给KNE。"

"为什么？"

"我不需要，我就要你。"

愣怔过后，官恪温和地笑起来："两者不冲突啊。"

"冲突。当初60亿拿的地，现在只能折价转手，不就是为了撇清关系保命吗？你把地转给KNE，把巨额利润直接砸给KNE，经了我的手年底再给我分红，关联交易坐实，全都成了无用功。沈昱他们不能动，只能拿你我做局。"

他沉思许久，正色说："没有形成证据链闭环。"

"马上就形成了。"唐韵从包里拿出戒指盒打开，为自己戴在无名指上，"戒指是偷来的，你还愿意娶我吗？"

宫恪愣了愣，很快认出那是他很久前买来想送给她的，觉得她孩子气的表达实在滑稽，又莫名有些激动，最后还是绷不住笑。

"我愿意。"

他轻轻在她唇上印下一个吻，不像每次那样激烈，不以确认什么为目的。

也许是话说得太久让人等不及了，书房门被推开，又以极快的速度被关上。这才让屋里的两人回到现实，眼前都有点模糊，相视而笑。

"沈昱那边你怎么交代？不如让我来跟他说……"

唐韵笑着摇头："他说如果我今年从其他途径赚到 300 亿就不烦我了。"

宫恪语气轻松了一点："KNE 一直给人下这么反人类的 KPI 吗？"

"一直。"她点点头。

【7】

也许有机缘巧合的成分，周一上午这场工作会使用的会议室就是 KNE 最大的那间。

在这里，唐韵以部门负责人的身份第一次参加公司层面的大会，那场会只有她一个女人，位置离贵很近，离高位很远。她全程认真低头做笔记，甚至没有注意到席上最年轻的高层总是向她投去疑惑和警惕的目光。

现在他坐在与自己只隔了两个人的位置，随着自己递出议案，脸上的表情阴转多云。

同样也是在这里，她被看起来像花花公子的男人纠缠，一路从楼下便利店纠缠回冷气充足的会议室，纠缠了十年。

彼此都投入过真感情，她多一点，他少一点，好像也不是那么强烈。他总是在她的世界袖手旁观：她走错路的时候，他只是像导航仪一样不时提醒；她获得成就的时候，他就退到举杯相庆的人群外；她爱而不得的时候，他只给她一个意为放弃的拥抱；她决定要离开的时候，他就叫来车送她一程。

要打听关于她的一些事对他而言易如反掌，但是相识十年他都没去做，直到最近他才开始认真考虑彼此折磨换白头偕老，已经晚了七年。

唐韵走出会议室，陈小希在门外等候多时，凑上来耳语："许总非要在办公室等你，黑着脸，看起来心情不好。"

"我知道了。"唐韵长叹一口气,打起精神往办公室走去。

可是推开门,室内却空无一人。

唐韵回头用询问"人呢?"的目光看向陈小希。年轻的助理一脸茫然地耸耸肩。

她小心翼翼地走近办公桌,把手里的文件夹放下,观察桌上有什么变化。先映入眼帘的是插在票据签上的一堆碎纸,她取下粗略地拼了拼,是几张签着自己父亲姓名的欠条。

接着她才看见本该放在右手边第一个抽屉里的笔记本突兀地出现在桌面上。

是那本她和官恪在被陈骁监听时不得不用笔交流的"交换日记"。

她看看笔记本,又看看被撕碎的欠条,沉默了数十秒,眼中有一点泪光。

他又替她做了决定,把自己排除在选择之外。就像以往每次一样,他知道自己对她来说并不是什么好选择,但凡有一点其他希望,就自作主张把她推开了。

手机屏幕无声地闪烁着,她看见来电提示是他,调整着情绪接起来。

"开完会了?"

"嗯。"

"我有工作就先走了。不过需要提醒你,你在会上提的事不会发生。我对你的感情不能用于交易,你手里没有能跟我交换的东西。"

"我知道。"

"你最好有 Plan B。"

"放心。"

"好好活着……"他再也想不出该说什么,"回头见。"

"再见。"

[8]

许承楷还在琢磨刚才那两个通话的意义,陈骁走进办公室问:"明天的办公会是不是改期?"

"为什么?"

"沈昱和宋音订婚，高管一大半得去。"

"订婚？"

陈骁从西服口袋里拿出被他折成豆腐块的请柬递给许承楷。

许承楷漫不经心地翻开。

"怎么？他没通知你？是怕你抢亲吗？"

许承楷翻了个白眼："这种订婚仪式我可以举行一百个。"

难得看他对事态失控，陈骁的唇角不受控制地上扬："第一次听说还有凭数量取胜的。"

他坐下来，欲言又止，许承楷看出他有话想说，也没催。

两人无声地来回递了烟火，抽到第二口，陈骁才开口："我不希望你从别处听说，所以还是决定先来知会你。华控要把持有的骁盛股份转让给KNE，这件事我会同意，没法阻止。"

"华、华控？为什么？"许承楷眼里的慌乱稍纵即逝，他定了定心神问，"这事唐韵知道吗？"

"她当然知道，主要是她在谈。"

许承楷没说话，转开了眼睛，似是在分析得失。

陈骁猛吸一口烟，洒脱地说："从好的方面考虑，至少我们拿到了地，大家都有的赚。"

许承楷还是没反应，只是看起来有些难掩失望。

"看开点。"陈骁觉得他这个拖延有点过分漫长了，漫无目的地试探道。

过了许久，他半垂着眼，语调无波无澜地开口："我刚挂断唐韵的电话，她倒是不介意我从别处听说。"

陈骁顿了顿。

这个转折让他意外，不知该怎么接这个话题。

他有点后悔进门时先跟许承楷开了个不痛不痒的玩笑，导致此刻无法判断该不该用另一个玩笑缓和气氛。

最后他摇着头"扑哧"一声自己先笑了。

许承楷没有笑，抬眼斜睨着他。

陈骁迫于压力，只好不带技巧地说下去："昨晚我陪我太太看谍战剧。

她说，你知道为什么总是女主角为男主角挡枪死掉吗，反之很少。"

"怎么说？"许承楷懒懒地问。

"因为女人只要下了决心，都比男人狂热坚定。男人嘛，放不下的太多。"陈骁似是闲谈，神情中却有几分认真。

办公楼窗外，近处是臣服在脚下的一排矮楼，远处是刀锋般刺入云霄的上海中心和湛蓝天空，金色阳光不分彼此地描出它们的轮廓。在这里一点都听不见城市里车辆往来留下的噪声，过分干净，过分安静。

只有唐韵年轻时梦幻般的身影，幽灵一样反射在透明的落地窗上，她微笑起来温暖又温柔，像永远笼罩一颗星球的气层。

许承楷揉了揉太阳穴，闭上眼靠向椅背，嘴角不自觉挂了一点笑意。

[尾声]

四十天后，骁盛地产通过股权置换议案，华控投资与 KNE 达成协议，实现交叉持股。骁盛置地按期举行董事会改选，KNE 获得超过半数董事会席位。

九个月后，丰遥置地资产重组计划完成，和中投资收购 KNE 12.9% 股份，成为第三大股东；筑高资本减持 7.32% KNE 股份，退出管理层；同时，持有 KNE 6.4% 股份的华控投资发布声明，与和中投资签署《战略合作框架协议》，将表决权、提案权不可撤销地委托给和中投资。KNE 召开股东大会重新选举董事会成员，成为国有控股集团公司。唐韵出任集团执行副总裁。

（正文完）

番外一

杯水车薪

亿亿觉得最近有点诸事不顺。

四个月前，供职的公司宣布倒闭，听说是因为领投天使轮和 A 轮的鑫瑞资本没有再跟进 B 轮。她拿了点象征性的遣散费，还是忍不住心里暗骂这些奸商，投资这种事不应该从一而终吗？哪有大过年突然撤火的。

说是要过年，其实离春节还有三个月，算了算时间，她实在不好意思厚着脸皮早早买票回老家交代"已失业"，要真让父母知道，他们肯定得把"回老家定居，上海有什么好"的紧箍咒念到夏至。

她也想过在上海赖到过年，可是房租要续，水电煤都贵，小公司行政的积蓄不够吃老本的。年底工作难找，房东阿姨却说资深人士反而在年底跳槽更有优势。她工作两年半，勉强也算资深。在招聘平台上给不下两百个公司投了简历，接下来盯着电脑等了一星期，蒙头大睡等了一星期，心如死灰等了一星期，周五这天是她第一次听见预约面试的系统提示音，从床上一蹦三尺高，接着看见召唤自己的那家公司——鑫瑞资本。

凡事从乐观的角度考虑，这下不用担心公司倒闭了。

从面试到录用过程仓促到使她一度怀疑是否进了传销集团，入职一周后终于搞清状况，总裁秘书通常有三人，第一秘书休产假去了，另两位秘书忙不过来，便又招了杂役一名。亿亿就是这打杂的，办公桌前一坐八小时，打交道的除了内部函件就是转单文件，并不向总裁办主任汇报，直属上司是总务主管，也就是说，地位比前台、保洁、司机高不了多少。

她当然心有不甘，但看在钱的分上推不掉这份工作。就这打杂的职位，转正后税后月薪一万五，即使三个月试用期内也过万，留着这些钱继续投资有前景的公司不好吗？

她撇撇嘴，转而宽慰自己，虽然职位低但晋升空间大，虽然工作琐碎但也算体面的白领一族，成天正装、制服、高跟鞋光鲜亮丽，和传统意义上的后勤人员还是有所区别，更何况还有额外"员工福利"。

助理秘书当然能够每天见到总裁，但总是在进出办公室签署批文时匆匆一瞥，谈不上任何交集。不过她觉得就这么看着也算福利了。许承楷，黑发黑眸东方脸，身型体格更接近西方人，生于美国，坚称自己是广东人。父母家族婚变情史历来很受八卦爱好者关注，十分传奇，十分狗血。她光是顺着百度链接一个个点过去都看了个通宵，第二天上班目送许总进办公室的目光都起了化学反应，透过他俊美的侧脸，仿佛能脑补出他的十二个私生子在外争夺家产的戏码。

是的，整个公司只有亿亿一个正常人。其他人？无论高级经理还是资深分析员，和许总对话时都仿佛他只是一串人形数据，眼神里毫无雀跃的小火苗。那些 title 不带"高级""资深"的员工，基本和许总说不上话，而且就他们加班的鸡血程度而言，他们自己可能就是人形数据。

这么喜忧参半地工作了三个月，外加一个星期，亿亿突然被解雇了。

更准确地说，不是解雇，而是没过试用期。人事找各种借口将转正的手续推后了一周。起初她不明所以，还有点忐忑不安，越发努力工作，直到一头雾水办完离职手续的同时看见第一秘书位置无缝衔接地换上一张陌生脸，她才从这个"惊世骗局"中恍然大悟，自己只是在第一秘书休产假期间的临时替补，从来没什么晋升空间，也不会有更多体面，一开始就注定了三个月用完被扔的命运。

并非完全不能理解，只是震惊于冷血无情的资本家嘴脸。

寒冬已经过去，刚好到了最好找工作的时节，文秘这方面其实很缺人，以亿亿的工作经验找份好工作不成问题。虽然没有任何实质性的损失，可她就是咽不下这口气，不爽加委屈，失业当晚一个人在酒吧喝到十一点没有归意。

"王八蛋老板许承楷！"愤愤不平地嘀咕第不知多少遍，"总有一天会遭报应的你，'小姨子欠下3.5个亿、公司跟老婆跑了'那种。"

"哦。所以我怎么得罪你了？"一个玩味的低沉嗓音突然从近在咫尺的耳侧回答了她。

她没来由地吓得一哆嗦，险些从高脚凳上跌下去。

扶稳后一转脸，许承楷本人坐在隔壁的高脚凳上。

很好，怨念已经能捏出实体化标靶了。

"你……"她平时就不够伶牙俐齿，喝醉了更深刻地体会到组织语言之难。

非要深究，他好像也没什么过错，一切都合法合规，公司也没义务非得在试用期满后录用。更多的大公司在长期使用试用工，每三个月换一批，降低人员成本，鑫瑞还算厚道，试用期薪水已向其他公司正式工资看齐。

语言告急的女孩灵机一动直接上手招呼。许承楷一没留神被她捏住了脸，她也是在指节间传来真实触感的瞬间才意识到这不是什么幻觉。

脑袋里一根报警神经突兀地跳起来，其余神经却完全被酒精麻痹了。反映在行为上，她的手却还保持着动作，只是嘴上换成了赞美："……超好看的。"

等候在不远处的保镖们深感职业判断力受到挑战，这到底算袭击呢，还是调情？

许承楷递一个眼神把他们安抚回去，捧场般地冲她露了一个更好看的笑，轻轻拂过她已经僵硬的那只手，顺势扣住她的手腕把她拽下高脚凳。她刚落到地上重心不稳，又被他用另一只手把腰捞了起来。

"喝过量，明天上班迟到可是要扣工资的哦。"说这话时他没有看人，也没有松手，声音响在她的头顶上方。身高差的缘故，她的脸几乎贴上他的胸口，距离之近使视线模糊，而重心还落在别人手里。

可是听见"扣工资"三个字，她的怒气值好像又拉回了一道长线，气鼓鼓地挣开他的手，重新跳回高脚凳上以迅雷不及掩耳之势将杯底那点鸡尾酒一饮而尽，再挑衅似的瞪他一眼："不记得已经开了我吗？你管不着！"

这一眼一句话，自以为凶狠，可在任何人看来都不像生气反而更像撒娇，巴掌脸上圆圆的眼睛瞪大了，有点过度可爱。

许承楷倒没受可爱干扰，总能迅速抓住重点："被开了吗？"

她愣了一下："难道换你的秘书，连招呼都不跟你打吗？"

"我……"他耸了耸肩，放慢语速，"无所谓，谁都一样，只要不影响工作。"

她听他直言自己的无足轻重刚开始失落，又被后一句注入一针强心剂："这么说我没有影响过工作。"

"你影响太大了。"他轻笑一声。

"可你不是说……"

"我对三个月的临时工本来就没抱期望，缺人反而影响更大。"

"这么说你早就知道我是临时工。"

"但我以为你也多少应该知道一点，要么他们跟你谈好了薪水，要么给你安排了三个月后的其他职位。"

可是亿亿什么都不知道，白白让人涮了一回，也怨不得别人，怪自己太幼稚，怎么会相信自己能顶替掉第一秘书。

她嘟着嘴憋了半晌，抬头依然不服气："那你说说，我到底哪里做得不好影响工作了？"

许承楷把视线抛远了，笑着往身后的高脚凳靠过去，同时把自己面前的一整杯酒推到她眼皮底下："你喝了这杯，我就告诉你。"

她呆了三秒，没领悟他的意思。

许承楷笑得更深一点："防范意识挺强，"他说着把酒杯拿起来喝了一口，"我喝过了，没事。"

"……不……你也太善变了……刚叫人别喝，现在又劝酒。"

"你不善变？让你少喝你偏要喝，劝你多喝你又不敢。"

"谁说我不敢？"她铆足劲再次一饮而尽，把空杯敲在台面上时胃里突然涌起一阵灼烧感，这才意识到这杯与刚才自己点的那杯度数不同。脸瞬间热起来，还佯装无事，气势汹汹地把空杯倒扣过去，"你说。"

"防范意识还不够。"许承楷突然凑到她跟前，又是聚不上焦的距离。她以为是一个吻，下意识地朝后躲去，酒劲上脑的晕眩和重心不稳让她差点向后滑下座椅，有了支撑才明白这是另一个方向的陷阱，她已经被他打横抱了起来。

"灌醉你当然是为了逃避追问，好早点送你回家，不然，你以为呢？"

这分明是耍赖吧。她气得乱蹬着腿在他怀里扑腾，不过这对他来说连微型攻击也算不上，吃亏的还是女生，两只鞋都被蹬掉，脚底心有点凉，许承楷甚至没低头看一眼，知道身后有保镖跟着捡。

"你根本不知道我家住哪。"

"想知道还不简单？"他被她逗笑。

本来亿亿酒量也算还行，通常同学聚会之类的活动，喝个两三瓶啤酒、两三杯红酒不在话下。前面那几杯鸡尾酒兑了冰又喝得慢，刚让她微醺，反应虽然有点迟钝，但意识正常。许承楷那杯就不一样了，从口感到胃感再到头感，她有理由怀疑他给自己灌的是一杯工业酒精，用于印刷的那种。

她自从被他扔进车后座就不省人事，做了个又长又真实的梦，许承楷通过自己的微信朋友圈中一张自拍照中窗外的景物和光照角度，调取了各时段卫星定位图，分析出自己家的具体方位。现实是，他致电打扰了母乳喂养中的新晋妈妈第一秘书，第一秘书又转拨电话吵醒了经手她档案的那位人事。

就结果而言，她算是大仇已报，可惜她好梦正酣。

许承楷把她从车里抱出来，一转身有点生无可恋，她租的房在六楼，没有电梯。好在他一周三次健身房也不是白去的。

这一路颠簸，再加冷空气侵袭了脚底心，她清醒不少，但没敢睁眼，心里奔腾过一大波狂乱的弹幕——老板开除我、灌醉我、公主抱我，请问什么意思？在线等，挺急的。

司机大哥用从她包里翻出来的钥匙开了门后，识趣地把钥匙、包包和老板都留下，然后掩门离开。亿亿被许承楷放在床上，除了继续装死尸拿不出什么对策。

他从洗手池边抽了条他认为最像洗脸毛巾的毛巾冲热后带来卧室为她擦拭，动作像他的声音一样轻柔："装睡的话，眼球保持静止会比较真实。"

"……嘿嘿。"她慌张地睁开眼，能回应他的却只有傻笑。

精致女孩早就不用毛巾洗脸了，都用棉柔巾。他拿的是条手巾，但总比干发帽强，她心里不禁为他点了个赞，傻笑已形成定格。

他不介意她有多傻，手上的动作一点也没放慢，专心致志的样子好像在做一件多么"伟光正"的事。看见她酒已半醒，心情也还算好，他叠好毛巾："我先走了，你明天睡晚点起床，可能会头疼。"说着想起什么，从西服外套内侧口袋掏出一板药片放在床头，"这个留给你，宿醉头疼就吃一颗。"

交代完这些，他准备起身离开，明明体贴周到，她却有点生气。这算什么？成年男人和成年女人，喝了酒送回家，人坐在床边了，哪有撩完就跑的道理，摆明了被扔下的那个魅力不够。

"不行。"大概是向工业酒精借来了勇气，亿亿在他起身的刹那猛地拽住他的领带，一个反作用力使他被困在了床边。言之凿凿，"你还欠我钱呢。"

"多少？"有点奇怪，他问的不是"什么钱"，而是"多少"。

她准备好的说辞显得有点答非所问了，需要更好地过渡："四千三百四十四元，怎么这么多四？我还真有点迷信。是你欠我的加班费，今年除夕、初一、初二我可都值班了，你想想，对不对？"

这事她不提也就罢了，提起来许承楷又忍不住想笑。

事情的起因是，他一向对"见什么人穿什么衣服"有自己的一套标准。年初二，工作结束后，他临走前在办公室要换一套西服，从内到外。衬衫加三件套，当然是值班秘书给送进去的，对此亿亿还颇有怨言。

为什么过年三天排她值班？原以为是"菜鸟套餐"的一部分，现在回想起来是"临时工套餐"的一部分，变得更惨了。她念着自己没过试用期，不敢请假，咬咬牙留在上海独自过第一个春节。好在公司业务部门几乎全员全勤，毕竟他们工作的内容和欧美股市也息息相关，欧美股市春节又不放假。这多少减轻了她的孤单。

但许承楷作为一个总裁，完全没必要在年假时还天天正常上班吧，这让她怀疑过——难道他连一个亲人都没了吗？

换西服这天，他刚脱下外套，她就看见了他别在衬衫胳膊上的黑色袖章，心"咕咚"一下沉到底。为什么在乌鸦嘴的领域自己的天赋如此卓越？

她心里不好受，好像对方亲人逝世全是自己脑洞所致。

仿佛陷入了一个气氛悲壮的异时空，回过神却是因为许承楷在对自己说话。

"我实在忍不住好奇，你是打算站在这儿看多久？"

"……欸？"回到现实时空，她被眼前的一幕吓傻了。身高差所致，视野中心区域正好从他胸肌的下缘直到深深凹陷的人鱼线，办公室里鱼缸的蓝影映在他腹肌上晃动，为这个画面增添了生动的情色。吓傻之余她还没忘咽咽口水。

秒针回拨几格，许承楷才被她吓得不轻，他以为她放下衣服后早该走了，办公室太大，他又背对着她。上衣脱得一件不剩后转身，秘书却像背后灵一样近在咫尺地盯着他，无所畏惧的神色。

他很快从她的惊慌失措中找到调戏的乐趣，从架子上顺过自己的眼镜，作势向她递去："要借你眼镜吗？"

她满脸通红、蒙头闭眼地道着歉退出去，落荒而逃。

其实她也不太明白，为什么许承楷从来没对自己生过气。自己无意间做过那么多荒唐事，他却永远一副有求必应笑眯眯的样子，就像现在，听她发表完讨薪声明后，他直接从前襟口袋里掏出了支票簿。这仿佛是在鼓励她越发放肆，去试探他的万能口袋里还能有什么法宝。

她从他手中抽走支票簿扔到一边，一脸视金钱如粪土的豪迈："这钱我不要了。"

"那你要什么？"

"要睡你。"她再次一把拽过他的领带，借力开始吻他，假装精通套路。

亿亿谈过恋爱，但还没进展到肌肤相亲的那步就被劈了腿，算不上什么美好回忆。所以她连吻技都差劲得可以，像只笨拙的小鸟肆意乱啄，仿佛能以密集取胜。

就这样的女孩，突然心下一横，觉得自己是个女人，怎么也算有点性别优势，并且长得不丑，再加上装得足够潇洒开放，便妄想在粉红色蕾丝边的小床上扑倒许承楷。

结果可想而知，许承楷毫无反应，并为了照顾她的面子一直在努力憋笑。

　　最后还是她没了耐心，终于懊丧地赌气把他推开，把自己的双腿抱在胸前带着哭腔推卸责任："哼，装什么正经，只怕是今晚刚去过灯红酒绿的地方。"

　　没错，她可不就是在灯红酒绿的地方遇见他的嘛。

　　"你有男朋友吗？"许承楷撑着床沿问。

　　"当然有！"其实早就成互不联络的前任了，但怎么也得在他面前扳回一城才行。她虚张声势。

　　他摘下眼镜，放在一旁的书桌上："有我好吗？"

　　这个疑问句让她脑子停摆一瞬，而这句话之后追加过来的吻则让她彻底断了片。被他吻过她才知道自己之前所有的胡搞蛮干都是幼稚园级别。

　　他的吻是引进落空的，蜻蜓点水的触碰引诱就轻易撬开她的唇齿，明明是温柔的缠绵却充满侵略与占有，他甚至狡猾地控制着节奏给她错觉，好像她才是贪婪索取的主控者，而他只是在体贴地迎合。不知不觉被偷走呼吸的同时，她的四肢百骸都流窜过快意，情不自禁攀上他的脖颈，失控地微微颤抖。

　　分开后她低头深深呼吸，被自己的身体反应吓了一跳，这才算是终于清醒彻底了。

　　"要继续吗？"许承楷戴回眼镜，再看向她。

　　她抬头与他四目相对。他看着她的同时手上动作没停，平静地整理着被自己扯松的领带，仿佛刚才的吻没存在过。

　　她这才意识到，眼前这个人是调情高手，自己和他完全不是一个量级。较劲和赌气变得毫无意义，就算对自己有意义，对他也毫无意义。

　　她认怂地摇摇头。

　　"这就对了。"他微微牵起嘴角。

　　趁他还没离开，她猛地抬头追问道："你喜欢我吗？"

　　"不喜欢。"几乎没有犹豫的时间，他诚实的回答来得太快，有点扎心。

　　"那为什么照顾我？"

　　"心情好。"这次他说了谎，可他也同样是说谎的高手，她难辨真假。

事实上今晚他在遇见她之前心情糟透了。

这世界没有谁能拥有绝对的自由，就算是许承楷也有推不掉的应酬和不得不取悦的人。灯红酒绿的地方他一万个不愿踏入，可还是必须在同行人面前装作乐在其中，毕竟，入乡随俗。几个恶俗的网红被招来作陪，炫技般跳起了艳舞，他直被恶心得头皮发麻。

这就是看见她之前的全部夜生活，看见她时其实也没有高兴到哪儿去。好不容易局散了，他只想找杯烈酒冲洗一下不悦的记忆，紧接着就看见自己的小秘书一个人趴在吧台上深夜买醉，怕她喝多了不安全，打算让司机送她回家，没想到凑过去一听，居然不经意间与她结了深仇大恨？

于是酿成了现在这种局面。

亿亿不甘心地继续逼问："那你有喜欢的人吗？"

"没有。"这次同样不假思索，也同样诚实。

"从来没有过吗？"

"没有。"

"怎么会这样？"

"正常的情感关系需要投入时间和精力，高风险低回报。"他停顿一下，自嘲般地继续说，"不过正好，我与生俱来，没有这方面心理需求。"

"可是我有啊。"

"……什么？"

"我这四个月来失业又失业，都是因为鑫瑞。身边连个能诉苦的人都没有，家里又冷又潮湿舍不得开空调。"她越说越委屈，眼圈红红的，"灯泡坏了明天可以自己修，可是连电热毯也坏了怎么办？"

他扯出她床边的电热毯控制板，推了几下，果然没反应，接着又顺电线："你插电源了吗？"

"我好歹是你秘书。"也太门缝里瞧人了。

他迎过她色厉内荏的目光，眼神里又泛起笑意："所以你的意思是让我留下来，代替电热毯？"

本来的确是这意思没错，被他说出来，她又觉得不好意思。

他开始以利落的动作松领带、脱外套，她一惊一乍："你干什么？"

"一身酒气，总得洗个澡。你这儿该不会连热水也没有？"

这就是决定留下了吗？幸福好像来得太突然了。她跳下床去开热水器的全过程都收不回咧到耳根的嘴角。

"给我件能穿着睡觉的衣服。"他摘下眼镜漫不经心地擦拭。

"欸？我哪有？"

"你男朋友的呢？"

她被将了一军，硬着头皮顶回去："身高不同，你穿不了。"

"那我裸睡了。"

"那怎么行！"

"我觉得你挺喜欢的，半个月前。"他哪壶不开提哪壶，急得她像热锅上的蚂蚁，其实不过是为了逗她的恶趣味。

一个电话过去，司机很快从楼下把睡衣和第二天要换的正装送上来。惊叹于他车上装备齐全，转念一想，这不就意味着——

"看来你经常在外面留宿啊。"

"你不是早知道了，我都是装得正经。"

"那为什么……"她突然有种挫败感，"我就不行……"

"其他人是棋逢对手，各取所需。但你太好了，只会付出，所以你就不行。"他边说边揉揉她的空气刘海，"你得找个比我对你更好的人。"

她愣了愣，转而笑起来："那我可能要孤独终老。"

"我不是说笑。我不爱你尚且能为你做这些，爱你的人当然应该对你更好。让你哭的，让你着急的，让你伤心难过的，比我差的那些不能要，记住了？"

她点点头。

他说："乖。"

许承楷还是第一次睡粉红色的床，但抱着她，感觉还不坏。她的脸紧贴着他炽热的胸膛，有点迷迷糊糊地认真起来："许总，我有点喜欢你。"

"我知道。"

好吧，她没话说了。

所以他才说影响太大，不是影响工作而是影响他本人。她每天从早到晚亮晶晶的目光总是出其不意从各处冒出来黏着他，想不被她影响也是难事一桩。他一早就知道三个月后她会与自己再无交集，也就从来没对此发表过意见，免得也影响对方的心情，哪想到离职当天她还能闹一回"讨薪"。

沉默了一会儿，她以为他已经睡着，却又听见他低沉的声音响在耳侧。

"亿亿，不管再换几份工作也别爱上上司。"

"为什么？"

"那不是正常的情感关系，是对方单方面利用你的崇拜。如果有一天你对生活真的失望，打算彻底放弃正常情感关系。"他停顿一下，似乎微笑起来，"我也比别的上司强。你有我手机号的。"

她明白他的意思，害羞地拽被子轻轻掩面。身为秘书又对老板起过色心当然没忘假公济私存下他的私人号码，连这点小心思也被他猜个正着，听着好像还有点默许的意味。

他的纵容实在太缺乏真实感了，一点都不霸道，总是那么温柔，让她就算身在其中也不禁怀疑整个世界是自己粉红色的幻想。这和她不知来龙去脉有点关系，她不会知道许承楷是在什么场合下认识了自己。

此前说过，她觉得最近有点诸事不顺。诸事的范围大到失业小到电热毯坏掉，还包括异地恋的前男友劈腿。

入职鑫瑞第二天中午，她避开同事找了个空房间拨通前男友电话，殊不知这房间空着是因为内间是总裁休息室。

许承楷被嘤嘤哭声扰得烦躁，黑着脸从内间走出来正打算赶人，却突然在门边愣住。他看见倚在窗边背对自己的身影，长发一丝不苟地盘在脑后，白衬衫配千鸟格西服裙合身得体，连抬手擦拭眼泪的动作都柔和娴雅，阳光下后颈上的皮肤白皙得透明。

那时她正对电话那头哽咽道："……直到现在，我也还是你说什么都会信的人，可你却连话都不愿跟我说了……"

恍然一瞬，他有种时光倒流十年的错觉。

他退回内间，直到她电话打完离开都没再出来。

　　如果没投入时间和精力，人与人之间的关系或许就只能如此了。两条平行线也会在人生的某个节点突然相交，于某一夜突如其来地抱团取暖，在天明时无声告别。她留给他不少可爱的回忆，他满足她不难实现的心愿。但较之他的整个世界，她给的这点温暖不过是杯水车薪。

　　第二天她睡到上午十一点才醒，早过了平时上班时间。

　　许承楷已经离开了，但又撒下数不清的"面包屑"，向她证明昨晚的一切都不是梦。

　　枕边是他留下的"宿醉头疼特效药"，她的高跟鞋还回到了鞋架上，楼下信箱里多了一份总裁办主任的推荐信，可能是事后派后勤专员送来的……

　　留在书桌上的那张 4344 元支票，她大概是永远舍不得去取现了。

　　共事三个月又一周，她请他签过无数次"许承楷"，但只有这一个属于她自己。

番外二

弦外之音

三月初，飞往首都机场的头等舱、商务舱机票都有点紧缺。

许承楷嫌麻烦，蹭了一趟沈昱的私人飞机。所以在抵京前就看见了宋音，在飞机上的电视里，节目是沈昱挑的。

这四年来，宋音除了担任电视台副台长、大学新闻系客座教授之外，还依然继续主持着九点档的招牌节目《财经视野》。从三年前，她就一直在二月底三月初赴京担任重要会议专报的北京现场主持。这保证许承楷至少一年能见她一面，知道她别来无恙，依然如电视上那么光鲜亮丽，也就放心了。

外公的落马仿佛对她毫无影响，连他都有点佩服她的活动能力。

她哪有什么活动能力，不过是绝处逢生的运气。事情刚发生时，总理突然钦点她随同外访，这让全台上下觑觎她位置的人都摸不清风向，纷纷偃旗息鼓。其实排除政治上此起彼落的因素，她本身的职业素养也能在自己的领域所向披靡，无可替代。

自二十一岁进入电视台从新闻记者转为新闻主播，二十九岁那年宋音就登上了职业生涯的顶峰，同时主持七档常规节目，采访包括领导人在内的政商界要员。单凭家世也做不到。

不过这些许承楷大概并不了解，偶尔的见面，他们也很少关心对方的职场境遇。每天口播的都是经济新闻，许承楷最近又如何争长黄池，宋音也只能从播报前的新闻稿中获悉，并不比电视机前的观众知道得更多。

但作为圈内人，她也多少懂得，外国人在华经商不太容易。当然，许承楷并不承认他是外国人，按照他坚称的，是广东。不过此番来京形势一如既往，他还是香港政协代表，而宋音是根正苗红的北京女孩，两会主持人。

宋音没想采访他。他也不喜欢在电视上露面。

　　她比他早一周到北京，种种原因，过了五天才终于见到许承楷。

　　会堂台阶前的匆匆一瞥。他被中外记者簇拥着拾阶而上，也算焦点人物之一。她在他擦肩而过的瞬间与他有短暂的目光相接，双方用的都是眼角余光。

　　三月除了有许多会议，有许承楷，还有宋音最受不了的柳絮。

　　今年春节来得晚，柳絮纷飞的时节却逆着她的意愿如约而至。她在最后一天，闭幕会前，播报时不小心呛进一口柳絮，播报结束后在台阶上咳个不停，突然被人捡了漏洞。

　　许承楷双手背在身后，凑到她身边，装模作样地在未开机的镜头前播报道："今天的《财经视野》节目就到这里，后续报道请关注《时经访谈》。"

　　仿的是她平时节里的语气，宋音居然有点感动，要不是看过自己的节目，他怎么会知道后续的节目是《时经访谈》。

　　他早有准备，对她眼里的感动照单全收，顺势提出邀约："晚上一起吃饭？"

　　"都忙，饭就免了。"下午的时间，宋音得把闭幕会影像传回去赶晚间新闻，还得和同事一起读工作报告、提案报告的决议摘录，决定最后一期专访议题。也许到明天登机前还处理不完，宋音估计晚餐只能吃盒饭打发。而许承楷，肯定也不会放过最后的机会交际应酬。

　　"反正你也得采访，采访其他人不如采访我。"

　　"用得着这么冠冕堂皇的理由？"宋音轻笑一声，朝他伸出掌心，"房卡给我。"

　　他握住宋音的手，转了个方向，外人看起来就像他和她礼貌地握了个手，再正常不过，但他的房卡已经在宋音手中。

　　"衣冠禽兽。"宋音无声地做了这四个字的口型。

　　他也只是笑，她说什么内容在他听来都能自动转化成调情。

　　其实宋音第一次见他就不太友好，落座后第一句话就急于划清界限："我是不会跟你结婚的。"

许承楷波澜不惊地从菜单上抬起视线，笑眯眯："大小姐，人生经验不足啊。饭前就亮底牌，我是不会请你吃饭的。"

第一时间表明态度后，她的任务算是完成了，也松下一口气："AA 吧。我是不婚主义，想谈恋爱的时候会找对象，现在不想。"

"你外公知道吗？"

"当然不能让他知道。"

"那你……"他招来侍者点了几道菜，再把菜单递给宋音，"准备怎么给他回话？"

"我不回话，你去回话，就说没看上我。"宋音速战速决，顺着套餐次序选下来，把侍者打发走了。

"为什么你不去说没看上我？"

"因为我怕我外公，行了吧？"

他挑了挑眉毛，笑得越发开心："可是我也怕你外公。"

"你是不是男人？"

"你验一下不就知道了。"

一句话戗得她面红耳赤。

来之前做的功课果然没错，听中间人简单介绍过他，宋音有点好奇，上网搜了搜相关信息，所获颇丰，真让人瞠目结舌。许承楷家族历史的关键词除了"财富"就是"风流"。他本家分家后没有继承家业，是他父亲从头打拼的，因为人丁不太兴旺，闹得动静有限。他伯父那支家大业大，幺蛾子特别多，五个堂兄弟要么未婚，实际养着三妻四妾，和女明星恋爱，私生子成群；要么结婚离婚两三次，因高额赡养费刷新纪录而上头条。天知道成长在这样的家庭氛围中，许承楷怎么会答应来相亲。

宋音原本想以此打趣，但绯闻八卦追到最后竟然蒙上了血色，十几年前，因为他父亲移情别恋，他母亲饮弹自杀。她想了想，决定还是别提这茬。

"石头剪刀布吧，谁输了谁去回话。"许承楷提议。

"幼不幼稚？"

"当然幼稚。"许承楷毫无心理负担地示弱，"我比你小。"

宋音拿他没辙，真的和他石头剪刀布，谁知他虚晃一枪，什么也没出，看她出了剪刀，还大发感慨："听说先出剪刀的人攻击性强，我看挺准。"

这也算一句攻击吧？到底是谁攻击性强了？

既然他倚小卖小，她就索性拿出点大姐姐风范，不跟他计较，好声好气地哄道："你去说不过驳了他一点面子，以后本来也没什么打交道的必要。可我去回绝，就会引发无穷无尽的家庭矛盾。"

"真荣幸，我居然能引发无穷无尽的家庭矛盾。好好，"他笑着说，"我去回绝。"

侍者适时地端上了前菜，总的来说这顿饭气氛算融洽。他聪明风趣，避开婚姻这个敏感话题，当朋友相处或许也不错。

那时宋音也被表象蒙蔽了。

时隔半个月，还是宋音主动拨通他的电话："你到底怎么回绝的？听秘书说他老人家一早在办公室摔了不少东西。"

"我说不喜欢年龄比我大的女孩。"电话那头，他的声音带着笑意，给人感觉他就是故意使坏。

"怎么能这么说！"

"否则该说什么？你不够漂亮还是不够聪明？对不起，这些话太违心我办不到。"

她憋着一口气："要知道你这样回绝，他更加认为我年龄大了、结婚迫在眉睫，肯定又着急给我物色别的男人。"

"所以啊，"许承楷慢悠悠地乐道，"你嫁给我，不就省事了。"

宋音当时正在海产品养殖中心做披露信息核查的采访，企业高管没给过一分钟好脸色，潮湿黏腻的海风卷着长发，浑身带着腥气。就在这种让人心烦意乱的场景中，她疑似听见了这辈子第一次"求婚"。

"……你要我嫁给你，你看上我什么了？"

身旁的摄影师听见宋音话里的关键词，突然两眼放光以为有什么八卦可追，却只看见她翻了个大大的白眼，七窍生烟的表情。

因为在他听不见的电话中，许承楷说："北京户口。"

其实他也算诚实，有北京户口的人多了去了，他又为什么想和宋音结婚？无非因为她的母亲姓殷。没有哪个生意人不想找点靠山，他现实得平平无奇，只不过把赤裸裸的现实裹一层调侃的糖衣送到她面前，她又不傻，自然也懂。

利益婚姻，本就是各取所需，愿者上钩。

宋音家里表姐、表妹对门当户对的安排都欣然接受，早早成家也未必不幸福。如果不是因为闺密出的事，她大概不会拒绝许承楷。

外公果然马不停蹄地继续给宋音张罗对象，圈子不算大，适龄的男生并不多，后来与筑高资本的沈昱见过两三次面，知道他是许承楷的朋友，就有预感还会与之见面。宋音试想过许承楷得知她又不得不与沈昱一起与家长斗智斗勇的荒唐事之后的反应，大概会哑然失笑或者再说些没正经的话。

真到了那天，情况有点意外。沈昱带她去牌局消遣，抵达后就放她自由活动。宋音一眼就看见了斜靠在沙发上休息的许承楷，他不知刚从哪场应酬上下来，明显喝多了，看她的眼神迷离，慵懒地撑着头时眼角眉梢都有点勾人，和前两次的印象不太一样。

"来这里睡觉的？"她难得找到揶揄他的机会。

"来这里等你。"他牵住她的手借力站起来，凑到她耳边，"听说你也是高手，对一局？就你我。"

她摇头推他："你清醒的时候都不一定能赢我。"

"话别说这么满。我现在就清醒给你看。"他揽着她的肩走到牌桌边，为她拉开座椅。

在场的其他人都有点惊讶，宋音和许承楷联姻失败的事早就传得满城风雨。因为嗅到戏剧化的气息，围观群众多了一些。沈昱作为她的男伴居然站在许承楷那边，宋音抬眼一看，暗自腹诽这两人一副 gay 兮兮的架势，忍不住想笑。

让她不得不严肃起来的是，许承楷一摘下眼镜放在桌边就看不出醉态，仿佛刚才恹恹的模样全是伪装。他认真时哪怕面带微笑也给人一种压迫感，宋音猜他平时工作的状态就是如此。

她严阵以待，从他的眼神和微表情中搜索判断依据，这是她的长项，他的底牌中一定有高牌，但未必是对子。

她手里是一对 Q，分别是梅花和方块。翻牌是红心 J、红心 9 和方块 10，双方下注都谨慎。

转牌黑桃 Q。

K 和 A 没有在公共牌中出现，他手里很可能有一张。

河牌是红桃 10。

她的运气不错，是 full house。三张 Q，一对 10。他的赢面微乎其微，但她很难忽略河牌翻出后他松弛下来的神色。

一张红桃 10，却让他平静地把全部筹码推向前方——

"All in！"

宋音的视线落定在他脸上，妄图找到任何一点虚张声势的迹象，紧张或窃喜，可他却无懈可击，连呼吸时身体微妙的起伏都毫无波澜。牌局是与他的日常工作最相似的游戏，他在现实中是生杀予夺的人尖，计算概率、洞察人心、控制局面、评估风险，都是他最擅长的事，同样的作风也理应体现在牌局中才对，不可能是铤而走险的狂徒。

他嘴角扬起玩味的笑意，像他们第一次见面讨论婚约时一样。

她觉得他的底牌只有是红桃 K 和红桃 Q 才会是这种反应，可两张 Q 在宋音手里，一张在台面上，他还有多大概率能拿到剩下的那张 Q？理智告诉她这几乎不可能。但她抬眼去看，他眼里的笑意也没有变化，一切保持着胜券在握该有的模样，足以让她在那个瞬间坚定地相信他的运气就是无可匹敌。

她彻底迷失了方向，没有跟注。

许承楷的笑加深了一点，几乎是为了气她，依次亮出他的底牌，一张方块 K，一张红桃 2。

不仅不是 straight flush，连 flush 都不是，甚至没有一对，运气谷底。

全场为宋音扼腕叹息。

只有她知道，他赢得并不侥幸，她也绝非输在胆怯。

宋音见过许承楷这类人，他们冷漠无情，只能习得表达情感的方式，做决定全凭理智，比芸芸众生更容易成功。他并不紧张也不窃喜，因为不会紧张也不会窃喜，而他笑得胜券在握，只因他善于模仿胜券在握的笑。

他的每句话、每个表情都纯属虚构。她这才意识到他多么好，时刻在扮演让人安心的角色。虽然他天生不在意任何人，但却在尽一切努力使宋音感到被珍惜。她会恨一个骗子，不过如果有人真愿意骗宋音一辈子，她可能也会感激。

何况他总是在细节上这么诚实。

他起身带她离开时她才想起，其实他在开局前就已亮了底牌。他说"对一局"就只有一局，这是他无论如何也会选择"all in"的原因，是她把事情想得太复杂了。

宋音忍不住沉溺于美好的幻觉，想多了解他一点："方块 Q 和红桃 Q，你更喜欢哪张？"

他在无人处转过身来："我的方块 Q 和红桃 Q 是同一张。"

聪明如她，已经全都懂了。

关于宋音，他问得更直接一点："什么时候跟沈昱结婚？"

宋音把手轻抚在他胸前，仰起脸与他对视："没有人比你更适合结婚，我连你都拒绝，就是关上了这扇门。"

"我能问为什么吗？"

她用一个压抑的吻回答了他。

大学时最要好的闺密一毕业就结了婚，对象也是她们同学，一表人才的男生，非常温柔可靠。两人一起在美国读研，之后男生继续留校读博，闺密已经工作，在中美两地往返。就因为这异国恋生出了事端。

那段时间宋音在美国跟大选报道，半夜接到闺密电话，哭哭啼啼说赴美想给丈夫惊喜没想到把他和小三的奸情逮个正着，她非要连夜开车来她所在的城市。宋音怎么也劝不住，只好在酒店等她。没想到几小时后接到更坏的消息，闺密在路上出了严重交通事故，在医院昏迷不醒。

宋音想都没想就赶去医院，她丈夫已经先一步到达。伤势危及生命，医生摆明手术利弊，她丈夫作为唯一在场的亲属获得决定权，放弃治疗拔了管。她在场疯狂阻止，提出由自己支付全部医疗费用，却还是改变不了最亲密的朋友死在自己面前却束手无策的结局。

　　几乎所有大学同学都知道这件事，可是没有一个人敢把它告诉她闺密的父母，他们可都是大学四年朝夕相处的老师和师母。

　　也就是从那个时候，宋音好像已经看透了世界最恶的一面，下定决心永不结婚，好在她也从没爱过一个人到愿意为他舍命的地步。

　　"就是这样。说起来，怎么我们每次见面都在谈论结婚？"宋音自嘲着在床上翻了个身，带着情事后的倦意，"就不能聊点别的？"

　　没怎么聊别的，却做了点别的。

　　轻描淡写地把这页揭过，不过是宋音自求心安的防御机制。

　　许承楷却好像还沉在她的故事中没回过神："你闺密那丈夫后来过得好吗？"

　　宋音愣了愣，冷哼一声："谁去管他。"

　　"说不定遭天谴了呢？"他从身后轻轻吻着她的耳垂，用极低沉的声音说道，"过段时间，打听看看吧。"

　　她有点困了，也不记得有没有回答他就睡了过去。

　　过了大约一个月，大学同学聚会时，宋音才听其他同学说，闺密的丈夫因行为不端被解除了教职，整个人变得消极疯癫，三番五次报警说家人中了邪要驱魔，事后验明是酒精和大麻的综合作用，又在短短两周内连续遭遇两次小车祸，身体没有大碍，精神却有点崩溃，袭警被带走后，老婆请律师提出离婚，目前的进展是要么留美服刑要么遣送归国。

　　"可算是遭天谴了！"同学们奔走相告，额手称庆。

　　宋音却被吓得一个激灵，才想起那天晚上许承楷先说过这三个字，不得不承认，他虽然在美国长大，中文用词倒很精准。

　　她先是一阵感动，接着感动又被恐惧覆盖，最后两种情绪交织糅杂在一起，分不清哪种更占上风。

　　理智在叫嚣着远离他，本能却让她想拥抱他。

　　怎么会遇见他这么个人？几乎踩中她所有的雷区：帅，风流，巧舌如簧……再加一条，如果要交往，也算是异国恋了。不计入飞行时间，他每年累计只有九十多天在中国，不超过两个月在上海，而她被事业困住，工作让她在哪儿她就必须在哪儿。

更何况，他并不爱她。他的风度和温柔与人无关，都只是他给自己设定的规则。

但是，他不讨厌宋音，宋音也不讨厌他。

饮食男女，不问情深几许。

一旦接受了这种前提，两个人也能做朋友，有幸相遇就及时行乐，在能力范围内行一些举手之劳。

宋音刷卡进房间时他不在。正好她手中的资料没处理完，便坐在桌前打开笔记本电脑办起了公。和上海的总编通电话的时候他回来了，看她正忙，没发出声音，绕到她身后撑着桌面，这个姿势像是把她裹进了怀里。

她一边听着手机一边侧头看他。

他认真的目光落在她笔记本电脑上，还抬起左手动了动，她低头一看，光标闪烁的地方，他帮宋音改了个错别字。

宋音微微一笑，注意力回到电话中。

可他只老实安分了两秒就开始舔舐她的耳廓。她被这突如其来的酥麻感激得一抖，不小心对手机漏了半个音，急忙装作咳嗽掩饰过去。

总编有点担心。她推说是白天被柳絮呛过未愈，还有点花粉过敏，还有点感冒低烧，恨不得把能得的病都加身护体，好理直气壮表达希望早点休息的意思。对方叮咛了一两句"注意身体"便顺着她的意愿挂了电话。

果然，许承楷的恶作剧只会愈演愈烈，她不敢保证会在他接下去的爱抚下发出什么奇怪的声音。在通话终止的瞬间，他把她提到胸前反过身来面对面，吮吻脖颈的同时，熟练地从她的腰间抽出衬衫，从下摆探进去绕到背后解开内衣。

而这时他的声音听起来还不带情欲，依然是平日那副温言软语："在我房间里和别的男人打电话，你说，怎么罚你？"

宋音不太服气，可不想这么快就输给他单方面的调戏，推住他先把话说清楚："罚也得先罚你，从来不接受我的采访，最近却接了张欣桐？"

他眼里闪过一丝意外，显然没料到她消息这么灵通。他想解释所谓专访其实根本没什么干货，说了些场面话就把人家打发了，更何况事后也没见报。不过解释这么多意义何在？本来也不算交往中，怎么会实打实地吃醋？她这句和他那句不过都是情趣，不如一吻了之。

他轻捏过她的下巴，探进她的唇齿卷起舌尖交缠，夹裹着讨饶和致歉的意味。她喜欢他一贯的温柔，可他在鱼水之欢时过于温柔。她很想知道这个完美平衡了海水与火焰的人究竟能不能失控，知道他的情绪难以捕捉，那么连接彼此的就只剩触感尚可真实。她横冲直撞地加深这个吻，去搅乱他的节制、谨慎和斯文。

他也有命门，似乎特别不喜欢听人去掉姓氏单喊他名字，她验过好多次，他无一例外地有点失控。

最后她忍不住直接问道："平时谁这么叫你？"

她记得他父亲定居美国，其他亲人都已过世，身边没什么亲近的朋友，唯独和沈昱关系好一点，想来应该也不太会这么亲密地称呼他。

他沉默不语，井井有条地收拾残局，将她抱进被子里，揽着她靠了一会儿，坐起来问："抽烟吗？"还没等她回答又突然想起，"还是别抽了。保护嗓子。"

"我现在就一档节目，差不多退居二线了。"

他低头看她一眼，笑着说："那也是黄金档。"

"最近的新闻没意思。"

他便换了个话题："家里怎么样？"

她长吁一口气："我爸……时隔这么多年好像要提一级，下个月宣布命令。我妈说你在英国时有去看过她。"

"嗯，我想你不能常去所以……"

"这算什么？"宋音贴着他的胸口轻笑一声，"你可别让我想多了。"

"你不会的。不是问我为什么在上海不找你吗？去年五月份，听沈昱说你要结婚了，我觉得你可能不欢迎我再打扰。"

"我结婚？"宋音惊讶地坐起来回身看他，"和谁？"

他愣了一秒："我没问。"

两个人同时笑起来，深感这谣言太荒唐滑稽。

"再说我去年待在上海的时间比往年更少，每次都是连轴转几天开会见人，不适合纵欲。"他接着说。

"不投上海的项目了吗？"

"生意难做、钱难转。不是我不愿意投，只是现在的投资环境……垄断性太强。骁盛这单做不下去的话以后只能以澳洲为主了。"

这意味着他不太会在国内居留了，宋音难免有点失落，原以为这种若即若离的关系会一直持续，但现在还没到伤怀的时候，关键是——

"你想投骁盛？"

"观望了两年多。"

他一根烟抽到尽头，灭在床头的烟灰缸里。

"那你真是每次都够幸运的。"当初拒绝和宋音结婚，过了几个月她外公就出了事，在不知内情的外人看来他就是事先听见风声才做的割断，只有她知道他才没那么未卜先知，碰巧而已。这次观望两年没投的企业，一开年就在上市当天发生枪击案，又是何等的虎口余生。宋音怀疑他在牌桌上拿的一手破牌都在现实中赢回来了。

不过这只是玩笑，宋音猜这次他是确定收到了消息，播过关于他的新闻她都记得，其中一条说他因为在枪击案前大量抛出和中股票引起证监会怀疑关联性被发函问询。她也是那时才知道原来他还有个亲生哥哥，既然他不愿提，她也就绕开不谈，只问骁盛。

"为什么两年来都觉得骁盛不行？"

"你也知道，投公司本质还是投人。陈骁这个人……软肋太明显，当断不断。"

"现在骁盛实际控制人变更，你是不是得重新考虑？"

"得看他们能不能从和中的浑水里脱身。"

"和中又怎么了？"

许承楷看宋音一眼，笑了笑，不愿多说。

"你去拿下骁盛，和中我帮你解决。"

他显然不信，但也不表露，依然耐心地问："你怎么解决？"

"恒宜保险一直对和中感兴趣，毕竟他们也是国企，接手和盛名正言顺。"

他严肃起来，沉默片刻："这样是简单了不少，不过行得通吗？"

"反而是只有这样才行得通。"宋音起身从包里翻找出手机，"我帮你约恒宜的胡越。"

他从她手里抽走手机，藏到身后枕下："这么晚打电话过去，人家要误会的。"

"别闹。"宋音绕过他想拿回手机。

他却往枕头更深处塞了塞，顺势迎着她抱住，悄声道："我还在琢磨我接受张欣桐采访是从哪里走漏了风声，仔细一想张欣桐知道我手机号是你给的吧？"

宋音推开他理直气壮瞪过去，戳戳他胸口："一点考验也经不住。"

"这不是恶人先告状嘛。"他笑着翻身把她压倒在床上，"你说，这次怎么罚你？"

千里之外

出差一周，密集的工作总算告一段落，收尾时被考察公司代表招待宴请，又是一场"恶战"。

当地人过度热情，喝酒的礼数也多，什么"端七碰一"，什么"端三碰三"，别说唐韵酒量堪忧，就算再怎么海量也经不起这么折腾，偏偏对方还不依不饶，说这都是男女平等的进步表现，从前当地风俗男人喝酒女人不让上桌。

幸好同行的同事代了不少，还偷偷把一部分酒偷换成了水。但他这么体贴帮忙，明天肯定要求一个答案。以前在公司里抬头不见低头见也没擦出什么火花，短短一周的朝夕相处却让关系起了变化，单方面的。

唐韵也不傻，他这些天含蓄的试探和炙热的眼神很难让人无视。可她却只感到负担，不知该如何拒绝，以后肯定还要一起开会，拒绝的人更尴尬还是被拒绝的更尴尬？不好说。眼下能想到的办法就是躲。

饭局之后唐韵几乎是仓皇地逃回了酒店，洗澡后清醒多了，坐在电脑前开始搜索回上海的火车票，只要撇下对方先走一步，事后随便找借口说家里有急事应该就能蒙混过关。

这几天大雪时落时停，列车班次有点乱套，今天白天总算持续晴朗，为了尽快疏散滞留群众，比平时多了几趟加班车。最近的一列，全程十六小时，凌晨两点半发车，还只剩硬座。她想了想，咬咬牙购票了。不过劳累大半天，总好过将来旷日持久的办公室修罗场。

买了票定心开始收拾行李，门铃突然响了。唐韵被吓了一跳，还能有谁会找上门。她僵在房间中央，不敢发出声音。对方却先开了口："唐韵，你手机落在酒桌上了。"

好的，深夜十一点，孤男寡女，必须开门，还是自己给对方制造的机会，真想打爆自己的头。

她咬着嘴唇，飞速思考应该怎么应对接下来的场面。

对方又轻轻敲了敲门，接着说："你男朋友打了无数个电话了，可能有急事。"

男朋友？

哪来的？

一瞬间她觉得可能是对方骗自己开门的借口，可此刻又分明听见门外安静的酒店走廊里清晰地回响着自己的手机铃声。

唐韵把门拉开，同事将手机递过来："不好意思，我接听过，因为一路都在响。我跟他说你喝多先回酒店了，他好像还不放心，非要我送来给你让你听电话才行。"

她一头雾水，不知自己从哪儿冒出来个男友，低头看手机，来电显示居然是"男朋友"。

世界上哪有正常人会把男朋友设定成这种称呼的？

同事如释重负，欲言又止："那，我先回房间了。"

唐韵回过神，点点头："谢谢你。"

目送对方的身影消失在长廊转弯处，她紧绷的神经终于松弛下来。没想到一直纠结的问题突然迎刃而解，真是意外之喜。对方没有开口，自己也不必拒绝。但问题是……

她接听电话："谁？"

"我。"许承楷说。

趁人不注意把对方手机里自己的号码备注成"男朋友"，这种恶作剧也只有许承楷能干得出来，而且发生在他身上既自然又正常，唐韵都懒得问一句为什么。

"你打算什么时候回上海？"

唐韵把门关上，听着手机回到房里。

虽然危机已经解除，但既然票已经买好，她还是决定按计划走，将行李箱拉链拉上："现在就准备去火车站，两点的火车。有事吗？"

许承楷没回答，自顾自问下去："行李收拾好了吗？"

"好啦，就一个小箱子。"

"那你下楼找我吧。"没等唐韵反应过来，他接着补充，"找沈昱的车。"

"等等，你是……在我酒店楼下？"

"不，我在月球上。"每次嫌她喋喋不休时，他就开始胡说八道。

"你来河南干吗？"

"吃灌汤包。"

像这种没一秒正经的调调确实是许承楷本人无误了。猜不到他为什么如此神出鬼没，唐韵虽然满腹狐疑，还是吭哧吭哧推着箱子下了楼，不知是跑太快还是其他原因，到门口时心还在怦怦直跳。

唐韵四下张望。沈昱的车她再熟悉不过，跑到驾驶室边，先看见许承楷趴在方向盘上睡觉，再往后座看，没见沈昱的人影。

她敲敲车窗："承楷，沈总呢？"

他从方向盘上抬起头，一脸生无可恋，慢吞吞拿起搁在车窗前的眼镜戴上，打开车门走出来："能不能有点人性？"

他高大的身影在路灯下逐渐清晰，衬衫外是小面积灰色、褐色和大面积正红的三角色块毛衣，墨与黑交织出层次的长款大衣肩，领处有绯色点缀。

昏黄的光线中，他招牌式的坏笑依旧难辨真假，呼啸而过的寒风却削减了他声线中的戏谑："我开了十小时车来接你，你第一句就'沈总'？"

唐韵拖着箱子后退让开，知道自己过分，赔着笑脸解释："是他的车，我还以为你们一起行动。不过，为什么要来接我？"

"他让我来的。"许承楷拉开后备厢帮她把行李安置好，绕到副驾座那边替她开车门。

两人都坐定了，唐韵才续接上这个话题："他让你来接我？"

"嗯。"许承楷的视线落回自己的安全带上。

"那他自己在哪儿？"

"过节，和家里人吃团圆饭。"

唐韵愣了几秒，才想起明天是元宵节。但记不记得都是那么回事，自己没有可以团圆的家人，许承楷也没有，这么一想好像一切都合情合理。可还是难以置信，在眼前时沈昱没一天给过自己好脸色，怎么可能一夜间性情大变，体贴地麻烦许承楷来接？

心里还在小鹿乱撞，突然发现许承楷把自己的包拿过去翻起来，唐韵劈手就要抢回："你怎么回事？"

他拽住包带没松手："我找点吃的啊，饿。"

难怪他气若游丝连玩笑都忘了开。唐韵忍俊不禁，往自己这边拽了拽包："我给你找。"

他终于松了手。

"你没吃晚饭？"

"路上没什么好吃的，想早点见你。"这是实话。

"我包里只有咪咪虾条。"

"咪……"许承楷扶额笑起来，羞耻得重复不下去，"行行，有什么吃什么。"

"要不我不赶这趟车了，回楼上先给你弄点泡面？"

"赶车？"他惊诧地转过身，"你还打算去赶火车，把我一个人扔在马路边？"

"我……没想那么多。但你是什么打算？不是送我到车站吗？"

"当然是送你回上海。"

"你连续开十小时车过来，然后再连续开十小时车回去？"

"我……"这么一说他才愣住，"没想那么多。"

"这还用想？累不累你自己感觉不到吗？"唐韵按下安全带按钮，推门下车，绕到驾驶座边拉开车门把他拖出来，"不走了。"

许承楷站在车边拍拍自己外套口袋："我没带护照。"

唐韵从后备厢把行李重新搬出来，抽出拉杆："知道了，黏人精。"反正按照他一贯的做派，就算带了护照也根本不会另开一间。

许承楷得逞地笑，揉揉眼睛跟上去接过她手里的行李箱。

十小时前，许承楷和沈昱提起唐韵，她春节后就没了踪影，不知道元宵节一个人在哪儿过。沈昱才说一上班就派了她出差，去河南已经一个礼拜了。

"她一个人出差？"多问了一句。

"和隔壁部门一个男的一起去，就这两天回来。"沈昱刚倒好酒，一抬头，见许承楷神色微怔，"怎么了？"

"你派个男的跟她去出差？"

沈昱没明白他的意思，坦然地耸耸肩："我又不能和她一起去，我这儿还一大堆事儿。"

"……所以你就派了个男的？"

沈昱搞不懂他这一而再再而三地重复到底是在强调什么："当然，可以帮她拎拎包……之类的。"

大概在沈昱眼里，唐韵和他现在手中的酒杯同属性，需要的时候就待在那里，没长腿不会跑，别人也领不走。

许承楷完全无语，大步流星走过去，摊开手心："车钥匙给我。"

沈昱把车钥匙扔给他的同时还问："酒不喝了吗？去哪儿？"

"去把唐韵接回来。"

说起来容易做起来难，本想乘飞机或火车，没想到因为前几天大雪未化，航班无法起飞，列车堵在半途，旅客们滞留在机场火车站。许承楷也没想到，最后被逼无奈只好把车直接开到了河南境内她酒店楼下。

前因后果大致如此，但细枝末节对唐韵解释起来麻烦，还不如省点事哄她说是沈昱让自己来的，皆大欢喜。

如果说沈昱对唐韵是缺根筋，那唐韵对她自己就是缺两根筋。

"你先休息一下洗个澡，我去给你买泡面。"唐韵把他安置在沙发上转身准备走，被扣住了手腕。

许承楷疲惫地抬手看看表："现在十一点半，你还喝了酒，一个人出去买泡面？"

"……"

他手稍一用力，把她拽回身边坐下："房间里应该有吃的，我随便吃点。"

"……被我吃光了。"

他气得说不出话，只把眉毛挑了挑。

"订的是不含早餐的房间嘛，我又懒得去外面找吃的，起床就随便对付一下。这酒店服务不行，可我想着……明天就走了……"

"为什么订不含早餐的房间？"许承楷翻着白眼发出质问，"你们KNE什么时候倒闭？"

"是这里的公司订的啦。"

"这公司别投了，趁早倒闭。"

唐韵没心情跟他贫嘴，把他的脑袋从自己肩上推起来："要不要一起出去吃消夜？"

"没力气，直接睡觉，睡着就不饿了。"

"那怎么行，"唐韵停顿片刻，突然想起什么，把他摆正在沙发上，"你等着。"

许承楷除了饿更加累，路况良好时最快十小时的车程，他硬是在冰雪未融的高速上把时间又压了半小时。眼下他是实在没精力去关注唐韵在捣鼓些什么了，靠在沙发上闭目养神时恍惚听见水声和烧水壶通电后运作发出的声响。

不知过了多久，唐韵端了杯什么东西把他推醒："喝点热的垫一垫。"

许承楷睁开惺忪的睡眼，喝了一口。草莓味，口感还不错："这是什么？"

"你先喝完我再告诉你。"

"我有种被害的预感。"话虽这么说，他还是把热饮一鼓作气喝完了。

唐韵从他手里接过杯子："是我平时喝的，减肥代餐饮料。"

许承楷垂下眼睑叹了口气，三十秒内没说话。

"所以，你为什么要减肥？"

"你说我胖。"

"那是……算了。"

以前一说她笨，她就双手拼命捂住耳朵以示抗议，现在连胖也不能说了。他没有意识到，自己就这样一步一步退失城池，逐渐被她驯养得温情脉脉。

被唐韵强行推进浴室冲澡，出来后对方已经在沙发上"安家落户"。她一脸小学生外出春游的兴奋，拍拍身上的被子，被子里的脚还明显翘了翘："你娇气，床让给你。"

许承楷内心默默反思了一遍，自己到底亏欠沈昱什么呢？没有。那到底亏欠唐韵什么呢？没有。为什么为了这对冤家落到这步境地？原因不明。

别的不说，唐韵这一晚上也太肆无忌惮了。净给自己投喂些乱七八糟的东西，他怀疑她蓄谋已久、处心积虑。

许承楷一边擦着头发一边把她的腿拨向沙发内侧。她很少见他不戴眼镜的样子，感觉他摘下眼镜后目光比平时凌厉。

他坐下后笑着侧头看向她："跟你一起来的同事住同一层吗？"

"嗯？他？"唐韵有点意外，不知他怎么被突然提起，"在隔壁。"

"我挺好奇，"许承楷漫不经心地把毛巾往茶几上随手一扔，"他到底对你做了什么，吓得你买凌晨两点的车票连夜逃跑？"

"欸？"唐韵猛地眨两下眼睛，没想到他能考虑到这个层面。

许承楷此时似笑非笑的神色终于让她想起他的危险，脑袋里有根指针抵达了预警的临界。但也许是之前酒精的麻痹作用并未消逝，虽有警觉，她也只是目光呆滞，做不出正确的反应。

"他对你做过这个吗？"

他双手随意地十指相抵，像在拉伸韧带，垂眼专注地看着自己的指尖。唐韵不明所以，也被他莫名其妙的指尖伸展运动吸引了注意："做什么？"

他从指尖上抬起视线，调皮地冲她一笑，一手托着她的后颈一手撑着沙发，压着她直接吻到失重。

唐韵大脑短路了，甚至忘了在被亲吻时闭上眼睛。

暖热的血液在身体里四处点燃，电光石火间，冲撞着每根神经。

许承楷停下来，见她像河豚一样把双眼瞪得浑圆，哑然失笑，双手捧住她的脸："没有吗？"

"没、没有。"

他的初衷不过是逗逗她，没用上十分之一的技巧。只是好一阵没见，想念她气鼓鼓夯毛的样子。但今天的唐韵有点反常，声线与平日一贯的柔软不同，有点低哑，就"没有"两个字，尾音都微微上扬。他心中莫名有种被小爪子挠了一下的感觉，转而想起原因，她喝酒了。

他半垂眼睑判断着形势，继续做下去唐韵大概不会拒绝，可明天她清醒过来以后呢?

　　他不是对唐韵的身体没感觉，有时靠得太近或位置微妙不知不觉就看得失神，被叫回魂后只好说她长胖了转移话题。但这方面又不是非她不可。不提他的身家背景，单凭他这张脸就不缺多情少女投怀送抱。可有些方面却是非她不可，他舍不得。他圆满人生中缺掉的那个小小角刚好在她手里。做那种事带来的刺激，和与她相处比起来根本不值一提。

　　他淡淡勾了一下嘴角，双眸直直地注视，把她耳旁一缕碎发挂向耳后，借这个动作轻轻触碰过她的耳廓侧颈，最后用被子卷着她抱起来："去床上睡。"

　　她半张脸躲在被子里盯着他，显得很乖。虽然喝了酒思维有些受限，但她还在想这种种"惊喜"，以及从天而降的"男朋友"。世界上固然也存在沉默的付出和遥远的牵挂，可最浅显易懂的道理总是最接近真相——真正在意你的人会想方设法来到你面前，而不是在千里之外。

　　她伸手抓住他的衣角："你是不是喜欢我?"

花好月圆

有人认为爱是性、是婚姻、是清晨六点的吻、是一堆孩子，也许真是这样的，莱斯特小姐。

但你知道我怎么想吗？

我觉得爱是想触碰又收回手。

——《破碎故事之心》

我看看到底是感情还是欲望。

许承楷生气了。

他一言不发时具有某种强烈的威慑力，类似被低频音波震碎前一秒的玻璃杯。他放置行李的动作很轻，合上后车盖的声响也在正常范围内。找不到任何实质性证据表明他在生气，可唐韵就是知道下一秒或者下下秒"核弹"就要爆炸。

唐韵知道前因后果，全程大气不敢出。

偏是一同出差的那位同事正好下楼外出吃早餐，远远看见唐韵正站在一个男人身边看他搬运行李，猜想那就是她的男朋友，抱着好奇心走近一瞧庐山真面目："唐韵，你现在就走？"

"嗯对，开车回去。"

许承楷与唐韵同时回头，他转过身直面这位同事，动作特别自然地揽过唐韵的肩："你好，这段时间承蒙关照。"

同事只用了 0.01 秒就认识到自己此前的自不量力。

温热的掌心隔着衣料抚在自己胳膊上，唐韵有点发呆，等同事寒暄几句离开，许承楷非常果断地把手从自己身上拿开，她才确认到，嗯，他还在生气。

大概，任谁一大早被推下床摔醒都会这么生气，不怪他。

一小时前，唐韵头痛欲裂地醒过来，还没等宿醉的余波散去，就发现一个惊恐的事实，自己躺在某个男人的怀里，他炽热的臂膀贴着自己的脸，自己的气息吹在他颈窝。

几乎是下意识地把人给推了出去，等到对方摔下床再惊醒一脸诧异地抬头看过来，她已经自行确认了身体没有任何不适，什么也没发生。

一夜间冒出来还没来得及打理的青色胡楂让他看起来有点凶。

唐韵底气不足地展示了一下防卫过当的合理性："你你你，睡觉就睡觉，抱我干吗？"

许承楷坐在地上，语调不由得拔高："你知道你昨晚为了让我抱着你软磨硬泡了多久吗？没这么过河拆桥的吧！"

时光倒流六小时。唐韵拉着他的衣角，用的是最直接的提问方式："你是不是喜欢我？"

许承楷知道她是酒劲上头，懒得理她，直接拍掉她的手，背对她躺下："别闹了，快睡觉。"

身后一阵窸窸窣窣，他就知道事情没这么容易了结，但没想到她直接从身后抱住了他，胸前的柔软直接紧贴他的脊背，原本困到不行的他直接起了生理反应。

"我觉得你喜欢我。"她说话时，暖热的气息直接贴着他的脊梁往上蹿。

他有点懊恼没把被子裹紧点，已经分了两床被子还不够保护自己。

他转换成平躺的姿势，把她推远，望着天花板说："我不是跟你说过，沈昱不会喜欢你，我也不会。"

"我不信。"

很好，这三个字把他之前苦苦洗脑的那些鸡汤全盘否定了。

"嗯，像你这样的小姑娘，总觉得自己是渣男终结者。"他努力循循善诱把她拉回正轨，"你那么热情，怎么会暖不了一颗冷漠的心？是这么想的吧？可事实就是，我和沈昱这类人根本没有心。"

"你刚才亲我，明明很用心。"

"……"他不知要跟谁争个输赢，和醉酒的人较上了劲，"我用心的时候比这好点吧。"

"那好，你抱着我睡。"

"发什么疯？"

"如果像你说的没感情，那抱一下也不会怎么样吧？"

他快要吐血，西天取经难度也没这么大吧。耐心对神志不清的她解释道："我感情麻木，可也有欲望。"

"……还有这种区别？"

被她听起来像是在认真学习的声音逗笑了："不然呢？你是不是觉得我不用很麻烦很累就可以成佛？"

她不安分的手穿过被子的间隔伸过来，沿着他的胸肌向下抚过去："那你过来，我看看到底是感情还是欲望。"

"你死了那条心赶紧睡觉，我不睡喝醉酒的女人。"

他在被子里捉住她的手，控制了一阵，好让自己冷静下来，却突然听见耳旁传来轻微的啜泣声。

他转身借着月色一看，她在哭，眼泪在枕头上洇开一小片。

他顿时慌了神，以为自己把她的手腕弄疼了，赶紧松开揉了揉："你怎么……大过年的，有话好好说好吗？"

唐韵是闭着眼在哭，好像已经睡着似的，对他的道歉也毫无反应。

他迟疑了几秒，把她揽进怀里："我抱还不行吗？真要命。"

是真的要命。他为了避免尴尬，不受控制的下身和她还保持了一定距离，不过很快他就发现唐韵只是把自己当个抱枕并没有那方面意识。虽然有这种心理准备，但他没想到她一觉醒来会完全不记得，枉费自己只睡了四小时，一夜天人交战。这还不是重点。

如果她从拥抱开始全不记得，那么一切都变得没有意义。

"对不起，"唐韵在副驾座上擅自道歉，"我不该那么暴力。"

许承楷用眼角余光瞄见她等待批斗的神情，顿时就气消了："我不会记这个仇。我是……我是在想……"

"想什么？"

"如果你不记得是我，或许昨晚我没来你就躺在了别人怀里，你那个同事……"

"我当然知道是你。我多少记得一点，你吻技拔群、腹肌整齐，除了老跟我说'你没有心没有心'外，挑不出毛病，耳朵都听出茧了。"

听她这么直白地夸自己，许承楷得意之余还有点羞赧："真的？"

"昨天要不是你打电话过来，我根本不会给同事开门。这点你放心，我并不是那么随便的人。"

许承楷心想，你是不知道自己昨晚对我有多随便了。

"但你记得自己哭过吗？"

"欸？"

对不起，是我没本事。

出发没多久就飘起了鹅毛大雪，密集得让雨刮器来不及在一个摆动间清扫，路况也越来越差。唐韵有点担忧地转头去看他的侧脸，他虽然专注，可眼里却有掩饰不住的疲惫。

"你累不累？我跟你换着开吧。"

"别了，"他漫不经心地笑，"我珍惜生命。"

唐韵开车就是他教的，对她那本驾照有多大水分没人比他心里有数。周五下午才告诉她何时踩刹车、何时踩油门，双休日带她在郊区跑了两整天，周一就去考科目二了。她足够聪明，应付考试完全没问题。可实际上路还是得练习，她没买车，平时也没机会开，在冰雪高速上把方向盘交给她，自己肯定是活腻了。

"我们干脆慢一点，下个服务区停下来先吃饭。"唐韵提议。反正早饭也没吃，就当是早午餐了。

"服务区的东西太难吃了，要不下高速找个城市？"

唐韵想了想，反正不赶时间："好，你不是还没吃上灌汤包吗？"

"今天是不是得吃元宵？"

他很快把车开进城镇里，找到一个商业广场，里面看起来像什么吃的都有："灌汤包还是元宵？你挑一个。"

"元宵。"

电影可以一个人看，旅行可以一个人去，内心强大一点，一个人走进火锅店也不是难事。但遇上合家团圆的节日，变不出第二个人和你完成仪式化的祝典，心里还是会有点失落。好不容易撞上的机会当然要好好珍惜。

唐韵看看对面的许承楷，想必他也懂，否则不会每到节庆日就没完没了地骚扰自己。

"其实你和你父亲关系还好吧？"唐韵小心翼翼地问，"上次遇见时觉得挺亲密的。"

他笑着边吃边说："还好。不过他过节时大房、二房关系都不好平衡，哪还顾得上我。"

那就是和自己母亲差不多情况，唐韵想着。

"倒是你爸，你不想知道他的近况吗？"

唐韵摇摇头："无非是得知他又欠了多少钱。我现在也没能力替他偿还。而且我就是想不通……"

许承楷一猜就知道她在困惑什么，笑着问："这么能赢的女儿为什么有个那么能输的老爸？"

他和唐韵打牌输多赢少，彼此都太了解对方性格，只剩下计算力和判断力方面的较量。如果她的天赋、技巧都源于她父亲，那么这些年来他父亲生意上赢得的一切都输进牌局确实让人难以理解。

不过……

"赌徒到最后总是如此。从概率上来说只要一直在牌桌上坐下去就能微赢，倾家荡产都是因为心态崩溃。"

"你就没有心态崩溃的机会。"

"我是少数派。"

"这不公平，假如牌桌上除了他全是你这种人……"

"我还说你在牌桌上智商碾压不公平呢。"

唐韵无话可说。

"如果对你有所安慰的话……"许承楷缓慢地继续，"听说，他已经很久不碰这些了，也许是因为后一任夫人生了孩子。"

"……孩子能改变很多。"唐韵感到内心的空洞被填了一捧土，却导致了整体的彻底沙化。

两人正沉默，餐厅服务员把找零放在了桌上，一大堆一元硬币。

"没有纸币吗？"

"没有。"服务员冷着脸离开。

唐韵拨弄着数了数，二十二个。

许承楷看她一眼："归你了，我口袋放不下。"

"我没有口袋。"

"你有包。"

"太重了。"

"我帮你拎。"

走到商场门口准备出门拿车时，唐韵有了更好的提议，指着一旁的娃娃机："把硬币用掉吧。"

他站在原地没动，迟疑着与她确认："你会换回体积更大的娃娃。"

"那不是很好？我不喜欢的硬币换成了我喜欢的娃娃。"

他走过来，放下包："你喜欢哪个？"

唐韵隔着玻璃指给他看："那个兔子。"

"那个难道不是河马？"

"是兔子。"她很肯定。

"你品味够奇怪的。"嘴上嫌弃，他还是试了很多次去夹那只该死的兔子。但那只兔子不仅长得变幻莫测还皮毛光滑，连唐韵也看出来，这娃娃根本不可能被抓出来，哪怕爪子完美地把它从娃娃堆里拎起来也照样立刻滑下去。

硬币还剩四个。

"嗯……还是不要兔子了，我觉得那个小猴子更可爱。"其实是因为毛比较长摩擦系数更高，唐韵不想让他一无所获。

他撑着娃娃机深深喘气，重新抬起头时明显生气了："为什么不早说？"

"怎么早说？我突然觉得它可爱。"

"你不能这样中途更换目标，认定哪个就应该是哪个。"

"为什么不能更换目标？我第一眼看见兔子觉得可爱，但是夹着夹着这只猴子的脸转过来了表情刚好是我喜欢的那种，这不是最正常的事吗？"她也不知道自己在瞎说些什么，只是想找个表面成立的理由。

他把目光从她脸上移开，什么也没说，绷着脸回过头去专心把猴子抓了出来，连带她的手提包一起塞进她的怀里："满意了？"

"你又气什么？"唐韵莫名其妙，整件事找不出任何怒点。

"其实哪个对你来说都无所谓。"

他冷淡地扔下这句话，径直掀开商场的布帘走了出去，布帘差点甩在她脸上。

唐韵也有点生气："怎么这么无理取闹呢？所以我现在是必须得举证说明我对猴子的爱吗？"

"你举得出吗？先看上丑得要命的兔子，再看上更加丑得要命的猴子，没见过你这么善变的人，只要怀里抱着替代品你就能没心没肺地高兴，我看你……"他义愤填膺地数落着，转过身，看见她手里娃娃的瞬间突然愣住，忘了总结陈词的最后半句。

几步开外，唐韵满脸不高兴地瞪着他。

不知从什么时候开始，她一直在捂着那只猴子的耳朵。

双方在漫天大雪中一动不动地对视，僵持数秒后，他把视线抛向远方，叹了口气，大步走过去把她和娃娃一起抱进怀里："对不起，是我没本事，抓不到你最喜欢的那个。"

你心里不是每天都有委屈吗？

有一点许承楷判断准确，唐韵很容易满足。

暮色四合时，她乐呵呵地回到车上向司机汇报前方路况："已经在加派人手除雪，估计还有两小时就能通路。"

许承楷看着她："为什么这么高兴？"

"雪停了，加派了人手。"

"可我们还得在车流中再坐两小时。"

"你不是喜欢跟我待在一起吗？"

"我更喜欢跟你待在床……"尾音未落，他的脑袋就被推出去撞了一下车窗。

不是说好不暴力的吗？

"再说我买到热的饼了。"她继续说下去，兴高采烈地从身后拿出藏了半天的两张圆饼当作惊喜，"你也饿了吧。"

许承楷接过一张，咬了一口，超过预期，大概是真的饿了。中午的元宵吃得太早，原以为十小时的车程很轻松，稍稍坚持一下晚饭能到上海解决。没想到因为积雪封路，刚过长江大桥就被堵在江苏境内，已经原地坐了两小时。

两人默默啃了一会儿饼，唐韵突然说："我觉得你和他不一样。"

"嗯？谁？"他转过头，一时没反应过来。

"沈总。"唐韵定定地看着饼说，"你上次说，你和他唯一的不同就是你比较闲。但他根本不会像你一样在这种天气开十小时的车来接我。"

原来她早就知道了。

在昨晚她不停追问自己是不是喜欢她之前，他压根没认真考虑过这个问题。只要开始考虑很容易就能得出答案，可是这重要吗？

"本质是一样的，我们这种人，大脑里调节情绪的组件天生不发达。所有感情相加可能也就占比 5%，剩下的全是权力、欲望。就算他愿意回应你的爱，最多也不过 5%，随时会为了人生真正的重点而忽略你。"

"就算只有 5%，那也是他感情的百分百。"

"你知道这意味着什么吗？对他来说，争名夺利永远比你重要得多。就算有幸终成眷属，也只有你一个人在不断妥协牺牲，为他生儿育女、独守空房，为他放弃事业、失去自我。他可能忙得一年见不上你几面，说不上几句话，他并不会在乎，因为感情只是他的 5%，而你呢？做不到不在乎。"

"那就像现在这样一起工作不就迎刃而解了吗？"

他笑着转过头："你以为你和沈昱现在是什么关系？仅仅是同事啊。他哪有任何一点照顾你情感需求的迹象。你心里不是每天都有委屈吗？"

"可我觉得也还好，没到无法忍受的地步。"

"那是因为我在你身边，我不介意补这个缺，反正目前没别的事打发时间。但是没可能将来你嫁给沈昱，我陪你过日子吧？"

唐韵忍不住笑起来。

"再说我也闲不了几天，等接手了鑫瑞，我可能比沈昱还忙，他帮手多的是，我只有我自己。"

"我帮你。"她飞快地接嘴。

许承楷只是笑："这是要跳槽？"

"工作之余帮你。"

"那还是免了，你已经够辛苦了，KNE 本来就不是人待的地方。"他吃完了饼喝了点水，摸着口袋问，"要不要烟？"

唐韵点点头："要。正好下车透透气。"

他点了半天，打火机没油，唐韵又把自己的打火机落在酒店了。

"你先上车，天黑了不要乱逛，等我去前面借个火。"

唐韵乖乖在车上等他，看见他带着一星火光走回来才下车去迎他。两人站在车前点烟，烈烈寒风使这个简单的动作变得困难重重，身高差的缘故，唐韵仰得脖子都有点酸了，索性擦了擦车前盖倚在上面等对方来靠近自己。

他扶着她的肩，用自己嘴里的烟轻轻触碰她嘴里的烟，的确是认真专注地在做这件事。他全神贯注时的眼神总是太具有侵略性，她无意间一抬眼，忽然就心往神驰忘了吸气。

白驹过隙。

他终于发现烟怎么也点不着的原因，把原本落在火光上的目光移向她的双眸。

她回过神，恢复呼吸，在胸腔重新获得空气的同时烟被点燃，却立刻又被寒风吹熄。

她不知所措刚想笑起来，就看见他抬起手护在亮起的红色火星旁，用温柔的眼神鼓励自己再试一次。莫名地，在这个瞬间，她特别想哭。

点燃后两人并肩靠在车前盖上安静地抽烟，谁也没有说话，仿佛一开口就会破坏气氛。

　　月出冰消，她在身边。

　　他觉得这大概是自己一生中最圆满的夜晚，前所未有，也终将澌灭无闻。但他很庆幸她忘记了前夜的一切，有时无知比通透更幸福。

　　你哭着在我怀里问了不下一百遍，却没有记住答案。

　　——你是不是喜欢我?

　　——你烦不烦。

　　——你是不是喜欢我?

　　——明知故问。

　　——你是不是喜欢我?

　　——我爱你。

（全文完）